KB086322

茶城

ⓒ 1997 by Wang Xu Feng

anslation Copyright ⓒ 2022 by Publishing company the BOM

lation is published by arrangement with People's Literature Publishing House
ilkRoad Agency, Seoul, Korea. All rights reserved.

일러두기

본문 중의 인명과 지명은 독자들의 친숙함을 고려하여 한자음 그대로 표기하였습니다.
다만 일부 현대 인물은 중국어 발음에 따랐습니다.
본문 중의 괄호 안에 뜻을 풀이한 것은 모두 옮긴이의 설명입니다.

다인

일

1.

2.

다인 茶人 ⑥

3부_차로 성을 쌓다

왕쉬펑 장편소설 | 홍순도 옮김

더봄

차례

16장 • 05

17장 • 39

18장 • 72

19장 • 106

20장 • 132

21장 • 161

22장 • 199

23장 • 221

24장 • 251

25장 • 276

26장 • 298

27장 • 327

28장 • 350

29장 • 376

30장 • 401

에필로그 • 413

제16장

강남의 겨울날씨는 흐릿하고 축축하면서 뼛속까지 한기가 파고드는 것이 특징이다. 눈이 내릴 때에도 특유의 수순이 있다. 어둑어둑한 하늘에서 한을 품은 아낙네의 눈물처럼 작은 비가 한동안 내리다가 매서운 북풍에 빗방울이 얼어붙어 알갱이가 된다. 이어 유리처럼 투명하고 날카로운 얼음가루가 날리는가 싶으면 우박 섞인 제법 큼지막한 눈송이가 타닥타닥 바닥을 두드린다.

이른 아침, 항씨 가문의 안주인 요코는 조용히 침대에서 몸을 일으켰다. 또다시 분망한 하루가 시작된 것이다. 항씨 가문에 갓 시집왔을 때까지만 해도 일본 인형처럼 귀엽던 요코는 지금은 항주 시내의 여느 나이 든 주부와 다를 바 없게 됐다. 원래부터 키가 크지 않은 데다 나이가 들어 등이 굽어지면서 이제는 누가 봐도 곱게 늙은 강남 할머니였다. 요코는 중국에 건너온 후 기모노를 거의 입지 않았다. 하지만 일본 여자 특유의 종종거리는 걸음걸이는 바뀌지 않았다. 성격은 점점 더 소심해지고 잔소리도 부쩍 늘었다. 남들에게는 아무것도 아닌 것이 그녀에게는 하늘이 무너지는 것처럼 큰일로 느껴질 때가 많았다.

요코는 화로를 들고 대문 밖으로 나왔다. 그녀의 하루 일과의 시작은 여느 주민들과 마찬가지로 화로를 피우는 일이었다. 화로를 피우면 석탄을 절약할 수 있기 때문이었다. 석탄 역시 식량과 마찬가지로 배급표에 따라 배급받아야 했기 때문에 알탄 한 알도 금쪽같이 귀했던 것이다.

하늘은 창백했다. 날씨는 우중충했다. 완두콩만 한 우박이 석탄 난로를 쉴 새 없이 타닥타닥 때렸다. 얼마 전 큰 눈이 내리고 한동안 날씨가 꽤 좋았었다. 그러나 섣달그믐인 오늘 하늘은 당장이라도 눈을 쏟아 부을 기세로 무겁게 내려앉아 있었다. 명절이라지만 어디를 봐도 경사스러운 분위기는 보이지 않았다. 듣기로는 당 중앙에서 음력설을 폐지하라는 지시가 내려왔다고 했다. 중국인들이 중국 고유의 명절을 쇠지 못하게 되다니, 요코는 중국에서 반평생을 살았으나 이런 경우는 듣도 보도 못했다. 그녀는 이럴 때면 자신이 외국인이라서 정말 다행이라는 생각을 했다. 이 나라에서는 하루가 멀다 하고 이해할 수 없는 일들이 일어나고 있었다. 요코는 죽음을 두려워하지 않았다. 전쟁으로 죽을 만큼 힘든 시기도 악착같이 견뎌낸 그녀가 아니던가. 그래서 마른하늘에 날벼락처럼 뜻밖에 일어나는 재난 앞에서도 놀랄 만큼 침착하고 의연할 수 있었다. 그런 그녀가 지금은 잠재된 불안감 앞에서 속절없이 무너지고 있었다. 그녀의 신경은 언제 어디서 어떤 위험이 닥쳐올지 모른다는 불안감으로 날이면 날마다 점점 더 팽팽해지고 있었다.

가화가 소리 없이 다가왔다. 불 지핀 화로를 집으로 들여가는 것이 그의 임무였다. 화롯불은 아직 완전히 다 붙지 않았다. 요코는 화로 위에 씌운 깔때기 모양의 작은 연통을 부들부채로 가리키면서 엉뚱한 말을 했다.

"이거 봐요, 조리돌림 당하는 사람들이 쓰는 고깔모자 같지 않아요?"

가화의 의아한 눈빛이 이내 불쾌한 표정으로 바뀌었다. 아들 방월이 거리로 끌려 나가 조리돌림 당하던 모습이 문득 떠올랐던 것이다. 그가 고개를 저으면서 무뚝뚝하게 쏘아붙였다.

"말도 안 되는 소리!"

말은 그렇게 하면서도 그는 들고 있던 우산을 요코에게 슬며시 씌워줬다. 눈발이 점점 굵어지기 시작했다. 요코는 두 손을 소매 안에 모은 채 빨갛게 달아오르는 불꽃을 응시하면서 작은 소리로 불평을 했다.

"출근하는 사람은 그렇다 치고 학생들은 학교에 가지도 않으면서 뭐가 그렇게 바쁜지 모르겠어요. 영상은 왔는데 다른 아이들은 코빼기도 안 보이네요?"

가화가 말했다.

"득방이 어떤 아이인지 당신도 잘 알잖소. 엉덩이에 기름 바른 것처럼 잠시도 한 곳에 붙어 있지 못하지. 아마 가평 데리러 갔을 거요. 데려올 수 있을는지 모르겠네."

요코의 표정이 더욱 어두워졌다.

"득도도 마찬가지예요. 중학생도 아니고 학생활동에도 참가하지 않는데 어떻게 한 달이 넘도록 감감무소식일 수가 있죠? 같은 항주에 살면서 연말인데 얼굴 한 번쯤은 비춰야 하는 거 아닌가요? 안 그래요?"

가화는 묵묵부답이었다. 득도가 요즘 어떤 일을 하고 있는지 말해줘 봤자 요코는 이해하지 못할 터였다. 오히려 쓸데없는 걱정만 더 늘어날지 몰랐다.

비록 온 가족이 다 모이지는 못했으나 요코는 그래도 설 분위기를 내고 싶었다. 아침식사를 간단히 마치고 난 다음 영상에게 새 옷을 꺼내주고 계란과 고기로 만두 소를 준비하기 시작했다. 계란 한 판과 고기 두 근은 어제 하루 종일 줄을 서서 사온 것들이었다.

영상은 지난밤에 세상을 뜬 어머니 생각에 한참을 흐느껴 울었다. 다행히 아이의 기분은 아침에 뜨끈뜨끈한 탕단湯團(찹쌀가루로 빚은 새알심에 팥 등 소를 넣어 만든 음식)을 먹고 새 옷을 입자 많이 좋아졌다. 영상은 지난번에 크게 수모를 당한 이후로 학교에 나가지 않았다. 어차피 수업이 중단돼 나가봤자 딱히 배울 것도 없었다. 요코가 영상의 옷매무시를 다듬어주고 있을 때였다. 영상이 불쑥 물었다.

"할머니, 포랑 삼촌은 오늘 오나요?"

"갑자기 그건 왜 물어?"

"포랑 삼촌과 둘째 오빠가 여자 하나를 놓고 '투쟁'을 하고 있어요."

영상은 마땅한 단어가 생각나지 않는지 그저 '투쟁'이라고만 표현했다.

"떽! 그런 말 하면 못 써."

요코는 일부러 근엄하게 야단을 쳤다. 하지만 여자 특유의 호기심 어린 표정은 감출 수가 없었다. 영상은 할머니의 얼굴을 보고는 신이 나서 떠들어댔다.

"사애광이라고 둘째 오빠하고 같은 반 여학생이에요. 얼마 전까지만 해도 포랑 삼촌하고 둘이 친하게 지내는 것 같더니 둘째 오빠가 돌아오자마자 다시 둘째 오빠하고 딱 붙어 다니더군요. 포랑 삼촌은 외톨이가 됐어요. 같이 놀아줄 사람이 없어서 자꾸만 저를 찾아와요. 천축사에도 벌써 몇 번이나 갔다 왔어요."

가화가 붓으로 영상의 이마를 툭 치면서 말했다.

"이마에 피도 안 마른 녀석이 못하는 말이 없어!"

영상은 큰할아버지를 별로 무서워하지 않았다. 그래서 아랑곳하지
않고 계속 이야기를 늘어놓았다.

"정말이에요, 큰할아버지. 포랑 삼촌이 쉬는 날에 저를 데리고 갔다
왔어요. 천년 묵은 거북들이 배를 까뒤집고 물위에 둥둥……. 아휴, 말
안 할래요."

영상이 갑자기 입을 다물어버렸다. 웬일인지 낯빛이 창백해지고 눈
빛도 멍해졌다. 가화와 요코는 영상 몰래 눈빛을 교환했다. 영상이 안
좋은 기억을 떠올린 것이 틀림없었다. 가화는 기다렸다는 듯 영상에게
심부름을 시켰다.

"영상, 큰오빠 방에 있는 벼루 좀 가져다 줄래? 큰할아버지가 춘련^春
^聯을 쓸 테니까 네가 먹을 좀 갈아줬으면 좋겠구나."

영상은 할아버지의 속내를 바로 눈치챘다. 곧 어른들처럼 억지웃음
을 지으면서 열쇠를 받아들었다. 영상이 나가자마자 요코가 목소리를
낮춰 물었다.

"거북이 배를 까뒤집다니 그게 무슨 소리예요?"

요코는 몰라도 가화는 영상의 말뜻을 즉시 알아차렸다. 중국의 여
느 사찰과 마찬가지로 상천축사에도 방생지^{放生池}가 있었다. 상천축사
는 예로부터 유명했기 때문에 일부러 이곳에 찾아와 방생을 하는 불교
도들이 많았다. 가화도 어렸을 때 할머니와 함께 상천축사 방생지에 거
북 한 마리를 방생한 경험이 있었다. 방생을 하기 전에 거북등에 '연대'^年
^代와 '방생하는 사람'의 이름을 새기기도 했다. 그러니 영상이 상천축사

방생지에서 천년을 산 거북을 봤다는 말도 완전히 거짓말은 아닐 터였다. 가화 자신도 건륭제 시대의 거북을 본 적이 있었기 때문이다. 영상의 말에 의하면 여러 왕조를 거쳐 일본 침략자들의 손에서도 무사히 살아남은 바로 그 거북들이 지금은 배를 까뒤집고 물위에 둥둥 떠 있다고 했다. 누구의 소행인지는 보지 않아도 뻔했다.

조반파들은 절의 스님들을 다 쫓아낸 후 온갖 만행을 저질렀다. 대웅보전에 대소변을 싸놓는 것은 기본이었다. 나중에는 방생지에서 낚시질을 하는 것도 시들해지자 아예 전류가 흐르는 전선을 못에 집어넣었다. 천년 거북은 물론이고 물고기, 새우, 고둥 등 목숨을 가진 생물들은 모두 죽었다. 불교에서는 악행을 하면 18층 지옥에 떨어진다고 말한다. 하지만 36층 지옥이 있다 한들 조반파의 손에서 천년 거북을 구해낼 방법은 없지 않은가. 가화는 속이 깊은 사람이었다. 그래서 천년 거북들이 참변을 당했다는 소식을 듣고도 혼자만 알고 요코와 영상에게는 굳이 말해주지 않았던 것이다.

'포랑, 이 녀석. 어린 영상을 데리고 그런 곳엔 왜 갔다 온 거야?'

가화는 다시는 그런 일이 없도록 포랑이 오면 단단히 일러둬야겠다고 속으로 생각했다.

"분이는 언제 오나요? 여느 때 같으면 벌써 도착했을 텐데요."

요코는 손자 걱정에 이어 딸까지 걱정이 끝이 없었다.

"오늘은 눈이 와서 좀 늦을 수도 있소. 신경 끄고 천천히 기다립시다."

영상이 커다란 벼루를 안고 들어왔다. 항억이 남긴 '금성흡석운성악월연'金星歕石雲星岳月硯이었다. 요코가 계란을 휘휘 저으면서 궁금한 듯 물었다.

"올해 설에도 춘련을 써요?"

가화가 대답했다.

"당신도 작년 설에 만들었던 계란만두를 또 만들잖소?"

"작년에 썼던 것과 똑같이 쓰려고요?"

가화가 담담하게 웃었다.

"내가 작년에 뭐라고 썼더라?"

"벌써 잊으셨어요? 그날 읍회揖懷가······."

요코는 말실수를 깨닫고 황급히 손으로 입을 막았다. 가화는 눈을 질끈 감았다. 갑자기 가슴이 옥죄어오면서 숨을 쉬기 힘들었다. 다시 눈을 뜨자 책상 앞에 앉아 먹을 가는 영상의 얼굴에 진읍회의 얼굴이 겹쳐보였다. 뚱뚱한 진읍회가 살집 좋은 얼굴에 웃음을 가득 머금은 채 성한 왼손으로 먹을 갈면서 히죽히죽 약을 올리고 있었다.

"써봐, 써보라고. 자네 저수량체褚遂良體가 얼마나 늘었나 어디 보자고."

진읍회는 안체顏體에 능했다. 그에 반해 가화는 저하남褚河南(저수량)체를 좋아했다. 사실 가화와 진읍회의 글자체는 비교할 상대가 못 되었다. 진읍회는 항주에서 서예가로 유명한 사람이 아니던가. 크고 작은 거리와 골목에서 그의 필적이 심심찮게 눈에 띌 정도였다. 반면 가화는 다상茶商이었다. 따라서 굳이 비교를 해야 한다면 차 장사를 잘하느냐 못하느냐로 비교해야 공평할 터였다. 가화는 사람들 앞에서 서예 실력을 뽐내지 않았다. 과거 망우저택에 항씨 가족들만 살았을 때에는 대문을 닫아걸면 누가 안에서 글을 쓰는지 춤을 추는지 밖의 사람들은 알 수 없었다. 신기한 것은 나중에 망우저택에 여러 세대가 모여 살게 됐을 때도 이웃들은 가화의 서예 취미를 눈치채지 못했다는 사실이었다. 이웃들

대부분이 그를 경원해 어렵게 여겼기 때문이다. 게다가 간혹 누가 가화의 붓을 잡은 모습을 보고 호기심이라도 보일라치면 요코가 나서서 구설수를 미리 차단하기도 했다.

"아유, 우리 항 선생이 무슨 글씨를 쓴다고 그래요? 그냥 흉내만 내보는 거예요. 기공氣功을 연습한다면 또 모를까."

그러자 득도가 궁금증을 참지 못하고 물었다.

"할아버지, 매일 꾸준히 글씨 연습을 하시네요? 제가 보기에는 할아버지의 저수량체 실력이 어디 내놓아도 손색이 없을 정도인데 왜 사람들에게 보여주기 싫어하시는 거죠?"

가화가 대답했다.

"사람은 자기가 해야 할 일만 하면 된단다. 사람들에게 글을 써주는 것은 진 선생의 일이지 내가 할 일이 아니야. 진 선생은 왼손으로도 이미 충분히 잘하고 있어. 내가 거기에 또 한 다리 걸칠 필요가 있겠느냐?"

득도는 한참을 곰곰이 생각한 끝에 할아버지의 깊은 뜻을 알아차릴 수 있었다. 할아버지는 '아무리 재능이 많은 사람이라도 해야 할 일과 하지 말아야 할 일을 구분해 겸손함을 잃지 말아야 한다.'는 도리를 그에게 가르쳐주신 것이었다. 할아버지의 결백한 품성이 새삼 존경스러웠다.

가화는 손자 득도에게 친히 쓴 〈다구명〉茶丘銘을 선물했다. 득도는 매우 기뻐하면서 그것을 서령인사西泠印社에 가져가 표구한 다음 화목심방에 고이 모셔뒀다. 이후로도 혹여 손상될세라 벽에 걸지도 않고 청명절 다과모임 때나 잠깐씩 꺼내어 사람들에게 보여주고는 했다. 그리고 밤이 깊어 조용할 때 혼자서 감상했다. 〈다구명〉은 다치茶痴로 불리는 청나라 시대 시인 두준杜濬이 쓴 작품이다. 그는 차를 마시고 남은 차 찌꺼기를 매일 한곳에 깨끗하게 보관했다가 연말에 차무덤茶丘을 만들었다는 일화로 유명한 사람이다. 〈다구명〉은 길지 않았다. "나에게 차는 성명性命(목숨) 같은 벗이라, 성性에 명命이 있고 명命에 성性이 있다. 하늘은 추울 때와 더울 때가 있고, 땅은 험한 곳과 평탄한 곳이 있다. 세상에는 늘 일정한 것과 변하는 것이 있고, 인생사 순경과 역경이 있다. 하지만 내가 차를 좋아함에 있어서는 절제를 모르니 쌀은 떨어져도 차는 떨어진 적이 없다."라는 내용이었다.

가화는 손자에게 넌지시 귀띔도 했다.

"너의 차 연구에 도움이 될까 싶어 눈에 띌 때마다 자잘하게 베껴둔 거야. 이건 이미 표구를 했으니 그냥 두고 앞으로는 표구하지 말거라. 예로부터 지금까지 그 많은 서예가들 중에 작품을 후대에 남길 수 있는 사람이 몇이나 되겠느냐?"

가화는 그럼에도 매년 그믐날 춘련을 쓰는 일만큼은 절대 남에게 양보하지 않았다. 천하의 진읍회 역시 이날만큼은 가화의 조수 노릇을 할 수밖에 없었다. 진읍회는 그때마다 성한 팔로 먹을 갈면서 투덜투덜 불평을 늘어놓고는 했다.

"자네, 자네, 자네, 자네 배 속에 회충이 몇 마리 들어 있는지 제일 잘 아는 사람은 나 진읍회뿐일걸. 이것 봐, 결정적인 순간에 자네 본심이 드러났잖은가. 자네는 결국 자네의 저체褚體만 마음에 들고 내 안체顔體는 별로라는 건가?"

그럴 때면 가화도 장난기어린 눈빛으로 진읍회의 약을 올리고는 했다.

"안진경은 비록 호주 자사刺史를 지냈다고는 하나 저하남처럼 항주

토박이는 아니지 않은가?"

　가화는 안체보다 저체를 더 좋아한다고 옛 친구에게 차마 대놓고 말하지 못했다. 사실 더 정확하게 말하면 그는 저수량의 해서체를 좋아했다. 저수량은 당나라 시대의 유명 서예가로 동진 시대의 명필 왕희지 王羲之의 서체를 계승, 독자적인 경지를 이루었다. 그의 서체는 모나고 군세고 예스럽고 고졸한 예서隸書의 느낌이 강했다. 하지만 또 한 가지 풍격에 얽매이지 않았기 때문에 자유분방하면서도 절제미가 있었다. 엄밀하면서 어여쁜 것이 그 미묘함을 이루 말로 설명하기 힘들었다.

　가화는 저수량의 서체뿐만 아니라 성격과 인품도 높이 평가했다. 저수량은 측천무후則天武后의 황후 책봉을 반대해 고종高宗 앞에 홀笏을 던지고 피가 날 때까지 머리를 조아린 사람이었다. 또 관직을 버리고 고향으로 돌아가겠다고 누누이 청을 올려 고종을 대로하게 만든 지사였다. 결국 측천무후가 집권한 후 그는 좌천에 좌천을 거듭했다. 나중에는 이국타향인 월남에서 숨을 거뒀다. 가화는 저수량처럼 성격이 강포하지 않으면서 끝까지 소신을 지킬 줄 아는 사람을 좋아했다.

　저수량의 영향 탓인지는 몰라도 가화는 작년 설에 다소 파격적인 춘련을 쓰기도 했다. "나를 청하러 온 거마車馬가 대문 앞에 3천 장 높이의 먼지를 일으켜도, 나는 다로茶爐와 다완을 벗해 홀로 차를 음미하리."라는 내용이었다. 진읍회는 그걸 보자마자 서체를 평가하는 대신 내용을 타박했다.

　"이건 문징명文徵明의 시 아닌가? 짝이 맞지 않는데."

　"대구對句이면 어떻고 아니면 또 어떤가? 세상에 정해진 법이 따로 있나? 선친께서도 '법본법무법'法本法無法(법은 원래 법이 없는 것)의 이치를 아셨네. 옛날 망우찻집 문 앞에 걸려 있던 대련이 기억나는가? '누가 차를 쓰다고 했나? 그 달기가 냉이 같은데.'라는 내용의 대련이었지. 이것도《시경》의 두 구절일 뿐 짝이 맞지 않기는 마찬가지 아닌가?"

진읍회는 고개를 끄덕였다. 가화의 말이 딱히 틀린 말은 아니었기 때문이었다. 하지만 여전히 마음이 놓이지 않는지 재차 확인했다.

"그건 그렇지만, 자네 이걸 정말 문 앞에 붙일 작정인가?"

가화는 거리낌 없이 '반동 언론'을 쏟아냈다.

"왜? '태양을 따르면 사계절이 언제나 봄 같다', '아무개의 말을 듣고, 아무개를 따르자', 이런 것들만 붙여야 한다는 법이라도 있는가?"

가화의 말에 진읍회는 말할 것도 없고 옆에 있던 요코마저 너무 놀라 얼굴이 새파래졌다. 급기야 요코가 쏜살같이 달려가서 문을 닫아걸고는 발을 구르면서 가화를 손가락질하며 잔소리를 했었다.

"당신, 당신 왜 그래요? 그러다 적발돼 잡혀가기라도 하면 어쩌려고요?"

가화가 요코의 말이 끝나기 무섭게 붓을 확 던졌다.

"적발하긴 누가 적발해? 당신? 아니면 자네?"

진읍화와 요코는 멍해졌다. 가화가 문을 열어 햇빛이 들어오는 것을 확인하고는 다시 말했다.

"'팔공산상 초목개병'八公山上 草木皆兵(극도의 두려움으로 팔공산 숲의 나무가 모두 적으로 보임)이 따로 없군."

가화가 진읍회와 요코가 여전히 멍해 있는 모습을 보고 한숨을 내쉬었다.

"내가 자네 둘을 나 자신처럼 믿지 않았다면 자네들 앞에서 이런 말을 할 수 있었겠는가? 내가 다른 가족이나 이웃들 앞에서 이런 말을 하는 걸 본 적이 있는가? 나 가화가 어떤 사람인지 자네들도 잘 알지 않은가? 어쩌다 한마디 한 걸 갖고 너무 뭐라 하지 말게. 나도 숨 좀 쉬자고."

가화는 말은 그렇게 하면서도 어느새 다른 종이에 '인담여국, 신청사차'人淡如菊, 神淸似茶(사람이 담백하기가 국화와 같고, 정신은 맑기가 차와 같다)라는 여덟 글자를 썼다. 이어 말했다.

"이건 어떤가?"

진읍회가 고개를 끄덕이면서 말했다.

"자네 집에 딱 어울리네. 하지만 우리 집에 붙여놓기는 좀 그런데……. 학생들이 이걸 보면 '진 선생이 이제는 혁명에서 완전히 손을 뗐다.'면서 뭐라고 할 것 같네."

가화가 피식 웃었다.

"진 뚱보, 결국 에둘러서 나를 욕하는군. 까짓 혁명에 참가하지 않으면 또 어떤가? 됐네, 이걸 붙이자고."

대련은 가화네 집 대문에 반년 동안이나 붙여져 있었다. 그러다 6월부터 '네 가지 낡은 것'을 없애는 운동이 시작되면서 마음 약한 요코에 의해 떼어졌다. 그리고 다시 설이 돌아왔다. 가화는 열심히 먹을 가는 영상을 멀거니 바라보면서 생각에 잠겼다.

'올해 춘련은 무엇을 써야 하나?'

가화는 진읍회의 웅글진 웃음소리를 떠올렸다. 새삼스럽게 그가 그리웠다. 하지만 진읍회는 이미 죽고 없었다. 거리를 지날 때마다 심심찮게 보이던, 진읍회의 멋진 필적이 담긴 간판들도 이제는 하나도 남아 있지 않았다. 하긴 '공봉춘'孔鳳春, '변복무'邊福茂, '천향루'天香樓, '방유화'方裕和 등등 오랜 전통을 지닌 가게 이름도 '네 가지 낡은 것'으로 간주돼 다 없어진 마당에 그깟 간판이 뭐 중요하겠는가? 가화는 왕일품王一品의 양호

호필羊毫湖筆을 따뜻한 물에 적시면서 손자 득도 생각을 했다.

'그 녀석이라면 기가 막힌 대련을 생각해낼 텐데. 오늘은 집에 올 수 있을까? 그 녀석은 가족들이 눈이 빠지게 기다리고 있다는 걸 알기나 할까?'

1967년 음력설을 앞두고 비바람이 몰아쳤다. 항주 교외의 대나무 숲은 부러지고 휘어지고 피해를 적지 않게 입었다. '혁명'도 더욱 더 맹렬한 기세로 진행되고 있었다. 득도파와 오곤파 양대 파벌 사이의 갈등은 이제 같은 하늘 아래 도저히 양립할 수 없는 적대적 계급투쟁으로 비화됐다.

얼마 전에는 강남대학에서 득도파와 오곤파 사이에 꽤 큰 유혈충돌이 벌어졌다. 사건의 발단은 오곤파가 양진을 끌어내 비판투쟁한 것에서 시작됐다. 이에 앞서 오곤파가 양진을 비판투쟁하도록 먼저 빌미를 제공한 것은 득도파였다. 득도파가 오곤의 과거를 폭로한 대자보를 항주 시내 곳곳에 붙여 개망신을 줬기 때문이었다. 오곤은 하룻밤 사이에 '배신자', '좀벌레', '간신배'의 대명사가 돼버렸다. 심지어 오곤파 내부에서도 "정치적 문제가 심각한 오곤을 타도하자."는 목소리가 흘러나왔다. 조쟁쟁은 화가 나서 펄펄 뛰었다.

"득도 이 개자식은 당신을 골탕 먹이려고 일부러 그런 게 틀림없어요!"

오곤은 조쟁쟁처럼 호들갑을 떨지 않았다. 하지만 속이 켕기고 조마조마하기는 마찬가지였다. 그가 외투를 입고 나갈 준비를 하면서 말했다.

"내 명령 없이 함부로 경거망동하지 마오!"

조쟁쟁이 오곤의 소매를 덥석 잡았다.

"어딜 가려고요?"

오곤이 조쟁쟁의 손을 뿌리치면서 말했다.

"걱정하지 마오. 긴히 만나야 할 사람이 있소."

조쟁쟁이 오곤의 옷깃을 거머쥔 채 말했다.

"우리 아빠 만나러 가요. 나도 같이 갈래요!"

오곤은 조쟁쟁의 '아빠'라는 말에 그만 열이 확 솟구쳤다. 조쟁쟁이 걸핏하면 '아빠'를 내세우는 것이 정말 너무 싫었던 것이다. 그렇지만 싫어하는 티를 낼 수는 없었다. 그는 길게 한숨을 내쉬고 억지웃음을 지으면서 조쟁쟁을 달랬다.

"걱정하지 말라고 했잖소. 내 스스로 충분히 해결할 수 있는 일이오."

조쟁쟁은 여전히 오곤의 옷깃을 거머쥔 채 눈빛을 이글거렸다. 오곤을 향한 그녀의 집착은 이제는 아주 숨이 막힐 지경이었다. 오곤이 다시 웃는 얼굴로 조쟁쟁을 달랬다.

"쟁쟁의 혁명적 우정에 감사를 표하오. 정말 고맙소. 하지만 혁명가는 그 어떤 시련도 이겨낼 수 있어야 하오……."

조쟁쟁이 빨아들일 듯한 눈으로 바라볼 때면 오곤이 할 수 있는 일은 별로 없었다. 유일하게 할 수 있는 일은 엄숙하게 혁명에 대해 논하는 것뿐이었다. 조쟁쟁의 뜨거운 욕정의 불길을 끌 수 있는 것은 혁명에 관한 화제 외에는 없었다. 하지만 가끔은 조쟁쟁의 눈빛이 전 중국에 만연한 혁명의 불길마저 집어삼킬 정도로 강렬할 때도 있었으니 오곤은 그럴 때면 오싹 소름이 끼쳤다. 인정하기 싫었으나 그는 조쟁쟁을 두려워하고 있었다.

사실 따지고 보면 오곤과 조쟁쟁 사이가 처음부터 삐걱댄 것은 아니었다. 오곤은 처음에는 조쟁쟁에게 조금이나마 호감이 있었다. 심지어 조쟁쟁이 차 탕관으로 진읍회를 때려죽였다는 말을 듣고도 살인과 연결 짓지 않고 '과격한 혁명적 행동'으로 가볍게 치부해버리기도 했다. 그리고 그날 밤, 의례적으로 혁명에 대해 한참 대화를 나눈 후 오곤은 조쟁쟁에게 개인적 고민을 털어놓기 시작했다.

"……내가 말이요, 그때는 눈이 멀어도 한참 멀었었지. 어떻게 그런 여자하고 엮였는지 몰라. 지금 생각해보면 운도 지지리 나빴어……."

이 방법은 언제나 효과적이었다. 여기까지 듣고 오곤의 불행을 동정하지 않는 여자는 지금까지 단 한 명도 없었다. 오곤은 술을 조금 마셨으나 취할 정도는 아니었다. 그의 목적은 조쟁쟁의 아버지를 통해 자신의 난처한 상황을 윗사람들에게 전달함으로써 선처를 받는 것이었다. 그는 백야와 양진 때문에 이대로 정치적 생명을 끝내고 싶지 않았다. 그는 여자를 좋아하긴 했지만 여자의 몸에 환장하는 남자는 아니었다. 문제는 조쟁쟁이 든든한 배경을 갖고 있는 여자라는 사실이었다. '혁명'과 '성'性의 결합이라는 조쟁쟁만의 묘한 매력이 그를 사로잡았다. 결국 그는 속으로는 '저질스럽고 하등 쓸모없는 짓'이라고 백번도 넘게 자책하면서 겉으로는 은근히 추파를 던지면서 조쟁쟁을 유혹하고 말았다.

조쟁쟁은 밀고 당기기의 고수 앞에서 속절없이 무너졌다. 취기가 오른 오곤이 노래와 춤을 요구하자 기꺼이 응했다. 노래와 춤은 사실 어릴 때부터 예술을 좋아한 조쟁쟁의 주특기였다. 그녀가 흥이 나서 고난도의 발레동작을 선보일 때 갑자기 전등이 나갔다. 방안은 순식간에 어둠에 휩싸였다. 누가 먼저랄 것도 없이 둘은 서로를 껴안고 침대에 쓰러지듯 누웠다. 어둠 속에서 여자는 숨을 헐떡이면서 뱀처럼 몸을 비비 꼬왔다. 오곤도 한껏 달아올랐다. 바로 그때, 결정적인 순간을 앞둔 그때 조쟁쟁이 소리를 질렀다.

"'만세' 그만하고 다른 말 좀 해요. 당신은 '만세'밖에 할 줄 몰라요?"

'만세'라니, 오곤은 동작을 멈추고 귀를 기울였다. 수많은 사람들의 '만세' 소리가 합창처럼 귓가에 울려 퍼졌다.

"만세……! 만세……! 만세!"

오곤은 온몸에 맥이 탁 풀리면서 조쟁쟁의 몸에서 떨어져 내렸다. 등골이 서늘해지면서 식은땀이 줄줄 흘렀다. 결국 그날 밤의 '거사'는 실패로 끝나버렸다. 오곤은 아무리 생각해도 그 이유를 알 수 없었다. 망할 놈의 '만세', 대체 뭐가 문제지? 무엇 때문에 '만세'만 외치면 심신이 물 먹은 솜처럼 축 처지면서 힘을 못 쓰게 되는 거지? 그렇다고 그가 '만세'를 싫어하느냐 하면 그것도 아니었다. 그는 '만세'를 좋아했다. 결국 그는 끝까지 해답을 찾지 못했다.

그날 밤 이후로 오곤을 보는 조쟁쟁의 눈빛은 더욱 집요해지고 탐욕스러워졌다. 성격도 점점 더 난폭해졌다. 조쟁쟁이 무자비하게 사람을 때리고 다녀 '여자 망나니'라는 별명이 붙었다는 소문이 오곤의 귀에까지 전해졌다. 급기야 어느 날은 조쟁쟁이 누군가의 따귀를 사정없이 때리는 모습을 직접 목격하고 말았다. 그래도 오곤은 점잖게 타일렀다.

"폭력을 쓰지 말고 말로 하는 게 좋겠소."

조쟁쟁은 지지 않고 대들었다.

"왜요? 국가 지도자들도 '문공무위'文攻武衛(말과 글로 적을 공격하고 무력으로 방위함)를 지시했는데 제가 뭘 잘못했다고 그래요?"

오곤은 입으로는 조쟁쟁을 당해낼 재간이 없었다. 조쟁쟁은 정곡을 찌르는 말만 골라서 했다. 오곤이 '영국 혁명'을 예로 들면 그녀는 '프랑스 혁명'을 거론했다. 오곤이 '수정주의'에 대해 말하면 그녀는 '에두아르트 베른슈타인'(독일 수정주의의 대표적 이론가)의 이름을 끄집어냈다. 오곤이 '미하일 바쿠닌'(러시아의 무정부주의자·사상가)에 대해 말할라치면 그녀는 '레세크 콜라코브스키'(소련 철학자)로 응수했다. 그녀는 아는 것이 많았고 기억력이 비상했다. 아마 '문화대혁명'만 아니었더라면 편집증 있는 유능한 과학자가 됐을지도 몰랐다. 오곤은 조쟁쟁의 집착에 이제는 넌덜머리가 났다. 가끔 이러다 죽을 때까지 조쟁쟁에게서 벗어나지 못하는 건 아닐까 하는 무서운 생각도 들었다. 더구나 그에게는 아직 조쟁쟁의 아버지가 필요했다. 그와 조쟁쟁의 아버지는 입술과 이처럼 상호의존적인 밀접한 관계였다. 아무튼 그는 평생 조쟁쟁에게 시달릴 생각만 하면 머리털이 곤두서고 가슴이 답답해지는 것을 어쩌지 못했다.

오곤은 조쟁쟁의 첫사랑이었다. 조쟁쟁은 오곤의 몸과 정신을 모두 사랑했다. 예쁘고 춤도 잘 추는 그녀는 남자들에게 인기가 많았다. 하지만 처음으로 그녀의 몸과 마음을 온통 사로잡은 남자는 오곤이었다.

하루 종일 오곤 생각만 하던 조쟁쟁의 머릿속에 한 가지 의심이 번뜩 스쳐 지나갔다.

'오곤은 무엇 때문에 양진에게 손을 쓰지 않는 걸까? 혹시 장인어른이라는 명분 때문에 측은지심이 생긴 걸까? 아니, 아니야. 오곤처럼 혁명사업에 확고한 신념을 가진 사람이 그럴 리 없어. 그렇다면 결론은 하나다. 직접 손을 쓰기 뭐해서 가만히 있는 게 틀림없어.'

조쟁쟁은 다시 속으로 중얼거렸다.

'그가 직접 나서기 불편하면 내가 있지 않은가. 맞아, 양진을 학교로 끌고 와서 비판투쟁할 생각을 왜 못했지? 정신이 번쩍 들 정도로 투쟁을 당하면 천하의 화강암 머리도 트이지 않고는 못 배길 거야.'

조쟁쟁은 덕성과 명망이 높은 노 혁명가들이 모 주석의 초상화 앞에 무릎을 꿇고 눈물, 콧물을 흘리는 모습을 적지 않게 봤었다. 그녀의 생각은 이제 더욱 구체적으로 전개되어 갔다.

'탄환이 빗발치는 전쟁터를 두려움 없이 누비던 늙은이들이 그리 쉽게 홍위병들 앞에 무릎을 꿇는 이유가 무엇인가? 육체적 고통을 맛보지 못하면 정신이 번쩍 들 수 없는 것이다. 오곤은 마음이 여리고 모질지 못한 것이 문제야. 아직까지 한 번도 사람을 때린 적이 없어. 이번에는 내가 그를 대신해 혁명적 권력을 휘둘러야겠어.'

조쟁쟁은 행동력이 빠른 여자였다. 바로 그길로 학교로 달려갔다. 그녀는 곧 '전우'들을 규합해 양진이 갇혀 있는 상천축사로 기세등등하게 쳐들어갔다.

상천축사에서 양진을 지키는 무리 중에는 오곤의 전우 채차도 있었다. 오곤은 백야의 마음을 얻는 데는 실패했으나 여자 복은 꽤 있었다. 조쟁쟁과 채차 두 여자가 서로 다른 방식으로 오곤을 뜨겁게 사랑하고 있기 때문이었다. 그중에서도 채차는 몸과 마음을 오곤에게 아낌없이 헌신했다. 그녀는 남편 이평수와 한 침대를 쓰지 않은 지 이미 오래 됐다. 집으로 돌아가지 않고 조반 본부에서 거의 대부분의 시간을 보냈다. 또 오곤이 원할 때면 두말없이 몸을 내줬다. 가끔은 오곤의 품을 파고들면서 칭얼대기도 했다.

"더 이상 이렇게는 못 살겠어요. 저 이혼하고 싶어요."

오곤은 채차가 괴롭힐 때면 눈을 질끈 감아버렸다. 채차의 덩치에 걸맞지 않는 어설픈 애교와 눈물, 콧물 범벅된 크고 넓적한 얼굴을 보면 안고 싶은 마음이 싹 사라지는 탓이었다. 밤을 함께 보낼 때는 아예 불도 꺼버렸다. 그는 어둠속에서도 채차의 눈물범벅된 얼굴이 자신의 몸에 닿을세라 무척이나 조심했다. 채차는 사람은 좀 모자라지만 몸은 그나마 풍만하고 풋풋하면서도 싱그러운 흙냄새가 나는 것이 꽤 쓸 만했다. 채차는 성격이 우직하고 시키면 시키는 대로 하는 사람이었다. 조쟁쟁처럼 꾀가 많거나 사람을 피 말리는 성격은 아니었다. 오곤이 양진을 지키는 임무를 채차에게 맡긴 것은 다 이유가 있었다.

그러나 주도면밀한 오곤도 실수를 할 때가 있었다. 조쟁쟁이 직접 상천축사로 쳐들어와서 양진을 잡아갈 줄은 전혀 예상하지 못했던 것이다. 채차는 애가 타서 펄쩍펄쩍 뛰면서 말했다.

"안 돼요, 안 돼! 양진은 북경에 압송되기 전까지 여기 있어야 해요."

조쟁쟁이 곁눈질로 채차를 힐끗 쳐다봤다. 가소롭다는 의미였다. 이어 픽, 하고 코웃음을 흘리면서 말했다.

"시골뜨기, 당신이 뭘 안다고 떠들어? 시키는 일이나 고분고분 해요. 주제넘게 나대지 말고."

조쟁쟁이 말을 마치자마자 손을 흔들었다. 그러자 '전우'들이 채차를 한쪽으로 밀치고 양진을 끌어냈다.

혁명 군중들이 학교에 새까맣게 모여 있었다. 구호소리가 하늘땅을 뒤흔들었다. 양진은 차에서 내리자마자 비판대로 끌려올라갔다. 한겨울인데도 그는 회색 나사 겉옷 차림이었다. 예전에 외교관으로 소련에 갔을 때 산 옷인 듯 그다지 낡지는 않아 보였다.

양진이 비판대에 올라가자 바로 쌀풀 통을 든 홍위병이 득달같이 따라 올라갔다. 홍위병은 마치 대자보를 붙일 담벼락이라도 훑어보듯 양진을 쓱 훑어봤다. 이어 제법 익숙한 솜씨로 양진의 몸 앞뒤에 풀질을 하기 시작했다. 풀질이 끝나자 마치 멜빵바지를 입히듯 기다란 표어 두 장을 양진의 가슴과 등에 척 붙였다. 두 장의 표어에는 각각 "양진은 악당의 앞잡이다", "양진을 타도하고 막후 세력을 캐내자"라고 적혀 있었다.

상천축사에서의 혼전 때문에 얼떨떨해하던 양진은 차츰 정신을 차렸다. 불행히도 그는 성격이 외골수인 데다 눈치도 무뎠다. 게다가 지금까지 연금만 당했을 뿐 다른 우귀사신들처럼 대규모 비판투쟁을 당해보지 않았기 때문에 홍위병들이 얼마나 무서운지 알지 못했다.

비판대 아래에서는 혁명적 군중들이 악을 쓰듯 "양진 타도!" 구호를 외치고 있었다. 뭔가를 생각하던 양진은 곧 모두의 예상을 벗어난 행동을 하기 시작했다. 몸에 붙어 있는 표어를 쭉 뜯어내 연단에 내려놓은 것이다. 그러더니 조쟁쟁의 눈을 똑바로 보면서 입을 열었다.

"비판 받는 건 괜찮아. 하지만 인신공격은 사양한다. 나 양진은 앞잡이가 아니야. 배후 세력이라는 것도 존재하지 않아."

조쟁쟁은 깜짝 놀라면서 어이없다는 표정을 지었다. 다른 사람들도 입을 딱 벌렸다. 시끌벅적한 소리가 별안간 잦아들었다. 모두들 '뭐 이따위 인간이 다 있지?' 하는 표정으로 양진에게 시선을 집중했다. 뜻밖에도 '이따위 인간'은 한술 더 떠 비판대 가장자리로 가서 서더니 태연스럽게 한마디 내뱉었다.

"자, 시작해!"

양진의 말이 끝나기 무섭게 남학생 두 명이 무림의 고수처럼 날렵하게 비판대 위로 뛰어올라갔다. 이어 양진의 팔을 잡고 무릎 꿇리려고 했다. 조쟁쟁이 그런 그들을 손짓으로 제지시켰다. 조쟁쟁은 한마디도 하지 않고 그저 눈짓, 손짓만으로 학생들을 척척 지휘했다. 조쟁쟁이 손 짓을 하자 풀통을 든 홍위병이 다시 양진의 몸에 풀을 바르고 표어를 붙였다. 양진의 입술이 움직이는 것을 본 군중들이 웅성거렸다.

"뭐라고 했어? 틀림없이 반동적 발언을 했을 거야."

풀통을 든 홍위병이 맹한 표정으로 대답했다.

"허튼 짓을 그만하라고 했어요. 또 이런 방식은 당 중앙의 정신에 위배된다고 했어요."

대회장은 쥐죽은 듯 조용해졌다. 다들 당혹감과 놀라움에 할 말을 잃고 어찌할 바를 몰라 했다. 여태까지 수없이 많은 비판대회를 열었으 나 양진처럼 악질적인 반동분자는 처음이었다. 일순간 누군가의 고함소 리가 적막을 깨뜨렸다.

"족쳐!"

혁명적 군중들이 산을 무너뜨리고 바다를 뒤엎을 기세로 호응했다.

"족쳐! 족쳐! 때려! 때려!"

분노한 홍위병 무리들이 우르르 비판대 위로 돌진했다. 맞는 사람 은 보이지 않고 온통 때리는 사람들뿐이었다. 그들은 이얍, 이얍, 기합까 지 넣으면서 모래주머니 때리듯 양진의 몸을 마구잡이로 구타했다. 양 진의 움직임에 따라 이쪽저쪽으로 몰려다니는 누런 군복의 무리는 포 효하는 바다의 용솟음치는 파도를 방불케 했다. 사태의 심각성을 깨달 은 조쟁쟁이 그예 마이크에 대고 소리를 질렀다.

"동지들, 죽이면 안 돼! 아직 쓸모가 있어! 죽이면 안 돼!"

충실한 부하들은 목청을 높여 조쟁쟁의 말을 복창했다.

"죽이면 안 돼! 아직 쓸모가 있어! 살려둬! 죽이면 안 돼!"

비판대 위의 홍위병들이 우르르 내려왔다. 다시 모습을 드러낸 양진은 온몸이 피투성이가 되어 쓰러져 있었다. 머리 위쪽은 피로 시뻘겋게 젖어 있었다. 다시 우렁찬 구호소리가 터져 나왔다. 악질 반동분자에게 맛보기로 호된 맛을 보여줬으니 이제부터 본격적인 비판투쟁이 시작될 터였다. 양진은 간신히 몸을 일으켰다. 비틀비틀 간신히 몸을 가누는 그 동작은 마치 숨통이 끊어지지 않아 고통스러워하는 짐승 같았다. 구호소리가 잦아들었다. 사람들은 양진이 힘겹게 중심을 잡고 일어서는 모습을 영화라도 구경하듯 숨죽이고 지켜봤다. 비판대 한가운데에 우뚝 서서 군중들을 내려다보는 양진의 코에서 갑자기 시뻘건 피가 분수처럼 확 솟구쳤다. 피가 순식간에 앞가슴을 적셨다.

풀통을 든 홍위병이 세 번째로 비판대 위에 올랐다. 그는 화가 잔뜩 난 표정을 하고 있었다. 그도 그럴 것이 지금까지 수없이 많은 우귀사신들의 몸에 표어를 붙였어도 다 한 번으로 족했지 이렇게 세 번씩 고생한 적은 없었기 때문이었다. '너는 그것도 제대로 못하나?'고 사람들이 비웃는 것 같아서 창피하고 자존심도 상했다. 그저 평범한 우귀사신인 줄 알았던 늙다리가 고무줄보다 더 질긴 고집불통일 줄 누가 알았겠는가. 그렇게 갑자기 양진에게 개인적인 원한을 느낀 홍위병은 통 안의 쌀풀을 양진의 머리에 냅다 들이부었다. 그리고는 갖고 온 표어들을 닥치는 대로 양진의 머리와 몸에 덕지덕지 붙였다. 조쟁쟁을 비롯한 젊은 홍위병들은 열렬한 박수와 환호를 보냈다. 오만하고 고집 센 늙다리를 드디어 굴복시켰다는 승리감에 장내는 축제 분위기로 바뀌었다. 그때 누군가 비명을 질렀다.

"피! 피!"

넓은 대회장에 또다시 적막이 찾아왔다. 사람들은 아연한 얼굴로 양진을 바라봤다. 양진의 머리에 붙어 있는 하얀 표어에서 점점이 붉은 피가 빨간 꽃처럼 배어나왔다. 얼마 지나지 않아 빨간 꽃은 형체를 잃고 표어를 따라 주르륵 흘러내리면서 기이한 도안을 형성했다.

머리에 '빨간 꽃'을 이고 표어들에 파묻히다시피 한 늙다리가 갑자기 온몸을 들썩이면서 호탕한 웃음을 터뜨렸다.

"하하하하하……."

고요한 대회장에 울려 퍼진 웃음소리는 기괴하고 소름이 끼쳤다. 얼마나 크게 웃어대는지 몸에 빈틈없이 빽빽하게 붙여놓은 피로 물든 표어들이 쩍쩍 갈라지기 시작했다. 터지고 찢어진 입술을 뚫고 깨진 이빨들이 툭툭 튀어나왔다.

여기저기에서 비명소리가 터져 나왔다. 담이 작은 여학생들은 비명을 지르면서 밖으로 도망갔다. 나름 비판투쟁 경험이 많다고 자부하는 조쟁쟁도 너무 놀라 그 자리에 굳어져버렸다. 양진이 만만한 상대가 아닐 것이라고 짐작은 했으나 이 정도일 줄은 몰랐던 것이다.

"하하하하하하……."

웃음소리가 절정에 치달을 즈음, 양진의 몸에 붙어 있던 수많은 표어들은 마치 무거운 갑옷이 무게를 지탱 못하고 벗겨지듯 한꺼번에 툭하고 발치로 떨어졌다. 양진은 속눈썹에 핏방울을 대롱대롱 매단 채 눈을 크게 뜨고 대회장을 획 둘러보더니 천천히 무겁게 허물어져 내렸다.

오곤이 소식을 듣고 달려왔다. 양진은 그때까지 홀로 피가 흠뻑 고인 바닥에 쓰러져 있었다. 홍위병들은 양진을 병원으로 이송해야 할지 말지에 대해 의논하고 있었다. "뉘우침이 뭔지 모르는 화강암 머리 늙다리는 죽어도 싸다."는 것이 다수의 의견이었다. 오곤은 양진의 몰골을 보자 두 말 없이 조쟁쟁에게 다가가 철썩, 따귀를 갈겼다. 학생들은 모두 멍해졌다. 조쟁쟁은 부들부들 떨면서 한마디도 못했다. 오곤이 손짓을 하자 학생들이 양진을 구급차로 옮겼다.

양진이 응급실에서 생사를 넘나드는 동안 득도파가 병원을 포위했다. 병원 문을 채 빠져나오지 못한 오곤은 병원 복도에서 득도와 맞닥뜨렸다. 분노가 가득한 두 쌍의 눈빛이 서로를 노려보면서 대치했다. 이윽고 득도가 어깨로 오곤을 세게 밀쳐내고 응급실로 달려갔다.

득도는 원래의 모습을 찾아볼 수 없을 정도로 처참하게 얻어맞은 양진을 본 순간 수단과 방법을 가리지 않고 그를 빼내와야겠다는 결심을 더욱 굳혔다. 사실 그는 며칠 전부터 상천축사에 갇혀 있는 양진을 빼내올 생각으로 침식을 잊다시피 했다. 오곤파와 협상을 시도하지 않은 것도 아니었다. 그러나 협상은 번번이 실패로 돌아갔다. 상대의 경계가 얼마나 삼엄한지 뚫고 들어갈 수도 없었다. 포랑은 벌써 몇 번이나 정찰을 다녀왔다. 한번은 영상을 시켜 양진이 갇혀 있는 방 창문으로 빈 치약껍데기를 던져 넣는 데 성공했다. 치약껍데기 안에는 비밀쪽지가 들어 있었다. 잠시 후 치약껍데기가 다시 밖으로 내던져졌다. 득도는 포랑이 가져온 비밀쪽지를 읽고 나서 말했다.

"양진 선생이 곧 다른 곳으로 이송될 거래요. 한시바삐 구출해야 해요."

포랑이 말했다.

"식사 때에는 두 사람만 바깥방에서 지키더구나. 우리가 꾀를 써서 그 두 놈만 없애버리면 되지 않겠어?"

"좋은 방법이 없을까요?"

"그거야 간단하지. 상천축산에 예쁜 독버섯이 지천이더구나. 내가 시골사람인 척 그들에게 독버섯을 가져다줄 거야. 독버섯을 먹으면 십 분도 지나지 않아 인사불성이 된단다. 밤이 되기를 기다려 양진 선생이 제 발로 걸어 나오면 우리는 준비한 차에 싣고 안전한 곳으로 가면 되는 거야. 어때? 간단하지?"

득도의 표정이 굳어졌다.

"독버섯을 먹으면 죽어요?"

포랑이 반문했다.

"이 녀석, 말하는 것 좀 봐. 먹고 안 죽으면 그게 독버섯이냐?"

"어떻게 그런 생각을 다 할 수 있어요?"

득도는 포랑이 혹여 정말로 황당무계한 짓이라도 할까봐 따끔하게 일침을 놓았다. 하지만 아무리 생각해도 뾰족한 방법이 떠오르지 않았다. 무기를 탈취해 강제로 쳐들어갈 생각도 하지 않은 것은 아니었다. 하지만 고심 끝에 만부득이할 때 하는 '하하책'下下策으로 간주해 시도하지 않았다.

득도는 혼수상태에 빠진 양진을 보면서 후회막급의 자책을 하지 않을 수 없었다.

'다 내 탓이야. 내가 더 독했어야 했는데……'

이후 사나흘 동안 병원은 '조반 본부'로 변해버렸다. 득도파와 오곤 파는 팽팽한 대치상태를 유지하면서 함께 양진의 상태를 지켜봤다. 나흘째 되는 날, 양진이 드디어 의식을 회복했다. 득도와 오곤은 동시에 안도의 한숨을 내쉬었다. 다행히 상처 회복은 비교적 빨랐다. 듣는 데도 별 문제가 없고 머리도 예전처럼 명석한 것 같았다. 하지만 양진은 무엇 때문인지 입을 꾹 다물고 한마디도 하지 않았다.

득도가 오곤을 병원 뒷문으로 불러냈다. 이어 굳은 얼굴로 단도직

입적으로 말했다.

"오곤, 양진 선생을 풀어주게. 이번에는 나도 가만히 있지 않겠어. 양진 선생을 풀어주지 않으면 죽기를 각오하고 끝까지 싸우겠네."

오곤이 잠깐 생각하더니 말했다.

"좋아, 양진 선생은 이제 듣고 말하는 데 지장이 없으니 자네가 직접 가서 그의 의견을 들어보게. 그가 자네와 같이 있기를 원한다면 나도 막지 않고 보내주지."

득도는 더 듣지 않고 몸을 돌렸다. 오곤이 득도를 잡고 간곡한 어조로 말을 이었다.

"득도, 내 말을 끝까지 들어 봐. 자네가 이렇게 한다고 해서 달라지는 건 없어. 물론 자네가 이렇게 하는 데는 백야의 입김이 작용한 것도 있겠지. 자네와 백야가 한통속이라는 걸 알고 있네. 하지만 자네가 내 과거를 폭로하고 나를 비판하는 대자보를 붙여봤자 양진에게 무슨 보탬이 되는가? 자네 눈에는 내가 아무 이유도 없이 양진을 붙잡아 놓고 보내주지 않는 걸로 보이는가? 그는 내 장인이네. 자네가 아닌 내 장인이라는 말이야. 내가 아무리 천하의 나쁜 놈이라고 한들 설마 장인어른을 이 지경으로 만들었겠는가? 젠장, 내가 무슨 말을 하는지 아직도 모르겠어? 무슨 설명이 더 필요해?"

"긴 말 필요 없네. 위에서 양진 선생의 증언을 필요로 한다는 한마디면 될 걸 웬 사설이 그리 긴가?"

오곤이 시무룩하게 말했다.

"자네 말이 맞아. 이번에 조쟁쟁이 중뿔나게 끼어들지만 않았더라면 양진은 벌써 북경에 도착했을 거네."

득도는 예상 못했던 바는 아니지만 양진이 북경으로 끌려가게 될 것이라는 말을 직접 듣고 나니 마음이 착잡해졌다. 급기야 화풀이 삼아 오곤에게 한마디 쏘아붙였다.

"자네, 혁명을 위해 큰 공을 세웠구먼."

오곤은 득도의 신랄한 비웃음에도 아무 반응도 하지 않았다. 이미 너무 많은 것을 겪어서 신경이 무뎌졌는지도 몰랐다. 오곤은 짧게 한마디 하고 자리를 떴다.

"자네하고는 더 할 말이 없네. 말해봤자 자네는 이해하지 못할 거니까."

득도는 이때까지 양진과 길게 대화를 나눈 적이 없었다. 하지만 그는 양진의 사람됨을 짐작할 수 있었다. 양진은 터무니없는 짓을 할 사람이 아니었다. 다만 시대를 잘못 만나 역사의 제물이 된 것뿐이었다. 역사는 영원히 강자의 편이 아니던가.

양진은 말없이 득도를 향해 손을 내저었다. 얼른 가라는 뜻이었다. 양진의 성격상 득도를 '도화선'으로 만들 일은 절대 없을 터였다.

양진의 손짓은 득도를 더욱 가슴 아프게 만들었다. 득도는 눈물이 나오는 것을 꾹 참았다. 그는 양진의 상황을 가족들에게 비밀로 했다. 이제는 혼자 짐을 짊어질 때도 된 것이다. 그는 침대머리에 앉아 양진을 내려다보면서 자신의 계획을 설명했다. 양진의 무섭게 퉁퉁 부었던 눈은 많이 가라앉아 있었다.

"제가 어르신을 모셔가겠어요. 저희가 어르신을 보호해드리겠어요. 어르신은 무늬만 '우귀사신'일 뿐 아무런 박해도 받지 않을 겁니다. 그들의 질문에 그저 사실대로 대답하시면 돼요. 중국 최대 주자파의 죄를 묻는데 어르신의 증언이 필요하다는 말 따위는 믿지 않아요. 오곤이 자신의 치적을 과시하기 위해 교활한 술수를 부려 일을 크게 만든 것이 틀림없어요. 어르신의 생각은 어떻습니까? 아니, 어르신은 가만히 계세요. 아무 말씀 안 하셔도 돼요. 저는 어르신이 무슨 생각을 하는지 알고 있어요. 그런 것이 아니라고요? 어르신은 제가 이번 일에 쓸데없이 끼어들었다고 책망하시는 거죠? 하지만 저는 후회 없습니다. 더 이상 침묵하지 않을 거예요. 당신들은 고난을 겪고 있는데 저 혼자 유유자적, 무사태평할 수는 없잖아요. 어르신, 지금껏 기회가 없어서 말씀드리지 못했는데 사실 저도 정치적 재능이 있는 것 같아요. 처음에는 억지로 정치투쟁에 뛰어들었는데 어느 순간부터 제가 그것을 슬슬 즐기고 있더군요. 제가 요즘 무슨 생각을 하는지 아세요? 제 아버지 생각을 했어요. 제 아버지는 자유로운 영혼의 소유자였다고 하더군요. 그런 분이 어떻게 집단에 합류했는지 예전에는 이해하지 못했는데 지금은 이해가 가요. 어르신은 환골탈태의 느낌을 받으신 적이 있어요? 제가 지금 딱 그 느낌입니다. 몹시 괴롭지만 다른 한편으로 무언가를 위해 나 자신을 희생한다는 성스러운 사명감? 어르신, 왜 그러세요? 다시 한 번 말씀해주세요. 커튼을 열라고요? 좋아요, 제가 열어드릴게요. 어르신, 무엇을 보고 싶으세요?"

득도는 커튼을 열었다. 그리고 멍해졌다. 함박눈이 펑펑 쏟아지는 창밖에 머리에 수건을 쓰고 우산을 든 여자가 서 있었다. 고모할머니 기초였다. 득도는 창문을 열려고 했다. 그러나 기초는 한사코 손사래를 쳤다. 밖이 매우 추우니 창문을 열지 말라는 뜻이었다. 득도는 양진을 부축해 일으켰다. 퉁퉁 붓고 곳곳에 멍투성이인 양진의 얼굴에 희미한 미소가 떠올랐다. 창밖의 기초 할머니도 웃고 있었다. 기초가 유리창에 얼굴을 바싹 붙였다. 코가 납작하게 눌린 모습이 어릿광대처럼 우스꽝스러웠다. 눈발이 점점 더 굵어지고 있었다. 어느새 기초의 우산 위로 새하얀 눈이 두툼하게 쌓였다. 기초는 양진에게 얼른 누우라는 손짓을 했다. 양진은 고개를 저었다. 미소 짓는 얼굴로 기초의 얼굴에서 시선도 떼지 않았다. 하지만 여전히 한마디도 하지 않고 있었다. 득도는 생각할수록 신기했다. 커튼이 꽁꽁 닫혀 있었는데 양진 선생은 기초 할머니가 밖에 있다는 것을 어떻게 알았을까? 이런 것을 일컬어 "텔레파시가 통했다."고 하는 걸까? 물론 '텔레파시'는 '네 가지 낡은 것' 중 하나인 미신이다. 하지만 그것 말고는 어떻게 설명할 수 없지 않은가. 득도는 다시 창가로 가서 기초 할머니에게 말했다.

"고모할머니, 어서 집으로 돌아가세요. 여기는 할머니가 들어올 수 없는 곳이에요. 밖이 추우니 얼른 집으로 돌아가세요."

기초가 웃으면서 고개를 저었다. 기초의 눈물과 창밖의 눈송이가 한데 섞여 바람에 흩날렸다.

기초는 드디어 자리를 떴다. 가기 전에 작별인사 대신 손으로 하늘을 가리키는 동작을 했다. 양진은 알았다는 듯 이빨이 빠져나간 잇몸이 보일 정도로 크게 웃었다. 득도는 양진의 웃는 모습에 크게 놀랐다. 양진의 처연한 웃음을 보노라니 그와 혈연관계가 있는 여자의 얼굴이 떠올랐다. 득도는 다시 창가로 다가갔다. 병원 대문 밖으로 천천히 사라지는 기초 할머니의 뒷모습이 보였다. 그로서는 눈으로 전송할 수밖에 없었다.

보름 정도 지나 설이 다가올 무렵, 양진을 북경으로 호송하라는 지령이 또 내려왔다. 양진은 이번에는 침묵하지 않았다. 그는 오곤을 불러 말했다.

"상천축사로 돌아가겠네. 그곳에 머물면서 내가 알고 있는 모든 것들을 정리하겠네."

오곤의 눈빛이 기쁨으로 번뜩였다. 기쁨에 들떠 말투도 공손하게 변했다.

"걱정 마십시오. 제가 어르신의 노후를 책임지겠습니다. 혁명은 죄가 아닙니다. 반란은 정당합니다. 사실 저는 처음부터 어르신을 무척 존경했습니다. 어르신이 진작 자산계급 반동노선에서 이탈하셨더라면 저희는 좀 더 좋은 관계가 됐을 텐데 말입니다. 솔직히 저도 어르신을 북경에 보내고 싶지 않습니다. 그곳에 가면 어떤 변수가 생길지 예측할 수 없으니 말입니다……."

오곤이 양진의 눈치를 살피면서 조심스럽게 물었다.

"어르신이 직접 득도에게 말씀해주시는 게 어떨까요? 그 사람은 어르신을 모셔가겠다고 난리입니다. 자칫 대규모 무력투쟁으로 번지면 인명피해가 생길까 걱정입니다."

이날도 눈이 내렸다. 가화가 1967년 설맞이 춘련 문구 때문에 고민하고 있을 바로 그때 득도와 오곤은 양진을 상천축사로 호송했다. 오곤은 지난번과 같은 구타 사태는 두 번 다시 없을 것이라고 가슴을 치면서 장담했다. 득도는 묵묵히 현실을 받아들였다. 더 이상 양진을 데리고 가겠다고 고집을 부리지도 않았다. 오곤은 성의를 보여주기 위해 예전에 양진에게 못되게 굴었던 감시원 두 명을 내쫓고 채차를 불러왔다. 또 아래층보다 따뜻한 위층에 양진의 잠자리를 마련하게 했다. 특히 종이와 먹 등 자료 정리에 필요한 물건들이 부족하지는 않은지 꼼꼼하게 확인도 했다. 마지막으로 슬쩍 지나가는 말처럼 변죽도 울렸다.

"어떤 내용을 적어야 하는지 잘 알고 계시죠? 제가 한 번 더 설명해 드릴까요?"

양진은 고개를 저었다. 모든 걸 체념한 표정에서 예전의 기개와 패기는 찾아볼 수 없었다. 오곤은 왠지 모를 상실감과 허전함이 엄습했다. 원하던 것을 분명히 이뤘는데 별로 기쁘지가 않았다. 어쩌면 그는 양진이 끝까지 거부하기를 원했던 것은 아닐까? 개인은 결국 보잘 것 없는 존재에 불과하다. 그는 개인이 한낱 미미한 존재에 불과하다는 사실을 확인하고 너무나 슬펐다.

득도는 시종일관 무표정으로 일관했다. 그는 오곤을 믿지 않았다. 가끔 자신이 오곤처럼 야비한 족속으로 변한 것 같아 우울했으나 후회는 없었다. 그는 오곤이 산을 내려갈 때까지 끝까지 양진의 곁을 지켰다. 뿐만 아니라 양진의 잠자리와 식사 준비상황을 직접 두 눈으로 확인했다. 양진은 작별인사에 앞서 득도에게 책 한 권을 선물했다. 1930년대에 출판된 영어판 《자본론》이었다. 오곤이 의심쩍어하는 것을 보고 득도가 말했다.

"왜 그러는가? 못 믿겠으면 직접 검사해보게."

오곤은 염치불구하고 책을 받아서 펼쳐봤다. 속표지에 의미를 알 수 없는 영어가 한 줄 있는 것을 제외하면 다른 특이한 점은 발견되지 않았다. 기억력이 좋은 오곤은 영어 한 줄을 재빨리 머릿속에 집어넣었다. Fengyu Ru Hui Ji Ming BuYi! 오곤이 꺼림칙한 표정을 지으면서 말했다.

"여기 있는 물건들은 가급적 건드리지 않는 게 좋겠소."

득도가 이맛살을 찌푸렸다. 눈이 펑펑 쏟아지고 있었다.

"또 뵈러 오겠습니다!"

득도는 정중하게 작별인사를 했다. 양진은 미소 띤 얼굴로 득도의 손을 꽉 잡았다. 얼마 전 병원에서 기초를 봤을 때 보여줬던, 솔직하고 당당하면서 조금은 처연하게 느껴지던 그런 미소였다. 득도는 이번 이별이 영원한 이별이 될 것 같은 불길한 예감을 떨치지 못했다. 가슴이 저미도록 아파오는 느낌 역시 그랬다…….

그날 오후, 항분은 기다려도 오지 않는 버스를 포기하고 용정산에서 항주 시내까지 걸어가기로 했다. 등황색 우산 위로 어느새 하얀 눈송이가 한층 내려앉아 있었다. 앞뒤를 둘러봐도 온통 순백의 세상이었다. 눈송이가 점점 더 커지고 있었다.

산길 양옆의 대나무 숲에서 대나무가 우지끈, 부러지는 소리가 가끔 들려왔다. 부러진 대나무가 다른 나무와 부딪히면서 산길을 걷는 행인들의 우산 위로 하얀 눈가루를 소복이 뿌렸다. 차나무들은 마치 하얀 이불속에 굴곡진 몸매를 감추고 있는 여인네처럼 푸른 잎과 가지를 완전히 눈 속에 파묻고 있었다.

눈 덮인 길에 갑자기 빨간 점들이 보이기 시작했다. 항분은 걸음을 멈췄다. 그리고는 불안한 눈빛으로 주위를 둘러보고 쪼그리고 앉아 자세히 살펴봤다. 한 줄로 쭉 이어진 빨간 점은 아무리 봐도 피 같았다. 하지만 얼마 지나지 않아 빨간 점들은 새로 내린 눈에 덮여 보이지 않았다. 세상은 다시 순백색으로 변했다. 그동안 누가 그녀의 어깨를 스치고 지나갔는지, 누가 눈 덮인 산길에 빨간 흔적을 남겼는지 그녀로서는 알 길이 없었다.

잠깐의 불안함과 당황함을 뒤로 하고 항분은 다시 냉정을 되찾았다. 그녀는 외로움에 익숙해진 지 오래였다. 그녀만 아는, 한때 그녀에게 상처를 주고 그녀를 지독하게 아프게 했던 그런 밤은 두 번 다시 찾아오지 않았다. 사람들은 그녀의 아름다움을 안타까워했다. 또 그녀의 범상치 않은 과거를 알고 놀라워했다. 더욱이 그 무엇에도 흔들리지 않는 성녀聖女처럼 굳건한 그녀의 믿음과 의지를 이해하지 못했다. 하지만 이 모든 것은 이미 지나간 일이 돼버렸다. 그녀도 이제는 중년의 문턱을 넘어 늙어가고 있었다.

그녀는 주위에 사람이 없는 것을 확인하고 낮은 소리로 찬송가를 부르기 시작했다.

저 높고 푸른 하늘과 수없는 빛난 별들을
지으신 이는 창조주 그 솜씨 크고 크셔라.
날마다 뜨는 저 태양, 하나님 크신 권능을
만백성 모두 보라고 만방에 두루 비치네.
......

항분은 자기 자신에 대해서는 거의 생각하지 않았다. 그녀의 머릿속은 온통 창조주 하나님과 하나님을 향한 기도로 꽉 차 있었다. 주의 재림을 기다리면서, 하나님이 불쌍한 양떼들을 구해주시기를 기다리면서 기도하는 것이 그녀가 지금, 그리고 앞으로 해야 할 일이었다. 또 그녀의 하나님은 사랑의 하나님이기 때문에 그녀는 무조건적인 사랑을 베푸는 일을 자신의 소명으로 간주하고 있었다. 신앙과 사랑이 그녀를 지금까지 살아 있게 만든 힘이었다.

드디어 항주 시내에 들어섰다. 청하방을 에돌아 중산중로中山中路에 이르렀을 때였다. 맞은편에서 걸어오는 젊은 여자가 항분의 시선을 끌었다. 커다란 배낭을 멘 여자는 우산도 쓰지 않은 채 두 손을 호주머니에 넣고 산책하듯 건들건들 걷고 있었다. 이런 날씨에 놀러 나왔을 리는 없고, 뭔가 사연이 있어 보이는데…… 항분은 아무 망설임 없이 여자에게 다가가 우산을 내밀었다.

여자는 놀라는 기색도 없이 담담한 표정이었다. 그녀의 얼굴은 눈처럼 창백하고 눈빛은 깊고 고요했다. 여자가 종이 한 장을 꺼내더니 항분에게 물었다.

"혹시 이 주소가 어딘지 아세요?"

항분은 깜짝 놀라 여자를 다시 쳐다봤다. 그리고 여자가 메고 있는 배낭을 벗기면서 말했다.

"따라오세요……."

제17장

1966년 음력 섣달 그믐날, 양패두에 살고 있는 항씨네 두 노인은 외롭고 초라한 황혼을 맞이했다. 가화는 뛰어난 뇌세포를 총동원했으나 하루가 지나도록 주련을 써내지 못했다. 요코 역시 하루 종일 눈이 빠지게 기다렸으나 찾아오는 가족들은 한 사람도 없었다.

날씨는 낮부터 눈발이 휘날리더니 밤이 되자 더욱 을씨년스러워졌다. 요코는 불을 켤 기분도 나지 않았다. 시계가 오후 다섯 시를 알렸다. 그때 영상이 흠뻑 젖은 솜신을 신고 대문 안으로 뛰어 들어오면서 숨이 넘어갈 듯 외쳤다.

"왔어요, 왔어요. 왔다고요."

영상은 하루 종일 대문을 수없이 들락날락하고서야 겨우 첫 손님을 맞이할 수 있었다.

흥분한 표정으로 벌떡 일어나 문을 연 두 노인은 어안이 벙벙해졌다. 항분이 낯선 사람과 함께 들어섰기 때문이었다. 손님은 처음 보는 여성이었다. 항분은 길게 설명하지 않았다. 다만 이 여자는 득도를 만나러 온 사람으로 마침 청하방 사거리에서 만나 함께 왔노라고 말했을 뿐이었다. 가화와 요코는 곧바로 항씨 가문 특유의 열정을 보여주었다. 요코는 난로 옆의 의자를 가리키면서 여자에게 앉으라고 권했다. 여자가 외투를 벗을 때 그녀의 팔에 있는 두 조각의 상장喪章이 가화와 요코의 주의를 끌었다. 상장을 단 방식도 매우 특이했다. 두 조각의 상장을 한데 이어 붙인 것이 마치 왼쪽 팔에 검은색 소매가 하나 더 붙은 느낌을 줬다. 집안 분위기가 갑자기 숙연해졌다. 하지만 항씨 가족들의 뜨거운 열정 덕분에 숙연한 분위기는 오래 가지 않았다.

백白씨 성의 여자는 어딘가 많이 불안해 보였다. 밖에서부터 갖고 있던 긴장감에서 아직 헤어나지 못한 것 같았다. 다행히 그녀는 항씨 가족들의 따뜻한 배려 덕분에 처음보다 많이 편안해진 표정을 보였다. 전등을 켜자 황금빛의 따스한 열기가 그녀의 얼굴을 부드럽게 감쌌다. 그녀는 눈앞에 보이는 모든 것이 요동치는 것 같은 느낌에 눈을 꼭 감았다. 지금 이 순간이 마치 꿈만 같았다. 그러나 여기 오기 전까지 보냈던 불안한 나날이 갑자기 떠오르면서 또다시 가슴이 죄어들었다.

가화와 요코는 금방이라도 쓰러질 것처럼 비틀거리는 그녀를 보면서 안쓰러운 표정을 지었다. 얼마나 피곤하면 저럴까, 하는 생각이 드는 모양이었다. 요코가 그녀에게 뜨끈뜨끈한 국수물을 떠다줬다. 가화는 화로를 화목심방으로 옮겼다. 또 요코에게 깨끗한 솜이불을 펴놓고 보온용 물주머니에 더운물을 넣어두게 했다. 백야는 식사를 마치고 세수를 했다. 남들보다 월등하게 예쁜 얼굴에 그제야 혈색이 돌기 시작했다. 그녀는 몹시 졸린 듯 하품을 했다. 요코는 그녀의 두건을 다시 싸매준 후 손을 잡고 문을 나섰다. 좁고 구불구불한 길을 지나서 꽃과 나무가 울창한 곳에 화목심방이 있었다. 백야는 방안의 벽에 걸려 있는 '다구도'茶具圖를 보고 잠시 눈을 크게 뜨고 놀란 표정을 짓더니 곧바로 몰려오는 졸음을 이기지 못하고 침대에 쓰러졌다. 요코가 이불을 꽁꽁 여며줬다.

백야는 비몽사몽간에 노인이 다가와서 묻는 소리를 들었다.

"너, 백야 맞지?"

백야는 깜짝 놀라서 눈을 번쩍 뜨고 노인의 수척한 얼굴을 바라봤다. 그녀의 얼굴에 또다시 긴장과 불안이 교차하는 표정이 어렸다. 하지만 노인의 차분한 목소리가 이내 그녀의 마음을 안정시켰다. 노인이 웃으면서 말했다.

"내 추측이 틀리지 않는다면 너는 틀림없이 양진 선생의 딸이야."

백야는 벌떡 몸을 일으켜 자리에 앉았다.

"제 아버지는요?"

"······아직 살아계셔."

백야가 다시 누우면서 잠에 취한 소리로 물었다.

"득도는 왜 아직도 오지 않는 거죠?"

가화는 백야의 말에 적이 놀랐다. 그녀는 자신의 남편에 대해서는 일언반구도 묻지 않았다. 그는 어떻게 대답해야 할지 몰라 난감한 표정을 지었다. 백야가 다시 눈을 번쩍 뜨더니 몸부림치듯 일어나 앉았다.

"아버지를 만나야겠어요······."

가화는 그녀에게 도로 누우라는 손짓을 했다. 이어 말했다.

"걱정 말거라. 우리가 네 아버지한테 소식을 전해줄게."

"제가 아버지를 만날 수 있을까요?"

가화가 잠깐 뜸을 들였다가 대답했다.

"장담은 못하겠다만 시도는 해봐야지."

"적어도 제가 돌아왔다는 소식은 아버지에게 전해드리고 싶어요. 득도를 시켜 전해드리면 되잖아요. 그런데 득도는요?"

백야가 다시 물었다. 그녀는 여전히 자신의 남편에 대해서는 일언반구도 없었다. 잠시 후 그녀는 다시 깊은 잠에 빠져들었다.

화목심방에서 거실로 돌아온 가화는 여자 손님이 하나 더 많아진 것을 발견했다. 기초가 도착한 것이다. 뭔가에 대해 토론하던 세 여자는 가화가 들어서자 입을 다물었다. 기초가 자리에서 일어서면서 말했다.

"어찌된 일이죠? 득방이 보이지 않네요. 득도는 코빼기도 안 보인지 한참 됐으니 말할 필요도 없을 거 같고요. 방월, 한아와 둘째오빠는 외양간에서 설을 쇨 거구요. 망우는 산에서 내려올 수 있을지 모르죠. 이럴 줄 알았더라면 아버지를 만나러 가라고 포랑을 보내지 말걸 그랬어요. 포랑은 워낙 속없이 헤실헤실한 아이라 여기에서 득도하고 어울리면서 엉뚱한 일을 저지르느니 차라리 효도도 할 겸 아버지를 보러 가라고 한 건데 이곳이 이렇게 외로워질 줄 누가 알았겠어요. 올해 설은 항씨네 여자들의 명절이군요. 남자라고는 오빠 한 사람밖에 없으니 말이에요."

가화가 신발을 갈아 신고 우비를 찾으면서 말했다.

"나갔다 올게."

요코가 놀란 표정으로 막아 나섰다.

"어디 가요? 눈도 펑펑 쏟아지는데. 설은 안 쇨 건가요?"

가화가 몸을 돌리면서 말했다.

"먼저 식사들 하오. 아마 좀 늦을지도 모르오."

가화가 말을 마치고 기초를 잡아 당겼다.

"양진 선생은 아직도 병원에 계시지?"

기초가 대답했다.

"막 병원에서 돌아오는 길이에요. 허탕을 쳤어요. 오곤과 득도가 벌써 그 사람을 상천축사로 보냈대요."

가화는 짚이는 바가 있었다. 요코를 돌아보면서 달관한 어조로 말했다.

"당신들은 나가지 말고 집에 있으시오. 백야가 깨어나면 말동무도 해주고. 내가 그 아이가 부탁한 일을 처리하러 갔다고 일러주오. 그 아이의 아버지도 딸이 돌아왔다는 건 알아야 하지 않겠소?"

"백야라니요?"

요코가 놀라서 물었다.

"그 백야 말인가요? 오곤의 새색시 맞죠? 그 아이가 자신의 남편에 대해서는 묻지 않던가요?"

"오곤처럼 관에 넣어도 시원찮을 사위 놈은 아마 듣도 보도 못했을 거예요. 양진이 그놈 패거리들에게 인사불성이 되도록 맞았어요."

'관에 넣어도 시원찮을 놈'이라는 말은 저주에 가까운 욕설이었다. 항씨 가족들 중에 기초를 제외하고 그런 말을 할 사람은 없었다. 기초의 말은 결코 그냥 지나칠 수 있는 말이 아니었다. 요코는 창문과 문이 다 잠겨 있는지 재차 확인을 하고 작은 소리로 캐물었다.

"그게 사실인가요? 왜 우리는 여태 몰랐죠?"

"득도가 이 일을 절대 입 밖에 내지 말라고 저와 포랑에게 신신당부했어요. 이미 한 달도 더 지난 일인 걸요. 그동안 몇 번이고 털어놓고 싶은 걸 겨우 참았어요. 참는 게 죽을 맛이었어요."

기초가 눈물을 글썽였다. 다른 여자들도 훌쩍이기 시작했다. 가화도 눈시울이 붉어졌다. 양진의 일은 그도 들어서 알고 있었다. 심지어 그는 양진을 만나기도 했었다. 다만 다른 사람들에게 말해주지 않은 것뿐이었다.

"쯧쯧, 여자는 역시 여자야."

가화는 신발을 갈아 신으면서 조용히 중얼거렸다. 이어 단호한 어조로 천천히 말했다.

"다들 명심해. 이제 백야가 깨어나면 말동무를 잘해줘. 특히 기분 좋은 말을 많이 해줘야 해. 양진 선생이 맞은 일은 절대 입 밖에 내지 마. 그리고 백야 남편에 대해서도 그녀가 스스로 말을 꺼내지 않는 한 누구도 먼저 언급하지 말고. 주민위원회에서 조사하러 오면 외지에 사는 득도의 동창이라고 둘러대. 오늘밤 설 쇠러 우리 집에 왔다고만 하고 쓸데없는 말들은 삼가야 해."

요코가 우비를 가져다주면서 말했다.

"오늘은 주민위원회 사람들도 조사를 나오지 않으면 좋겠어요. 이런 날씨에 상천축사까지 혼자 가려면 얼마나 힘들어요? 나도 같이 가요."

가화가 손을 저었다. 그만하라는 뜻이었다. 남자가 결정한 일에 여자가 끼어들어서 뭘 한다는 말인가. 그는 솜장갑을 끼고 솜모자를 쓴 다음 큰 비옷을 걸쳤다. 손에는 커다란 전등까지 들었다. 마치 밤 순찰을 나가는 사람 같았다. 문이 열리자 순백의 눈세계가 펼쳐졌다. 여자들이 약속이나 한 듯 일제히 자리에서 일어서면서 말했다.

"우리를 못 가게 할 거면 당신도 가지 말아요."

세상에 이보다 더 공교로운 일이 또 있을까! 영상이 또 한 번 뛰어

들어오면서 들뜬 목소리로 외쳤다.

"왔어요! 왔어요!"

어둠 사이로 한줄기 흰 빛이 항씨 가족들의 눈앞에 나타났다. 망우였다. 여자들은 너무 놀라 난리법석을 떨었다. 망우는 예년의 경우 산을 지킨다고 설에는 내려오지 못했었다. 올해에도 휴가를 받지 못했다고 들었는데 어떻게 내려온 것일까. 게다가 항씨 가문의 거의 모든 남자들이 집을 비운 이 때에 그야말로 짠! 하고 나타난 것이다.

가화의 외조카 망우는 숨 돌릴 틈도 없이 짐을 내려놓자마자 외삼촌과 함께 길을 나섰다. 항씨네 여자들은 긴장된 목소리로 당부의 말을 하고 또 했다. 잠시 후 여자들은 뭔가 생각난 듯 부랴부랴 달려가 둘의 호주머니에 요깃거리를 넣어줬다. 가화는 여인네들이 호들갑 떠는 것을 별로 좋아하지 않았다. 그러나 애써 감정을 숨긴 채 낮은 소리로 얼른 들어가라고 타이르고는 성큼성큼 눈밭을 향해 걸어갔다. 망우역시 그의 뒤를 따라나섰다. 두 사람의 그림자는 곧바로 어둠 속으로 사라졌다.

백야는 특이한 향기를 맡고 눈을 떴다. 어둠 속에서 낮지만 끌림이 있는 여자의 목소리가 들려왔다.

"형님이 잘못 기억한 건 아니죠? 그 유리 꽃병의 받침판은 나체의 두 여인이 꿇어앉아 있는 형태잖아요. 지난해 여름에 그걸 부수지 않고 남겨놓았단 말이에요?"

또 다른 목소리의 주인은 노인이었다. 백야는 눈을 뜨지 않고도 노인이 누구인지 알 수 있었다. 노인의 목소리는 시냇물 흐르는 소리처럼 맑고 깨끗하면서 티끌만 한 잡음도 없었다. 하지만 말투는 다소 조급해

보였다.

"내 물건인데 내가 모를까봐서요? 그때 부숴버리려고 했었죠. 하지만 오빠가 너무 아까워하셨어요. 프랑스에서 힘들게 가져온 거라 부숴버리면 두 번 다시 구할 수 없다고 했어요. 그래서 내가 하는 수 없이 벌거벗은 두 여인에게 원피스를 만들어 입혔어요. 잠깐만 기다려 봐요. 내가 더 찾아볼게요. 아, 마침 여기에 있는 거 같네요. 등을 켜면 보일 거예요."

"그럼 됐어요, 저 아이가 깨어나면 그때 다시 보죠 뭐. 그런데 방금 뭐라고 했어요? 원피스를 만들어 입혔다고요? 어떻게 그런 생각을 다 했어요?"

두 사람이 인기척을 죽여가면서 조용히 밖으로 나가는 소리가 들려왔다. 백야가 몸을 일으켜 탁상 전등을 켜면서 말했다.

"괜찮아요, 저 이제 깼어요."

두 여자가 백야의 침대가로 다가왔다. 키가 큰 여자가 손에 납매臘梅(중국 원산의 관상수)를 들고 미안한 듯 말했다.

"미안해, 깨우지 않으려고 조심했는데 기어이 깨우고 말았구나. 겨우 두 시간밖에 못 잤지? 잠은 잘 잤어?"

백야가 웃으면서 고개를 끄덕였다. 그러자 요코가 말했다.

"이분은 득도의 고모할머니야. 우리는 꽃병을 찾으러 온 거야. 피곤할 텐데 편히 누워 있으려무나."

요코가 쪼그려 앉더니 유리 꽃병을 하나 꺼냈다. 기초가 그것을 받아들더니 다짜고짜 위에 걸쳐진 원피스를 벗겨버렸다. 백야가 자세히 보니 꽃병 받침대는 나체의 두 여인이 꿇어앉아 있는 모양이었다. 옅은 커피색 유리로 된 것이 얼핏 봐도 꽤 오래전의 수입품 같았다. 요코는

다인_6

다소 불안한 기색이었으나 기초는 행주로 유리 꽃병을 닦으면서 대수롭지 않게 말했다.

"뭐가 걱정이에요? 방에 하룻밤 놔뒀다가 내일 아침에 원피스를 다시 입히면 되죠."

백야가 자리에서 일어서면서 나지막한 소리로 말했다.

"집안에 매화가 있군요. 향이 참 좋아요."

기초가 말했다.

"우리 집 마당에서 따온 거야. 따스한 기운을 받으니 곧바로 향기가 나네. 아가씨도 맡아봐. 글쎄 내가 매화를 따는데 급살 맞을 노친네가 나를 뚫어져라 바라보지 않겠어요? 내 집을 차지한 것도 모자라서 내 꽃마저 제 것이라고 착각하는 것이 틀림없다니까요. 명절에 시위하는 것도 아니고 나 원 참. 어차피 나는 볼 꼴 못 볼 꼴 다 본 사람이에요. 누가 나를 체하게 하면 나 역시 그를 편히 잠들지 못하게 할 거예요."

뒤의 몇 마디는 요코에게 한 말이었다.

요코는 기초의 거친 입담에 이제는 거의 습관이 된 듯했다. 별로 놀랍지도 않은 듯 덤덤한 반응이었다. 그녀가 유리병에 매화를 꽂으면서 말했다.

"뭔가 안 어울리는 것 같네요. 매화는 매화병에 꽂아야 하는데 내가 그만 매화병을 깨뜨리는 바람에 장미꽃을 꽂는 병에 매화를 꽂게 됐네요."

"그만해요. 여기가 뭐 언니네 일본인 줄 아세요? 이런저런 꽃병 따질 필요가 뭐 있어요? 오늘 밤 매화를 꽂아둘 꽃병이 있다는 것만 해도 얼마나 다행인지 몰라요."

"내가 뭘 그리 많이 따졌다고 그래요? 진짜 법도를 따지려면 매화는 2월에 등장하지도 못해요. 그런데 아가씨는 잠을 다 깼어? 잠시 앉아서 쉬어. 내가 이걸 해놓고 차를 타다줄게."

백야는 득도의 할머니가 일본사람이라는 건 그에게 들어서 알고 있었다. 그래도 신기하다는 생각이 들었다. 비록 아직도 시름이 한가득이지만 한숨 자고 일어나니 몸도 마음도 많이 가벼워졌다. 그녀가 두 여자에게 연신 고맙다고 인사하고 나서 덧붙였다.

"제가 대학에 다닐 때 외국의 풍속과 예절에 대해 배운 적이 있어요. 그중에서도 일본의 다도와 꽃꽂이에 관한 내용이 아직 기억이 나요. 일본에서는 1월부터 12월까지 월별로 대표적인 꽃이 다 다르다고 들었어요. 그런데 2월에는 어떤 꽃을 꽂는다고 했는지 기억나지 않네요."

"2월의 꽃? 당연히 차나무 꽃이지. 2월 28일은 센노 리큐가 사망한 날이야. 그래서 이 날에는 차나무 꽃을 꽂기로 지정했어. 꽃병은 당나라 문물인 동으로 만든 경통經筒을 사용하지. 경통이 뭔지 알아? 경문을 넣어두는 통이야. 조금 꺼림칙한 말이긴 한데 경통은 죽은 사람을 기리는 다과회에서 흔히 사용하는 꽃병이야. 하지만 우리는 중국사람이잖아. 우리는 일본사람들처럼 격식을 따질 필요가 없어. 우리는 저렇게 웃통을 벌거벗은 유리 꽃병을 사용할 거야."

기초가 속사포처럼 단숨에 설명을 늘어놓았다. 백야는 기초가 '노친네', '센노 리큐', '웃통을 벌거벗은 유리 꽃병' 등 서로 아무런 연관이 없는 물건들을 전혀 어색함 없이 한데 엮어놓는 것을 보면서 적이 놀랐다.

곧이어 문이 살그머니 열렸다. 항분과 영상이 들어오고 있었다. 영상은 눈을 한 움큼 집어 들고 있었다.

"이 눈을 녹인 물로 매화를 키우면 어떨까요, 할머니?"

항분이 백야 곁으로 다가가면서 말했다.

"깼어요? 뭘 좀 드세요. 우리는 방금 식사를 했어요."

항분은 눈썹과 얼굴 생김새가 득도와 매우 비슷했다. 요코가 영상에게 분부를 내렸다.

"사람이 다니지 않는 조용한 곳에 가서 깨끗한 눈을 가져다 언니에게 끓여줘라. 할아버지도 돌아오시면 마실 수 있게 좀 준비해두고."

백야는 그제야 노인이 보이지 않는다는 생각이 들어 물었다. 기초가 문득 뭔가 생각난 듯 머리를 탁, 치면서 말했다.

"꽃구경에 정신이 팔려서 깜박 잊고 있었구나. 오빠는 아가씨 아버지를 보러 갔어. 아가씨가 돌아왔다고 전해주려고 말이야. 아가씨는 아무 걱정 말고 설을 쇠면 된다는 뜻이야."

설을 쇠기 위해 모인 사람은 전부 여자였다. 백야까지 합치면 무려 다섯 명이었다. 여자들이 방안이 덥다면서 겉옷을 벗자 다양한 색실로 뜬 털실옷들이 모습을 드러냈다. 알록달록한 색깔이 보는 사람의 눈을 즐겁게 했다. 백야는 항씨네 여자들이 키는 들쭉날쭉 다 다르지만 몸매만은 하나같이 날씬하다는 사실이 신기했다. 사실 항씨네 여자들과 백야를 비교해보면 남쪽과 북쪽 여성들의 체형 차이를 알 수 있었다. 남방 여자들이 도란도란 얘기를 주고받으면서 사뿐사뿐 오가는 모습은 북방에서는 좀체 구경할 수 없는 것이었다. 바깥세상은 지금 어떤가? 백야는 자신이 겪은 일들을 상상도 하기 싫었다. 백야는 다 같은 여자이고 또 다 함께 어려운 시절을 겪는 중인데 자신의 삶이 왜 이들과는 이토록 다른지 알 수가 없었다. 그녀는 창가로 다가가서 커튼 한 자락을 들어 올리고 어둠 속의 눈세계를 바라봤다. 눈보라를 헤치면서 길을 떠난 항씨 남자들의 모습이 떠올랐다. 그러자 뭔가 조금 이해가 되는 것 같았다. 항씨 여자들이 이런 생활을 누릴 수 있는 것은 그녀들을 지켜주기 위해 이 밤에도 고생을 마다하지 않는 남자들이 있기 때문 아닐까? 백야의 입에서 자기도 모르게 엉뚱한 말이 튀어나왔다.

"미안해요, 정말 미안해요. 저는 어딜 가나 폐만 끼치게 되네요. 미안해요……."

바삐 움직이던 여자들이 잠시 일손을 멈추고 묵묵히 그녀를 바라봤다. 이어 기초가 백야에게 다가오면서 말했다.

"내가 처음 아가씨의 아버지를 만났을 때 아가씨는 태어나지도 않았어."

잠시 후 밖으로 나갔던 요코가 한 손에 차 주전자, 다른 손에 나무 쟁반을 들고 들어왔다. 쟁반에는 종자를 비롯해 차엽단, 설떡과 냉채 몇 접시가 놓여 있었다. 요코가 백야에게 말했다.

"오늘 밤은 여기서 쉬는 게 좋겠어. 이곳은 조용하고 또 검사하러 오는 사람도 없을 거야. 배고프지? 떡 좀 먹어봐. 우리 남방에서 설이 되면 먹는 음식이야. 자, 다들 앉으세요. 드세요."

항분이 가방에서 뭔가를 꺼내면서 말했다.

"저도 먹을 것을 조금 가져왔어요. 이건 소활착 어르신이 보내주신 용정차예요. 두 냥쯤 되니 오늘밤 우리가 마시기에는 충분할 거예요. 그리고 여기 호두도 있어요. 저의 교회친구가 준 거예요. 제가 교회에 나가지 못하게 되니 그 친구가 한 근을 보내왔어요."

기초가 자리에서 일어서면서 말했다.

"진짜 용정차로구나. 향 좀 맡아보자."

기초가 다관 뚜껑을 열고 크게 심호흡을 하면서 향을 맡았다. 이어 눈을 지그시 감으면서 말했다.

"아아, 이 얼마나 오랜만에 맡아보는 익숙한 차향인가요? 소촬착 어르신도 참, 애들 일은 애들 일이지, 어르신이 뭘 죄가 있다고……. 우리와 왕래하지 않은 지도 한참 됐죠?"

요코도 다관을 받아 향을 맡아보면서 말했다.

"그렇지 않아도 설에 마실 차가 없어서 걱정했는데 이렇게 마침 차를 보내줘서 고맙네요. 아가씨도 향 좀 맡아봐."

백야가 받아들자 기초가 옆에서 설명해주었다.

"이 차는 청명 전에 딴 용정차야. 딱 봐도 소촬착 어르신의 솜씨야. 다들 보세요, 어르신이 친히 선별한 거라 어엽魚葉이 하나도 없잖아요. 맛 또한 기가 막힐 것 같아요."

요코가 갑자기 한숨을 내쉬면서 말했다.

"득도와 득방은 어디 갔는지 모르겠어요. 그 애들도 이 차를 맛봐야 할 텐데. 두 녀석이 늘 마음에 걸리네요."

요코는 말을 마치자마자 바로 기초에게 면박을 당했다.

"형님도 참, 올해는 위에서 설을 쇠지 못하도록 지시를 내렸다잖아요. 득도와 득방은 학교에 있을 거예요. 그 녀석들은 걱정할 필요 없어요. 어련히 알아서 잘 쇠고 있을까봐요. 눈에 뵈는 게 없는 아이들이니 조반파 사령부에서 우리보다 더 잘 보내고 있겠죠. 지금쯤은 문건을 공부하면서 차를 마시고 있을지도 모르죠. 나도 방금 홧김에 한마디 했는데 지금은 화가 다 사라졌어요. 이렇게 좋은 차를 앞에 두고 화를 내는 건 감정 낭비예요. 안 그래요?"

기초는 요코를 안심시키기 위해 마지막에는 일부러 좋게 말했다.

그러나 요코는 곧이곧대로 들었다. 그녀가 자리에서 일어서면서 말했다.

"오늘은 좋은 차와 좋은 물이 있으니 차맛이 매우 기대되네요. 얼른 가서 찻잔을 가져와야겠어요. 오빠도 곧 돌아올 거예요. 나는 지금 그이 걱정뿐이에요."

요코가 밖으로 나가려는데 항분이 말리면서 말했다.

"어머니, 앉아 계세요. 제가 가서 가져올게요."

여자들은 또 누가 가서 찻잔을 가져오느냐를 두고 한참 동안 실랑이를 벌였다. 결국 항분이 자리에서 일어났다. 백야는 항씨 여자들 사이의 대화를 들으면서 마치 명청明淸 시대 소설을 읽는 느낌이 들었다. 그녀는 한마디도 참견하지 않고 조심스레 호두를 깨물었다. 지금까지 단 한 번도 먹어본 적이 없는 호두인지라 그녀는 어떻게 먹어야 하는지를 몰라서 머뭇거렸다. 그때 마침 영상이 나무쟁반에서 집게를 꺼내들면서 말했다.

"저처럼 해봐요."

영상이 숙련된 솜씨로 호두의 속살을 하나씩 쏙쏙 집어내 껍질과 분리시켰다. 이어 말했다.

"언니, 이걸 드세요."

그러는 사이에 항분이 세숫대야를 들고 돌아왔다. 대야 안에는 찻잔 몇 개가 들어 있었다. 검은색의 다완 하나를 제외하고는 모두 청자 찻잔이었다. 요코가 항분을 보면서 말했다.

"천목잔도 가져왔구나."

천목잔은 가화가 방월에게 주려던 것이었다. 그런데 지금은 방월이 도자기 굽는 일을 하지 못하다 보니 당분간 여기에 보관하는 수밖에 없었다. 항분은 세숫대야를 난로 위에 놓고 주전자의 물로 찻잔을 헹궜다. 주전자는 한눈에 봐도 오랜 연륜이 느껴졌다. 비록 반들반들하게 닦아 놓았으나 주둥이를 비롯해 전반적인 모양새가 거칠고 허름했다. 하지만 백야는 그 투박한 주둥이로 흘러나오는 물줄기를 보면서 너무 아름답다고 느꼈다. 어떻게 가느다란 물줄기가 자로 잰 듯 정확한 선을 이루면서 한 방울도 옆으로 튀지 않고 소리 없이 대야에 떨어질 수 있을까? 대야 속에 잔잔한 물결이 퍼져나가면서 자신의 마음까지 녹아드는 느낌이 들었다. 그녀는 여자가 다른 여자에게 감동을 받는다는 것이 어떤 것인지 몰랐었다. 그런데 이 엄동설한의 야심한 밤에 항씨네 화목심방에서 처음으로 그런 느낌을 받았다.

항씨네 여자들은 장엄한 의식이라도 치르듯 묵묵히 항분의 행동만 주시했다. 기초가 목소리를 죽여 가면서 백야에게 설명했다.

"잘 봐, 지금 분이는 아가씨가 온 것을 환영하는 거야."

백야는 어안이 벙벙해질 수밖에 없었다. 그러자 요코가 손으로 시계바늘 방향으로 원을 그리면서 말했다.

"이런 뜻이야."

영상이 할머니의 손짓을 따라하면서 설명했다.

"이건 '어서 오세요.'라는 뜻이고요."

영상이 또 시계바늘 반대방향으로 원을 그리면서 말했다.

"이건 '잘 가세요.'라는 뜻이에요. 고모는 지금 언니한테 '어서 오세요.'라고 말하고 있어요."

영상의 말에 다들 웃음을 터뜨렸다. 방안의 숙연하던 분위기가 금세 홀가분해졌다. 항분은 묵묵히 수건을 가져다 찻잔을 닦기 시작했다. 그녀의 손은 가늘고 길었다. 백옥처럼 하얀 그 손이 야무지게 움직이면서 찻잔을 씻는 모습이 맞은 편 벽에 비쳐 너울거렸다. 커다란 난초 두 송이가 피어난 것 같기도 하고 큰 나비 두 마리가 날갯짓을 하는 것 같기도 했다.

방안의 분위기는 전통적인 동양의 분위기였다. 더 정확하게 말하면 동양에 있는 중국 강남 스타일이었다. 화로 위에 세숫대야가 놓여 있고 여인이 우아하게 찻잔을 씻고 있었다. 여자는 목이 파인 털옷과 체크무늬 내의를 입고 있었다. 백야는 문득 향분이 치파오旗袍를 입으면 무척 예쁠 것 같다는 엉뚱한 상상을 했다. 그리고 스스로의 엉뚱한 생각에 슬며시 웃음을 지었다. 기초는 그녀의 표정에는 신경 쓰지 않고 계속해서 '해설가' 역할을 해나갔다.

"찻잔은 꼭 깨끗이 씻어야 해. 다구는 차 맛을 제대로 음미하는 데 있어서 매우 중요한 역할을 하지. 혹시 이런 말 들어봤어? '좋은 친구가 없으면 차를 마시기에 부족하고, 좋은 환경이 아니면 차를 마시기에 부족하다. 또 좋은 불과 물이 없으면 차를 마시기에 부족하고, 좋은 다구가 없으면 차를 마시기에 부족하다.'라는 말 말이야. 우리는 지금 차 마시기에 부족함이 없는 거의 모든 조건을 다 갖췄어. 양진 선생의 금지옥엽인 아가씨도 왔겠다, 우리는 아가씨의 아버지도 우리와 함께 계신다고 생각하고 있어. 좋은 차, 좋은 물, 이토록 좋은 방안에 우리 모두가 함께 있으니 얼마나 좋아."

말을 마친 기초가 주변을 휘휘 둘러보더니 자리에서 일어났다. 그리고는 득도의 책장으로 다가가 책을 마구 뒤지기 시작했다.

요코가 작은 소리로 그녀를 말렸다.

"그렇게 함부로 뒤지면 안 돼요. 득도가 오면 나를 탓할 거예요. 이곳의 물건들은 득도가 대학에 다닌 몇 년 동안 힘들게 수집한 거예요.

언젠가 반드시 쓰일 데가 있을 거라고 모아두고 있어요. 내가 태워버리려고 했는데 오빠가 한사코 반대해서 태우지 못했어요. 득도가 열사 유가족이어서 그나마 문제되지 않았죠. 또 이 방도 마침 큰방과 떨어져 있잖아요. 이웃들이 다들 양심이 있는 분들이어서 이 물건들도 겨우 살아남을 수 있었어요."

"언니, 분아, 영상, 그리고 백야 아가씨, 다들 창문이 닫혀 있는지 한 번 더 확인하고 커튼도 잘 쳐줘."

기초는 요코의 말을 귓등으로도 듣지 않았다. 백야는 아버지의 젊은 시절 여자친구가 말하기를 좋아하고 활동성이 강하면서 총명하고 또 자기주장도 센 여자라는 생각이 들었다. 기초는 백야의 생각을 아는지 모르는지 물건들을 뒤적거리면서 말했다.

"걱정 마세요. 물건은 하나도 없어지지 않을 테니까. 하지만 이렇게 죄다 구석에 박혀 있으니 하늘이 준 선물을 낭비하는 거잖아요. 오늘 꽃, 차, 물, 다구가 다 갖춰지고 손님도 오셨으니 근사한 그림 한 폭도 있어야 하지 않겠어요? 아, 찾았다. 다들 보세요. 이 그림을 걸어놓는 게 어때요?"

그림은 백야가 처음 보는 '금천도'였다. 물론 그녀는 이 그림에 얽힌 파란만장한 사연을 알지 못했다. 하지만 크지 않은 이 그림이 항씨 식구들에게 매우 특별한 의미가 있다는 것쯤은 알 수 있었다. 백야는 중국화에 대해 잘 몰랐으나 길이 두 자, 너비 한 자쯤 되는 종이의 왼쪽 하단에 물독 몇 개와 거문고 하나가 그려져 있는 것을 보았다. 오른쪽 상단에 적혀 있는 짧지 않은 시 한 수가 그녀의 호기심을 끌었다. 백야가 자세히 살펴보기도 전에 요코가 몸을 일으키면서 기초를 막아 나섰다.

"이건 오빠의 목숨과도 같은 거예요. 만에 하나라도 남의 눈에 띄면 큰일 나요."

기초가 여전히 아랑곳하지 않고 그림을 걸면서 말했다.

"목숨이라는 것은 다른 사람과 목숨 걸고 부딪쳐보라고 있는 거예요. 그러지 않을 거면 어찌 목숨이라고 부를 수 있겠어요?"

기초의 엉뚱한 말은 백야에게 깊은 감명을 줬다. 백야가 자신의 이마를 탁, 치면서 말했다.

"제가 가져온 것을 깜박 잊고 있었네요. 득도가 차와 관련된 물품을 수집한다고 들었어요. 혹시 그에게 도움이 될까 싶어 저도 뭔가를 좀 가져왔어요."

백야는 갖고 온 가방에서 장방형의 물건을 꺼냈다. 곧 항씨네 여자들이 탁상 전등 아래에 모여들었다. 백야가 천천히 포장을 풀자 반들반들한 까만 벽돌 모양의 물체가 모습을 드러냈다. 기초는 만져보기도 전에 물건의 정체를 정확하게 맞혔다.

"전차博茶(녹차를 압축한 벽돌차를 의미함. 차전茶磚으로도 부름)네요."

보존 기간이 꽤 오래된 전차였다. 전차 표면에 새겨져 있는 장식용 아치 문양은 또렷하고 아름다웠다. 전차의 능각稜角(뾰족한 모서리)도 분명했다. 항분은 보물 다루듯 조심스럽게 전차를 받쳐 들고 중얼거렸다.

"이렇게 아름답다니…… 먹기가 아깝네."

영상이 말했다.

"예전에 득도 오빠의 다서茶書에서 본 것 같아요. 득도 오빠가 저에게 보여줬어요."

영상은 전차를 공손하게 받아서 다시 백야에게 돌려줬다. 이어 몸을 돌려 책장으로 다가가 기초처럼 책을 뒤지기 시작했다.

요코는 손녀마저 득도의 책을 뒤적이는 것을 볼 수가 없어 그예 잔소리를 했다.

"너도 그만 좀 해라. 내 기억이 틀리지 않는다면 이건 '패루'牌樓표 미전米塼이야. 예전에 우리 가게에서도 판 적이 있어."

영상이 기어코 책 한권을 찾아냈다. 그 행동은 마치 그녀도 이 분야의 전문가임을 증명해 보이고 싶어 하는 것 같았다. 영상은 곧 압축차 사진 몇 장이 있는 페이지를 찾아냈다. 사진 아래에는 설명도 곁들여져 있었다.

영상을 제외한 방안의 여자들은 너 나 할 것 없이 잠시나마 본인들의 신분을 잊고 참으로 오랜만에 예전의 학생 시절로 돌아간 기분을 느꼈다. 사실 따지고 보면 그 시절이 몇 백 년 전인 것도 아닌데 그럼에도 아득한 옛날 같아 그녀들은 왠지 모르게 백야와 격세지감을 느꼈다. 사진 속의 미전은 그들이 손에 들고 있는 전차와 똑같이 생겼다. 사진 아래에는 자세한 설명이 있었다.

"미전은 홍차의 조각이나 분말을 원료로 증압蒸壓과정을 거쳐 만들어진 홍전차이다. 겉과 안 모두 차 분말을 사용했기에 '미전'이라고 한다. '패루'표, '봉황'표, '화차두'火車頭표 등 상표가 있다. 주로 신강과 화북에서 판매되고 소련이나 몽고에도 일부 수출된다."

영상은 신기한 듯 고개를 돌려 백야를 보면서 물었다.

"언니, 신강이나 내몽고에 가봤어요? 소련은요? 소련은 지금은 '소련 수정주의'로 불리죠? 제가 듣기로는 언니가 예전에 소련에 살았다고 하던데 거기서 이걸 먹어본 거였어요?"

백야의 얼굴이 대뜸 창백해졌다. 그러나 그녀가 탁상 전등과 떨어진 곳에 있었기에 좌중의 여자들은 그녀의 그런 표정 변화를 눈치채지 못했다. 백야가 다시 화로 앞으로 가서 마음을 다잡으면서 말했다.

"맞아. 예전에 소련에 있을 때 이런 차를 자주 마셨어. 그때는 너무 어려서 맛이 어땠는지도 잘 기억이 나지 않아. 소련 사람들은 차를 얼마나 많이 마시는지 몰라. '로마에 가면 로마법을 따르라'고 나도 그 고장의 풍속을 따라 차를 배우기 시작했어. 그러다가 나중에는 그들처럼 차를 마시지 않고는 살 수 없게 됐지. 우리 북방 사람들은 너희 강남 사람들과는 달라. 우리는 다양한 홍차를 알고 있어. 나는 이것이 미전차라는 것을 알고 있었어."

백야가 잠시 말을 멈췄다가 요코 등을 바라보면서 다시 입을 열었다.

"여러분은 모를 줄 알았는데, 제가 여러분을 과소평가했네요. 다들 모르실까봐 특별히 차에 대한 설명도 베껴왔거든요. 바로 이거예요. 만약 제가 득도를 만나지 못하게 되면 이걸 그 사람에게 전해줘요. 쓸모없을 수도 있겠지만 저에게는 아주 중요한 일이에요……."

백야는 종이 한 장을 꺼냈다. 그녀의 두 눈은 간절함으로 가득찼다. 마치 그것을 읽지 않으면 어떤 큰일이 생길 거라고 믿는 것 같았다. 기초가 종이를 받아들면서 말했다.

"그런 말 하지 마. 이렇게 일부러 가져다준 마음 씀씀이가 얼마나 고마워."

종이에 적혀 있는 내용은 다소 장황했다.

미전은 호북성 조리교趙李橋 차 공장에서 생산한 제품이다. 생산 역사가 길다. 초기에는 산서방山西幇이 경영했다. 17세기 중엽에 함영咸寧현 양루동羊樓洞에서 80여 만 근을 생산했다. 17세기부터는 중국에서 차 대외무역이 발전하면서 러시아 상인들이 전차를 구매하기 시작했다. 1863년을 전후해 러시아 상인들이 양루둥 일대에 자금을 투자하고 사람을 초빙해 전차를 제조하기 시작했다. 1873년, 한구漢口에 순풍順豊, 신태新泰, 부창阜昌 등 3개의 공장이 새로 설립됐다. 이 공장에서 기계 압제의 방식으로 생산된 미전은 거의 대부분 러시아로 수출됐다. 러시아 상인들은 한구에서 상해를 거쳐 천진까지 해운 운송을 한 다음 다시 배로 통주通州로 운반했다. 이어 낙타에 실어 장가구張家口를 거쳐 사막 고도를 지나 캬흐타로 운반한 다음 마지막에 캬흐타에서 시베리아와 러시아 기타 시장으로 퍼져 나갔다. 나중에는 함대까지 동원해 블라디보스토크를 거쳐 유럽으로 운송했다. 미전은 외형이 매우 정교하고 아름다웠다. 따라서 유럽의 일부 가정들에서는 미전을 정교한 액자에 넣어 거실에 예술품으로 진열하기도 했다.

항분이 다 읽고 나서 종이를 잘 접었다. 이어 전차와 함께 책장 위에 놓으면서 말했다.

"득도가 돌아오면 이 전차를 액자에 넣어 잘 보관하라고 해야겠어."

미전은 책장 위에 비스듬히 기댄 채 특유의 고급스런 광택을 발산했다. 그 위의 벽에 걸어놓은 그림 역시 몽롱하면서도 그윽한 빛을 뿜는 것 같았다. 또 구석의 매화는 은은한 향기를 풍겼다. 화로 위의 주전자에서 물이 끓는 소리 역시 경쾌한 음악을 연상케 했다. 게다가 탁상전등 불빛이 미지의 세계처럼 몽롱한 분위기를 연출했다. 그랬으니 벽에 비친 여자들의 그림자들도 춤추듯 하느작거렸다. 백야는 마치 꿈을 꾸고 있는 듯한 느낌이 들었다. 빙설 속에 어떻게 이토록 성스러운 곳이 있을 수 있는가!

보글보글 끓던 물이 밖으로 넘쳐났다. 여자들이 황급히 물을 닦아냈다. 영상이 다급하게 물었다.

"할머니, 물이 끓었어요. 용정차를 우릴까요?"

요코가 대답하기 전에 백야가 앞질러 대답했다.

"조금만 더 기다리자. 할아버지가 곧 돌아오실 거야."

백야가 입을 열기 무섭게 방안에서 환상적인 분위기를 연출하던 모든 빛이 삽시간에 사라졌다. 탁상 전등도 전압이 불안한지 갑자기 어두워졌다. 방금 전까지 느껴지던 미묘한 느낌이 일거에 다 사라졌다. 방안의 여자들은 다시 초조한 마음으로 남자들을 기다리기 시작했다.

얼마나 큰 눈인가. 가화는 참으로 오랜만에 눈보라의 위력을 실감했다. 그도 이제는 많이 노쇠해졌다. 이런 눈보라와 맞서기에는 힘이 부쳤다. 아마 망우가 없었다면 혼자서 목적지까지 도착할 수 없을지도 몰랐다. 그는 옆에 바싹 붙어서 걷고 있는 생질을 바라봤다. 망우는 어느새 눈사람이 돼 있었다. 둘은 예전의 이사^{二寺} 산문^{山門}과 영은사^{靈隱寺}를 이미 지났다. 잔등은 땀으로 흥건하게 젖었다. 하지만 머리카락에는 반대로 고드름이 대롱대롱 매달렸다. 말없이 망우를 잘 따라가던 가화가 갑자기 비틀거렸다. 눈앞이 캄캄해지면서 아무것도 보이지 않았다. 마치 천길 나락으로 떨어진 것 같은 느낌이 따로 없었다. 그는 뭐라도 붙잡으려 허둥대다가 가까스로 몸을 가눌 수 있었다. 그는 손으로 얼굴을 가렸다. 망우가 걱정스러운 표정으로 말했다.

"외삼촌, 저 혼자 다녀오는 게 좋겠어요. 제가 영은사로 모셔다드릴 테니 외삼촌은 쉬고 계셔요. 거기에 제 지인이 있어요."

가화는 못 박힌 듯 서서 미동도 하지 않았다. 그랬다. 그는 지금 자신이 아무것도 볼 수 없다는 사실을 잘 알고 있었다. 하지만 무수히 많은 석상들이 눈보라를 휘날리면서 그를 향해 질주해 오는 것이 눈앞에 보이는 것 같았다. 심지어 귓가에 군사들의 함성과 아우성 소리도 생생하게 들리는 것 같았다.

'이건 틀림없이 심안心眼이 열린 거야.'

가화의 얼굴에 돌연 두려운 표정이 떠올랐다. 두 번 다시 머리에 떠올리기 싫은 재앙이 갑자기 생각난 것이다.

가화는 그렇게 한참을 서 있다가 고개를 들었다. 눈꽃 한 송이가 눈가에 살포시 내려앉았다. 순간 눈앞이 확 밝아지며 흐릿한 은빛세계가 다시 시야에 안겨왔다. 그는 속으로 자신에게 말했다.

'너무 긴장할 필요 없어. 조금 피곤했던 것뿐이야.'

가화는 망우에게 어디까지 왔냐고 물었다.

"삼생석三生石을 지났어요."

망우가 대답했다. 가화는 다시 지금 몇 시쯤 됐느냐고 물었다.

"저는 시계를 차지 않아요. 아마 저녁 8, 9시쯤 됐을 거예요."

가화가 망우의 손을 잡으면서 말했다.

"그믐날에 이런 고생을 시켜서 미안하구나. 내일은 푹 쉬자."

망우는 가화의 말이 너무 고마워 내일 아침 일찍 돌아가야 한다는 말을 차마 입 밖에 내지 못했다. 그래서 그저 담담하게 대답했다.

"이깟 산길이 다 뭐라고요. 제가 매일 산길을 얼마나 많이 다니는데요."

그들은 계속 산속을 향해 걸음을 옮겼다. 길 옆에 위치한 차나무밭 너머로 사찰의 추녀가 보였다. 두껍게 눈이 덮인 추녀는 평소보다 훨씬 커 보였다. 차나무들도 커다란 눈덩이로 변해 푸른색을 찾아보기가 어려웠다. 워낙 과묵한 두 남자가 함께 걸으니 걷는 내내 대화가 별로 없었다. 하지만 둘 다 이심전심으로 상대의 마음을 읽고 느끼고 있었다. 어둠 속에서 눈사태가 쏟아져 내리는 소리가 가끔 들려왔다. 때로는 눈더미에 대나무 부러지는 소리가 마치 산새들의 찢어지는 울음소리 같기도 했다. 뭔지 모를 굉음이 들려오다가 곧바로 잠잠해졌다. 망우가 슬며시 웃으면서 입을 열었다.

"외삼촌, 제가 방금 무슨 생각을 했는지 아세요?"

"……"

"임충林沖이 눈보라가 휘몰아치는 밤길을 달려 산신묘山神廟에 간 얘기'를 떠올렸어요."

가화가 힘겹게 걸음을 재촉하면서 말했다.

"좋은 생각을 했구나. 좀 있다가 양진 선생을 만나면 그에게도 얘기해 주거라."

"문지기가 만나지 못하게 할까봐 걱정이에요."

"우리가 어떻게 여기까지 왔는데 그냥 돌아가겠느냐?"

가화가 갑자기 걸음을 멈췄다. 이어 망우의 어깨를 두드리면서 말했다.

"하늘이 무너져도 솟아날 구멍이 있다고 했어. 나는 너를 혼자 산속에 남겨둔 것이 항상 마음에 걸리는구나."

"저는 산이 좋아요."

망우는 말수가 적지만 의사 표현은 정확했다. 이 역시 가화가 그를 좋아하는 이유 중 하나였다.

"나도 산을 좋아하지만 이제는 돌아갈 수가 없구나. 하지만 정말로 궁지에 몰렸을 때에는 또 산이 없으면 안 될 테지. 언젠가 내가 너를 찾아가게 되면 그때는 큰일이 생긴 줄 알거라. 나는 득도에게 의지할 생각이 없어. 너만 믿는다."

　망우는 적이 놀랐다. 하지만 가화는 그가 대답하기를 기다리지 않고 묵묵히 앞으로 걸음을 내딛었다. 그의 발걸음은 처음보다 훨씬 가벼워 보였다. 망우는 가끔 외삼촌에게서 협객의 기운을 느낄 때가 있었다. 지금도 마찬가지였다. 외삼촌은 다른 사람을 위해 이 밤에 눈보라를 헤치면서 산길을 오르고 있었다. 물론 이런 일이 자주 있는 것은 아니었다. 달리 말하면 외삼촌이 협객의 기운을 풍기는 일도 자주 있지는 않았다. 하지만 망우는 외삼촌이 '협객'이라고 믿고 있었다.

　망우는 처음 방월을 데리고 항씨네 거실에 들어섰을 때 그동안 몰랐던 외삼촌의 '협객 기운'을 느낀 적이 있었다. 그날 그는 외삼촌을 만나기 전까지만 해도 속으로 불안감을 금치 못했었다. '월이의 아버지인 이비황은 한간이었어. 그런 이유 때문에 외삼촌은 방월을 받아주지 않으실 거야. 그리고 내가 다시 산으로 돌아가도록 곱게 놔주지도 않으실 거야.'라고 생각했기 때문이었다.

　망우는 거실에 들어서자마자 무릎을 꿇고 말 한마디 없이 외삼촌 가화를 바라보기만 했다. 가화가 그의 앞에 서서 정색을 하고 말했다.

　"나는 방금 월이를 만나고 왔다. 그 아이에게 성을 '방'ㅎ씨로 하든 '항'씨로 하든 상관없지만 '이'씨는 절대 안 된다고 말했다. 내 말을 알아들었느냐?"

　망우는 여전히 무릎을 꿇은 채 일어날 생각을 하지 않았다. 가화가 말을 이었다.

　"네 방은 그대로 남겨두고 있다. 돌아오고 싶으면 오고, 가고 싶으면 가도 된다."

　망우는 그제야 몸을 일으켜 가화에게 다가갔다. 가화는 주머니에서 육홍겸 청백자기 인형을 꺼내 망우에게 걸어줬다. 자기 인형은 땀에 젖었는지 아니면 눈물에 젖었는지 몰라도 축축하고 따뜻했다. 그렇게 그는 그날 처음으로 외삼촌의 눈물을 목격했다. 그 눈물은 지금까지 그의 마음을 따뜻하고 촉촉하게 적셔주고 있었다.

망우는 삼촌을 붙잡고 무언가 말하려다가 이내 그만뒀다. 이어 묵묵히 한참을 걷다가 드디어 입을 열었다.

"제가 외삼촌을 위해 산을 준비해놓겠어요."

눈바람이 두 사람의 뒷모습을 가려버렸다. 집을 나선 지 벌써 몇 시간이 지나고 있었다. 희뿌연 눈보라 속에서 드디어 상천축사의 처마 한 귀퉁이가 모습을 드러냈다.

비슷한 시각, 밤은 갈수록 깊어지고 인적도 드물어졌다. 화목심방의 작은 문이 갑자기 벌컥 열렸다. 요코는 용수철 튕기듯 벌떡 일어나면서 몸으로 '금천도'를 막아섰다. 탁상 전등이 어두워서 백야는 득도를 알아보지 못했다. 득도는 안경을 쓰지 않고 있었다. 아마 그 때문에 백야가 그를 알아보지 못한 것이리라. 사실 득도는 긴장되고 격앙된 마음을 추스르기 위해 밖에서 한참을 서성거렸다. 하지만 긴장이 쉬이 풀리지 않았다. 숨결도 거칠어지면서 안경알에 부옇게 김까지 서렸다. 결국 그는 잘 보이지 않는 안경을 벗어들고 집으로 들어섰다. 안경을 끼지 않은 그의 모습은 낯설고 우스웠다. 백야는 참지 못하고 웃음을 터뜨렸다. 득도는 백야의 손을 덥석 잡았다가 이내 놓았다. 자신의 손이 너무 차다는 것을 의식했는지 호호 두 손을 불면서 겸연쩍게 말했다.

"미안하오, 손이 너무 차가워서……."

백야는 얼굴을 붉히면서 항씨네 여자들을 곁눈질했다. 그리고는 눈시울을 붉히면서 득도의 손을 잡고 말했다.

"지금 뭐하는 거예요?"

득도는 많은 것을 생각할 겨를이 없었다. 방안은 포근하고 여자들의 눈빛은 부드러웠다. 모두 눈에 이슬이 맺혀 있었다. 아아, 얼마나 아름다운 정경인가. 탁상 전등 앞에 서 있는 백야는 그림 속의 여신처럼 아름다웠다. 득도는 넋을 잃고 그녀만 바라봤다. 시간이 이대로 멈췄으면 좋겠다는 생각이 들었다. 아아, 얼마나 행복한 밤인가. 득도가 고개를 절레절레 흔들더니 두서없는 말을 했다.

"다시는 만나지 못하는 줄 알았어."

득도의 말이 끝나자마자 항씨 여자들의 눈이 화등잔처럼 휘둥그레졌다. 책벌레인 득도에게 이런 모습이 있을 줄은 상상도 못했다는 표정이었다. 아무려나 집안의 온기 때문에 득도의 얼굴은 발갛게 윤이 났다. 백야는 이제까지 득도가 잘 생긴 남자라고 생각해본 적이 한 번도 없었다. 그러나 지금의 그는 점잖고 모나지 않고 머리부터 발끝까지 눈에 거슬리는 부분이 하나도 없었다. 평소에는 안경을 써서 늘 무엇인가 가려져 있었다면 오늘은 안경알 뒷면에 숨어 있던 새로운 매력을 발견한 느낌이었다.

득도는 한껏 들뜬 표정이었다. 평소의 그에게서 쉽사리 볼 수 없는 모습이었다. 백야는 그런 모습을 보면서 득도가 오곤보다 더 잘 생긴 것 같다는 생각까지 들었다. 지금까지 그녀의 주변 사람들은 늠름하고 영특하고 잘 생긴 사람을 꼽으라면 다들 오곤을 일순위로 꼽았었다. 그녀 역시 예전에는 오곤이 제일 잘 생겼다고 생각했었다.

요코가 눈치를 살피다가 조심스럽게 물었다.

"득방은 같이 오지 않았느냐?"

득도는 백야에게서 눈을 떼지 않은 채 건성으로 대답했다.

"몰라요."

득도는 자기가 듣기에도 너무 퉁명스럽게 대답했다고 생각했는지 이내 웃는 얼굴로 어리광부리듯 덧붙였다.

"할머니, 배고파 죽겠어요. 먹을 것 좀 주세요."

손자의 부탁에 할머니의 얼굴에 화색이 돌았다. 하지만 둘째 손자 걱정을 쉬이 떨쳐버리지 못한 채 이번에는 기초에게 물었다.

"득방은 어디 갔을까요?"

영상을 데리고 막 밖으로 나가던 기초가 퉁명스럽게 대답했다.

"너무 걱정 말라고 아까부터 말했잖아요. 득도도 지금 돌아왔잖아요?"

네 여자는 함께 주방으로 향했다. 요코가 화로 뚜껑을 열면서 물었다.

"뭐가 뭔지 모르겠네. 저 아이는 오씨네 새색시 아닌가요?"

"오씨네 새색시를 빼앗아온 것도 우리 항씨 남자의 능력이죠."

기초가 농담을 했다. 그제야 요코도 다소 걱정을 내려놓은 듯했다.

"고모는 진짜 아무렇지도 않아요?"

기초가 화로에 부채질을 하면서 말했다.

"왜 아무렇지 않겠어요. 하지만 형님이 이렇게 걱정하는데 저까지 덩달아 걱정된다고 말할 수는 없잖아요?"

항분은 두 사람의 대화 내용이 민망했는지 슬그머니 거실로 돌아갔다. 예전부터 남녀 간의 사랑에 관한 화제라면 못 본 척 못 들은 척으로 일관해온 그녀다웠다. 영상 역시 별 상관하지 않고 다시 대문 밖으로 나갔다. 큰할아버지와 득방 오빠를 기다릴 요량인 것이 분명했다.

득도와 백야는 서로 마주보고 앉았다. 백야는 미소를 짓고 있었다. 득도는 그 미소의 의미를 알고 있었다. 적어도 이 순간 둘은 똑같은 생각을 하고 있었다. 청춘, 그 아름다운 시절에 둘은 숨가쁘게 달려 이곳까지 왔다. 그들이 숨가쁘게 달려온 이유는 단 하나였다. 서로에게 속하는 '단 한 사람', 그 사람을 찾기 위해서였다. 그 한 사람으로 족했다. 한마디로 그들의 삶의 의미는 이제 그 '한 사람'에게 집중돼 있었다. 다른 것들은 이제 먼 곳으로 날아가든 말든 상관없었다.

득도는 무지개처럼 황홀하고 행복한 순간이 너무 빨리 먹구름에 가려지는 것이 싫었다. 그러나 그들이 원하든 원하지 않든 곧 무거운 화제들을 꺼내야 했다. 그래서 그는 그녀에게 해주고 싶은 말이 더 많았는지도 몰랐다. 그가 세운 일련의 계획들과 그 자신의 변화에 대해 말해주고 싶었다. 또 그가 이제는 힘 있는 사람이 됐다고, 하지만 아직 스스로의 변화에 완전히 적응하지 못했다는 말도 해주고 싶었다. 하지만 막상 입을 떼려니 쑥스러움이 앞섰다. 물이 다시 끓기 시작했다. 백야가 끓는 물을 찻잔에 붓고 차를 넣으려고 했다. 그러자 득도가 말렸다. '차'는 항씨 가문의 영원한 화제였다. 그는 그 화제를 쉽사리 지나치고 싶지 않았다. 아니, 그 화제에 대해 더 깊고 더 넓은 얘기를 오래도록 나누고 싶었다. 때문에 그는 백야가 그 동안 겪은 일들을 조금이라도 더 늦게 말해 줬으면 했다. 시간은 아직 충분했다.

"청명 전에 딴 녹차는 너무 여리기 때문에 100도 되는 끓는 물로 우리면 안 되오."

그가 뜨거운 물을 보온병에 담고 뚜껑을 열어 놓으면서 구구절절 설명했다.

"80도 정도 되는 물이 제일 좋소. 일본사람들은 60도가 제일 좋다고 하지만 나는 60도면 온도가 낮다고 생각하오. 내가 들고 있는 이 찻잔은 청자 찻잔이오. 육우는 '만일 형자邢瓷를 은銀에 비한다면 월자越瓷는 구슬에 비유되는데, 이것이 형자와 월자의 첫 번째 차이점'이라고 했소. 또 '만일 형자를 눈에 비긴다면 월자는 얼음에 비길 수 있는데, 이것이 형자와 월자의 두 번째 차이점'이라고 했소. 은빛의 눈과 옥빛의 얼음 둘 중에서 어느 것이 더 고급스럽겠소? 사실 육우의 평가는 철저히 주관적이라고 해도 과언이 아니오. 아마도 나름의 이유가 있었을 거요. 어쩌면 백자 찻잔을 사용하면 탕색의 붉은색이 더 두드러져 보이고, 청자 찻잔을 사용하면 녹색 빛이 더 두드러질 거라고 생각했는지도 모르오. 아무튼 아름다움에 대한 평가는 때로는 상당히 주관적이라고 말하고 싶소. 오, 할머니가 천목잔까지 꺼내놓으셨군. 이 천목잔은 한 번 깨졌던 것을 다시 붙여놓은 것이오. 역사가 오래된 잔이지. 이걸로 송조 때의 차 맛을 재현해볼까? 하하, 물론 우스개요. 송나라 때에는 차가 분말형태였으니 말이오……. 백야! 백야……, 내 말은…….

멍하니 백야를 바라보던 득도의 눈빛이 갑자기 돌변했다. 순간 오랫동안 잊고 있었던 욕망이 불쑥 고개를 쳐들었다. 득도는 이 세상에 백야와 같은 여자가 있다는 것을 처음 알았을 때, 그녀의 사진을 처음 봤을 때 그녀를 갖고 싶다는 원초적인 욕망을 처음으로 느껴봤었다. 그 이후 이런 욕망은 항상 무엇인가에 가로막혀 있었다. 득도와 백야는 포옹도 해봤지만 그것은 이런 욕망을 바탕으로 한 포옹이 아니었다. 아버지가 딸, 오빠가 여동생에게 하듯 담백하고 순수한 느낌을 바탕으로 한 포옹이었다. 득도는 어디서 갑자기 그런 용기가 생겼는지 와락 백야의 목을 껴안았다. 그는 여태까지 여자와 키스라는 걸 못해봤다. 키스를 어떻게 해야 하는지도 잘 모르고 있었다. 이것이 사랑이라는 걸까? 갑자기 이유 없이 초조하고 불안해졌다. 눈앞이 뿌옇게 흐려지고 대뇌는 산소 부족으로 멍한 느낌이었다. 그는 가쁜 숨을 헐떡이기 시작했다. 백야는 그의 사뭇 다른 모습에 적잖이 놀라면서 그의 손을 꽉 잡았다.

"안 돼요."

백야의 한마디에 득도는 금세 얼어붙었다. 그의 얼굴이 귀밑까지 빨개졌다. 그는 백야의 품에 얼굴을 묻어버렸다. 그리고는 백야가 밀어내려고 안간힘을 써도 꼼짝도 하지 않았다. 한참 후에야 그는 머리를 들고 평온한 어조로 말했다.

"미안하오."

백야가 웃으면서 자리에 앉았다.

"우리 얘기나 계속 나눠요."

득도도 홀가분한 표정을 지었다. 멀리서 온 손님을 맞이하는 환영식은 이로써 끝난 것 같았다. 이제부터는 본론으로 들어가야 했다. 득도가 자리에 앉으면서 말했다.

"잠깐만, 일단 차를 마신 다음 얘기를 나눕시다. 왜 차를 한 잔도 마시지 않은 거요?"

득도의 동작이나 말투는 자상하고 부드러웠다. 하지만 백야의 눈에는 득도의 그런 모습이 오히려 듬직한 사내다워 보였다. 백야처럼 풍상고초를 겪을 대로 겪은 사람만이 느낄 수 있는 감정이리라. 그녀는 방금 전처럼 흥분된 모습보다 온화한 모습의 득도를 더욱 좋아했다. 백야가 말했다.

"그동안 제가 겪은 일들을 얘기하겠어요. 마음의 준비를 단단히 해두시는 게 좋을 것 같아요. 제가 보낸 편지는 받았어요?"

득도가 자리에서 일어서서 백야를 묵묵히 바라봤다. '언젠가는 들어야 할 얘기야. 지금 듣는 것도 나쁘지 않아.'라고 생각하는 표정이었다. 그럼에도 그는 분위기가 너무 심각해지는 것이 부담스러웠다. 어쩌면 백야가 어떤 말을 해도 다 이해하고 감싸주어야 한다고, 그럴 수 있다고 자신하고 있기 때문인지도 몰랐다. 그가 백야의 질문에 천천히 대답했다.

"백야가 지금 내 눈앞에 이렇게 살아 있고 또 자유롭게 움직일 수 있다는 것만으로도 나는 족하오. 다른 설명은 필요 없소. 다른 모든 일은 백야의 탓이 아니라고 생각하오. 나는 백야가 어떤 사람인지 잘 알고 있으니까."

"아니, 그렇게 속단하지 말아요. 앞으로 누구한테도 그 사람을 잘 안다는 말은 하지 말아요. 다른 사람을 완전하게 알 수 있는 사람은 이 세상에 없어요. 특히 저 같은 사람은 더욱 알기 어렵고 이해하기 어려운 족속이에요. 저는 방금 항씨네 여자들을 보고 많이 놀랐어요. 그들 앞에서 내가 너무 초라하다는 생각이 들었어요. 그분들에게는 영원히 변치 않는 무언가가 있었어요. 그분들에게는 시대의 낙인 따위는 찾아볼 수 없었어요. 그들은 시대 상황에 구애받지 않는 삶을 살고 있었어요. 차를 타고 찻잔을 씻는 등 모든 시대를 아우르는 평범하면서도 평범하지 않은 행동이 그분들의 몸에는 자연스럽게 배어 있었어요. 제가 좀더 일찍 그분들을 알았더라면 얼마나 좋았을까요? 저는 그분들과 달라도 너무 달라요. 저는 급물살 치는 시류에 빠져들었고 하마터면 치명적인 화를 당할 뻔했어요. 이게 바로 운명인가 봐요. 제가 왜 오곤하고 결혼을 해요? 말도 안 되잖아요. 제 아버지의 말씀을 빌면 세상에 이보다 더 말도 안 되는 일은 없을 거예요. 아아, 제가 너무 제 얘기만 했군요. 아무튼 저는 이번에 아버지를 위해 돌아온 거예요. 제 아버지가 어떻게 됐는지 말해줘요. 당신네 학교에 가봤지만 아버지의 소식을 알 수가 없었어요. 그래서 당신에게 제 삶과 관계된 모든 것을 털어놔야겠다고 생각했어요. 이후에는 이런 기회가 두 번 다시 오지 않을 것 같아서 그래요."

제18장

그믐밤, 눈보라가 심하게 휘몰아치고 있었다. 이 밤은 채차에게도 만감이 교차하는 밤이었다. 그녀는 빈하중농의 딸로 태어나 수없이 많은 생활의 질곡을 겪어온 사람이었다. 그러나 한 해의 마지막 날에 이 거지같은 곳에 와서 파수꾼 노릇을 하고 있을 줄은 상상도 해 본 적이 없었다. 게다가 그녀의 얼굴에는 아직도 손바닥 자국이 선명하게 남아 있었다. 그것은 그녀의 남편 이평수가 혁명의 시대에 그녀에게 남겨준 영광의 흔적이었다. 그들 부부는 냉전에 들어간 지 꽤 오래 됐다. 표면적인 원인은 채차가 남편이 항씨 가문과 왕래하는 것을 반대한 탓이었다. 그럼에도 불구하고 이평수는 단 한 번도 아내에게 큰소리를 낸 적이 없었다. 따라서 채차는 오늘 산에 가서 양진을 지키라는 통지를 받을 때까지만 해도 남편이 막아 나설 줄은 꿈에도 생각하지 못했다. 그리고 남편의 반대에 맞닥뜨렸을 때에도 기껏해야 몇 마디 말싸움으로 끝날 줄 알았다. 남편이 그녀의 뺨을 후려칠 것이라고는 전혀 생각하지 못했

다인_6

다. 처음에 남편은 그저 냉랭한 어조로 그녀에게 물었다.

"혁명적 전우 오곤이 또 혁명적 용건으로 전화를 걸어왔소?"

채차는 경멸스럽다는 듯 바라보며 대수롭지 않게 고개를 끄덕였다.

"그래요. 그래서 어쩔 건데요?"

이평수가 대답 대신 채차의 곁으로 다가섰다. 이어 전혀 생각지도 못한 말을 내뱉었다.

"너 같은 년은 맞아야 해."

채차는 잠시 멍해 있다가 아무렇지 않게 짐을 꾸리면서 웃었다. 이어 고개도 돌리지 않고 말했다.

"너 따위가 다 뭔데? 버러지 같은 놈, 어디 내 털끝 하나 다쳐보시지?"

하지만 채차의 말이 끝나기도 전에 이평수의 손이 날아들었다. 엉겁결에 얼얼하게 한 대 얻어맞은 그녀는 한동안 멍해져서 아무 말도 못했다. 골백번을 생각해봐도 남편이 무엇 때문에 갑자기 불같이 화를 내는지 이해할 수가 없었다. 그녀는 한동안 어찌할 바를 몰라 남편을 쳐다만 보고 있었다. 그러자 이평수가 말했다.

"여기 남아서 설을 쇠면 우리는 계속 한 가족일 거야. 하지만 지금 나간다면 다시 돌아올 생각은 하지 마."

채차는 화가 치밀어서 온몸을 부들부들 떨면서 이평수에게 달려들었다. 하지만 직업훈련을 받아온 군인인 그는 가볍게 몸을 피해버렸다. 결국 그녀는 손바닥 자국이 난 얼굴을 감싸쥔 채 산을 오를 수밖에 없었다. 굳이 이평수와 내전을 벌이려면 벌이지 못할 것도 없었다. 그러나 그녀에게는 시간적 여유가 많지 않았다.

산은 깊고 인적은 없었다. 눈도 소리 없이 내리고 있었다. 채차는 침대에 쭈그리고 앉아 속으로 화를 삭였다. 아무리 생각해봐도 억울하고 분해 미칠 것 같았다. 전화기는 바로 옆에 있었다. 손만 내밀면 전화를 걸 수 있었다. 오곤은 그녀를 보러 올 것인가? 솔직히 그녀 자신도 알지 못했다. 하지만 그녀는 오곤이 꼭 올 것이라고 믿었다. 양진 때문에라도 그는 절대 이곳을, 그리고 자신을 버리지 못할 것이다.

얼굴이 아직도 얼얼했다. 낮에 있었던 일이 또다시 떠오르면서 화가 치밀어 올랐다. 그녀는 맨발로 침대에서 뛰어내렸다. 그리고 곧바로 서랍에서 연필과 종이 몇 장을 꺼냈다. 요즘 그녀는 문맹 퇴치활동에 적극 동참하고 있었다. 마침 지금 딱히 할 일도 없었다. 배운 글자를 연습하는 셈 치고 이혼신청서나 쓰면 될 것 같았다. 그런데 하필이면 '이혼' 離婚의 '이'離 자가 기억나지 않았다. 깊은 산속의 추운 방에 혼자 있으면서도 무서운 줄을 모르던 '강철의 여인' 채차는 그 한 글자 때문에 애가 타서 눈물이 날 지경이었다. 그렇게 한창 고심을 하고 있는데 밖에서 누군가 문을 두드리는 소리가 들려왔다.

'아, 사랑하는 오곤이 밤길을 달려 나를 보러 왔구나.'

채차는 애써 흥분을 가라앉히면서 바삐 외투를 걸치고 달려가 문을 열었다. 눈발이 안으로 날려 들어왔다. 문밖에는 뜻밖에 두 남자가 서 있었다. 손전등을 비춰보던 채차가 놀라서 소리를 질렀다.

"가화 할아버지, 여기는 어쩐 일이세요?"

가화와 망우는 아무런 대꾸도 없이 문지방을 넘어 들어섰다. 이것은 둘이 사전에 의논한 것이었다. 둘은 양진을 만나러 왔다고 하면 문도 열어주지 않을 것임을 알고 있었다.

아니나 다를까, 가화가 양진을 만나러 왔다고 한마디 하기가 무섭게 채차는 당장 조반파의 본색을 드러냈다. 비뚤비뚤, 괴발개발 그려놓은 종이를 연필로 툭툭 두드리면서 건방진 어투로 비웃듯 말했다.

"항씨네 사람들은 왜 다들 그렇게 아둔한가요? 양진이 아무나 만날 수 있는 사람인가요? 그가 어떤 사람인지 진짜 몰라요? 그믐날에 여기가 어디라고 함부로 찾아와요? 나 원 참, 더 늦기 전에 얼른 돌아가세요. 내가 그나마 할아버지하고 아는 사이여서 그렇지……."

채차가 두 사람을 아래위로 훑어보면서 말끝을 흐렸다. 가화가 말했다.

"아는 사이가 아니면 우리를 가둬놓고 문초라도 하겠네?"

가화 옆에 서 있는 남자는 피부가 눈처럼 희었다. 가화가 한마디 하자 남자가 입술을 실룩거리면서 웃는 표정을 지어보였다. 보는 이의 동정심을 유발하는 외모와 미소였다. 채차는 다른 사람 위에 군림하는 법을 아직 제대로 배우지 못했다. 게다가 천성적으로 엄격하거나 난폭한 성깔은 아니었다. 그녀는 두 남자를 어떻게 상대하면 좋을지 몰라 고심하다 당직을 서고 있는 간수 몇 명을 불렀다. 벌써 술이 거나하게 취한 간수들이 다가오면서 고함을 질렀다.

"누구야? 누가 그믐날까지 이렇게 사람을 못 살게 구는 거야? 다 같이 설을 못 쇠게 해줄까?"

가화가 채차에게 말했다.

"우리는 양진에게 그 사람의 딸이 돌아왔다는 말만 전해주고 가겠네."

"한마디도 안 돼요!"

마음이 약해지려던 채차가 갑자기 강경한 태도로 돌변했다. 크게 부릅뜬 눈이 당장이라도 튀어나올 것만 같았다. 가화는 그녀의 그런 모습이 다소 의외였다. 그는 주변을 재빨리 획 둘러봤다. 양진이 위층에 있다는 사실을 간파하기란 별로 어렵지 않았다. 그가 슬며시 망우에게 눈짓을 했다. 망우는 고개를 끄덕이고 밖으로 뛰쳐나갔다. 이어 위층에 대고 고함을 질렀다.

"양 선생님, 따님이 돌아왔습니다. 양 선생님, 따님이 돌아왔어요."

채차는 크게 놀랐다. 그러나 위층은 불이 여전히 꺼져 있고 캄캄한 것을 보고는 이내 의기양양해졌다.

'소리를 질러봐야 헛수고야. 양진은 너무 얻어맞아서 대답도 못할 걸?'

채차는 그렇게 생각하다 말고 갑자기 부르르 몸을 떨었다. '내가 너무 소홀했던 것은 아닐까?' 하는 걱정이 되었던 것이다. 순간 등골부터 발뒤꿈치까지 식은땀이 쫙 흘렀다. 가장 먼저 그녀의 뇌리를 스치고 지나간 것은 '자살'이라는 두 글자였다. 오곤은 그녀에게 신신당부를 했었다. 어떤 일이 있어도 그가 죽게 하면 안 된다고. 그녀는 다리에 힘이 풀려 그 자리에 주저앉았다. 그래도 술을 마시고 있는 간수들을 재촉하는 것은 잊지 않았다.

"어서 올라가 봐요. 어서 올라가 보란 말이야."

한 간수가 말했다.

"노인네는 밥을 먹고 나서는 책상 앞에 앉아 꼼짝달싹 하지 않았어."

간수의 말이 끝날 즈음 망우는 이미 위층에 올라가 있었다. 뭔가를 예감한 듯 가장 먼저 위층으로 달려 올라간 것이었다. 망우는 양진이 갇혀 있을 법한 방문을 벌컥 열었다. 과연 방안에 한 사람이 문을 등진 채 앉아 있었다. 망우는 그 '사람'이 가짜라는 사실을 바로 알아차렸다. 굳이 다가가서 확인할 필요도 없었다. 다시 살펴보니 뒤쪽 창문이 열려 있었다. 창턱에서 아래로 밧줄이 드리워져 있었다. 가화도 곧 위층에 도착했다. 그는 밧줄을 자세히 살펴본 다음 고개를 돌려 목석처럼 굳어진 채차에게 물었다.

"양 선생은 어디 갔어?"

채차는 한마디도 못한 채 제자리에서 사시나무 떨 듯 떨고만 있었다. 가화가 그런 그녀를 보면서 말했다.

"어서 양말과 신을 신어. 멍해 있지 말고."

채차는 그제야 세상이 떠나갈 듯 아우성을 지르면서 아래층으로 뛰어 내려갔다. 이어 오곤에게 전화를 걸었다. 망우는 그 사이에 아래층을 둘러보고 다시 위층으로 올라갔다. 이어 가화를 부축해 계단을 내려오면서 말했다.

"외삼촌 생각에는 양진 선생이 어느 방향으로 간 것 같아요?"

가화는 문어귀에 서서 서북쪽을 바라봤다. 서북쪽은 불빛이 명멸하는 항주 시내였다. 그가 다시 고개를 돌려 동북쪽을 쳐다봤다. 그쪽으로 낭당령琅璫嶺을 넘으면 구계九溪 18계곡. 또 그곳을 지나면 도도하게 흐르는 전당강이 나타날 터였다. 눈발은 점점 거세졌다. 눈송이가 거위털만큼 커졌다. 가화와 망우는 이제 추위 따위는 까맣게 잊고 있었다. 그저 속이 타서 재가 되는 기분이었다. 온갖 고초를 겪을 대로 겪은 남자가 한밤중에 눈 속으로 사라졌다면 과연 어느 쪽으로 갔을까? 얼마 후 가화가 망우에게 물었다.

"너라면 이디로 갔을 것 같으냐?"

망우가 한참을 생각하다가 동북쪽을 가리켰다. 가화가 몸에 내려앉은 눈을 털면서 말했다.

"가자."

두 남자는 전당강을 향해 다시 눈 속으로 사라졌다.

그 시각, 양패두에서는 항씨네 꼬맹이 영상이 염탐꾼 역할을 자처한 채 몇 번이나 같은 곳을 왔다 갔다 하고 있었다. 그러든 말든 항씨네 여자들은 거실에서 남정네들이 돌아오기만 조용히 기다리고 있었다. 하지만 남자들은 여전히 돌아오지 않고 있었다. 영상이 돌아와서 '보고'를 했다.

"두 분은 아직도 얘기를 나누고 있어요."

기초가 물었다.

"무슨 얘기를 하든? 엿듣지는 못했어?"

영상이 살래살래 머리를 흔들었다.

"자세히 듣지 못했어요. 다투는 것 같기도 하고."

여자들은 다소 의외라는 표정을 지었다. 다툴 일이 없을 텐데 다투고 있다니, 대체 무슨 일이지? 항분이 일어서면서 말했다.

"뜨거운 물을 더 가져다주고 올게요."

항분이 화목심방에 들어서자 젊은 두 남녀는 그녀를 보면서 희미하게 미소만 지을 뿐 아무 말도 하지 않았다. 항분이 거실로 돌아와서 말했다.

"아마 안 좋은 일이 있는 것 같아요."

요코가 자리에서 일어섰다. 기초가 즉각 만류했다.

"가지 말아요. 오빠가 오거든 그때 같이 가 봐요."

영상이 종알거렸다.

"할아버지는 왜 아직도 안 오시죠? 제가 벌써 열 번도 넘게 대문 밖에 나가 봤어요."

영상의 말에 여자들은 다함께 일어서서 눈발과 어둠을 헤치고 대문 밖으로 나가봤다. 눈은 이미 종아리까지 잠길 정도로 두껍게 쌓여 있었다. 그러나 사람이 다녀간 흔적은 보이지 않았다.

화목심방에 있는 두 청춘남녀의 대화도 쌓이는 눈만큼 깊어가고 있었다. 그들은 서로의 마음을 모르는 것이 아니었다. 하지만 서로에게 솔직해지려고 할수록 상대방에게 주는 의혹이 커져갔다. 이는 누구도 예기치 못한 상황이었다. 그들은 겉으로는 서로에게 자신의 진심을 털어놓지 못해 안달이 난 것처럼 보였으나 사실은 그게 아니었다. 그들에게는 상대에게 들은 것을 정면으로 직시할 용기가 없었다. 심지어 들은 내용의 일부분으로 남은 부분을 추측하느라 심리적 압박이 한계에 달하고 있었다. 그렇지만 자신의 나약한 일면은 숨겨야 했다. 그런 점은 특히 득도가 더욱 심했다. 그렇게 각자 힘겹게 털어놓는 얘기를 아무렇지 않은 듯 평온한 표정으로 들어야 한다는 사실이 두 사람을 더욱 슬프게 했다. 백야가 한참을 망설이더니 드디어 위험천만했던 변경 행에 대한 일을 털어놓았다.

"······얼마나 위험천만한 순간이었는지 몰라요. 변방의 작은 마을에서 이 전차博茶를 보고 당신을 떠올렸어요. 당신에게 무언가를 꼭 가져다주고 싶었거든요. 제가 전차를 사가지고 되돌아오니 그들이 보이지 않았어요······."

백야는 일행들과의 관계에 대해서는 일언반구도 내비치지 않았다. 하지만 득도는 대충 짐작할 수 있었다. 그가 억지웃음을 지으면서 말했다.

"당신은 이런 일에서 초보자 티가 팍팍 나오."

백야는 '초보자'라는 말이 은근히 귀에 거슬렸다.

"지금 제가 유치하고 충동적이라고 비웃는 거죠?"

득도의 눈에는 백야가 불쾌해하는 모습이 무척이나 귀여워보였다. 그가 그녀의 목을 안은 채 눈을 응시하면서 말했다.

"당신은 보면 볼수록 철없는 아이 같아."

"이 시대가 너무 음흉하다고 생각되지 않으세요? 저도 시대의 희생양이란 말이에요."

득도는 손을 풀었다. 그녀는 자꾸 무거운 화제만 거론하고 있었다. 득도가 그녀를 처음 봤을 때는 이런 여자가 아니었었다. 그때의 그녀는 얼마나 화려하고 대범했던가. 득도는 그녀가 놀라지 않도록 되도록 온화한 말투로 물었다.

"당신이 지금 어떤 상황에 처해 있는지, 내가 당신을 위해 무엇을 할 수 있는지 말해주면 안 되겠소? 양진 선생이 지금 얼마나 위험한 상황에 처해 있는지도 꼭 알아야겠소. 무슨 일이 일어날지 아무도 모르오."

백야는 득도의 뜻을 이해했다. 그녀가 그의 머리카락을 쓰다듬으면서 말했다.

"국경지대에서 출발해 꼬박 보름을 쉬지 않고 걸었어요. 미행하는 사람은 없었어요. 사실 미행도 두렵지 않았어요. 차라리 감옥에 가서 죽어버리는 게 더 편할 것 같다는 생각도 들었어요. 하지만 아버지와 당신이 보고 싶었어요. 오늘 항씨네 여자들의 차 마시는 모습을 보고 나는 죽어 마땅한 사람이구나 하는 생각이 들었어요. 나는 너무 우매하고 더러워요."

득도가 백야의 말을 들으면서 창가로 다가갔다. 이어 바깥동정을 살피면서 말했다.

"지금 내가 알아야 할 것은 당신에 대한 도덕적 평가가 아니라 당신의 진실된 상황이오. 도덕적 심판은 지금 우리 둘 다에게 중요한 게 아니오. 무슨 말인지 알겠소? 나는 당신에게 대체 어떤 일들이 있었는지, 그리고 앞으로 어떻게 할 것인지 듣고 싶소."

득도는 창가에 서서 기다렸다. 백야는 대답이 없었다. 결국 답답해진 그가 먼저 고개를 돌렸다. 백야는 고개를 숙인 채 두 손으로 얼굴을 감싸쥐고 있었다. 그가 백야에게 다가가 쭈그리고 앉으면서 말했다.

"미안하오. 당신에게 그렇게 말하려 했던 건 아닌데. 하지만 우리는 현실을 직시해야 하오. 당신도 이것을 원한 게 아니었소?"

백야가 머리를 들면서 말했다.

"할아버지가 돌아오셔서 제 아버지 소식을 전해주시면 바로 떠날게요."

"왜 그러오?"

득도가 놀란 표정을 지었다.

"당신 뭔가 단단히 착각한 것 같소. 아직도 예전처럼 자유롭게 행동할 수 있는 줄 아오? 모르긴 해도 이 집을 나서는 순간부터 누군가의 표적이 될 거요. 지금부터 나하고 말을 맞춰야 하오. 당신은 어떤 상황에서도 당신이 원해서 그들과 함께 변경에 갔다고 인정하면 안 되오. 그들에게 속아서 거기까지 갔다고 해야 하오. 나중에 전차를 사는 척하면서 그들의 손아귀에서 벗어났다고 말해야 하오."

"제가 원해서 그들을 따라간 거예요. 북경에서는 그런 일들이 많아요. 남쪽으로 밀항한 사람들도 있어요."

"그 일에 대해서는 두 번 다시 입 밖에 내지 마오. 한 글자도 꺼내서는 안 되오."

득도의 표정이 갑자기 초조하게 변했다. 그는 목소리를 한껏 내리깐 채 단호하게 말했다.

"지금 당신의 말 한마디, 행동 하나하나가 무엇을 의미하는지 알고 있소?"

백야가 벌떡 일어섰다. 그녀의 목소리는 낮지만 힘이 있었다.

"우리는 반역죄를 범하지 않았어요. 저는 우리가 반역죄를 범했다는 말을 인정하지 않아요. 우리는 조국의 정세가 안정되면 돌아오기로 약속했어요. 우리 가족과 친지 모두 중국에 있고 우리 또한 중국사람이에요. 우리는 그 누구보다도 이 사실을 더욱 잘 알고 있었어요. 그래서 최종 결정을 내리면서도 매우 고통스러웠어요. 될 수만 있다면 고향을 등지고 싶지 않았거든요. 특히 이런 위험을 감내하면서까지 생명으로 자유를 바꾸고 싶지는 않았어요. 하지만 우리는 갈 데가 없었어요. 저처럼 진흙탕 속에서 더러워진 년이, 이미 다른 사람들에게 짓밟히고 자신의 과거를 엉망진창으로 오염시킨 년이 무슨 재주로 악몽에서 벗어나겠어요? 다시 새로 시작하면 된다고요? 아니에요! 저를 유치하다고 하지 말아요. 제가 허황한 생각을 한다고 여기지 말아요. 극소수의 사람들은 성공적으로 도망을 갔어요. 제 비극이라면 제가 보고 생각한 것들을 실현할 능력이 영원히 없다는 점이죠. 당신은 그런 느낌을 모를 거예요. 내 조국, 내 집과 한 걸음씩 멀어질 때의 그 느낌을. 저도 이 나라를 사랑하고 이 땅을 사랑해요. 막상 떠나려고 생각하니 가슴이 찢어졌어요. 다른 길은 정말 없는 걸까? 저도 줄곧 이 문제를 생각했었어요. 그들이 국경지대에서 총에 맞아 죽을 때까지 말이에요. 피로 물든 참혹한 교훈이었죠. 그때 문득 깨달았어요. 나도 죽을 수 있다는 사실을. 죽음을 생각하니 갑자기 마음이 홀가분해졌어요. 내가 드디어 자유를 찾겠구나, 하는 생각이 들었어요. 저도 일찍이 죽으려 한 적이 있어요. 하지만 그때는 핍박에 의한 것이고 맹목적인 것이었지요. 그것은 존엄한 사람의 죽음이 아니었어요. 하지만 지금은 달라요. 그래서 저는 남쪽을 향해 무작정 걸었던 거예요. 아버지가 보고 싶었고 당신이 보고 싶었어요. 제가 살아 있는 한 꼭 하고 싶었고, 해야 할 일이었어요. 하지만 저는 제가 한 일들을 결코 후회하지 않아요."

백야의 얼굴은 창백해지고 입술도 파르르 떨렸다.

"한 글자도 입 밖에 내지 말라고 했는데 전부 다 말해버렸네요. 이제 당신이 말해 봐요."

백야는 다시 자리에 앉았다. 눈 내리는 밤, 그녀는 자기의 마음속 어디에서 그런 반역적인 말들이 솟아올랐는지 스스로도 도무지 알 길이 없었다. 참으로 놀랄 일이었다. 득도는 가슴이 떨렸다. 늘 차분하던 정서가 세차게 요동치기 시작했다. 그래, 이것이 바로 백야의 매력이야. 그녀는 사람을 긴장시키는 매력이 있었다. 이는 또한 그녀의 아픔이기도 했다. 하지만 그녀의 말이 아무리 일리가 있다 하더라도 그것은 대역무도한 것이었다. 득도는 자신의 목숨을 부지하기 위해 먼 곳으로 도망간다는 생각 따위는 태어나서 한 번도 해본 적이 없었다. 따라서 '존엄을 위한 망명'이라는 말도 떠올려 본 적이 없었다. 그가 다시 한 번 강조했다.

"두 번 다시 그런 말은 입 밖에 내지 말아주오. 다시는 죽는다는 말을 하지 말라는 말이오. 할아버지는 일찍이 나에게 이렇게 말씀하셨소. '죽는다는 것은 매우 쉬운 일이야. 살아가기보다 훨씬 쉬운 일이지. 그렇기 때문에 나는 살아가는 것을 선택했어.'라고 말이오. 달리 말하면 당신이 지금 두려워하는 일들이 당신이 생각하는 것처럼 무시무시하지 않다는 뜻이오. 당신 스스로 너무 극단적인 방향으로 생각을 몰아간 것뿐이오. 우리는 도덕적 측면의 논증 따위는 잠시 제쳐놓아야 하오. 지금은 혁명시대요. 행동하는 법을 배워야 하오."

둘은 묵묵히 서로를 바라보았다. 왠지 모르게 서로 상대방이 매우 낯설게 느껴졌다. 아마 상대방이 자신과 똑같기를 기대하고 있었던 탓일지도 몰랐다. 혁명시대는 그들 사이에 장벽을 만들어 놓았다. 백야는 득도의 힘에 눌리는 것 같았다. 그녀가 천천히 고개를 끄덕이면서 말했다.

"좋아요. 당신 말을 들을게요. 당신이 맞을 수도 있으니까요."

백야의 온순한 태도에 득도는 걱정을 조금 내려놓을 수 있었다. 곧이어 자신도 모르게 백야의 두 손을 꼭 잡고 말했다.

"지금 어려운 일이 정말 많소. 그중에서 가장 중요한 어려움부터 해결해 나가기로 합시다. 그게 뭔지 말해보오."

백야는 미간을 찌푸렸다. 그러나 뭔가 알아내기 위해 그를 쳐다보는 것은 잊지 않았다. 그래도 그가 무엇을 말하려는지 잘 이해가 되지 않았다. 득도는 그녀의 손을 놓고 방안을 몇 번 서성거렸다. 그는 자신이 하려는 일들을 그녀에게 말해주기로 했다. 더 이상 그녀에게 아무것도 숨기고 싶지 않았다. 그가 책장 앞에 서서 말했다.

"모든 갈등의 중심에 오곤이 있소. 그의 문제만 해결되면 다른 문제는 자연스럽게 해결이 될 것이오."

백야가 자리에서 일어섰다. 다소 놀라는 눈치였다.

"그를 없애려는 건가요?"

"그를 없애기 위한 작업은 이미 시작됐소."

"그를 어떻게 할 건데요?"

"이에는 이, 눈에는 눈이지. 다른 방법이 뭐가 있겠소."

득도는 그제야 오곤이 최근에 저지른 짓거리들을 백야에게 말해줬다. 양진 선생이 어떤 화를 입었는지도 다 말했다. 다만 양진이 생명이 위험할 정도로 구타를 당했다는 말은 하지 않았다.

"그의 약점을 나에게 제공해줘서 고맙소. 오곤이 북경에서 역사주의파의 일원이었고, 전백찬과 여주^{黎澍} 선생의 제자였다고 당신이 말해줬잖소. 나는 그의 과거를 다 까발려놓았소."

"뭐라고요? 내가 그의 약점을 말해줬다고요? 그게 약점인가요?"

백야는 자신의 귀를 의심하지 않을 수 없었다.

"그리고 그의 모든 과거를 까발렸다고요?"

"그런 것들은 별것도 아니오. 중요한 것은 우선 대중들 앞에서 그를 납작하게 만들어 놓는 거요."

득도는 여기까지 말하고 나서 스스로 웃음을 터뜨렸다. 그의 두 뺨은 어느새 흥분으로 빨갛게 상기돼 있었다.

"나는 대중의 반응이 이렇게 강렬할 줄은 미처 생각지 못했소. 하지만 대중운동에서 대중의 태도가 결정적 역할을 하는 건 아니오. 오곤은 내가 그 속의 깊은 도리를 모르는 줄 알겠지. 하지만 그것은 그의 오산이었소. 독한 걸로 치자면 나는 예전에는 확실히 그의 상대가 못 됐었지. 하지만 오늘밤부터 모든 게 달라졌소."

백야는 놀라운 눈길로 흥분에 들떠 있는 득도를 바라봤다. 득도는 방안을 맴돌다가 자리에 앉았다가 일어섰다가 도무지 진정하지 못하고 있었다. 그의 광적으로 고집스러운 눈빛은 백야가 처음 그를 만났을 때는 전혀 찾아볼 수 없던 것이었다. 그리고 '이에는 이, 눈에는 눈', '약점', '상대', '독한 수법' 등의 단어들은 예전의 득도라면 입 밖에 내지도 않을 단어였다. 백야는 일찍이 어디선가 이와 비슷한 말을 많이 들어봤던 느낌이 들었다. 득도의 말투와 단어가 누군가와 매우 비슷했던 것이다.

득도가 다시 백야의 두 손을 잡았다. 마치 이미 그녀와 동맹을 맺기라도 한 것 같은 태도였다.

"당신은 내가 당신의 아버지를 보호해주기를 바라는 것 아니오? 나는 그동안 줄곧 내가 잘해내지 못할까 걱정이었소. 하지만 이것은 내 사명이오. 나는 반드시 완수해야 하오. 이제는 자신 있게 당신에게 말해줄 수 있소. 오곤은 이미 끝났소."

백야는 자리에서 벌떡 일어섰다. 득도가 누구와 닮았는지 그제야 깨달았다. 그의 말투는 지금 그가 끝장을 내버리려는 그 사람과 꼭 닮아 있었다. 하지만 그녀는 득도가 어떻게 그를 끝장낼 것인지는 여전히 알 수 없었다. 득도는 오곤을 악당 취급하고 있었다. 하지만 백야는 오곤에 대한 원한이 그 정도로 깊지는 않았다. 달리 말하면 그녀는 오곤에게 원한 같은 것이 없었다. 그녀는 다만 오곤을 의심하고 혐오할 뿐이었다. 그녀와 오곤이 결혼하기까지는 그가 만들어놓은 수많은 어쩔 수 없는 요인들이 개입돼 있었다. 하지만 그렇다고 해서 그녀 잘못이 하나도 없다고 말할 수도 없지 않은가. 그녀가 원하는 것은 단지 오곤의 곁을 떠나는 것뿐이었다. 그녀는 오곤이 끝장나기를 바라지는 않았다.

당연히 득도는 백야의 마음을 이해하지 못했다. 말할 것도 없이 그는 그녀가 자신과 같은 생각을 하고 있는 줄로만 알았다. 사회경험이 적은 득도는 혼자만의 세계에 빠지는 일이 잦았다. 또 이심전심이라고 자신이 좋아하는 사람을 자기와 동일시하는 경향도 있었다. 그래서 그는 백야가 다른 생각을 하고 있으리라고는 추호도 의심하지 않았다. 그는 사랑하는 사람에게 희소식을 전해주고 싶어 안달난 사람처럼 또 입을

다인_6

열었다.

"오곤은 권세와 권위를 이용해 남을 위협하고 기만하는 것이 특기 아니오? 하지만 이제는 그가 원하는 대로 되지 않을 거요. 오늘 저녁 나는 일부 핵심 인물들과 제야除夜의 식사를 같이 했소. 그들에게 오곤이 얼마나 신뢰할 수 없는 놈인지 말해줬소. 그들로 하여금 오곤이 당신 아버지와의 특별한 관계로 인해 앞서 허풍떨었던 일들을 하나도 이루지 못할 것이라고 생각하게 만들었소. 조금 비겁한 짓이기는 하지만 내가 뒤에서 오곤의 험담을 한 셈이지. 그는 '혁명'을 명목으로 개인의 영달을 꾀하는 야심가요. 그는 곧 끝장날 거요. 물론 그렇게 간단하게 끝장날 것 같지는 않지만 말이오. 나는 많은 준비 작업을 했소. 사실 큰 파벌 내부에는 많은 작은 파벌들이 있소. 예를 들어 조쟁쟁의 아버지와 북경에서 온 사람은 겉으로 보기에는 한 배를 탄 것 같지만 사실은 같은 전선戰線이 아니오. 아무튼 하늘이 나를 도와서 나에게 유리한 전환점이 생겨났소. 나는 내일 날이 밝는 즉시 상천축사로 가서 양진 선생을 모셔올 거요. 이미 지시를 받았소. 어떻소, 당신은 기쁘지 않소?"

백야는 마치 허황하고 터무니없는 옛이야기를 듣듯이 득도의 장광설을 듣고 있었다. 그녀는 몇 번이고 득도의 말을 끊고 자신의 생각을 말하려고 했다. '저는 당신에게 오곤의 약점을 제공한 적이 없어요. 또 오곤이 당신의 공격을 받아 끝장나기를 바라지 않아요.'라고 말하려고 했다. 하지만 그녀에게는 말할 기회가 주어지지 않았다. 지나치게 흥분한 득도는 숨도 제대로 쉬지 않고 자기 할 말만 냅다 늘어놓았다. 백야는 득도의 말을 끊는 것을 포기하고 창가로 다가갔다. 이어 커튼의 한쪽 자락을 들고 창밖을 내다봤다. 창밖에서는 1966년 섣달 그믐날 밤의 마지막 시간이 흘러가고 있었다. 하얀 눈이 내리는 순백의 세계는 마치 꿈속의 세계처럼 몽롱했다. 눈발은 아까보다 약해졌으나 크기는 더 커졌다. 거위털 같은 눈송이들이 천천히 내려앉고 있었다. 눈 내리는 야심한 밤, 그녀가 할 수 있는 일이라고는 이미 강철같이 굳어진 현실을 받아들이는 것뿐이었다. 지금 득도에게는 무엇을 말해도 아무 소용이 없을 터였다. 그녀가 유일하게 고집할 수 있는 것은 아버지를 만나겠다는 것뿐이었다.

백야가 고개를 돌리면서 말했다.

"내일 저도 아버지를 모시러 가겠어요."

"안 그래도 당신과 이 일에 대해 말하려던 참이었소."

득도는 백야를 품속으로 끌어당겼다. 그는 지금부터 자신이 하려는 말이 그녀를 속상하게 할 것이라는 사실을 잘 알고 있었다. 하지만 이것은 의논의 여지가 없는 일이었다. 그가 입을 열었다.

"당신은 내일 나하고 같이 갈 수 없소. 같이 가지 못할 뿐만 아니라 얼굴도 내비쳐서는 안 되오. 당신이 돌아왔다는 사실을 사람들에게 들키면 안 되기 때문이오. 내가 방법을 찾아서 날이 밝기 전에 당신을 다른 곳으로 보낼 거요."

"어떻게 그럴 수가 있어요? 할아버지는 제가 돌아온 사실을 아버지에게 전해주러 가셨어요."

득도가 미간을 찌푸리면서 말했다.

"나에게 다 방법이 있소. 나는 당신이 여기 왔다가 이내 떠났다고, 어디로 갔는지 모른다고 말할 거요. 이런 일들은 비일비재하니까."

"꼭 그렇게 해야만 돼요?"

"다른 사람들이 당신을 두고 꿍꿍이를 꾸밀 거요. 오곤파는 물론이고 우리 득도파 사람들도 당신을 이용하려고 들 거요. 때문에 당신은 꽁꽁 숨어 있어야 하오."

백야는 진심으로 놀랐다. 그녀가 득도를 뿌리치고 매서운 눈으로 쏘아보면서 나지막하게 말했다.

"나는 아버지를 보러 왔어요!"

득도는 고개를 푹 숙였다. 그러다 한참 후 다시 고개를 들면서 물었다.

"그게 전부요? 다른 이유는 없소?"

"당신을 보기 위해서 온 것도 있어요. 하지만 지금의 당신은 아니에요. 당신이 이렇게 혁명에 깊이 빠져들었을 줄은 몰랐어요. 지금 당신은 얻은 것보다 잃은 것이 더 많아요."

"나도 알고 있소. 나도 생각해보지 않은 게 아니오. 하지만 역시 그렇게 하는 수밖에 없다는 결론을 내렸소."

백야가 갑자기 중병에라도 걸린 듯한 표정을 지었다. 얼굴색이 급격히 어두워졌다.

"역시 제가 아버지를 만나는 건 허락하지 못한다는 뜻이네요."

득도가 고개를 끄덕였다. 두 사람은 그렇게 대치상태로 한참을 마주 서 있었다. 그러다 갑자기 백야가 외투를 집어 들고 밖으로 뛰쳐나가려고 했다. 하지만 득도가 그녀를 붙잡았다. 두 사람 사이에 승강이가 벌어졌다. 그때 밖에서 누군가가 깜짝 놀라 도망가는 소리가 들려왔다. 둘은 굳은 듯 멈췄다.

"걱정 마오, 영상이오."

득도가 말했다. 백야가 그의 손을 뿌리치면서 말했다.

"제가 두려울 게 뭐가 있겠어요. 저는 아무것도 두렵지 않아요. 저를 내버려둬요. 아버지를 보러 가야 해요."

다시 한 번 방안에서 승강이가 시작됐다. 득도의 힘은 백야가 생각한 것보다 훨씬 셌다. 그가 그녀의 팔을 잡으면서 말했다.

"분명히 말하지만 당신은 얼굴을 드러내면 안 되오. 당신은 아직도 오곤의 합법적인 아내이기 때문이오. 당신의 일은 사태의 추이를 좀 더 지켜봐야 하오. 특히 아버지에게 누를 끼쳐서는 안 되오. 양진 선생은 그놈들에게 맞아서 하마터면 생명을 잃을 뻔했소. 지금으로서는 그분을 구해내는 것이 급선무요. 제발 좀 냉정하게 생각해보오. 작은 것 때문에 큰 것을 잃어서야 되겠소? 내 말을 알아듣겠소?"

마지막 말은 거의 포효에 가까웠다.

득도는 원래 양진이 구타당한 일은 말하지 않으려고 했었다. 하지만 지금 상황에서는 그 말을 하지 않을 수가 없었다. 백야는 득도의 말을 듣고 손을 풀었다. 그리고 자신의 머리카락을 움켜잡으면서 말했다.

"예상했던 일이에요. 이렇게 될 줄 예상했었어요. 지금 북쪽에서 남쪽 끝까지 도처에서 사람이 죽어나가고 있어요. 사실을 몰랐다면 그거야말로 이상하죠. 안 그런가요?"

그녀의 표정이 괴이하게 변했다.

그때 거실에 있던 항씨네 여자들이 화목심방으로 들어섰다. 찬바람도 그들을 따라 함께 들어왔다. 기초가 엄한 어조로 물었다.

"득도, 지금 무슨 짓을 하고 있는 거니?"

백야가 그제야 정신을 차린 듯 기초의 옷자락을 부여잡으면서 물었다.

"제 아버지가……, 맞아 죽었나요?"

기초가 득도를 흘겨보면서 대답했다.

"그 정도로 심각하지는 않아. 몇 대 맞기는 했지. 문화대혁명에 그 정도 얻어맞지 않은 사람이 어디 있어? 나 좀 봐. 그놈들이 내 몸에 콜 타르까지 부었었어."

백야가 기초를 붙잡았던 손을 힘없이 내렸다. 그제야 자신과 아버지가 처한 처지를 정확히 알 것 같았다. 기초 고모할머니는 아무렇지 않은 듯 가볍게 말했으나 그녀가 느끼는 의미는 정반대였다. 백야는 득도와 오곤의 비슷한 점이 무엇인지 드디어 깨달았다. 하지만 아무리 그렇다고 해도 몸을 숨기고 있는 것은 그녀가 원하는 바가 아니었다. 그녀는 무기력하게 난로 옆에 주저앉아 두 손에 얼굴을 묻은 채 머리를 절레절레 가로저었다. 벽에 비친 그녀의 모습이 봉두난발을 한 여죄수 같았다.

요코가 눈짓을 했다. 그러자 다들 어질러진 방안을 수습하기 시작했다. 그때 영상의 발자국소리가 다시 들려왔다.

"왔어요, 왔어요……."

요코가 다급히 말했다.

"이런 철부지 같으니라고. 이 야심한 밤에 그렇게 소리를 지르면 어떡하니? 우리는 그렇다 치더라도 할아버지가 놀라시면 어쩌려고 그래? 얼른 나가보자."

요코가 대문을 열려고 할 때였다. 갑자기 어지러운 발자국 소리가 한바탕 들려오더니 대문이 벌컥 열렸다. 사람의 모습이 보이기도 전인데 고함소리부터 들려왔다.

"항득도, 얼른 그놈을 내놓지 못할까?"

말소리와 함께 오곤이 바람처럼 달려 들어왔다.

옹채차가 오곤에게 전화를 걸었을 때 오곤은 조쟁쟁의 집에서 저녁

식사를 하고 있었다. 조쟁쟁의 모친이 회유 반 협박 반으로 오곤을 초대했기 때문이다. 오곤은 술을 마시면서 조쟁쟁 아버지의 무용담을 묵묵히 들어줬다.

노인네는 북경에 있는 높은 인물과의 친분을 한참 동안 자랑하다가 곧 얼근하게 술이 취했다. 그러자 기분이 좋아졌는지 사람들에게 알려지지 않은 비밀을 털어놓기도 했다. 그건 오로지 듣고만 있어야 하는 입장인 오곤으로서는 귀가 번쩍 뜨이는 내용이었다. 고위층끼리 서로 결탁했다가 등을 돌리는 정치투쟁 얘기는 아무리 들어도 질리지 않는 영원한 테마 아니던가. 오곤은 더구나 천성적으로 이런 화제에 흥미가 있었다. 그는 성실한 초등학생이 정치수업을 듣듯이 눈을 초롱초롱 빛내며 정치적 '자양분'을 빨아들였다.

오곤은 술을 두 잔 연거푸 들이켰다. 혈기가 왕성한 데다 기분까지 좋아지니 자기도 모르게 자신의 새로운 상대로 기어오른 득도가 머릿속에 떠올랐다.

'항득도 이놈, 콩고물 한 점 얻어 먹을 수 있는 것도 아닌데 양진을 두둔해서 뭐 하자는 거야? 이번 운동의 진정한 목적이 무엇인지 네놈이 알기나 해?'

오곤은 득도를 부르면서 이를 갈았다. 요즘 들어 그의 득도에 대한 원한은 점점 커져 갔다. 그는 예전에는 '시대의 흐름을 아는 자가 영웅'이라는 말에 동의하지 않았다. 그 말은 교활한 수단으로 사리사욕을 채우는 인간들의 자기 합리화에 지나지 않는다고 생각했었다. 하지만 지금의 그는 생각이 많이 바뀌었다. 무엇이 시대의 흐름인지 알기 시작한 것이다. 또 대세가 기울 때 역사의 흐름에 역행하는 자에게는 좋은 결과가 없다는 사실 역시 깨달았다. 참혹하게 얻어맞은 양진을 보면서 느꼈던 일말의 죄책감은 이미 뜬구름처럼 사라지고 없었다. 그가 잔을 들면서 조쟁쟁에게 말했다.

"쟁쟁, 더 말하지 않아도 당신의 마음을 알겠소. 당신 부모 앞에서 내가 이 술로 사과의 뜻을 표하겠소."

조쟁쟁의 눈에서 눈물이 줄 끊어진 구슬처럼 주르르 흘러내렸다. 그녀는 강한 여자였다. 어릴 때부터 금지옥엽으로 세상 무서운 것 없이 자라온 여자였다. 따라서 오곤이 때린 따귀는 그녀의 마음속에 깊은 상처를 남겼다. 그녀는 멍한 채 잠깐 갈등했다. 문을 박차고 나가야 할지 아니면 술잔을 들어 단숨에 마셔야 할지 일순간 판단이 서지 않았다. 그때 그녀의 아버지가 말했다.

"그만해라. 이 일은 여기까지야. 너희 둘 다 어리지 않다. 최소한의 정치적 자질은 갖춰야 할 것 아니냐. 그렇게 충동적이고 냉정하지 못해서 나중에 어떻게 무산계급의 후계자가 될 수 있겠느냐?"

오곤은 마음이 후련해졌다. '그래, 나는 아직 배울 것이 너무 많아.' 그가 그렇게 생각하고 고개를 끄덕이면서 다시 술잔을 들려는데 전화벨이 울렸다. 전화를 받은 조쟁쟁이 상대방의 목소리를 듣고 송수화기를 오곤에게 넘겨주면서 말했다.

"받아 봐요. 그 촌뜨기예요."

다분히 질투가 담긴 말투였다. 오곤은 씩 웃으면서 개의치 않는다는 표정을 지었다. 하지만 그의 마음은 바늘방석에 앉은 것 같았다. 저녁식사를 하는 내내 그는 혹시 양진에게 무슨 일이 생기지 않을까 걱정이 되었었다. 불길한 예감은 적중하는 법이다. 기어이 청천벽력 같은 소식이 들려온 것이다. 그러나 마음속으로 충분한 준비가 있었던 탓인지 놀라운 소식을 접하고도 오히려 냉정해질 수 있었다. 그가 전화기를 내려놓고 가볍게 말했다.

"양진이 실종됐다는군요."

오곤은 백야가 돌아왔다는 말은 하지 않았다. 굳이 그럴 필요도 없었다. 다급해진 그는 곧바로 외투를 걸치고 밖으로 나가려고 했다. 그러자 조쟁쟁도 만사를 제쳐놓고 따라나서려고 했다. 그러자 조쟁쟁의 아버지가 그녀에게 눈짓을 했다. 그녀의 어머니 역시 딸의 손을 잡으면서 말했다.

"네가 거길 가서 뭘 해? 이는 오곤네 조직의 일이야. 너 아직도 정신을 못 차렸구나? 네가 오곤을 얼마나 곤란하게 만들었는지 생각해 봐. 오곤이 네 체면을 봐줘서 뭐라 하지 않은 줄도 모르고 어딜 또 나서려고 그러냐? 어서 도로 앉지 못해?"

이건 또 무슨 소리지? 오곤은 잠깐 멍해졌다. 하지만 그가 뭐라고 반응할 사이도 없이 조쟁쟁의 아버지가 다가와서 목도리를 걸쳐주면서 말했다.

"다급해 하지 말게. 길에서 조심하고. 아무리 큰일이라도 차근차근 풀어나가야 하네."

오곤은 문을 나서려다 잠시 주춤했다. 노인이 물었다.

"차는 있나?"

노인은 '많이 걱정되니 결과가 나오면 전화를 하라.'는 식의 말조차 하지 않았다. 오곤은 방금 전까지 들떴던 마음이 싸늘하게 식는 것을 느꼈다. 그러나 억지웃음을 지어보이면서 고개를 끄덕였다. 곧이어 그는 지프에 앉아 눈 속으로 사라졌다.

오곤은 백야가 지금쯤 득도의 화목심방에 있을 것이라는 사실을 직감적으로 알 수 있었다. 하지만 양진도 거기에 있는지 여부는 확실치 않았다.

그의 분노는 화목심방에 들어서면서 폭발했다. 하기야 자신의 마누라가 다른 남자와 함께 있는 걸 보고도 화를 내지 않는다면 오히려 그게 이상한 일일 터였다. 그는 둘의 눈치를 살폈다. 보아하니 둘 사이에 야릇한 짓거리는 없었던 것 같았다. 그럼에도 불구하고 분노가 치밀어 오르는 것은 어쩔 수 없었다. 물론 그의 고함소리에는 얕은 속임수도 들어 있었다. 만약 양진이 정말 그곳에 있다면 그의 갑작스러운 습격에 항씨 가족들이 조금이라도 이상한 낌새를 보였을 터였다. 하지만 그의 속임수는 기대했던 효과를 내지 못했다. 항씨 가족들은 아무 반응이 없었다. 그저 백야만 놀란 표정으로 자리에서 일어서면서 이미 반년 동안 보지 못한 남편에게 물었다.

"뭐라고요? 누굴 내놓으라는 거죠?"

오곤이 성큼 앞으로 다가섰다. 하지만 그는 자신의 마누라를 붙잡지 못했다. 그들 사이를 득도가 막아섰기 때문이었다. 두 남자는 약속이나 한 듯 일제히 상대방의 멱살을 잡았다. 연극에서나 볼 수 있을 법한 장면이었다. '웃긴다'는 단어가 두 사람의 머릿속을 동시에 스쳐지나갔다. 하지만 이것저것 따질 때가 아니었다. 이 순간만은 행동이 생각을 앞섰다. 특히 충동적인 오곤은 더욱 그랬다.

그는 잡아먹을 것처럼 득도를 노려봤다. 그러다 보니 한 무리의 여자들이 자신의 주변을 에워싸고 있다는 것도 전혀 눈치채지 못했다. 물론 아무도 그를 제지하지는 않았다. 손을 쓰기 민망한 상황이었다. 그는 하는 수없이 방금 했던 말을 되풀이했다.

"항득도, 모르는 척하지 마. 얼른 그놈을 내놔."

득도는 그때야 비로소 오곤이 갑자기 들이닥친 이유를 알 수 있었다. 그 역시 이를 악물고 다그치듯 물었다.

"자네 지금 누굴 찾고 있어? 응? 말해봐, 누굴 찾고 있냐고."

오곤은 상대방의 눈빛에서 진실을 알아차렸다. 곧이어 큰 화가 닥쳤다는 직감이 강하게 뇌리를 쳤다. 그는 손을 툭, 떨어뜨렸다. 그리고는 망연한 눈길로 일찍이 자신이 득도 앞에서 장황하게 천하를 논하던 방안을 둘러봤다. 순간 득도가 자신을 향해 손을 젓는 모습이 보였다. 득도는 '어서 가서 찾아오지 못해!'라고 말하는 것 같았다. 이어 득도가 백야를 떠밀면서 밖으로 나가는 모습이 보였다. 그도 따라서 문을 나섰다. 눈 내리는 밤은 사람을 망연하게 만들기에 충분했다. 한 사람이 눈발 속에 자취를 감추기란 얼마나 쉬운가. 오곤은 양진을 찾아 나서기도 전에 가망이 없을 것이라는 예감이 들었다. 그는 천천히 고개를 돌려 항씨네 여자들을 보았다. 여자들도 묵묵히 그를 바라보고 있었다. 그중에서도 그림을 가리기 위해 꼼짝 않고 벽에 기대 서 있는 여자가 유난히 눈에 띄었다. 그녀들의 표정과 행동거지는 그를 폭발하게 만들었다. 그는 깊이 생각할 겨를도 없이 손을 내밀어 벽에 걸려 있는 또 다른 그림을 북 찢어버렸다. 대문을 뛰쳐나올 때에야 그는 방금 찢어버린 그림이 바로 득도가 복원한 육우의 〈당·육우다기〉唐·陸羽茶器라는 것을 알아차렸다. 하지만 그런 것까지 생각할 여유가 없었다. 그는 득도, 백야와 함께 차에 앉아 어둠속으로 사라졌다. 1967년의 정월 초하루가 다가올 무렵 그들은 항주 서쪽 교외의 상천축산을 향해 달렸다.

수습할 수 없는 일이 발생한 터라 오곤은 상천축사 2층의 선방에 들어서면서부터 두려움에 떨기 시작했다. 창가에는 아래로 드리운 밧줄이 얼음기둥처럼 꽁꽁 얼어붙어 있었다. '이빨 빠진 호랑이'는 바로 이곳을 통해 탈출한 것이었다. 산 밖에는 무엇이 있을까. 그는 머리를 내밀고 천축산의 하늘을 바라봤다. 눈발이 점차 약해지기 시작했다. 산은 무서울 정도로 고요했다. 숲은 하얀 상복 차림을 하고 있었다. 그것은 마치 누군가의 멸망을 암시하려는 것처럼 보였다. 양진 무리의 멸망을 암시하려는 걸까? 아니면 나 오곤의 멸망을 암시하려는 걸까?

다들 사방으로 흩어져 '이빨 빠진 호랑이'를 찾기 시작했다. 득도가 데리고 온 사람들까지 수색에 동참했다. 득도는 할아버지가 구계 방향으로 갔다는 말을 듣고 그들의 발자취를 쫓아갔다. 떠나기 전에 그는 백야에게 몇 번이고 다짐을 했다.

"꼭 찾아올 테니 아버지 방에서 꼼짝 말고 기다려요."

득도는 걱정이 돼 오들오들 떨고 있는 그녀가 안쓰러워 긴 말은 하지 않았다. 대신 오곤에게 다가가서 물었다.

"자네는 어떻게 할 건가?"

득도는 운동이 시작된 이후 처음으로 오곤에게 측은지심이 생겼다. 오곤의 망연자실한 표정은 예전에는 한 번도 볼 수 없던 것이었다. 오곤은 양진을 찾는 일에는 그다지 다급해 하지 않는 것 같았다. 결과를 이미 예상하고 있는 것 같았다. 오곤은 득도의 물음에도 절레절레 고개를 저으면서 털썩 의자에 주저앉아 더 이상 아무 말이 없었다. 득도도 그와 입씨름을 할 여유가 없었다. 그는 속이 타서 재가 되는 것 같았다. 그래서 발길을 돌려 문밖으로 나가려고 할 때였다. 오곤이 따라 나오면서 계단 어귀에서 그를 붙잡고 물었다.

"그 사람이 아직 살아있을까?"

득도는 칠흑같이 어두운 창밖을 바라보면서 오곤에게 무어라 대답해야 할지 몰랐다. 검푸른 얼굴의 오곤은 얼음처럼 굳어 있었다. 수염을 깎지 않아서 그런지 평소보다 훨씬 험상궂어 보였다. 그것은 득도가 여태껏 한 번도 보지 못했던 모습이었다. 오곤의 표정은 길길이 분노를 터트리고 난 다음의 침묵, 그 침묵 뒤의 두려움, 그리고 그 두려움 뒤에 감춰진 절망을 말해주고 있었다. 득도는 문득 양진의 부은 눈꺼풀 속에서 뿜어져 나오던 눈빛을 떠올렸다. 그것은 천축산의 눈 내리는 밤을 환하게 밝혀주는 한줄기의 빛이었다.

'아아, 한 사람의 힘이 이처럼 거대할 수 있구나. 양진 선생은 악의 무리들을 절망에 빠뜨리기 위해, 그 무리들이 원하는 바를 이루지 못하게 하기 위해 이 같은 선택을 하셨어.'

득도는 갑자기 머릿속이 환해지는 것 같았다. 그리고 그 환희를 안은 채 재빨리 계단을 내려갔다. 그릇된 욕망으로 점철된 더러운 얼굴을 더 이상 마주보고 있기가 싫었다.

오곤은 후줄근해서 방으로 돌아왔다. 그동안 그는 '장인어르신'을 너무 과소평가했다. 그러나 이제야 그 사람에 대해 제대로 알 것 같았다. 그가 철저히 눈앞에서 사라진 뒤에야 비로소 존재감을 실감한 것이다.

그에게는 아직 참회의 기회가 남아 있었다. 다시는 돌아오지 못할 길을 간 것도 아니고, 너무 멀리 간 것도 아니었다. 지금부터라도 백야와 고난을 함께한다면 처음으로 되돌릴 가능성이 있었다. 하지만 기회는 순식간에 사라지고 당사자가 깨닫는 것도 쉬운 일이 아니었다. 적어도 오곤과 백야는 이를 깨닫지 못했다.

방안에는 덩그러니 두 사람만 남아 있었다. 원한과 동정이라는 모순되는 감정이 둘의 지칠 대로 지친 마음을 두드리고 있었다. 오곤은 마치 낯선 사람을 바라보듯 한참 동안 백야를 바라봤다. 그의 머리는 그녀를 거부하라고 명령했으나 그의 가슴은 그녀를 필요로 했다. 어쩌면 이번 만남을 끝으로 영영 그녀를 보지 못할 수도 있었다. 그는 아무 말이라도 하고 싶었다. 그러나 무슨 말을 했으면 좋을지 몰랐다. 결국 그의 입에서 절망에 가까운 한마디가 튀어나왔다.

"말해, 그 사람은 어디로 갔어?"

오곤의 입김이 백야의 얼굴을 덮쳤다. 그녀는 고개를 힘껏 돌리고 그를 외면했다. 그의 체취, 초조한 표정, 그리고 그를 보면 다시 떠오르는 상처와 분노가 그녀를 힘들게 만들었다. 그녀가 느끼는 혐오감은 오곤만을 향한 것이 아니었다. 그 속에는 그녀 자신에 대한 혐오감도 섞여 있었다. 그녀 자신이 생각만 해도 소름 끼치는 애욕에 지배당하지 않았더라면 아버지가 이 같은 재난을 당했을까? 그리고 설령 아버지에게 재앙이 닥쳤을지라도 그녀가 아버지에게 위안이 되어줄 수도 있었을 것이다.

'나도 차를 좋아하는 항씨네 여자들처럼 묵묵히 어려운 시간들을 인내할 수는 없었을까? 나는 어째서 일을 이 지경으로 만들었을까? 그리고 무엇 때문에 이 남자와 한통속이 됐던 걸까?'

오곤은 백야가 자신을 혐오한다는 것을 잘 알고 있었다. 하지만 그녀가 스스로를 혐오하고 있다는 것은 알지 못했다. 다만 그녀가 자신을 거부한다고만 생각했다. 그러자 가슴속에서 거대한 분노가 치밀어 올랐다. 마치 영혼 속의 지옥문이 벌컥 열린 것 같았다. 그가 갑자기 손을 뻗쳐 그녀의 목을 붙잡고 이를 갈면서 말했다.

"말해, 그 사람은 어디로 도망갔어?"

오곤은 자신이 이토록 흉악한 모습으로 돌변할 것이라고는 스스로도 상상하지 못했다. 어둠이 내려앉은 천축사에는 그의 고함소리가 울려 퍼졌다. 하지만 고함소리는 이내 정적에 묻혀버렸다. 누구도 그의 분노를 아랑곳하지 않았다. 그가 머리를 잡아 돌리는 통에 백야는 그를 마주보지 않을 수 없었다. 그녀에게 갑자기 엄청난 불안감이 엄습했다.

'왜 이러지? 지금 뭘 하려는 걸까? 머리채를 잡아당기려는 걸까? 아니면 따귀를 때리려는 걸까? 불같이 화를 내면서 한바탕 욕설을 퍼부으려는 걸까? 아니면 아예 주먹질을 하려는 걸까? 예전처럼 내 다리를 잡고 꿇어앉아 통곡을 하려는 걸까? 그것도 아니면 아예 나를 무시하고 보란 듯이 나가버리려는 걸까?'

하지만 오곤 스스로를 포함해 아무도 그가 어떤 행동을 할지 예상하지 못했다. 그는 쾅, 하고 문을 닫고 빗장을 깊숙이 질렀다.

"무슨 짓이야!"

백야는 깜짝 놀라 비명을 질렀다. 하지만 그녀의 비명이 끝나기도 전에 오곤은 전등 스위치 끈을 와락 당겼다. 방안은 삽시간에 깜깜해졌다. 그가 그녀를 훌쩍 들어 침대에 내동댕이쳤다. 이어진 행위는 철두철미한 악당의 짓이었다. 또 색마의 짓거리였다. 그녀는 비명을 지르기 시작했다. 하지만 그녀의 입은 곧바로 무엇인가에 의해 틀어 막혀졌다. 그녀의 두 손은 무언가에 붙잡혀 묶였다. 어둠속에서 그녀의 솜옷 단추가 하나씩 열리는 소리만 들려왔다. 그녀의 몸부림은 그를 더욱 미치게 만들었다. 그녀는 침대에 내동댕이쳐질 때 신발도 벗지 못했다. 그의 육체는 역겨움 그 이상이었다.

그녀는 자신이 마주하고 있는 것이 사랑인지 욕정인지 아니면 폭력인지 구별할 수 있었다. 처음에는 악을 쓰고 반항을 했지만 얼마 못 가서 포기했다. 그녀는 자신이 마주하고 있는 것이 사람이 아니라고 생각했다. 그녀가 마주하고 있는 것은 사람이 아닌 짐승이었다.

악몽 같은 시간이 지났다. 그가 그녀의 손을 풀어줬다. 그녀의 입을 틀어막았던 물건도 집어던졌다. 그녀는 가쁜 숨을 몰아쉬다가 격하게 기침을 하기 시작했다. 그녀의 기침소리를 들으면서 그도 털썩 자리에 주저앉아 훌쩍이기 시작했다. 그녀는 전등을 켰다. 그의 훌쩍이는 소리는 더 이상 들리지 않았다. 이제는 기진맥진한 듯했다. 그래도 그는 짐승과 같았던 충동을 깡그리 발산하고 나자 독사처럼 그를 괴롭히던 공포와 절망을 견뎌낼 것 같았다. 그는 덜덜 떨면서 외투를 주워 입었다. 백야가 몸을 일으켜 문어귀로 걸어갔다. 그때까지 아무 말도 없던 그가 갑자기 이성을 되찾은 듯 쫓아가서 막아서면서 물었다.

"어디 가?"

백야가 역겨운 표정으로 나지막하게 말했다.

"비켜!"

백야가 와락 문을 열고 계단을 내려갔다. 눈이 멎고 세상은 어느 한 순간에 얼어붙은 것 같았다. 대문이 열리면서 삐걱, 소리를 냈다. 백야는 천천히 앞으로 걸어 나갔다. 그 모습은 마치 야밤에만 출몰한다는 원혼과도 같았다. 눈덩이가 툭툭 떨어졌다. 그녀가 대성통곡을 하고 남은 마지막 몇 방울의 눈물 같았다. 눈밭에는 커다란 발자국들이 여러 줄로 길게 찍혀 있었다. 일부는 항주 시내로 이어지고 또 일부는 구계 방향으로 이어졌다. 그녀는 무의식적으로 천축산을 오르기 시작했다. 낭당령을 넘어 차나무들이 자라는 길을 따라 아버지를 찾아갈 생각이었다.

오곤이 씩씩거리면서 백야의 뒤를 따랐다. 구시렁거리면서 걸음을 옮기는 그의 뒤로 새로운 발자국들이 깊숙이 찍혔다. 그는 순간 혼란스럽던 머리가 차분해지는 것을 느꼈다. 무슨 말을 해야 할지 분명하게 떠올랐다.

"나와 이혼해도 좋소. 나에게 그 어떤 요구를 제기해도 다 좋소. 하지만 당신은 절대 모습을 드러내서는 안 되오. 이 점만은 꼭 알아뒀으면 좋겠소. 지금 당장 몸을 피해야 하오."

백야가 놀란 듯 걸음을 멈추고 숨을 몰아쉬었다. 순간 그녀는 득도의 말을 떠올렸다. 두 사람의 말이 입을 맞추기라도 한 것처럼 똑같았다. 오곤은 다시 한 번 그녀의 생각을 오해했다. 그녀가 자기 말에 설득당한 줄 알고 그녀의 옷깃을 잡았던 것이다. 그의 두 다리는 눈 속에 거의 파묻히다시피 했다. 그가 말했다.

"당신의 아버지가 실종되자마자 당신이 모습을 드러내면 사람들이 뭐라고 생각하겠소?"

백야는 생각에 잠겼다. 오곤의 말은 틀린 말이 아니었다.

'세상에, 이토록 공교로운 일이 있을 수 있을까? 내가 오자마자 아버지가 실종됐다. 이것은 무슨 뜻인가? 아버지가 나를 만나려고 하지 않는다는 의미인가?'

오곤과 백야는 산꼭대기에 올라섰다. 하늘에는 어둠이 걷히고 은빛 세계에 새벽어스름이 보이기 시작했다. 백야는 밤길을 떠난 사람들의 발자국을 볼 수 있었다. 깊게 혹은 옅게 찍힌 발자국들이 먼 곳으로 이어지고 있었다. 어느 발자국이 아버지의 것일까?

오곤도 발걸음을 멈췄다. 그는 높은 곳에 올라서서 은빛으로 단장한 채 첩첩이 이어진 고요한 산들을 바라봤다. 맑고 차가운 공기를 마시니 온몸에 기운이 솟아나는 듯했다. 그가 입을 열었다.

"백야, 나는 당신의 처지를 알고 있소. 당신에 대한 일을 다른 사람은 몰라도 나는 다 알고 있소. 하지만 나는 당신을 원망하지 않소. 때로는 당신의 용기가 멋있다는 생각도 했었소. 하지만 당신은 이제 돌아가야 하오. 걱정 마오. 나와 이혼하고 싶다면 언제든 들어주겠소. 내가 당신을 난처하게 만드는 일은 절대 없을 거요. 아마 다음 차례는 나일 테니. 내가 죄인이 될 거요……."

오곤은 더 말을 잇지 못하고 비틀거리면서 오던 방향으로 산을 내려갔다. 양진을 찾는 일에는 아예 관심조차 없는 것 같았다. 사실 그는 양진이 다시는 나타나지 않을 것이라고 확신하고 있었다.

항씨네 세 남자는 전당강 강변의 육화탑六和塔 아래에 모였다. 발자국은 이곳에서 사라졌다. 강가의 커다란 돌 위에 1930년대의 《자본론》이 놓여 있었다. 지금은 산새들이 날갯짓을 멈추고 길에 인적이 끊어진 계절이었다. 눈 내린 강에서 외롭게 낚시질 하던 사공의 모습도 보이지 않았다. 양진은 어디로 갔을까? 강을 따라 먼 곳으로 내려갔을까? 아니면 강물 속에 가라앉았을까? 아니면 거친 물결을 타고 자유자재로 노니는 조신潮神으로 화해 사람들이 모르는 곳으로 갔을까? 세 남자는 답을 찾지 못한 채 그 자리에 오래도록 못 박힌 듯 서 있었다. 그들의 얼굴에는 두 줄기의 물줄기가 얼어붙어 있었다. 그것은 절대 흘러내리는 법이 없는 남자의 눈물이었다.

이윽고 그들은 돌 위의 《자본론》을 주워들고 펼쳐봤다. 책 속의 검붉은 글자들이 다시 한 번 그들의 마음을 심란하게 했다.

"비바람 몰아쳐 칠흑 같아도, 닭울음소리 그치지 않네."

득도는 글자들을 하나씩 뜯어봤다. 그러다 갑자기 소스라치게 놀라면서 소리를 질렀다.

"이건 혈서血書예요!"

도도히 흐르는 전당강은 이곳에서 크게 굽이를 돈 후 동해로 흘러간다. '세계적인 장관'으로 불리는 전당강의 조수해일은 바로 이곳에서 시작되는 것이다. 먹구름 사이로 시퍼런 하늘이 잠깐 모습을 드러냈다가 다시 사라졌다. 웅대한 육화탑과 무거운 전당강 대교 아래로 강물이 청동기 색깔처럼 푸른빛을 발하면서 무덤덤하게 흘러갔다. 가끔 강물 깊은 곳에서 흰 빛이 반사되나 싶다가 다시 순식간에 사라지고는 했다. 묵묵히 강변에 서 있는 세 남자의 얼굴도 강물처럼 푸르스름한 빛을 발하고 있었다.

저쪽에 있는 옛 도시는 번화함을 잃은 지 이미 오래였다. 시끌벅적하고 소란스러운 그 도시에서, 쉼없이 주인공이 바뀌는 역사무대에서, 여전히 거미줄처럼 얼기설기 뻗은 남방의 어느 골목길에서, 하나도 특별할 것이 없는 뒷문이 살며시 열렸다. 이어 한 쌍의 젊은 남녀가 몸을 웅크린 채 살금살금 걸어 나왔다. 두 사람은 주변을 둘러보고 사람이 없는 것을 확인하고 나서야 크게 기지개를 펴면서 하품을 했다. 그들은 바깥이 눈으로 뒤덮인 것을 보고 깜짝 놀랐다. 지난밤 그들은 반지하에 있는 저장실에서 그들만의 신성한 사명을 완수하느라 바깥의 일은 전혀 모르고 있었던 것이다. 그들의 두 손에는 검은 잉크가 잔뜩 묻어 있었다. 그들은 얼룩고양이가 된 서로의 얼굴을 보면서 웃음을 터뜨렸다.

득방과 사애광은 밤새 저장실에서 바쁘게 돌아다녔다. 그들이 탄생시킨 첫 정치선언은 알탄광주리 뒤편의 작은 상자 안에 소중하게 보관됐다. 그렇게 긴장 속에서 위험한 일을 마치고 드디어 바깥세상에 나선 그들은 그제야 청춘남녀의 활기를 되찾았다. 그들은 작은 대문의 안팎을 오가면서 눈싸움을 했다. 해맑은 웃음소리가 양패두 항씨네 집 뜰 안에 울려 퍼졌다.

　신나게 뛰놀던 두 사람은 곧이어 무언가를 발견하고 손에 눈덩이를 든 채 목석처럼 굳어졌다. 항씨네 여자들이 비통에 젖은 얼굴로 그들을 바라보고 있었던 것이다. 그들이 들고 있던 눈덩이가 소리 없이 바닥에 떨어졌다.

제19장

봄은 기어이 찾아왔다. 1967년 봄, 차나무는 줄기차게 계속되고 있는 '문화대혁명'처럼 왕성하게 싹을 틔웠다. 지난여름에 받은 상처 따위는 깡그리 잊은 것처럼 전혀 위축되거나 주눅 들지 않았다. 비판투쟁을 하는 사람들이나 비판투쟁을 받는 사람들 모두 차나무를 대하는 태도만큼은 똑같았다.

대대로 차 업종에 종사해온 항씨 집안의 일원인 항방월은 일찌감치 '운동'의 주류에서 밀려나 있었다. 사실 밀려났다기보다는 처음부터 주류에 들어가지 못했다고 하는 편이 더 정확할 터였다. 그는 비판투쟁 집회에서 주요 비판 대상자 옆에서 함께 비판을 받는 '들러리'였다. 심지어 매를 맞을 때에도 마찬가지였다. '우수리' 역할만 담당하던 그는 이번 봄 옥황산玉皇山 자락에 있는 팔괘전八卦田으로 쫓겨나 빈하중농貧下中農들의 농사를 도와주게 됐다.

봄은 유채꽃이 피는 계절이다. 방월은 거름지게를 지고 논밭 길을 걸으면서 고개를 들어 옥황산을 올려다봤다. 도자기 연구를 그만둔 지 한참 됐다는 사실이 머릿속에 떠올랐다. 그의 젊은 동료는 그를 내쫓고 콧구멍만 한 직장 숙소를 여전히 혼자 차지하고 있었다. 아마도 그를 영원히 돌아오지 못하게 하려고 작정한 것 같았다. 마침 그 무렵 환경위생소의 환경미화원들이 '반란'을 한답시고 여러 기관과 조직에 긴급 도움을 요청했다. 그들을 대신해 청소와 분뇨수거 일을 맡아 할 '지식인 우귀사신'들을 보내달라는 것이었다. 요구 조건도 꽤 까다로웠다. 지식이 부족한 자는 분뇨수거 자격도 부족하니 무조건 지식이 많은 자들을 골라서 파견하라고 했다. 이렇게 되자 외국 유학을 다녀온 자, 외국어에 정통한 자, 피아노를 칠 줄 아는 자, 수술 칼을 잡아본 자, 지식인 가문에서 태어난 자, 교사, 가수, 무용가 할 것 없이 각계각층의 지식인들이 똥통을 들고 다니는 진풍경이 벌어졌다. 방월은 그들에 비하면 지식인이라 부르기도 애매한 수준이었으나 젊은 직장 동료의 적극적인 추천으로 '똥통 운반' 대오에 합류하게 됐다. 반년 후 '업무' 능력이 어느 정도 늘자 수거한 분뇨를 교외에 있는 밭까지 직접 운반하는 일도 맡게 됐다.

　날씨는 맑고 화창했다. 아지랑이가 실처럼 허공에 흩날리고 있었다. 방월은 일을 하다 말고 고개를 들어 옥황산을 한참 동안 바라봤다. 봄에 옥황산 꼭대기에서 내려다본 팔괘전은 기괴하고 신비로운 커다란 바둑판 같았다. 항주 토박이들은 팔괘전이 남송^{南宋} 시대의 적전^{籍田}(황제가 몸소 농민을 두고 농사를 지어 거둬들인 곡식으로 신에게 제사를 지내던 제전^{祭田}의 한 가지)이라는 사실을 알고 있었다. 봄이면 팔괘전의 테두리에는 만개한 유채꽃이 노란 물결을 이루고는 했다. 또 가운데 밭에서는 현지에서 '유동채'^{油冬菜}로 불리는 채소가 벽옥처럼 새파란 잎사귀를 펼쳐 가히 장관을 이뤘다.

물론 팔괘전도 당연히 타도해야 할 '네 가지 낡은 것'에 포함돼 있었다. 사실 홍위병들은 팔괘전을 없애버리려고 무진장 애를 썼다. 그러나 생각만큼 쉽지 않았다. 불상 같은 것은 망치로 몇 번 내리치면 쉽게 부서지지만 팔괘전은 몇날 며칠 땀 흘리면서 갈아엎어도 별로 표시가 나지 않았던 것이다. 홍위병들은 그래서 열정을 안고 찾아왔다가 나중에는 지친 나머지 형식적으로 구덩이 몇 개만 대충 파놓고 어깨를 늘어뜨리고 돌아가고는 했다. 덕분에 방월을 비롯한 우귀사신들은 노동개조할 장소를 잃지 않을 수 있었다.

방월은 이곳이 마음에 들었다. 그는 항주의 삼면을 둘러싼 산들 중에서도 남쪽에 있는 산을 제일 좋아했다. 이곳에서 관요官窯와 관련된 실마리가 많이 발견되기 때문이었다.

방월은 똥바가지를 내려놓았다. 이어 똥물로 축축해진 바닥에서 반짝반짝 빛을 뿜는 물체를 집어 들었다. 하지만 이내 실망하고 말았다. 그가 원하는 것은 돌멩이나 시멘트가 아니었다. 그는 똥바가지를 들고 다시 남산을 바라봤다. 왜 그런지는 몰라도 이곳에서 중요한 것을 발견할 것 같은 예감을 떨쳐버릴 수가 없었다. 도자기 역사에 수백 년간 수수께끼로 남은 '수내사요修內司窯'의 도요지가 이곳에 있을 것 같은 예감이었다.

방월은 항씨 가문의 여느 사람들과 달리 차보다 다구에 관심이 많았다. 그가 도자기 연구를 평생 직업으로 결정하게 된 계기는 우연한 기회에 생겼다. 어느 날 그는 의부 가화를 도와 할아버지 항천취의 유품을 정리하게 됐다. 할아버지의 유품은 많지 않았다. 그중에서도 쥘부채

하나가 그의 눈길을 끌었다. 부채의 한쪽 면에는 강가에 앉은 채 우아하게 차를 마시는 백의수사白衣秀士의 그림이 그려져 있었다. 백의수사의 머리 위로는 둥근 달이 떠 있었다. 백의수사가 들고 있는 찻잔은 분명히 자사호紫砂壺는 아니었다. 부채의 다른 한쪽 면에는 두육杜毓(중국 위진魏晉 시대 시인)의 〈천부〉荈賦가 적혀 있었다. 그다지 긴 글이 아님에도 불구하고 방월은 내용을 이해하기 힘들었다.

숭산嵩山은 영산이라 기이한 것들이 난다네. 그곳에 차나무가 자라 골짜기에, 산등성이에 가득하다네. 풍요로운 대지의 자양분을 받고 하늘에서 내리는 감로를 마신다네. 때는 초가을 농사일 한가로운 틈을 타 무리지어 차 따러 먼 길 떠난다네. 차 달이는 물은 민강岷江으로 흘러드는 맑은 물을 쓰고, 다기는 잘 가려서 동구東甌(월주越州, 지금의 절강성 소흥 일대) 도기로 해야 한다네. 표주박으로 찻잔을 삼는 건 옛 조상들이 하던 그대로라네. 바야흐로 첫 탕을 달이니, 가라앉은 차 찌꺼기는 빛나기가 흰 눈 같고, 떠오른 차의 정수는 환하기가 봄에 피어난 꽃 같다네.

방월은 고문古文에 약했다. 어릴 때부터 체계적인 교육을 받지 못했기 때문이었다. 하지만 왠지 모르게 처음 본 글에 깊이 매료됐다. 그는 의부에게 도움을 청했다.

가화는 지체없이 〈천부〉의 전문을 해석해줬다. 방월의 눈앞에 높고 험한 중악中嶽 숭산嵩山이 떠올랐다. 온 산에 차나무가 자라고 있었다. 1,500년 전의 문인들이 무리지어 산에 올라 차를 따고 차 맛을 음미하고 있었다. 차 달이는 물은 산골짜기를 흐르는 맑은 물을 쓰고, 다기는 제일 좋은 가마터에서 구워낸 월주 도기를 사용했다. 표주박으로 찻잔을 삼는 것은 공류公劉(고대 주周 나라의 수령, 주 부족의 이주를 이끌고 농업을 발전시켰을 뿐 아니라 부족 국가를 창립했음)에게 배운 것이었다. 이렇게 차를 달이니 아래에 가라앉은 차 찌꺼기는 쌓인 흰 눈처럼 하얗게 빛나고, 위로 떠오른 차의 정수는 봄꽃처럼 환했다.

가화는 담담한 표정으로 조용조용 설명했다. 하지만 듣는 방월은 마치 재미있는 연극이라도 구경하는 것처럼 푹 빠져들었다. 차를 따고 마시는 학문이 이렇게 깊은 줄 처음 알았다는 표정이었다. 문득 한 가지가 궁금해진 그가 물었다.

"아버지, 우리가 평소에 마시는 차는 모두 초록색 아닙니까? 두육의 글에서는 '쌓인 눈처럼 하얗게 빛난다'라고 했는데 혹시 옛날 차는 흰색이었나요?"

가화가 웃음을 머금으며 대답했다.

"갑자기 내 어릴 때가 생각이 나는구나. 그때 나도 너처럼 궁금증을 참지 못하고 부친에게 물었었어. 부친은 스스로 책을 읽고 터득해야 한다고 말씀하셨지."

가화가 방월의 시무룩한 표정을 힐끗 보면서 덧붙였다.

"옛날 사람들의 차 마시는 방식은 우리하고 많이 달랐단다. 그들은 차를 잘게 부순 다음 다른 것들을 섞어서 다병茶餠을 만들었단다. 음, 지금의 전차磚茶 비슷한 압축차였지. 차를 우리려면 먼저 다병을 부순 다음 흰색 가루가 될 때까지 다연茶碾(차를 가루 낼 때 쓰는 맷돌)으로 잘 갈았단다. 다연은 요즘 중약방에서도 볼 수 있는 맷돌 비슷한 거란다. 이렇게 달인 차는 위에 하얀 가루가 한 층 뜨는 것이 매우 아름다웠지. 한번에 네댓 잔 정도 만들어서 나눠 마시는데 물을 너무 많이 섞으면 맛이 덜해졌단다. 이와 같은 품다品茶 방식은 나중에 누가 더 하얗고 아름다운 차를 만드나 겨루는 투차鬪茶로 발전했단다. 옛날 하성구下城區 해아항孩兒巷에 살았던 육유陸遊의 시에 '투차'를 언급한 구절이 있단다. '작은 누각에서 밤새워 봄비 소리를 듣네, 내일 아침 골목길에 살구꽃이 피겠지. 행간에 한가히 초서 써보고, 맑은 창가에서 거품 띄우며 차 맛을 가르네.'라는 내용인데, 여기에서 '차 맛을 가른다'라는 구절이 바로 '투차'를 의미한단다."

방월은 점점 호기심이 더해가는 표정을 지었다.

"지금 사람들은 왜 투차를 안 하나요?"

"차는 마시기 쉽고 맛이 있는 것이 중요하단다. 차는 서민 음료야. 인삼이나 흰목이버섯처럼 부자들만 즐길 수 있는 음료가 아니지. 압축차를 갈아서 온갖 격식을 갖춰 마시는 품다 방식은 겉보기에는 멋있어 보이지만 차농들을 매우 힘들게 했단다. 결국 송 왕조는 사대부들의 사치스러운 차 문화 때문에 강산의 절반을 잃는 지경에 이르렀지. 이에 명明나라를 세운 개국황제 주원장은 사대부들의 사치를 막고 차농들의 농번기 수고를 덜어주기 위해 황실 공차를 압축차에서 산차散茶로 바꿨단다. 산차는 지금 우리가 마시는 잎차야. '당나라 때는 가루차를 달여 마시고, 송나라 때는 가루차를 물에 풀어 마시고, 명나라 때는 잎차를 우려 마셨다.'라는 말도 여기에서 유래된 거란다."

방월은 박학다식한 가화를 보면서 감탄을 금치 못했다. 그러다 뭔가 크게 깨달은 듯 입을 열었다.

"무엇 때문에 대부분의 천목잔 다완이 검은색이고 밑면이 삿갓 형태인지 그 이유를 이제 알겠어요. 제 생각이 틀리지 않는다면, 그 당시에는 하얀색의 가루차를 선호했기 때문에 밑면이 넓은 검은색 다완이 유행했던 것 같아요. 나중에는 지금처럼 녹색 잎차를 마시게 되면서 찻잔도 청자, 백자 잔으로 바뀌게 된 거죠. 제가 생각한 게 맞나요?"

방월의 크지 않은 두 눈이 초롱초롱 빛을 뿌렸다. 가화는 갑자기 가슴이 날카로운 것이 파고드는 듯 아파왔다. 방월의 얼굴에서 생부 이비황의 모습이 스쳐갔던 것이다. 하지만 이비황처럼 교활하고 교만한 구석은 전혀 찾아볼 수 없었다. 방월은 망우가 불구덩이에서 구해낸 아이였다. 망우 덕분에 두 번째 생명을 얻었으니 가화의 친아들이나 다름없었다. 가화가 방월의 어깨를 껴안으면서 말했다.

"여름방학에는 여러 곳을 여행하자꾸나."

그해 여름, 고교 3학년인 방월은 의부 가화와 함께 절강 동부지역을 두루 돌아다니면서 많은 것을 구경하고 견문을 넓혔다. '월주요의 발원지'로 불리는 상림호上林湖에는 청자 조각들이 지천에 널려 있었다. 가화와 방월은 조아강曹娥江을 따라 상우上虞에 이르렀다. 또 여요餘姚에 있는 폭포산瀑布山에도 가봤다. 그곳에서 방월은 단구자丹丘子에 관한 일화를 처음 들었다. 한漢나라 때였다. 여요餘姚 땅에 사는 우홍虞洪이라는 사람이 산에 들어가 차를 따다가 우연히 한 도사를 만났다. 그 도사는 세 마리의 푸른 소를 몰고 있었다. 도사는 우홍을 이끌고 폭포산에 이르러 말하기를 "나는 선인仙人 단구자라고 하오. 그대가 차를 잘 끓인다고 들어 늘 한번 얻어 마실 수 있기를 바랐소. 이 산속에 큰 차나무가 있으니 들어가서 따시오. 그대에게 바라건대 다른 날 남는 차가 있으면 나에게도 주는 것을 잊지 마시오."라고 했다. 단구자가 일러준 대로 산속에 들어가 보니 정말로 큰 차나무가 있었다. 우홍은 단구자에게 차를 올리고 제사를 지냈다. 그런 뒤 산에 들어가면 언제나 좋은 차를 많이 딸 수 있었다.

두 사람은 하모도^{河姆渡}(여요 강변에 위치한 선사시대 유적지)에서 좋은 차를 마신 후 산으로 들어갔다. 하지만 단구자는 만나지 못했다. 이어 둘은 삼계^{三界}에 있는 차 개량농장을 방문했다. 이 차 농장은 오각농 선생이 항일전쟁 시기에 세운 것이었다. 방월이 말했다.

"아버지, 오각농 선생은 현시대의 '단구자'로 손색이 없죠?"

가화가 곰곰이 생각하고 나서 대답했다.

"단구자는 신선이야."

"오각농 선생도 좋은 차를 얻는 방법을 다인들에게 가르치고 있으니 단구자와 다를 게 없잖아요."

가화가 마지못해 고개를 끄덕였다.

"그건 그래. 하지만 그런 말은 안 하느니만 못하단다. 침묵을 지킬 줄도 알아야 해."

방월은 가화의 가르침을 건성으로 들었다. 그때 가화가 가르친 대로 침묵을 지키는 법을 배웠더라면 나중에 재앙이 비껴갔을지도 모른다. 아무려나 방월은 가화와 함께 여행하면서 많은 배움을 얻었다. 그중에서도 조아묘^{曹娥廟}는 그에게 깊은 인상을 남겼다. 웅장하고 아름다운 건물, 장인들의 피땀이 밴 정교한 조각들부터 명인들이 기증한 편액과 영련^{楹聯}들, 독특한 풍격을 자랑하는 돌기둥, 도리, 들보, 추녀 및 석판들, 그리고 '중국 제일의 글자 수수께끼'로 꼽히는 '황견유부, 외손제구'^{黃絹幼} ^{婦外孫虀曰}(겉뜻은 누런 비단과 어린 부인 및 딸의 자식과 부추 절구이나 속뜻은 절묘호사^{絶妙好辭}, 즉 아주 묘하고 좋은 말임)라는 비문에 이르기까지 이곳의 모든 것이 방월에게 신선한 충격을 주기에 충분했다. 하지만 그가 제일 관심을 가지고 열심히 머릿속에 저장한 것은 월주 자기에 관한 지식이었다. 그는 가화의 옛 친구네 집에서 순^{舜}(삼황오제 중 한 명) 임금이 상우^{上虞}

에 도기 가마를 만들고 도기를 구웠다는 얘기를 처음 들었다. 또 상우 소선단小仙壇에서 동한東漢 시대의 청자 도요지가 발견됐을 뿐 아니라 그 당시의 도자기 제조기술이 현시대의 기술에 비견될 만큼 상당한 수준 이었다는 사실도 알게 됐다. 방월은 이렇게 중국 청자의 발원지에서 도 자기와 인연을 맺고 평생의 진로를 결정하게 됐다.

당시 그의 어머니는 아들이 홍콩을 경유해 미국으로 와서 재산을 상속받기를 원했다. 그러나 그는 어머니의 제안을 완곡하게 거절했다. 그리고 미대 공예미술학과에 원서를 넣었다. 어쩌면 조국 강산에 대한 뜨거운 사랑, 새롭게 발견한 월주 자기의 아름다움, 효녀 조아曹娥의 전 설에 힘입어 한층 더 절감하게 된 항씨 가족들에 대한 고마움 등이 한 데 어우러져 한치의 망설임도 없이 중대한 결정을 내릴 수 있었는지 모 른다.

의부 가화는 말이 많지 않은 사람이었다. 하지만 그 여행에서 방월 에게 많은 가르침을 줬다. 방월은 대학 때 월주 자기의 발전 단계와 맥 락을 깔끔하게 정리했다. 그의 설명에 따르면, 월요越窯는 동한 시대부터 자기를 구워내기 시작해 손오孫吳, 동진兩晉 때 1차 '황금기'를 맞이했다. 시인 두육이 산속에서 차를 끓일 때 사용했던 '동구東甌' 자기가 아마 이 무렵에 만들어진 월주 자기가 아닐까 싶다. 남조南朝와 수隋나라 때 월주 자기는 잠깐 침체기를 맞았다. 하지만 곧이어 중국 역사의 휘황한 한 페 이지를 장식하는 성당聖唐 시대가 도래하면서 월주 자기 역시 2차 '황금 기'를 맞이했다. 이어 5대 10국 시대의 오월국吳越國은 변방의 안전과 민 생의 안정을 위해 지역 특산품인 월주 자기를 중원中原 조정에 공납했다. 월주 자기는 이렇게 송宋대 초반까지 번영을 누리다가 점차 쇠퇴일로를 걷게 되었다.

방월의 도자기 사랑은 그가 '우파분자'로 몰려 용천산으로 쫓겨난 뒤에도 전혀 멈추지 않았다. 그는 현지에서 '대요'^{大窯}로 불리는 가요^{哥窯}와 제요^{弟窯} 유적지에서 싫증 한 번 내지 않고 몇 년을 머물렀다. 지천에 널려 있는 청자 조각들을 볼 때마다 남다른 희열을 느꼈기 때문이었다. 심지어 그는 가끔씩 벅차오르는 기쁨을 주체하지 못하고 저도 모르게 흥얼흥얼 콧노래를 부르기까지 했다. 가요^{哥窯}는 태^胎가 얇고 질^質이 견고하면서 유약층이 두껍고 색깔이 무겁고 장엄했다. 유색은 분청^{粉青}, 취청^{翠青}, 회청^{灰青}, 해각청^{蟹殼青} 등이 있었다. 또 무늬는 빙렬^{冰裂}, 해조^{蟹爪}, 우모^{牛毛}, 어자^{魚子} 등으로 다양했다. 또 자구철족^{紫口鐵足}(재료에 철분이 포함돼 잿물에 덮인 입구의 색은 자색^{紫色}으로 보이고 잿물이 닿지 않은 굽은 철색^{鐵色}으로 보임)의 특징도 갖고 있었다. 그에 반해 제요^{弟窯}는 분청^{粉青}과 매자청^{梅子青}의 유질이 영롱한 청옥과 같고 색조는 비취처럼 아름다웠다. 당연히 도자기 기술의 최고 경지로 평가받았다.

중국의 수많은 전통공예 장인들처럼 방월은 도자기 연구의 외길을 올곧게 걸어갔다. 그 결과 도자기 분야에서 최고의 전문가가 될 수 있었다. 그러나 점점 세상과 담을 쌓는 부작용도 생겼다.

항씨 가문 남자들은 남들과 차별화된 특징이 있었다. 운명에 대한 집요한 의심, 냉철한 판단력과 분석능력 및 형이상학적인 사고방식 등이었다. 그러나 방월은 그런 정신적인 측면에는 그다지 관심이 없었다. 그의 신경은 그저 자나깨나 자신이 사랑하는 도자기에만 쏠려 있었다. 최하층 계급으로 전락해 똥지게를 지고 다니는 신세가 된 지금도 그것은 변함이 없었다. 그가 멍하니 남산을 바라보면서 혼잣말처럼 중얼거렸다.

"수내사요^{修內司窯}는 대체 어디에 숨어 있을까?"

그때 맞은편에서 한 여자가 엉덩이를 실룩거리면서 걸어오는 모습이 보였다. 방월은 여자의 걸음걸이와 체형이 어딘지 눈에 익었다. 그러나 더 깊게 생각하지 않았다. 사실 방월은 여자를 좋아했다. 예로부터 화가와 예술가들은 아름다운 여자를 좋아한다고 하지 않던가. 하지만 이제 여자를 만나지 않은 지 벌써 몇 년이 됐다. 아내를 잃고 슬픔에 빠져 있다가 겨우 정신을 추스르고 재혼을 해볼까 생각했더니 아뿔싸, 그만 문화대혁명이 터진 것이다. 그는 여자의 몸에서 시선을 떼지 못하고 홀린 듯 바라봤다. 여자는 앞섶이 넓은 파란 저고리에 비슷한 색깔의 바지를 입고 있었다. 넓은 벌판을 가로질러 걸어오는 모습이 마치 조롱박 형태의 남색 자기꽃병을 꼭 닮아 있었다.

"요즘 시대에 저런 무늬를 볼 수 있다니, 이건 기적이야, 기적."

방월이 터무니없는 생각에 젖어 있는데 '남색 자기꽃병'이 새된 목소리로 입을 열었다.

"저기요, 혹시 항방월 맞아요? 아유, 방월 맞네. 방월, 당신을 찾기 위해 온 산을 다 뒤졌어요. 이제 걸을 힘도 없어요. 그렇게 서 있지 말고 빨리 이쪽으로 와요, 당신 아버지가 당신을 꼭 찾아오라고 하셨어요. 아이고, 드디어 찾았네요. 아이고 다리야……."

언제부터인지 몰라도 가화는 내채의 새된 목소리만 들어도 심장이 두근거리고 숨이 턱턱 막혀왔다.

"항씨네! 전화요……."

물론 가화도 그것이 내채의 잘못이 아니라는 것은 잘 알고 있었다. 내채는 그에게 소식을 전해주는 사람일 뿐이었다. 아니, 더 정확하게 말하면 그에게 소식을 전해주는 일종의 '도구'일 뿐이었다. 그것이 기쁜 소식이든, 불행한 소식이든, 슬픈 소식이든 내채와는 하등 상관이 없었다.

어젯밤 갑자기 득방으로부터 전화가 왔다. 가화는 이유도 없이 가슴이 철렁 내려앉는 것 같았다. 전화는 요코가 받으러 갔다. 득방은 일부러 어른스러운 척 목소리를 한껏 내리깔던 평소와 달리 다급하게 말했다.

"할머니, 할아버지가 많이 다쳤어요. 외양간 마당을 빗질하던 중 누가 담벼락 밖에서 던진 벽돌에 정수리를 맞고 그 자리에 쓰러졌어요."

득방의 말에 따르면 의사는 가평에게 꼼짝 말고 누워 쉬라고 했다고 한다. 결국 조반파들은 고민 끝에 고집불통 늙다리를 잠시 풀어주기로 결정했다. 그들 중에는 '그것 참 쌤통!'이라면서 속으로 고소해하는 사람도 적지 않았다. 그렇지 않아도 머리가 화강암처럼 단단하고 고집이 쇠심줄 같은 늙다리 때문에 이러지도 저러지도 못하고 골머리만 앓던 참이었으니 말이다.

혁명적 군중들은 가평에게 이상한 점이 한두 가지가 아니라는 사실을 뒤늦게야 알았다. 가평은 공산당원이 아니었다. 따라서 그에게 '당내 주자파' 혐의를 씌우는 것은 불가능했다. 가평은 또 국민당원도 아니었다. 그래서 '대만 간첩'이나 '반동 분자' 모자도 씌울 수 없었다. 가평은 심지어 민주당파도 아니었다. 그러니 '공산당과 일심동체가 아니라'고 트집을 잡을 수도 없었다. 뿐만 아니라 모아둔 재산이 없었기 때문에 '자본가' 무리에도 끼지 못했다. 심지어 그렇게 무소속임에도 불구하고 열여덟 젊은 나이부터 혁명에 참가해, 중국 인민의 해방 사업을 위해 적지 않게 기여했다. 세상에, 이 늙다리처럼 위험을 미꾸라지처럼 요리조리 잘 피해가는 인간이 또 있을까? 조반파들도 이런 경우는 처음이라 가평을 어떻게 했으면 좋을지 몰라 머리가 복잡했다. 가만히 내버려두자니 신경이 쓰이고 그렇다고 처벌할 수 있는 마땅한 구실도 생각나지 않아 골머리를 앓던 차에 마침 하늘이 도운 것처럼 담장 밖에서 벽돌이 날아와 늙다리를 쓰러뜨린 것이다.

요코는 전화를 끊자마자 집으로 달려와 가화에게 상황을 설명했다. 이어 잽싸게 짐을 꾸리면서 말했다.

"영상은 집에 남고 우리 둘은 일단 마파항馬坡巷으로 갑시다. 거기 가서 당신이 남을지 아니면 제가 남을지 결정합시다."

가화는 놀란 눈으로 아내를 바라봤다. 어슴푸레한 등불 아래 허리를 꼿꼿이 세운 요코는 평소보다 키가 한 뼘은 더 커진 것 같았다. 말투도 몇 십 년 전의 젊은 시절로 돌아간 것처럼 기운 있고 활기찼다.

가평과 득방은 벌써 집에 돌아와 있었다. 예전의 북향 방 두 개가 침실로 사용되고 있었다. 득방의 침대에 누워 있던 가평이 가화와 요코를 보고는 손사래를 쳤다. 안색은 창백하나 정신은 맑아보였다.

"괜히 놀라게 해서 미안합니다. 별일도 아닌데 집에 오고 싶어 일부러 호들갑 좀 떨었어요. 그깟 벽돌에 맞아 죽을 사람이었으면 벌써 백번도 넘게 죽었을 겁니다."

가화가 침대에 앉아 동생의 얼굴을 살피면서 말했다.

"크게 다치지 않아서 정말 다행이네. 소식을 듣고 깜짝 놀랐네. 움직이지 말게. 이제 앞으로 어떻게 할지 잘 생각해보자고."

두 형제가 얘기를 나누고 있는 동안 요코는 반대편 침실로 건너가 익숙한 솜씨로 재빠르게 이부자리를 깔고 청소를 했다. 마치 이 집에 처음 온 사람 같지 않고 수십 년 동안 살던 사람 같았다. 그녀가 청소를 마치고는 주방으로 가서 물을 끓여 가평에게 약을 먹였다. 이어 가화와 함께 가평을 반대편 침실로 부축해 눕혔다. 그 짧은 동안 어느새 가평의 침실에 커튼을 달고 탁상등도 가져다놓았다. 세 남자는 바삐 돌아다니는 요코를 묵묵히 지켜봤다.

요코가 침대 옆에 있는 긴 의자를 톡톡 치면서 말했다.

"밤에는 여기서 쉬면 되겠어요."

가평이 손사래를 쳤다.

"괜찮아요, 괜찮아. 나는 아무렇지도 않아요. 두 분은 돌아가세요. 득방만 있으면 돼요."

그러자 가화가 말했다.

"아니야. 남들에게 보여주기 위해서라도 돌봐주는 사람이 옆에 있어야 해. 어렵사리 집에 왔으니 다시는 돌아가지 않도록 방법을 찾아야지"

가화의 목소리는 높지 않았으나 단호했다.

요코가 조심스럽게 물었다.

"누가 남을까요?"

가화가 생각에 잠긴 시늉을 했다. 사실 그는 양패두 대문을 나서면서 이미 마음을 굳혔다. 다만 가평과 요코가 무안해할까봐 선뜻 대답하지 않았을 뿐이었다. 누가 봐도 대답은 정해져 있지 않은가. 그가 주머니에서 봉투를 꺼내 요코에게 주면서 말했다.

"이번 달 노임이오. 먼저 가져다 쓰오. 그리고 가평과 득방에게 음식도 해줄 겸 당신이 여기 남는 게 좋겠소. 나는 아무래도 직장 일 때문에 몸을 빼기가 힘들 것 같소. 평차사評茶師들이 다들 혁명하러 나가고 나면 차를 감정하는 일은 결국 내 차지가 되니 말이오. 자네들 생각은 어떤가?"

가화가 의견을 구하는 투로 말을 맺었다. 하지만 항씨 가족들은 가화의 "자네들 생각은 어떤가?"라는 말이 "그렇게 하자."라는 말이라는 것을 잘 알고 있었다. 가평은 입을 다문 채 가화를 바라봤다. 가평의 눈빛이 무엇을 의미하는지는 두 형제만 알고 있었다.

요코가 문밖까지 나와 가화를 배웅했다. 봄바람이 살랑살랑 불어와 얼굴을 간질였다. 동녘 하늘에 비스듬히 걸려 있는 그믐달 주위로 하얀 별 몇 개가 굵은 소금알갱이처럼 듬성듬성 박혀 있었다. 요코가 가화의 소매를 만지면서 말했다.

"옷이 얇군요. 밤기운이 차니 옷을 더 걸치세요."

가화가 미소를 지었다.

"몇 걸음이면 도착할 텐데, 뭘. 걱정 마오."

"그건 그래요."

요코는 들어갈 생각을 않고 제자리에 서서 머뭇거렸다. 가화도 가지 않고 서 있었다. 요코의 입에서 뜻밖의 한마디가 흘러나왔다.

"큰오빠……."

가화는 흠칫 놀랐다. 참으로 오랜만에 들어보는 호칭이었다. 요코가 다시 입을 다물자 가화가 오히려 급해서 닦달을 했다.

"왜 그래? 갑자기 왜 그러냐고? 할 말이 있으면 시원하게 해, 응?"

요코가 드디어 입을 열었다. 가화는 한참 후에야 그 말을 알아들었다.

"아리가또 고자이마스^{ありがとうございます}!"

요코는 일본어로 그에게 "고맙다."고 말한 것이었다.

가화는 정신이 번쩍 들었다. 지난 세월 동안 요코가 일본사람이라는 사실을 완전히 잊고 살았었다. 그의 눈에 요코는 항주 거리와 골목에서 흔히 보이는 평범한 강남 여자였다. 가화가 손바닥으로 요코의 눈물을 닦아주면서 말했다.

"당신이 무슨 생각을 하고 있는지 알아. 우리 둘은 한 사람이야. 가평까지 포함해서 우리 셋도 한 사람이야. 쓸데없는 생각하지 말고 나만 믿어. 알겠지?"

가화는 이렇게 요코를 따뜻하게 위로해줬으나 정작 그 자신은 누구의 위로도 받지 못한 채 또 다른 나쁜 소식을 접해야 했다.

이튿날 아침, 날이 밝자마자 내채의 새된 목소리가 다시 들려왔다.

"항씨네! 전화요……."

내채의 목소리에는 아무런 악의도 없었다. 그러나 마치 비수처럼 가화의 가슴을 찔렀다. 가화는 불행을 예감한 순간이 실제로 불행에 맞닥뜨렸을 때보다 더 힘들다는 것을 처음 알았다. 영상은 처음 보는 할아버지의 넋 나간 모습에 놀라서 조그마한 몸을 오싹 떨었다.

"할아버지, 왜 그러세요?"

가화는 심장이 걷잡을 수 없이 쿵쾅거렸다. 혹시 가평에게 무슨 일이 생긴 건 아닌지 걱정이 되었다.

"영상아, 네가 가서 전화 받을래?"

영상이 먹고 있던 밥그릇을 내려놓고 뛰어나갔다. 가화도 마음이 놓이지 않아 이내 뒤따라갔다. 걸음이 빠른 가화가 먼저 전화기를 집어 들었다. 전화기 너머로 여자의 울음 섞인 목소리가 들려왔다. 다행히 요코는 아니었다.

"저 다녀茶女예요……."

득도의 양모 다녀였다.

"방월의 아들 요燎, 항요가 반혁명분자로 몰려 잡혀갔어요……."

말 그대로 마른하늘에 날벼락 같은 소식이었다. 가화는 눈앞이 아득해졌다. 그러나 애써 정신 줄을 붙잡은 채 목소리를 낮춰 되물었다.

"천천히……, 다시 말해보오. 항요가 잡혀갔다고 했소? 항요가 지금 몇 살이오?"

다녀가 울음을 삼키고 다급히 설명했다.

"요요窯窯(항요의 아명)는 여덟 살이에요. 어리지는 않아요. 우리 마을에 여섯 살짜리 '반혁명분자'도 있는걸요. 빨리 방법을 좀 생각해봐요! 저도 홍위병들에게 찍힌 처지라 도움을 드릴 수가 없어요. 빨리 방법을 좀 생각해봐요!"

가화는 몇 마디 위로의 말을 건넨 다음 다시 자초지종을 물었다.

다녀의 말에 따르면 항요는 용천산에서 나올 때 우스꽝스럽게 생긴 흉상胸像을 하나 갖고 왔다. 그리고는 그것을 소중한 보물처럼 벽감에 고이 모셔놓았다. 당연히 지금까지 그것에 관심을 보인 사람은 없었다. 그런데 이틀 전에 한 이웃이 놀러왔다가 그것을 보고 아이에게 물었다.

"이건 누굴 빚은 거냐?"

구슬치기를 하던 항요가 씩 웃으면서 말했다.

"보면 몰라요?"

"모르겠는데? 대체 누구의 흉상이냐?"

이웃이 집요하게 캐묻자 아이가 대답했다.

"위대한 지도자 모 주석이잖아요. 어떻게 모 주석도 모를 수 있어요?"

이웃은 깜짝 놀랐다. 하지만 아이의 말을 듣고 다시 자세히 보니 흉상이 모 주석을 닮은 것 같기도 했다. 이웃은 데굴데굴 구르면서 한참을 웃고 나서 아이에게 다시 물었다.

"아이고 배야…… 아이고……, 누가…… 이런 걸 다 만들었어? 아이고……, 네가 만들었냐?"

아이는 당당하게 대답했다.

"당연히 제가 만들었죠. 어른들이 도자기를 구울 때 제가 직접 모주석을 빚어서 구웠어요."

작은 마을이라 소문은 빠르게 퍼져나갔다. 어른들이 우르르 몰려와서 흥상을 '참관'하고 한바탕 웃음보를 터뜨리고 돌아갔다. 나중에는 공사公社의 민병民兵과 조반파들도 찾아왔다. 빼도 박도 못할 증거 앞에서 다녀도 할 말이 없었다. 조반파들은 항요를 업어다 구치소에 처넣었다. 구치소에는 먼저 잡혀온 항요 또래의 '반혁명분자'들이 적지 않았다. 현縣에서는 '꼬맹이 반혁명분자'들을 어떻게 처리해야 할지 몰라 성省에 지시를 요청했다. 내려온 답변은 "일단 며칠 후에 항주로 보내라."는 것이었다.

자초지종을 들은 가화는 생각을 정리했다. 이어 다녀에게 말했다.

"내가 오늘 그쪽으로 갈 테니 조급해하지 말고 기다리게. 그리고 요요한테 전해주게. 할아버지가 곧 도착하니 무서워하지 말라고 말이네. 나머지 일은 그때 가서 보자고."

통화를 마친 가화는 주변에 내채밖에 없는 것을 확인하고 읍을 하면서 말했다.

"내채 아주머니, 우리 집에 큰일이 생겼소. 아주머니에게 부탁 하나만 합시다. 우리 방월을 찾아 내 말을 전해주시오. 만약 누군가가 아들의 일에 대해 그에게 묻는다면 '아무것도 모른다.'고 딱 잡아떼라고 전해주시오. 제발 부탁드립니다."

가화는 거듭 읍을 했다. 내채가 눈물을 글썽이면서 고개를 끄덕였다. 그리고 다른 사람에게 전화 부스를 맡기고 방월을 찾으러 남산으로 달려갔다.

집으로 돌아온 가화는 영상에게 당부했다.

"큰할아버지와 할머니가 계시지 않는 동안 네가 이 집의 주인이자 안주인이다. 알겠느냐? 지금 당장 네 할아버지에게 다녀오너라. 큰할아버지가 요요한테 다녀와야 하니 무슨 일이 있거든 포랑 삼촌을 찾으라고 전하거라. 득도 오빠도 큰할아버지하고 같이 갔다 올 거야. 큰할아버지가 한 말을 다른 사람에게 절대 말하면 안 돼, 알겠느냐?"

영상은 연신 고개를 끄덕였다. 가화는 어느새 대문 밖으로 달려 나갔다. 이어 수면 위를 스치는 바람처럼 순식간에 소리 없이 모습을 감췄다.

가화와 득도는 오봉선烏篷船(검은 덮개를 씌운 배)을 타고 다원공사茶院公社에 도착했다. 이곳은 별로 달라진 것이 없었다. 초가집, 돌다리, 밭을 가는 소, 그리고 작은 나무배들까지 다 예전 그대로의 모습이었다. 다만 예전보다 조금 더 낡아졌을 뿐이었다. 배가 가는 속도는 매우 느렸다. 득도는 속이 답답해서 터질 것 같았다. 배는 드디어 열사묘로 통하는 작은 길에 접어들었다. 현지 정부가 차나무 밭에 새로 조성한 무덤은 무성하게 자란 차나무 가지에 가려 잘 보이지 않았다. 가화와 득도는 서로 눈빛을 교환했다. 가화가 말했다.

"이번 일이 잘 마무리되면 성묘하러 와야겠다."

어린 항요는 할아버지를 보고는 좋아서 입을 다물지 못했다.

"할아버지, 저도 같이 항주로 가는 거예요? 빨리 아버지를 보고 싶어요."

항요는 자신이 '반혁명분자'라는 사실을 까맣게 잊고 차나무 밭에서 열사묘를 향해 허리 굽혀 절했다. 이어 나비와 잠자리를 쫓아 여기저기 뛰어다녔다.

가화는 묵직한 크라프트지 봉투를 들고 있었다. 항요를 업고 구치소를 막 빠져나올 때 치안요원이 건네준 것이었다. 치안요원은 아이를 내려놓으라고 눈짓을 보낸 뒤 봉투를 건네면서 곱씹어 당부했다.

"중요한 물건이니 잘 갖고 계세요. 절대 버리면 안 됩니다."

가화는 무슨 물건인지도 모른 채 엉겁결에 봉투를 받아들었다. 무엇이냐고 물어보려다 번뜩 뇌리를 스치는 무언가가 있었다. 가화는 치안요원을 향해 깊숙이 허리를 숙여 사의를 표했다. 항요는 멀리 가서 놀고 있었다. 가화는 들고 있던 봉투를 냅다 비석 받침돌에 던졌다. 봉투 속 물건이 산산이 부서지면서 밖으로 튀어나왔다. 득도는 깜짝 놀랐다가 이내 무슨 영문인지 알아차렸다. 득도가 도자기 조각들을 더 잘게 부수려고 봉투를 집어 들자 가화가 잽싸게 빼앗으면서 말했다.

"강가에 가서 손이나 씻어야겠다."

득도가 다시 봉투를 빼앗아들고 묘비 뒤편에 있는 강가로 향했다. 강변 돌계단 주위에는 마침 아무도 없었다. 득도는 손을 씻는 척하면서 봉투 속의 도자기 조각들을 전부 강물에 던져버렸다.

득도는 열사묘로 바로 돌아가지 않고 강가에 잠시 서 있었다. 고즈넉한 분위기에 전염된 탓일까, 초조하고 답답하던 가슴이 조금 시원해지는 것 같았다. 사실 요즘 털어놓지 못할 걱정거리도 생기기는 했다. 그것은 어물쩍 넘어가서는 안 될 중대 사안이었다. 두 달 전부터 항주 시내에는 '혈통론'을 반대하는 내용의 전단이 살포되고 있었다. 하지만 글깨나 읽었다는 사람들은 그 속에 뼈와 가시가 있다는 사실을 쉽게 눈치

챌 수 있었다. 그것은 위험천만하게도 특정 인물을 겨냥한 것이었다. 세심한 득도는 필치를 보자마자 동생 득방을 떠올렸다. 그리고 며칠 전, 득도는 화목심방 앞에 있는 가산假山 옆에서 득방과 그의 학우 사애광과 맞닥뜨렸다. 득도와 사애광은 초면이었다. 그럼에도 사애광은 득도를 보고 얼굴을 붉혔다. 쑥스러움을 넘어서 왠지 모를 긴장감과 불안감이 드는 모양이었다. 그러나 득방과 사애광은 잉크가 잔뜩 묻은 두 손을 슬며시 뒤로 감추면서 아무 일도 아니라는 듯 태연자약하게 득도의 어깨를 스치고 지나갔다. 그때 득도는 조만간 짬을 내 두 사람과 잘 얘기해 봐야겠다고 생각했었다.

뒤에서 문득 인기척이 느껴졌다. 고개를 돌려보니 할아버지였다. 할아버지와 손자는 천천히 계단을 올라 다시 열사묘 앞에 이르렀다. 예년에는 청명 때마다 학교와 기관의 사람들이 화환을 들고 열사묘를 찾아오고는 했었다. 그러나 올해는 다들 혁명이 바빠서인지 화환이 하나도 보이지 않았다. 그러나 가화는 이상하다고도 생각하지 않았다. 지난여름부터 파괴되고 파헤쳐진 열사 무덤이 속출하고 있는데 그깟 화환쯤이 대수랴. 항억과 나초경의 혁명열사 신분이 확실해 안식을 방해받지 않은 것만 해도 얼마나 다행인가. 가화는 유난히 길게 뻗은 차나무 가지를 똑 꺾어서 화환 모양으로 만든 다음 아들과 며느리 비석 앞에 놓았다.

"오곤이 벌써 풀려났더구나. 알고 있었느냐?"

득도는 묘비에 새겨진 아버지의 이름을 손으로 쓰다듬으면서 고개를 끄덕였다. 이어 잠깐 뜸을 들인 후 대답했다.

"고모한테 들으신 거죠?"

가화는 고개를 저었다.

"오곤이 나를 찾아왔었어."

득도의 가늘고 긴 눈이 휘둥그레졌다. 양진이 실종된 이후 오곤은 즉시 격리 심사를 받았다. 또 심신이 지칠 대로 지친 백야는 상천축산에서 내려오자마자 바로 병원에 입원했다. 그때 그녀는 호된 몸살이겠거니 하고 가볍게 생각했었다. 그러나 퇴원하는 날 나온 검사 결과는 사람들을 큰 충격에 빠뜨렸다. 백야가 임신을 한 것이었다. 그때까지 다른 사람들은 물론이고 백야 자신도 임신한 줄을 전혀 모르고 있었다. 이게 어찌된 일이란 말인가? 물론 아무도 누구의 아이인지 백야한테 물어보지 못했다. 다들 뒤에서 수군거리기만 할 뿐 득도에게 감히 알려줄 엄두를 못 냈다. 결국 백야가 자기 입으로 임신 사실을 득도에게 털어놓았다.

항씨네 여자들의 우려와는 달리 득도의 반응은 그다지 과격하지 않았다. 그저 안색이 조금 창백해졌을 뿐 목소리와 말투는 냉정하고 침착했다. 그가 첫마디를 입에 올렸다.

"앞으로 어떻게 할 생각이오?"

"오곤이 제 호적을 항주로 옮겼어요. 분이 고모와 함께 용정산에서 아이들을 가르치고 싶어요."

득도가 잠깐 생각하고는 고개를 끄덕였다.

"좋은 생각이오. 고모 곁에 있으면 마음이 놓일 거요."

백야가 뜻밖의 말을 했다.

"우리 당분간 만나지 말아요. 혼자 있고 싶어요. 당신도, 오곤도, 더 이상 보고 싶지 않아요."

득도는 여전히 무표정이었다. 하지만 이마에는 땀방울이 송골송골 맺히고 있었다. 귀에서 윙 소리가 나는 것도 느꼈다.

"당신이 원하는 대로 하오. 당신의 의견을 따르겠소."

득도는 기계적인 말을 내뱉고 자리에서 일어났다. 그러다 조금 미안한 마음이 들었는지 몇 마디 덧붙였다.

"당신도 알다시피 나는 아주 바쁜 사람이오. 당신을 용정산까지 배웅해주지 못할 것 같소. 앞으로는 짬을 내기가 더 어려워질 것 같소. 내가 보러 가지 못하더라도 당신 스스로 강해지는 법을 배웠으면 좋겠소……."

득도는 목이 메어 말을 잇지 못했다. 문을 열려고 했으나 손이 미끄러워 문고리를 당길 수 없을 정도였다. 결국 백야가 일어나서 문을 열어줬다. 득도는 입꼬리를 올리면서 웃으려 애썼다. 백야도 희미하게 웃었다. 하지만 서로 눈을 마주치지는 않았다. 안경알이 뿌옇게 흐려져 앞이 보이지 않았다. 득도는 맹인처럼 더듬더듬 밖으로 나갔다. 득도와 백야는 아이 아버지에 대해 한마디도 언급하지 않았다. 득도는 느닷없이 눈앞에 닥친 잔혹한 현실이 그저 원망스러울 뿐이었다. 그와 깊은 교분을 쌓아온 노인은 실종됐다. 또 그와는 아무 상관도 없는 새로운 생명이 싹을 틔웠다. 그리고 이 잔혹한 현실의 배후에는 그가 사랑하는 여인이 있었다. 대체 왜 이런 일이 생긴 것인가? 대체 왜? 아무에게도 털어놓을 수 없는 은밀한 고통이 마치 영겁의 고문처럼 그의 심장과 영혼을 아프게 만들었다.

가화는 손자의 놀란 눈빛을 보고도 화제를 돌릴 생각을 하지 않았다. 손자와 단둘이 속을 터놓고 대화를 나눈 것이 얼마 만인지 기억도 가물가물했다. 양진의 실종은 오곤파에게 큰 타격을 입혔다. 반면 득도파에게는 기를 펼 수 있는 좋은 기회를 제공했다. 득도가 원하든 원하지 않든 득도파의 세력 확장은 피할 수 없는 추세였다. 이제 그는 유유자적한 '소요파'誰遙派로 돌아가고 싶어도 돌아갈 수 없는 처지가 돼버렸다. 이렇게 반년 남짓한 시간 동안 득도와 오곤 두 사람의 위치는 극적으로 뒤바뀌었다.

가화가 제일 걱정하는 것도 바로 이 부분이었다. 손자는 점점 다른 사람이 돼가고 있었다. 손자는 도대체 밖에서 무엇을 하고 다니는지, 앞으로 무엇을 하려고 하는지 예전처럼 흉금을 터놓고 할아버지와 대화하는 일도 거의 없었다. 성격도 거칠어졌고 말투와 행동, 심지어 눈빛도 많이 거칠어졌다. 가끔씩 집에 돌아와 차를 마실 때에도 예전처럼 우아한 멋 없이 그저 꿀꺽꿀꺽 찬물 마시듯 들이켰다. 비록 비싼 차가 아닐지라도 명품 차 마시듯 우아하게 마시는 것이 항씨 가문의 일관된 삶의 태도가 아니던가. 손자의 변화가 안타까웠던 가화는 그와 단둘이 얘기할 기회만 찾고 있었다.

"오곤이 풀려났더구나. 심사 결과 별 문제가 없었던 모양이야. 물론 네가 나보다 소식을 더 빨리 들었을 테지. 나도 오곤이라는 사람이 마음에 들지는 않아. 솔직히 처음 봤을 때부터 호감이 가지 않았지. 하지만 나는 네가 '눈에는 눈, 이에는 이'로 오곤에게 맞서는 방식도 별로 마음에 들지 않는구나."

득도는 뭔가 말하려고 입을 열다가 이내 다시 다물었다. 할아버지에게 뭐라고 설명할 수도, 설명하고 싶은 생각도 없었다.

"오곤이 나를 찾아왔더구나. 백야가 임신했다면서 아이의 아버지가 누구인지 나에게 묻더구나."

인내심의 한계를 느낀 득도는 드디어 폭발했다. 묘비를 쓰다듬던 손으로 가슴을 움켜잡으면서 작게 소리를 지른 것이다.

"할아버지도 그게 저라고 생각하세요?"

득도는 질끈 눈을 감았다. 안경알 너머로 가느다란 눈물 줄기가 뺨을 타고 흘러내렸다. 가화가 놀란 눈으로 손자를 바라봤다. 손자는 좀체 눈물을 보이지 않는 아이였다. 손자의 우는 모습을 언제 봤던지 기억조차 가물가물했다. 가화는 가슴이 아프고 답답해서 숨을 쉬기 힘들었다. 그때 신록이 깃든 차나무가지 사이로 죄수 호송차가 다가오는 것이 보였다. 항요가 깡충깡충 뛰어오르면서 환호성을 질렀다.

"차 왔어요! 차가 왔어요!"

가화가 고개를 저으면서 손자에게 말했다.

"그 일에 대해서는 더 말하지 말자……."

차에 오른 항요는 이 꽃 저 꽃 붕붕 날아다니는 꿀벌처럼 잠시도 가만히 있지 못했다. 차 안은 매우 어두웠다. 두 개밖에 없는 창문에는 쇠창살이 쳐져 있었다. 창밖의 햇살과 풍경이 잡힐 듯 말 듯 가까이 다가왔다 이내 멀리 사라졌다. 항요는 이쪽 창문에 얼굴을 바싹 댔다가 저쪽 창문으로 옮겨가면서 창밖의 파란 하늘과 넓은 들판에서 시선을 떼지 못했다. 그러더니 갑자기 벌떡 일어서서 노래를 부르기 시작했다.

"새야, 새야, 날아라, 날아라……."

항요는 잠시 후 문득 무슨 생각이 떠오른 모양이었다. 할아버지의 무릎에 얼굴을 묻으면서 한껏 들뜬 목소리로 물었다.

"할아버지, 우리 지금 항주로 가는 거 맞죠?"

득도는 앞좌석으로 자리를 옮겼다. 가화는 뒤쪽 구석에 기대앉아 손자가 노는 모습을 물끄러미 지켜봤다. 항요의 '고난'은 아직 끝나지 않았다. 아이는 항주에 도착하자마자 공자묘를 개조해 만든 임시 구치소에 수감될 터였다. 아이를 구치소에서 꺼내려면 또 한 차례의 우여곡절을 치러야 할 것이다. 가화는 소리 없이 한숨을 내쉬었다.

'내가 이 아이를 대신해 감옥살이를 할 수 있다면 얼마나 좋을까?'

가화는 자신의 절박한 심정을 조용히 읊조렸다. 정말이지 신이 소원 한 가지만 말하라고 한다면 서슴없이 '아이를 대신해 감옥에 가게 해달라.'고 빌고 싶었다.

두 시간쯤 지나자 창밖의 풍경이 크고 빽빽한 건물들로 바뀌기 시작했다. 항요는 더욱 신이 나서 소리를 질렀다.

"항주다!"

제20장

득도가 항가호평원에 있는 부모님의 열사묘 옆 강가에서 했던 걱정은 괜한 것이 아니었다. 그 무렵, 항씨 집안의 또 다른 젊은이가 자신에게 정치적 위험이 닥친 것도 모른 채 불나방처럼 위험한 일에 가담하고 있었다.

이날 밤은 포랑이 항주에서 보낸 마지막 평온한 밤이었다. 이날 그는 처음 평차사 조수의 신분으로 공장 평차실評茶室에 들어갔다. 평가받기 위해 내놓은 차의 품질은 형편없었다. 용정차 감별에 아직 서툰 포랑이 보기에도 겨우 7등급이나 될까 말까 한 하등품이었다. 최근 몇 년 동안 '빨리빨리' 구호가 성행하면서 차 생산속도와 생산량은 두 배로 껑충 뛰었다. 반면에 차 가공방식이 초청炒靑으로 바뀌고 여름에 딴 늙고 질긴 찻잎이 한데 뒤섞여 품질 역시 두 배로 조악해졌다. 포랑은 마대자루에 담겨 공장 구석에 잔뜩 쌓여 있는 차를 보면서 속으로 탄식을 금치 못했다.

'소촬착 어르신이 남몰래 가화 외삼촌에게 가져다준 차는 비록 양은 얼마 안 되지만 납작하고 반들반들하고 현미 색깔이 나 보기만 해도 맛있어 보였는데 여기는 왜 그런 차가 없을까?'

포랑은 고개를 갸웃거리면서 속으로 중얼거렸다. 사실 처음 항주에 왔을 때만 해도 그는 용정차에 대해 완전히 문외한이나 다름없었다. 하지만 지금은 척 보고도 좋고 나쁨을 구분할 수 있는 수준은 됐다. 물론 가화 외삼촌에 비하면 명함도 못 내밀 수준이지만 말이다. 단순한 그는 소촬착 어르신이 가져다준 상등품 차는 사애광을 닮고, 공장에서 흔히 보이는 조악한 차는 채차를 닮았다고 생각했다.

평차사는 차가 좋든 나쁘든 상관없이 차를 감별하는 시늉은 해야 했다. 건차乾茶의 향을 맡고, 손으로 만져보고, 우려서 탕색을 살펴보고, 향과 맛을 음미하는 일련의 과정은 평차사들만 하는 것으로 포랑은 끼어들 수 없었다. 그의 일은 오로지 물주전자를 들고 평차사들의 뒤를 강아지처럼 졸졸 따라다니면서 듣고 보고 배우는 것이었다. 방금 전까지 비판투쟁 집회장에서 서로 잡아먹지 못해 으르렁대던 평차사들은 평차실에 들어오자마자 언제 그랬냐는 듯 순한 양으로 돌변했다. 흰 가운, 흰색 모자 차림에 저마다 차 한 잔을 들고 심호흡을 하면서 맛과 향을 음미했다. 그 모습이 마치 다정한 벗들과 함께하는 다과회를 연상케 했다. 그들은 고개를 숙여 탕색을 살펴보다가 뚜껑을 덮은 채로 찻잔을 살살 흔들어 향을 맡아보기도 하고, 차를 한 모금 입에 물고 두 눈은 하늘을 향한 채 양치질할 때처럼 소리를 내기도 했다. 차감별이 끝나자 포랑의 예상대로 평차사들이 일제히 입을 모아 '7등급'을 외쳤다.

"7등급도 많이 쳐준 거요. 내가 보기에 이건 7등급도 어려워."

우귀사신, 조반파, 주자파 혹은 반혁명분자를 막론하고 신기하게도 차의 맛과 향에 대한 평가는 놀라울 정도로 비슷했다. 간혹 서로 소소하게 의견이 엇갈릴 때도 있었으나 그것 또한 주변인들의 한두 마디 권유로 쉽게 조율이 가능했다. 모르는 사람들은 깜짝 놀랄 일이지만 대문 앞 담벼락에 세워져 있는 커다란 팻말에는 평차사들의 이름이 적혀 있었다. 이름 위의 붉은 가위표시는 곧 이들을 상대로 비판투쟁대회가 열린다는 의미였다.

포랑은 물주전자를 들고 들락거리면서 한껏 신이 났다. 비록 일개 잡역부라지만 석탄먼지를 뒤집어쓰고 석탄재와 씨름하던 때와는 노동환경이 천양지차였다. 이제야 일다운 일을 한다는 느낌이 들었다. 그는 가슴이 자꾸 들뜨는 것을 어쩌지 못했다. 그래서인지 무거운 물주전자를 들고 수없이 왔다 갔다 하면서도 전혀 힘든 줄을 몰랐다. 어느덧 해가 뉘엿뉘엿 저물고 있었다. 이제 물심부름을 한 번만 더 하면 오늘의 평차 임무는 끝이었다.

포랑이 물주전자를 들고 평차실 밖으로 나왔을 때였다. 뜻밖에 사애광의 모습이 눈에 들어왔다. 그는 놀라서 그 자리에 굳어졌다. 나무그늘에 토끼처럼 숨어서 주위를 경계하던 사애광은 포랑을 보자 몸을 반쯤 내밀고 가까이 오라는 손짓을 했다. 포랑은 물주전자를 들고 홀린 듯 사애광에게 다가갔다. 안에서 물을 빨리 가져오라고 고함을 질렀으나 그의 귀에는 아무것도 들리지 않았다.

사애광은 원래 득방을 찾아가야 했다. 하지만 어쩐 영문인지 그녀의 발걸음은 의지와 상관없이 포랑을 찾아왔다. 그녀는 요즘 한꺼번에 몰아닥친 일들 때문에 정신이 하나도 없었다. 우선 그녀는 몇 달 전부터 항득방과 함께 비밀리에 전단을 만들어 살포하는 일을 하고 있었다. 전단 내용은 대부분 북경에서 전해온 것으로 '혁명 옹호'의 미명 아래 '혈통론'과 '출신론'의 불합리성을 조목조목 지적한 것이었다. 그들이 살포한 전단은 항주에서 꽤 큰 반향을 불러 일으켰다. 그들은 처음에는 굳이 비밀작업을 고집해야 할 필요를 느끼지 못했다. 하지만 예전의 항일투사들처럼 '지하공작'을 펼치는 느낌이 은근히 스릴 넘치고 쾌감이 느껴져서 일부러 그렇게 한 것이었다. 물론 나중에는 '비밀작업'을 하기를 잘했다는 생각도 했다. '독재정치 기관'이 그들이 살포한 전단을 '반혁명 전단'으로 규정하고 배포자와 '막후 세력' 색출에 나섰기 때문이었다. 물론 천하의 득방이 그깟 '전단 살포 금지령'을 두려워할 리 만무했다. 하늘이 무너져도 개의치 않겠다는 듯 촛불을 밝힌 지하실에 두더지처럼 틀어박힌 채 전단을 만들면서 사애광을 격려했다. 사애광 역시 마찬가지였다. 득방이 사애광의 손을 잡고 눈빛을 형형하게 빛내면서 물었다.

"무섭지 않아?"

사애광은 득방의 말에 가을호수처럼 맑은 눈에 결연한 의지를 내보였다. 이어 득방의 손을 꽉 잡으면서 말했다.

"너와 함께라면 기꺼이 진리를 위해 몸 바칠 거야."

사애광은 자신의 말대로 미간에 붉은 점이 있는 이 소년과 함께라면 무서운 것도, 두려운 것도 없었다. 하지만 득방을 떠나 혼자 있게 되면 세상 모든 것이 두려웠다. 어떨 때는 무섭고 낯설어 온몸이 벌벌 떨리기까지 했다.

득방은 그녀의 성격을 잘 알고 있었다. 그래서 전단을 살포할 때면 한 번도 사애광을 혼자 내보내지 않았다. 항상 둘이 같이 다녔다. 하지만 오늘은 예외였다. 득방의 할아버지가 뜻밖의 사고를 당해 그가 전단을 뿌리러 나가지 못하게 된 것이다. 오늘은 원래 농업대학에 가서 전단을 붙이고 살포하기로 돼 있었다. 오늘은 오곤파가 재기를 선언하는 의미로 농업대학에서 궐기대회를 열기로 했던 것이다. 오곤파는 항주에서 유명한 '출신론 옹호자'였다. 그래서 득방은 이번에 오곤의 출신을 자세히 공개하면서 '출신론'의 자가당착적 오류를 지적하는 내용을 전단에 담았다. 그는 오곤의 친척할아버지인 오승吳丞의 과거까지 낱낱이 들춰내면서 마지막에 호소력 강한 논조로 반문했다.

"'아비가 반동분자면 그 아들은 망나니다.'라는 오곤파의 논리대로라면 오곤 본인이야말로 명실상부한 망나니가 아닌가? 오곤에게 묻노라, 당신은 스스로가 '망나니'임을 인정하는가? 만약 인정한다면 오곤과 같은 '망나니'를 따르는 추종자들 역시 '망나니'가 아니고 무엇인가? 그렇다면 이른바 '혁명적 조반파'라는 오곤파는 '망나니 조직'밖에 더 되겠는가? 일개 '망나니 조직'이 '혁명조직'의 탈을 쓰고 혁명적 군중들을 오도誤導하다니, 지나가던 개가 웃을 일이 아닌가?"

"너 혼자 할 수 있겠어?"

득방의 걱정과는 달리 사애광은 호기롭게 대답했다.

"당연하지, 걱정 마."

혼자 농업대학에 간 것까지는 좋았다. 그 이후가 문제였다. 아무리 돌아다녀도 도무지 손을 쓸 장소를 찾을 수 없었던 것이다. 어찌할 바를 모르고 갈팡질팡하던 사애광은 여자 화장실로 들어갔다. 그런데 '원수는 외나무다리에서 만난다'고 그곳에서 조쟁쟁을 만날 줄이야. 조쟁쟁은 사애광을 모르지만 사애광은 악명 높은 조쟁쟁을 단번에 알아보고 너무 놀라서 사색이 됐다. 사실 이번에 오곤파가 '동산재기'하기까지는 조쟁쟁의 공로가 매우 컸다. 오곤은 당연히 눈물, 콧물 흘리면서 조쟁쟁에게 고마움을 표했다. 조쟁쟁은 조반파 우두머리 오곤의 위세를 업고 갈수록 기세등등해졌다. 사애광은 조쟁쟁을 가만가만 훔쳐보면서 재빨리 바지를 올리고 밖으로 나왔다. 그러다 밖으로 나와서 몇 분이 지나서야 문득 정신을 차리고 중요한 사실을 깨달았다. "인민을 위해 복무하자"라는 글자가 수놓인 군용가방을 화장실에 두고 나온 것이었다. 가방 안에는 이번에 만든 전단이 가득 들어 있었다. 사애광은 부랴부랴 다시 화장실로 향했다. 하지만 한발 늦었다. 조쟁쟁이 문제의 군용가방을 어깨에 떡하니 메고 화장실 밖으로 나오고 있었던 것이다. 사애광은 황급히 나무 뒤로 숨었다. 입이 바짝바짝 마르고 심장이 목구멍으로 튀어나올 것 같았다.

'가서 돌려달라고 해야 하나? 아니면 도망가야 하나?'

사애광은 머릿속이 하얗게 되고 손바닥에 땀이 흥건히 고이는 것을 느꼈다. 사애광이 그렇게 이러지도 저러지도 못하고 망설이는 사이에 조쟁쟁은 어느새 '혁명대오'로 돌아갔다. 이제 어떡해야 하지? 사애광은 당장이라도 주저앉을 것 같은 다리를 겨우 움직여 터덜터덜 포랑을 찾아갔다. 자초지종을 포랑에게 설명하고 나서는 더 이상 버텨내지 못하고 나무 아래에 털썩 주저앉고 말았다.

포랑은 오랜만에 보는 사애광이 다 죽어가는 얼굴로 자기를 쳐다보는 것을 보고 가슴이 아파서 견딜 수가 없었다. 급기야 가슴을 탕탕 치면서 사애광을 위로했다.

"가방을 도로 찾아오라 이거지? 그게 뭐 그리 어려운 일이라고. 이 오라버니가 나서면 해결 안 되는 일이 없어."

포랑은 큰외삼촌이 준 자전거를 가져왔다. 이어 뒷자리에 사애광을 앉히고 쏜살같이 페달을 밟기 시작했다. 흰 가운에 하얀 마스크까지 일할 때의 차림 그대로였다. 모르는 사람이 보면 의사로 오인할 수도 있는 차림이었다.

포랑은 농업대학에 도착할 때까지 한시도 입을 다물지 않았다. 그의 입은 화가지華家池에 이르러서야 멈췄다. 그는 사애광을 먼저 학교 안으로 들여보내 동정을 파악하게 했다. 몇 분 지나지 않아 사애광이 정신없이 달려 나왔다.

"조쟁쟁이 또 화장실에 들어갔다 나왔어요. 저기, 저기, 저 앞에 있어요. 지금 숲 뒤에 있는 인적이 드문 길로 향했어요. 아, 저기 보여요. 혼자예요. 지금 메고 있는 저 가방이 그 가방 맞아요. 저 여자는 왜 자꾸 화장실을 들락거릴까요? 혹시 나를 잡으려고 그러는 걸까요?"

사애광은 조쟁쟁에게 들킬세라 포랑의 등 뒤에 바짝 숨었다.

포랑은 사애광 앞에서는 큰소리를 떵떵 쳤으나 솔직히 자신은 없었다. 그렇다고 이제 와서 물러설 수도 없었다. 그는 자전거를 타고 조쟁쟁 쪽으로 돌진했다. 그녀의 옆을 스쳐 지나면서 가방을 낚아채 그대로 달아날 생각이었던 것이다. 그런데 어찌된 영문인지 숲을 에돌아 조쟁쟁 가까이에 이르렀을 때 자전거에 제동이 걸리지 않았다. 인기척을 듣고 몸을 돌린 조쟁쟁은 돌진해온 자전거에 부딪쳐 그대로 나동그라졌다. 화장실로 통하는 길은 원래 인적이 드물었다. 다행히 그 시간에는 개미 새끼 한 마리 얼씬하지 않았다. 포랑은 잽싸게 가방을 낚아챈 후 뒤도 돌아보지 않고 자전거를 타고 도망갔다. 조쟁쟁은 죽었는지 살았는지 신음소리도 내지 않고 있었다. 포랑은 사애광을 보자마자 멀찍이서 가방을 던져줬다.

"성공했어요?"

포랑이 손사래를 쳤다.

"빨리 가."

포랑은 입고 있던 흰 가운을 벗었다. 이어 모자, 마스크도 함께 사애광에게 던졌다. 사애광도 더 묻지 않고 물건들을 들고 토끼처럼 도망가버렸다. 학교에 도착한 후 가방을 빼앗아 다시 도망치기까지는 채 5분도 걸리지 않았다.

할 일을 마친 포랑은 돌아갈 생각을 하지 않고 자전거 손잡이를 잡은 채 멍하니 서 있었다. 가방만 빼앗으려고 했는데 사람을 쳤으니 마음이 편치 않았다. 더구나 그는 여자들을 존중하고 아끼는 사람이었다. 결국 그는 걱정 반, 호기심 반으로 자전거를 타고 조쟁쟁이 넘어진 곳으로 되돌아갔다. 어지간한 사람이라면 엄두도 못 낼 대담한 행동이었다. 맙소사, 조쟁쟁은 여전히 쓰러진 채로 있었다.

"이거 큰일 났군."

포랑은 앞뒤 재어 볼 사이도 없이 조쟁쟁을 들쳐 안았다. 그리고는 숲이 떠나가라 고함을 질렀다.

"사람 살려요! 여기 사람이 쓰러져 있어요!"

회의실에서 회의를 하고 있던 사람들이 달려 나왔다. 오곤이 황급히 차를 불렀다. 조쟁쟁은 다리가 부러졌으나 머리는 멀쩡했다. 그녀는 정신이 들자 가방을 빼앗겼다고 오곤에게 말했다. 오곤이 포랑의 옷자락을 붙잡고 물었다.

"누가 군용가방을 날치기했는지는 보지 못했소?"

포랑은 조쟁쟁을 안은 채 두 눈만 껌뻑거리면서 아무 말도 하지 못했다. 거짓말을 할 줄 모르는 그다웠다. 하기야 불과 5분 전에 일을 저질러놓고 모른 척한다는 것은 그의 성격상 불가능한 일이었다. 다행히 조쟁쟁이 앞질러 대답했다.

"퍼뜩 봤는데 흰 가운을 입은 것 같았어요. 그자가 도망가자마자 이 사람이 왔어요."

오곤은 다친 조쟁쟁을 안쓰러운 척 바라보면서 속으로는 '쓸모없는 년!'이라고 욕설을 퍼부었다. 그는 조쟁쟁이 가져온 전단을 보자마자 조반파 본부로 보내려고 했었다. 하지만 조쟁쟁은 배포자를 잡아야 한다면서 가방을 도로 들고 나갔었다. 결국 그렇게 화장실을 들락거리다가 기어이 가방을 날치기 당한 것이다.

'다 된 밥에 재를 뿌리다니, 망할 년!'

오곤은 속으로는 욕을 하면서도 겉으로는 초조한 표정으로 말했다.

"빨리! 빨리 병원으로 이송해!"

조쟁쟁을 안은 포랑은 얼떨떨하게 그들과 함께 차에 올라탔다. 죄수 호송차에 타야 할 범인이 피해자를 안고 병원으로 가고 있으니 황당한 일이었다.

이튿날 아침, 할아버지를 병원에 모시고 가려고 문을 나선 득방 앞에 사애광이 불쑥 나타났다. 사애광은 아침이슬에 머리가 촉촉이 젖은 채 제대로 걷지도 못하고 비칠거렸다. 깜짝 놀란 득방이 사애광을 구석진 곳으로 끌고 갔다.

"무슨 일이야? 전단을 그대로 가져왔네?"

득방이 여행용 가방에 담긴 누런 군용가방을 품에 꼭 껴안은 채 말했다. 사애광이 잘 떠지지도 않는 눈에 힘을 주면서 겨우 한마디 뱉어냈다.

"나 밖에서 밤을 샜어. 무서워서 집에 들어가지도 못했어……."

불길한 예감이 든 득방이 꼬치꼬치 캐묻자 사애광이 자초지종을 설명했다. 득방은 이야기를 다 듣고 나더니 한숨을 길게 내쉬고 물었다.

"그럼 우리 포랑 삼촌은 어떻게 됐어?"

사애광이 무기력한 표정으로 고개를 저었다.

"나도 몰라. 어젯밤에 삼촌 집 앞에서 열한 시까지 기다렸는데 안 왔어. 혹시 잡혀간 것 아닐까?"

득방은 잠깐 생각을 했다. 그러더니 사애광에게 잠깐 기다리라고 하고는 가방을 들고 집으로 들어갔다. 득방의 아버지 항한도 어젯밤에 도착해 있었다. 득방이 머리를 긁적이면서 할머니와 아버지에게 말했다.

"저, 갑자기 급한 일이 생겨서 지금 나가봐야 할 것 같아요."

할머니는 너무 바쁜 손자를 보는 것이 가슴 아픈지 마구 잔소리를 해댔다.

"득방아, 요새는 통 얼굴 보기가 힘들구나. 대체 뭘 하고 다니는 거야? 아휴, 살 빠진 것 좀 봐. 걱정거리가 있으면 가족들에게도 좀 털어놓고 그래."

가평이 침대에 비스듬히 기대앉은 채 손사래를 쳤다.

"나가 봐라, 스스로 조심하면 돼."

득방이 침대 아래에 가방을 밀어 넣으면서 말했다.

"여기에 가방이 있다는 걸 다른 사람들한테는 절대 말하면 안 돼요."

요코가 다시 한마디 했다.

"득방, 밖에서 사고 치면 안 돼!"

득방은 여생이 얼마 남지 않은 할아버지, 할머니와 아무 말 없이 옆에 서 있는 아버지를 보면서 코끝이 찡해졌다. 그러나 짧게 대답하고 밖으로 달려 나왔다. 지금은 포랑 삼촌을 찾는 것이 급선무였다. 그는 포랑 삼촌을 이 일에 끌어들일 생각은 눈곱만큼도 없었다. 그렇다고 이제 와서 사애광을 원망할 수도 없는 노릇이었다. 잔뜩 두려움에 질린 채 밤새 밖에서 떨었을 사애광에게 뭐라고 하겠는가?

항씨 집안의 젊은이들은 대부분 드라마틱한 인생을 살았다. 그러나 최고로 극적인 삶을 살아온 사람은 단연 포랑이라고 할 수 있었다. 심산밀림의 내음을 지닌 채 강남으로 온 그는 언제 어느 곳에서나 독특한 매력으로 사람들의 이목을 끌기에 충분한 사람이었다.

오곤 일행은 조쟁쟁을 병원에 데려다 놓자마자 다들 우르르 나가버렸다. 그들에게는 다친 조쟁쟁을 돌보는 일보다 전단을 만든 사람을 찾는 일이 더 시급했다. 더구나 오곤의 경우에는 격리심사에서 갓 풀려난 터라 없는 사건을 만들어서라도 바닥으로 추락한 위신을 추스를 필요가 있었다. 그런 의미에서 '가방 날치기' 사건은 오히려 더 잘 된 일인지도 몰랐다. 일단 전단 제작자를 잡아들이기만 하면 자신의 능력을 멋지게 입증할 수 있을 터이니 말이다.

조쟁쟁의 아버지도 딸을 보러 병원으로 달려왔다. 그러나 위로는커녕 한바탕 책망만 하고 돌아갔다. 승부욕과 자존심이 강한 조쟁쟁은 아버지와 '전우'들 앞에서는 약한 모습을 보이지 않았다. 하지만 사람들이 다 가버리고 혼자 남게 되자 끝내 참지 못하고 깁스를 댄 다리를 붙잡고 엉엉 울음을 터뜨렸다.

엄밀히 따지면 조쟁쟁은 혼자가 아니었다. 조쟁쟁을 병원으로 데리고 온 포랑도 아직 돌아가지 못하고 있었다. 어차피 '가방 날치기' 사건의 범인이 포랑이라는 것을 아는 사람은 없었다. 그러니 그가 집으로 간다고 해서 누가 뭐라고 할 사람도 없었다. 포랑은 처음에는 조쟁쟁이 혼자 남겨진 것이 마음에 걸려 자리를 뜨지 못했다. 그러다 간호사가 들어오는 것을 보고 안심하고 나가려고 하는데 웬걸, 조쟁쟁이 느닷없이 대성통곡을 하는 것이 아닌가. 포랑은 여자의 눈물에 약했다. 그는 여자의 눈물을 남자에게 도움을 청하는 호소로 받아들였다. 자기 때문에 다친 여자가 대성통곡을 하니 마음이 혼란스럽고 심한 죄책감이 밀려들었다. 다행히 그는 바보가 아니었으므로 그 자리에서 죄를 자백하고 참회하는 어리석은 짓은 하지 않았다.

울다 지쳤는지 손으로 얼굴을 가리고 흑흑 흐느끼는 조쟁쟁의 모습은 애처롭기 그지없었다. 포랑의 눈에 이때의 조쟁쟁은 홍위병이고, 조반파이고, 나발이고 그저 가여운 여자일 뿐이었다. 그러자 자기도 모르게 여자에게 다정하게 대하는 옛날 버릇이 툭 튀어나왔다. 조쟁쟁에게 가까이 다가가 머리를 쓰다듬으면서 부드럽게 달랜 것이다.

"착한 아가씨, 예쁜 아가씨, 곧 나을 테니 울지 마시오. 내가 지켜줄게."

조쟁쟁은 그날 밤 오곤과 한 침대에 누웠을 때를 빼고는 남자의 다정한 손길과 부드러운 위로를 받아본 것이 처음이었다. 게다가 항주 방언에 서툰 포랑의 말투가 표준어에 가깝다 보니 다른 남자들보다 더 깍듯하고 상냥해보였다. 포랑의 느닷없는 신체적 접촉에 잠시 넋을 놓고 있던 조쟁쟁이 퍼뜩 정신을 차리고는 버럭 고함을 질렀다.

"뭐 하는 짓이야? 불량배 같으니!"

'불량배'라는 한마디에 포랑은 용수철 튕기듯 벌떡 일어났다. 그가 항주에 와서 '불량배' 소리를 들은 것은 이번이 세 번째였다. 처음 두 번 모두 '불량배' 소리를 듣고 나서 다시는 생각도 하기 싫을 만큼 혼이 났었다. 그러니 그가 '불량배'라는 말에 과민반응을 보이는 것은 당연한 일이었다. 그러나 뜻밖에도 조쟁쟁은 그를 쉽게 놓아주지 않았다.

"거기 서, 당신 누구야? 거기 서라고! 아이고……."

고함을 지르던 조쟁쟁이 갑자기 창백해진 얼굴에 식은땀을 흘리면서 몸서리를 쳤다. 자기도 모르게 다친 다리에 힘을 주다가 통증이 밀려온 것 같았다. 포랑은 한쪽 손으로 문을 붙잡은 채 고개만 돌리고 대답했다.

"내가 누군지 모르겠소? 내가 아가씨를 병원에 데려오지 않았소? 생명의 은인도 몰라보다니."

'생명의 은인'이라는 말에 조쟁쟁의 말투가 한결 부드러워졌다.

"기억났어요. 이리 와요. 가지 말고 이리 와요."

포랑은 도로 눌러앉았다. 조쟁쟁은 다리가 아프고 심심한 데다 잠도 오지 않자 포랑을 곁에 붙들어놓았다.

"성이 뭐예요?"

방금 전 '불량배'로 욕을 얻어먹은 충격에서 벗어나지 못한 포랑은 '항씨'라고 대답하지 않고 '나羅씨'라고 둘러댔다.

"소라小羅, 나를 두고 가지 말아요. 사람을 구하려면 끝까지 구해줘야죠, 안 그래요?"

조쟁쟁은 친근하게 '소라'라는 호칭을 입에 올렸다. 포랑은 가시방석에 앉은 듯 안절부절못했다. 병원에 데려다주기만 하면 끝인 줄 알았는데 이게 뭔가? '결정적 순간의 한두 걸음이 사람의 인생을 바꾼다'고 했다. 한 걸음도 아니고 반걸음만 더 내디뎠다면 병원 밖으로 나갈 수 있었을 텐데, 그랬으면 이 여자 홍위병과 두 번 다시 얼굴 볼 일도 없었을 텐데……. 포랑은 뒤늦게 후회했으나 이미 늦었다. 이제는 돌아가고 싶어도 돌아갈 수가 없게 됐다. 날이 점점 어두워지고 있었다. 포랑이 사정하듯 조쟁쟁에게 말했다.

"나도 이제 집으로 돌아가야 하오. 내일 출근도 해야 해서……."

조쟁쟁은 그러나 막무가내였다. 마치 남자친구에게 어리광을 부리듯 눈물을 흘리면서 고집을 부렸다.

"안 돼요, 안 돼! 그들이 회의를 마치고 나를 보러 오려면 적어도 열두 시는 돼야 할 텐데……. 혼자 있기 싫어요. 그들이 올 때까지 절대 못 가요!"

조쟁쟁은 이제까지 오곤에게 어리광을 부려본 적이 한 번도 없었다. 그건 마치 투쟁집회에서 연극 〈양산백梁山伯과 축영대祝英台〉에 나오는 말투로 연설을 하는 것처럼 상상만 해도 어색했다. 그런데 오늘 처음 만난 '소라' 앞에서는 신기하게도 애교가 저절로 나왔다. 그녀는 포랑이 '노동자 계급'이라는 말을 듣고도 별로 개의치 않았다. 계급이 다른 사람들끼리 더 편하게 대화할 수도 있지 않은가. 그리고 처음 만난 사람끼리 더 쉽게 흉금을 털어놓을 수 있지 않은가. 가방을 빼앗기고 다리가 부러진 데다 오곤의 태도 때문에 큰 상처를 입은 조쟁쟁에게 포랑은 그 야말로 마지막 지푸라기 같은 존재라고 할 수 있었다. 혁명을 향한 뜨거운 열망, 아무리 노력해도 얻을 수 없는 사랑, 사랑하는 사람에게 입은 마음의 상처, 남들에게 털어놓을 수 없는 뜨거운 욕망……. 이 모든 것이 편집증적인 성격과 어우러져 또 다른 자아를 형성한 탓일까? 눈 하나 깜짝 않고 차 탕관으로 진읍회를 때려죽인 피도 눈물도 없는 여고생 조쟁쟁은 봄바람이 살랑살랑 부는 황혼 무렵의 병실 안에서 어느새 마냥 순하고 가여운 '강남 여인'이 되어 있었다.

포랑은 원래 여자들을 좋아했다. 그렇지만 아무리 그래도 처음 만난 여자의 저돌적이고 열광적인 반응에는 당황스럽기만 했다. 그렇다고 가지 말라고 애원하는 여자를 매정하게 뿌리치고 갈 만한 위인도 못 됐다. 결국 조쟁쟁의 요청을 못 이겨 병원에 남기는 했다. 그러나 그는 이렇게 하는 것이 옳은지 자꾸만 미심쩍고 혼란스럽기만 했다. 게다가 조쟁쟁의 지나치게 의존적인 태도가 어쩐지 정상으로 보이지도 않았으니 더욱 그랬다. 아무리 생명의 은인이라지만 팔을 꼭 붙잡고 가지 말아달라고 애원할 정도는 아니지 않은가. 포랑이 다시 조심스럽게 입을 열었다.

"나는 이만 돌아가야 하오. 내일 출근하지 않으면……, 봄차를 감별하고……."

조쟁쟁은 막무가내였다. 바로 포랑의 말을 뚝 잘랐다.

"봄차고 여름차고 죄다 자본가 계급의 사치품이에요. 나는 차를 마시지 않아요. 그따위 차 공장에는 출근하지 말고 내 조수로 일해요."

포랑이 연신 손을 저으면서 말했다.

"안 돼요, 안 돼! 어렵게 구한 직장이오. 차를 감별하는 일이 얼마나 재미있는데……, 나는 이 직장이 마음에 드오."

조쟁쟁이 웃음을 터뜨리다 갑자기 밀려오는 통증에 미간을 찌푸렸다.

"아유, 촌뜨기 같으니라고. 그러면 우리 조반파 본부의 운전사로 일하는 건 어때요? 며칠 전에 새 지프를 들여왔는데 아직 운전사를 구하지 못했어요. 어때요? 내가 말하면 아무도 반대하지 못할 거예요."

조쟁쟁이 포랑의 손을 꼭 잡은 채 그윽하고 야릇한 눈빛을 보냈다. 당연히 포랑은 조쟁쟁이 어떤 여자인지, 속으로 무슨 생각을 하고 있는지 전혀 알 수 없었다. 그런데 왠지 모를 두려움을 본능적으로 느꼈다. 여자를 좋아하고 세상에 무서울 것이 없는 그가 여자 앞에서 두려움을 느끼기는 이번이 처음이었다. 그가 한껏 몸을 사리면서 조쟁쟁에게 말했다.

"생각 좀 해보겠소."

드디어 '구원병'이 도착했다. 포랑은 오곤이 들어와서야 겨우 조쟁쟁의 손에서 빠져나올 수 있었다.

포랑의 자전거는 화가지에 있었다. 그쪽으로 걸어가는 동안 하늘에서는 별이 반짝이고 포근한 봄바람이 불어왔다. 바람에 묻혀 날아온 향기로운 꽃향기가 코를 간질였다. 큰길 양옆 담벼락에 다닥다닥 붙어 있는 대자보는 어둠 탓에 보이지 않았다. 그럼에도 어둠 속에서 누군가 대자보를 찢는 소리가 들려왔다. 요즘은 돈 한 푼이 아쉬운 가난한 사람들이 밤이면 위험을 무릅쓰고 대자보를 뜯어다 고물상에 팔아넘기는 일이 다반사였다. 포랑은 플라타너스나무에 나비처럼 돋아난 새파란 이파리를 보면서 조쟁쟁을 떠올렸다. 그녀의 이유 없는 눈물, 어설픈 애교, 다소 신경질적인 열정, 변덕스러운 성격……. 그녀의 모든 것은 이해할 수 없는 것투성이였으나 단 한 가지만은 분명했다. 그것은 그녀가 그를 믿고 그에게 의지한다는 것이었다. 그 이유가 뭘까? 단순한 포랑은 깊이 생각할 줄을 몰랐다.

'이유야 뭐 별게 있겠어? 곤경에 처한 미인이 자신을 구해준 '영웅'에게 호감을 품는 것은 당연한 일이지. 그래, 그녀는 나를 '생명의 은인'이자 '영웅'으로 보는 거야.'

포랑은 그렇게 생각하자 스스로가 대견스럽고 대단하게 느껴졌다. 자꾸 피식피식 웃음도 나오고 있었다.

드디어 화가지에 도착한 포랑은 자전거를 타고 집으로 향했다. 하늘에는 휘영청 둥근 달이 떠 있고 거리는 쥐죽은 듯 조용했다. 강가에 무더기로 피어 있는 수국을 보노라니 문득 천리 밖 고향에 있는 커다란 차나무와 마을사람들이 사무치게 그리웠다. 콧마루가 시큰해지면서 목이 간질간질했다. 그는 오랜만에 시원하게 고향노래를 뽑아냈다…….

달이 떴네,
휘영청 밝은 달이 떴네.
심산 속에 있는 내 오라버니,
저 달을 보면 오라버니 얼굴이 떠오르네.
오라버니, 오라버니, 오라버니,
맑은 시냇물이 산 아래를 졸졸 흐르네.
……

어찌된 영문인지 포랑이 호수가 떠나가도록 노래를 부르는데도 잡으러 오는 사람이 없었다. '음란 노래' 단속을 책임진 연방대聯防隊도, 사회 치안을 책임진 '사회치안지휘부'도 이날따라 코빼기도 보이지 않았다. 도시의 밤은 여느 때와 같이 겉으로 보기에는 아름답고 평온했다. 하지만 그 순간에도 누군가는 음모를 꾸미고, 눈물을 흘리고, 악몽에서 막 깨어나고, 죽어가고 있었다. 그리고 사애광은 포랑이 노래를 부르기 시작한 그 순간 포랑의 집 대문 앞에서 되돌아섰다. 그녀는 밤이 깊어질 때까지 반나절 넘게 포랑을 기다렸다. 이제는 그러나 더 기다릴 자신이 없어졌다.

득방이 총총히 떠난 후 요코도 가평을 병원에 데리고 갈 준비를 서

둘렀다. 가평은 안 간다고 고집을 부렸다.

"나 하나도 안 아파. 조금 어지러울 뿐이야. 며칠 푹 쉬면 괜찮아질 거야. 요즘은 의사들도 출신 계급을 따져가면서 환자를 진찰한다고 하던데 괜히 갔다가 '우귀사신'이라고 구박만 받으면 없던 병도 생길 거 아니야? 나 안 가!"

가평은 아픈 사람 같지 않게 목소리도, 말투도 멀쩡했다. 가평의 말에 설득 당한 요코는 이러지도 저러지도 못하고 엉거주춤 서 있었다. 문 밖에 있던 항한이 슬쩍 눈짓으로 요코를 불러냈다.

"어머니, 이런 일은 가볍게 생각하시면 안 돼요. 제가 아는 분도 똑같이 다쳤는데 처음 며칠 동안은 아무렇지 않다가 나중에 머리가 점점 흐려지더니 바보가 됐대요."

요코와 항한은 다시 가평 옆으로 다가갔다. 요코는 가만히 있었다. 대신 항한이 아버지를 설득했다.

"아버지, 제가 병원으로 모시고 가겠습니다. 의사들 태도 따위는 신경 쓸 필요도 없어요. 크게 다쳐서 집으로 돌아오신 분이 병원 한 번 안 다녀오시면 사람들이 꾀병이라고 오해할 수 있어요. 도로 잡혀가실 수도 있다고요."

가평이 고개를 살짝 기울여 요코를 바라봤다.

"당신 생각은 어때?"

요코는 갑자기 가슴이 찌르르해졌다. 이 얼마나 오랜만에 듣는 익숙한 말투인가. 요코는 아무렇지 않은 듯 담담하게 대답했다.

"마음대로 하세요."

다분히 원망 섞인 말투를 가평이 눈치채지 못했을 리 없었다. 그가 어깨를 으쓱하면서 말했다.

"그럼 가야지."

가평의 말이 끝나자마자 요코가 생긋 웃었다. 요코의 귀는 꽃처럼 주름이 잡혀 있었다. 더 이상 예전처럼 투명하지도 않았다. 하지만 그녀의 웃음은 60년 전과 다름이 없었다.

요코는 이내 다시 수심에 잠겼다. 가평을 어떻게 병원으로 데려가야 할지 방법이 생각나지 않았던 것이다. 가평은 머리를 들기 힘들어 했다. 그래서 누운 채로 병원으로 이송해야 했다. 하지만 갑자기 어디서 차를 구한단 말인가. 항한이 혹시나 싶어 대문 밖으로 나가봤다. 어찌 된 영문인지 이날따라 거리에 삼륜차가 한 대도 보이지 않았다. 대신 골목 어귀에 쓰레기차가 서 있었다. 차 주인은 아침식사를 하고 있었다. 항한이 다가가서 물었다.

"오늘은 어째 삼륜자동차가 보이지 않네요?"

"오늘은 수레와 쓰레기차를 제외하고는 다들 소년궁少年宮에서 열리는 집회에 갔어유."

항한은 반년 넘게 교외에 갇혀 있었다. 그러다 보니 삼륜차 모는 사람들까지 '반란'에 참가했다는 말은 금시초문이었다.

"비단공장 노동자와 철강공장 노동자만 노동자 계급인 줄 알아유? 답아가踏兒哥(삼륜차 모는 사람을 일컫는 항주 방언)들도 엄연히 노동자 계급이유. 여기 이 차 봐유, 깨끗하쥬? 오늘은 우리 환경미화원들도 일을 쉬고 시위하러 거리로 나갈 거유."

항한은 새것처럼 깨끗한 쓰레기차를 한참 동안 쳐다보았다. 갑자기 한 가지 묘안이 떠올랐다. 그가 웃는 얼굴로 환경미화원에게 말했다.

"선생, 제 부친께서 병원을 좀 다녀와야 하는데 이 차 잠깐 빌릴 수 없을까요? 병원이 홍춘교洪春橋에 있어요. 워낙 먼데 오늘은 삼륜차도 보이지 않네요. 좀 도와주시면 안 될까요?"

환경미화원이 이를 쑤시면서 말했다.

"당신네 항씨 집안이야 워낙 유명해서 이 동네에 모르는 사람이 없쥬. 이번에 된통 당했다면서유? 하긴 요즘 세월에 어느 집인들 무사하겠어유? 자자, 쓸데없는 말은 그만하고 옛말에 '밥은 적당히 먹고, 쓸데없는 일에는 관여하지 않는다(매사에 중용이 소중하다는 뜻)'고 했어유. 이 차 좀 봐유, 어제 새 차를 가져와서 딱 하루만 쓰고 어젯밤에 우물물로 깨끗하게 씻었잖아유. 봐봐유, 완전 새 것 같지 않아유?"

항한은 그제야 환경미화원의 말뜻을 이해했다. 바로 슬그머니 돈 2원元을 건넸다. 환경미화원이 겸연쩍은 표정으로 사양하는 척했다.

"아유, 이렇게나 많이. 1원이면 되는데……. 아무튼 빨리 갔다 와유. 아유, 사람들이 물어보면 나는 뭐라고 대답해야 하나? 사람들이 차를 왜 빌려줬냐고 틀림없이 물어볼 텐데……."

환경미화원은 의외로 말이 많았다. 항한은 더 상대하지 않고 차를 끌고 집으로 달려갔다.

요코와 항한은 쓰레기차의 뒷면과 윗면의 판자를 빼내고 안에 폐지를 깔았다. 그리고는 폐지 위에 대나무 침대를 놓았다. 이어 둘이서 조심조심 가평을 부축해 대나무 침대에 눕혔다. 그러자 가평이 갑자기 웃음을 터뜨렸다.

"하하하하, 이 나이 먹고 또 유명인 행세를 하게 됐구나."

가평은 요코와 항한이 자신의 말을 알아듣지 못하는 것을 보고는 힘없는 목소리로 다시 중얼거렸다.

"개규천蓋叫天만 이런 차에 앉아 다니는 줄 알았는데 나에게도 이런 날이 올 줄이야. 지난여름 그가 조리돌림 당할 때 그의 얼굴을 구경하려고 사람들이 새까맣게 거리로 몰려들었어. 평소 그의 연극을 못 봤던 사람들이 그날은 '실물'을 원 없이 구경했지."

항한은 마음이 짠해서 잡았던 손잡이에서 슬며시 손을 떼면서 말했다.

"제가 다른 방법을 생각해 볼까요?"

가평이 즉각 손사래를 쳤다.

"너도 참, 양패두에 살더니만 농담을 농담으로 받을 줄도 모르네? 쓰레기차가 뭐 어때서? 너는 잘 모르겠지만 인력거꾼의 혁명도 전통과 유래가 있단다. 1920년대 중국에서 인력거꾼들이 여러 번 반란을 일으켰어. 공공버스 때문에 일자리를 빼앗기지 않으려는 목적이었지. 사람 목숨을 파리 목숨처럼 생각하는 요즘 '혁명'과는 본질이 달랐어. 그리고……, 아이고, 아이고……."

멀쩡하게 장광설을 쏟아내던 가평이 갑자기 고개를 외로 꼬고 고통스러운 표정을 지으면서 "아이고"를 연발했다. 깜짝 놀란 요코와 항한이 가평을 끌어안았다.

"왜 그래요? 어디 아파요?"

"아이고, 아이고……."

가평은 대답 없이 눈까지 까뒤집으면서 더 크게 신음소리를 냈다. 요코의 눈에서 눈물이 흘러내렸다. 두 모자가 어쩔 줄 몰라 하고 있을 때였다. 가평이 한 쪽 눈을 슬며시 뜨고 옆을 재빨리 살펴보더니 이내 두 눈을 다 뜨고 편안한 표정을 지었다. 언제 아팠던가 싶게 다시 말짱해졌다.

요코가 가슴을 부여잡으면서 말했다.

"아미타불! 놀라 죽는 줄 알았어요. 방금 왜 그랬어요?"

가평이 교활하게 웃으면서 요코를 끌어당겨 귀엣말을 했다.

"내가 일부러 많이 아픈 시늉을 한 거요. 우리 집에 같이 사는 조반파 두 놈이 방금 지나갔소. 그놈들은 지금쯤 동료들을 만나서 나에 대해 주둥이를 까고 있을걸. 늙다리가 얼마나 아팠으면 쓰레기차도 마다 않고 누워서 죽는소리를 하더라고 말이오. 어때, 내 연기 제법 괜찮았지?"

가평이 히죽히죽 웃었다. 요코가 손가락으로 가평의 머리를 가볍게 콕 찌르면서 밉지 않게 눈을 흘겼다.

"에휴, 웬수덩어리. 깜짝 놀랐잖아요."

요코가 가평을 따라서 활짝 웃었다. 항한도 그제야 가슴을 쓸어내렸다. 아버지가 여자들에게 인기가 많은 이유를 비로소 알 것 같았다.

항씨 가족 세 사람의 행차는 구경꾼들의 시선을 끌기에 충분했다. 봄철이라 서호 호숫가는 곳곳에 복숭아꽃이 붉게 피고 버들잎이 푸르러 경치가 매우 아름다웠다. 아무리 혁명이 중요하다지만 이 아름다운 계절에 봄놀이를 놓쳐서야 되겠는가. 그래서인지 이날따라 서호 근처에는 사람들이 대단히 많았다. 병원에 가려면 호빈로를 지나서 이서호西湖를 따라 한참을 걸어야 했다. 그래서일까, 할 일 없는 사람들은 좋은 구경거리가 생겼다고 쓰레기차를 뒤따르면서 자기들끼리 수군거렸다. 항한은 남들이 뭐라고 하건 전혀 신경 쓰지 않고 고개를 숙이고 열심히 차를 끌었다. 가평은 침대에 누워 두 눈을 꼭 감고 있었다. 아무것도 보이지 않으니 차라리 속이 편했다. 하지만 차를 잡고 뒤에서 따라오는 요코는 당황한 기색이 역력했다. 그녀는 1949년 이후로 쭉 전업주부 생활을 해왔다. 가족들의 일상생활을 돌보느라 집에만 있었다. 그러다 보니 혼자 거리에 나와 본 적이 거의 없었다. 그런데 갑자기 수많은 사람들의 따가운 눈총을 받으니 가슴이 두근거리고 다리가 후들거렸다. 서호를 벗어나려면 아직 한참을 더 가야 했다.

삼륜차꾼들의 집회장소인 소년궁少年宮(예전의 소경사昭慶寺)에 이르자 요코는 눈에 띄게 당황해 했다. 곳곳에 삼륜차가 세워져 있는 데다 대회장이 사람들로 인산인해를 이루고 있었던 것이다. 대회장 변두리에 서 있던 사람들은 항씨네 세 사람을 발견하고 희한한 동물 구경하듯 손가락질을 하면서 폭소도 터뜨렸다. 가평이 눈을 감은 채 작은 소리로 요코를 위로했다.

"무서워하지 마오. '저들은 다 죽은 시체다.'라고 생각하면 마음이 편할 거요."

요코가 떨리는 소리로 물었다.

"설마 우리를 가로막지는 않겠죠?"

요코의 말이 떨어지기 무섭게 삼륜차꾼 몇 명이 길을 막았다. 그중에서 가장 포악스럽게 생긴 자가 마치 잡아먹을 것처럼 으르렁댔다.

"당신들, 계급성분이 뭐요?"

항한이 걸음을 멈추고 요코 쪽으로 고개를 돌렸다. 방금 전까지만 해도 벌벌 떨던 요코는 잠깐 사이에 냉정을 되찾았다. 침착한 표정으로 삼륜차꾼들에게 입을 열었다.

"우리는 시내에 사는 빈민이에요. 이 할아범이 어제 넘어져서 이 모양이 됐어요. 병원에 데려가야 하는데 차를 구할 수가 있어야죠! 삼륜차라는 삼륜차는 다 여기 모여 있고 이 쓰레기차라도 구한 것이 얼마나 다행인지 몰라요. 빨리 비켜요, 여기서 지체하다가 할아범이 큰일이라도 나면 당신들이 책임질 건가요?"

삼륜차꾼들이 황급히 한쪽으로 비켰다. 이어 약속이나 한 듯 웃음을 터뜨렸다. 항한은 그 틈을 타서 재빨리 삼륜차를 끌고 앞으로 달려갔다. 요코가 다시 긴장한 표정으로 종종걸음을 쳤다. 가평은 과녁 살피듯 실눈으로 사람들 쪽을 힐끔 살펴보고는 요코를 칭찬했다.

"임기응변 잘했소, 합격이오. 항씨네 여자는 뭐가 달라도 다르다니까."

요코가 땀을 훔치면서 낮은 소리로 원망했다.

"웬수덩어리, 제가 전생에 무슨 죄를 지어 당신 같은 사람을 만났는지 모르겠어요."

가평이 하하하! 너털웃음을 지었다. 너무 크게 웃은 탓이었을까, 갑자기 밀려오는 두통에 그는 이맛살을 찌푸렸다. 요코는 항한에게 천천히 삼륜차를 몰도록 당부하고는 가평의 머리를 쓰다듬으면서 걱정스럽게 물었다.

"많이 아파요?"

가평이 갑자기 요코의 손을 덥석 잡으면서 말했다.

"요코, 내가 많이 원망스럽지?"

요코가 놀라서 펄쩍 뛰며 아들의 눈치를 살폈다. 그러나 감정을 주체 못한 듯 갑자기 울컥하면서 주책없이 눈물을 쏟았다. 그들이 방금 지나온 곳은 중국판 로미오와 줄리엣인 백낭자白娘子와 허선許仙의 재회 장소로 유명한 단교斷橋였다. 요코가 그 생각을 했는지는 모르겠으나 고개를 저으면서 가평에게 잡힌 손을 빼냈다.

북산로北山路는 소년궁에서 불과 반리밖에 떨어져 있지 않는 곳이었다. 그러나 경치는 완전히 달랐다. 왼쪽은 백제白堤와 서호, 오른쪽은 갈령葛嶺 보석산寶石山으로 마치 전혀 다른 세상에 온 느낌을 주었다. 서호

수면 위로 어느새 투명한 이슬을 머금은 연잎이 솟아올라 있었다. 요코는 언젠가 가화로부터 "항주 사람들이 백낙천白樂天(당나라 시인 백거이)을 기리기 위해 서호 호숫가에 연꽃을 심었다."고 읊조린 말을 들은 적이 있었다. 가화의 얼굴을 떠올리자 요코는 왠지 모르게 가슴이 아려왔다.

예전의 경호청鏡湖廳에 거의 도착했을 무렵이었다. 가평이 항한에게 차를 세우라고 했다. 관광객들은 대부분 백제白堤에 몰려 있었기에 이곳은 상대적으로 한산했다.

날씨는 매우 좋았다. 잔잔한 호수의 수면이 햇빛을 받아 반짝반짝 빛나고 있었다. 소동파의 시에 나오는 "햇빛 맑은 날에는 반짝이는 물빛으로 아름답다."라는 표현이 괜히 나온 것이 아니었다. 가평은 한결 정신이 맑아진 것 같았다.

"봄놀이 온 기분이구나."

요코가 가평의 말에 고개를 절레절레 저었다.

'이런 상황에 그런 생각을 할 수 있는 사람은 당신뿐일 걸요.'

가평은 요코가 무슨 생각을 하는지 알 것 같았다. 그러나 모른 체하면서 손을 들어 한 곳을 가리켰다.

"요코, 저기 보오. 방학정放鶴亭이 아직 남아 있소. 저것마저 부숴버렸을까 걱정했는데."

항한이 말했다.

"설마 다 부숴버렸겠어요? 사람들도 구경하고 놀 곳이 있어야죠. 서호는 누가 뭐래도 '천당'天堂으로 불리는 명승지잖아요."

둘 다 대답이 없었다. 항한은 이상한 생각이 들어 고개를 돌렸다. 가평과 요코가 서로를 마주보면서 눈시울을 적시는 모습이 시야에 들어왔다. 두 분이 왜 이러시지? 잠깐 의아해하던 항한이 맥없이 주저앉았다. 문득 죽은 아내 초풍의 생각이 나면서 가슴이 찢어지는 것처럼 아팠던 것이다. 그때 가평이 입을 열었다.

"형님도 이 자리에 함께했으면 좋았을 텐데……."

요코가 말했다.

"연자갱蓮子羹(연밥과 연근가루로 쑨 죽)도 있었으면 좋겠어요."

항한은 두 노인이 주고받는 수수께끼 같은 말을 알아듣지 못했다. 방학정으로 통하는 나무다리는 헐린 지 이미 오래였다. 옛날에 이곳에서 서호박람회를 했었는데……. 세 사람은 입을 다물고 조용히 추억에 빠져들었다. 그들의 머리 위에서 버들가지가 그네를 뛰듯 하늘하늘 춤을 추었다. 희고 붉은 복숭아꽃잎도 눈처럼 우수수 떨어져 내렸다. 항한은 20분 전까지만 해도 떠들썩한 속세에 있다가 갑자기 타임머신을 타고 다른 세상으로 온 듯한 환각에 빠졌다. 한줄기 봄바람이 꽃향기를 싣고 불어와 코를 간질였다. 항한은 한숨을 내쉬고 다시 쓰레기차 핸들을 잡았다.

셋은 악비묘를 지나면서 다시 수다를 떨기 시작했다. 가평은 말수가 적은 항한이 초풍의 생각에 깊이 빠져 헤어나지 못할까봐 일부러 화제를 돌렸다.

"요즘도 차 연구를 계속하고 있느냐? 이를테면 '용정龍井 43호' 연구는 새로운 진전이 있느냐?"

차 얘기가 나오자 항한은 언제 슬퍼했던가 싶었다. 눈빛도 초롱초롱해졌다. 그가 고개를 돌려 아버지에게 물었다.

"아버지도 '용정 43호'를 아세요?"

"당연하지. 내가 왜 모르겠어? 이래봬도 항일전쟁 기간에 차 좀 만져본 사람이야. 유성번식, 무성번식에 대해서도 그때 오각농 선생한테 배웠어. 안타깝게 오 선생도 나처럼 비운을 면치 못했다고 들었다. 내 기억이 틀리지 않는다면 '용정 43호'는 1960년부터 재배하기 시작했을 텐데, 혹시 이것도 무성번식 품종이냐?"

"제가 지금 그 과제를 수행하고 있어요……."

항한이 마음에 드는 화제가 나오자 반색을 했다.

"어차피 누군가는 해야 할 일이잖아요. 아버지는 기억력도 참 좋으세요. 큰아버지 같은 분들만 이 분야에 관심이 있는 줄 알았는데 아버지도 전문가 못지않네요. '용정 43호'는 당연히 무성번식 품종이죠. 어머니도 아시겠지만 유성번식은 종자번식이에요. 수술에서 꽃가루가 나와서 암술에 붙는 타가수분 방식으로 번식하기 때문에 유전자가 안 좋은 경우 대가 지날수록 점점 더 못해지지요. 무성번식은 차나무의 영양기관, 즉 잎, 줄기 혹은 뿌리를 이용해 새로운 차나무를 육성하는 방식이에요. 원리가 복잡하니 더 자세한 설명은 생략하겠어요. 우리 영상의 이름도 연구소에서 무성번식 방식으로 새로 육성해낸 차나무 품종의 이름을 따서 지은 거잖아요. '영상'은 소교목^{小喬木}형 중엽류^{中葉類}, 조아종^{早芽種}으로 1956년에 평양^{平陽} 교돈문^{橋墩門} 차농장에서 들여온 복정^{福鼎} 대백차^{大白茶}와 운남 대엽종 차나무를 자연교배시켜 얻은 품종이에요. 그때 초풍도 항주시 차과학연구소에 근무하던 때라……."

항한이 갑자기 말을 멈췄다. 아픈 상처를 건드리지 않기 위해 기껏 화제를 바꿨는데 결국 도로 제자리로 돌아온 기분이었다. 다행히 마침 병원이 눈앞에 보였다. 요코가 불안한 표정으로 물었다.

"여기가 병원이야? 쓰레기차를 들여보내줄지 모르겠다."

가평을 실은 쓰레기차가 좌충우돌 끝에 병원 정문을 넘어가던 그

시각, 포랑이 근무하는 차 가공공장에 지프 한 대가 들어섰다. 출근한 지 얼마 안 된 포랑은 일하다 말고 밖으로 불려나왔다. 차에서 한 남자가 뛰어내렸다. 어디선가 본 듯한 얼굴이었다. 남자가 포랑을 아래위로 훑어보더니 말했다.

"당신이 포랑이오? 우리 어제 만난 적 있지? 나하고 같이 가야겠소. 당신네 조^趙 부장이 기다리고 있소."

'조 부장이라니? 어제 본 여자가 조 부장인가?' 포랑은 궁금했으나 더 묻지 않고 점잖게 거절했다.

"지금은 근무 중이라서 나갈 수가 없소. 나는 차를 감별해야 하오."

남자가 사람 좋은 웃음을 지으면서 말했다.

"그런 걱정은 하지 않아도 되오. 당신은 지금부터 운전을 배우는 데 전념하시오. 그리고 시간이 나면 조 부장의 말벗이나 되어 주시오. 조 부장이 다쳤을 때 당신이 제일 먼저 발견했다고 들었소."

남자의 말투가 어딘지 조금 이상했다. 포랑의 몸을 끈질기게 훑어 내리는 시선도 매우 부담스러웠다. 포랑이 손사래를 쳤다.

"안 가겠소. 나 같은 노동자가 학생들과 무슨 말이 통하겠소? 그리고 나는 아픈 사람 간호할 줄도 모르오. 돌아가시오."

그때 지프 운전사가 달려와 다짜고짜 포랑을 차로 끌고 가면서 말했다.

"당신 지금 제 정신이오? 당신을 데리러 온 분이 누군지 알고나 그러는 거요? 내가 지금까지 오 사령관을 모시면서 오 사령관이 친히 사람 데리러 오신 적은 처음이오. 잔말 말고 빨리 갑시다. 운 좋은 줄 아시오."

오곤은 포랑을 만나기 전에 먼저 공장 책임자를 만났었다. 거기서

'나포랑'의 성이 '나'씨가 아닌 '항'씨라는 사실을 알았으나 개의치 않고 기어이 포랑을 끌고 갔다. 그는 포랑을 조쟁쟁의 운전기사로 쓰려는 생각을 이미 굳힌 터였다.

제21장

항주는 사계절 중에서도 초여름의 경치가 제일 아름답다. 서호를 옆에 낀 유장劉莊은 특히 경치가 수려하다. 하지만 청년 장교 이평수에게 경치는 눈에 들어오지도 않았다. 비밀리에 소집한 지방정부와 군부대 합동 고위층 회의가 지금 이곳에서 열리고 있었기 때문이었다. 이평수는 잠깐의 휴식시간에 혼자 호숫가로 나온 터였다.

유장의 원래 주인은 유학순劉學洵이라는 사람이었다. 그는 광동성 태생으로 서호 정가산丁家山 아래에 유장을 세웠다고 전해진다. 기록에 따르면 "완성된 모습이 웅장하고 화려하기가 이를 데 없었다."고 한다. 1954년 항주 정부는 바로 이 유장을 한장韓莊, 양장楊莊, 강장康莊 및 범장範莊 등과 합쳐 '서호국빈관'西湖國賓館으로 재건했다. 유장은 또 호수를 사이에 두고 왕장汪莊을 서로 마주보고 있었다. 때문에 이 두 곳은 중국 최고 지도자들이 즐겨 찾는 곳으로 유독 명성을 떨쳤다. 모택동도 최근 몇 년 동안 항주에 올 때마다 왕장에 머무르고는 했다. 이번 성급 고위층 회의가 유장에서 열린 것도 이 같은 이유 때문이었다.

회의 장소는 호산춘효루湖山春曉樓 옆에 있는 망산루望山樓였다. 회의 주제는 아름다운 경관과 어울리지 않게 심각했다. 얼마 전 항주에서 1,000명이 군구 창고를 습격하는 대사건이 발생했다. 오늘 여러 파벌들이 이 자리에 모인 것도 이 사건에 대해 논의하기 위해서였다. 누가 봐도 흑백이 분명한 사안이라 사람들은 쉽게 타결점을 찾을 것이라 예상했다. 하지만 의외로 초반부터 찬반 의견이 대립했다. 그러더니 회의가 점점 산으로 가기 시작했다. 이평수는 현장 요원으로 투입됐기 때문에 회의 상황에 대해 다 알지는 못했다. 하지만 한두 마디 얼핏 새어나오는 말만 들어도 울분이 치밀어 오르기에 충분했다. 그래서 화도 삭힐 겸 산책삼아 밖으로 나왔던 것이다. 그는 갓 입대했을 때 이곳에서 몇 년 동안 경호원으로 근무한 적이 있어 주변 지형에도 익숙했다.

어슬렁어슬렁 몇 걸음 걷던 이평수가 득도와 딱 마주쳤다. 득도는 정가산 동쪽 기슭을 빙 돌아온 터였다. 회의 휴식시간을 이용해 '초석명금'蕉石鳴琴 석애石崖를 보러 갔다가 돌아오는 길이었다.

전하는 말에 의하면 옹정제雍正帝 연간에 절강 총독 이위李衛가 자주 이곳에 와서 거문고를 탔다고 한다. 당시 아름다운 음운이 바위를 에돌아 구름 위까지 올라갔다고 해서 '초석명금'이라는 이름이 붙여졌다고 한다. 나중에 강유위康有爲가 이 절벽에 '초석명금'이라는 글자도 새겼다. 득도는 이곳이 처음이었다. 그러나 어릴 때 "강장에 남해南海 선생이 제자題字한 '인천려'人天廬라는 명소가 있다."는 말은 아버지에게 들은 적이 있었다. 그는 지형에 익숙하지 못한 터라 돌아오는 길에는 그저 발길 닿는 대로 걸었다. 그러다 보니 눈앞에 꽤 넓은 차나무 밭이 펼쳐지고 몇몇 군인들이 차를 따는 광경이 보였다.

'유장에도 차나무 밭이 있다니, 거 참 신기한 일이군.'

득도는 그렇게 혼자 궁금해 하던 차에 마침 이평수를 만났다. 이평수가 얼굴을 붉히면서 득도에게 손을 내밀었다.

"항 선생, 그날 일은 미안합니다. 급하고 당황한 김에 항 선생에게 험한 말을 했습니다. 그런데 뭐라고 했는지 기억이 나지 않는군요."

득도가 친절하게 기억을 되살려줬다.

"'겁쟁이, 불의를 보고도 못 본 척하는 개자식'이라고 욕했었죠."

"그걸 아직까지 기억하는 걸 보니 화가 많이 나셨군요. 정말 미안합니다. 우리 군인들은 워낙 입이 거친 것이 흠입니다."

이평수는 후회스럽다는 표정을 지으면서 주먹으로 자신의 머리를 때렸다. 득도가 손을 저으면서 대범하게 말했다.

"괜찮아요, 누구라도 그 상황에서는 그렇게 했을 겁니다."

1,000여 명이 군구 무기창고를 포위한 그날, 이평수는 현장에 있었다. 급기야 도저히 더 못 버틸 상황에 이르게 됐다. 다급해진 그는 득도에게 전화로 지원을 요청했다. 하지만 득도는 무정하게도 이평수의 요청을 거절했다. 사실 득도를 나무랄 수도 없었다. 득도파는 완전무장을 하고 출발 대기 중인 오곤파를 막느라 병력을 분산시킬 수 없었던 것이다.

오곤파와 득도파 양대 진영은 본거지 건물 밖에 확성기를 매단 채매일같이 설전을 벌였다. 한쪽에서 〈두율명〉杜聿明(국민혁명군 육군 중장)의 항복 촉구서를 낭독하면 다른 한쪽에서는 〈안녕, 스튜어트〉(존 레이튼 스튜어트)로 응수했다. 한쪽에서 "반란은 정당하다."라고 외치면 다른 한쪽에서는 "문화대혁명 만세!"를 외쳤다.

조쟁쟁은 다리가 다 나아서 본부로 복귀했다. 득도는 기다렸다는 듯 말발이 센 득방을 불러왔다. 이렇게 해서 조쟁쟁과 득방이 설전을 벌이고 오곤과 득도는 전면에 나서지 않았다. 그동안 양대 파벌 간 유혈투쟁도 몇 번이나 벌어졌다. 비록 사망자가 나올 정도까지는 아니었으나 시민들을 공포에 떨게 하기에는 충분했다. 행인들은 으레 그곳을 피해 다녔다.

사람들은 점점 인내심을 잃어갔다. 방어보다 공격을 요구하는 목소리가 높아지기 시작했다. 득도는 자신도 모르는 사이에 유명인이 돼 있었다. 득도와 비슷한 생각을 가진 사람들이 사방에서 소문을 듣고 찾아왔다. 노동자, 농민, 학생, 상인 등 직업과 계급이 다양한 사람들이었다. 며칠 전이었다. 득도파에서 누군가 놀라서 소리쳤다.

"오곤이 무기를 들여왔다!"

사람들이 일제히 문밖으로 고개를 내밀었다. 커다란 '해방'解放 표 트럭 한 대가 학교로 들어서고 있었다. 트럭이 멈추자 트럭 위에 버티고 서 있던 십여 명의 우람하고 건장한 청년들이 뛰어내렸다. 그러자 트럭에 가득 실은 물건들이 정체를 드러냈다. 놀랍게도 쇠막대와 안전모였다. 노동자계급이 지원물품을 보내온 것이었다. 오곤파 대원들은 명절에 용돈을 받은 아이들처럼 기뻐 날뛰었다. 우르르 몰려나와 안전모를 써본다, 쇠막대를 만져본다, 법석을 떨었다. 몇몇 젊은이들은 일부러 득도네 건물을 향해 손오공처럼 쇠막대를 휘두르면서 묘기를 부렸다. 쇠막대를 휘두르는 사람들도, 창가에 엎드려 그것을 구경하는 사람들도 모두 신경질적인 웃음을 짓고 있었다. 하지만 득도와 득방은 웃지 않았다. 두 형제는 '운동'에 뛰어든 이후로 웃음을 완전히 잃어버렸다.

우두머리 격인 젊은이 몇 명이 씩씩거리면서 득도에게 다가왔다.

"우리도 빨리 결정을 내려야겠소. 일단 충돌이 발생하면 오곤은 교내에서 적색테러를 벌이지 않겠다던 약속을 나 몰라라 할 것이 틀림없소."

득도는 아무 말도 하지 않았다. 사실 그 역시 오곤이 약속을 지킬 것이라고는 믿지 않았다. 득도의 침묵을 묵인으로 이해한 젊은이들이 여기저기 전화를 돌리기 시작했다.

"여보세요? 여보세요? 여기 본부입니다. 긴급지원을 요청합니다. 당신들의 긴급지원이 필요합니다. 당장 쓸 만한 무기를 한 트럭 보내주십시오⋯⋯."

"뭐라고요? 총이요? 총 좋지요. 무슨 총입니까? 새 잡는 공기총이요? 네, 됩니다. 아무거나 무기면 다 됩니다."

운동장은 하루 종일 조용할 틈이 없었다. 양쪽에서 지원 요청한 무기를 실은 트럭들이 번갈아가면서 들어왔다. 무기들 중에 총이 있는지는 확실하지 않았다. 다만 상대측에서 총은 물론이고 심지어 수류탄까지 들여왔을지도 모른다고 서로 짐작만 할 뿐이었다. 득도와 오곤은 둘 다 눈이 충혈되고 얼굴이 한껏 굳었다. 다른 사람들의 말은 이제 더 이상 귀에 들어오지 않았다. 둘 다 상대를 제압할 생각에만 골몰해 있었다. 오곤은 쇠막대와 안전모를 대원들에게 나눠주고 총과 수류탄은 창고에 보관했다. 반면에 득도는 무기가 도착한 즉시 직접 개수를 일일이 확인하고 전부 임시창고에 넣었다. 그리고 대원들에게 엄명을 내렸다.

"다들 잘 들으시오. 내 명령 없이는 절대 무기에 손을 대서는 안 되오."

속으로 어떻게 생각하든 겉으로는 득도의 명령에 토를 다는 사람은 없었다. 득도는 최악의 상황에 대비해야 했다. 대원들은 일단 완전무장을 하고 나면 굴레 벗은 말처럼 더 이상 자신의 명령을 따르지 않을 것이 확실했다.

득도는 이번의 위기가 가장 준엄한 시련인 것 같았다. 오곤은 득도를 상대로 죽느냐 사느냐하는 위험한 한 수를 두고 있었다. 오곤과 득도는 서로에 대해 너무 잘 알고 있었다. 그래서 대부분의 경우 오곤이 적극적 공격태세를 취하면 득도는 소극적인 방어로 맞섰다. 득도는 폭력을 싫어했다. 반면 오곤은 이기기 위해서라면 수단과 방법을 가리지 않는 사람이었다. 오곤은 아이들 말장난처럼 확성기에 대고 서로를 욕하는 소극적인 '전투' 방식이 처음부터 마음에 들지 않았다.

'네놈들이 치사하게 남의 과거를 까발려 좌불안석으로 만든다 이거지? 그래, 좋아. 나는 네놈들을 발 뻗고 못 자게 만들 거야. 안전모와 쇠막대로 완전무장한 우리 대원들을 봤지? 이건 단순한 위협을 넘어서 어떤 가능성을 암시하는 거야. 마치 미국이 원자폭탄을 만들어 사람들을 벌벌 떨게 만드는 것처럼 말이야. 항득도, 이제 어떻게 할 거야?'

오곤은 이를 악문 채 조용히 중얼거리면서 창문을 열었다. 그리고는 창밖으로 몸을 반쯤 내밀고 건너편 득도네 건물을 노려봤다.

본능적인 이끌림일까, 같은 시각 득도도 커튼을 젖히고 창문을 열었다. 둘은 똑같은 자세로 운동장을 사이에 두고 묵묵히 서로를 쏘아봤다. 유일한 차이점이라면 차가 없이는 한시도 못 사는 득도는 그 순간에도 손에 찻잔을 들고 있다는 것이었다.

바로 그때 이평수로부터 전화가 걸려왔다. 무척 다급한 목소리였다.

"아직도 안 오고 뭐하고 있습니까? 우리 힘으로는 더 이상 버티기 힘들어요. 폭도들이 벌써 창고 경비원들을 제압하고 우리를 위협하고 있어요. 당장 무기를 내놓지 않으면 창고로 쳐들어간답니다."

득도는 언제 흘러내렸는지 모르는 땀을 훔치면서 전화기에 대고 소리 질렀다.

"무기 탈취하러 온 자들 맞습니까? 제대로 확인한 건가요?"

"우리 집의 망할 여편네가 맨 앞에 서 있는데 확인이고 나발이고 필요합니까? 제기랄, 이럴 줄 알았으면 진작 집에서 모가지를 비틀어버렸어야 했는데. 더러운 화냥년!"

위기일발의 순간에도 걸쭉한 욕설이 나오는 것이 신기했다. 득도가 목소리를 높여 이평수의 이성을 일깨우듯 말했다.

"군용 창고 습격자들은 군법으로 처벌해도 된다고 법에 정해져 있지 않습니까?"

"항득도, 잠이 덜 깬 거요, 아니면 뭘 잘못 먹었소? 요즘 세상에 법이라는 것이 어디 있소? 법이 있다면 폭도들이 군부대 앞에서 이렇게 날뛰고 있겠소? 위에서 절대 총을 쏘면 안 된다고 엄명을 내렸단 말이오. 알겠소? 무기고에는 현재 탄알 100만 발, 수류탄 1만여 개, 총기 1천여 개, 기타 군용물자 40만 점이 있소. 이 위험한 것들이 저들의 손에 넘어가면 상상도 할 수 없는 끔찍한 결과가 초래될 거요. 제기랄, 위에서는 총도 쏘지 말라, 군사도 동원하지 말라……, 대체 어떻게 막으라는 건지 모르겠소. 군부대가 나서면 혼란을 가중시켜 더 많은 사람이 다치게 되오, 알겠소? 우리로서는 더 이상 막을 방법이 없으니 당신들이 오기만 기다리겠소. 항득도, 우리를 구하러 오지 않으면 당신은 불의를 보고도 못 본 체하는 개자식이오!"

이평수가 전화기를 쾅, 내려놓았다. 득도는 태어나서 지금까지 '개자식'이라는 욕은 처음이었다. 기분이 나빴지만 어쩔 수 없었다. 결국 이해득실과 경중을 따져 이평수에게 구원병을 파견하지 않았다. 그가 움직이면 오곤도 움직일 것이고, 오곤이 움직이면 유혈사태는 피할 수 없게 될 것이었다. 어떠한 경우에도 자신의 손에 피를 묻히지 않는 것, 이는 누구에게도 양보할 수 없는 그만의 원칙이었다. 유혈사태만 피할 수 있다면 이평수에게 '개자식' 소리를 골백번 들어도 아무렇지 않을 터였다.

이평수는 득도에게 사과를 하고 나서도 여전히 미안한 표정이었다. 득도가 슬쩍 화제를 돌렸다.

"나는 이곳이 처음입니다. 유장이 경치가 수려하다는 말은 들어봤어도 차나무 밭이 있을 줄은 몰랐습니다."

이평수의 얼굴에 화색이 돌았다.

"모 주석이 몇 년 전에 우리 경호원들을 시켜 심은 겁니다. 그때는 다들 생활이 어려웠죠. 저희는 돼지도 길러봤습니다. 여기 차나무 밭이 이래뵈도 모 주석이 친히 차를 따 가신 영광스러운 밭입니다."

이평수가 아이들처럼 자랑스러운 표정을 지었다. 득도가 그 모습을 보면서 웃음 띤 어조로 말했다.

"영상이 당신을 숭배하는 이유를 알겠어요. 모 주석을 모시고 함께 차를 땄다는 건 충분히 자랑할 만합니다."

영상의 얘기가 나오자 이평수가 반색을 했다.

"그 애가 나에 대해 뭐라고 하던가요? 그 애를 못 본 지도 한참 되는군요."

영상과는 대화가 잘 통하는 이평수가 득도의 대답을 기다리며 잠시 말을 끊었다. 득도가 빙그레 웃으며 대답했다.

"영상이 엄숙하게 나를 비판했어요. 내가 당신 편에 서지 않고, 당신을 구하러 가지 않은 것은 크게 잘못된 행동이라고 했습니다. 나이도 어린 녀석이 입장이 얼마나 확고한지 모르겠어요, 철두철미한 '이평수 파'라니까요."

두 사람은 마주보면서 웃었다.

이평수와 채차의 부부 관계는 극도로 악화됐다. 이평수는 처음에는 채차가 천성적으로 예민하고 성격이 불같은 줄로만 알았었다. 하지만 시간이 지날수록 자꾸 이상한 느낌이 들었다. 물론 그는 채차가 최근 들어 더욱 신경질적으로 변해가는 이유를 자세히 알지는 못했다.

채차는 사실 이평수는 안중에도 없었다. 그녀의 눈에는 오로지 오곤밖에 없었다. 그녀가 사랑하는 소오^{小吳}를 처음 알게 되었을 때 조쟁쟁은 지금처럼 거슬리는 존재가 아니었다. 게다가 오곤의 법적인 아내 백야도 어디 가서 죽었는지 살았는지 소식이 없었다. 하지만 지금은 어떤가? 백야가 항주에 돌아왔을 뿐만 아니라 곧 출산을 앞두고 있다고 했다. 물론 오곤이 집으로 돌아가거나 백야가 오곤을 찾아오는 일은 없었다. 하지만 어쨌든 둘이 법적인 부부라는 사실에는 변함이 없지 않은가. 백야는 그렇다 치더라도 조쟁쟁은 또 얼마나 밉살스러운지 몰랐다. 채차는 조쟁쟁의 얼굴을 떠올리기만 해도 분노로 치를 떨었다. 조쟁쟁은 자기 아버지의 지위와 북경 지도자와의 관계를 이용해 찰거머리처럼 오곤에게 딱 들러붙어 떨어지지 않았다. 솔직히 오곤이 곤경에 처했을 때 조쟁쟁이 적지 않은 도움을 주기는 했다. 반면에 채차는 양진의 실종 사건에 대한 책임을 몽땅 뒤집어썼다. 그녀가 양진을 제대로 감시하지 못해 그를 놓쳤다는 것이었다. 그래서인지 채차를 대하는 오곤의 태도는 전보다 뜨뜻미지근해졌고 오곤과 조쟁쟁 둘 사이는 급속도로 가까워졌다. 조쟁쟁은 거의 매일 밤 집에 가지 않고 오곤의 숙소에서 밤을 보냈다. 또는 "위에서 지시가 내려왔다"느니, "중요한 손님을 만나야 한다"느니 하는 등의 온갖 구실을 붙여 오곤을 자신의 집으로 데리고 갔다. 오곤이 한숨을 쉬면서 채차에게 하소연을 할 정도였다.

"조쟁쟁의 집에서는 내가 이혼하기만을 기다리고 있소. 내가 이혼을 해야 신경과민증에 걸린 딸을 나하고 결혼시킬 테니 말이오. 하지만 나는 절대 이혼하지 않을 거요. 내가 이혼하면 우리 순박하고 사랑스러운 채차와는 영영 다시는 못 만날 테니까."

오곤은 마음에도 없는 말을 그럴싸하게 잘도 했다. 순박하고 무던하던 시골처녀 채차가 점점 신경질적으로 변해가지 않는다면 그게 오히려 이상할 일이었다. 급기야 그녀의 분노의 화살은 고스란히 남편 이평수를 향했다. 사실 이평수도 오곤 못지않게 잘 생긴 남자였다. 하지만 마음속에 오곤 한 사람만 담고 있는 채차의 눈에 이평수는 못 생기고 더러운 똥덩어리로밖에 보이지 않았다. 그녀는 이평수 역시 그녀의 대야만큼 크고 넙데데한 얼굴, 툭 튀어나온 뻐드렁니를 볼 때마다 그녀와 똑같이 역겨운 기분을 느낀다는 사실을 알지 못했다. 굳이 알려고도 하지 않았다. 이런 상황에서 부부 사이가 과연 정상일 수 있을까? 이평수는 결혼한 이후로 한 번도 신혼이라는 걸 느껴보지 못했다. 반면 채차는 신혼을 만끽하고 있었다. 물론 그녀의 밀회 상대는 남편 이평수가 아닌 오곤이었다. 방귀 뀐 놈이 성낸다고 그녀는 오곤과 불륜을 저지른 죄책감을 조금이라도 덜기 위해 남편 이평수가 마음에 들지 않는 이유를 몇 가지 생각해냈다. 이를테면 이평수가 모 주석의 혁명노선을 따르는 그녀의 편에 서지 않고, 조상 대대로 옹가산 가족들을 압박, 착취해 온 항씨네와 가깝게 지내면서 가장 기본적인 계급 입장도 지키지 못한다는 것이 그 이유였다. 이평수가 알면 기가 차서 말도 안 나올 생억지였다.

아무튼 인정하기는 싫었으나 채차는 조쟁쟁과 백야를 미워할 수도, 오곤을 대놓고 사랑할 수도 없는 입장이었다. 이런 억압되고 모순된 심리에서 비롯된 분노는 당연히 애먼 이평수에게로 터져나갔다.

　이평수 역시 섣달그믐에 채차의 따귀를 때리면서 참았던 분노가 터져 나왔다. 설이 지나고부터는 이혼을 요구했다. 그러나 채차는 죽어도 이혼을 못해준다고 버텼다. 사실 옆에서 말리지 않았으면 채차는 열두 번도 더 이혼을 했을 터였다. 채차의 이혼을 극구 말린 이는 오곤이었다. 오곤과 채차는 갈 데까지 다 간 사이였다. 겉으로만 안 그런 척하고 있을 뿐이었다. 오곤은 채차가 지금 이혼하면 안 되는 이유를 아무렇게나 몇 가지 엮어냈다. 채차는 진지한 표정으로 오곤의 말에 귀를 기울이면서 연신 고개를 끄덕였다. 그녀는 오곤의 말이라면 팥으로 메주를 쑨다고 해도 믿을 지경이었다. 오곤을 향한 그녀의 감정은 이제 존경과 숭배를 넘어 광적인 상태에 이르렀다. 예전에는 그녀가 충성해야 할 대상이 모 주석이었다면 지금은 모 주석과 오곤 두 명이 되었다고 해도 과언이 아니었다. 오곤의 말에 온 정신을 집중하느라 그녀의 두 눈은 갑상선기능항진증 환자처럼 툭 튀어나왔다. 그럴 때면 그녀의 할아버지 소활착과 영락없이 닮아 보이기도 했다. 오곤은 채차의 그런 바보스러울 정도로 순진하고 충성스러운 모습을 보고 한숨을 푹 내쉬었다. 약간의 감동과 더불어 역겨운 느낌이 올라왔다.

　'어리석은 년!'

　오곤은 할 말을 다 하고 자리를 뜨려다가 채차의 기대에 찬 눈빛을 차마 묵살하지 못하고 그녀를 침대로 끌고 갔다. 이어 짐승처럼 헐떡거리면서 욕구를 채워줬다. 그러는 내내 '어리석은 년!'이라는 말이 입 밖으로 튀어나오려는 것을 겨우 참았다.

침대에서 내려온 채차는 여물을 잔뜩 먹고 기운이 불끈 솟은 암말처럼 기세등등하게 집으로 쳐들어갔다. 그리고는 남편을 보자마자 삿대질을 하면서 악을 쓰고 소리를 질러댔다.

"이혼? 꿈 깨! 내가 누구 좋으라고 이혼을 해? 이평수, 군인이라는 사람이 막무가내로 이혼을 요구해도 돼? 이혼하려는 이유가 대체 뭐야? 뭐? 내가 불륜을 저질렀다고? 증거 있어? 사람 함부로 모함하지 마! 명예훼손죄로 고소할 거야!"

당연히 불륜의 증거 따위는 없었다. 그렇다고 조반파 본부로 쳐들어가서 불륜의 현장을 잡을 수도 없는 노릇이었다. 불륜의 증거 없이 그저 의혹만으로는 이혼이 불가능했다. 게다가 상부에서는 채차가 조반파라는 이유로 둘의 이혼을 한층 더 신중하게 검토하고 있었다. 결국 이평수는 울분을 꾹 참고 두 번 다시 이혼 얘기를 꺼내지 않았다.

군인 참모 가문의 후손인 이평수는 추리와 분석에 능했다. 곧 겉으로 드러난 여러 정황과 사람들의 입소문을 종합해 채차의 불륜상대가 조반파 우두머리 '오곤'이라는 것을 별로 어렵지 않게 알 수 있었다. 그리고 오늘 회의장에서 오곤을 처음 만났다. 공교롭게도 오곤이 그의 자리 대각선 쪽에 앉았던 것이다. 이평수 역시 자타 공인 잘 생긴 남자였다. 그런 그가 보기에도 오곤은 젊고 재기발랄할 뿐 아니라 늠름하고 씩씩했다. 마누라가 오곤에게 정신없이 빠져든 이유를 알 것도 같았다. 오곤과의 첫 만남은 그의 승부욕을 크게 자극했다. 그는 결코 만만치 않아 보이는 상대를 어떻게든 꼭 이기고야 말겠다고 속으로 다짐하고 또 다짐했다.

호랑이도 제 말 하면 온다고 오곤이 이평수와 득도를 향해 다가왔다. 이평수가 득도의 팔을 잡아끌면서 말했다.

"저쪽으로 갑시다."

득도가 뭔가를 잠깐 생각하고는 말했다.

"먼저 가십시오. 저 사람이 나하고 할 얘기가 있는 것 같은데 대체 무슨 꿍꿍이인지 들어봐야겠습니다."

오곤은 만면에 환한 웃음을 지으면서 득도에게 손을 내밀었다. 마치 둘 사이에 유혈사태를 앞둔 대치상태가 있었던가 싶게 자연스러운 표정이었다. 득도는 손을 내밀지 않았다. 오곤은 화해의 손짓이 무시당했음에도 전혀 민망한 기색이 없었다. 아무렇지도 않다는 듯 그저 내민 손으로 허공에 포물선을 그리면서 호수를 가리켰다.

"서호의 경치는 그야말로 명불허전이군. '하늘에는 천당이 있고, 땅에는 서호가 있다.'는 말의 의미를 오늘에야 이해할 것 같네."

오곤은 서호의 경치에 진심으로 감탄하고 있었다. 감옥에 들어갔다 나온 사람은 한 번도 자유를 잃어보지 못한 사람들보다 삶에 대한 애착이 더 강해진다고 했다. 오곤은 감금당한 두 달 동안 삶에 대한 애착뿐만 아니라 세상을 보는 눈과 형세를 분석하는 통찰력이 한층 더 깊어진 것이 분명했다. 그리고 원래부터 남의 이목을 별로 신경 쓰지 않는 성격인데 지금은 더 뻔뻔해진 것 같았다. 방금 회의장에서 사람들의 어설픈 정치 놀음을 구경하면서 속으로 코웃음을 금치 못한 것도 그것과 무관하지 않았다. 그가 어깨를 으쓱하면서 말했다.

"저들끼리 실컷 떠들라지. 우리하고는 상관없는 일이지 않나?"

오곤의 말은 오곤파와 득도파는 '군부대 무기고 습격사건'과는 아무 관계가 없다는 뜻이었다. 득도는 혐오스러운 표정으로 고개를 저었다. 요즘 세상은 정의나 도리보다 권력과 음모가 득세하는 세상이었다.

각지의 제후들이 대혼전을 벌이던 2,000여 년 전 춘추전국 시대와 다를 게 뭐가 있는가?

오곤은 득도가 무슨 생각을 하는지 짐작할 수 있었다. 예전 같았으면 득도의 말 한마디, 행동 하나하나에 모두 신경이 쓰였을 터였다. 하지만 지금은 아니었다. 그는 한백옥 난간을 손으로 툭툭 치면서 뜻밖에도 시를 읊기 시작했다.

"……무리 잃은 기러기는 울고, 강남의 나그네는 오吳나라의 창과 칼을 보고 난간을 두드리니, 누구도 높은 곳에 올라 바라보면서 느끼는 감회를 모를 것이네…….' 가헌稼軒(남송의 시인, 정치가)의 〈수룡음〉水龍吟이네. 기억하는가?"

이런 마당에 시가 나오다니? 오곤의 엉뚱한 짓거리에 대비해 나름 마음의 준비를 단단히 한 득도도 순간 황당한 표정을 감추지 못했다.

"나는 자네가 무슨 생각을 하는지 알고 있네. 오곤이 어떻게 저렇게 변했나, 궁금하겠지. 나를 후안무치하다고 욕해도 좋아. 나는 아무렇지 않으니까. 어쨌든 나는 내 방식대로 할 거네. 아 참, 자네에게 고맙다는 말은 해야지. 내가 격리 심사를 받을 때 물에 빠진 사람에게 돌 던지는 격으로 몰지 않아줘서 고마웠네. 자네가 나에게 불리한 증언을 한마디만 했더라면 나는 끝장났을 텐데. 그리고 자네가 군구 무기고를 보호하러 출동하지 않아줘서 고마웠네. 자네가 움직였더라면 나도 가만히 있지 않았을 거고, 그랬다면 엄청난 혈전을 피할 수 없었을 테지. 그 당시 나는 인내심의 한계를 느꼈는데 자네는 자제력이 대단하더군. 탄복했어. 이제 보니 자네도 정치에 꽤 소질이 있는 것 같아."

"혼자 있고 싶네."

"세상에, 이렇게 생각이 다를 수가. 나는 너무 오랫동안 혼자 있어서 그런지 외로운 건 질색인데."

"그러면 자네 동료들이나 찾아가보게. 나는 먼저 갈 테니."

"잠깐만."

오곤의 표정이 보기 싫게 일그러졌다. 목소리도 한껏 낮아졌다. 그가 득도의 눈길을 피하면서 중얼거리듯 말했다.

"자네는 백야가 언제 애를 낳는지 알고 있겠지……."

백야의 말이 나오자 득도는 가슴이 찢어지는 것 같았다. 고통스러운 표정으로 난간을 붙잡으며 세차게 고개를 저었다.

"자네는……, 정말…… 비열하군……."

오곤의 얼굴은 화를 내기는커녕 울고 싶은데 뺨 때려줘서 다행이라는 표정이었다. 이어 비교적 차분한 어조로 말했다.

"미안하네. 나도 자네가 애 아빠일 리는 없다고 믿고 있지만 내 아이라는 증거 또한 없지 않은가? 솔직히 말해서 그녀가 북경에서 어떤 남자들하고 놀아났는지 알게 뭔가?"

득도는 오곤의 나불대는 더러운 입을 주먹으로 한 대 치고 싶은 욕망을 겨우 참고 몸을 휙 돌렸다. 그러나 오곤은 득도의 뒤를 그림자처럼 졸졸 따라가면서 쉴 새 없이 떠들었다. 둘은 어느새 몽향각夢香閣, 반은 려半隱廬와 화죽안락재花竹安樂齋를 지났다.

"다음 의제가 뭔지 아는가? 바로 '치안'이네, 치안. 반혁명 현행범을 검거할 차례라는 말이지. 자네하고는 상관없는 일이라고 말하지 말게. 빠져나갈 구실을 찾으려고 해도 이미 늦었네. 자네 친척인 포랑 선생, 지금 조쟁쟁의 운전기사로 일하고 있는 포랑은 무엇 때문에 자신의 성이 '나'씨라고 거짓말을 했을까?"

득도가 걸음을 뚝 멈추고 고개를 돌렸다.

"지금 무슨 말을 하는 건가? '항'씨는 뭐고 '나'씨는 또 뭐란 말인가?"

오곤이 득도의 팔을 잡고 호숫가 쪽으로 이끌었다. 그러면서 나직하게 말을 이었다.

"자네도 성격이 급하긴. 중요한 말이 남아 있네. 학교에서는 보는 눈이 많아서 어디 흉금을 털어놓고 대화를 할 수가 있어야지. 국가 지도자들만 올 수 있다는 명승지에서 어렵사리 단둘이 만났으니 천천히 잘 얘기해보는 게 어떻겠나? 아까도 말했지만 나는 진심이야. 자네가 나를 도와줬으니 나도⋯⋯."

"그래서 본론이 뭔데?"

득도가 미간을 찌푸리면서 오곤의 말을 잘랐다.

"똑바로 말하게. 포랑삼촌하고 치안이 무슨 상관이란 말인가?"

둘은 다시 호숫가로 돌아왔다. 오곤이 슬며시 웃음을 지었다.

"'정치'의 '정'자도 모르는 애송이들, 똑똑해지려면 아직 멀었어. 남의 밑에서 졸개 노릇이나 하고 말이야. 누군가 자전거로 조쟁쟁을 치고 그녀가 갖고 있던 전단을 탈취해갔네. 곧이어 한 사람이 영웅처럼 짠하고 나타나서 조쟁쟁을 구해줬지. 바로 자네 삼촌 포랑이네. 바보 같은 조쟁쟁은 그것도 모르고 포랑을 운전기사로 데려오질 않나. 내가 전단을 자세히 읽어봤는데 죄다 유치하고 어처구니없는 내용뿐이더군. 중요한 사실은 우리 오씨 가문의 옛날 고리짝 일들을 마치 자기 눈으로 본 것처럼 세세하게 까발렸다는 점인데⋯⋯. 항주에서 우리 오씨 집안의 과거를 그토록 잘 아는 사람이 항씨네 말고 또 누가 있겠나?"

득도는 허황하고 터무니없는 옛 얘기를 듣는 기분이었다. 하지만 오랫동안 집에 들어가지 않아 그동안 어떤 일들이 있었는지 전혀 모르기도 했다.

"혹시 자네가 막후 조종자가 아닐까 잠깐 의심도 했네만 전단의 문필과 내용으로 봐서 자네하고는 상관없다는 걸 알 수 있었네. 더구나 그따위 수작으로는 나에게 타격을 줄 수 없다는 것도 잘 알고 있을 테고. 문제는 요즘 항주 시내에 그런 '반동 전단'이 심심찮게 나돈다는 건데……. 전단 내용도 처음에는 '출신론'에 이의를 제기하는 듯하더니 나중에는 대놓고 중앙문화혁명소조와 문화대혁명을 공격하는 것으로 격화돼 현재 각계각층의 주목을 불러일으키고 있단 말이야. 이렇게 유치한 짓을 대체 누가 하고 있을까?"

오곤의 말에 득도는 가슴이 철렁 내려앉았다. 가슴 한구석을 은근히 차지하고 있던 불안감이 고개를 쳐들었다.

"내가 두 종류의 전단을 자세히 살펴봤더니 종이, 필체, 문필 심지어 인쇄방식까지 놀랍게 일치하더군. 이건 보통 심각한 일이 아니다 싶어서 자네에게 먼저 말해주는 거네."

득도의 안색이 창백해졌다. 안경알 너머로 가늘게 뜬 두 눈이 초점을 잃은 채 건너편 왕장汪莊을 바라보고 있었다. 득도는 양진 선생이 실종된 이후 몇 번이나 파벌싸움에서 물러나려고 했었다. 하지만 그때마다 이런저런 이유로 발목이 잡혀 눌러앉았다. 보아하니 오늘 세운 결심도 실행하기는 그른 것 같았다. 득도가 입을 열었다.

"죄를 뒤집어씌우려고 든다면 구실이야 없겠나."

"나도 이번 일만큼은 자네를 본받으려고 하네. 지난번에 내가 곤경에 처했을 때 자네는 불난 집에 부채질하는 짓은 하지 않았잖은가. 뭐, 나를 불쌍하게 여겨서가 아니라 자네 나름의 실사구시 방식으로 일처리를 한 것이겠지. 그래서 나도 이번에는 감정적으로 대처하지 않고 실리를 추구할 생각이네. 걱정 말게, 내가 방금 자네에게 한 말은 다른 사람들에게는 한마디도 하지 않았으니까. 내가 이래봬도 자네가 생각하는 것만큼 비열한 사람은 아니네."

득도는 오늘 오곤을 만난 후 처음으로 그를 똑바로 바라봤다. 경계심 가득했던 눈빛이 어느새 부드러워져 있었다. 오곤이 싱긋 웃더니 건너편 왕장을 가리키면서 화제를 돌렸다.

"저기 저 왕장 보이는가? 중국을 변화시킨 수많은 정책들이 저곳에서 나왔다지? 이를테면 '무산계급 문화대혁명에 관한 결정안' 초안도 중앙의 지도자들이 저기서 용정차를 마시면서 제정한 거라고 하고. 지난여름 나와 백야가 혼인신고를 마친 그날 밤 기억나는가? 나와 백야, 자네와 득방, 이렇게 넷이서 한 방에 모여 라디오방송을 들었었지. 그때 들었던, 국가와 우리 개개인의 운명을 변화시킨 중대 결정이 저 왕장에서 나온 것이라니, 정말 저기는 한번 가보고 싶네……."

오곤이 눈을 가늘게 뜨고 잠꼬대하듯이 중얼거렸다. 득도는 잡념을 털어버리려는 듯 고개를 흔들었다. 오곤에 대한 경계심을 완전히 풀지 않겠다는 다짐 같았다. 그가 천천히 입을 열었다.

"말해보게, 나와 무슨 거래를 하고 싶은 건지."

오곤의 잘 생긴 얼굴이 보기 싫게 일그러졌다. 마치 아름다운 꿈속을 헤매다 갑자기 고통스러운 현실로 돌아온 사람 같았다. 그는 잔잔한 호수에 시선을 고정시킨 채 말했다.

"나 좀 도와주게. 나를 뭐라고 욕해도 다 좋아. 애 아버지가 누구인지 알아봐 줄 수 없겠나? 나도 그녀를 만나러 갔지만 나에게는 아무 말도 해주지 않았네. 자네가 찾아가면 진실을 말해 줄 것 같아. 나를 비열한 인간이라고 욕해도 좋네. 하지만 꼭 진실을 알아야겠어. 제발 나 좀 도와주게. 내가 이렇게 부탁할게."

생각지도 못한 뜻밖의 부탁이었다. 득도는 시뻘겋게 충혈된 오곤의 눈을 보면서 참 불쌍한 인간이라는 생각을 했다. 그들의 머리 위에서 백양나무와 버드나무 가지가 바람에 흔들리고 있었다. 평소에 부드럽게 느껴지던 쏴쏴, 소리가 귀청을 아프게 때렸다.

항씨 집안의 노약자들이 작전을 개시했다. 정치 무대의 주인공을 빼놓고 그들 나름의 열정으로 한 생명을 구하기 위해 실행에 들어간 것이다. 오곤에게 비밀 아닌 비밀을 들킨 포랑도 이들의 비밀 작전에 가담했다.

달리는 지프 안에서 가화는 손자 항요를 꼭 껴안고 있었다. 그의 표정은 놀랍도록 평온했다. 젊은 시절의 강인하고 고집스러운 성격이 오랫동안 쥐 죽은 듯 조용하게 살아온 세월을 뒤로 한 채 스멀스멀 올라오고 있었다. 그는 속으로 고집스럽게 되뇌었다.

'어떻게든 요요를 구해야 한다.'

그는 스스로에게 자신감을 북돋아줬다. 그는 스스로를 잘 알고 있었다. 평범한 일상 속에서는 유약해 보여도 일단 비상사태에 직면하면 침착하고 과단성 있는 의사결정과 위기대처능력을 보여주는 것이 그의 숨겨진 본성임을.

차를 운전하는 사람은 포랑이었다. 창밖으로 초여름의 경치가 휙휙 빠르게 지나갔다. 가화는 문득 한 가지 사실을 확신했다. 그것은 자신이 노년을 의지하려던 손자 득도에게 이제는 어떤 것도 바랄 수가 없어졌다는 사실이었다.

언제부턴가 득도는 할아버지와 대화할 때도 누가 옳고 누가 그른가에 대해서만 논하려고 했다. 하지만 가화는 시시비비 따지기를 싫어했다. 언성을 높이는 것조차 예의 없는 행동으로 받아들이는 가화에게 밖에서 벌어지는 일들은 아무 의미가 없었다. 그의 급선무는 오로지 항요를 구출하는 것이었다.

하지만 득도는 이번에도 가화를 실망시켰다. 아니, 실망을 넘어 절망에 빠뜨렸다. 득도는 변했다. 할아버지와 마주앉아 우아하게 찻잔을 기울이던 예전의 준수한 젊은이는 더 이상 존재하지 않았다. 득도의 머릿속은 항요를 구하는 일보다 더 중요한 일들로 꽉 차 있었다. 득도가 나 몰라라 하는 동안 항요는 어린 나이에 구치소에서 괴로운 시간을 보내고 있었다. 결국 가화는 득도에 대한 기대를 깨끗이 접고 직접 나서기로 결심했다. 지금 돌아가는 상황을 보면 항요를 비롯한 '새끼 반혁명분자'들이 곱게 풀려날 거라는 기대는 접어야 했다. 설령 풀려난다고 해도 어린 나이에 겪은 경험이 평생의 트라우마로 남을 것이 분명했다. 가화는 항요의 아버지 방월만 봐도 어린 그의 미래가 훤히 보이는 것 같아 마음이 아팠다. 그는 자신이 숨이 붙어 있는 한 어린 항요를 불공평한 운명의 굴레에서 벗어나게 하리라 다짐했다. 어떻게 보면 미친 짓이라 해도 좋을 만큼 무모한 시도는 가화와 똑같이 열정적이고 고집이 센 여동생 기초의 전폭적인 지지를 받았다. 드디어 주도면밀한 계획이 완성되었다. 더불어 각자 맡은 배역에 따라 행동을 개시했다.

항씨네 비밀 작전 '대원'들 중에 기념휘장 제조공장에서 일하는 기초가 가장 먼저 '출동'했다. 공장은 마침 항요가 갇혀 있는 공자묘 안에 있었다. 기초는 온갖 구실을 만들어 경비대대를 뻔질나게 드나들었다. 누가 시키지도 않았는데 경비대원들의 이불을 두 번씩이나 빨아주고 대대장의 이불은 특별히 세 번이나 빨았다. 또 볕이 좋은 날이면 잊을세라 대원들의 이불을 밖에 내다 널었다. 기초의 느닷없는 호의를 의아해하고 어색해하던 군인들은 시간이 지나면서 점차 그녀와 허물없는 사이가 돼갔다.

기초는 여기서 만족하지 않고 한술 더 떴다. 어느 날 그녀는 대접만 한 모택동 휘장을 들고 경비대대 대대장을 찾아갔다. 이어 휘장을 직접 달아준다고 그에게 바싹 붙어 섰다. 그녀의 봉긋한 가슴이 대대장의 가슴에 닿을락말락했다. 대대장은 긴장한 표정이 역력했다. 숨소리도 커졌다. 기초는 이때다 싶어 딱한 사정을 털어놓았다.

"아유, 힘들어 죽겠어요. 중국 전역에서 모 주석께 충성하는 운동이 일어나 모 주석 휘장 공급이 수요를 감당해내지 못하고 있어요. 주문은 잔뜩 밀리고, 일손은 딸리고, 어떻게 했으면 좋을지 모르겠어요. 해방군 동지들이 좀 도와주면 좋을 텐데, 어떻게 안 될까요?"

대대장은 난색을 표했다.

"우리도 도와주고 싶지만 방법이 없지 않소. 여기 있는 '새끼 반혁명 현행범'들을 지키는 것만으로도 머리가 터질 것 같소. 몇몇 어린아이들은 우리가 밥도 먹여주고 옷도 갈아입혀 줘야 한단 말이오"

대대장의 말마따나 공자묘에 갇혀 있는 '새끼 반혁명분자'들 중에는 항요보다 어린 철부지들도 꽤 있었다. 아직 아무것도 혼자 할 줄 모르는 나이라 밥을 먹여주고 옷을 갈아입히는 것은 물론이고 밤마다 걷어찬 이불까지 덮어줘야 했다. 딱 하루 이불간수를 해주지 않았다가 다음날 여럿이 배탈이 나서 어른, 아이 할 것 없이 크게 고생을 했다면 더할 말이 없었다. 더구나 철부지들이 무엇을 알겠는가. 아이들이 매일같이 울고불고 엄마, 아빠를 찾느라 공자묘는 하루도 조용할 날이 없었다.

기초가 넌지시 대대장의 말을 받았다.

"그러게 말이에요. 아이들이 뭘 안다고 반혁명적 행동을 했겠어요? 제 생각에 아이들은 조만간 풀려날 것 같아요. 그러니 대대장님도 너무 신경 쓰지 마세요. 진짜 반혁명분자라면 백번 총살당해도 마땅하지만 이 아이들이 그럴 리가 없잖아요?"

대대장이 고개를 끄덕였다. 기초가 잠깐 고민하는 척하다가 한 가지 '묘안'을 내놓았다.

"안 그래도 우리 공장에 일손이 부족한데 아이들을 데려다 일 좀 시키면 안 될까요? 제품을 상자에 넣는 간단한 일 정도는 어린아이들도 충분히 할 수 있잖아요. 도망가지 못하게 옆에서 지키면 별일이야 있겠어요? 설령 도망가 봤자 어디로 가겠어요? 어때요, 대대장님? 그야말로 누이 좋고 매부 좋은 일 아닌가요? 상부에 한번 여쭤보세요. 하긴 대대장님이 상부에 어떻게 말하느냐에 달렸겠지만요."

기초는 눈웃음을 살살 치면서 팔꿈치로 대대장의 옆구리를 쿡쿡 찔렀다. 천리 밖의 시골에 마누라를 두고 온 대대장은 도시 여자의 유혹할 듯 말 듯한 도발적인 눈짓과 몸짓에 그만 혼을 쏙 빼앗겼다. 애써 근엄한 표정을 유지하느라 애는 썼지만 가슴에 단 대접만 한 휘장이 심하게 오르락내리락하는 걸로 미뤄봐서 잔뜩 긴장한 것이 틀림없었다. 기초는 슬쩍 미소를 날리고 자리를 떴다. 대대장은 어느새 뻣뻣하게 굳었던 몸에서 힘을 풀면서 혼자 김칫국을 들이켰다.

'역시 결혼 경험이 있는 부인이라서 그런지 처녀하고는 보는 눈이 다르단 말이야. 내가 비록 유부남이긴 하지만 이만하면 사나이답게 잘생겼지. 안 돼, 이러면 안 돼. 유혹에 넘어가면 안 돼. 군인이 〈3대 기율과 8항 주의〉 제7조를 위반하면 안 되지.'

대대장은 잔뜩 들떠서 엉뚱한 상상을 했다가, 스스로 머리를 쥐어 박으면서 자기비판을 했다가 오락가락 마음을 영 가라앉히지 못했다. 그리고 이틀 뒤 그는 기초가 일하는 공장으로 아이들을 데려왔다.

"항 공장장, 내가 이번에 힘을 좀 썼소."

대대장은 미적거리면서 갈 생각을 하지 않았다. 기초가 대대장의 어깨를 툭툭 치면서 하층민 여자들처럼 걸걸하게 말했다.

"아유, 수고하셨어요. 내가 10년만 더 젊었어도 대대장님과 어떻게 해볼 텐데. 세월이 참 야속하네요. 벌써 마흔 넘어 곧 오십 줄이 눈앞이 네요. 나도 한때는 '용정 서시'龍井西施로 불렸었는데. 휴우, 새파란 시절은 다 갔어. 대대장님, 못 믿겠으면 동네 사람들에게 물어봐요. 나 항기초 가 옛날에 얼마나 잘 나갔던 사람인지. 왕손공자王孫公子들이 나 좋다고 줄을 지어 따라다녔다니까요. 에휴, 이제는 다 옛말이 됐어. 대대장님은 아직 젊고 장래가 촉망되니 얼마나 좋아요? 부럽네, 부러워."

대대장의 눈이 갑자기 휘둥그레졌다. 기껏해야 삼십대 초반으로 보 이는 여자가 곧 오십 줄에 들어선다니. 게다가 남자의 어깨를 툭툭 치 고 호탕하게 웃는 모습은 그가 상상해온 세련되고 우아한 도시여자의 모습과는 많이 달랐다. 그동안 그는 뭔가 단단히 착각을 해왔던 것이 틀림없었다. 대대장이 멍해 있는 사이에 기초가 향긋한 차를 가져왔다. 이어 두 손으로 대대장에게 찻잔을 받쳐 올리면서 공손하게 말했다.

"대대장님, 정말 고마워요. 변변찮지만 차 한잔 드세요."

기초는 언제 그랬던가 싶게 조신하고 예의 바른 모습으로 다시 돌 아왔다. 대대장을 바라보는 눈빛에는 고마움과 예의를 갖춘 거리감이 있었다. 참으로 변덕이 심한 여자였다. 대대장은 찻잔을 받아 한 모금 크게 들이켰다.

"맛이 참 좋군요."

대대장의 얼굴이 살짝 붉어졌다. 말투도 어느새 높임말로 바뀌어 있었다.

드디어 그날이 왔다. '우귀'牛鬼 방월은 똥차를 깨끗하게 씻고 남몰래 소독약으로 소독까지 했다. 오전 9시가 된 것을 확인하고는 곧바로 공자묘로 들어갔다. 오늘은 공자묘에 있는 변소의 인분을 푸기로 정해져 있었던 것이다. 문지기는 방월의 얼굴을 보지도 않고 선선히 들여보냈다. 공장을 지날 때였다. 공장 문 앞에 서 있는 기초가 보였다. 기초는 뚜껑을 덮은 찻잔을 들고 서 있었다. 이 역시 사전에 정한 암호로 '지금까지 순조롭게 진행되고 있다.'는 의미였다.

공장 안에서는 맹인 과아瞬兒가 일을 하는 한편 장기자랑으로 사람들을 즐겁게 하고 있었다. 그가 부르는 '어록가'語錄歌는 여느 사람들이 부르는 것과 달랐다. 다른 사람들은 천편일률적으로 이겁부李劫夫(군인 및 배우 겸 음악가)가 만든 노래를 불렀으나 그는 달랐다. 소흥대판紹興大板을 비롯해 '월곡'越劇, '양류청'楊柳青, '연화락'蓮花落 등 민간 설창 예술을 접목시킨 독특한 편곡으로 모 주석 어록을 그야말로 맛깔나게 소화했다. 그는 스스로를 '모택동 사상 1인 문예선전대'라고 소개했다. 그래서일까, 오늘은 여느 때보다 더 열심히 재롱을 부리고 있었다. 아이들은 휘장을 상자에 담는 일을 하면서 수시로 해맑게 웃음을 터뜨렸다.

어른, 아이 할 것 없이 웃느라고 정신없는 틈을 타 기초는 슬며시 항요에게 다가가 발로 엉덩이를 툭 찼다. 항요는 뒤가 마려운 척 배를 붙잡고 밖으로 나갔다. 변소는 공장 건물 바로 뒤에 있었다. 반장은 과아의 노래에 흠뻑 빠져 항요가 나가는 것을 보지 못했다. 항요가 변소 앞에 이르렀을 때였다. 아들이 나오기를 기다리고 있던 방월이 불쑥 튀어나왔다. 깜짝 놀란 항요가 울음을 터뜨리려고 입을 크게 벌렸다. 들키면 모든 것이 수포로 돌아갈 판이었다. 방월이 황급히 낮은 소리로 달랬다.

"뚝! 아빠야, 아빠. 너를 구하러 왔어."

방월이 다짜고짜 아이를 번쩍 안아 똥차에 밀어 넣으면서 말했다.

"요요, 조금만 참아. 아빠가 곧 내보내줄게. 절대 소리 내면 안 된다!"

쾅, 하고 차 지붕이 닫혔다. 꼼짝없이 똥차 안에 갇힌 항요는 똥냄새와 이름 모를 온갖 소독약 냄새 때문에 숨이 막혔다. 게다가 미친 듯이 질주하는 차안에서 이리 넘어지고 저리 부딪쳤다. 두 손으로 코를 막았다가 차벽을 짚었다가 어찌할 바를 몰랐지만 그 와중에도 아이는 얼마나 놀라고 무서웠던지 눈물조차 흘리지 못했다.

시간이 얼마나 흘렀을까, 항요는 아빠에게 안겨 밖으로 나왔다. 똥냄새와 다른 썩은 냄새가 얼굴을 훅 덮쳤다. 그의 눈앞에 펼쳐진 것은 시커먼 강이었다. 방월은 똥차를 다리 아래에 내버려둔 채 아이를 업고 다리 위로 올라갔다. 다리는 까마득하게 높았다. 하지만 방월은 한 번도 쉬지 않고 단숨에 꼭대기까지 올라갔다. 항요는 아래를 내려다보다가 어지럼증이 나서 눈을 질끈 감았다.

"아빠!"

항요가 아빠의 목을 꼭 껴안았다. 아빠는 대답이 없었다. 그제야 아까의 똥냄새 때문에 느끼지 못했던 술 냄새가 코를 찔렀다. 아빠의 눈은 토끼눈처럼 뻘겋게 충혈돼 있었다. 아빠는 입을 꾹 다문 채 다리 아래로 흐르는 시커먼 강과 다리 양옆에 늘어선 단층집들을 우두커니 바라보고 있었다. 시간이 얼마나 흘렀을까, 항요가 잔뜩 두려움에 질린 목소리로 아빠를 불렀다.

"아빠, 배고파!"

그들은 다리 아래에 있는 작은 음식점으로 들어갔다. 공자묘에 갇혀 있는 동안 제대로 먹지를 못한 항요는 고기소 만두를 보자 허겁지겁 두 개나 먹어치웠다. 배가 부르자 아이의 눈꺼풀이 스르르 내려왔다. 아까처럼 무섭지도, 두렵지도 않은 것이 분명했다. 그들은 강 옆에 있는 작은 집으로 돌아왔다. 방월은 아들을 침대에 내려놓고 집에 있는 문과 창문을 모두 닫았다. 항요는 순간 오싹 몸을 떨었다. 집안에는 어슴푸레한 불이 하나 켜져 있을 뿐 완전히 밀폐돼 항요는 다시 공자묘로 돌아온 듯한 느낌이 들었다. 그러나 다행히 아버지가 옆에 있어서 무섭지는 않았다. 하지만 아버지의 모습이 평소와는 많이 달랐다. 아까 다리 위에서 아래를 내려다볼 때처럼 항요를 뚫어지게 쏘아보면서 몇 번이고 같은 말을 계속 곱씹었다.

"요요, 이놈의 지긋지긋한 생활이 언제면 끝이 날까?"

어린 항요는 아빠가 무슨 말을 하는지 이해하지 못했다. 아빠가 다시 물었다.

"요요, 너 공자묘로 다시 돌아가고 싶어?"

항요는 죽어라고 고개를 저었다. 그러면서 벽에 딱 붙어 한껏 몸을 움츠렸다.

"하하하하!"

방월이 너털웃음을 터트리면서 품에서 술병을 꺼냈다. 원래 그는 술이 약했다. 그런데 아들을 만나기 전에 이미 반병이나 마시고 왔다. 취기가 돌지 않으면 이상할 정도였다. 그가 아들의 입에 술병을 갖다 대면서 말했다.

"너도 조금 마셔. 마시고 우리 함께 좋은 곳으로 가자."

항요가 몸부림을 치고 울면서 할아버지를 불렀다. 방월이 한숨을 내쉬면서 말했다.

"할아버지를 찾아도 소용없어. 아빠는 너를 할아버지에게 보내지 않을 거야. 너는 아빠하고 같이 가야 해. 우리 이제 길을 떠날까?"

항요가 고개를 저었다.

"싫어요. 할아버지한테 갈래요."

방월이 아들을 외면한 채 혼자 꿀꺽꿀꺽 술을 들이켰다. 이어 발꿈치를 들고 전기선을 살펴보다가 서랍에서 가위를 꺼냈다. 항요는 그 사이에 잠이 들었다. 시간이 얼마나 흘렀을까, 잠에서 깬 항요는 심상치 않은 분위기를 느꼈다. 온몸이 피투성이가 된 아빠가 그를 잡아당기고 있었던 것이다. 방월이 비명을 지르려는 아들을 진정시키면서 말했다.

"쉿! 아빠가 부주의로 손을 다쳤어. 옆집 가게에 전화가 있어. 너 전화할 줄 알지? 아빠가 전화번호를 줄 테니 내채 할머니에게 할아버지를 불러오라고 해. 할 수 있지?"

항요는 태어나서 처음으로 전화를 걸었다. 그 전화가 아버지의 목숨을 살렸다. 항요는 그가 잠든 사이에 방안에서 무슨 일이 있었는지 알지 못했다.

방월은 아들이 잠든 것을 확인하고 가위를 치켜들었다. 먼저 아들을 죽이고 자신도 따라죽을 생각이었다. 하지만 가위를 든 손은 몇 번이나 맥없이 떨어지고 말았다. 차마 아들을 찌를 수가 없었던 것이다. 화가 나고 조급해진 그는 눈을 질끈 감은 채 가위로 자신의 손목을 그었다. 시뻘건 피가 솟구쳤다. 아픈 느낌은 없었다. 문득 해탈을 한 듯한 기쁨마저 느껴졌다. 온몸을 뜨겁게 달구던 술기운도 따라서 빠져나가는 것 같았다. 하지만 피가 많이 흐르고 술이 깨면서 눈앞이 아득해질 즈음 그는 번쩍 정신이 들었다. 그제야 자신이 무슨 짓을 했는지 깨달았다. 그는 몸부림을 치면서 아들을 깨웠다. 어떻게든 살고 싶었다. 그리고 어린 아들이 그의 목숨을 구했다.

항요는 그 후에 일어난 일은 잘 기억나지 않았다. 다행히 내채가 전화를 받고 즉시 할아버지와 할머니를 데리고 왔다. 그들이 조그마한 방에 들어섰을 때 항요는 방구석에 웅크리고 앉은 채 잔뜩 두려움에 질린 눈으로 문 뒤를 보고 있었다. 바닥, 침대와 벽이 온통 피범벅이었다. 방월은 반쯤 의식을 잃은 상태였다. 팔목에는 수건이 동여매져 있었다. 요코가 수건으로 방월의 상처를 다시 감싸고 포랑에게 손짓을 했다. 가화가 물었다.

"괜찮아?"

요코가 방월의 눈꺼풀을 뒤집어보고 대답했다.

"늦지 않았어요."

내채가 사색이 돼 항요를 꼭 껴안았다.

병원은 멀지 않았다. 요코가 포랑에게 방월을 업고 들어가게 하고는 항요를 가화에게 넘겼다.

"포랑이 나오면 즉시 출발하세요. 여기는 제가 맡을게요. 월이는 괜찮아요. 곧 의식을 회복할 거예요."

"그럼 원래 계획대로 하지."

"저는 월이가 아들을 찾지 못해 자결을 시도했다고 둘러대겠어요."

노부부는 사람의 목숨이 달린 중대한 일 앞에서 마치 남 얘기라도 하듯 태연하고 덤덤했다. 항요는 연이은 충격에 뭐가 뭔지 몰라 입을 꼭 다문 채 울음소리도 내지 못했다. 잠시 후 포랑이 나왔다. 가화는 구린

내가 진동하는 항요를 데리고 차에 올랐다.

　　항요를 태운 차는 서대목西차目을 향해 질주했다. 포랑은 오늘 시골
에서 오는 손님 마중을 가야 한다고 대충 핑계를 대고 조쟁쟁에게 잠깐
짬을 얻었다. 물론 그는 외삼촌 가화가 무엇 때문에 차를 가지고 나오라
고 했는지 이유를 모르고 있었다. 다만 그가 운전을 배우는 것에 대해
다른 가족들이 기를 쓰고 반대할 때 외삼촌만 적극적으로 지지했던 이
유를 알 것 같았다. 외삼촌은 차와 차를 몰 운전사가 필요했던 것이다.

　　가화와 포랑은 양패두에서 한참 동안 마음을 졸였었다. 원래 계획
대로라면 방월이 항요를 빼내온 뒤 즉시 양패두에 전화를 하기로 했었
다. 하지만 방월의 전화 대신 마른하늘에 날벼락 같은 소식이 들려왔다.
다행히 방월이 죽기 전에 제정신을 차린 덕분에 부자는 목숨을 부지할
수 있었다.

　　포랑은 기계적으로 차만 몰았다. 가는 내내 외삼촌 가화와 말 한마
디 나누지 않았다. 요즘 그는 고민이 컸다. 조쟁쟁의 운전기사로 들어간
이후 가족들은 그를 예전처럼 대하지 않았다. 그의 일거수일투족에 잔
뜩 의심의 눈초리를 보내고 심지어 전염병환자 피하듯 슬슬 피하기까지
했다. 아마 오늘도 자동차가 꼭 필요한 상황이 아니었다면 가화 외삼촌
이 그를 찾는 일은 없었을 것이었다. 어제 그는 양패두로 가던 길에 사
애광을 만났다. 영상과 무슨 얘기를 나누던 사애광은 그를 보자 경멸스
러운 표정을 짓더니 고개를 홱 돌렸다. 그가 사애광을 잡고 물었다.

　　"왜 그래? 내가 뭘 어쨌다고 다들 나를 싫어하는 거야? 그깟 차를
좀 몬 것이 그렇게 잘못한 거야?"

　　사애광이 그의 팔을 뿌리치면서 냉랭하게 말했다.

"포랑, 당신의 그 여자에게 아무 말이나 다 한 건 아니죠?"

포랑은 기가 막히고 화가 나서 발을 탕탕 굴렀다.

"여자? 나한테 무슨 여자가 있어? 어디 한번 여자하고 제대로 사귀어보고 그런 말을 들었으면 억울하지나 않지. 조 부장? 걔가 여자야? 채 차? 그것도 여자야? 그리고 사애광 너, 너도 여자라고 할 수 있어? 기껏 도와줬더니 고맙다는 말 한마디 없이 만날 득방하고만 붙어 다니면서 이상한 짓거리나 하고 말이야. 콧구멍하고 손톱까지 시커멓게 해가지고 들킬까봐 무섭지도 않아? 나는 오히려 너희들이 더 걱정이다."

기분 나쁜 일은 한두 가지가 아니었다. 어제 길에서 우연히 맞닥뜨린 오곤이 희미한 웃음을 지으면서 그에게 엉뚱한 말을 하는 것이 아닌가.

"어이, 자네 성은 나씨가 아니라 항씨지?"

포랑은 말문이 막혀 오곤의 얼굴을 멍하니 쳐다보기만 했다. 오곤은 고개를 끄덕여보이고는 바로 자리를 떴다. 포랑은 누군가에게 답답한 속을 털어놓고 싶었다. 그러나 마땅히 떠오르는 사람이 없었다.

포랑은 사애광을 보면서 "입이 열 개라도 할 말이 없다"는 속담의 뜻을 알 것 같았다. 그는 노래도 잘하고 여자들과 농담도 잘했으나 유독 이치를 따지는 일에는 약했다. 포랑이 씩씩거리면서 자리를 뜨려는데 영상이 잡아당겼다.

"가지 말아요, 삼촌. 저는 삼촌이 '반역자'가 아니라는 걸 믿어요. 그런데 왜 하필이면 그 살인자하고 어울려 다니는 거예요?"

포랑이 버럭 소리를 질렀다.

"그러게 진작 좀 알려주지 그랬어. 그 여자가 살인자인지 뭔지 내가 어떻게 알았겠냐고!"

포랑이라고 어찌 조쟁쟁 곁을 떠날 생각을 해보지 않았겠는가. 하지만 이래저래 입을 열 기회를 놓치다보니 지금까지 미적거리게 된 터였다.

아무려나 조쟁쟁은 집에서 요양하면서 얼굴과 몸에 살이 제법 붙었다. 덕분에 까칠하고 괴팍해보이던 인상이 많이 부드러워졌다. 하지만 성격은 예전 그대로였다. 입만 열면 주자파를 비롯해 다른 파벌 우두머리와 우귀사신들의 이름을 줄줄 꿰면서 험한 욕을 해댔다. 한번은 그녀를 보러 온 사람들 앞에서도 호기롭게 모조리 쓸어버리는 동작을 하면서 과격한 말을 토해냈다.

"유소기劉少奇? 까짓 총살해버리면 그만이죠. 항득도? 한꺼번에 같이 총살하면 되겠네."

사람들은 그녀의 위풍당당한 모습에 박수를 보냈다. 하지만 사람들이 날이면 날마다 그녀를 보러 오는 것이 아니었다. 특히 오곤이 찾아오는 횟수는 급격히 줄어들었다. 집에서 무료하다 못해 미칠 지경이 된 조쟁쟁은 개인 경호원이자 운전기사인 '소라'에게 눈길을 돌리기 시작했다. 포랑의 남자답게 잘 생긴 얼굴과 탄탄한 근육질 몸매를 훑어보는 그녀의 눈빛은 점점 야릇해져갔다.

어느 날, 조쟁쟁은 머리를 감겠다면서 포랑에게 물을 떠오라고 시켰다. 포랑은 단칼에 거절했다.

"나는 그런 일을 하는 사람이 아니오."

조쟁쟁이 애교스럽게 입술을 삐죽거렸다.

"소라, 감히 부장에게 대들다니. 간이 배 밖으로 나왔군요. 그리고 나는 발을 다쳤잖아요. 당신은 혁명적 인도주의 정신도 없어요?"

포랑은 지은 죄가 있다 보니 조쟁쟁에게 코가 꿰어 끌려 다닐 수밖에 없었다. 지금까지 하늘을 우러러 한 점 부끄럼 없이 살아온 당당한 사내대장부가 비밀 아닌 비밀을 아무에게도 털어놓지 못하고 혼자서 속앓이를 하며 조쟁쟁 앞에서 '소라'가 될 수밖에 없었던 것이다. 그는 고개를 푹 숙이고 따뜻한 물을 떠다 조쟁쟁의 머리를 감겨주기 시작했다. 그녀의 뒤통수를 내려다보노라니 문득 영상에게 들은 '차 탕관 사건'이 떠올랐다. 영상은 거짓말을 하는 아이가 아니었다. 갑자기 온몸에 소름이 쫙 돋으면서 식은땀이 흘렀다.

"으악!"

포랑은 급기야 주전자를 내던지고 비명을 지르면서 밖으로 뛰쳐나왔다. 조쟁쟁은 물이 뚝뚝 떨어지는 머리를 붙잡고 어안이 벙벙한 표정을 지었다.

차는 서천목산 초계梢溪에 이르러 멈춰 섰다. 가화가 소변이 급하다는 항요를 안고 차에서 내리면서 포랑에게 당부했다.

"돌아가서는 아무 말도 하면 안 된다. 알겠느냐?"

외삼촌의 한마디에 포랑은 더 이상 참을 수가 없었다. 항주의 친척들은 다들 속고만 살았나? 왜 이다지도 사람을 믿지 못하지? 포랑은 그예 고함을 꽥, 질렀다.

"나도 알아요, 안다고요!"

가화가 놀란 얼굴로 항요를 내려놓고 포랑에게 다가갔다. 이어 포랑의 어깨를 잡아 돌려세우면서 부드럽게 말했다.

"이 외삼촌 때문에 네가 남들의 오해도 사고 고생이 많구나. 괜찮아, 외삼촌은 너의 편이야."

기분이 조금 풀어진 포랑이 주변을 둘러보았다. 천목산의 경치는 서호와는 완전히 다른 수려함을 자랑하고 있었다.

"여기는 어디예요? 여기 산은 항주 산과 완전히 다르군요."

가화는 '여기는 서천목산이야.'라고 말해주려다 생각을 고쳐먹고 다른 말을 했다.

"먼저 돌아가거라. 외삼촌이 다른 곳에 네 일자리를 마련해 줄게. 지금 일하는 곳보다는 나을 거다."

포랑이 고개를 끄덕였다. 하지만 가화를 보지 않고 혼잣말처럼 중얼거렸다.

"나도 여기가 어딘지 알아요. 망우 형님이 계신 곳이죠. 어른들이 말해주지 않아도 다 알아요. 어른들은 나를 '반역자'로 의심해 아무것도 알려주지 않죠. 나쁜 사람들, 나는 운남으로 돌아갈 거예요."

포랑이 항주에 온 뒤 "운남으로 돌아가겠다."는 말을 대놓고 한 것은 처음이었다. 가화가 허탈하게 웃으면서 말했다.

"포랑, 이번 일은 득도에게도 말해주지 않았단다. 그리고 네 망우 형님은 여기 없어. 여기는 서천목이란다. 망우가 있는 곳은 동천목^{東天目}이야."

동·서천목산은 안휘성 황산^{黃山}의 한줄기가 구불구불 뻗어 나온 곳인 오월왕^{吳越王} 전류^{錢鏐}의 고향 절강성 임안^{臨安}현에 있었다. 근처의 크고 작은 산들을 아우르는 두 개의 주봉이었다. 가화의 말대로 망우가 있는 곳은 이곳에서 한참 떨어진 안길^{安吉} 경내에 있는 동천목산이었다. 단순한 포랑은 외삼촌이 득도보다 그를 더 신뢰한다는 뜻을 내비치자 바로 기분이 좋아 싱글벙글 웃으며 입을 다물지 못했다.

"저도 같이 갈래요. 이깟 자동차는 버리면 그만이에요. 안 그래도 항주에서는 숨이 막혀 죽을 뻔했는데 차라리 잘됐어요. 오랜만에 산을 보니 기분이 날아갈 것 같아요."

가화는 스무 살이 넘은 나이에도 철부지 같은 말을 하는 포랑을 보면서 걱정거리가 또 하나 생겼다. 그는 항요의 일을 잘 처리하고 나면 포랑에게도 좀 더 신경을 써야겠다고 생각했다. 아이들이 자리를 제대로 잡지 못하면 죽어서도 눈을 감지 못할 것 같았기 때문이었다. 그가 의미심장한 어조로 포랑에게 말했다.

"포랑, 외삼촌이 이번에 돌아가면 너와 네 아버지가 자주 만날 수 있도록 방법을 강구해 볼게, 어때? 포랑, 너는 남자야. 산에서도 살아봤고 도시생활도 해본 사나이지. 사나이는 참을성이 있어야 하고 이를 악물고 버틸 줄도 알아야 한단다. 외삼촌은 지금 너희들의 일을 하나씩 차례로 해결해나가는 중이란다. 우선은 제일 어린 요요에게 안전한 곳을 마련해주는 게 어떻겠니? 네 생각은 어때? 포랑, 너는 착한 아이야. 외삼촌이 숨 좀 돌릴 수 있게 도와주면 안 될까?"

가화의 말투는 타이른다기보다는 거의 애원에 가까웠다. 몸과 마음이 극도로 지친 사람이 제일 친한 사람 앞에서 가식 없이 자연스럽게 표출할 수 있을 법한 처연한 말투였다. 순간 새끼손가락이 잘려진 왼손이 포랑의 어깨 위에서 가볍게 떨고 있었다. 포랑은 처음 보는 외삼촌의 약한 모습에 놀라 어리둥절해졌다. 그의 머릿속의 외삼촌은 인격이 고결하고 덕망이 높으며 큰일 앞에서도 절대 약한 모습을 보이지 않는 외유내강형 남자였다. 그런 외삼촌이 그에게 애원하듯 부탁하고 있는 것이다.

'에잇, 네가 그러고도 사람이냐?'

포랑은 속으로 자신을 호되게 질책하면서 외삼촌의 왼손을 들어 자신의 뺨을 철썩철썩 크게 두 대 갈겼다. 항요가 눈이 휘둥그레져서 다가와 할아버지의 다리에 매달렸다. 포랑은 아무 말도 하지 않고 차에 올랐다. 이어 입을 꾹 다문 채 시동을 걸고 동천목을 향해 달렸다. 얼마 후 포랑은 가화와 항요를 안전하게 목적지까지 데려다주고 혼자서 항주로 돌아왔다.

한바탕 소란이 지나가고 공자묘에도 황혼이 깃들었다.

지붕 처마 아래로 석양이 길게 그림자를 드리운 아름다운 저녁이었다. 공자묘는 오래 전에 이름이 바뀌었다. 항일전쟁 발발 전, 한간漢奸들에 의해 파괴되기 전의 웅장하던 모습은 더 이상 찾아볼 수 없었다. 하지만 공자의 숨결은 여전히 남아 있는 것 같았다.

대대장은 둥근 기둥이 줄지어선 복도를 혼자 걷고 있었다. 시멘트가 보급된 지도 한참이나 됐건만 이곳의 석판길은 예전 그대로였다. 마당에는 소나무와 잣나무가 자라고 있었다. 원래는 연못도 있었으나 홍위병들이 흙으로 메워버려 흔적도 없어졌다. 주위는 조용했다. 낮에는 한바탕 소란스러웠었다. '새끼 반혁명분자' 한 명이 사라진 일을 점심때가 다 돼 당직반장이 발견할 때까지 아무도 몰랐다. 조사 결과 아이는 변소에 갔다가 부주의로 똥구덩이에 빠진 것으로 추정됐다. 대대장은 친히 사람들을 데리고 똥구덩이를 샅샅이 훑었으나 아이를 건져내지 못했다. 나머지 아이들은 다시 두 겹의 문으로 삼엄한 경비를 세운 구치소 안에 갇혔다. 이런 일은 처음이라 다들 자신에게 책임을 물을까봐 서로 눈치만 보면서 전전긍긍했다. 대대장은 상부에 긴급 보고를 했다. 위에서 내려온 사람들은 주변 환경을 둘러보면서 엄하게 말했다.

"아이들을 옮기라고 한 지가 언젠데, 지금까지 꾸물대면서 옮기지 않은 이유가 무엇인가?"

대대장은 돌덩이를 얹은 것처럼 마음이 무거웠다. 이번 사태가 그의 진로에 어떤 영향을 끼칠지 가늠할 수 없었다. 순간 그는 머나먼 북방의 어느 시골집에서 자신이 돌아오기만을 눈 빠지게 기다리고 있을 아내와 아이들의 얼굴을 떠올렸다. 원래 그는 15년 동안 잡음 없이 잘 근무한 후 자리를 잡으면 아내와 아이들을 데려올 계획이었다. 하지만 이번 일 때문에 앞날이 불투명해지고 말았다.

혼자 생각에 잠겨 걷던 대대장의 귀에 옷을 빨래방망이로 탕탕, 내리치는 소리가 들려왔다. 잠깐이나마 그를 설레게 했던 여자가 빨래를 하고 있었다. 그는 여자 옆으로 다가갔다. 이어 빨래하는 모습을 한참 동안 물끄러미 바라보다가 빨랫돌을 만지면서 입을 열었다.

"여기에는 이런 돌이 아주 많군요. 담모퉁이, 대전 뒤편, 그리고 저기도 있네요. 언제 옮겨온 건지 모르겠어요."

"800년은 넘었을 거예요."

기초가 말했다.

"여기 이 돌을 보세요. '나는 호연지기를 잘 기르고 있다'라고 새겨져 있잖아요? 이건 황제의 친필이에요."

"정말입니까?"

대대장은 반신반의하는 표정이었다. 기초가 확신에 찬 얼굴로 고개를 끄덕였다.

"당연하죠. 제가 왜 거짓말을 하겠어요? 제 의붓아버지가 여기서 돌에 머리를 찧어 자결했잖아요. 어쩌면 이 돌일지도 몰라요. 제 의붓아버지 얘기 들어보셨나요?"

대대장이 놀라움에 눈을 크게 떴다.

"조기객趙寄客 선생이 당신의 의부라고요? 우리들이 처음 이곳에 왔을 때 혁명교육시간에 조 선생 얘기를 들었어요. 그분이 당신의 의부라고요? 그럼 당신은 누군가요? 당신과 가화 선생은 무슨 관계인가요? ……당신이 가화 선생의 여동생이라고요? 아아……, 이제 알겠어요. 이제 다 알 것 같아요."

한참의 침묵이 이어졌다. 이윽고 기초가 먼저 입을 열었다.

"차 한잔 드세요."

기초가 향긋한 농차를 건넸다. 대대장이 한 모금 마시고 나더니 한숨을 내쉬었다.

"항씨네 차는 마시기가 쉽지 않군요."

기초가 빨래를 계속 하면서 무심하게 말했다.

"차 맛이 괜찮죠?"

대대장이 변소 쪽으로 시선을 돌리면서 혼잣말처럼 중얼거렸다.

"그 아이는 죽었어요. 불쌍하게도."

"죽었기에 다행이죠. 도망이라도 갔다면 당신이 더 힘들어질 거잖아요."

대대장이 찻잔의 무게를 가늠하려는 듯 가만히 들었다가 다시 한 모금 마셨다.

"내일 우리는 이곳에서 철수합니다."

"그렇게 빨리요?"

이번에는 기초가 놀란 표정을 지었다.

"원래부터 예정돼 있었던 일입니다. 아이들은 나이가 어려도 '반혁명 현행범'인 이상 처벌이 불가피합니다. 내일이면 전부 노동개조 농장으로 끌려갈 거예요."

기초가 들고 있던 방망이를 떨어뜨렸다.

"불쌍한 것들!"

대대장이 고개를 저었다.

"그 아이는 죽었어요……. 휴우, 저 먼저 갈게요. 항씨네 차는 마시기가 참 쉽지 않군요."

터덜터덜 안으로 들어가는 대대장의 걸음이 유난히 무거워보였다. 기초는 대대장의 숨은 말뜻을 이해할 수 있었다.

공자묘에 어둠이 깊게 내려앉았다. 중국 땅 전체가 다시 어둠에 덮였다. 기초는 나지막이 안도의 한숨을 내쉬었다.

제22장

어느 여름날 점심 무렵, 포랑은 차 열쇠를 반납하기 위해 조쟁쟁을 찾아갔다. 그녀는 더위에 지쳐 책상에 엎드려 낮잠을 자고 있었다. 항주의 여름은 운남 못지않게 더웠다. 포랑은 사람이 온 것도 모르고 침을 흘리면서 꿀잠에 빠진 조쟁쟁의 모습이 못내 귀여워 미칠 것 같았다. 급기야 손가락으로 그녀의 오똑한 코를 꾹 눌렀다. 눈을 뜬 그녀가 포랑의 손을 와락 밀치면서 화를 냈다.

"뭐하는 짓이에요? 아직도 불량배 짓을 고치지 못했네."

포랑은 이제 화도 나지 않았다. 항주 여자들에게 '불량배' 소리를 하도 많이 들어서 얼굴이 두꺼워질 대로 두꺼워졌기 때문이었다. 그는 차 열쇠를 손가락에 걸고 빙빙 돌리다 조쟁쟁에게 휙 던졌다. 쨍그랑, 소리와 함께 차 열쇠는 정확하게 조쟁쟁의 코앞에 떨어졌다. 포랑은 느물거리면서 말했다.

"불량배는 이만 물러갑니다. 우리 다시는 만나지 말아요."

잠이 덜 깬 조쟁쟁이 눈을 비비면서 다급히 말했다.

"허튼소리 하지 말고 앉아 봐요. 내가 물어볼 게 있어요."

포랑이 문가로 걸어가면서 말했다.

"나는 더 이상 여기서 일할 생각이 없다고 분명히 말하지 않았소? 나는 아가씨 같은 상전을 모실 깜냥이 안 되오. 그럼 안녕!"

정신을 차린 조쟁쟁이 잽싸게 달려가 문을 닫아걸었다. 그리고는 굳어진 얼굴을 한 채 포랑을 추궁했다.

"이대로 도망가려고요? 어림도 없어요. 바른대로 말해요. 당신은 성이 '나'씨에요 아니면 '항'씨예요?"

포랑은 그 자리에 굳어졌다. 푹푹 찌는 날씨임에도 불구하고 등골에 식은땀이 쫙 흘렀다. 궁지에 몰려 한참 동안이나 입만 딱 벌리고 있던 그가 잠시 후 적반하장으로 조쟁쟁에게 삿대질을 하면서 고함을 질렀다.

"내가 먼저 물어볼 참이었어. 조쟁쟁, 차 탕관으로 진 선생님을 때려죽인 사람이 누구야?"

허를 찔린 조쟁쟁은 잠시 멍한 표정을 지었다. 예쁘게 생긴 얼굴이 보기 싫게 일그러졌다.

"누구한테 들었어요?"

"다들 그렇게 말했어. 다들 네가 한 짓이라고 입을 모았어."

"나 혼자 한 짓이 아니야. 내가 혼자서 그런 게 아니라고!"

조쟁쟁이 낮은 소리로 부르짖었다. 포랑은 조쟁쟁의 표정을 보고 설마 했던 일이 사실임을 확신했다. 포랑의 눈치를 살피던 조쟁쟁의 말투가 갑자기 냉랭하게 바뀌었다.

"때려죽였으면 죽였죠. 그래서 뭐 어쨌다고요! '화강암 머리'는 맞아 죽어도 싸요. 그래서 어쩌겠다는 건가요?"

"어쩌긴 뭘 어째? 나는 내가 구해준 여자가 어떤 물건인지 확인하고 싶었을 뿐이야."

조쟁쟁이 밖으로 나가기 위해 문고리를 붙잡은 포랑을 향해 고함을 빽, 질렀다.

"나포랑, 자전거로 나를 친 사람이 당신이라는 걸 내가 모를 줄 알아요? 말해 봐요, 당신 맞죠?"

포랑은 피가 거꾸로 솟는 것 같았다. 그러나 꾹 참고 조쟁쟁을 손가락질하면서 으르렁댔다.

"그래, 맞아. 내가 일부러 사고를 낸 거야. 그래서 뭘 어쩔 건데? 어디 차 탕관으로 나를 한번 쳐보시지? 어디 한번 때려보란 말이야."

포랑이 자신의 머리를 조쟁쟁에게 바짝 들이댔다. 궁지에 몰린 조쟁쟁이 한참을 헐떡거리더니 뜻밖의 말을 했다.

"당신을 죽일 마음이었으면 벌써 죽였을 거예요. 오곤이 몇 번이나 말했는데도 나는 끝까지 당신 편을 들었어요. 그리고 채차, 그 시골 촌뜨기도 당신이 좋은 사람이 아니라고 하더군요. 그 여자와 당신은 무슨 관계인가요? 그 여자는 당신에 대해 어떻게 그렇게 잘 알아요?"

포랑이 화가 난 표정을 조금 누그러뜨린 채 입을 열었다.

"조쟁쟁, 더 이상 사람을 때리면 안 돼! 천벌이 무섭지도 않아? 자꾸 그러면 나 포랑도 가만히 있지 않을 거야, 알겠어?"

말을 마친 포랑이 벌컥 문을 열었다. 마침 문 뒤에 서 있던 채차가 포랑을 보더니 삿대질을 하면서 고함을 질렀다.

"여기서 일한다는 사람이 당신 맞군요!"

"꺼져!"

포랑은 채차를 휙 밀쳐버리고 성큼성큼 가버렸다. 오늘은 어찌된 영문인지 재수 없는 여자들만 상대하고 있었다.

채차는 포랑을 눈이 튀어나오도록 힘껏 흘겨본 다음 안으로 들어 갔다.

"쟁쟁, 내가 말하던 사람이 바로 저 사람이에요. 오곤이 나 보고 확 인하라고 했어요."

채차의 입에서 '오곤'의 이름이 나오자 조쟁쟁은 새파랗게 질린 채 버럭 화를 냈다.

"내가 누구를 쓰든 말든 네년이 무슨 상관이야? 당장 꺼져!"

영문도 모른 채 두 번이나 심한 욕을 들어먹은 채차는 얼굴이 벌게 져 밖으로 뛰쳐나갔다. 혼자 남겨진 조쟁쟁은 분을 못 이겨 온몸을 떨 면서 계속 욕을 했다.

"더러운 물건, 네가 뭔데 나에게 이래라 저래라야? 더러운 물건!"

그녀는 그러나 자신이 누구를 향해 욕을 하는지 아리송했다. 그럼 에도 계속 욕을 하는 것은 그치지 않았다.

포랑은 사애광에게 작별인사를 할지 망설였다. 사실 그는 그녀의 얼굴을 다시 보고 싶은 생각이 전혀 없었다. 항주 여자라면 이제는 절 로 고개를 내저을 정도였으니까. 그렇다고 말 한마디 없이 항주를 불쑥 떠나자니 그것 역시 별로 내키지 않았다. 포랑은 고민 끝에 득방을 찾 아가기로 했다. 득방에게 "애광을 부탁한다"는 말 몇 마디를 전하고 겸 사겸사 둘째 외삼촌도 만나볼 생각이었다. 그런데 놀랍게도 마파항에 는 득방과 사애광이 함께 있었다. 둘은 득방의 조그마한 방에 나란히 엎드린 채 뭔가를 열심히 적고 있었다. 무더운 날씨에 문과 창문을 꽁꽁 닫아걸고 커튼을 내린 데다 전등에 어두운 갓까지 씌워져 있어 방 안은 숨 막히는 밀실 같았다. 사애광이 포랑을 보자 겸연쩍은 표정으로 사과했다.

"포랑 삼촌, 제가 오해해서 미안해요. 삼촌과 조쟁쟁은 아무 관계도 아니더군요."

'삼촌'이라니? 언제는 '오빠, 오빠' 하면서 졸졸 따라다니더니 이제 는 득방을 따라 "삼촌"이라고 부른다 이거지? 포랑은 기분이 묘해졌다. 그러나 사애광의 말을 애써 못 들은 척 부들부채를 들어 힘껏 부채질을 했다. 그러자 침대 위에 있던 종잇장들이 산지사방으로 흩어졌다. 그래 도 그는 부채질을 멈추지 않으며 말했다.

"너희들 지금 뭐하고 있는 거냐? 덥지도 않아?"

포랑의 쩌렁쩌렁한 목소리에 득방과 사애광은 사색이 돼 다급히 포 랑의 입을 막았다. 득방이 한껏 목소리를 낮춰 말했다.

"쉿! 조용히 좀 해요. 할아버지가 방금 겨우 잠드셨어요. 요즘 두통 때문에 밤에도 통 주무시지를 못하거든요. 그래서 우리도 숨을 죽이고 있는 거예요."

포랑이 종이 한 장을 집어 들고 눈으로 대충 훑어보고는 말했다.

"이 '소'蘇아무개는 또 누구야? 어느 파벌이야?"

사애광이 종이를 보면서 말했다.

"소크라테스라고 외국인이에요. 어느 파벌에도 속하지 않아요. 이런 건 더 묻지 말아요. 삼촌, 곧 떠난다면서요?"

사애광의 말마따나 포랑은 항주를 떠나게 됐다. 외삼촌 가화가 그 에게 새로운 일자리를 찾아주겠다던 약속을 신속하게 이행해 준 덕분 이었다. 포랑이 가게 될 곳은 절강성 중부에 위치한 금화金華시 나점羅店

이었다. 그는 그곳에서 항주 차 가공공장의 외근직으로 말리화茉莉花(쟈스민) 수매업무를 담당하게 될 터였다. 이미 다 결정된 일임에도 불구하고 사애광에게 그런 말을 들으니 괜히 속이 상하고 마음이 아팠다. 소크라테스? 그깟 외국인이 뭐가 중한데? 물론 포랑도 자기가 득방과 사애광의 대화에 끼어들 수 없다는 사실을 잘 알고 있었다. 반년 남짓한 사이에 사애광은 많이 변했다. 머리가 자라고 얼굴 표정도 바뀌었다. 포랑만 바라보던 애처롭고 가련한 눈빛은 의연하고 당당한 눈빛으로 바뀌었다. 물론 사애광을 변하게 만든 것은 오롯이 득방이었다.

포랑이 득방의 어깨를 툭툭 치면서 말했다.

"조카, 애광을 부탁한다. 앞으로 애광을 잘 지켜줘야 해. 애광에게 무슨 일이 생기면 너를 가만두지 않을 거야."

느닷없는 오글거리는 말에 득방과 사애광은 당황한 기색이 역력했다. 곧바로 어색한 침묵이 내려앉았다. 이윽고 득방이 억지로 웃으면서 농담을 했다.

"삼촌은 애광만 걱정돼요? 만일 이 조카에게 무슨 일이 생긴다면 어쩔 건데요?"

포랑이 부채로 득방의 머리를 툭, 쳤다.

"너도 마찬가지야. 너에게 무슨 일이 생기면 너를 가만두지 않을 거야."

득방은 크게 감동받은 표정이었다. 하지만 어떻게 그 감동을 표현했으면 좋을지 몰라 멍하니 있었다. 포랑이 웃으면서 자신의 가슴을 탕탕, 두드렸다.

"이 포랑 삼촌이 살아있는 한 너희들은 아무것도 두려워할 필요 없어. 너희들이 사형장에 끌려간다고 하면 이 삼촌이 쳐들어가서 빼내올 거야."

'삼촌, 정말 멋있어요!'

득방은 속으로 조용히 감탄을 하면서 침대 밑에서 전단이 들어 있는 군용가방을 꺼냈다. 지난번에 포랑이 조쟁쟁에게서 빼앗아온 가방이었다. 득방이 엄숙한 표정을 한 채 말했다.

"포랑 삼촌, 한 가지 부탁이 있어요. 이 전단을 처리해줘요. 항주에서는 마땅히 배포할 곳도 없고, 집에 두자니 할아버지께 누를 끼칠까 봐 안심이 안 돼요. 삼촌이 외지로 갖고 가서 뿌려주세요. 저와 애광이 심혈을 기울여 만든 거라서 그냥 버리기가 아까워요."

포랑이 가방을 받고 허리에서 통소를 뽑아 득방에게 내밀었다.

"삼촌이 가난해서 너희들에게 줄 게 이것밖에 없구나. 삼촌 생각이 날 때면 아무 때든 불어. 아무리 멀리 떨어져 있어도 다 들을 수 있으니까……."

득방은 포랑을 와락 껴안았다. 그제야 이별을 실감한 세 사람의 눈에 눈물이 그득 고였다.

나점은 시내에서 그다지 먼 편이 아니었다. 포랑의 업무는 나점에서 집중 수매한 말리화를 시내에 있는 가공공장에 가져가는 일이었다. 그는 이곳에서 말리화차 가공법을 배웠다. 항주에도 말리화가 있었다. 포랑이 예전에 출근하던 공장도 한때 말리화차 가공 계획을 세웠었다. 그러나 문화대혁명이 발발하면서 모든 계획이 수포로 돌아갔다. 포랑이 나점에 오기까지는 외삼촌 가화의 도움이 컸다. 공장 조반파 무리에서 꽤 잘 나가는 사람이 마침 가화의 제자였던 것이다. 제자는 가화의 체면을 봐서 많이 배우지 못했을 뿐 아니라 특별히 잘하는 것도 없는 포랑을 나점에 외근직으로 파견했다.

절강성 동부와 중부 지역에서는 무력투쟁이 갈수록 심해지고 있었다. 금화시도 예외가 아니었다. 여러 파벌들 사이에 패싸움도 심심찮게 벌어졌다. 그러나 인간이 무슨 짓을 하고 돌아다니든 계절은 무심했다. 꽃들은 철따라 스스로 피고지고를 반복했다. 나점에서 시내에 있는 공장까지 가는 길은 매우 위험했다. 가끔은 길이 막힐 때도 있었고 무력투쟁 때문에 총알이 쌩쌩 귓전을 스쳐 지날 때도 있었다. 포랑이 오기 전에 나점의 처녀들은 공장으로 말리화 배달을 다녔었는데 한두 번도 아니고 번번이 사고가 터졌다. 처녀들은 무서워서 아무도 나가려고 하지 않았다. 풍성하게 피어난 꽃들이 가지에 매달려 값없이 시들어가는 것을 안타깝게 바라보기만 할 뿐이었다. 달리 방법이 없었다. 그러나 포랑은 담이 컸다. 그는 어떻게 해서든지 나점에서 거둬들인 꽃을 제때에 공장으로 가져다줬다. 심지어 항주에 있을 때보다 일을 더 잘한다는 평까지 들었다.

절강성 중부에 위치한 금화시는 수륙교통의 요지로 산수가 빼어나서 뛰어난 인물들을 많이 배출했다. 희곡 〈해서파관〉海瑞罷官을 써서 문화대혁명 때 첫 번째로 비판투쟁을 받은 사학자 오함吳晗이 바로 금화 태생이었다. 가방끈이 짧은 포랑은 역사와 정치에 흥미가 없었다. 그의 관심은 온통 이곳의 꽃에 쏠렸다.

나점은 '꽃의 고향'이라는 별명에 걸맞게 꽃의 종류가 매우 다양했다. 목본木本성 꽃으로는 자형紫荊, 납매臘梅, 치자, 불수佛手, 말리茉莉, 등자, 백란白蘭화 등이 있었다. 또 초본草本성 꽃으로는 난, 연꽃, 백합, 제비꽃 등이 있었다. 이밖에 유월설六月雪, 홍가시나무, 나한송, 산사山楂, 자미 등 분재도 있었다.

중국의 화차花茶는 찻잎에 꽃향기를 흡착시켜 만든 차를 말한다. 냄새를 잘 흡수하는 차의 특성을 활용한 차라고 할 수 있다. 외국에도 화차가 있다. 하지만 중국의 화차와는 다르다. 미국에서는 아이스티에 레몬향을 첨가한 차를 화차라고 한다. 베트남의 화차는 말려서 가루를 낸 연꽃술을 찻잎에 섞어서 만든다.

중국식 화차 제조방법을 제일 처음 기록한 사람은 남송의 인물인 조희곡趙希鵠이다. 그의 저서《조섭류편》調燮類編에는 연꽃차 제조방법이 두 가지로 기록돼 있다.

"해가 뜨기 전에 반쯤 핀 연꽃의 봉오리를 열어 차 한 주먹을 그 안에 넣은 다음 실로 살짝 봉오리를 묶는다. 다음날 아침 일찍 연꽃 속의 찻잎을 꺼낸 후 종이봉지에 싸서 불에 쬔다. 이렇게 같은 방법으로 세 번 반복해 연꽃향이 찻잎 깊숙이 스미게 해 말려서 마시면 차 맛이 가히 일품이다."

"막 터질 듯이 부풀어 오른 연꽃을 따서 1대 3의 비율로 찻잎과 함께 자기항아리에 켜켜이 담는다. 항아리째 솥에 넣어 삶은 다음 꺼내 식힌 뒤 종이로 잘 밀봉해 불에 쬐어 말린다."

중국에서 화차 양산이 가능해진 것은 불과 100여 년 전부터였다. 화차의 주요 생산지는 복주福州와 소주蘇州 일대였다. 북경 사람들은 화차를 '향편'香片이라 해서 즐겨 마셨다. 몇 십 년 전부터는 화동, 화중 및 화남 지역에서도 화차를 생산하기 시작했다. 포랑이 살다온 운남에서는 긴압차緊壓茶와 홍차만 생산했다. 화차는 그가 여기 와서 처음 본 종류였다. 말리화는 물론이고 백란화, 주란화珠蘭花, 등자나무꽃, 물푸레나무꽃, 장미꽃 심지어 유자나무꽃까지 화차를 만들 수 있다는 점이 무척 흥미롭고 신기했다. 이 고장의 채화기采花期는 삼계三季(세 계절)였다. 매우

梅雨가 시작돼 끝날 때까지의 '매화'霉花철, 삼복 시기의 '복화'伏花철 그리고 가을에 꽃을 따는 '추화'秋花철이었다. 포랑은 채화량이 제일 많은 삼복 시기에 나점에 갔다.

포랑은 어디를 가나 여자들에게 인기가 많았다. '만인의 연인'이라는 별명이 괜히 붙은 것이 아니었다. 꽃 따는 처녀들은 포랑만 보면 깔깔대면서 놀려댔다.

"고깃덩어리가 무밭에 들어왔대요! 고깃덩어리가 무밭에 들어왔대요!"

포랑은 처음에는 그 말이 무슨 뜻인지 몰라 얼떨떨했다. 나중에 그 의미를 알고서는 헤벌쭉해졌다. 처녀들은 여자를 '무', 남자인 포랑을 '고깃덩어리'에 비유했던 것이다. 본래 여자를 좋아하는 그가 '무밭에 들어온 고깃덩어리' 역할을 싫어할 리 있겠는가. 안 그래도 항주 처녀들로부터 상처를 받을 대로 받은 그는 이곳 나점에서 마음이 편안해지면서 심신이 치유되는 느낌이 들었다. 낡은 것이 가면 새것이 오기 마련이다. 까다로운 항주 처녀들을 떠나 꽃처럼 향기로운 금화 처녀들 곁으로 왔으니 이 얼마나 기쁜 일인가? 그는 처녀들을 도와 꽃을 따면서 입에서 나오는 대로 터무니없는 소리를 마구 지껄였다.

"나는 아가씨들을 관리하기 위해 이곳에 파견된 사람이오. 앞으로는 모두 나에게 복종하도록. 지금부터 내 앞에서 이 파派, 저 파派에 대한 험담은 절대 허용되지 않소. 나는 소수민족이기 때문에 당신네 한족들의 파벌과는 아무 관계가 없소. 모 주석께서는 우리 소수민족이 한족들의 일에 개입하면 안 된다고 지시하셨소."

순박한 시골처녀들은 포랑의 허튼소리를 곧이곧대로 믿었다. 그의 말이 끝나자 모두들 눈을 크게 뜨고 마치 신기한 동물 구경하듯 포랑을 머리부터 발끝까지 깐깐하게 훑어봤다. 하지만 이내 실망한 표정을 지으면서 종알거렸다.

"소수민족은 좀 다를 줄 알았더니 우리하고 똑같군요."

포랑이 재빨리 둘러댔다.

"아가씨들이 알긴 뭘 안다고 그러오? 나는 항주에 처음 왔을 때 날고기를 먹고 마당에서 잠을 잤소. 평소에는 옷 대신 담요를 걸치고 다녔지. 한어도 한마디도 못했었소. 다행히 우리 소수민족은 머리가 똑똑하고 환경 적응력이 대단하오. 지금의 나를 보오. 파벌싸움에 참가하지 않는 것 빼고는 당신네 한족들과 비교해 전혀 다른 점이 없지 않소?"

처녀들 중에는 중학을 졸업하고 그나마 식견이 좀 있는 처녀가 있었다. 그녀가 미심쩍은 표정을 지으면서 물었다.

"옷 대신 담요라니요? 설마 서장西藏(티베트)의 농노農奴였어요?"

"아가씨가 뭘 안다고 그러오? 서장 농노들은 옷이 없어서 못 입은 거고 나는 옷 입기가 싫어서 안 입은 거요. 우리 서쌍판납이 얼마나 살기 좋은 곳인지 직접 가보지 않고서는 상상도 못할 거요. 말 그대로 지상낙원이라니까. 거기서는 얼어 죽는 사람도, 굶어죽는 사람도 없소. 아무 데나 나무젓가락을 쑥 꽂아놓으면 대나무가 자란다오. 배가 고프면 지천에 널린 바나나를 따먹고, 졸리면 아무 데나 누워 자고, 노래하고 싶을 때는 목청껏 노래를 해도 된다오."

호기심으로 가득한 새까만 눈동자들이 일제히 포랑을 향하고 있었다. 기분이 들뜬 포랑은 자기도 모르게 옛날 버릇이 도졌다.

"내가 우리 소수민족 노래 한 곡 불러줄까?"

"좋아요, 좋아요!"

처녀들과 나이가 좀 든 아주머니들은 꽃 따는 것도 잊은 채 열렬히 호응했다. 하지만 중학 졸업생 처녀는 경계태세를 풀지 않았다.

"설마 봉건주의나 자본주의, 수정주의에 해당되는 노래는 아니겠죠? 음란가요를 부르면 비판받아요."

"쯧쯧, 하나만 알고 둘은 모르는 소리 하고 있네. 봉건주의나 자본주의, 수정주의가 뭔지 제대로 알기나 하고 그러오? 우리 서쌍판납은 봉건주의나 자본주의, 수정주의에 하나도 해당 안 되는 원시공산주의 사회란 말이오. 원시공산주의가 뭔지 알기나 하오?"

중학 졸업생 처녀는 입을 다물었다. 꽃 따는 처녀들은 '원시'가 뭔지는 몰라도 '공산주의'가 뭔지는 알고 있었다. 포랑의 말에서 굳이 트집을 잡으려면 못 잡을 것도 없었으나 순박한 처녀들은 그러지 않았다. 시골사람은 도시사람과 달랐다. 도시사람들은 파업을 하고 '반란'하러 나가도 꼬박꼬박 월급을 받기 때문에 굶어죽을 걱정이 없었다. 반면 시골사람들은 하루라도 농사를 게을리 하면 입에 거미줄을 쳐야 했다. 따라서 시골 여자들은 대대 혹은 소대의 지주나 부농을 투쟁하는 집회에만 가끔 참가할 뿐 계급투쟁과는 거의 담을 쌓고 살았다. '소수민족 총각'이 노래를 해준다는 말에 여자들은 반색을 했다. 포랑은 오래간만에 목청을 풀고 예전에 즐겨 불렀던 소수민족 노래를 열창했다.

야들야들, 보송보송, 부추 꽃이 피었네,
가난한 신랑에게는 사랑이 밀천이라네.
둘이 서로 사랑한다면,
찬물에 우린 차도 천천히 진해진다네.
......

포랑은 목소리가 좋을 뿐만 아니라 가사 전달력도 탁월했다. 가사의 뜻을 알아들은 몇몇 처녀가 부끄러워하면서 얼굴을 붉혔다. 배짱이 두둑해 보이는 아주머니가 포랑에게 물었다.

"소수민족 지역에서는 이렇게 사악한 노래를 불러도 되는가요?"

'사악한 노래'라니? 포랑은 '사악하다'는 말의 뜻을 "점잖지 못하다"는 정도로 이해하고 고개를 끄덕였다.

"우리 고장에서는 사악한 노래를 마음대로 불러도 된다오."

"모 주석에게 허락을 맡았나요?"

"당연하지. 그분이 아니면 누가 허락하겠소?"

여자들은 그제야 안심한 듯 이러쿵저러쿵 떠들어댔다.

"차 노래만 부르면 섭섭하죠. 꽃 노래는 없어요?"

"내가 부른 노래 가사에 '부추 꽃'도 들어있지 않소? '야들야들, 보송보송, 부추 꽃이 피었네.'라는 내용이 있지 않았소."

"부추 꽃도 꽃인가요? 말리화 정도는 돼야 꽃이라고 할 수 있죠. 제가 부르는 걸 잘 들어봐요……."

대담한 한 젊은 처녀가 노래를 부르기 시작했다.

한 송이 말리화,

한 송이 말리화,

온 뜰 가득한 꽃들,

이 꽃의 향기만 못하네.

정히 한 송이 꺾어 머리에 꽂고 싶지만

꽃 심은 이가 나무랄까 걱정이라네.

"잘한다!"

박수갈채가 요란한 와중에 다시 한 처녀가 걱정스럽게 말했다.

"이 노래는 소수민족 노래가 아니잖아요. 모 주석께서 허락하실까요?"

포랑이 큰소리를 뻥뻥 쳤다.

"걱정 붙들어 매오. 모 주석께서는 지난해 천안문 성루에서 '듣기 좋은 노래는 다 불러도 된다.'고 지시하셨소."

포랑의 자신감 넘치는 말에 여자들의 얼굴에 화색이 돌았다. 아무도 포랑의 말이 진짜인지 거짓인지 굳이 확인하려고 들지 않았다. 곧이어 한 처녀가 꽃을 따면서 현지 민요를 흥얼거렸다.

이가장李家莊에 사는 이유송李有松,

봉건 골통에 옹고집쟁이라네.

딸이 데리고 온 신랑감 마음에 안 들어,

수염만 배배 꼬다 눈을 떠보니,

이런, 꿈이었다네.

……

여자들은 떠들썩하게 웃음보를 터뜨렸다. 〈이유송〉이라는 제목의 이 민요는 1957년 세계청년학생축전에서도 불렀을 만큼 유명했다. 아무려나 포랑 덕분에 일터의 분위기는 한층 더 활기가 넘치게 됐다. 그동안 흥을 억누르고 살아야 했던 여인네들은 너도나도 앞을 다퉈 목청을 돋우었다. 드디어 나이 지긋한 아주머니가 한곡 뽑았다.

솔라솔라시라시,

내 나이 열여덟,

혼인대사는 스스로 결정한다네.

굽 높은 구두 신고 한들한들,

혼인신고 마친 부부 마주보면서 싱글벙글.

......

다들 즐겁게 웃고 노래하는 와중이었다. 갑자기 중학을 졸업한 처녀가 이맛살을 찌푸렸다.

"그 노래는 부르면 안 돼요, '굽 높은 구두'는 '네 가지 낡은 것'에 속해요."

옛 추억에 잠긴 채 흐뭇한 미소를 짓고 있던 아주머니가 처녀의 말에 발끈 화를 냈다.

"우리 때는 결혼할 때 굽 높은 구두를 신었어. 모 주석, 중국공산당과 인민정부에서도 굽 높은 구두를 신어도 된다고 했어."

처녀도 호락호락하지 않았다.

"그러면 지금은 왜 굽 높은 구두를 신지 못하게 하는 거예요? 시내에 사는 우리 이모도 구두 굽을 다 잘랐던데요?"

"그건 그 사람들이 모 주석의 지시를 제대로 이해하지 못해서 그런 거야. 어이, 항 동지, 항 동지가 말해 봐요. 모 주석이 굽 높은 구두를 신어도 된다고 하셨죠?"

아주머니가 도움을 청하는 눈빛을 포랑에게 보냈다. 포랑은 빠르게 머리를 굴렸다.

'이거 야단났군. 모 주석의 지시를 모든 일에 다 갖다 붙이면 안 되

는데, 이러다가 나중에 들통나면 큰일이야.'

포랑은 상황이 엉뚱하게 전개되자 당황했다. 그러나 그에게도 기민한 면이 있었다. 곧바로 갓 딴 꽃을 흔들면서 슬그머니 화제를 돌렸다.

"어? 내가 딴 꽃은 조금 다르게 생겼네?"

여자들이 포랑의 말에 우르르 다가와 꽃을 살펴보더니 이구동성으로 말했다.

"이건 홑꽃이에요. 당연히 우리가 딴 겹꽃과는 다르죠."

포랑이 딴 홑꽃은 현지에서 '첨두말리'尖頭茉莉로 불리는 품종이었다. 반면 여자들이 딴 겹꽃은 광동성의 우량 품종을 가져다 번식시킨 것이었다. 꽃이 피는 시간도 하나는 저녁 6~7시, 다른 하나는 밤 8~9시로 달랐다. 한 처녀가 포랑이 딴 꽃을 보더니 잔소리를 했다.

"아유, 아무렇게나 막 따면 어떡해요? 꽃받침은 남겨야죠."

꽃을 따는 것도 차를 따는 것과 마찬가지로 요령이 필요했다. 특히 화차 제조에 사용되는 말리꽃은 다음과 같은 네 가지 기준에 부합되어야 했다. 우선 막 터뜨리기 전의 꽃망울을 따야 했다. 또 화체花體는 크고 실하면서도 꽃자루는 짧아야 했다. 이어 꽃받침은 반드시 남기고 꽃줄기는 버려야 했다. 피지 않은 청뢰靑蕾와 이미 핀 개화開花는 절대 섞으면 안 됐다. 마지막으로 꽃 따는 제일 적합한 시간대는 오후 2~3시여야 했다.

여자들이 꽃을 따는 동작은 나비처럼 유연하고 날렵했다. 손바닥을 비스듬히 위로 해 엄지와 식지로 꽃자루를 잡은 다음 손톱에 살짝 힘을 주면 꽃망울이 톡, 하고 꽃자루와 분리됐다. 그녀들은 더운 날씨에 꽃자루가 질겨지는 것을 막기 위해 두 시간 전에 미리 꽃에 물을 뿌려 놨다. 또 하루의 일과를 다 끝내고 나서도 더 딸 것이 없나 훑어봐야 했다. 안 그러면 밤이 지나 꽃이 피어버려 쓸모없게 되기 때문이었다.

꽃을 다 땄으니 공장으로 가져가는 일만 남았다. 포랑은 처녀들을 데리고 호탕하게 길을 나섰다. 꽃바구니는 자전거 뒷자리에 실은 채 단단한 멜대 두 개로 떨어지지 않도록 잘 고정시켰다. 또 꽃이 마르지 않도록 바구니 위에 거즈 천을 덮고 숨구멍도 뚫어줬다. 포랑은 각자 자전거를 잡고 일렬로 줄지어선 여자들을 보면서 너스레를 떨었다.

"아아, 힘들게 키운 딸을 시집보내는 기분이 이런 거구나."

여자들이 포랑의 말에 다시 웃음을 터뜨렸다.

"그걸 이제 알았어요? 막 망울을 터뜨리려는 꽃은 이팔청춘 처녀와 같아요. 차茶에게 '시집'가는 건 엄청 손해 보는 일이죠."

포랑이 어리둥절한 표정을 짓자 여자들이 또 웃었다.

"공장에서 화차 만드는 과정을 보면 무슨 말인지 이해될 거예요. 차는 '좋은 남자'가 아니에요. 하룻밤에 꽃 같은 '처녀'들을 셋이나 데리고 놀고는 가차 없이 내친다니까요. 아무튼 직접 보시면 알게 될 거예요."

건장한 남자를 '경호원'으로 대동해서인지 아니면 여자들이 갑자기 운이 좋아졌는지 포랑이 인솔한 대오는 별 탈 없이 공장에 도착했다. 파벌 싸움에 미쳐 길을 막고 있던 조반파들도 꽃바구니에 총기 따위가 감춰져 있지 않은 것을 확인하고는 순순히 길을 내줬다.

포랑은 이렇게 여자들과 함께 꽃을 따면서 노래를 부르거나 큰소리를 뺑뺑 치면서 즐거운 시간을 보냈다. 다행히 보름이 지나도록 그의 신분에 의심을 품는 사람이 없었다. 지적하는 사람 역시 없었다.

포랑은 공장에 남아 화차 만드는 방법을 배우면서 여자들이 한 말의 뜻을 이해할 수 있었다.

포랑은 고생을 두려워하지 않는 젊은이였다. 그래서 처음부터 꽃을 넣어놓는 힘든 일을 자진해서 도맡았다. 그동안 정이 든 여자들의 얼굴을 한 번이라도 더 보기 위해서였다. 꽃이 도착하면 그때부터 일이 정신없이 돌아갔다. 넣어서 수분을 날리고, 쌓고, 뒤집고, 선별한 다음 찻잎과 섞어서 대나무로 만든 둥근 통가리에 넣어야 했다. 포랑은 꽃을 '신방'에 넣을 때면 기분이 묘했다. 꽃다운 처녀는 서서히 시들어 가는데 '차'라는 '남자놈'은 정력이 점점 더 왕성해져가는 모습이 자꾸 상상이 됐다. 그는 심심하면 통가리를 툭툭 치면서 안에 있는 '차'에게 말을 걸었다.

"녀석들! 너희들의 팔자가 사람보다 낫다."

다음날, 하룻밤을 차와 '합방'한 꽃들은 가차 없이 내쳐지고 새로 들어온 싱싱하고 풋풋한 꽃들이 다시 차와 함께 '신방'에 들었다. 같은 과정을 세 번 거쳐 꽃들의 정수精髓를 빨아들일 대로 빨아들인 차는 모양이 정말 아름다웠다. 향기도 그윽하기 이를 데 없었다. 상자에 담을 때에는 마치 음식에 장식을 하는 것처럼 마른 꽃잎을 솔솔 뿌려 멋을 강조하기도 했다. 포랑은 그때부터 다른 차는 마시지 않고 매일 화차만 마셨다. 찻잔 위로 새하얀 말리꽃이 동동 떠오르는 것을 보면서 차 따는 여자들의 얼굴을 떠올리곤 했다.

포랑은 꽃밭 옆에 있는 초막에서 잠을 잤다. 한밤중에 눈을 뜨면 작고 네모난 유리지붕 위로 이슬방울이 촘촘히 맺힌 것이 마치 별나라로 떠날 수 있는 기차표를 점점이 박아놓은 것 같았다. 그럴 때면 그는 머나먼 운남에 있는 커다란 차나무와 코앞에 계시지만 아직 만나지 못한 아버지 생각이 났다. 나력이 있는 노동개조농장은 나점에서 멀지 않았다. 하지만 개화기가 한창인 때라 마음뿐이지 쉽게 몸을 뺄 수 없었다.

포랑은 득방에게 부탁받은 '임무'도 아직 완수하지 못했다. 군용가방을 베개 밑에 두고 한 번도 열어보지 않은 것이다. 사실 안 봐도 뻔한 내용 아니겠는가? 오곤은 항주에 있는데 그를 욕하는 내용의 전단을 여기서 열심히 뿌려봐야 무슨 소용이 있을지 잘 이해가 가지도 않았다. 그렇다고 마냥 보관만 하고 있을 수도 없었다. 종잇장들이 베개에 눌려 자꾸 찢어지고 구겨지기 때문이었다.

어느 날 오후, 그는 꽃 따는 처녀들이 부주의한 틈을 타 꽃바구니에 전단을 몇 장씩 슬그머니 집어넣었다. 처녀들은 종잇장 따위에는 관심이 없었다. 전단은 꽃과 함께 공장으로 '배달'됐다. 포랑은 꽃무더기 속에서 전단을 골라내 공장 사무실과 경비실의 책상 위에 올려놓거나 대문 밖에 버렸다. 심지어 지나가는 사람의 자전거 바구니에 던져 넣기도 했다.

'훗, 이렇게 쉬운 일이라니. 애들이 공연히 호들갑을 떨었어.'

포랑은 눈물을 글썽이면서 거듭 당부하던 득방을 떠올리자 입에서 절로 자화자찬이 터져 나올 뻔하면서 벅찬 기분에 하늘로 둥둥 떠오르는 것 같았다.

포랑은 꽃과 차, 차 따는 처녀들과 함께하는 생활에 점점 적응해갔다. 땅과 숲에서 자라는 모든 것에 말로 표현할 수 없는 친밀감과 동질감도 느끼게 됐다. 아마 스스로를 땅과 숲의 '아들'이라고 생각해서인지도 몰랐다.

하지만 이런 나날은 오래 가지 못했다. 보름 뒤부터 심상치 않은 분위기가 감지되기 시작했다. 말리화 꽃밭에 수상한 남자들이 나타났다. 꽃 따는 처녀들은 더 이상 노래를 부르지 않고 묵묵히 일만 했다. 포랑은 고전소설《홍루몽》을 읽은 적은 없었지만《홍루몽》의 주인공 가보옥

賈寶玉처럼 "여자는 물에서 나온 몸이고 남자는 흙에서 나온 몸이다. 여자는 남자보다 착하다."라는 기괴한 생각을 갖고 있었다. 물론 일부로 전체를 평가하면 안 된다는 이치도 알고 있었다. 이를테면 같은 여자 중에서도 채차나 조쟁쟁 같은 조반파는 '나쁜 여자'라는 인식이 확고했다. 그는 '반란'이니, '혁명'이니 하는 것에는 흥미가 없었다. 수상한 남자들이 꽃밭에 나타났을 때에도 그들이 조반파일 것이라고는 생각도 못했다. 그저 그들 때문에 노래를 부를 수 없다는 게 속상할 뿐이었다.

한 처녀가 그에게 다가와 귀엣말을 했다.

"얼른 떠나요. 저 남자들, 반동적인 노래를 조사하러 왔어요."

지난 보름 동안 항포랑이 '모 주석 어록'을 날조하고 '사악'한 노래를 부른 사실을 누군가 밀고한 것이 틀림없었다. 중학을 졸업한 처녀도 슬그머니 다가왔다.

"이 남자들이 뭘 조사하러 왔는지 알아요?"

포랑이 고개를 저었다. 하지만 다 알고 있다는 표정을 감출 수가 없었다. 처녀가 말했다.

"그 전단, 당신 짓이죠? 다른 사람은 몰라도 나는 알아요."

"조사할 테면 하라지 뭐. 나는 무서울 거 없어."

"그게 반혁명 삐라래요. 잡혀가면 총살당한대요."

말 그대로 마른하늘에 날벼락이었다. 오곤을 욕하는 내용인 줄 알았는데 그게 반혁명 삐라였다니! 아무리 속없이 실실대면서 사는 포랑이라지만 총살당한다는 데야 무섭지 않을 수 없었다. 이제 어떻게 할 것인가? 항주로 돌아갈 수는 없었다. 스스로 그물에 뛰어드는 격인 데다 자칫 큰외삼촌에게 크게 누를 끼칠 수도 있었다. 그동안 큰외삼촌이 얼마나 그에게 신경을 써줬는가. 가까이에 있는 아버지를 찾아갈 수도 없었다. 안 그래도 운이 나빠 지금껏 고생만 하고 있는 아버지를 더 힘들게 할 수는 없지 않은가.

포랑은 초막에 누워 투명한 지붕 너머 밤하늘을 올려다보면서 이 궁리 저 궁리 하다가 갑자기 벌떡 일어났다.

"그래, 거기야! 드디어 정했어."

말 한마디 없이 훌쩍 떠나는 것은 그러나 포랑의 방식이 아니었다. 눈처럼 하얀 말리화와 꽃처럼 아름다운 처녀들과 가슴 아픈 눈물의 이별을 해야 했다. 포랑은 가슴 한편이 몹시 쓰려왔다.

다음날, 포랑은 남들의 눈을 피해 말리화 꽃밭에서 몇몇 친한 여자들을 만났다. 화사하게 피어난 말리화가 쭈그리고 앉은 포랑의 얼굴을 간질이면서 은은한 향기를 퍼뜨렸다. 포랑이 땀에 전 지폐 몇 장을 꼭 쥔 채 거듭 다짐했다.

"다들 걱정 마시오. 운남에 도착하면 즉시 돈을 부쳐 보낼 거요."

포랑은 시골 여자들에게 노잣돈을 빌렸다. 포랑과 함께 꽃을 따면서 노래를 불렀던 그녀들은 그의 손에 쥐어진 돈을 보면서 몇 번이고 물었다.

"주소 제대로 적었죠? 운남에 도착하고 돈 부치는 거 잊으면 안 돼요!"

포랑이 얼굴을 벌겋게 붉히면서 돈을 도로 처녀들에게 밀어줬다.

"내가 그럴 사람이오? 사람을 뭘로 보고."

"아니, 그게 아니라……, 미안해요."

여자들이 호쾌하게 도로 돈을 밀어주면서 말했다.

"말썽꾸러기 같으니라고! 빨리 도망가요. 그리고 당신이 살던 소수민족 지역에 가서 살아요. 두 번 다시 한족들의 고장에는 오지 말아요."

그날 밤, 중학 졸업생 처녀는 사람들의 눈을 피해 포랑을 강변까지 배웅했다. 그러면서 편지 봉투를 하나 건넸다.

"국청사國淸寺에 도착하면 제 사촌오빠를 찾아가요. 오빠에게 이 편지를 전해주면 당신을 도와줄 거예요. 그곳은 산이 많고 깊어서 사람들에게 쉽게 발각될 염려가 없어요."

포랑은 운남으로 간다고 여자들에게 말해놓기는 했으나 절강성을 벗어날 생각이 전혀 없었다. 어쨌든 인정 많고 순박한 나점 처녀들은 그에게 큰 감동을 선사했다. 마치 운남의 커다란 차나무 아래로 돌아온 느낌이었다. 그와 운남 여자들의 인연이 차로 맺어진 것이라면 이곳 여자들과의 인연을 맺어준 것은 말리화였다.

금방이라도 터질 듯이 부풀어 오른 말리화 꽃망울 위로 밤이슬이 내리고 있었다. 포랑은 순백의 꽃을 보면서 눈물을 흘렸다. 꽃으로 맺어진 인연, 짧지만 아름답고 향기로운 만남이었다…….

제23장

가화는 득도가 운전하는 지프에 앉아 마파항에 왔다. 뒷문을 열어
준 사람은 다름 아닌 요코였다. 요코는 가화와 득도를 보자마자 다급히
귀엣말로 물었다.

"그 사람들, 어젯밤에 왔다 갔어요?"

요코의 눈에 제발 불행한 소식만은 아니었으면 하는 간절함과 두
려움이 서려 있었다. 가화가 가볍게 고개를 저었다.

"아무것도 찾아내지 못했소."

요코는 가슴을 쓸어내렸다.

"여기도 마찬가지예요."

어젯밤, 양패두와 마파항에 있는 항씨 가족들 집이 기습 수색을 당
했다. 찾아온 사람들은 득방의 행방을 집요하게 따져 물었다. 그리고 다
음날인 오늘 득도가 아침 댓바람부터 양패두에 찾아왔다. 가화는 며칠
동안 코빼기도 보이지 않던 큰손자가 마치 모든 걸 다 알고 있다는 듯

때맞춰 나타난 것이 못내 궁금했다. 득도는 그러나 오자마자 할아버지를 지프에 모시고 마파항으로 향했다. 가화가 궁금증을 참지 못하고 물었다.

"집에 일이 생긴 걸 어떻게 알았느냐?"

득도는 고개만 저을 뿐 대답이 없었다. 그는 오곤한테 소식을 들었다는 말을 차마 할아버지에게 할 수 없었다. 오곤은 항씨네 집에 대한 기습 수색이 끝나자마자 득도에게 전화를 걸었다. 수색 소식을 전해주면서 엄포를 놓는 것도 잊지 않았다.

"나는 한번 말하면 말한 대로 하는 사람이네. 또 있는 사실을 그대로 말하지 없는 일을 만들어내지도 않고. 항득방은 반동적 전단을 제작하고 배포한 주요 용의자로 지목 당했네. 전단 내용이 나 오곤을 공격하는 것을 넘어서 문화대혁명까지 비난해 공분을 사고 있어. 이번에는 아무것도 찾아내지 못했지만 곧 증거를 찾아낼 걸세."

오곤은 잊지 않고 스스로를 변호하는 말도 덧붙였다.

"내가 붙는 불에 키질을 했을 거라고 지레짐작하지 말게. 나는 조금도 부풀려 말하지 않았으니까. 나는 말하면 말한 대로 하는 사람이네. 그래서 '행동'이 끝나자마자 자네에게 소식을 전하네."

사실 얼마 전 득도와 득방은 화목심방에서 오랫동안 얘기를 나눴었다. 그때 득도는 문과 창문을 꽁꽁 닫아건 채 커튼까지 내린 다음 침대 밑에서 등사기와 전단지 한 뭉텅이를 꺼냈다. 득방이 잠든 밤에 가산假山 지하실에 있던 것들을 가져온 것이었다. 득방이 놀라서 눈이 동그랗게 커졌다.

"누가 말하던가요?"

"누가 꼭 말해줘야 알겠냐? 이게 다야? 더 있어, 없어? 맞는지 확인해보고 즉시 없애버려."

득방은 포랑 삼촌도 얼마간 가져갔다는 말을 하려다 그냥 속으로 삼켜버렸다. 곧 득도가 쇠로 된 대야를 가져왔다. 그리고는 전단지에 불을 붙여 한 장씩 대야에 집어던졌다. 득방이 형님의 손을 붙잡으면서 소리를 죽인 채 항변했다.

"지금 뭐하는 짓이에요? 제가 반동적 표어를 쓴 것도 아닌데 뭘 그리 다 태워버려요?"

득도가 점점 작아지다가 스러져가는 불꽃을 응시하면서 말했다.

"나는 네가 뭘 하려는 건지 알아. 하지만 다른 사람들은 몰라."

"개인적인 견해를 피력하는 게 잘못인가요? 거리에 널린 게 대자보인데 왜 나한테만 그래요?"

"네가 쓴 걸 봤어. 너는 마르크스가 주창한 '모든 것을 의심하는' 정신으로 마르크스의 '반란' 정신을 비교했더구나. 상당히 무모하고 위험한 발언이야."

"저에게도 생각의 자유가 있어요. 형님이라고 해서 제 생각을 묵살해도 된다는 법은 없어요. 저는 이제 겨우 저만의 사상을 가지기 시작했어요. 제가 생각한 것을 사람들에게 말해주고 싶어요. 모 주석이 과거 학우들과 함께 〈상강평론〉湘江評論을 발행했던 것처럼 말이에요. 마르크스도 '모든 것은 진리의 법정에서 재판을 받아야 한다.'고 말했잖아요?"

득방의 미간에 있는 붉은 점이 불빛에 더욱 빨갛게 빛났다. 득도는 동생의 잘 생기고 생기 넘치는 얼굴을 보면서 말했다.

"너도 책을 읽기 시작했구나."

"어머니가 돌아가신 후부터 읽기 시작했어요. 북경에서 돌아온 이후로 책을 더 많이 읽어야겠다는 생각을 했어요. 지금은《마르크스·레닌 전집》을 통독하고 있어요."

"너는 지금 세상에서 제일 어리석은 짓을 하고 있어."

"그게 무슨 말이에요?"

"책은 읽어도 돼. 생각도 해도 돼. 하지만 다른 사람들에게 네 생각을 강요하는 건 옳지 않아."

"저는 아무에게도 강요하지 않았어요. 그리고 저는 과학적 공산주의와 마르크스주의를 옹호해요. 문화대혁명을 반대하지도 않았어요. 저는 다만 '혈통론'과 '문공무위'文攻武衛(말과 글로 적을 공격하고 무력으로 방위함)론을 반대했을 뿐이에요."

"'혈통론'과 '문공무위론'을 누가 제안했는지 알아?"

"아무튼 모 주석은 아니에요."

득도는 자리에서 일어났다. 고집스럽고 철이 일찍 든 동생을 정신 차리라고 한바탕 두들겨 패고 싶었다. 하지만 막상 말을 하려니 무슨 말을 했으면 좋을지 생각이 나지 않았다. 따지고 보면 득방을 탓할 일만도 아니었다. 득방과 득도 형제뿐만 아니라 전 국민이 아무런 마음의 준비가 없는 상태에서 갑자기 '운동'의 소용돌이에 휘말렸다. 게다가 현실의 형세 변화가 얼마나 급격한지 사상을 정비하고 생각을 다듬을 조금의 시간도 주어지지 않았다. 득도는 득방의 마음을 이해할 수 있었다. 오랜 고민 끝에 드디어 나름 옳다고 생각되는 자신만의 '사상'을 정립했으니 많은 사람들에게 알리고 싶은 게 인지상정이 아니겠는가. 하지만 세상에는 해도 되는 말이 있고 해서는 안 되는 말이 있는 법이다. 아무리 혼자만 알고 있기에 아까운 것일지라도 침묵이 필요할 때에는 침묵을 지켜야 했다. 득도는 화를 내지 않고 의미심장하게 동생에게 말했다.

"위험한 짓은 이제 그만둬. 다른 사람들까지 끌어들이지 말고 말이야."

득방이 경멸하는 표정으로 형님을 흘낏 쳐다봤다. 아마도 형님의 말을 잘못 이해한 것 같았다.

"걱정 말아요. 저 때문에 형님이 연루되는 일은 절대 없을 테니까. 지금의 형님이 예전의 형님이 아니라는 건 잘 알아요."

대야 속의 불꽃이 다 사위었다. 두 형제는 재로 변한 전단을 보면서 고통스러운 표정을 감추지 못했다. '혁명'은 모든 것을 변화시켰다. 이번 '혁명'의 제일 위대한 구호는 "전 세계의 프롤레타리아여, 단결하라."는 것이었다. 하지만 두 형제는 아이러니하게도 '혁명' 때문에 '단결'에서 '분열'에 이르렀다.

득도가 미간을 찌푸리면서 물었다.

"득방은 집에 없어요?"

요코가 고개를 저었다. 득도의 미간이 더 깊이 찌푸려졌다.

"할머니, 할머니는 골목어귀에서 득방을 기다려주세요. 득방이 오면 집으로 들이지 말고 거기서 저를 기다리라고 전해주세요. 이변이 없는 한 오늘 꼭 올 거예요."

요코가 덜덜 떨리는 손으로 득도의 옷자락을 잡았다.

"아이고, 이게 웬일이냐? 포랑은 도망가고, 득방은 집으로 들여보내지 말라니 대체 왜들 그러는 거냐? 너희들이 다 잘못되면 나는 어떻게 살라는 말이냐?"

가화가 득도에게 눈짓을 하고는 요코를 달랬다.

"괜찮아, 괜찮아. 아무것도 아니오. 오늘이 추석이라 득도가 일부러 짬을 내 둘째할아버지를 보러 온 거요. 가평은 좀 괜찮은가? 요즘 가족들에게 생긴 일을 가평도 아는가?"

요코가 가화와 득도를 마당으로 안내하면서 말했다.

"대자보가 코앞까지 쳐들어왔는데 모를 리가 있겠어요? 다행히 별로 놀라지 않더군요. 집안이 너무 갑갑하다고 해서 방금 마당으로 나왔어요."

가평은 마당 중간의 커다란 물푸레나무 아래 대나무 침대에 편안하게 누워 있었다. 혈색과 표정만 봐서는 아픈 사람 같지 않았다. 침대 앞 작은 탁자 위에 있는 찻잔도 나름 운치 있었다. 가평이 가화를 보자 히죽 웃으면서 입을 열었다.

"며칠 조용하다 했더니 어젯밤에는 글쎄 코앞까지 대자보를 가져다주더군요. 친절도 하시지."

가평이 샛문에 붙어 있는 대자보를 가리켰다. 이어 가화와 득도에게 자리를 권했다.

가화는 앉지 않고 선 채로 말했다.

"밖에 오래 나와 있으면 몸이 힘들어. 조금만 앉아 있다가 안으로 들어가자."

가평이 웃으면서 대답했다.

"여기는 우리 집이에요. 비록 주객이 전도돼 지금은 다른 사람들이 쳐들어와 살고 있지만요. 그들이 출근하고 없을 때 이렇게라도 나와서 바깥공기를 마셔야죠. 안 그러면 여기가 우리 집이라는 사실조차 잊어버릴 것 같아요."

가평의 긍정적인 성격은 예나 지금이나 변함이 없었다. 가화가 고개를 끄덕이면서 의자에 앉았다.

"어젯밤에는 많이 놀랐지?"

"형님 댁에도 갔던가요? 오곤이 꾸민 짓이 틀림없어요. 권세를 얻자마자 미친 듯이 날뛰는 배은망덕한 놈 같으니라고. 그런 놈을 일컬어 '중산랑'中山狼(은혜를 모르는 늑대)이라고 한다죠."

득도는 속이 다 후련해졌다. 평소에 오곤을 표현할 마땅한 단어를 찾지 못했는데 둘째할아버지의 욕설이 그의 심경을 제대로 대변했기 때문이었다. 그는 주변에 다른 사람이 없는 것을 확인하고는 대화에 끼어들었다.

"이번 일은 그리 간단하게 끝날 것 같지 않아요. 수사기관이 비록 공안기관은 아니지만 보통의 민중조직도 아니에요."

"이거나 그거나 거기서 거기 아니겠느냐? 너도 지금은 상당한 세력을 지닌 '제후'諸侯라고 해도 과언이 아니니 네가 말해 보거라. 공안국에서 잡아들인 사람이 더 많으냐 아니면 너희 같은 조직에서 잡아들인 사람이 더 많으냐? 파벌들끼리 서로 치고 박고 싸우는 꼬락서니를 보면 옛날의 '군벌 혼전' 양상이 따로 없어. 이런 국면은 결국 오래 가지 못해. 어떤 식으로는 판가름이 날 거다."

득도는 속으로 많이 놀랐다. 득방이 만든 전단의 문체가 둘째할아버지의 말투와 매우 비슷했기 때문이었다. 그가 참지 못하고 둘째할아버지에게 물었다.

"둘째할아버지, 요사이 득방하고 얘기 좀 나누셨어요?"

가평이 손을 홱 저었다.

"너는 요즘 너의 할아버지하고 얘기를 좀 나눴느냐?"

득도는 고개를 숙였다. 둘째할아버지는 요즘 들어 달라진 그의 태도를 우회적으로 비난하고 있었다. 하지만 그는 두 노인에게 당장 뭐라고 말씀드릴 수 있는 게 없었다. 여러 가지 일들이 실타래처럼 한데 얽혀 있어 무엇을 어디서부터 어떻게 설명해야 할지 그조차도 알 수 없었기 때문이었다.

손자가 난처한 표정을 짓자 가화가 얼른 일어났다. 이어 가평의 뒤통수에 난 상처를 꼼꼼하게 살펴보고 나서 조심스럽게 입을 열었다.

"상처는 거의 다 아문 것 같구나. 아직도 가끔 메스꺼운 느낌이 있다더니 좀 괜찮으냐?"

"저 안 죽어요, 형님."

가평이 웃으면서 농담을 했다. 가끔씩 두통과 함께 메스꺼운 느낌이 드는 것은 사실이었다. 하지만 증상이 경미한 데다 가족들이 알면 걱정할까봐 요코를 제외한 다른 사람들 앞에서는 불편한 티를 전혀 내지 않았다. 가화와 가평은 '이복형제'라는 호칭이 무색하게 이심전심으로 마음이 통했다. 당연히 가평은 가화에게 걱정거리가 있다는 것을 알아차렸다. 가화 역시 가평이 형님이 걱정을 할까봐 거짓말을 하고 있다는 것을 알고 있었다. 잠시 어색한 침묵이 흘렀다.

이윽고 가평이 밝은 표정으로 침묵을 깼다.

"형님, 제가 방금 마당에 누워 이런저런 생각을 하다가 문득 우리 집에도 '서호십경'西湖十景이 있다는 생각을 했지 뭡니까. 아직 몇 개가 부족하지만 형님이라면 열 개 다 찾아낼 수 있을 거예요."

"거봐, 사람들은 다들 내가 아버지를 닮았다고 하지만 나이가 들수록 자네가 아버지 판박이야. 시사詩社니, 답청踏靑이니 이런 건 나보다 자네가 더 좋아하지 않는가. 그리고 '남들이 뭐라 해도 나는 내 갈 길만 가는' 성격도 아버지를 닮았어."

가화도 따라 웃으면서 동생을 툭 쳤다. 동생이 별 문제없이 건강해

보여 크게 안심이 되는 모양이었다.

가평이 남쪽과 북쪽 담장을 각각 가리키면서 말했다.

"형님, 양쪽 담장 위에 바위솔이 한 그루씩 자라는군요. '쌍봉삽운'雙峰揷雲 어때요?"

입에 차를 머금은 채 부평초가 떠 있는 금붕어 연못을 향해 서 있던 득도가 입안의 찻물을 뿜는 시늉을 하면서 말했다.

"여기에도 두 곳이 있군요. 하나는 '옥천관어'玉泉觀魚, 다른 하나는 '곡원풍하'曲院風荷 맞죠?"

가평이 엄지를 치켜세우면서 항주 사투리로 칭찬했다.

"대단해!"

가평이 이어 복도 남쪽에 걸려 있는 고장난 벽시계를 가리키면서 말했다.

"저것은 '남병만종'南屛晩鐘이고."

가평이 또 시계 아래에 걸려 있는 텅 빈 새장을 가리키면서 덧붙였다.

"저것은 '유랑문앵'柳浪聞鶯이겠소."

가화가 고개를 저었다.

"동생, 그건 좀 아닌 것 같네. 버드나무柳도 없고 꾀꼬리鶯도 없는데 어떻게 '유랑문앵'인가?"

가평이 손사래를 쳤다.

"형님, 저 새장 아래 풀이 유난히 무성하게 자란 곳 보이시죠? 지난해 득방네가 쳐들어와서 집에 있던 구관조를 때려죽였거든요. 영상이 울면서 죽은 새를 묻어 줬더니 그곳에 저렇게 풀이 무성하게 자랐지 뭡니까. 지금도 저 풀들을 보면 예전 구관조의 낭랑한 지저귐 소리가 귓가에 들리는 것 같아요."

가화가 분위기가 다시 침울해지자 억지웃음을 지으면서 말했다.

"그렇게 말하니 그런 것 같기도 하군. 하지만 여기에서 '소제춘효'^{蘇堤春曉}나 '단교잔설'^{斷橋殘雪} 같은 것은 찾아내지 못할 것 같네."

가평이 재빨리 화제를 돌렸다.

"'서호십경'은 이쯤에서 끝냅시다. 제가 더 재미있는 걸 준비했거든요. 형님을 포복절도하게 할 것입니다. 제가 외양간에 갇혀 있을 때 시사학회^{詩詞學會} 회장한테서 문장을 끊어서 다시 조합하는 기막힌 기교를 배웠거든요. 저기 문에 새로 붙인 대자보 보이시죠? 저걸로 해보겠습니다."

대자보는 어젯밤에 득방을 잡으러 온 조반파들이 그를 만나지 못하자 홧김에 써 붙여놓고 간 것이었다. 필력이 형편없는 것은 물론이고 문맥이 통하지 않는 부분도 있었다. 그러나 내용은 끔찍했다.

"우귀사신들은 들으라, 네놈들이 암암리에 결탁해 이번 일을 꾸민 것을 다 알고 있다. 증거가 산더미 같고 죄악이 하늘에 사무치는구나. 새로운 출로가 바로 앞에 있으니 솔직하게 자백하면 관대하게 처리하고 항거하면 엄벌에 처한다. 대나무통에 들어 있는 젓가락 쏟아내듯 네놈들의 죄를 하나도 빠짐없이 모두 다 실토하라!"

가평은 '우미인'^{虞美人}의 운^韻에 따라 문장을 끊어서 다시 조합했다.

"우귀사신들이 들었으니 이번에는 도망갈 수 없겠구나. 네놈들이 산더미 같은 증거와 하늘에 사무치는 죄악과 암암리에 결탁한 것을 다 알고 있다. 새로운 출로가 바로 앞에 있으니 솔직하게 자백하면 관대하게 처리하고 항거하면 한 놈도 빠짐없이 엄벌에 처한다. 대나무통을 툭 건드리니 젓가락이 와르르 쏟아지는구나!"

수심에 잠겨 있던 가화가 동생의 해학에 그만 폭소를 터뜨렸다. 너무 웃느라 숨이 넘어갈 지경이었다. 한참을 같이 웃던 득도가 먼저 웃음을 그치고 말했다.

"에이, 둘째할아버지, 이건 말이 안 되잖아요?"

가평도 웃으면서 말했다.

"대자보 글도 말이 안 되기는 마찬가지였어. '대나무통에 들어 있는 젓가락'이 다 뭐냐?"

분위기가 조금 풀어진 틈을 타서 가화가 숨을 몰아쉬면서 득도에게 말했다.

"오늘 같은 날에 네가 와줘서 고맙구나. 나도 네 둘째할아버지에게 면목이 서게 됐다……."

가평이 눈시울을 붉히면서 손사래를 쳤다.

"형님, 그만하세요. 이미 죽은 사람을 기억하면 어떻고 잊어버리면 또 어떻습니까? 득도가 잊지 않고 기억해준 것만 해도 고마운 일이지요. 득방 그 녀석은 아직 한 번도 찾아가보지 않은걸요."

오늘은 득방의 어머니 초풍이 죽은 지 1년이 되는 날이었다. 득도가 가평에게 무슨 말을 하려고 자리에서 막 일어났을 때였다. 요코가 종종 걸음으로 들어오면서 말했다.

"왔어요!"

대나무 침대에 누워 있던 가평이 벌떡 일어날 기세로 외쳤다.

"들어오지 못하게 해. 밀정이 숨어 있을 수도 있어."

가평은 어지간히도 급했던 모양이었다. 옛날 지하공작 시절 쓰던 말투가 자기도 모르게 튀어나왔다.

"득방이 아니고, 애광이라는 아이예요."

요코가 차분하게 말을 이었다.

"그 아이에게 골목어귀에서 기다리라고 했어요. 누가 갈래요?"

득도가 말했다.

"오늘밤 계룡산에서 만나기로 그저께 득방과 약속했어요. 득방은 어머니가 묻힌 곳을 아직 모르거든요. 나중에 성묘를 가려면 알아야 하지 않겠어요?"

가평이 득도에게 손을 내밀면서 물었다.

"득도, 이 둘째할아비에게 솔직하게 말해다오. 득방이 감옥에 갈 것 같으냐?"

득도는 자리에 도로 앉았다. 그러나 두 노인에게 뭐라고 말씀드리면 좋을지 판단이 서지 않았다. 그가 한참을 망설이다가 대답했다.

"모르겠어요……."

가평의 손이 맥없이 툭 떨어졌다. 눈빛이 갑자기 흐려졌다.

"오늘밤에 나도 갈 거라고 득방에게 전해다오. 너희 둘만으로는 그곳을 찾기 힘들어."

득도가 할아버지를 쳐다봤다. 가화가 말했다.

"우리도 갈 거야."

득도와의 첫 만남은 사애광에게 강렬한 인상을 남겼다. 득도는 지프가 스르르 멈춰 섰을 때 차문을 열고 딱 한마디만 했다.

"타!"

그 시대에 자가용을 몰고 다니는 사람은 매우 드물었다. 득도는 안경을 쓴 점잖은 선비처럼 생긴 외모와 달리 운전대를 돌리는 모습이 제법 능숙했다. 표정은 쌀쌀맞은 정도까지는 아니어도 조금 차가운 느낌을 쥤다. 그는 남산로南山路를 따라 시내를 벗어나는 와중에도 옆에 앉은 사애광에게는 말 한마디 붙이지 않았다.

사애광과 달리 득도는 그녀와의 첫 만남에 별다른 느낌이 없었다. 그저 아직 어른이 되지 못한 여자아이의 눈빛이 두려움으로 가득차 있다는 것, 가끔 그 눈빛에서 두려움을 상쇄시키는 또 다른 무언가가 반짝이고 있다는 것만 느꼈을 뿐이었다. 그리고 몇 년이 지난 후에야 이 세상에 두려움을 이길 수 있는 힘은 많지 않을 뿐 아니라 그중에서도 사랑이야말로 모든 두려움을 물리칠 수 있는 최상의 힘이라는 간단한 이치를 겨우 깨달았다. 사랑에 빠지기 전의 사애광은 그저 여리고 겁 많은 소녀였다. 하지만 미간에 붉은 점이 있는 소년을 사랑하게 된 후 그녀는 누구보다도 용감하고 두려움 없는 '여전사'로 거듭날 수 있었다.

어쨌거나 득도의 눈에 득방과 사애광은 그저 유치한 애송이에 지나지 않았다. 앞에 천 길 낭떠러지가 있는 것도 모르고 천방지축 달려가는 철부지일 뿐이었다. 득도가 사애광을 일부러 시내 밖으로 데리고 나온 것은 조금이라도 현실을 일깨워주고 싶었기 때문이었다. 지프는 전당강 강가의 월륜산月輪山 아래에 멈춰 섰다. 둘은 산을 오르기 시작했다. 사애광은 초반부터 숨이 차서 헉헉거렸다. 득도는 담담하게 바라보다가 손을 내밀었다. 사애광이 얼굴을 붉히면서 고집스럽게 고개를 저었다. 산중턱에 이르자 전당강이 내려다보였다. 시커먼 육화탑六和塔이 머리 위에 우뚝 서 있었다. 산 위에는 사람이 거의 없었다. 탑을 한 바퀴 돌고 나서야 득도가 입을 열었다.

"득방이 보내서 온 거야? 걔는 오늘밤에 계룡산에 올 수 있다던가?"

득도의 말투는 표정처럼 차가웠다. 적어도 사애광이 느끼기에는 그랬다.

"다른 변동 없이 모두 예전 그대로예요. 득방은 이 한마디만 전하라고 했어요."

득도가 뜻밖의 제안을 했다.

"우리 육화탑 꼭대기에 올라가 볼까?"

사애광이 의아한 눈빛을 한 채 마지못해 고개를 끄덕였다. 탑을 오르는 사람은 둘 뿐이었다. 득도는 마지막 두층을 남겨놓고 주저앉으려는 사애광을 억지로 꼭대기까지 끌고 올라갔다. 그녀는 벽에 기댄 채 숨을 몰아쉬었다.

'이렇게 연약한 아이가 감옥에 들어가면 고문을 견뎌낼 수 있을까?'

득도가 미간을 찌푸리면서 사애광에게 물었다.

"이제 어떻게 할 계획이야?"

사애광이 잠시 멍해 있다가 겨우 입을 뗐다.

"저는 득, 득방과 같이 움직일 건데요?"

"안 돼. 너는 득방과 같이 있으면 안 돼."

득도가 좁은 공간을 서성이면서 혼잣말처럼 중얼거렸다. 그러나 사애광에게는 눈길조차 주지 않았다.

"지금 너희들은 자신들이 무슨 짓을 하고 있는지 모르고 있어. 언론이 얼마나 무서운지 모르고 있다고. 언론은 사람을 죽음으로 몰고 갈 수도 있어."

창문으로 전당강이 내려다보였다. 득도가 존경하는 양진 선생이 실종된 곳이었다. 양진 선생과 눈앞의 애송이 소녀 사애광은 둘 다 용감하게 자신의 목소리를 낼 줄 아는 사람이었다. 하지만 세상에 대한 이해도는 천양지차였다. 득도가 입을 뗐다.

"나하고 같이 가자. 당분간 안전한 곳에 피신해 있는 것이 좋겠다."

득방처럼 말이 통하지 않을 것이라고 여겼던 득도의 예상과 달리 사애광은 고분고분 차에 올랐다. 득도는 용정산 쪽으로 방향을 틀었다. 사애광은 당황하거나 놀라는 기색이 전혀 없었다. 득도는 사봉산獅峰山 아래에 차를 세웠다. 사애광은 마치 목적지를 알고 있었다는 듯 득도를 앞질러 호공묘胡公廟 쪽으로 뛰어갔다. 득도는 호공묘 앞에 이르러 걸음을 멈추고 말했다.

"잠깐 기다려. 내가 먼저 들어가서 확인할게."

사애광이 웃으면서 손을 저었다.

"안 그래도 돼요. 제가 앞장서겠어요."

득도는 그제야 뒤늦게 깨달았다.

"너희들 여기 와본 적 있어?"

"여름방학에 백야 언니가 저를 불러서 여기서 지내게 했어요. 득방도 가끔 놀러 와요. 저희들은 백야 언니하고 자주 연락하고 있었어요."

득도는 한동안 그대로 가만히 서 있었다. 가슴이 뜨거워지면서 눈물이 나올 것 같았다. 백야는 모든 것을 알고 득방과 사애광을 보호하고 있었던 것이다. 다른 한편으로는 쓸쓸하고 괴롭기도 했다. 지금까지 설마, 하면서 애써 부인했던 것이 사실로 드러났기 때문이었다. 오곤이 어떤 인간인지 잘 아는 백야가 믿는 구석도 없이 무모한 일을 꾸몄을 리 만무했다. 그렇다면 그 '믿는 구석'이라는 것이 무엇이겠는가? 오곤을 꼼짝달싹 못하게 통제할 수 있는 '무기'가 오곤의 '핏줄' 말고 또 있겠는가?

득도는 주저하다가 어렵게 입을 열었다.

"그럼 먼저 들어가서 내가 왔다고 백야 언니에게 전해줄래?"

사애광은 고개를 끄덕이고 몇 걸음을 옮겼다. 그때 갑자기 득도가 그녀를 불러 세웠다.

"됐어, 나중에 보도록 하지."

사애광은 안도의 한숨을 내쉬었다. 백야가 득도를 만나기 싫어한다는 사실을 사애광도 알고 있었던 것이다.

득도는 천천히 산길을 내려왔다. 온 산 가득한 차나무는 여름싹을 틔우고 있었다. 정오의 뜨거운 태양 아래 차나무들도 생기를 잃은 듯했다.

어렵사리 공중전화를 발견한 득도는 망설임 없이 전화기를 들었다. 마침 오곤이 전화를 받았다.

"오곤, 백야가 어떻게 지내고 있는지 알고 싶다고 했지? 그녀는 득방하고 같이 있네. 그녀가 그들을 산으로 데려간 거였어. 자네는 백야가 이번 '반동적 전단' 사건에 연루되기를 원하는 건가?"

전화기 너머로 오곤의 속삭이듯 낮은 소리가 들려왔다.

"하루 시간을 줄 테니 당장 백야 곁을 떠나라고 득방에게 전하게. 일이 커졌네. 사건이 이미 공안국으로 넘어가서 나로서도 어떻게 할 도리가 없게 됐어."

전화기를 내려놓는 득도의 얼굴에 복잡 미묘한 표정이 스쳤다. 그것은 오곤 역시 마찬가지였다. 상황은 그들의 예상대로 흘러가지 않았다. 그들은 세상을 바꾸고자 노력했건만 결국은 스스로의 운명조차 제대로 장악하지 못했다.

1967년 추석은 명절 분위기를 전혀 느낄 수 없었다. 여름에 들어서면서부터 전국 각지에서 전면적인 무력투쟁이 발발했다. 무기도 몽둥이, 돌멩이, 칼, 방패에서 기관총, 수류탄으로 '진화'했다. 다행히 차나무 밭에서는 파벌싸움이 일어나지 않았다. 하늘이 잘 도와줘서 한 해 차 농사도 그럭저럭 괜찮게 됐다. 가을 무렵, 모택동이 화북, 중남 및 화동 지역을 순방했다. 당시 항주에서 공산품 구매권으로 저급 차를 구매할 수 있도록 새로운 규정이 막 나왔을 때였다.

추석날, '우귀사신' 노동개조대에서 노동개조 중이던 차 전문가 항한은 뜻밖의 소식을 들었다. 절강성 노동개조국에서 그를 지명해 금화金華 노동개조 농장으로 파견하기로 했다는 것이었다. 그곳 차산지에서 누군가 차나무 밀식법密植法을 개발했는데 전문가의 기술지도가 필요하다고 했다.

조반파들은 놀라움을 금치 못했다.

"항한요? 그 사람에게 그렇게 중요한 과학연구를 맡기다니 가당키나 합니까? 그는 문제가 심각한 데다 일본 혈통을 가진 사람입니다. 그런 사람을 밖으로 내보냈다가 혹시라도 혁명적 형세를 파괴하면 어쩔 겁니까? 만일의 경우 도망이라도 가면……."

절강성 노동개조국에서 나온 남자는 단박에 조반파의 말을 잘랐다.

"뭐가 어떻다고 호들갑이오? 내가 누굴 지목하든 당신들이 무슨 상관이오? 내가 당신들보다 계급적 입장이 뚜렷하지 못하거나 차에 대해 잘 모른다고 지금 비웃는 거요? 내가 똑똑히 말해주지. 우리 노동개조 농장의 차나무 밭이 당신네 이곳보다 많으면 많았지 적지 않소."

남자는 군복 차림에 태도가 거만하기 이를 데 없었다. 조반파들은 상대의 위세에 눌려 끽소리도 못하고 항한을 부르러 사람을 보냈다. 하지만 항한은 '통지'를 보고 난색을 표했다.

"나는 다음 달 병충해 예방작업 준비 때문에 몸을 뺄 수 없을 것 같소. 게다가 밀식법 연구는 내 전공 분야도 아니니 대신 노요老姚를 보내면 안 될까요?"

노요는 노동개조대에서 나이가 제일 많은 우귀사신이었다. 요즘 그는 조반파들에게 심하게 시달림을 받고 있었다. 항한은 이 기회에 노요에게 숨통을 틔워주고 싶었던 것이다. 하지만 그를 데리러 온 사람은 들은 척도 하지 않고 눈을 부릅뜬 채 호통을 쳤다.

"가라면 갈 것이지 무슨 말이 그리 많아? 가기 싫으면 싫다고 직접 가서 말해!"

사무실에서 기다리고 있던 남자는 항한을 보자마자 손을 내밀면서 예의바르게 인사를 했다.

"항 전문가, 함께하게 돼 기쁘오."

항한이 손사래를 쳤다.

"천만의 말씀입니다. 그냥 항한이라고 불러주십시오."

"당신의 이름이 항한인 건 알고 있소. 우리가 원하는 사람은 바로 항한 당신이오."

항한은 다시 한 번 '노요'를 언급했다. 그러자 남자가 손을 저었다.

"우리는 특별 추천을 받고 일부러 당신을 데리러 온 거요. 나력이라는 사람을 아시오?"

항한은 놀라서 입이 떡 벌어졌다. 한참 후 고개를 끄덕이면서 물었다.

"그분이 밀식법을 개발했습니까?"

남자가 고개를 끄덕였다.

"그래서 갈 거요, 말 거요?"

항한이 다급히 대답했다.

"가겠습니다. 그런데 집에 들러서 자료를 좀 챙겨야 할 것 같습니다."

남자가 웃으면서 말했다.

"좋소, 우리 차로 태워줄 테니 오늘 집에 가서 하룻밤 자고 내일 자료를 갖고 나오시오. 나력이 개발한 밀식법이 정말로 그렇게 대단한 발명이라면 우리 모두에게 도움이 될 거요. 내일 아침에 데리러 가겠소."

항한이 바보스럽게 물었다.

"저만 갑니까? 저를 감시하는 사람은?"

남자가 큰 소리로 웃으며 항한의 어깨를 툭툭 쳤다.

"재미있는 사람이군. 당신 설마 스스로를 '한간'漢奸이라고 생각하는 건 아니겠지? 당신이 한간이라면 항일전쟁 때 벌써 일본으로 튀고도 남았을걸. 안 그렇소?"

남자는 항한의 내력을 손금 보듯 잘 아는 것 같았다. 항한은 그제야 마음이 놓였다.

그날 오전 항한은 먼저 마파항에 들렀다. 가평은 집이 수색당했다는 사실을 아들에게 말하지 않았다. 항한 역시 오늘이 초풍의 1주기라는 사실을 입 밖에 내지 않았다.

"나력 고모부가 차나무 밀식법을 개발했대요. 그야말로 봄비 같은 반가운 소식입니다."

가화는 생각지도 못한 소식에 크게 놀랐다.

"나력도 차 연구를 시작했어? 그가 밀식법을 개발했다는 게 사실이냐?"

"저도 그게 궁금해요. 저는 밀식법에 대해 전문적으로 연구해본 적이 없거든요. 절강성 중부에 위치한 금화金華는 절강성 동부, 남부 혹은 서북부보다는 못하지만 그래도 차나무 성장에 적합한 지역이라고 볼 수 있지요."

"그쪽에서도 좋은 차가 난단다. 이를테면 동백산차東白山茶, 반안차磐安茶, 난계蘭溪 모봉毛峰차 등이 있지. 나력이 어떤 차를 생산하는지는 모르겠다만."

가평은 항한의 등을 떠밀었다.

"얼른 양패두에 가 보거라. 득도의 화목심방에 차 관련 책이 많지 않느냐."

두 부자의 표정은 만나자마자 또 이별해야 하는 사람들치고 덤덤했다. 마치 하루 종일 붙어 있다가 동네 마실 다녀오겠다고 인사하는 식이었다. 가평이 한마디를 더 물었다.

"너, 괜찮겠어?"

항한이 대답했다.

"글쎄요. 고모부의 '발명'이 과학적 타당성이 있는지 검증을 해봐야 알 것 같습니다."

"그래, 가서 잘해보거라. 괜찮은 '발명'인 것 같으면 있는 말 없는 말 부풀려서 크게 추켜세우고, 별로인 것 같으면 적당히 좋은 말로 무마해 버려. 나력에게 피해가 갈지 안 갈지는 너 하기에 달렸어."

항한은 가평의 말에 선뜻 대답하지 못했다. 조금 난처한지 가화의 눈치를 살폈다. 그러자 가화가 비쩍 마른 손으로 자신의 얼굴을 문지르면서 말했다.

"노동개조국은 우리 항씨 집안과 나력의 관계를 다 알고 일부러 한이 너를 지목해 데려가는 것 같구나. 다들 파벌싸움에 혈안이 돼 있는 상황에서 그래도 차 농사를 중시하는 사람이 있다는 게 얼마나 다행스러운 일이냐? 너희 고모부는 성격이 고지식한 분이야. 안 그러면 15년 동안이나 감옥살이를 버텨내지 못했을 테지. 그가 본인 입으로 '밀식법'을 개발했다고 말했으니 십중팔구는 사실일 거야. 나머지 일은 너한테 달렸어. 네가 좋은 말을 하면 네 고모부에게 이득이 될 거고, 네가 나쁘게 말하면 네 고모부가 피해를 입게 되지. 너희 고모부가 너를 지목한 이유도 그것 때문일 거야. 설령 나력이 개발한 '밀식법'이 과학적 검증을 통과하지 못하더라도……."

"걱정 마세요, 큰아버지."

항한은 두 노인의 말을 듣고 마음속에 결심이 선 듯했다.

"제가 어떻게든 성공시키겠어요. 안 그래도 차 연구에 손을 놓고 있으면서 마음이 심란하고 불안하던 참이었어요. 제가 어떻게든 해보겠어요."

항한은 차나무 재배 경험이 풍부했다. 하지만 중국의 밀식법 관련 연구 성과에 대해서는 아는 것이 거의 없었다. 외국에 오래 있었던 데다 귀국하자마자 외양간에 갇혀 있다 보니 관련 정보를 접할 기회가 없었던 탓이었다. 가화의 경우 역시 제다制茶, 평차評茶, 판매 분야에서는 타의 추종을 불허하는 전문가이지만 차나무 재배와 관련해서는 아는 것이 많지 않았다.

가화와 항한은 저녁식사를 마치자마자 관련 자료 찾기에 돌입했다. 사실 자료는 항한이 예전에 다 갖고 있던 것들이었다. 그러나 문화대혁명이 터지고 사흘이 멀다 하고 압수수색을 당하다보니 하나도 남지 않고 다 흩어져버렸다. 다행히 사학 전공인 득도가 지난 몇 년 동안 꾸준히 수집한 차 문화 관련 책들은 화목심방에 적지 않게 남아있었다. 득도는 '네 가지 낡은 것'을 처분할 때 그 책들을 태워버리지 않고 침대 밑에 몰래 보관해둔 모양이었다.

항한이 이번에 맡은 과제는 차 재배 역사의 큰 획을 그을 중대한 과제였다.

야생차의 인공 재배는 오래 전부터 가능해진 터였다. 때문에 밀식법을 비롯한 다양한 재배 방법도 개발됐다. 하기야 포랑의 고향인 운남 원시 밀림에는 야생 차나무가 있는가 하면 수령이 1,000년을 넘은 인공 재배 차나무도 있었다. 포랑은 운남에 있을 때 의부 소방외와 함께 그 야생 차나무 아래에 살았었다.

가화가 자신의 머리를 툭 치면서 말했다.

"어휴, 내 기억력 좀 봐. 이제는 어렸을 때 읽었던 다서茶書 내용도 잘 기억나지 않는구나. 《화양국지》華陽國志에 차에 관한 기록이 있었지. 주무왕周武王 시대에 '주사, 옻칠, 차, 꿀을 공물로 바쳤다.'는 기록 말이야. 이거 맞나?"

"맞습니다. 큰아버지, 기억력이 대단하시네요. 중국의 차나무 재배 역사는 주무왕 시대까지 거슬러 올라갈 수 있어요. 물론 제가 그곳에 가서 이런 얘기를 떠벌릴 필요는 없겠지요. 그 사람들은 최근에 개발한 '밀식법'의 성공여부에나 관심이 있지 3,000년 전의 일에는 관심이 없을 테니까요."

"꼭 그렇다고만 볼 수도 없어. 진시황이 언론을 탄압하고 사상을 통일시키기 위해 '분서갱유'焚書坑儒를 저질렀으나 '삼황오제'三皇五帝의 이야기는 여전히 후대에 전해 내려오고 있지 않느냐. 누군가는 그런 얘기를 들고 싶어 하고, 또 누군가는 그런 얘기를 필요로 하기 때문이지. 서한西漢시대의 오리진吳理真이 몽산蒙山 꼭대기에 '불생불멸不生不滅의 차나무 일곱 그루를 심었는데 그 나무의 잎을 네 냥 먹었더니 그 자리에서 신선이 되었더라.' 하는 얘기도 있지 않느냐. 물론 지금은 '봉건미신', '네 가지 낡은 것'으로 치부해 입도 뻥긋하면 안 되지만 언젠가는 사람들이 오리진에게 감사를 표하는 날이 올 거야. 그가 세계 최초로 차나무 재배를 시작한 사람이기 때문이지. 선인들이 차나무를 심지 않았더라면 오늘날 우리가 차를 마실 수 있었겠느냐? 아주 간단한 이치인데 사람들은 인정하려 하지 않는구나."

항한이 가화의 말이 끝나기도 전에 눈을 둥그렇게 떴다.

"큰아버지, 우리들이 어릴 때 해주셨던 얘기도 다 기억하고 계셨네요?"

가화가 손을 저었다.

"아니야, 아니야. 나도 차 재배와 관련해서는 아는 게 별로 없단다. 물론《다경》에 '차나무는 오이 심듯 심어서 3년이 될 무렵부터 잎을 채취할 수 있다.'라고 기록된 내용이 사실에 부합하지 않는다는 것 정도는 알고 있지. 원래는 가사협賈思勰의《제민요술》齊民要術도 좀 읽어보려고 했으나 할 일이 너무 많아서 짬을 내지 못했어. 그 책은 아마 벌써 태워버렸거나 찢어버리고 없을 거야. 가사협은 위魏나라 봉건시대 사람이지?"

항한이 빙그레 웃음을 지었다.

"《제민요술》은 제가 조금 읽어봤어요. 그 당시 사람들은 오이를 심을 때 잘 갈아놓은 땅에 너비와 깊이 각각 1자 정도의 구덩이를 파고 거름을 넣은 다음 씨앗을 네 알 뿌렸대요. 지금의 '혈파총식법'穴播叢植法과 비슷한 것 같아요. 당나라 사람들은 이 방법으로 차를 심었죠. 송宋대에 이르러 재배 밀도를 따지기 시작했어요. 《북원별록》北苑別錄에 '무더기와 무더기 사이 거리를 2자로 했다.'라는 기록이 있는 걸 보면 그 당시 '권종법'圈種法이 성행했고 1무 당 대략 1,500무더기 정도를 심었던 것 같아요. 원명元明 때부터 구덩이 하나에 씨를 10개 내지 수십 개를 뿌리는 '혈종'穴種법이 보급됐죠. 그리고 청나라 때에는 묘포에 묘목을 키워서 옮겨 심을 정도로 재배기술이 발전했어요. 차나무 재배 역사는 알고 보면 참 흥미롭답니다. 득도가 이 분야에 관심이 있을 줄은 몰랐어요."

가화는 항한의 어깨에 손을 얹은 채 아무 말도 하지 못했다. 하기야 그가 무슨 말을 할 수 있겠는가? 항한 역시 입은 웃고 있었으나 눈에는 눈물이 고였다.

'큰아버지, 제가 차 연구에 매진하는 이유를 큰아버지는 알고 계시죠? 차는 몸에 이롭고 사람을 구할 수도 있죠?'

가화는 아이들에게 닥친 불행을 항한에게 말해주고 싶은 마음이 간절했다. 그러나 끝내 입을 열지 못하고 눈물만 쏟아냈다. 항한은 가슴이 찢어지는 것 같았다. 노쇠한 큰아버지가 눈물을 흘리는 모습을 차마 볼 수 없었다. 그러나 그는 아무 말도 하지 않고 아이처럼 큰아버지를 꽉 껴안았다. 두 남자는 황혼이 어스름하게 내려앉은 고요한 방안에서 그렇게 서로 얼싸안고 눈물을 흘렸다.

그 시각, 득도와 득방은 서쪽 교외 항씨네 선산에 있었다. 어둠이 서서히 짙어가고 있었다. 두 형제는 각자 손전등을 하나씩 들고 앉은걸음으로 초풍의 유골을 찾기 위해 차나무 숲을 헤맸다. 둘 다 눈물 대신 온몸이 땀으로 범벅이 돼 있었다. 1년 전, 항씨 가족들은 야밤을 틈타 초풍의 유골을 이곳에 몰래 묻었었다. 묘비도 없고, 다른 표시도 없었다. 다만 어린 차나무 한 그루를 심어 표시를 했을 뿐이었다. 그리고 지난 1년 동안 너무 많은 일들이 있었다. 죽은 사람에게 신경을 쏠 겨를이 없었던 항씨네 젊은이들은 초풍이 묻힌 곳을 그만 잊어버리고 말았다.

오늘은 추석이라 하늘에는 둥글고 밝은 보름달이 솟아야 했다. 그런데 어찌된 영문인지 검은 구름이 하늘을 꽉 덮고 있었다. 초풍이 묻힌 곳을 기억하고 있는 노인들이 오지 않아서 두 형제는 기다리다 못해 먼저 손전등을 들고 찾아 나선 참이었다.

수십 년의 세월 동안 항씨네 선산은 많이도 변했다. 두 형제는 대중 없이 이곳저곳을 헤매고 다녔다. 잠을 자던 새들과 벌레들이 불만 섞인 울음소리를 내면서 멀찌감치 도망가고 있었다. 가을 차나무 숲은 두 형제의 손길에 쉴 새 없이 부스럭댔다. 두 형제는 아무리 찾아도 찾을 수가 없자 마음이 조급해지기 시작했다. 지나친 불안과 부담감 때문에 눈물조차 나오지 않았다. 득도는 누군가 득방을 미행하지는 않았을까 걱정이 돼 자꾸 산 아래 오솔길로 시선을 돌렸다. 그리고는 불빛이 나타나면 즉시 득방을 웅크리게 하고는 꼼짝 못하도록 했다.

한참을 헤맸으나 끝내 수확은 없었다. 두 형제는 찾는 것을 포기하고 커다란 차나무에 기대앉았다. 득도가 차나무를 살펴보더니 말했다.

"이분은 증조할아버지야."

득방이 아무 말 없이 담배를 꺼내 득도에게 한 대 권했다. 득도는 어둠 속에서 잘 보이지도 않는 동생 얼굴을 응시하면서 말했다.

"너도 피우는구나."

둘은 싸구려 담배를 한 대씩 물고 노인들이 오기를 조용히 기다렸다.

크고 둥근 달이 구름 사이로 들어갔다 다시 얼굴을 내밀었다. 하늘을 꽉 덮었던 검은 구름이 어느새 밀려나고 별이 반짝이고 있었다. 차나무 숲은 밀랍으로 빚은 소녀의 몸처럼 불투명한 윤곽을 드러냈다. 득도는 이토록 맑고 고요한 밤은 참으로 오랜만이라는 생각을 했다. 예전에 양어머니네 집에서 살 때 그는 거의 매일 밤마다 생부와 생모의 무덤을 찾아갔었다. 오늘 동생과 함께 고즈넉한 차나무 밭에 앉아 있노라니 문득 그때의 추억들이 새록새록 되살아났다. 그는 어머니 생각에 괴로워하는 동생을 위로하려 동생의 어깨를 툭툭 치면서 말했다.

"조급해하지 마. 할아버지가 오신다고 했으니 꼭 오실 거야."

싸구려 담배 냄새가 훅 풍겨왔다. 득방이 담배를 한 모금 빨고 덤덤한 어투로 말했다.

"급할 거 없어요."

득방이 형님을 힐끗 보고 얼른 덧붙였다.

"사실 저는 이곳을 자주 찾아 와요. 여기서 영감을 얻어 기초起草한 글도 적지 않은 걸요."

득도가 민감한 주제를 피해 다른 화제를 꺼냈다.

"네가 사애광이라는 아이를 데리고 올까봐 걱정했어."

"안 그래도 오고 싶어 했는데 제가 오지 말라고 했어요. 분이 고모가 할아버지댁에 가서, 백야 누나 혼자 산에 남겨두고 오기 그래서요. 백야 누나는 요즘 몸이 많이 안 좋아요."

백야가 아프다는 말에 득도는 자리에서 벌떡 일어났다. 갑자기 정신이 번쩍 들었다. 그는 속 좁은 자기 자신이 한심하고 부끄러웠다. 백야 배 속의 아이가 누구 아이인지 그게 뭐가 그리 중요하다고? 득도는 가슴 깊숙이 담배 연기를 들이마셨다. 깊은 후회와 말로 형언 못할 무기력감 때문에 가슴이 꽉 막혀 숨을 쉬기조차 힘들었다.

그때 득방이 물었다.

"형님, 그녀에 대해 어떻게 생각하세요?"

득도는 득방이 백야에 대해 묻는 줄 알고 화들짝 놀랐다. 보름달이 구름 사이로 숨었다가 다시 얼굴을 내밀었다. 차나무가지들이 달빛을 받아 반짝반짝 빛났다. 득방의 미간에 있는 붉은 점도 반짝반짝 빛나고 있었다. 득방의 목소리는 달빛처럼 부드러웠다. 득방의 크고 아름다운 눈도 달빛 아래 그윽한 빛을 머금고 있었다. 득도는 그제야 득방이 말한 '그녀'가 백야가 아닌 다른 여자라는 것을 깨닫고 덤덤하게 대답했다.

"응, 괜찮은 여자 같더구나. 그래도 이런 질문은 아직 좀 이른 거 아니니?"

"그럼 약속 하나만 해줘요."

득방이 고개를 돌려 형님의 눈을 정면으로 바라보았다.

"그럴 리는 없겠지만, 만약에 형님이 말한 그런 일이 일어난다면, 끝까지 애광을 지켜주세요. 약속해줄 수 있죠?"

득도는 전혀 예상 못한 말을 듣자 정신이 멍해졌다. 동생의 모습이 처음 보는 사람처럼 낯설게 느껴졌다. 그러나 그는 어깨를 으쓱하면서 일부러 가볍게 말했다.

"별것 아니네 뭐. 내가 지금도 너희들을 지켜주고 있지 않니?"

"항씨네 조상들 앞에서 맹세하세요. 차나무에 대고 맹세하세요."

득방이 잠깐 뜸을 들인 후 다시 덧붙였다.

"어머니의 영혼 앞에서 맹세하세요!"

득도는 갑자기 딴 사람이 된 듯한 동생의 태도가 얼떨떨했지만 내친김에 시원스럽게 약속했다.

"좋아, 좋아! 맹세할게."

득도가 다시 일어서면서 말했다.

"미리 걱정할 필요 없어. 상황이 아직 그 정도로 심각하지는 않아. 공안기관이 개입한 것도 아니고, 너에게 지명수배령이 내려진 것도 아니잖니."

득방이 쭈그리고 앉은 채 대답했다.

"저도 알아요. 저는 다만 백야 누나에 대한 형님의 태도가 이해되지 않을 뿐이에요. 형님은 백야 누나에 대해 제대로 책임을 지지 않고 있잖아요."

득방의 말투와 표정은 열여덟 젊은이가 아닌 나이 지긋한 기혼남자 같았다.

득도의 안색이 확 변했다. 그는 자세를 낮춰 득방에게 얼굴을 들이밀고 으르렁거렸다.

"분명히 말하지만 그 아이는 내 핏줄이 아니야!"

"그게 그렇게 중요한가요? 저는 도무지 이해할 수가 없네요. 만약 애광이 똑같은 일을 당해 힘들어하고 있다면 저는 그녀를 더 많이 아껴주고 사랑해줄 거예요. 더 많이, 더 많이 사랑할 거예요."

득방의 심장박동이 빨라졌다. 말도 쫓기듯 빨라졌다.

"형님, 형님이 백야 누나에게 얼마나 중요한 사람인지 정말 모르겠어요? 누나는 풍부한 감성과 지혜를 지닌 여자예요. 그런데 지금은 많이 지쳤어요. 누나는 기댈 사람이 없어요. 누나가 기댈 곳 없이 힘든 사람이라는 걸 저는 북경에 있을 때부터 알았어요……."

"그녀가 나를 만나지 않겠다고 했어……."

"누나는 여자예요!"

득방이 형님의 말을 뚝 잘랐다.

"형님은 생각이 너무 많아요. 누나의 마음을 나도 아는데 왜 형님만 몰라요?"

"닥쳐!"

"……형님은 애광을 향한 제 마음도 이해하지 못할 거예요. 제가 애광을 얼마나 사랑하는지 영원히 모를 거예요. 저는 지금 이 순간에도 제 옆에 앉아 있는 사람이 형님이 아닌 애광이었으면 좋겠어요. 저와 함께 어머니의 유골을 찾는 사람이 형님이 아닌 애광이었으면 좋겠다고요. 어머니의 유골을 찾은 후에 서로 부둥켜안고 눈물을 흘리는 사람도 형님이 아닌 애광이었으면 좋겠어요. 미안해요, 형님이 싫다는 뜻은 아니에요……."

"그만해!"

득도는 득방의 말을 자르고 혼자 차나무 숲으로 들어갔다. 구름이 다 흩어진 맑은 하늘에 홀로 떠 있는 보름달이 오늘 따라 유난히 외로워보였다. 우우우웅, 득방이 통소를 불기 시작했다. 포랑이 천태산으로 도망가면서 득방에게 준 통소였다. 득방은 아직 가락을 연주할 실력이 되지 않았다. 그저 간단한 음밖에 낼 줄 몰랐다. 그렇지만 그런 음 속에도 호소력이 있었다. 득도는 자신이 눈물을 흘리고 있다는 사실조차 모른 채 차나무 숲에 우두커니 서 있었다. 동생의 말과 흐느끼는 듯한 통소 소리가 기어이 그의 눈물샘을 터뜨려놓은 것이다. 득방의 말은 틀리지 않았다. 지금 이 시각, 득도에게 서로 부둥켜안고 눈물을 쏟아낼 상대를 고르라고 한다면 그는 주저 없이 그녀를 택할 것이다. 그는 대체 무엇 때문에 그녀를 만나는 것을 두려워하는가? 무엇 때문에 점점 더 마음이 복잡해지고 생각이 많아지는가? 물론 이유야 있었다. 그러나 지금은 이유 따위는 중요하지 않았다. 그녀를 만나야 한다. 지금 당장 그녀를 만나러 가야 한다. 그녀를 만나서 아무 말도 하지 않더라도 그녀는 모든 것을 알 것이다…….

콩알만 한 불빛이 그들을 향해 빠르게 다가왔다. 곧 키가 크고 마른 노인이 차나무 숲 앞에 멈춰 섰다. 잘려진 새끼손가락이 달빛 아래 유난히 시선을 끌었다. 노인은 나뭇가지를 헤치면서 득도 쪽으로 걸어왔다. 득도가 놀란 눈으로 물었다.

"할아버지, 왜 혼자 오셨어요?"

할아버지는 대답이 없었다.

"잠시만, 잠시만 기다려."

할아버지는 갑자기 손으로 눈을 가리면서 차나무 아래에 쭈그리고 앉았다. 득도가 할아버지를 부축하면서 불안한 목소리로 물었다.

"할아버지, 왜 그러세요? 눈이 불편하세요?"

득방도 통소를 들고 득도 쪽으로 달려왔다. 불길한 예감 때문에 등골에 식은땀이 쫙 흘렀다. 한참이 지나고 나서야 할아버지가 일어서면서 말했다.

"괜찮아, 이제 보이는구나."

할아버지가 득방을 보면서 덧붙였다.

"득방, 네 할아버지도 곧 오실 거야. 네 어머니하고 함께 여기서 영원히 주무시게 될 거야……."

보름달은 가슴 아픈 비보를 차마 끝까지 듣지 못하고 구름 뒤로 숨어버렸다. 차나무 숲은 일시에 짙은 어둠속에 묻혔다…….

제24장

노인은 수난을 당했다. 새 생명은 어김없이 태어났다. 그리고 젊은
이는 도망자 신세가 됐다. 득방은 득도와 포랑의 도움을 받아 비밀리에
항주 동쪽에 있는 험산준령으로 숨어들었다.

천태산은 산봉우리가 28성수星宿(옛날 중국에서 28수宿로 나눈 별자리
를 일컫던 말) 중 하나인 태수台宿(삼태성)의 바로 밑에 있다고 해서 '천태'
天台라는 이름이 붙여졌다. 절강성 동남쪽의 천태현天台縣, 신창현新昌縣, 영
해현寧海縣, 봉화현奉化縣과 은현鄞縣에 걸쳐 있다. 남쪽으로는 괄창括蒼, 서
쪽으로 사명四明과 잇닿아 있다. 또 동북쪽으로 바다로 들어가서 주산군
도舟山群島를 형성한다. 천태산의 서남쪽 및 동북쪽 주향走向은 전당강, 용
강甬江과 영강靈江의 분수령이기도 했다. 당唐나라 시승詩僧 영철靈徹 스님은
일찍이 "천태산의 뭇 봉우리 중에서도 화정봉華頂峰이 제일 높고 크다."고
했다. 1960년대 초, 항주 지식청년들은 천태산 주봉인 화정봉에 삼림농
장과 차농장을 만들었다. 하지만 문화대혁명이 시작되자 이곳 역시 혼

란을 비껴가지 못했다. 결국 농장에서 일하던 사람들 대부분은 하산하고 빈집과 삼림지기 몇 명만 남았다. 포랑은 이곳에 온 후 비밀리에 득도와 연락을 유지했다. 지금의 그는 예전에 비해 많이 얌전해졌다. 더 이상 멋대로 행동하고 멋대로 말하지 않았다. 항씨 가족에게 든든한 뒷심이 돼줄 사람이 이제 그밖에 남지 않은 때문이었다.

득방은 할아버지의 후사를 처리한 후 득도를 따라 천태산으로 왔다. 득도는 위험을 무릅쓰고 동생을 데리고 왔다. 득방은 처음에는 형님의 결정에 찬성하지 않았다.

"오곤이 꼬투리를 잡지 못해 혈안이 돼 있어요. 굳이 섶을 지고 불구덩이에 뛰어드는 짓을 해야겠어요?"

득도는 고개를 저었다. 그가 생각하기에 우여곡절 끝에 결국 이 산으로 오게 된 것은 참으로 기가 막힌 우연이 아닐 수 없었다. 그는 예전부터 천태산을 좋아했다. 산속에 있는 국청사國淸寺 때문만은 아니었다. 전하는 말에 의하면 일본의 사이초最澄스님과 에이사이榮西스님이 천태산에서 수학했다고 한다. 사이초와 에이사이는 중국의 차 문화를 일본으로 전파하는 데 크게 기여한 인물들이었다. 득도는 오랫동안 손을 놓고 있던 차 공부를 이곳 천태산에서 다시 시작하기로 마음을 먹었었다. 하지만 첫 천태산 방문이 곤경에 빠진 동생을 도와주기 위한 것으로 이어질 줄은 꿈에도 생각 못했다.

국청사는 천태산 남쪽 기슭에 있었다. 득도 일행은 한습정寒拾亭을 지나 풍간교豊幹橋에 앉아 잠깐 휴식을 취했다. 한습정과 풍간교는 당唐대의 국청사 고승 한산寒山·습득拾得과 풍간豊幹의 이름을 따서 지은 것이었다. 풍간교는 송宋대에 지어졌다. 부처님의 보우 덕분인지 아니면 '혁명용사'들이 성안의 '네 가지 낡은 것'을 부수느라 정신이 없었기 때문인지는 몰라도 이곳의 고찰은 용케 피해를 입지 않고 멀쩡했다. 하지만 사찰 문은 굳게 닫혀 있었다. 득도 일행을 데리고 올라온 소석小釋이 실없는 농담을 입에 올렸다. 그는 포랑이 금화金华에 있을 때 친하게 지내던 차 따는 처녀의 사촌오빠로 삼림농장에서 일하고 있었다.

"점괘나 한번 뽑아볼까요? 우리가 팔자를 고칠 날이 오기나 할지 궁금하군요."

포랑이 득방을 보면서 말했다.

"스님과 비구니들도 다 쫓겨난 마당에 점은 뭔 점이오? 점쟁이도 자기 죽을 날은 모른답디다."

포랑의 말은 지난해 영은사가 훼손당한 일을 빗댄 것이었다. 지은 '죄'가 있는 득방이 부끄러운지 얼굴을 붉히면서 황급히 화제를 돌렸다.

"국청사는 언제 세워졌나요?"

득도가 입을 열려고 하는데 소석이 앞질러 대답했다.

"국청사는 천태종의 근본도량根本道場입니다. 북제北齊 시대에 세워진 걸로 알고 있어요."

포랑이 고개를 갸우뚱했다.

"북제? 나는 왜 한 번도 못 들어봤지?"

소석이 설명을 하기 시작했다.

"북제에 대해서는 저도 잘 몰라요. 다만 국청사의 개산비조인 지자智者선사가 북제의 명승名僧 혜사慧思스님의 제자로 지금으로부터 1,000여 년 전의 인물이라는 것만 알지요. 지자선사가 하루는 천태산에 들어가서 돌다리를 건너다가 노스님을 만났대요. 노승이 말하기를 '산 아래에 좋은 절터가 있으니 큰 절을 지으라.'고 했답니다. 지자선사가 '초가집 한 채 짓기도 힘든 세월에 큰 절을 어떻게 짓습니까?'고 묻자 노승이 대답하기를 '지금은 때가 아니다. 3국이 통일된 후 자연히 귀인貴人이 나타날 것이다.'라고 했답니다. 이어 '절이 세워지면 나라가 맑아질 것이다.'라는 한마디를 더 남기고 홀연히 사라졌답니다. 노승의 말대로 나중에 이곳에 절이 세워졌고 '국청사'로 불리게 됐죠."

전설 같은 이야기를 듣고 나서 포랑과 득방은 일제히 득도 쪽으로 시선을 돌렸다. 득도의 차례였다.

"북제는 서기 550년부터 577년까지 지속됐던 왕조입니다. 여기서 말한 '3국'은 위, 촉, 오가 아니라 북주北周, 북위北魏와 남진南陳입니다. 소석, 제 말이 맞죠?"

소석이 연신 손을 저었다.

"저는 아는 게 별로 없습니다. 그렇다면 '귀인'은 누구일까요? 항 선생님이 계속 설명해주십시오."

"'귀인'이 누군지 정말 모르십니까?"

득도는 소석의 행동거지를 보고 국청사에 있다가 환속한 스님일 것이라고 어렴풋이 짐작하고 있었다. 그런 사람이 '귀인'이 수양제隋煬帝 양광楊廣임을 모를 리 없을 터였다. 하지만 득도는 소석이 더 난처하지 않도록 얘기를 이어갔다.

"양광이 강도江都(현재의 강소江蘇성 양주揚州)에서 앓아누웠을 때 지자 스님이 천태산 차를 가져다 치료해줬지요. 남방의 차는 이때부터 북방 지역으로 전파됐답니다. 양광은 왕위를 계승한 후 천태산에 천태사天台寺를 세웠지요. 천태사는 나중 국청사로 개명되었고 한때 승려가 4,000명이 넘을 정도로 향불이 번성했답니다."

포랑이 길게 한숨을 쉬면서 엉뚱한 소리를 했다.

"그 '귀인'이 우리도 좀 도와주셨으면 좋겠다."

득방이 즉시 반박했다.

"그 '귀인'은 황제예요, 황제. 지금 세상에 황제가 어디 있어요? 철두철미한 유물론자들은 신선, 구세주, 황제 따위를 믿지 않아요."

포랑이 두려운 표정을 한 채 득도를 보면서 웅얼거렸다.

"황제는 없어도 '귀인'은 분명히 있어. 그런 노래 있잖아. '계수나무 꽃이 피면 귀인이 온다네.' 지금 세상의 귀인은 모 주석이야."

"모 주석은 '인민의 영수領袖'이지만 그분을 '신선', '황제', '귀인' 취급하는 건 옳지 않아요. 저는 모 주석이 비속화되는 건 싫어요!"

득방은 자신의 생각을 속사포처럼 쏟아냈다. 평소에 사애광에게 쓰는 말투였다. 다른 사람들도 사애광처럼 자신의 사상을 무조건적으로 지지하고 숭배하는 줄 착각하고 있는 것이 분명했다. 그러나 포랑은 득방의 말을 이해하지 못했다. 득방의 사상에는 관심도 없었다. 포랑이 어깨를 으쓱하면서 말했다.

"아무튼 많은 사람들에게 지시를 내릴 수 있는 사람은 '황제'나 다름없어. 모 주석을 '황제'라고 부르는 게 뭐가 잘못됐어? 모 주석은 '만세, 만세, 만만세'야. 옛날에는 황제를 '만세, 만세, 만만세'라고 불렀어. 내가 연극을 많이 봐서 이건 잘 알아."

득도는 말이 통하지 않는 두 사람이 위험한 주제를 놓고 쓸데없는 언쟁을 하는 것이 못마땅했다. 그래서 다리 앞에 있는 비석을 가리키면서 소석에게 물었다.

"소석, 여기 비문碑文이 무척 흥미롭군요. '일행이 이곳에 도착하자 물이 서쪽으로 흘렀다.'라고 돼 있네요. '일행'一行이라면 스님 아닙니까? 무엇 때문에 그가 여기 오니 물이 서쪽으로 흘렀다고 했을까요?"

득방과 포랑의 말싸움에 한마디도 끼어들지 못하고 멍하니 서 있던 소석이 득도의 질문을 듣고는 반색을 했다.

"옛날에 점을 잘 치는 선사가 절에 있는 주판알이 스스로 달그락달그락 울었다는 말을 듣더니 말하기를 '오늘 내 도를 전할 제자가 올 것이다.'라고 했답니다. 그런데 점을 쳐 보더니 '문 앞의 냇물이 서쪽으로 흐르면 도착할 것이다.'라고도 했답니다. 아니나 다를까 얼마 후 물이 거슬러 흐르더니 일행대사가 도착했답니다."

득도가 일어서면서 말했다.

"세상에는 사람의 머리로는 이해할 수 없는 일들이 많습니다. 동쪽으로 흐르던 강이 어떻게 갑자기 방향을 바꿔 서쪽으로 흐르게 됐을까요? 이해할 수 없는 일이지만 이것은 분명히 존재했던 객관적 사실입니다. 객관적 사실 앞에서는 그 어떤 추리도, 논리도 맥을 못 쓰는 법이지요. 그렇다면 우리는 추리와 논리를 믿어야 할까요, 아니면 객관적 사실을 먼저 인정해야 할까요? 각설하고, 여러분은 좀 더 앉아계십시오. 저는 저쪽에 잠깐 갔다 오겠습니다. 곧 돌아올 테니 잠시 쉬고 계십시오. 이제부터 산을 오르려면 거의 한나절은 걸릴 겁니다."

말을 마친 득도는 국청사를 향해 걸어갔다.

득도는 포랑과 득방이 들으라고 일부러 그런 말을 한 것이었다. 총명한 득방은 형님의 의도를 이해했다. 그러나 동쪽으로 흐르던 물이 갑자기 서쪽으로 흐르게 된 연유는 도무지 이해가 되지 않았다. 득도도 그 이유에 대해 설명해주지 않았다. 사실 득방은 방금 비문을 보고 큰 충격을 받았다. "일행이 이곳에 도착하자 물이 서쪽으로 흘렀다!" 이 얼마나 단호한 어투인가. "조사祖師를 만나면 조사를 죽이고, 부처를 만나면 부처를 죽여라."고 말한 임제스님 정도의 기개와 용기가 없이는 나올 수 없는 말이었다.

사실 따지고 보면 '물이 서쪽으로 흐른' 데는 그럴 만한 이유가 있었다. 그 당시 북쪽 산에 큰비가 내려 동쪽 산골짜기 물이 크게 불었다. 일행대사가 도착했을 때 산골짜기를 미처 빠져나가지 못한 큰물이 서쪽으로 역류했던 것이다. 어쨌거나 '물이 서쪽으로 흐른 것'은 부인할 수 없는 객관적 사실이었다. 논리적인 추리를 통해 "물이 서쪽으로 흐를 수 있다."는 것을 증명하지 못하더라도 이미 육안으로 확인된 사실은 변함이 없는 것이다. 그러니 세상에는 논리와 추리로 설명할 수 없는 일도 생기는 것이다. 그렇다면 모 주석과 '만세'의 관계는 어떠한가? 득도는 생각하면 할수록 경악을 금치 못했다. 마치 가시덤불이 가득한 벌판에 영혼이 버려진 느낌이었다. 지금까지 없었던 오기와 두려움이 한꺼번에 엄습했다.

소석은 말하기를 좋아하고 힘이 넘치는 젊은이였다. 그래서일까, 그는 득도의 옆에 바싹 붙어 걸으면서 쉴 새 없이 떠들어댔다.

"항 선생님, 선생님도 혜근慧根을 갖고 계신 것 같군요. 어떻게 그렇게 말씀하시는 마디마디마다 심오한 뜻이 들어있을 수가 있죠? 다른 사람들은 궁금해 하지도 않는데 유독 선생님만 물이 서쪽으로 흐른 이유를 질문하셨어요. 항 선생님, 사실 비문이 저것 말고 하나 더 있어요. '문이 동쪽을 향해 열리다.'라는 구절입니다."

소석이 앞에 보이는 국청사 대문을 가리켰다.

"저기 사찰 대문 보이시죠? 동쪽을 향해 나 있는 거 맞죠? 항 선생님은 문이 동쪽을 향해 나있는 이유를 아십니까?"

"'자기동래紫氣東來(상서로운 기운 혹은 귀한 사람이 동쪽에서 온다)'의 의미겠죠."

득도가 무심하게 던진 한마디에 소석의 두 눈이 휘둥그레졌다.

"어떻게 아셨습니까?"

이번에는 득도가 놀라서 그 자리에 굳어졌다. 소석의 말에 놀란 것이 아니었다. 굳게 봉인된 대문에 득방의 사진이 떡하니 박힌 큼지막한 수배령이 붙어 있었기 때문이었다. 누구보다 '혁명'의 열의에 불타던 득방이 지명수배자 신세로 전락하다니…… 득도는 '계급의 적'이 되는 것이 말 그대로 손바닥 뒤집듯 쉽다는 것을 실감했다.

소석이 문틈으로 안을 들여다보면서 말했다.

"수매^{隋梅}가 어떻게 됐는지 모르겠어요. 중국에서 제일 나이가 많은 매화나무인데. 아마 1,400살은 넘었겠죠?"

소석이 무심한 듯 담담한 표정으로 대문에 붙어 있는 수배령을 떼어냈다.

소석은 득도 일행을 따라 산을 오르면서 일행의 기분을 풀어주려고 무척이나 애를 썼다. 심지어 많은 시간을 할애해 적성서하^{赤城棲霞}, 쌍간회조^{雙澗回潮}, 한암석조^{寒岩夕照}, 도원춘효^{桃源春曉}, 경대야월^{瓊台夜月}, 청계낙안^{清溪落雁}, 나계조정^{螺溪釣艇}, 석량비폭^{石梁飛瀑} 등 '천태팔경'^{天台八景}을 일일이 소개하기도 했다. 그중에서도 일행의 경탄을 자아낸 것은 '석량비폭'이었다. 아찔한 벼랑 위에 기이하게도 천연바위로 만들어진 다리가 있고 다리에는 '석량비폭'이라고 새겨진 네 글자가 있었다. 그곳에서 천 길 낭떠러지를 향해 떨어지는 폭포는 가히 장관이었다. 소석이 어깨를 으쓱하면서 말했다.

"'천태팔경' 중 하나인 '석량비폭'이랍니다. 다리 위의 네 글자는 강유위의 친필입니다."

득방이 궁금한 표정을 지었다.

"홍위병들이 왜 저걸 가만히 내버려뒀을까요?"

"자연이 만들어낸 걸작은 사람의 힘으로는 어찌할 수 없지요. 저건 쉽게 폭파시킬 수가 없어요."

득방은 오기 전에 책에서 봤던 구절을 일행에게 설명해주었다.

"이 산은 유문암, 응회암, 화강암이 오랜 세월 동안 침식돼 기암괴석의 절경을 이뤘어요. 제 말이 맞을 겁니다. 애꽝이 빌려온 지리책에서 봤거든요."

일행은 바위에 앉아 잠깐 휴식을 취했다. 그때 득도가 이곳에 또 다른 볼거리가 없느냐고 소석에게 물었다. 소석은 이곳에서 수십 년을 살아온 농부처럼 노련하게 대답했다.

"천태산의 경치를 다 소개하자면 하루 이틀로는 부족합니다. 산 아래에 있는 국청사에 얽힌 얘기만 해도 몇 날 며칠이 부족할 지경인걸요. 이밖에 이백李白이 책을 읽고 시를 짓던 곳이라고 전해지는 '태백형'太白擎, 왕희지가 붓을 씻고 먹을 갈아 《황정경》黃庭經을 썼다는 '우군묵지'右軍墨池, 맛과 향이 기가 막힌 차가 자라는 '귀운동'歸雲洞도 있답니다. '안개 자욱한 화정봉華頂峰 꼭대기에 채색노을 내려앉고, 귀운동 입구에 가명佳茗(훌륭한 차)이 자란다네', 이런 내용의 시도 있지 않습니까. 귀운동을 지나 위로 조금 더 올라가면 산 정상의 '배경대'拜經台에 도착하게 됩니다. 그곳에 서면 동쪽의 동해와 북쪽의 항주만이 한눈에 보입니다."

득도는 소석의 박학다식함에 놀라움을 금치 못했다. 포랑이 그런 소석을 가리키면서 투덜거렸다.

"나에게는 왜 말해주지 않았소? 내가 여기 온 지가 얼마인데."

소석이 웃으면서 대답했다.

"항 선생님처럼 궁금해 하지 않았잖습니까?"

득도가 곧 다른 질문을 했다.

"저는 여기 와본 적이 없지만 갈현葛玄이 화정봉에 차나무를 심었다는 얘기를 한漢대 사서에서 본 기억이 있습니다. 그 차나무가 아직도 있나요?"

소석이 또 놀라서 눈이 휘둥그레졌다.

"항 선생님은 정말 모르시는 게 없군요. 제가 듣기로는 귀운동 앞에 있는, 차 맛이 기가 막힌 차나무들이 갈현이 심은 것이라고 들었습니다. 제 스승님의 말씀에 따르면, 갈현은 지금으로부터 1,000여 년 전에 살았던 사람이랍니다. 그러니 그 차나무들도 나이가 1,000살이 넘었겠죠? 산 아래에 있는 수매와 나이가 비슷할 겁니다."

"정말로 갈현이 심은 나무가 맞다면 수매보다 나이가 더 많을 겁니다. 갈현은 동한 말의 도사였죠. 우리 항주에 포박자抱朴子 갈홍葛洪의 이름으로 명명된 갈령葛嶺이 있잖아요? 갈현은 갈홍의 조상으로 지금으로부터 1,800년 전의 인물입니다."

"와, 차나무도 그렇게 오래 자랄 수 있군요. 1,800살이면 나무요정이 되고도 남았겠어요."

"생물학적 나이를 따지면 차는 장수 식물에 속합니다. 짧게는 수십 년, 길게는 수백, 수천 년을 살 수 있죠. 이곳에서 나는 화정華頂 운무차雲霧茶는 매우 유명하죠. 우리 꼭대기에 올라가서 차를 마십시다."

득도가 일어서서는 사람들에게 빨리 가자는 손짓을 했다. 산속은 기온이 매우 낮았다. 일행은 산을 오르기도 전에 "화정봉에는 6월이 없다."고 들었던 말이 피부로 느껴질 정도였다. 산을 오르느라 온몸이 땀으로 흠뻑 젖다시피 했는데 이곳에 이르니 땀이 다 말라버리고 으슬으슬 추위도 느껴졌다.

만약 2년 전에 국청사와 천태산 구경을 왔더라면 지금과는 완전히 다른 기분이었을까? 득도는 잠시 감상에 젖어들었다. 2년 전, 그는 중국과 일본 양국 간 차 문화 교류에 관한 논문을 쓰려고 준비했었다. 일본 다승茶僧들이 제일 많이 다녀간 곳이라 하면 역시 천태산을 빼놓을 수 없었다. 일본 천태종의 개조로 불리는 사이초最澄스님은 서기 9세기 초에 국청사에서 천태학 불법을 배운 후 일본으로 귀국해 천태종을 개창했다. 이듬해에는 구카이空海스님이 천태산을 재차 방문해 차 씨앗을 일본으로 가져다 심었다. 송宋대의 일승日僧 에이사이榮西는 천태산 만년사萬年寺에서 불법 연구에 매진하다가 50세 되던 해에 귀국해《끽다양생기》喫茶養生記를 집필했다. 책의 머리말은 이렇게 시작된다.

"차는 양생養生의 선약仙藥이요, 목숨을 연장시키는 기묘한 술법이다. 산골짜기에 나면 그 땅이 신령하고, 사람이 따서 먹으면 명을 길게 한다. 천축天竺과 당나라 땅에서 모두 귀하게 여겨지고, 우리나라 사람들도 매우 좋아한다."

득도는 그 당시 에이사이선사가 설파한 '불리'佛理와 '다리'茶理의 관계에 대해 깊은 관심을 가졌다. 에이사이선사는《끽다양생기》에서 "심장, 간, 비장, 폐, 신장 등 오장의 조화는 생명의 근본이다. 오장에 대응하는 오미五味는 쓴맛, 신맛, 매운맛, 단맛 및 짠맛이다. 심장은 인간의 오장 가운데 기본이 되는 장기이고, 차는 쓴맛의 기본이다. 쓴맛은 바로 여러 맛의 으뜸이다. 따라서 심장에는 쓴맛이 필요하다. 쓴맛을 얻기 위해 차를 마셔야 한다."라고 했다. 득도는 한동안 잊고 있던 책 속의 내용들을 다시 떠올리면서 남다른 감회에 젖었다.

소석이 궁금한 표정을 지으면서 득도에게 조심스럽게 물었다.

"항 선생님은 어쩌면 그렇게 박학다식하십니까?"

득도는 혼자 생각에서 빠져나오지 못하고 대충 대답했다.

"'차'에 관해서 말입니까? 당신도 모르시는 게 없던데요. 사실 '차'는 제 전공 연구 분야입니다."

"저와 같군요."

소석은 오랜 친구를 만난 것처럼 진심으로 반가워했다. 곧 득도의 귀 가까이에 입을 대고 소곤거렸다.

"'다선일미'茶禪一味라고 하지 않습니까? 저도 절에서 차 시중을 들었습니다."

득도의 길고 가는 눈이 형형하게 빛났다.

"혹시 산 아래 국청사에 계시다가 환속하셨습니까?"

"'환속'이라고 말할 수도 없지요. '운동'이 시작되자 국청사에 함께 있던 사형, 사제들이 모두 쫓겨나 산지사방으로 뿔뿔이 흩어졌어요. 저는 산을 떠나지 않고 산 위에 있는 차 농장에서 기다리고 있습니다."

"뭘 기다립니까?"

"다시 절로 돌아갈 날을 기다리는 거죠."

소석의 목소리에는 잔뜩 힘이 들어 있었다. 득도는 자기도 모르게 걸음을 멈췄다.

"다시 돌아갈 수 있을지 없을지 어떻게 압니까?"

"에이, 왜 그러세요, 항 선생님? 선생님 같은 지식인이 그런 질문을 하시면 안 되죠. '역대로 이 땅에서는 재난이 끊이지 않았다.'고 책에도 나와 있잖아요. 모든 것은 윤회輪回한답니다. 절이 부서지지 않고서는 다시 지을 수 없잖아요. 세상에 영원히 변하지 않는 것은 없답니다. 아미타불! 항 선생님도 언젠가는 다시 교단에 서실 것 아닌가요?"

득도는 정말이지 깜짝 놀라지 않을 수 없었다. 자신은 솔직히 그렇게 멀리까지 생각해본 적이 없었던 것이다.

"내가 다시 교단에 설 거라는 건 어떻게 아셨습니까?"

소석이 의기양양하게 말했다.

"딱 보면 알아요. 나중에 교단에 서실 생각이 없는 분이라면 지금 쯤 시내에서 '운동'에 열을 올리고 있지 이런 산을 찾아왔겠습니까? 항 선생님 같은 분이 출가出家하신다면 틀림없이 고승이 될 것입니다."

득도가 잠깐 생각하고는 대답했다.

"제가 출가하는 일은 없을 것입니다."

"무엇 때문이죠? 혹시 결혼하셨습니까? 결혼해 가족이 있는 분은 거사居士도 가능합니다만."

"거사도 생각 없습니다."

"아, 알겠습니다."

소석이 또 의기양양한 표정을 지었다.

"마음에 품은 여인이 있어서 집착을 깨뜨릴 수 없는 거군요."

일행은 드디어 화정봉 꼭대기에 도착했다. 땅거미가 서서히 내려앉 기 시작했다. 산꼭대기는 바람소리도 윙윙 거셌다. 소석은 일행을 오두 막 안으로 안내했다. 득방은 여기 올 때까지만 해도 안전한 곳만 찾으면 더 이상 소원이 없을 것 같았다. 그러나 정작 안전한 곳에 도착해 쉬게 되자 또 잡생각이 스멀스멀 피어나기 시작했다. 소석이 재빠르게 물을 끓여다 차를 우려 일행에게 권했다. 득방이 다완을 받아들고 득도에게 물었다.

"이것이 방금 말한 운무차인가요?"

득도는 가화만큼 차 관련 지식이 해박하지 못했다. 다행히 언젠가 할아버지에게 들은 말이 어렴풋이 기억났다. "청명 전에 딴 것만 꼭 좋 은 차인 것은 아니란다. 이를테면 화정 운무차는 곡우 직후부터 입하

사이에 여린 잎을 따서 만든 것이란다."라는 말이었다. 그러나 득도는 지금까지 운무차를 먹어본 적이 없었다. 구경도 못해봤다. 그는 투박한 다완 바닥에 누워 있는 찻잎을 자세히 관찰했다. 비록 야생차野茶라고 하지만 잎이 단단하고 튼실하면서, 하얗고 실한 솜털이 겉으로 드러나 있었다. 색깔은 진하고 윤기 흐르는 초록빛이었다. 뜨거운 물을 붓자 진한 향이 확 올라왔다. 맛 역시 화정봉의 안개와 구름을 머금은 듯 촉촉하고 그윽한 것이 일품이었다. 득도는 속으로 감탄하면서도 지레 평가하지 않고 소석에게 시선을 돌렸다. 눈치 빠른 소석이 제꺽 입을 열었다.

"여러분이 지금 드시는 차는 화정 운무차가 맞습니다."

항씨 가문은 비록 다인茶人 가문이지만 최근 몇 년 동안은 좋은 차를 마시지 못했다. 게다가 하루 종일 산을 오른 터라 갈증도 심했다. 그런데 뜨끈한 차를 쭉 들이키자 정수리부터 발끝까지 뜨거운 기운이 쭉 퍼졌다. 그러면서 머리가 상쾌해지고 온몸의 피로도 싹 풀리는 느낌이었다. 포랑과 득방 역시 이구동성으로 "좋은 차!"라고 감탄했다. 득도가 이마에 송골송골 맺힌 땀방울을 훔치면서 말했다.

"차를 만드는 계절이 아니라서 조금 아쉽군요. 화정 운무차가 어떻게 만들어지는지 예전부터 무척 궁금했어요. 용정차 제다법과는 많이 다르겠죠?"

"크게 어렵지 않습니다. 제가 설명해 드리면 바로 이해되실 거예요. 신선한 잎을 따서 널어놓아 수분을 날립니다. 이것을 가마솥에서 덖은 다음 서늘한 곳에 펼쳐서 식힙니다. 이어 부채질을 해서 수증기를 날리고, 비빕니다. 그런 연후에 뜨거운 열로 건조시킨 다음 다시 펼쳐서 식힙니다. 재차 부채질로 수증기를 날리고, 가마솥에서 덖고, 펼쳐서 식힌 다음, 다시 덖고, 건조시키고, 펼쳐서 식힌 다음 저장합니다."

소석의 말은 무척이나 빨랐다. 때문에 듣는 사람의 귀에는 "펼쳐서 식힌다"는 말밖에 들리지 않았다. 득방이 웃으면서 농담을 했다.

"차가 무척 뜨거웠던 모양이군요. 하루 종일 펼쳐서 식히는 일밖에 없나요?"

하지만 소석은 정색을 했다.

"물과 불에 들어갔다 나오고, 뜨거움과 차가움을 모두 겪어야 좋은 차가 나오는 법이지요. 사람도 마찬가지 아닙니까? 너무 뜨거우면 식힐 줄 아는 지혜도 필요하답니다. 여러분들도 지금 '식히고' 있는 중이잖습니까?"

모두들 다완을 든 채 그 자리에 굳어졌다. 평범한 다승茶僧인 줄로만 알았던 소석이 날카로운 통찰력과 지혜를 갖춘 고승高僧이 아닌가 의심되는 순간이었다. 득도가 자리에서 일어나면서 말했다.

"밖으로 나가 차나무 밭 경치나 구경해야겠습니다."

소석이 뒤따라 나오면서 물었다.

"좀 쉬시지. 힘들지 않으세요?"

득도가 웃으면서 말했다.

"연 며칠 동안 뜨겁게 들볶여댔으니 이제 좀 '식혀'야겠습니다."

옛날에는 화정산 꼭대기에 있는 차나무 밭 규모가 200여 무에 달했다고 한다. 그것을 2,000여 뙈기로 나누어 경작했다. 산세가 가팔라서 밭뙈기 가장자리마다 돌로 두둑을 쌓아 멀리서 보면 사다리처럼 보이기도 했다. 어떤 농가는 밭에는 곡식을 심고 밭두렁에만 차나무를 심었다. 밭두렁에서 나는 두렁차의 양도 적지 않았다. 매년 큰 무더기에서 다섯 근, 작은 무더기라 해도 한두 근은 너끈히 채취할 수 있었다. 차나무 밭 주변에 심은 버드나무, 금송, 만주흑송, 철쭉, 사라수와 야생 대나무들이 천연병풍의 역할을 해 차나무 성장에 적합한 '양애음림'陽崖陰林 환경이 조성됐다. 소석의 말에 따르면 예전에는 이곳에 작지만 정교하게 지은 초막들이 매우 많았다고 한다. 초막마다 스님 한둘이 기거하면서 근처의 차나무 밭을 관리했다고 한다. 하지만 지금은 초막이 하나도 남지 않았다.

득도가 소석에게 물었다.

"정말 하나도 없군요."

소석의 안색이 어두워졌다.

"아무튼 저는 초막은 구경도 못했어요. 당연히 초막에 살아본 적도 없고요."

득도가 갑자기 화제를 돌렸다.

"소석, 한 가지 부탁을 드려도 될까요?"

"항 선생님처럼 혜근慧根을 지닌 분의 부탁이라면 당연히 들어드려야죠."

"방금 전의 수배령을 제 동생 눈에는 띄지 않게 해주세요. 너무 어려운 부탁인가요?"

소석이 잠깐 생각하더니 대답했다.

"알겠습니다."

언제 왔는지 포랑이 옆에 서 있었다. 득도와 포랑은 꽤 오랫동안 얘기를 나눴다. 득도는 방금 전의 수배령을 포함해 득방에게 닥친 위험을 포랑에게 설명해줬다. 또 본인이 항주로 돌아가면 겪게 될 상황에 대해서도 설명했다.

"아마 격리심사를 받게 될 거예요. 어쩌면 더 심한 처벌을 받게 될 수도 있습니다. 이미 각오하고 있으니 두렵지는 않아요."

득도가 다시 덧붙였다.

"저 대신 삼촌이 득방을 지켜주세요. 득방 그 녀석은 젊고 충동적이
지만 마음은 착하고 순수하면서도 정직한 아이예요. 저는 득방이 '반혁
명분자'라는 걸 믿지 않아요. 이 고비만 넘기면 아무 일 없었던 듯 무난
히 지나갈 거예요. 그러니 어떻게든 이 고비를 잘 넘겨야 해요. 잘 부탁
드려요, 삼촌. 삼촌은 비록 저와 나이는 같지만 웃어른이잖아요. 물론
삼촌도 도망자 신세로 매우 힘든 상황이라는 건 알아요. 하지만 삼촌은
지명수배가 떨어지지는 않았어요. 또 득방보다 생존능력도 강하잖아
요. 삼촌에게는 삼촌을 든든하게 지켜주는 커다란 차나무가 있어요. 삼
촌은 우리보다 강해요. 우리에게는 커다란 차나무가 없어요."

포랑이 가슴을 두드리며 말했다.

"내 커다란 차나무는 곧 너희들의 차나무야."

둘 다 입을 다물었다. 득도는 동쪽 바다로 시선을 돌리면서 사서에
기록된 글을 떠올렸다. "동쪽 바다를 바라보니 맑을 때보다 흐릴 때가
많고 여름에도 눈이 쌓여 있네. 아래에서 올려다보면 연꽃받침처럼 홀
로 우뚝 높이 솟았네."라는 글이었다.

바위틈에서도 강인한 생명력을 자랑하는 두렁차는 황혼의 어스름
속에서 가부좌를 틀고 앉은 노승을 연상케 했다. 득도는 예전에 적어
뒀던 천태차天台茶에 관한 시를 떠올렸다. "화정에 예순다섯 개의 모봉茅蓬
(초막)이 있으니, 절벽에 매달려 있는 동굴 같구나. 산중의 꽃이 다 지고
사람은 보이지 않건만, 흰 구름 속에서 종소리가 울리네."라는 내용의
시였다.

득도의 발 아래에도 양탄자 같은 흰 구름이 펼쳐져 있었다. 하지만
종소리는 들리지 않았다. 그의 운명의 종소리는 막혀버린 걸까? 득도는

격한 감정을 누르지 못하고 속으로 외쳤다.

'항주의 가족들, 저는 반드시 당신들 곁으로 돌아갑니다. 제 책임과 의무를 끝까지 다할 것입니다!'

소학교 예비 졸업생 영상은 '반동 표어' 사건 이후 반년 넘게 학교에 나가지 않았다. 그동안 항씨 집안에는 재앙이 꼬리에 꼬리를 물고 들이닥쳤다. 나중에는 영상처럼 예민한 아이마저 어지간한 일에는 눈 하나 깜짝하지 않을 정도로 신경이 무뎌졌다. 그럼에도 불구하고 초겨울의 어느 아침 그녀가 서호 호숫가 플라타너스 나무에 떡하니 걸려 있는 대문짝만 한 지명수배령을 처음 봤을 때의 충격은 거의 그 자리에서 까무러칠 정도로 컸다. 그녀는 반사적으로 나무를 꽉 끌어안았다. 마치 그렇게 하면 자신의 조그마한 몸으로 오빠의 사진이 박혀 있는 수배령을 가릴 수 있다고 생각한 것 같았다. 그녀는 조심스럽게 고개를 들었다. 둘째 오빠의 크고 맑은 눈, 잘 생긴 미간에 있는 붉은 점이 그녀만이 알 수 있는 특유의 메시지를 보내고 있었다. 심지어 살짝 다문 입술에서는 오직 그녀만이 알아들을 수 있는 말이 흘러나왔다.

"누이야, 사람들은 유리 가가린만 기억하지 두 번째로 달에 착륙한 사람이 누구인지는 관심이 없단다."

간이 콩알만 한 영상도 때로는 간이 배 밖으로 나온 행동을 할 때가 있었다. 지금이 바로 그때였다. 한참 동안 수배령을 노려보던 그녀는 호숫가 인도를 오가는 행인들을 힐끗 곁눈질하더니 어디서 그런 용기가 났는지 두 팔을 쳐들고 풀쩍 몸을 솟구쳤다. 나무에 붙어 있던 수배령은 의외로 쉽게 떨어졌다. 그녀는 수배령을 꾸깃꾸깃 구겨서 바지 주머니에 넣었다. 적어도 열 명 이상의 행인들이 그녀의 그런 행동을 목격했다. 그들은 시퍼런 대낮에 자행된 그녀의 돌발적인 '반동적 행동'을 보고는 놀라서 입을 딱 벌렸다. 영상은 사람들이 뭐라고 반응하기 전에 재빨리 아무 버스나 잡아탔다. 마침 건너편에서 시위행렬이 시끌벅적하게 다가오고 있었다. 행인들의 시선은 또 일제히 그쪽으로 쏠렸다. 요즘 세상은 매일 새로운 구호가 터져 나오고 새로운 사건이 발생했다. 그렇다면 이 시위행렬은 무엇을 경축하고 있는 것인가? 두 사람이 들고 있는 표어에는 "⋯⋯교외에서 있었던 무장투쟁의 승리를 경축한다."는 문구가 적혀 있었다. 이번 무장투쟁은 삼국三國시대 동오東吳의 대제 손권孫權의 고향에서 벌어졌다. 거의 2,000여 년 전의 조상들이 그렇게 싸움을 즐기더니 후세들도 선조들의 호전적인 전통을 제대로 이어받았나 보다. 이번 무장투쟁으로 인해 100여 명의 사망자, 300여 명의 부상자가 발생하고 700여 명이 감옥에 들어갔다. 또 1,200채의 집이 불타고 160개의 일터가 아수라장이 됐다. 이 얼마나 휘황찬란한 전적인가? 모 주석 만세, 만세, 만만세!

'타도' 소리와 '만세' 소리가 천지를 뒤흔드는 가운데 영상은 한 손으로 버스 손잡이를 잡고 다른 손으로 바지주머니를 꼭 누른 채 반쯤 얼이 빠진 표정을 하고 있었다. 그녀는 버스가 몇 정거장을 지나고 어디에 도착했고, 자신이 어떻게 내렸는지 하나도 기억하지 못했다. 그녀가 어떤 집의 대문 안으로 들어가서 어느 방의 창문을 연 것은 모두 아무 생각 없는 무의식적인 행동이었다. 창문을 마주하고 앉아 멍하니 혼자 생각에 잠겨 있던 이평수는 문이 갑자기 열리는 소리에 번쩍 고개를 들었다. 하얗게 질린 얼굴에 눈물인지 땀인지 모를 물방울이 송골송골 맺힌 소녀가 그의 앞에 서 있었다. 그는 놀란 표정을 지으며 지친 몸을 일으켰다.

"영상, 네가 여기는 어떻게 온 거야? 어서 들어와."

영상은 고개를 힘없이 저었다.

"들어와, 괜찮아. 그 여자는 집에 없어."

영상은 고집스럽게 서서 꼼짝하지 않았다. 이평수는 한숨을 쉬면서 밖으로 나갔다. 이어 영상의 어깨를 붙잡아 안으로 밀면서 말했다.

"걱정 마, 그 여자는 다시 오지 않을 거야. 우리는 이혼했어."

그즈음 이평수 역시 항씨 가족들처럼 지옥 같은 나날을 보내고 있었다. 그가 소속된 부대의 보호를 받고 있던 성급 지도자들은 전부 '2월 역류'二月逆流(1967년 2월 당의 정치국 위원과 군사위원회 위원 중 일부가 문화대혁명의 잘못된 점을 지적하고 강력하게 비판하면서 임표 및 강청 등과 대립한 사건) 명단에 올라 비판투쟁의 대상이 됐다. 이평수가 목숨 걸고 충성을 바친 수장首長들이 하나둘씩 비판대 위로 끌려올라갔다. 금장과 모표를 뜯긴 것은 그나마 약과였다. 군복이 찢기고, 무릎을 꿇는 것은 기본이었다. 두들겨 맞거나 머리카락이 뽑히는 것도 다반사였다. 심지어 '비행기에 태워지는' 등의 악질적인 고문도 당했다. 이평수는 하급 장교였다. 말하자면 '피라미'였다. 때문에 '대어'들과 한자리에 서지도 못한 채 비판대 아래에서 구경만 해야 했다.

"나는 아무것도 모릅니다, 전부 저자들의 짓입니다."라고 억울한 얼굴로 상급자들을 물어뜯었다면 '공신'으로 대우받을 기회도 충분히 있었다. 그런데 하필이면 그때 이평수의 머리를 번쩍 스쳐 지나가는 것이 있었다. 연초에 주 총리의 지시를 받았던 일이 생각났던 것이다. 갑자기 머리가 뜨거워진 그가 펄쩍 뛰면서 고함을 질렀다.

"주 총리께서는 우리 부대가 대大를 위해 소小를 희생하는 좋은 부대라고 하셨소. 당신들, 주 총리의 지시를 거역할 셈인가?"

갑자기 장내가 물이라도 뿌린 듯 조용해졌다. 다들 이평수 쪽으로 시선을 향한 채 명한 표정을 지었다. 연단에 앉아 있던 오곤은 물불을 못 가리는 젊은 장교를 한심한 눈으로 내려다보면서 속으로 쯧쯧 혀를 찼다.

'역사의 희생양을 자처하는 인간이 또 한 명 나타났군. 네놈이 정치가 무엇인지 알아? 어제가 다르고 오늘이 다르다는 것을 알아? 정치판의 정글의 법칙을 알아? 나는 원래 네놈 따위에는 흥미가 없었다만 네놈이 나를 잡아 잡수라고 제 발로 찾아왔으니 가만히 있을 수 없지.'

이평수에게 호응해 '반역'을 시도한 장병들은 모두 비참한 최후를 맞이했다. 죽도록 얻어맞아 불구가 됐거나 심지어 사망한 사람도 있었다. 이평수는 그 지경으로 얻어맞지는 않았다. 아마도 오곤이 이평수의 아내 채차의 체면을 봐준 점도 있으리라. 하지만 이평수는 후회가 전혀 없었다. 그 일이 없었더라면 채차가 단칼에 무 자르듯 명쾌하게 이혼을 요구하지 않았을 테니 말이다. 아무튼 이미 벌어진 일이니 어쩔 수 없었다. 실컷 매도 얻어맞았겠다, 조반파들의 눈 밖에도 났겠다, 이혼도 당했겠다……, 이제 남은 것은 제대와 처벌을 기다리는 일뿐이었다.

채차는 영상이 오기 직전에 차를 갖고 와서 자신의 짐을 실어갔다. 툭 튀어나온 눈을 희번덕거리면서 부하들을 지휘해 물건들을 옮기는 그녀의 모습은 영락없는 '야차'였다. 눈은 또 얼마나 밝은지 자질구레한 물건 하나도 놓치지 않았다. 이평수는 그들이 물건을 다 챙겨 나갈 때까지 등을 돌리고 의자에 앉은 채 한마디도 하지 않았다. 채차에게 손톱만큼의 화도 나지 않았다. 다만 채차라는 사람이 대체 어떻게 생겨먹은 인간인지 근본이 궁금할 따름이었다. 그들이 결혼을 해서 다시 이혼하기까지 1년도 안 되는 사이에 채차는 완전히 다른 사람이 돼버렸다. 어쩌면 그녀는 태어나면서부터 '강도 기질'을 지니고 있었으나 그동안 들키지 않게 꽁꽁 숨기고 있다가 결정적인 순간에 본모습을 드러낸 것인지도 몰랐다. 이평수는 그녀가 아둔한 머리를 굴려가면서 애써 근엄한 '지휘관' 행세를 하는 모습이 그저 한심할 뿐이었다. 나중에는 우습기까지 했다. 이평수가 어떻게 생각하든 채차는 나가기 전에 기어이 그를 향해 고함을 질렀다.

"이평수, 내가 더 가져간 게 없는지 확인해 봐요."

이평수는 그제야 고개를 돌려 방안을 훑어봤다. 어이가 없어서 실소밖에 나오지 않았다. 워낙에 없던 살림이지만 채차의 '싹쓸이'를 거치고 나니 지금은 서발막대기를 휘둘러도 거칠 게 없이 돼버렸다. 하지만 그는 화가 나지 않았다. 아무려면 어떤가, 그녀가 곱게 이혼해준 것만 해도 감지덕지인데. 채차는 아비를 죽인 철천지원수라도 보듯 잔뜩 원한이 서린 눈으로 이평수를 노려보면서 대답을 기다리고 있었다. 이평수가 희미한 미소를 지으면서 대답했다.

"없소. 잘 가시오."

채차의 눈빛이 잠깐 흔들렸다. 아무리 오곤에게 푹 빠진 그녀라지만 잘 생긴 남자의 미소에 잠깐이라도 설레지 않는다면 이상할 일이었다. 하지만 그것으로 끝이었다. 그녀는 흥, 하고 콧방귀를 뀌고는 가슴을 쑥 내민 채 한때 그녀의 집이기도 했던 곳을 의기양양하게 걸어 나갔다. 그렇게 두 사람의 짧은 결혼생활은 끝이 났다.

영상은 이평수의 분부대로 득방 오빠의 지명수배에 대한 일을 가족들에게 말하지 않았다. 1년 사이에 많은 것이 변했다. 할아버지는 죽고, 큰할아버지도 지위가 낮아졌다. 예전에는 '열사 유가족' 대우를 받았으나 지금은 '반혁명 가족'으로 전락한 것이다. 가화는 이미 몇 번이나 직장으로 불려가서 "종손從孫의 행방을 대라."는 협박을 받았다. 심지어 다른 반혁명분자와 함께 비판을 받은 적도 있었다.

요코의 처지는 가화보다도 더 힘들었다. 주민위원회에서 사흘이 멀다 하고 그녀를 불러다 "일본 놈들과의 관계를 대라."고 닦달했다. 그때마다 구경꾼들은 재미있는 구경거리라도 보듯 잔뜩 몰려들었다. 수십 년 동안 요코와 가깝게 지내왔던 오랜 이웃들은 '운동'이 시작되자마자 태도가 돌변했다. 요코를 대놓고 손가락질했다. 뿐만 아니라 요코의 과거를 낱낱이 들춰내 입방아를 찧었다. 요코가 어떻게 항주로 오게 됐고, 가평과 살다가 어떻게 가화에게 시집갔는지에 대해서도 흥미진진하게 떠들어댔다. 그래서 요코가 주민위원회에 도착하기도 전에 할 일 없는 할머니들의 수군대는 소리가 그녀의 귀에 따갑게 들려왔다.

"아유, 망측하기도 해라. 그래서 누구하고 먼저 배가 맞았대요?"

"내가 그걸 어떻게 알아? 첫째 아니면 둘째겠지."

구경꾼들은 요코가 온갖 모욕을 다 당하고 나올 때까지 문 앞에 몰려서서 흩어질 생각을 하지 않았다. 모르는 사람이 보면 요코가 창녀 경력을 숨기고 살다가 '운동'이 시작되면서 정체가 탄로난 줄 오해하기 딱 좋은 광경이었다.

요코는 가끔은 차라리 비판투쟁을 받거나 감옥에 들어가는 편이 낫겠다는 생각도 했다. 이것은 무딘 칼로 사람 목을 톱질하는 식이었다. 질질 끌면서 교묘하게 괴롭히는 것이 말 그대로 죽을 맛이 따로 없었다. 주민위원회의 목적은 뻔했다. 막무가내로 치고 박고 모함하는 식의 투쟁집회가 더 이상 사람들의 흥미를 끌지 못하자 요코를 '부정한 여자'로 몰아 사람들의 호기심을 끌어올리려는 것이었다. 자고로 남녀 사이의 불륜설이 세상에서 제일 재미있는 화젯거리 아니던가. 결국 처음에는

'단역' 내지 '조연'에 불과하던 요코가 나중에는 '주연'이 돼 주민위원회를 제집 드나들 듯하는 처지가 돼버린 것이다. 시간이 지나면서 그녀를 향한 험담 내용은 다양하게 바뀌었다.

"일본 계집은 뭐가 달라도 달라. 눈 하나 깜짝 안 하는 것 좀 봐."

"그러게요. 저렇게 팔자가 드세니 전 남편을 잡아먹은 것도 모자라 항씨 가문을 이 지경으로 만들었겠죠."

'혁명적'인 할머니들은 꿋꿋이 혼자 장보러 다니는 요코를 뒤에서 손가락질하면서 수군거렸다. 다들 요코가 자살하지 않고 잘 버티고 있는 것을 신기하게 생각하는 것 같았다. 요코와 비슷한 문제로 시달림을 받은 여자들 중에는 스스로 목숨을 끊은 여자들이 꽤 많았으니 말이다.

이평수의 집에서 나온 영상은 골목 입구에서 내채를 만났다. 내채도 공중전화를 관리하는 직무에서 쫓겨나 거리 청소부로 전락한 지 한참이나 됐다. 까짓것, 거리를 쓸라면 쓸지 뭐, 그게 뭐 어때서. 내채는 전혀 개의치 않았다. '내위홍'來衛紅이라는 '혁명적' 이름도 다시 본래 이름으로 바꿨다. 그녀만은 요코를 대하는 태도가 변함이 없었다. 여전히 예전처럼 공손하게 '항씨네 사모님'이라고 불렀다. 길에서 만나면 "항씨네 사모님, 장보러 가세요?" 하고 반갑게 인사도 했다.

거리를 쓸던 내채가 영상을 보고 호들갑을 떨었다.

"아이고, 영상아, 너 왜 이제야 오는 거니? 네 할머니가 쓰러지셨어. 할아버지가 방금 할머니를 병원으로 모시고 갔어."

영상은 눈앞이 아득해지고 귀에서 윙윙, 소리가 나는 것을 느꼈다. 급기야 어떻게 하면 좋을지 몰라 발을 동동 구르면서 울음 섞인 소리를 냈다.

"내채 아주머니, 할머니가 어디가 아프시대요? 안 그래도 어제 장을 보러 다녀오시고 안색이 너무 안 좋으셔서 걱정했는데 대체 무슨 병이래요? 어느 병원으로 간다고 하시던가요? 할아버지는 다른 말씀이 없으셨어요?"

"너더러 아무 데도 가지 말고 집에서 기다리라고 하셨어. 얼른 집에 가봐, 혹시 집에 쪽지 같은 걸 남기셨을지도 모르니까."

영상은 허둥지둥 집으로 달려갔다. 하지만 할머니 방을 아무리 뒤져도 쪽지 같은 것은 보이지 않았다. 막 울음이 터져 나오려던 찰나 베개 한쪽 귀퉁이에서 종이 한 장이 비쭉 고개를 내밀었다. 종이를 펼쳐 본 영상은 너무 놀라서 온몸이 뻣뻣해졌다. 그것은 그녀가 방금 이평수의 집에 두고 온 것과 똑같은 '지명수배령'이었다. 이것이 어떻게 할머니 방에 있지? 득방 오빠의 사진에 눈물자국이 말라붙어 있었다. 영상은 그제야 할머니가 어제 돌아오시자마자 앓아누운 이유를 알았다.

"할머니……."

할머니의 눈물자국 위로 영상의 눈물이 후두둑 떨어졌다.

제25장

가화의 시력은 점점 더 나빠졌다. 하지만 나날이 흐릿해져가던 눈이 요코가 앓아눕자 기적적으로 다시 보이기 시작했다.

어젯밤 요코는 밤새 기침을 했다. 둘 다 한숨도 자지 못했다. 하지만 아침에 일어나서는 잠을 못 잤다는 내색은 하지 않았다. 요코는 여느 날과 마찬가지로 화로를 들고 대문 밖으로 나갔다. 가화도 따라 나갔다. 얼마 지나지 않아 쭈그리고 앉은 채 부채질을 하던 요코가 갑자기 "아이고!" 하는 낮은 비명소리와 함께 옆으로 쓰러졌다. 가화는 하늘이 무너지는 기분이었다. 그러나 자기마저 허둥댈 수는 없었다. 곧바로 정신을 차리고는 두 말 없이 요코를 번쩍 안아들고 집 안으로 달려 들어갔다. 요코가 도리질을 하면서 힘없는 소리로 말했다.

"괜찮아요, 괜찮아. 어젯밤에 잠을 못 자서 조금 어지러울 뿐이에요."

가화는 들은 척도 하지 않았다. 불길한 예감이 강하게 몰려들었다.

그는 돈을 챙긴 다음 문을 닫았다. 이어 요코를 업으려고 했다. 요코가 말했다.

"가화, 저는 정말 괜찮아요. 누워서 좀 쉬면 금방 괜찮아질 거예요."

하지만 요코는 말을 끝내자마자 또다시 기절하고 말았다. 가화는 요코를 업고 집을 나섰다. 병원은 집에서 그리 멀지 않았다. 버스로 두 정거장 거리였다. 차에서 내릴 즈음 요코가 정신을 차렸다.

"저 정말 괜찮아요. 불필요한 격식을 차리지 않으셔도 돼요."

'불필요한 격식'이라는 말은 항주 방언으로 "쓸데없는 짓을 한다."는 뜻이었다. 가화는 슬며시 웃음을 지었다. 요코의 말을 듣고 '내가 정말 쓸데없는 격식을 차린 게 아닐까.' 하는 생각도 잠깐 들었다.

"기왕 왔으니 의사를 한번 보고 갑시다."

가화는 접수창구로 향했다. 요코는 의자에 앉아 있었다. 병원에는 사람들이 개미떼처럼 바글바글했다. 한참을 기다렸다가 접수를 마치고 돌아온 가화는 또다시 가슴이 철렁했다. 요코가 그 사이에 또 정신을 잃은 것이었다. 요코를 빙 둘러싼 사람들이 중구난방으로 떠들어댔다.

"틀림없이 중풍이야."

"고혈압일 수도 있어요."

"아니야. 심장병이 발작한 거야."

가화는 요코를 안고 외래 진찰실로 뛰어갔다.

"제발, 제발 좀 도와주시구려."

노인의 거의 울 것 같은 목소리가 대기하고 있던 사람들의 동정심을 유발한 것 같았다. 가화는 사람들 틈을 비집고 의사 앞으로 갔다. 의사는 두 명이었다. 한 사람은 팔에 붉은 완장을 찬 젊은 의사로 표정부터 말투까지 고압적이고 위세가 대단했다. 다른 한 사람은 가슴에 검은 천을 단 나이 지긋한 의사로 차분하고 침착해보였다. 젊은 의사 앞에 줄을 선 환자는 몇 명 되지 않았다. 반면 늙은 의사 앞에는 줄이 길게 늘어서 있었다. 가화는 본능적으로 늙은 의사를 선택했다.

드디어 요코 차례가 왔다. 늙은 의사가 몇 마디 묻더니 단정적으로 말했다.

"동지, 당신 아내는 병이 위중하오. 즉시 입원해야 하오."

요코는 의식이 흐려지는 와중에도 '입원'이라는 말을 알아듣고 일어나려고 몸을 비틀었다.

"우리 집에…… 가요……."

가화는 요코가 움직이지 못하게 꼭 붙잡으며 준엄하게 말했다.

"움직이지 마!"

요코는 가화를 힘없이 쳐다보고는 더 움직이지 않았다. 가화가 의사에게 물었다.

"많이 안 좋습니까?"

의사는 했던 말을 반복했다.

"당장 입원해야 하오!"

의사의 말은 분명했다. 그 뜻은, "환자의 상태가 입원하지 않으면 안 될 정도로 심각하다."는 것이었다. 가화는 심장이 내려앉는 것 같았다.

요코가 갑자기 격렬하게 기침을 했다. 늙은 의사는 팔에 완장을 찬 젊은 의사를 보고 조심스럽게 말했다.

"환자의 상태가 많이 심각하오. 당장 수액주사를 맞아야 하오. 내가 잠깐 나갔다 오리다."

젊은 의사가 귀찮은 표정을 지었다.

"얌전하게 앉아서 환자나 보세요. 남의 일에 쓸데없이 참견하지 말고요."

늙은 의사가 난처한 표정으로 젊은 의사와 요코를 번갈아 바라봤다. 이어 천천히 입을 열었다.

"병상이 부족하오. 이 환자는 조금만 더 지체하면 생명이 위험해질 수도 있소. 잠깐이면 되니 내가 나갔다 와야겠소."

젊은 의사가 잔뜩 신경질을 내면서 손을 내저었다.

"가요, 가요, 가요. 하여간 쓸데없이 오지랖이 넓다니까."

늙은 의사가 재빨리 걸어 나오면서 가화를 재촉했다.

"얼른 따라오오."

젊은 의사는 남들이 들으라고 일부러 목소리를 높여 구시렁거렸다.

"자기가 아직도 옛날의 '명의'인 줄 착각하나? 반나절 동안 여기서 의사 행세를 하면 뭐해? 나머지 반나절 동안은 변소 청소를 하고 쓰레기나 주워야 하는 주제에. 그러게 외양간에 갇혀 있는 작자들을 함부로 풀어놓으면 안 된다니까. 오만잡것에 다 참견하고 말이야."

가화는 늙은 의사의 눈치를 살폈다. 늙은 의사는 아무것도 못 들은 척 걸음만 재촉했다. 3층 복도 끄트머리에 이르자 의사가 비어 있는 접이식 침대를 가리키면서 가화에게 말했다.

"여기 눕히시오. 조금만 늦으면 이 침대도 차지하지 못해요. 일단 눕히시오."

의사가 응급실로 들어가서 간호사에게 몇 마디 분부했다. 이어 간호사가 알겠다고 고개를 끄덕이는 것을 확인하고는 다시 가화에게 말했다.

"치료를 더 이상 미룰 수 없으니 지금 당장 수액주사를 놓을 거요."

늙은 의사는 계단 있는 곳까지 따라온 가화를 향해 불쑥 물었다.

"댁은 항 사장 맞죠?"

가화는 깜짝 놀랐다. 갑자기 머릿속이 멍해졌다. '항 사장', 참으로 오랜만에 들어보는 호칭이었다. 아마 이 늙은 의사도 1949년 이전에는 망우차장의 차를 즐겨 마시던 단골 고객이리라. 가화가 고개를 끄덕이자 의사가 걸음을 옮기면서 말했다.

"댁네 차를 못 마신 지도 여러 해 되는구려."

가화가 주춤주춤 의사 뒤를 따르면서 물었다.

"의사 선생님, 제 아내의 병은……?"

의사가 한숨을 내쉬었다.

"조금만 일찍 왔더라면 좋았을 텐데……. 아무튼 할 수 있는 데까지 해봅시다."

가화가 황급히 말했다.

"제발 부탁드립니다. 제가 지금 바로 입원수속을 밟겠습니다."

의사가 뭔가 할 말이 있는 듯 입술을 달싹거렸다. 하지만 차마 내뱉지는 못하고 묵묵히 가화를 바라보기만 했다. 가화가 눈치를 채고 물었다.

"입원이 어려운가요?"

의사가 그제야 솔직하게 털어놓았다.

"안 그러면 내가 무엇 때문에 당신들을 여기로 데려왔겠어요? 환자를 당분간 여기 계시도록 하는 게 좋겠어요. 입원이 가능하면 입원시키고, 입원이 안 되더라도 내가 오며가며 들여다볼 수 있지 않겠어요? 입원하려면 출신 계급 등록을 해야 한다고 하네요."

"괜찮습니다. 저에게 열사 유가족 증명서가 있습니다."

가화의 말에 의사가 고개를 저었다.

"항 사장이 아니라 아내분의 출신을 조사할 거요. 사실대로 말하면 나는 항 사장 여동생인 기초와 같은 병원에서 근무한 적이 있어요. 그래서 항 사장네 집안 사정을 잘 알지요. 아무튼 운에 맡겨보세요."

의사가 한숨을 내쉬면서 덧붙였다.

"나도 감시를 당하는 신세라 어떻게 더 도와줄 수가 없네요. 가봐야겠어요. 늦으면 또 비판투쟁을 받게 될 테니……. 무슨 일이 있으면 다시 찾아와요."

가화는 나이 많은 의사가 허둥지둥 도망치듯 달려가는 뒷모습을 보면서 심장이 옥죄어드는 느낌을 받았다. 숨이 잘 쉬어지지 않는 것이 심장병이 발작할 것 같았다.

가화는 자기 속마음을 좀체 겉으로 드러내지 않는 사람이었다. 하지만 요코는 겉으로 평온해 보이는 가화의 표정 속에서 뭔가 석연치 않은 점이 있음을 눈치챘다. 누워 있는 그녀의 얼굴 바로 위에 허연 형광등이 매달려 있었다. 왔다 갔다 하는 사람들의 발자국소리가 무척 시끄러웠다. 그녀는 집으로 가겠다는 말을 더 이상 꺼내지 않았다. 그녀의 꼭 감고 있는 눈가에 눈물이 그렁그렁 맺혔다. 가화가 손수건으로 눈물을 닦아줬다. 하지만 눈물은 마를 줄 모르는 샘처럼 닦고 또 닦아도 계속 흘러내렸다. 수많은 사람들이 두 사람의 곁을 스쳐지나갔다. 그중 몇몇은 잠깐 머물렀다 가버렸다. 시끌벅적한 병원 복도에서 두 노인은 마치 잔잔한 풍경화처럼 그들만의 슬픔에 빠져 있었다.

간호사가 왔다. 요코는 순순히 팔을 내밀었다. 그녀는 지금까지 살아오면서 크게 아파본 적이 없었다. 그래서 이 나이가 돼서도 아직도 주사를 무서워했다. 그녀는 주사바늘 꽂는 것을 보지 않으려고 고개를 돌렸다. 가화가 그녀의 머리를 쓰다듬으면서 부드럽게 달랬다.

"괜찮아, 괜찮아. 곧 괜찮아질 거야."

간호사의 주사 놓는 솜씨는 매우 서툴렀다. 여러 군데를 몇 번이나 찔러서 겨우 주사바늘을 제대로 꽂았다. 피가 꽤 많이 나왔다. 가화는 가슴이 아파 얼굴을 찌푸렸다. 간호사가 자리를 뜨자 그가 요코의 머리를 꼭 안고 물었다.

"많이 아파? 괜찮지? 지금은 안 아프지?"

요코가 고개를 저었다.

"괜찮아요. 이거 놔요."

주사약이 들어가자 요코의 상태는 그럭저럭 안정돼 보였다. 조금 걱정을 던 가화는 그제야 득도에게 전화를 해야겠다는 생각이 들었다. 득도는 최근 한가해졌다. 기밀을 누설해 득방의 탈주를 도왔다는 혐의로 모든 직무를 정지당하고 격리심사를 받는 신세가 된 것이다. 가화는 득방이 '혈통론'과 '문공무위'文攻武衛 구호를 반대해 전단을 만들어 살포했다는 말을 듣고 "조금 과격하다."는 생각은 했었다. 그러나 그렇다고 해서 득방에게 지명수배령까지 내려질 줄은 몰랐다. 득방이 도망가자 오곤파는 득도를 잡고 늘어졌다. 득도는 결국 격리돼 집으로 돌아오지 못하게 됐다.

전화를 받은 사람은 득도가 급한 일로 밖에 나갔다고 했다. 가화는 기초를 떠올리다가 이내 고개를 저었다. 기초와 항분은 지금 용정산에 있었다. 백야가 곧 출산을 앞두고 있었기 때문이었다. 가화는 다른 사람들도 두루 떠올렸다. 그러나 연락할 만한 사람이 없었다. 결국 포기하고 병원으로 들어갔다. 3층에 채 도착하지도 못했을 때였다. 요코가 있는 복도 쪽에서 큰 소리로 다투는 소리가 들려왔다. 자세히 들어보니 누군가를 호되게 나무라는 소리였다. 가화는 정신없이 그쪽으로 달려갔다. 붉은 완장을 찬 젊은 의사가 또래의 간호사를 향해 소리를 질러대고 있었다.

"누가 멋대로 주사를 놓으라고 했어? 계급성분 확인했어? 조반본부에서 새로운 규정이 내려왔단 말이야. 출신 성분이 깨끗하지 못한 자는 입원도 안 되고, 주사도 놔주면 안 된다고. 너희들 간이 배 밖으로 나왔나? 말해, 누가 시켰어?"

방금 요코에게 주사를 놔준 젊은 간호사는 벌벌 떨면서 겨우 한마디를 했다.

"그쪽…… 그쪽…… 의사……."

"그럴 줄 알았어. 당장 주사바늘 빼! 능구렁이처럼 생긴 이 두 늙다리는 딱 봐도 문제 있는 인간들이야. 내가 장담한다."

'붉은 완장'이 요코에게 다가갔다. 그러자 가화가 쏜살같이 앞을 막아서면서 고함을 질렀다.

"안 돼!"

구경꾼들이 우르르 모여들었다. 하지만 말리는 사람도, 도와주는 사람도 없었다. 그저 모두들 멀거니 서서 구경만 할 뿐이었다. '붉은 완장'이 냉소를 흘리면서 가화를 밀쳤다.

"쥐새끼처럼 어디 숨어 있다가 이제야 나타났어? 꼬락서니만 봐도 어떤 성분인지 알겠다. 말해, 출신 성분이 뭐야?"

가화는 말없이 '열사 유가족 증명서'를 꺼냈다. '붉은 완장'의 얼굴이 온통 벌겋게 달아올랐다.

"왜 일찍 꺼내지 않았습니까?"

가화가 침을 꿀꺽 삼키면서 겨우 말을 이었다.

"환자를 돌보느라 꺼내서 보여줄 생각을 미처 못했소."

'붉은 완장'이 머뭇거리며 우물쭈물 말했다.

"앞으로는 주의하십시오. 도처에 '계급의 적'들이 우글거립니다. 방금 여기 왔다간 그 늙다리도 '계급의 적'입니다. 정신 바짝 차리지 않으면 안 된다니까요."

'붉은 완장'은 시뻘게진 얼굴로 황망히 자리를 떴다. 재미있는 싸움 구경을 기대하고 몰려들었던 구경꾼들은 뿔뿔이 흩어졌다. 가화는 황급히 쭈그리고 앉은 채 눈을 꼭 감고 있는 요코에게 말했다.

"무서워하지 마오. 이제는 괜찮소."

요코가 눈을 뜨고 남편을 보면서 가볍게 고개를 끄덕였다. 창문으로 들어온 햇빛이 요코의 얼굴과 귀를 비췄다. 요코의 귀는 예전처럼 반투명하지 않았다. 꽃봉오리처럼 함초롬하지도 않았다. 가화는 손을 내밀어 요코의 귀를 잡았다. 이는 그들 둘만의 은밀하고도 친근한 애정표시였다. 요코가 힘없이 미소를 지었다. 몸 상태는 말이 아니었으나 마음은 편안한 모양이었다. 그녀는 이런 상황에서 어떻게 마음이 편할 수 있는지 스스로 생각해도 이상했다.

얼마 후 간호사가 다가와서 가슴을 쓸어내리며 말했다.

"휴, 간 떨어질 뻔했잖아요. 열사 유가족이시면 일찍 말씀하셔야죠. 내일 병상이 나는 대로 입원시켜드릴게요. 방금 전에는 두 분이 이대로 쫓겨나는 줄 알았어요."

"고맙네, 간호사 동지."

"제가 한 게 뭐 있다고요. 감사는 저희 노 병원장님께 하셔야죠. 아까 다녀가신 그분 말이에요. 두 분은 오늘 운이 좋았어요. 방금 왔다 간 '붉은 완장'은 저희 병원장님을 눈엣가시로 여기거든요. 두 분이 열사 유가족이었기에 망정이지 하마터면 큰일 날 뻔했어요."

다인_6

요코가 또 기침을 하기 시작했다. 가화가 요코를 반쯤 일으켜 품에 안은 채 토닥토닥 등을 두드려줬다.

"괜찮아, 괜찮아."

가화가 요코의 앞이마에 흘러내린 머리카락 몇 오리를 조심스럽게 귀 뒤로 넘겨줬다. 젊은 간호사는 두 노인의 신혼부부처럼 다정한 모습에 놀랐는지 입을 딱 벌렸다.

그 시각, 겨울에 접어든 용정산 호공묘 옆 열여덟 그루의 어차御茶나무 앞에 있는 허름한 오두막 안에서는 만삭의 젊은 임산부가 어스름한 불빛 아래에서 불안한 듯 몸을 뒤척이고 있었다. 기초는 손가락으로 백야의 발목을 조심스럽게 꾹 눌러봤다. 잘 발효된 밀가루반죽을 눌렀을 때처럼 허연 손가락자국이 선명하게 났다. 그 광경을 보고는 항분이 떨리는 목소리로 물었다.

"고모, 괜찮을까요?"

기초가 고개를 저었다.

"좀 더 일찍 병원으로 보냈어야 했어."

"예정일이 아직 한 달이나 남았잖아요."

항분이 불안한 표정을 한 채 고모를 끌고 밖으로 나왔다. 이어 백야에게 들리지 않게 목소리를 한껏 낮춰 소곤거렸다.

"백야는 그렇게 빨리 병원에 가고 싶지 않다고 했어요. 오곤을 만나기 싫다고요."

그때 문 앞에 서 있던 득도가 불쑥 둘의 눈앞에 나타났다. 방안에서 흘러나온 불빛이 그의 얼굴을 정확하게 이등분했다. 두 여자에게는 그 모습이 마치 가면을 쓴 해적처럼 보였다. 말 한마디 없이 입을 꾹 다물고 있는 표정이 인상을 더욱 험상궂게 만들었다. 두 여자는 오싹 몸을 떨었다.

'주여……'

항분은 속으로 짧게 기도를 했다. 그녀의 기다란 속눈썹이 잠자리 날개처럼 파르르 떨렸다. 득도가 조심스럽게 입을 열었다.

"그녀는 지금 어때요?"

"분아, 얼른 가서 사람을 불러와! 들것도 가져오고! 나는 물을 끓일 게."

기초가 항분에게 분부를 하고는 득도 쪽으로 시선을 돌렸다.

"어떻게 왔어? 격리심사 중이라면서?"

"창문으로 도망쳐 나왔어요."

두 여자는 눈이 휘둥그레졌다. 득도는 더 설명하지 않고 둘 사이를 비집고 안으로 들어갔다. 항분이 가슴에 성호를 그으면서 놀란 목소리로 말했다.

"고모, 저 아이의 말이 사실일까요?"

기초가 항분을 밀면서 재촉했다.

"빨리 가서 사람을 불러와! 힘쓸 남자가 하나라도 왔으니 다행이다. 지프가 있으면 더 좋을 텐데."

사애광은 그날 밤 미처 몰랐던 득도의 무모한 면을 발견하고 놀라움을 금치 못했다. 득도가 이곳까지 올 것이라고는 생각조차 못했던 것이다. 그래도 적이 마음이 놓이면서 안도의 한숨이 나왔다.

"못 오실 줄 알았어요. 그들이 쉽게 풀어주지 않았을 텐데 어떻게 빠져나오셨어요? 백야 언니에게는 아직 알리지 않았어요……."

득도의 이어진 행동은 또 한 번 사애광을 깜짝 놀라게 만들었다.

그가 입을 꾹 다문 채 안방으로 성큼성큼 걸어 들어가더니 침대 앞에 꿇어앉은 채 두 팔로 백야의 목을 와락 껴안은 것이다.

백야는 득도를 등진 채 고개를 돌리지 않았다. 그녀는 어쩌면 득도가 찾아올 것을 알고 기다리고 있었는지도 모른다. 득도는 백야의 얼굴을 돌리려고 안간힘을 썼다. 하지만 백야는 한사코 거부하면서 베개에 깊숙이 얼굴을 묻었다. 두 사람은 한참 동안 승강이를 벌였다. 사애광이 울음 섞인 목소리로 득도를 말렸다.

"오빠, 지금 뭐하는 거예요? 언니는 밤새 한숨도 못 잤어요."

득도가 갑자기 벌떡 일어섰다. 이어 방안을 빠르게 서성이더니 사애광 앞에 딱 멈춰 섰다.

"애광, 너 나가!"

"미쳤어요?"

사애광이 버럭 화를 냈다.

"언니는 곧 아기를 낳는다고요!"

"오 분이면 돼!"

"일 분도 안 돼요!"

사애광의 표정은 고집스럽고 단호했다. 그녀는 문득 득도의 얼굴이 렘브란트(네덜란드 화가) 그림 속의 인물을 닮았다는 생각을 했다. '운동'이 시작되기 전 우연한 기회에 딱 한 번 봤던 그림이 머릿속에 깊이 새겨졌던 것이다.

득도와 득방은 완전히 달랐다. 득방이 '불'이라면 득도는 '물'과 같다고나 할까, 그리고 득방이 '프로메테우스'를 닮았다면 득도는 누구를 닮았을까? 사애광이 그렇게 엉뚱한 생각에 빠져들 즈음 득도가 싸늘한 목소리로 한 번 더 물었다.

"나갈래, 안 나갈래?"

사애광은 고개를 저었다. 그러나 득도가 점점 두려워지기 시작했다. 괜히 득도를 불러왔다는 생각에 후회도 밀려왔다.

'백야 언니가 나한테 화를 내면 어쩌지?'

사애광에게는 더 이상 생각할 시간이 주어지지 않았다. 득도가 또다시 돌발적인 행동을 보였기 때문이었다. 득도는 백야의 땀에 젖은 머리카락을 손으로 쓰다듬으면서 목, 이마, 눈, 뺨에 부드럽게 입을 맞추기 시작했다. 살짝 이성을 잃은 듯한 눈빛과 무아지경으로 입맞춤에만 전념하는 모습이 사애광의 눈에는 낯설기만 했다. 천천히 고개를 돌린 백야의 보조개 위로 득도의 눈물이 후두둑 떨어졌다. 사애광은 주춤주춤 문어귀로 뒷걸음질을 쳤다. 백야의 핏기 잃은 입술 위로 득도의 입술이 맞닿았다. 두 사람은 서로 끌어안고 소리죽여 흐느끼기 시작했다. 두 사람의 절제된 흐느낌 소리가 사애광의 귀에는 대성통곡처럼 들렸다. 사애광은 차마 더 볼 수 없어서 문을 박차고 나왔다. 별빛이 내려앉은 산비탈 차나무 숲까지 달려가면서 그녀는 울음을 멈추지 못했다. 울면서 '득방'을 목 놓아 불렀다. 모든 것이 그녀의 상상을 초월했다. 그녀가 감당할 수 있는 한계를 벗어났다. 사랑은 그녀의 생각보다 훨씬 더 아픈 것이었다…….

깨끗한 겨울하늘에 별무리가 찬란했다. 항분은 구계九溪 할머니를 끌고 차나무 밭을 정신없이 달렸다. 스륵스륵 차나무 가지에 옷이 스치는 소리가 점점 빨라졌다. 구계 할머니의 남편인 노인이 뒤에서 손전등을 비추면서 낮은 소리로 재촉했다.

"빨리 가, 빨리빨리. 발 싸맨(전족을 한 여성을 의미) 노인네도 당신보다는 빠르겠어."

항분은 그저 얼떨떨하기만 했다. 새 생명의 탄생을 영접하는 '위대한 임무'가 어떻게 그 자신에게 맡겨졌는지, 그것이 자신이 의지하는 주님의 뜻이 맞는지 확신할 수 없었던 것이다. 그녀는 길거리에서 백야를 처음 만났다. 백야는 첫 만남부터 그녀에게 강렬한 인상을 남겼다. 그녀에게 백야는 '하느님의 아픈 손가락'이었다. 나쁜 길로 빠진 한 마리 양처럼, 또는 함정에 빠진 무고한 영혼처럼 숙명적으로 하느님의 보살핌이 필요한 사람이었다. 항분은 백야에 대해 잘 알지 못했지만 득도를 향한 백야의 미묘한 감정을 이해할 수는 있었다. 또 백야에 대해서는 알면 알수록 안타까움을 금할 수가 없었다. 사람은 본능적으로 자신이 갖추지 못한 것에 대해 끌리는 법이다. 길 잃은 양이 없다면 '하나님'이라는 존재가 필요하겠는가? 항분은 심지어 이 모든 것이 '운동'과 하등 관계가 없다는 생각도 했다. '문화대혁명'이 터지지 않았더라도 득도는 여전히 백야에게 첫눈에 반했을 것이고, 백야는 오곤과 헤어졌을 것이었다.

'운동'이 시작되자 평소에 온순하고 얌전하던 사람들도 순식간에 포악한 '살인마'로 변해버렸다. 하지만 항분은 '운동'이 사람들을 사탄(악마)으로 만든 것이 아니라고 생각했다. 어쩌면 사탄은 처음부터 사람들의 가슴 속 제일 어두운 곳에 숨어 있었는지 모른다.

구계 할머니는 곧 칠순을 바라보는 나이였다. 겨울밤 할 일 없이 집 안에서 말린 채소를 다듬고 있다가 아이가 곧 나올 것 같다는 소식을 듣고 허둥지둥 보따리를 들고 나온 터였다. 전족을 하지 않아서인지 노인치고는 걸음이 상당히 빨랐다. 그녀가 항분의 뒤를 바지런히 따르면서 혼잣말처럼 중얼거렸다.

"제발 무사해야 할 텐데……. 아무런 준비도 없이 어떻게 아이를 받

는담? 기저귀는 준비했나 모르겠네? 홍탕紅糖(적설탕)은? 달걀은? 다 미
리 준비해둬야 할 것들인데……. 그런데 아무리 생각해봐도 뭔가 좀 특
이하기는 하네. 옛날도 아니고 요즘 사람들은 다들 병원에서 애를 낳던
데, 혹시……?"

구계 할머니가 어차나무 앞에 걸음을 멈추고 숨을 몰아쉬며 항분
에게 물었다.

"항 선생, 임산부가 혹시 자본가나 지주 계급인가유?"

구계 할머니의 말이 끝나기 무섭게 들것을 메고 헐떡거리면서 따라
오던 노인이 손을 내저으며 호통을 쳤다.

"그 입 다물지 못해! 이 할망구가 오늘 맞고 싶어 환장을 했나? 할
말이 있고 못할 말이 있지."

구계 할머니는 그제야 제 정신이 들었는지 손으로 입을 틀어막았
다.

"아이고, 내가 미쳤지!"

백야가 누워 있는 집에서 울음소리가 들려왔다. 사애광의 울음소리
였다. 순간 불길한 예감이 세 사람의 뇌리를 스쳤다.

어둠이 내려앉고 있었다. 가화의 불길한 예감은 적중했다. 그의 눈
이 또 보이지 않기 시작한 것이다. 침대머리에 앉아 요코의 손을 꼭 붙
들고 있는데 갑자기 그녀가 보이지 않았다. 순간 그의 뇌리에 전에 없던
두려움과 불안감이 엄습했다. 어둠은 마치 입을 딱 벌린 악마처럼 그를
삼키려고 달려들고 있었다. 그의 손가락부터 시작해 팔, 어깨, 다리, 심
지어 그의 심장까지 천천히 어둠의 포로가 돼가고 있었다.

매일 그런 똑같은 상황이 되풀이되고 있었다. 그나마 다행인 것은

그가 깊은 절망 속에서 몸부림치다가 지칠 때쯤이면 어김없이 빛이 찾아와 그를 구해주곤 했다는 사실이었다. 그것은 그의 육체를 전장으로 삼아 빛과 어둠 사이에서 비밀리에 벌어지는 전쟁이었다. 혼자 집에 있을 때면 그나마 괜찮았다. 익숙한 곳에서 조용히 어둠이 물러나기를 인내하면서 기다렸다. 하지만 오늘은 달랐다. 이곳은 낯선 곳인 데다 그의 얇고 큰 손 안에는 온전히 그에게 의지하는 작고 마른 손이 쥐어져 있었다.

가화는 오싹 몸을 떨었다. 바람이 차가웠다. 그는 두렵고 당황스러웠다. 조금 전에 간호사가 다녀갔다. 빈 수액병을 가져가면서 내일 입원할 수 있을지 아직 확실하지 않다는 말을 남겼다. 가화는 후회막급이라는 생각이 들었다. 하지만 아무리 후회해도 이미 늦었다. 집으로 돌아가고 싶지만 돌아갈 수가 없었다. 비록 아직 의사를 찾아가보지는 않았으나 짐작만으로도 자신이 야맹증에 걸렸음을 알 수 있었다. 어젯밤까지만 해도 어렴풋이 물건들을 식별할 정도는 됐는데 오늘은 어찌된 일인지 눈앞이 온통 뿌연 것이 아무것도 보이지 않았다.

가화는 자신의 상태를 요코에게 들킬까봐 두려웠다. 요코는 한숨잘 자고 난 덕분인지 아니면 수액 효과인지 상태가 많이 좋아진 것 같았다. 기침도 하지 않고 가화에게 잡힌 손에도 힘이 들어갔다. 두 노인은 서로의 손을 꼭 잡은 채 미약하나마 용기를 북돋아줬다. 가화는 요코의 체온을 느끼면서 슬며시 미소를 지었다. 비록 아무것도 보이지 않지만 모든 것을 꿰뚫어본 듯한 느낌이었다. 가슴속의 두려움과 불안감은 아직 완전히 가시지 않았다. 하지만 그것이 대수인가. 평생을 버텨왔는데 오늘밤인들 버텨내지 못할까? 다른 사람을 위해서도 버텨왔는데 긴 세월을 그와 함께 한, 세상에서 제일 사랑스러운 아내를 위해 못 버텨낼 이유가 있겠는가? '만약 내가 없으면 요코는 어떻게 되지? 혼자이 어둡고 차가운 병원 복도에 누워 있어야 하겠지?' 가화는 잠깐 무서운 상상을 하고는 제풀에 소스라쳐 놀랐다. 너무 놀라 머리카락이 거꾸로 치솟는 느낌이었다. 그는 요코에게 잡혀 있던 손을 뺐다. 비록 눈은 보이지 않지만 본능적으로 요코의 귀를 잡았다. 요코는 아무것도 눈치채지 못한 듯 가볍게 타박을 했다.

"다 늙어 무슨 주책이에요? 사람들이 보면 어쩌려고."

"이 밤중에 누가 본다고."

요코는 홀린 듯 가화의 얼굴을 쳐다봤다. 며칠 만에 보는 부드러운 미소였다. 가화는 젊었을 때 이런 미소를 자주 보여줬었다. 요코도 가화의 그 미소에 반해 마음을 열었었다. 요코의 눈에서 눈물이 주르륵 흘러내렸다. 복도에는 다른 사람이 없었다. 요코가 드디어 큰 용기를 내 자신의 진심을 털어놓았다.

"큰 오라버니, 내가 많이 밉죠?"

"당연히 밉지. 아프면서도 병원에 오지 않겠다고 고집을 부리니 누군들 화가 나지 않겠소?"

가화는 여전히 미소 띤 얼굴로 슬쩍 화제를 돌렸다. 그는 그녀가 무슨 말을 하려는지 알고 있었다. 하지만 예전에도 그랬거니와 지금도 그 화제에 대해서는 논하고 싶지 않았다. 평소 유순하던 요코가 이번에는 고집을 꺾지 않았다. 아마 중병에 걸렸다는 이유로 없던 용기가 생겼는지도 모른다. 평소에 고분고분 가화의 말을 따르던 그녀답지 않게 기어이 하고 싶은 말을 내뱉었다.

"저는 가평을 좋아했어요……."

요코의 얼굴에도 미소가 번졌다.

"어릴 때부터 그 사람을 좋아했어요. 다만 그때는 몰랐죠."

요코가 가화의 다른 손을 잡으면서 말을 이었다.

"저는 꽤 오랫동안 당신이 제 오라버니 같고 그가 제 남편 같다고 생각하면서 살았어요. 그런데 제 생각이 틀렸다는 걸 깨달았어요."

가화는 요코의 귓가에 머리를 댔다. 그의 뜨거운 입김이 요코의 귀를 간질였다. 가화는 60여 년 전 요코의 앙증맞고 투명하던 귀를 떠올렸다. 죽은 동생 가평의 얼굴도 떠올랐다. 그가 살아 있을 때 미처 못했던 말들, 해줄 수 없었던 말들이 지금도 가슴 한구석을 저릿하게 만들었다.

'가평, 요코를 향한 자네의 마음을 내가 몰랐을 것 같은가? 지난 세월 동안 자네 가슴에 켜켜이 쌓인 회한도 다 알고 있네. 하지만 나는 이 여인을 포기할 수 없다네. 영혼까지 포함해 이 여인의 전부는 나에게 속한다네.'

가화가 요코의 귀에 대고 소곤거렸다.

"그렇게 간단한 이치를 언제 깨달았소?"

"당신이 제 방에 들어오던 그날 밤에요……."

"그걸 왜 이제야 말하오?"

가화는 여전히 웃고 있었다. 요코가 말한 '그날 밤'이 언제를 의미하는지는 오직 그와 요코 둘만이 알고 있었다.

"원래는 제가 죽을 때 말해주려고 했었어요."

요코는 자기도 모르게 불길한 말을 내뱉었다는 것을 깨달았는지 재빨리 말을 이었다.

"제가 말실수를 했군요. 당신 화나셨어요? 화나셨군요?"

"그래, 화가 많이 났소. 당신에게 벌을 줘야겠어."

"어떤 벌이라도 달게 받겠어요. 그러니 우리, 이제 집으로 돌아갑시다. 창가로 가서 밖을 좀 내다봐요. 하늘에 별이 보여요? 내일 날씨는 어떨 것 같아요?"

"여기서도 다 보이오. 하늘에 별이 총총하오. 내일은 틀림없이 날씨가 좋을 거요."

"내일은 우리 집으로 가요. 집에 가면 마실 차가 있잖아요. 여기에는 차가 없어요."

"그래, 그래. 내일 날이 밝으면 우리 집으로 돌아갑시다. 입원하지 말고 집에서 약을 먹고 주사를 맞읍시다."

"그 약속 지킬 거죠?"

"당신도 참. 내가 언제 약속을 지키지 않은 적이 있었소?"

항분의 얼굴은 땀범벅이 됐다. 땀방울 속에 눈물도 섞여 있었다. 모든 것이 그녀의 예상을 벗어났다. 그녀는 내일 아침 일찍 백야를 병원으로 이송하기로 준비를 해놓았었다. 하지만 새 생명은 내일을 기다려주지 않았다. 한사코 오늘밤에 세상을 보겠다고 했다. 그녀 앞에서 새 생명을 세상에 내보내는 것, 어쩌면 이 또한 주님의 뜻일지도 몰랐다.

들것은 남천축산南天竺山 길옆에 있는 '신해辛亥 의사義士' 무덤 앞에 이르러 더 이상 앞으로 나아가지 못했다. 백야의 비명소리가 차나무로 뒤덮인 산골짜기에 메아리쳤다. 득도는 직접 들것을 들고 미친 사람처럼 줄달음질을 쳤다. 어둠속이어서 앞이 잘 보이지 않았으나 거칠 것이 없었다. 그의 심장이 앞장서서 길을 안내하고 있었다. 그때 기초 고모할머니의 고함소리가 들려왔다.

"피, 피가 흘러! 큰일 났어!"

"손전등, 손전등 이리 줘 봐요⋯⋯."

차나무 밭이 삽시간에 소란스러워졌다. 득도는 들것을 내려놓았다. 그때까지도 그는 백야가 죽을 거라는 생각은 해본 적이 없었다. 어떻게든 백야가 무사히 아이를 낳을 수 있도록 용기를 북돋아줘야겠다는 생각뿐이었다. 그는 고통스러워하는 백야의 몸을 붙잡고 다급한 목소리로 말했다.

"⋯⋯당신은 내 사랑이자 내 전부야. 내 아이⋯⋯ 우리 아이가 태어나면 우리 일분일초도 떨어지지 말고 영원히 함께하자. ⋯⋯당신이 잘해낼 거라고 믿어⋯⋯."

차나무 숲이 겨울바람 앞에서 우수수 몸서리를 쳤다. 새들이 푸드덕거리며 하늘로 날아올랐다. 득도는 고개를 들어 하늘을 바라봤다. 까만 하늘에 촘촘히 박혀 있던 뭇별들이 반딧불처럼, 유성처럼 타다타닥 차나무 숲으로 떨어져내려 하얀 차나무 꽃으로 변했다. 차나무 아래에서는 죽음을 앞둔 여인이 필사적으로 비명을 지르고 있었다. 비명소리 사이사이로 신음소리도 새어나왔다. 여인의 얼굴도 별을 향하고 있었다. 여인의 호흡이 점점 가빠지기 시작했다. 여인의 시선이 득도를 향했다. 그 눈빛은 뭔가를 간절하게 말하고 있었다.

"⋯⋯사랑해요⋯⋯."

여인은 겨우 한마디를 뱉고는 모질게 용을 쓰면서 한 손으로 차나무가지를 잡았다. 차나무에 내려앉았던 하얀 뭇별들이 그녀의 몸 위, 그녀 몸 아래의 피못으로 우수수 쏟아져 내렸다. 여인의 목은 몇 번이나 꺾어질 듯 뒤로 젖혀졌다. 여인의 비명소리와 신음소리는 이제 거의 들리지 않았다. 그리고 점점 어두워져가는 손전등 불빛 아래 여인의 마지막 단말마적인 비명소리와 함께 항분은 새 생명의 새까만 머리를 발견했다. 생명의 문을 통해 드디어 세상에 모습을 드러낸 아기는 미약한 소리로 울음을 터뜨렸다. 구계 할머니는 허둥지둥 포대기로 아기를 싸면서 말했다.

"딸이에요, 딸! 축하드려요."

백야는 고개를 비스듬히 기울인 채 득도의 품에 안겨 있었다. 더 이상 숨소리는 들리지 않았다. 세상은 다시 조용해졌다. 하늘과 사람은 드디어 하나가 됐다. 항분은 익숙한 향기를 맡았다. 밤에만 맡을 수 있는 차나무 꽃 특유의 향기였다. 그녀는 혼자 몇 걸음 앞으로 걸어갔다. 시커먼 어둠에 뒤덮였던 차나무 숲에 달빛이 내려앉아 몽롱한 밤 풍경을 연출하고 있었다. 그녀가 꿈속에서 익히 보아왔던 천국의 밤이 바로 이런 모습이었다. 그녀는 무릎을 꿇고 나지막이 찬송가를 부르기 시작했다.

해지고 황혼 깃들 때,
동편에 달이 떠올라
밤마다 귀한 소식을,
이 땅에 두루 전하네.
행성과 항성 모든 별,
저마다 제 길 돌면서
창조의 기쁜 소식을,
온 세상 널리 전하네.

사람들의 울음 섞인 목소리가 들려왔다.
"백야, 백야, 언니, 백야……."

그 속에는 아기고양이의 울음소리처럼 미약한 아기의 울음소리도 섞여 있었다.

날이 밝았다. 가화는 하룻밤을 또 버텨냈다. 한 줄기, 두 줄기, 세 줄기……. 그는 다시 빛을 느낄 수 있었다. 사랑하는 아내는 그의 옆에 조용히 누워 있었다. 두 사람을 갈라놓은 어둠 속의 하룻밤이 마치 영겁의 세월처럼 길게 느껴졌었다. 하지만 이제는 괜찮아졌다. 그는 지옥 같았던 하룻밤을 무사히 버텨냈다.

가화는 무심코 요코의 손에 잡혀 있는 자신의 손을 빼려다 멈칫했다. 황급히 다른 손으로 요코의 귀를 만져봤다. 요코의 손과 귀는 딱딱하게 굳어 있었다. 가슴이 철렁했다. 그는 고개를 숙여 요코의 뺨에 얼굴을 댔다. 그리고 그만 그 자리에 굳어졌다. 어렵사리 찾아온 빛이 모두 사라지고 눈앞이 다시 칠흑처럼 캄캄해졌다.

제26장

중국의 홍색紅色 물결은 멈출 줄을 모르고 자꾸만 거세지고 있었다.

1969년의 음력설은 숫자 '9'와 인연이 있었다. 거리와 골목은 온통 해바라기꽃 그림으로 뒤덮였다. 아홉 송이의 해바라기꽃은 곧 열리게 될 중국공산당 제9차 전국대표대회(5년마다 열리는 공산당 전당대회)의 상징이었다. 소녀들은 비단으로 만든 커다란 해바라기꽃 두 송이를 들고 다니면서 노래를 불렀다.

"장강長江은 도도히 동쪽 향해 흐르고, 해바라기는 태양 향해 피어 나네……."

모든 것에 배급제가 적용됐다. 설음식을 준비하려고 해도 배급표가 필요했다. 큰길의 인도에는 사람들이 찻잎부스러기를 사기 위해 몇 리씩 줄을 섰다. 대로에는 9차 전국대표대회 개최를 축하하기 위한 무용수들의 대열이 몇 리 넘게 늘어서 있었다. 두 줄로 늘어선 사람들은 서로 바라보기만 할 뿐 굳이 말을 걸거나 대화를 나누지 않았다. 주민구

역에서 지정한 차 배급소는 항씨 가문이 예전에 경영하던 망우차장이었다. 망우차장은 처음에 '공사합영'公私合營으로 넘어갔다가 나중 '국영상점'으로 바뀌었다. '망우차장'이라는 이름도 수차례의 개명을 거쳐 지금은 '홍광다엽상점'紅光茶葉商店이 됐다. 낮에는 어느 정도 눈이 보이는 가화는 여러 해 만에 처음으로, 자신의 가게에서 차를 사기 위해 외출을 했다.

가화는 누군가가 자신을 부르는 소리를 들었다. 이평수가 작별인사를 하러 왔다는 것을 알 수 있었다.

이평수는 자신의 제대 소식을 듣자마자 가장 먼저 영상을 떠올렸다. 그렇다고 그가 영상에게 딱히 이렇다 할 감정을 갖고 있었던 것은 아니었다. 그저 그동안 환난지교患難之交를 맺어온 항씨 가족들에게 작별인사라도 해야겠다는 생각이었다. 그는 내친김에 양패두의 항씨네 집을 찾아갔다. 그러나 영상을 만나지는 못했다. 그래서 허전한 마음으로 터덜터덜 걸어 나오다가 마침 가화를 만난 것이다.

이평수는 줄을 선 가화의 옆에 서서 대화를 나누기 시작했다.

"득도는 득방의 일에 연루돼 현재 보타산普陀山에 있는 선박 해체장에서 중노동을 하고 있다네. 분이가 득도의 딸 야생夜生을 데리고 그쪽으로 가서 돌봐주고 있다네."

가화는 좋지 않은 얘기를 길게 하고 싶지 않아 화제를 돌렸다.

"평수平水는 좋은 곳이라네. 유대백劉大白이 평수 사람이지 않은가?"

이평수가 반색을 했다.

"할아버지도 유대백을 아세요? 그분은 평수의 유명인이에요. 제 할아버지와 젊은 시절부터 알고 지내신 분이기도 하죠."

"당연히 알지. 중국 백화문白話文 운동의 선봉장이시잖은가. 그분이

〈매포요〉賣布謠라는 시를 쓰셨지. 내 스승이기도 하네. 영은사에 무덤이 있는데 지금 무사한지 모르겠네."

가화와 이평수는 평소 말을 몇 마디 나누지 않던 사이였다 그러나 이날은 꽤 오랫동안 얘기를 나눴다. 그러다가 어느 순간 둘 다 동시에 입을 다물었다. 대로에 정렬해 있던 무용수들이 막 춤 연습을 시작했던 것이다.

무용수들 중에는 영상도 있었다. 그녀는 키가 어느새 한 뼘이나 더 자란 것 같았다. 이제는 더 이상 어린아이가 아니었다. 근엄한 표정을 한 채 음악에 맞춰 종이로 만든 해바라기꽃을 흔들고 있었다. 두 팔을 쭉 내밀었다가 거둬들이거나 한쪽 무릎을 접었다가 뒤로 뻗는 동작도 하고 있었다. 한 무리의 소녀들이 그런 그녀 주위를 빙글빙글 돌고 있었다. 언뜻 봐도 그녀가 해바라기꽃의 '꽃술', 다른 소녀들은 '꽃잎'이라는 것을 알 수 있었다.

이평수는 흥분된 표정을 감추지 못했다. 당장이라도 그녀의 이름을 크게 부르고 싶은 눈치였다. 그러나 꾹 참을 수밖에 없었다. 그렇지만 그대로 돌아가기는 아쉬웠다. 결국 무용수들이 가까이 다가오기를 기다리려고 그 자리에 꼼짝 않고 서 있었다.

그의 바람을 아는지 모르는지 영상이 사뿐사뿐 춤을 추면서 그가 있는 쪽으로 점점 다가왔다. 하지만 그를 보지 못했는지 그대로 지나쳐갔다. 이평수는 실망한 얼굴로 소녀의 뒷모습을 멍하니 바라봤다. 그가 시무룩한 표정으로 막 몸을 돌리려던 때였다. 소녀가 뒤로 돌아서면서 그를 향해 생긋 웃었다.

그날 밤, 갑자기 북소리, 징소리와 폭죽소리가 하늘에 진동했다. 확성기에서 뭐라고 외치는 소리가 계속 들려왔으나 이평수는 하나도 궁금하지 않았다. 그와는 이제 상관없는 일이었기 때문이었다. 그는 전역을 앞두고 백수 아닌 '백수' 신세가 돼버렸다. 부대에서는 그를 '제대군인', 사회에서는 그를 '복역 중인 군인' 취급을 했다. 사람이란 이상한 존재였다. 일단 역사무대에서 쫓겨나면 그 무대에 대한 열정은커녕 관심조차 깡그리 식어버리니 말이다. 이평수의 심정이 그랬다. 그는 담벼락 밖에서 구호를 외치는 소리가 들려오든 말든 일절 관심을 보이지 않은 채 침대에 올라가 누웠다. 그가 그렇게 막 편안하게 누웠을 때였다. 누군가 문을 두드리는 소리가 들려왔다. 문을 열자 한줄기의 찬바람이 휙 들어왔다. 손에 해바라기꽃을 든 영상이 잠이 덜 깬 눈으로 이평수를 보면서 힘겹게 한마디씩 토해냈다.

"중국공산당…… 제9차…… 전국대표대회가…… 성공적으로…… 열렸대요. ……물 좀…… 주세요……."

이평수는 잠깐 멍해 있다가 퍼뜩 정신을 차렸다.

"어서, 어서 들어와."

소녀는 들어오자마자 방안에 있는 유일한 '사치품'인 다 낡아빠진 소파에 털썩 앉아 두 다리를 쭉 폈다. 그리고는 손부채질을 하면서 자신이 여기로 오게 된 자초지종을 말해줬다.

영상의 학교에서는 최근에 강제규정을 세웠다. 위에서 최신 지시가 내려오면 새벽이고 한밤중이고 상관없이 즉시 모든 학생들에게 통지해야 한다는 규정이었다. 통지방법은 가장 먼저 지시를 받은 학생이 아랫선에 통지하면 그 아랫선이 또 다른 아랫선과 연락하는 방식이었다. 아무튼 중간에서 연락이 끊어지지 않고 제일 빠른 속도로 '붉은 태양'의 목소리를 모든 학생들에게 전달하는 것이 목적이었다.

영상은 오늘 하루 종일 춤 연습을 하느라 녹초가 돼 집에 돌아왔다. 당연히 저녁도 먹지 못하고 침대에 쓰러졌다. 그런데 한밤중에 갑자기 그녀의 윗선이 찾아와서 문을 쾅쾅 두드렸다.

"영상, 영상, 중국공산당 제9차 전국대표대회가 성공적으로 열렸어!"

업어 가도 모르게 곯아떨어졌던 영상은 요란하게 문 두드리는 소리에 겨우 일어나 대문을 열었다. 그녀의 윗선인 키다리소녀가 잠이 덜 깬 얼굴로 숨을 헐떡거리면서 고함을 질렀다.

"중국공산당 제9차 전국대표대회가 성공적으로 열렸어! 너 왜 이제야 나와?"

키다리소녀는 숨이 차서 더 말을 못하고 대문에 몸을 기댔다. 소학교 때 영상을 심하게 괴롭히던 그녀는 중학교에 올라온 이후로는 태도를 싹 바꿔 영상에게 친한 척을 하고 있었다. 물론 영상은 곁을 주지 않았다.

"내일 다시 얘기해!"

영상의 퉁명스러운 말투에 키다리소녀는 자신의 귀를 의심할 정도로 깜짝 놀랐다.

"너 내 말을 제대로 듣지 못한 거지? 다시 한 번 말할 테니 잘 들어. 중국공산당 제9차 전국대표대회가 성공적으로 열렸대!"

그러자 영상이 더 단호한 말투로 말했다.

"알아, 그러니 내일 다시 얘기하자고."

영상이 이어 안으로 들어가면서 혼잣말처럼 중얼거렸다.

"나 피곤해. 피곤해 죽겠어!"

키다리소녀는 잠깐 사이에 사라져버린 영상의 뒷모습을 보면서 입을 딱 벌렸다. 다시 침대에 누운 영상은 정신없이 잠에 빠져들었다. 그러다 1분도 지나지 않아 소스라치게 놀라며 깨어났다. 그 사이에 그녀는 '금이빨'이 주먹을 쥐고 으르렁거리고 키다리소녀가 자신을 비판대 위로 질질 끌고 올라가는 악몽을 꾼 것이다. 사람들이 침을 튀기면서 자신을 향해 손가락질하고 욕을 퍼붓는 장면이 실제처럼 생생했다. 더 이상 누워 있을 수 없었다. 그녀는 신발을 대충 걸치고 밖으로 뛰어나갔다.

거리에는 붉은 비단 띠가 파도를 이루고 있었다. 징소리와 북소리는 하늘땅을 진동하고 있었다. 그녀는 가슴을 부여잡고 속으로 생각했다.

'내가 방금 뭐라고 말했지? 내일 다시 얘기하자고 했던 것 같은데……. 내가 미쳤어, 어떻게 그런 말을 할 수 있지?'

영상은 아랫선이 사는 집을 향해 미친 듯이 질주했다. 그 상황에서 그녀가 할 수 있는 행동은 그것뿐이었다.

'제발 집에 있어다오, 제발!'

영상은 모 주석의 이름을 걸고 속으로 빌고 또 빌었다. 아랫선의 집은 그녀의 집에서 3~5리 떨어진 작은 골목에 위치해 있었다. 그녀는 인적이 없는 시커먼 골목을 무서운 줄도 모르고 질주하면서 모 주석께 용서를 구했다.

'모 주석님, 제가 잘못했어요. 모 주석님, 용서해주세요.'

하지만 영상의 간절한 기도는 통하지 않았다. 그녀의 아랫선은 집에 없었다. 중국공산당 제9차 전국대표대회가 열렸다는 통지를 받고 학교로 갔다고 했다. 영상은 등골에 식은땀이 쫙 흘렀다. 더 이상 지체할 수가 없었다. 그녀는 또 3~5리 떨어진 다른 학생의 집으로 줄달음질쳤다. 혹시나 했지만 역시 그 학생도 집에 없었다. 졸지에 갈 곳을 잃은 영상은 눈물을 뚝뚝 흘리면서 어두운 거리와 골목을 헤매고 다녔다. 집으로 돌아갈 수도 없고 그렇다고 학교로 갈 수도 없고 앞이 막막했다. 대뇌 기능이 정지된 것처럼 아무런 방법도 생각나지 않았다. 결국 발길이 닿는 대로 무작정 찾아간 것이 젊은 군인 이평수의 집이었다.

이평수는 재잘재잘 떠드는 소녀를 보면서 이상야릇한 느낌이 들었다. 그것은 차마 입 밖에 내기에도 부끄러운 이성의 감정이었다.

'미쳤어, 겨우 열여섯 살 된 아이에게 무슨 주책이람.'

이평수는 속으로 호되게 스스로를 질책했다. 급기야 주체할 수 없이 자꾸 들끓어 오르는 욕구를 눌러놓기 위해 벌떡 자리에서 일어났다. 이어 뜨거운 찻물을 찻잔 두 개에 부어 식히면서 입을 열었다.

"거리에서 네가 춤추는 걸 봤어. 무슨 춤인지는 몰라도 엄청 열심히 추더구나. 너에게 작별인사를 하려고 간 건데 춤 연습에 방해될까봐 부르지 못했어. 나를 봤었어? 못 봤지?"

이평수가 적당히 식은 차를 영상에게 건넸다. 아직 어린 티가 가시지 않은 소녀는 꿀꺽꿀꺽 차 한 잔을 다 들이켜고는 다시 소파에 널브러졌다.

"연습한 것 중에서 제일 힘든 춤이었어요. 아저씨를 봤어요. 비록 인사는 못했지만요."

가만히 앉아 있던 영상이 문득 뭔가를 떠올린 듯 정색을 했다.

"방금 뭐라고 했어요? 작별인사라고요? 어디 가요? 아저씨가 항주를 떠난다는 말인가요?"

"아마 그렇게 될 거야. 별 탈 없으면 평수로 돌아가게 되겠지. 소흥의 평수가 내 고향이야. 왜 그래? 너 울어? 울지 마, 내가 지금 당장 떠나는 것도 아니고 아직 최종 결정은 내려오지 않았어. 여기 오고 싶으면

매일 놀러 와도 돼. 내가 놀아줄게. 어차피 나도 요즘은 할 일이 없어서
한가해."

영상은 이평수의 말은 들리지도 않는지 한참을 혼자 울었다. 그러
다 소파에 기댄 채 잠이 들었다. 이평수는 영상에게 군용외투를 덮어주
면서 속으로 중얼거렸다.

'이 철부지야, 어서 빨리 자라다오.'

이튿날, 영상은 오지 않았다. 셋째 날, 넷째 날도 오지 않았다.

'얘가 벌써 나를 잊었나보군.'

이평수는 더 이상 기다리기를 포기했다.

강남은 봄에 비가 자주 내렸다. 완연한 봄기운을 느낄 수 있는 맑은
날이 드물었다.

항한은 셔츠 위에 중산복을 걸치고 아침 일찍 연구소 뒤뜰에 있는
차밭으로 향했다. 이 차밭은 차나무 육종연구실에서 우량종 육성을 위
해 심은 것이었다. 차나무 육종연구실은 항한이 아프리카에 있을 때 세
워진 기관으로 현재 상당한 규모를 갖추고 있었다. '운동'이 발발하면서
연구는 중단됐으나 예전의 연구 성과는 그대로 남아 있었다. 초목이 인
간들의 일을 어떻게 알겠는가. 자연의 순리에 따라 봄이 오면 싹을 틔우
고 여름이 오면 꽃을 피우고 가을이 오면 열매를 맺는 일을 묵묵히 반
복할 뿐. 그렇게 해서 이곳의 차나무는 상태가 매우 좋았다.

송나라 때의 송자안宋子安은 자신의 저서 《동계시다록》東溪試茶錄에서
차나무를 백엽차白葉茶, 감엽차柑葉茶, 조생차早生茶, 세엽차細葉茶, 계차稽茶,
만생차晩生茶, 총차叢茶 등 일곱 가지로 분류했다. 또 차나무 형태를 관목,
반교목半喬木(소교목) 및 교목으로 나눴다. 이밖에 찻잎을 기준으로 대엽

大葉과 소엽小葉으로 분류하기도 했다. 그는 또 "차나무는 싹이 늦게 트는 것과 빨리 트는 것이 있다. 일반적으로 잎이 크고 싹이 빨리 트는 품종이 맛도 좋다."고 했다. 이후 다인들은 대대로 송자안의 분류법을 그대로 사용해왔다. 항한의 연구소에서도 여전히 전통을 고수하고 있었다.

신품종 재배구역에서 자라고 있는 차나무들은 항한이 출국하기 전부터 있던 것들이었다. 항한과 동료들은 1950년대 말부터 3년에 걸쳐 절강성 각지를 돌아다니면서 20여 종의 우량종을 선별해 도입했다. 여기에 운남 대엽종차와 현지 복정차福鼎茶의 교잡종, 소련, 일본 및 중국 기타 지역으로부터 도입한 우량종을 합치면 종류가 가히 수백 가지나 됐다. 1960년 봄부터 심기 시작한 '용정 43호'는 항한과 동료들이 이렇게 많은 차나무 우량종 중에서 적합한 것을 선택해 무성번식법으로 육성한 중엽류中葉類 조아종무芽種이었다. 몇 년이 지난 지금 '용정 43호'는 싹이 빨리 트고 가지런하면서도 생산량이 높을 뿐 아니라 품질이 우수한 여러 장점들을 두루 갖춘 것으로 평가받고 있었다.

항한과 몇몇 '구린내 나는 아홉 번째'臭老九(지식인을 일컬음)들은 며칠에 걸쳐 조반파들이 지켜보는 가운데 '용정 43호'에 대한 감정을 마쳤다. 감정 결과는 놀라웠다. '용정 43호'의 무畝당 모차毛茶 생산량이 복정福鼎 대백차大白茶보다 20%나 더 많은 200kg 이상이었던 것이다. 초청炒青 혹은 홍청烘青 과정을 거친 후의 품질 역시 복정차를 월등히 앞섰다.

물론 최대 관건은 '용정 43호'로 만들어낸 용정차의 품질이었다. 연구소 사람들은 발품을 팔아 소호 주변 시골마을을 일일이 돌아다니면서 유명한 '제다製茶 장인'들을 물색했다. 조반파들은 이번에도 어김없이 훼방을 놓았다. '정치 심사'를 통과한 사람만 "모셔올 수 있다."는 조건을 단 것이었다. 처음에는 소촬착도 물망에 올랐다. 그러나 "자본가와의 관계가 복잡하게 얽혀 있다."는 이유로 최종심사에서 배제됐다.

아무려나 소촬착과 손녀 채차는 또다시 대판 붙었다.

봄이 오자 반갑지 않은 인간들이 시골에 찾아왔다. 그들은 '자본주의의 꼬리'를 자른답시고 다들 가위 하나씩을 들고 우르르 찾아와서는 농민들의 자류지自留地(사회주의 국가에서 농업 집체화 이후에 농민 개인이 경영할 수 있도록 한 약간의 자유 경작지)를 비롯해 텃밭과 개인 소유의 과수나무들을 전부 국가에 바치라고 억박질렀다. 생산대대에서 집체화 경영을 한다는 것이었다. 소촬착은 기가 막혀 말이 나오지 않았다. 몇 년 동안 자식 돌보듯 애지중지 심혈을 기울여 키워온 차나무들을 전부 내놓아야 한다니 억울하고 황당했다. 다른 차농들도 밤에 잠이 오지 않기는 마찬가지였다. 낮에는 울며 겨자 먹기로 북을 치고 징을 울리면서 밭을 국가에 '기부'했지만 밤이 되면 울분이 치밀어 피를 토하고 싶은 심정을 감추지 못했었다. 급기야 평소에 소촬착과 가깝게 지내던 차농들이 그를 찾아와 하소연을 했다.

"촬착 어르신, 어르신의 손녀 채차에게 사정해보면 안 될까요? 채차는 지금 위세가 하늘을 찌르고 있답니다. 채차가 재채기만 한 번 해도 항주 시내 전체가 감기몸살을 앓는다는 말도 있지 않습니까. 촬착 어르신은 어떨지 모르겠으나 우리 빈하중농貧下中農에게는 자식보다도 소중한 땅입니다. 우리 이곳만이라도 '자본주의의 꼬리'를 자르지 않으면 안 되겠느냐고 어르신께서 채차와 잘 좀 얘기해보시면 안 될까요?"

소촬착은 자기 얘기가 손녀에게 씨알도 먹히지 않을 것임을 잘 알고 있었다. 하지만 이웃들의 기대에 찬 눈빛을 차마 외면하지 못하고 손녀를 만나러 길을 떠났다. 채차는 조반과 본부에 들어간 후 사람이 완전히 변해버렸다. 예전의 어수룩하던 모습은 오간 데 없고 입이 칼날보다 더 매서워졌다. 그녀는 뒷짐을 진 채 방안을 왔다 갔다 하면서 사정없이 할아버지를 나무랐다.

"할아버지가 뭘 안다고 그래요? 가뜩이나 혁명형세가 복잡한 판국에 할아버지까지 괜히 나서서 힘들게 만들지 말고 얼른 돌아가요. 할아버지가 모 주석에게 전보를 보내겠다고 설치던 그때와 같은 줄 알아요? 잘 들어요. 이번 행동은 '절차'와 '계획'과 '구호'가 모두 갖춰진 '통일행동'이라고요. 성과를 당중앙의 모 주석에게 보고해야 한단 말이에요. 솔직하게 대답해 봐요, 할아버지가 까짓 차나무 두 그루를 핑계로 저를 찾아온 저의가 뭐예요? 용정차를 안 마시면 죽기라도 한대요? 항씨네 인간들과 왕래하지 않으면 좀이 쑤셔 못 견디겠어요?"

소촬착은 귀신처럼 산발을 하고 정신없이 서성이면서 알아듣지 못할 말을 지껄이는 손녀가 그저 낯설게만 느껴졌다. 멍하니 듣고만 있던 그는 "저의가 뭐냐?", "좀이 쑤셔 못 견디겠느냐?"는 말에 기어이 폭발하고 말았다. 그가 벌떡 일어나서 책상을 탕, 내려치면서 고함을 질렀다.

"그래, 나는 모 주석을 반대하고 당중앙을 반대한다. 저의가 불순하다, 됐냐? 그리고 반혁명 가문과 왕래하지 않으면 좀이 쑤셔서 못 견딘다, 됐냐? 그러니 얼른 이 할아비를 잡아가서 구워먹든지 삶아먹든지 마음대로 해라."

채차는 얼마나 놀랐는지 황급히 할아버지의 입을 막으면서 한결 부드러워진 어조로 말했다.

"할아버지, 마을의 몇몇 악질분자들 꾐에 넘어가면 안 돼요. 저는 이제 곧 입당을 앞두고 있는데 할아버지가 이러시면 제 입장이 곤란해지잖아요."

'입당'이라는 말에 소촬착은 뜨거운 물에 들어갔다 나온 우거지처럼 기가 팍 죽었다. 그는 1927년에 탈당한 이후 당적을 회복하기 위해 지금까지 갖은 노력을 기울였으나 공산당은 그의 '충정'을 쉬이 받아주지 않았다. 그래서 누가 '당' 얘기만 하면 열등감이 발동해 풀이 죽었다. 이번에도 그랬다. 아무리 꼴도 보기 싫은 손녀라지만 곧 '입당'한다니 시무룩한 와중에 한편으로는 기쁜 마음도 없지 않아 있었다. 그가 길게 한숨을 내쉬고 말했다.

"입당을 하고나면 착하게 살아라. 이 할아비도 더 이상 귀찮게 굴지 않으마."

연구소에서 조반파들의 최종 승낙을 받고 모셔온 '제다 장인'은 다름 아닌 구계 할머니의 남편인 구계 노인이었다. 그는 3대째 빈농貧農 성분이니 정치적으로 "완전무결하다"고 해도 좋았다.

구계 노인은 오자마자 '애송이'들의 기를 꺾어놓으려고 작정한 것 같았다. 어린 차나무가지를 잡고 흔들면서 아주 기염을 토했다.

"차의 좋고 나쁨을 판단하려면 차의 기운을 볼 줄 알아야 한다네. 이걸 보게, 맑고 싱그러운 기운이 느껴지잖은가. 반면에 저건 폐병환자처럼 탁하고 우중충한 기운이 느껴지지."

항한을 비롯한 몇몇 '우귀사신'들을 관리 감독하는 젊은 감독관은 처음에는 궁금한 듯 구계 노인의 시선을 따라 차나무를 살펴보기도 했다. 그러더니 흥, 하고 콧방귀를 뀌었다.

"노인네가 아는 척은. 대체 뭐가 다르다는 겁니까? 똑같구면."

구계 노인이 거만한 표정으로 조반파를 쏘아보면서 말했다.

"차 문외한이 뭘 알겠나. 예전에 주 총리께서는 내가 덖은 차를 맛보시고 전문가 못지않은 평가를 내놓으셨다네. 아직 수염도 나지 않은 자네 같은 애송이들이 모르는 건 당연한 일이지. 사람들이 왜 젊은 한의사보다 나이 든 한의사를 선호하는지 아는가? 나이 든 한의사는 환자의 얼굴색만 보고도 질병을 정확하게 진단할 수 있기 때문이지. 자네가 뭘 알겠는가?"

젊은 조반파는 구계 노인에게 그런 심한 말을 듣고도 별로 화를 내지 않았다. 다른 조반파들과는 달리 학구열이 높은 것 같았다. 그가 구계 노인이 열심히 닦고 있는 솥을 눈여겨보면서 또 물었다.

"좋은 차는 어떻게 덖어요?"

구계 노인은 손바닥을 펼쳐 보이면서 설명했다.

"여기 이 부위의 이름이 뭔지 아는가? '노궁혈'勞宮穴이라는 혈자리라네. 차를 덖는 사람들의 정기精氣, 우리 다인들은 '지장'脂漿이라고 하네만, 아무튼 그 정기는 모두 노궁혈에서 흘러나와 찻잎에 스며든다네. 덖는 사람의 정기가 충족하면 만들어낸 차의 정기도 충족하게 돼. 반면 정기가 부족한 사람이 덖은 차는 아무래도 맛과 향이 떨어지지."

젊은이가 자신의 가슴을 탕탕 치면서 말했다.

"정기라면 저도 어디 가서 빠지지 않습니다. 그렇다면 제가 덖은 차도 맛이 기가 막히겠네요?"

구계 노인이 고개를 절레절레 저었다.

"꼭 그렇지만은 않다네. 차를 덖을 때는 조抓(움켜쥠), 두抖(털어냄), 탑搭(얹음), 탁拓(넓힘), 내捺(손으로 누름), 추推(밈), 구扣(뒤집어엎음), 솔甩(흔듦), 마磨(비빔), 압壓(힘을 가해 누름) 등 열 가지 기본 동작이 있다네. 자네가 이 열 가지에 능하다면 내가 기꺼이 이 자리를 넘겨주겠네."

젊은이가 얼굴을 붉히면서 고개를 저었다.

"저는 차 연구소에 온 지 일 년도 안 됐습니다."

그러자 구계 노인이 항한과 동료들을 가리키면서 가시 돋친 말을 내뱉었다.

"그럴 줄 알았네. 자네 같은 사람은 법 없이도 살 수 있는 저런 인간 들을 끌고 다니기에나 제격이지."

항한은 온몸에 식은땀이 쫙 흘렀다. 노인네가 주책맞기는……. 틀린 말은 아니지만 '잠자는 사자의 코털'을 굳이 건드려서 좋을 게 뭐가 있는가. 지금이 차 연구 적기인데 조반파들이 홧김에 연구를 중단시키기라도 하면 또 1년을 기다려야 할 게 아닌가. 다행히 젊은이는 성격이 느긋하고 붙임성이 좋았다. 화를 내기는커녕 웃으면서 구계 노인에게 바짝 다가붙었다.

"할아버지, 저도 배우고 싶어요. 혁명도 중요하지만 생산도 중요하잖아요. 잘 배워뒀다가 나중에 써먹으면 좋을 것 같아요."

항한과 동료들은 굽실거리면서 구계 노인에게 연신 눈짓을 했다. 구계 노인은 그제야 못 이기는 척 고개를 끄덕였다.

"자네가 그렇게 원한다면 한 수 가르쳐주지. 어차피 죽을 때 갖고 갈 수도 없는 기술인걸. 말이야 바른 말이지만 지장脂漿을 논하자면 우리 같은 노인이나 저기 아녀자들은 자네 같은 젊은이들과 비교가 안 되지. 여자들은 기운이 약해서 여린 잎의 이슬을 털어내고 덖어낸 차를 널어서 말리는 일이나 할 수 있다네. 다른 건 몰라도 '휘과'輝鍋(차의 모양을 정교하게 만들고 건조시키는 과정) 절차에는 꼭 건장한 남자가 필요하다네. 힘이 없으면 어떻게 찻잎을 반듯하게 펴서 납작하게 누를 수 있겠는가? 한마디로 건장한 남자가 법제한 차를 마시는 사람들은 다 운이 좋은 사람들이라네."

젊은이가 웃으면서 농담을 건넸다.

"그럼 저도 앞으로 차를 마실 때는 건장한 남자가 덖어낸 차를 골라 마셔야겠어요."

구계 노인이 고개를 저었다.

"자네 안색을 보아하니 건장한 남자가 덖어낸 차를 마시는 건 맞지 않네. 나 같은 노인네나 여자들이 덖은 차가 오히려 자네에게 안성맞춤이야."

젊은이가 어리둥절한 표정을 지었다. 항한도 구계 노인의 말을 이해하지 못했다. 사람의 얼굴을 보고 어떤 차를 마셔야 하는지 판단할 수 있다니, 그런 말은 다인 가문에서 자란 그로서도 처음 듣는 말이었다. 다들 궁금해 하는 것을 보고 구계 노인이 설명했다.

"젊은이, 자네는 지금 화火 기운이 너무 강해. 양기陽氣가 지나치게 많은 사람은 나 같은 노인네가 덖은 차를 마셔야 음양의 조화를 이룰 수 있다네."

웃으면서 고개를 끄덕이던 젊은이의 표정이 서서히 굳어졌다. 항한은 가슴이 뜨끔했다. 젊은이가 혹시 구계 노인의 말속에 든 뼈를 알아들은 걸까? 항한은 구계 노인을 향해 연신 손짓을 했다. 구계 노인은 그제야 입을 다물고 정신을 집중해 차를 덖기 시작했다. 구계 노인이 덖어낸 차는 외형이 미끈하고 약간 노란색을 띤 녹색이었다. 탕색이 진하고 향기와 맛이 깊고 그윽했다. 구계 노인이 차를 음미하면서 항한에게 말했다.

"사봉獅峰 용정차에 비해도 전혀 손색이 없네. 믿지 못하겠으면 자네 큰아버지를 모셔다 물어보게."

젊은이가 구계 노인을 물끄러미 쳐다보고는 갑자기 한마디를 던졌다.

"일반 품종에 비해 생산량도 훨씬 더 높습니다."

구계 노인이 기다렸다는 듯 말했다.

"자네 말이 맞네. 그러니 여기 있는 몇몇 '우귀'牛鬼들에게 많이 배우게. 나중에 다 쓸모가 있을 테니."

젊은이가 항한 등을 힐끔 쳐다봤다. 그러나 그뿐이었다. 이 조반파는 뜻밖에도 화를 내지 않았다.

항한은 차나무 밭에 쭈그리고 앉은 채 차나무들을 관찰하느라 시간이 어떻게 가는지 몰랐다. 햇빛은 쨍쨍하고 차나무들은 아무 근심걱정 없이 봄바람에 춤을 추고 있었다. 항한은 하늘을 올려다 본 다음 시계를 쳐다봤다. 그리고는 또 차나무에 시선을 집중했다. 그는 이곳에 있다 보면 마치 자신도 한 그루의 차나무로 변하는 것 같은 느낌을 받았다.

그때 감독관 젊은이가 빠른 걸음으로 다가왔다. 이어 항한 옆에 쭈그리고 앉더니 한껏 목소리를 낮춰 소곤거렸다.

"항씨, 미간에 점이 있는 젊은 남자가 당신 아들 맞지요?"

항한은 깜짝 놀라 저도 모르게 벌떡 일어났다. 젊은이가 항한을 도로 눌러 앉히면서 손가락을 입에 댔다. 젊은이는 지난번 구계 노인을 만나서 가르침을 받고난 이후로 항한을 대하는 태도가 많이 달라져 있었다. 항한이 고개를 끄덕이자 젊은이가 긴장한 표정으로 말했다.

"당신 아들이 여기로 아버지를 찾아왔습니다. 내가 이리로 데려왔어요. 다른 사람들에게는 절대 비밀로 해야 합니다. 사실 얼마 전에 당신 아들을 본 적이 있어서요……."

젊은이가 잠시 망설이다가 말했다.

"……지명수배령에서 봤어요."

항한은 등골이 서늘해지는 기분을 느꼈다. 젊은이가 잔뜩 긴장한 표정으로 주변을 둘러보면서 재빨리 말을 이었다.

"할 말만 하고 얼른 돌려보내세요. 아니, 오늘 농약을 뿌리는 비행기가 지나가면 얼른 자리를 뜨게 하세요. 다른 사람들이 알아볼 수도 있어요."

항한이 "걱정 말라!"는 말을 하기도 전에 젊은이는 허둥지둥 도망가 버렸다.

2분 후 득방이 마치 땅속에서 솟아난 것처럼 차나무 가지 사이로 불쑥 모습을 드러냈다. 그리고는 아버지를 보자 엉덩이를 툭툭 털면서 먼저 입을 열었다.

"걱정 마세요, 아버지. 저 아무에게도 들키지 않았어요."

항한은 말없이 아들의 얼굴을 바라봤다. 득방이 쑥스러운 표정을 지으면서 본론을 꺼냈다.

"애광이 시골로 내려간다고 해서 보러 왔어요(상산하향上山下鄕을 의미. 문화대혁명 후기에 도시의 청년들을 농촌과 산간벽지로 보낸 운동)."

맑은 하늘에서 갑자기 벼락 치듯 요란한 소리가 울렸다. 항한은 아들을 끌어당겨 앉히고는 그제야 입을 열었다.

"놀라지 마. 우리 차 연구소와 민간항공사가 협력해 비행기로 살충제를 뿌리는 소리야. 요즘은 매일 이 시간에 작업을 시작한단다."

지독한 DDVP(살충제) 냄새가 코를 찔렀다. 득방은 문득 '죽음의 냄새'라는 단어를 떠올렸다. 지난번 사애광과 함께 왔을 때 아버지는 차나무 해충에 대한 얘기를 들려줬었다. 득방은 원래 차나무 해충 따위에는 흥미가 없는 사람이었다. 하지만 자신도 모르게 전문용어가 툭 튀어나왔다.

"퇴치 효과는 어떤가요?"

"DDVP, 디프레텍스, 로고^{Rogor}, 이런 농약들은 차나무 해충 박멸에 아주 효과적이란다. 하지만 양어장의 물고기가 죽고 뽕나무도 말라죽는 단점도 있지. 세상만사 일장일단 아니겠니. 너는 어떻게 지냈느냐? 여자 친구하고는 잘 만나고 있어?"

득방의 얼굴이 갑자기 확 붉어졌다. 이어서 손으로 가슴을 꼭 눌렀다. 그가 호신부처럼 소중하게 품안에 간직하고 있는 것은 사애광의 땋은 머리 두 가닥이었다.

그는 동쪽으로 시선을 돌렸다. 그의 시선이 닿은 곳에는 웅위한 천축산에서 구불구불 오운산^{五雲山}으로 이어지는 낭당령이 있었다. 하늘은 넓고 푸르렀다. 흰 구름은 얇다 못해 투명할 정도였다. 공기는 맑고 향기로웠다. 햇빛 아래 어린 차나무의 싱그러운 냄새와 풀냄새가 독한 농약 냄새마저 달콤하게 만들고 있었다. 아무 일도 일어나지 않았던 것처럼 모든 것이 평온했다.

비행기가 또 돌아왔다. 이번에는 더 낮게 날면서 더 큰 굉음을 냈다. 득방이 붉게 상기된 얼굴을 들고 아버지에게 말했다.

"아버지, 포랑 삼촌이 애광을 운남으로 보내기로 했어요. 저도 동의한 일이에요. 애광이 가기 전에 꼭 한 번 얼굴을 보고 싶어서 천태산에서 몰래 도망쳐 나왔어요. 사람들에게 들키면 안 되는 위험한 일이라서 이렇게 아버지에게 부탁드리는 거예요. 더 이상 항씨 가족들을 연루시킬 수는 없어요. 벌써 큰형님에게 엄청난 피해를 줬잖아요. 아버지, 저 아무 데도 안 가고 여기 꼼짝 않고 있을 테니 아버지께서 애광을 낭당령으로 데려오시면 안 될까요?"

항한이 안타까운 듯 아들의 머리를 쓰다듬었다. 아들은 도망자 신세가 된 후로 벌써 1년이 넘도록 떠돌이생활을 하고 있었다. 아들을 위한 일이라면 뭔들 못하겠는가. 설령 칼산에 오르고 불바다에 뛰어들어야 한다고 해도 기꺼이 해 줄 수 있었다.

"나도 감시당하는 처지라 마음대로 시내에 들어갈 수가 없구나. 다른 방법을 생각해보자. 네 여동생이라면 가능할 것도 같구나. 내일 영상을 만나면 잘 얘기해볼게."

봄은 일찍 왔다. 서호 근교의 명전明前 차나무들은 벌써 어린 싹을 틔웠다. 차 따는 처녀들의 손길도 바빠지기 시작했다.

위에서 긴급 임무가 내려온 덕분에 영상은 운 좋게 지난번 연락 태만에 대한 문책을 피할 수 있었다. 영상이 소속된 문예선전대도 전교생들과 함께 차를 따러 옹가산 연하동煙霞洞으로 갔다.

차를 따는 일은 겉으로 보기에는 재미있고 쉬워보였다. 하지만 사실은 아무나 할 수 없는 힘든 일이었다. 예전 같으면 청명 전의 차를 따는데 여중생들을 동원시키는 일은 없었을 터였다. 하지만 올해는 달랐다. 월초부터 월말까지 중국공산당 제9차 전국대표대회가 열리니 온갖 명목을 갖다 붙여 경축하지 않으면 안 됐다. 용정차는 예로부터 유명한 '공차'貢茶였다. 1949년 이후부터는 '공차'라 부르지 않고 '인민대회당에 필요한 차'라고 불렀다. 이번 대회 역시 인민대회당에서 열리니 '인민대회당에 필요한 차'가 빠져서야 되겠는가. 그런데 차를 갑자기 대량으로 납품하려니 일손이 딸리지 않을 수 없었다. 옹가산 용정차 납품을 책임진 사람이 마침 채차였다. 어찌할 바를 몰라 하는 그녀에게 오곤이 슬쩍 힌트를 줬다.

"여중생들을 동원하시오. '용정차의 고향'에서 노동 체험도 하고 당 대회를 위해 영광스러운 임무도 수행할 수 있으니 꿩 먹고 알 먹기 아니오?"

학교 측에서는 차에 대해 잘 모르는 학생들을 대상으로 두 가지 특별수업을 진행했다. 하나는 노빈농老貧農을 초청해 '쓰라린 과거를 회상하고 오늘의 행복을 감사하게 생각하는' 연설을 듣는 것이었다. 다른 하나는 차 전문가를 초청, 차와 관련된 지식을 배우는 것이었다.

영상은 강의를 하러 나온 '노빈농'을 보고 놀라서 눈이 휘둥그레졌다. 저분은 용정촌龍井村에 사는 구계 할아버지가 아닌가? 구계 노인은 영상의 큰할아버지인 가화와도 가끔 왕래하는 사이였다.

구계 노인은 일을 할 때에는 입을 꾹 다물고 말이 없었다. 그러나 일단 말을 시작하면 할 말 못할 말 가리지 못하고 주저리주저리 늘어놓는 버릇이 있었다. 그는 학생들 앞에 서서 '쓰라린 과거'를 하나둘씩 회상하다 보니 어느 사이에 '낡은 사회'를 지나 1960년대로 넘어왔다.

"1960년에는 말이야. 먹을 것이 없어서 배를 곯았단다. 너희들은 아마 잘 모를 거야……."

1960년 얘기가 나오자 연단 아래 학생들은 웃음을 터뜨렸다. 선생님들은 손에 땀을 쥐었다. 1960년이면 좌중의 학생들은 대여섯 살 정도 되는 어린 아이들이었다. 그러니 어른들과 같이 배곯는 고생을 했던 기억을 다들 갖고 있었다. 그러나 주책없는 구계 노인은 채 입에 침을 튀겨가면서 1960년에 있었던 대기근의 역사를 풀어놓기 시작했다. 아무리 빈하중농이라지만 학생들을 교육하는 엄숙한 장소에서 반동적인 말을 해서야 되겠는가? 그렇다고 틀린 말도 아닌지라 '노빈농'을 '반동분자' 취급할 수도 없는 노릇이었다. 결국 듣다 못한 선생님들이 구계 노인을 '공손하게' 모셔 내려왔다. 구계 노인은 강제로 끌려 내려오면서도 끝까지 시비를 따졌다.

"거짓말 아니야, 사실이야. 1960년에는 정말 배를 많이 곯았어. 1962년부터 상황이 호전되기 시작했어. 1965년부터는 밥을 배불리 먹고 좋은 차도 마실 수 있게 됐어. 옛날 생각을 하면……."

구계 노인은 대회장 밖의 차나무 숲으로 끌려갈 때까지도 고개를 돌려 학생들을 향한 채 입을 다물지 않았다.

두 번째로 임시 연단에 선 사람은 항한이었다. 조반파들은 구계 노인의 교훈을 잊지 않았다. 학생들에게 차 관련 지식을 강의할 전문가를 고를 때 신중에 신중을 기한 것이다. 미리 차 연구소에 사람을 보내 조사를 한 결과 초청해온 차 전문가가 바로 항한이었다.

학교 측은 항한이 영상의 아버지라는 것까지는 모르는 것 같았다. 연단에 서서 천천히 학생들을 둘러보던 항한의 시선이 영상의 얼굴에 잠깐 멈추었다. 비록 짧은 순간이었으나 영상은 아버지의 얼굴에 희미하게 떠오른 미소를 볼 수 있었다. 영상의 어깨에 저도 모르게 힘이 들어갔다. 남들 모르게 자부심도 생겼다. 마음 같았으면 학생들 앞에서 높은 소리로 자랑하고도 싶었다.

'저 분은 우리 아버지야. 우리 아버지는 차 전문가야.'

영상은 한껏 밝아진 표정으로 작은 수첩과 연필을 꺼냈다. 이어 아버지의 얼굴에 시선을 고정시켰다.

이날, 항한은 그 어느 때보다도 더 열심히 강의했다. 원래 꼼꼼한 성격이기도 하지만 딸을 의식한 면도 있었을 것이다. 그는 먼저 차 따는 일의 중요성에 대해 설명했다.

"찻잎 채취는 차나무를 재배한 결과물을 수확한다는 의미도 있으나 모든 차 가공의 첫 시작이기도 합니다. 찻잎을 어떻게 따느냐에 따라 가공해낸 차의 품질과 생산량이 결정되고 차나무의 생육, 심지어 수명도 영향을 받습니다."

항한은 이어 용정차의 특징과 채취 기준에 대해 설명했다.

"용정차는 채취하는 찻잎의 형태에 따라 연심蓮心, 작설雀舌, 기창旗槍 등의 3가지로 분류해 상품적 가치를 판단합니다. 채취 기준은 계절별로 다릅니다. 일반적으로 청명을 전후해 채취하는 특급차와 고급차는 일아일엽一芽一葉을 따고, 곡우穀雨무렵부터 입하立夏까지는 일아이엽一芽二葉, 그 이후에는 일아삼엽一芽三葉을 따도 됩니다."

항한은 국가에서 정한 기준도 언급했다.

"국가에서 수매하는 차는 1등급부터 8등급, 여기에 최상급까지 합쳐서 총 9개 등급으로 분류됩니다. 선엽鮮葉의 경우……."

항한이 잠깐 말을 멈추고 나서 손에 들고 있는 갓 딴 찻잎을 흔들었다.

"오늘 여러분들이 따게 될 최상급 용정차는 이렇게 일아일엽 혹은 막 펼쳐진 일아이엽一芽二葉이어야 합니다. 싹이 잎보다 길고 싹과 잎 사이 협각이 작아야 하고 아엽芽葉의 길이는 2~3cm가 적당합니다. 1~2등급 차는 아엽의 길이가 최상급 차와 비슷하나 잎이 최상급 차보다 조금 더 큽니다. 3~4등급의 차는 일아이엽 혹은 일아삼엽이고 잎이 싹보다 크지요. 5~6등급의 경우, 잎과 싹 사이에 겹잎이 있고 잎이 5cm나 됩니다. 7~8등급은 잎이 최대치로 자라 더 자랄 수 없는 정도예요."

항한이 말을 마치고는 찻잎을 찍은 사진을 꺼내들었다. 여기저기에서 학생들이 일어서서 손을 내밀었다.

"여기요……."

"저도 볼래요……."

영상은 가만히 앉아 있었다. 아버지의 모습이 학생들이 번쩍번쩍 쳐든 손에 가려져 보이지 않았다.

잠시 후 아이들이 모두 자리에 앉았다. 항한이 들고 있던 찻잎은 아이들의 손을 차례로 거쳐 영상에게 전해졌다. 영상은 찻잎을 다음 사람에게 넘기지 않고 조심스럽게 손바닥에 올려놓았다. 이어 고개를 들어 아버지를 바라봤다. 아버지의 눈길은 딸의 얼굴을 잠깐 스치는가 싶더니 창밖의 차나무 숲으로 향했다. 아버지는 이제 채취 시기에 대해 설명하기 시작했다.

영상은 아버지의 설명을 듣고 차농들이 봄차를 딸 때 잎을 하나도 남기지 않고 다 따버리는 이유를 알았다. 봄에 따버리지 않고 남겨둔 잎은 여름에 녹색으로 변해 차농들로부터 '포낭차'抱娘茶로 불리는 천덕꾸러기 신세가 되기 때문이었다. 이 '포낭차'는 여리지도, 질기지도 않고 어중간한 것이 여름차에 섞이면 품질에 좋지 않은 영향을 주게 된다.

항한은 채취 방법에 대해 설명하면서 직접 시범도 보여줬다. 손바닥을 아래로 향한 채 엄지와 식지로 어엽魚葉에 붙어있는 여린 줄기를 잡고 살짝 위로 쳐들면서 톡 하고 따는 동작은 '채다무'采茶舞를 추는 처녀들 못지않게 우아하고 부드러웠다. 항한의 재치 있는 설명과 시범 동작에 학생들은 키득거리면서 웃음을 참지 못했다.

그때 항한의 표정과 말투가 갑자기 근엄해졌다.

"채취한 차는 반드시 크기가 균일해야 합니다. 또 늙은 줄기와 늙은 잎이 섞이면 안 됩니다. 이렇게 따야 아엽이 상하지 않고 차나무 가지와 줄기가 부러지지 않습니다. 차를 딸 때에는 차나무 아래에서 위로, 안에서 밖으로 하나도 빠뜨리지 않고 깨끗하게 다 따야 합니다."

갑자기 키다리소녀가 번쩍 손을 들었다. 따분한 강의가 싫증이 나서인지 아니면 원래 나대기 좋아하는 성격 때문인지는 몰라도 벌떡 일어서더니 두 손으로 닭 모이 쪼는 시늉을 하면서 항한에게 질문을 던졌다.

"이렇게, 이렇게 따는 거 맞아요? 방금 가르쳐준 동작은 무대에서 춤 출 때의 동작 아닌가요? 실제로도 그렇게 따는 거 맞아요?"

키다리소녀 때문에 엄숙한 수업분위기가 다 깨져버렸다. 학생들은 소녀의 우스꽝스러운 동작을 따라하면서 킥킥 웃었다. '금이빨' 역시 커다란 금니를 보이면서 껄껄 웃었다. '금이빨'은 한번 붙으면 절대로 떨어지지 않는 껌처럼 소학교에 이어 중학교까지 영상네를 끈질기게도 따라다니고 있었다.

영상이 곱지 않은 눈빛으로 키다리소녀를 쏘아봤다. 그러면서 속으로 '미개해, 저속해, 속물스러워, 우둔해.' 등등 알고 있는 온갖 욕을 다 퍼부었다.

영상은 아버지가 키다리소녀의 기습 질문에 당황해 할까봐 은근히 걱정이 되기도 했다. 하지만 딸의 걱정과 달리 항한은 태연자약했다. 심지어 학생들과 같이 한바탕 웃고 나서 자세히 설명을 해줬다.

"좋은 질문이에요. '쌍수적채법'雙手摘采法은 매가오梅家塢대대의 심순초沈順招 자매들이 1958년에 개발한 새로운 방법이에요. 하지만 이 방법을 사용할 때는 주의할 점이 있어요. 우선, 작업에 정신을 집중해야 합니다. 그래야 마음이 차분해지면서 눈과 손과 발을 제대로 사용할 수 있어요. 그리고 다섯 가지 요령을 완벽하게 익혀야 해요. 첫째, 튀어나온 가지의 차를 딸 때에는 두 손을 번갈아 가면서 아래에서 위로 따야 해요. 두 번째, 무더기 속에 있는 것을 딸 때에는 한 손으로 곁에 있는 가지들을 제치고 다른 손을 안에 넣어 따야 하죠. 세 번째, 가지의 높낮이가 다를 때에는 쭈그리고 앉았다, 섰다를 반복해야 해요. 네 번째, 비 오는 날 혹은 이슬이 있을 때에는 한줌씩 훑듯이 따야 하죠. 다섯 번째, 맑게 갠 날에는 따는 족족 차 바구니에 담아야 하고요."

또 한 학생이 손을 들고 질문을 했다.

"차 바구니라면 우리가 무대에서 흔히 볼 수 있는 그런 차 바구니인가요?"

학생들이 또 요란스레 웃어댔다. 영상은 이번에는 화가 나지 않았다. 아버지가 가볍게 응수할 것이라고 믿었기 때문이었다. 항한이 사진과 실물들을 거둬들이면서 마지막으로 덧붙였다.

"차 바구니도 아무거나 막 쓰면 안 돼요. 갓 딴 생엽은 수분이 빨리 증발되고 대량의 열이 발생하기 때문에 통기성이 좋은 바구니를 써야 합니다. 여러분들이 오늘 따는 차는 고급차이기 때문에 한 근 내지 두 근을 담을 수 있는 작은 바구니를 쓰게 될 거예요. 차 등급이 내려갈수록 사용하는 바구니 용량도 세 근에서 다섯 근까지 더 커집니다. 그리고 반드시 명심해야 할 것은 차를 많이 담겠다고 꾹꾹 눌러 담으면 절대 안 된다는 거예요. 오늘 강의는 여기까지입니다. 궁금한 점이 있으면 질문하세요."

학생들이 우르르 일어나서 항한을 에워싸고 이것저것 질문을 했다. 영상은 가슴이 뭉클했다. 아버지가 새삼스레 자랑스럽고 고맙게 느껴졌다.

학생들이 다 흩어지자 그녀는 아버지에게 다가갔다.

"아버지!"

영상은 눈가가 촉촉해지면서 무슨 말을 했으면 좋을지 생각이 나지 않았다. 반면 항한의 표정은 담담했다.

"강의 내용은 다 알아들었느냐?"

영상이 힘껏 고개를 끄덕였다.

"네, 공책에 필기도 했어요."

그날 영상은 선생님에게 부탁해 아버지를 배웅했다. 아버지와 함께 산을 내려가면서는 학생들의 부러워하는 시선도 느낄 수 있었다. 그걸로 충분했다. 더 바랄 것이 없었다.

땅거미가 어둑어둑 내려앉기 시작했다. 학생들은 모두 밥을 먹으러 갔다. 항한과 영상 부녀만 연하동 앞에 남았다. 항한이 입을 열었다.

"예전에 이 동굴 입구에 '연하차지다'煙霞此地多(안개와 노을이 짙은 곳)라는 다섯 글자가 새겨진 비석이 있었어. '연하동'이라는 이름은 '흰 구름, 안개와 노을이 짙은 곳'이라는 옛날 시에서 따온 것이라고 네 큰할아버지가 말씀하셨단다. 너희들의 임시 숙소로 사용되는 저 집은 예전에 '연하사'煙霞寺였어. 나중에 찻집으로 바뀌었지. 우리 가족들도 차를 마시러 온 적이 있어."

영상은 아버지와 일상적인 얘기를 나눈 적은 별로 없었다. 그래서 평소와 다른 아버지의 모습이 조금 낯설게 느껴졌다.

"저는 왜 기억이 없죠?"

항한이 딸의 어깨를 쓰다듬으면서 말했다.

"너는 그때 없었어."

항한이 잠시 생각하더니 이내 덧붙였다.

"아니야, 있었어. 엄마 배 속에 있었지. 3개월쯤 됐을 거야."

영상은 가슴이 따뜻해지는 것 같았다. 아버지는 다른 사람들처럼 그녀 앞에서 의식적으로 어머니에 대한 화제를 피하거나 하지 않았다.

그것이 그녀에게는 큰 위로가 됐다. 아버지와 딸 사이라면 서로의 아픔을 공유하고 보듬는 것이 당연한 일 아닌가. 그래서인지 그녀는 여느 때와 달리 '어머니' 얘기에도 눈물을 흘리지 않았다.

둘은 천천히 동굴 안으로 걸어 들어갔다. 영상은 평소에 말수가 적은 아버지가 아는 것이 정말 많다는 것을 처음 알았다. 아버지는 그녀의 어떤 질문에도 막힘없이 척척 대답했다.

"아버지, 이 동굴 속에는 석조石彫 불상이 왜 이렇게 많을까요? 홍위병들이 부숴놓은 것을 빼고도 이렇게 많네요."

항한은 연하동에 얽혀 있는 전설을 딸에게 말해주기 시작했다.

"한 스님이 신神의 계시를 받고 이 동굴 속에서 여섯 나한의 현신을 봤단다. 스님은 자신이 본 그대로 여섯 나한의 불상을 조각하고 숨을 거뒀지. 하루는 오월왕吳越王이 꿈속에서 그 스님을 만났단다. 스님이 오월왕에게 말하기를 '나는 형제가 열여덟 명인데 지금 여섯 명밖에 모이지 못했다. 나를 위해 나머지 형제들을 찾아다오.'라고 했단다. 오월왕은 각지에 사람을 보내 탐문한 결과 이곳에서 여섯 나한상을 찾아내고 꿈속 스님의 분부대로 나머지 열두 나한상을 만들었단다. 내가 어릴 때 큰할아버지를 따라 들놀이를 와서 들었던 얘기란다. 이곳에는 원래 서른여덟 개의 큰 석상과 여러 개의 작은 석상이 있었단다. 내가 어릴 때 직접 세어봤지. 전부 천연 암혈巖穴을 파서 만들었고 대부분 오대五代 시대의 작품들이란다. '오대'가 어느 시대인지 알아? 모른다고? 정말 몰라? 너, 앞으로 책을 좀 많이 읽어야겠다. '오대'는 당나라가 망하고 송나라가 설 때까지 흥망을 거쳐 간 다섯 왕조야. 여기를 보렴, 이건 청나라 사람이 조각한 소동파蘇東坡 상이야. 그리고 여기 입구 양쪽에 있는 관음보살상의 옷을 좀 보렴. 지금 당장이라도 바람에 날릴 것 같지 않아?"

영상이 아버지의 말을 듣고 관음보살상을 어루만지면서 연신 감탄을 금치 못했다.

"정말 그러네요. 관음보살상에 숨을 불어넣으면 당장이라도 살아날 것 같아요."

항한은 어느새 철이 든 딸의 얼굴을 물끄러미 바라봤다. 그러면서 속으로 말했다.

'초풍, 우리 딸이 벌써 이렇게 컸어.'

항한 부녀가 동굴 밖으로 나왔을 때는 날이 한층 더 어두워져 있었다. 항한은 딸을 연하동 왼쪽에 있는 상비암象鼻岩 쪽으로 데리고 갔다. 천연석인 바위의 형태가 신통하게도 두 귀를 머리에 바짝 붙이고 코가 땅에 닿는 코끼리를 닮아 있었다. 항한이 딸에게 물었다.

"이게 무슨 바위인지 아느냐?"

"알아요, 상석象石이죠."

"또 뭐가 보여?"

영상이 고개를 저었다. 항한이 큰 코끼리의 배를 가리키면서 말했다.

"여기 숨어 있는 아기 코끼리가 보이지 않느냐?"

영상은 큰 코끼리의 배에 딱 붙어 있는 아기 코끼리와 아버지를 번갈아 바라봤다. 항한이 다시 말했다.

"아빠는 큰 코끼리이고, 너와 네 오빠는 아빠의 아기 코끼리란다."

영상이 아버지의 목을 와락 껴안았다. 그리고는 눈물이 왈칵 쏟았다. 열여섯 살 소녀는 아버지의 평소 성격과 아버지가 이런 말을 할 때의 심경을 이해하고도 남는 듯했다.

항한은 득방이 이곳에 찾아왔을 뿐 아니라 사애광을 만나고 싶어 한다는 사실도 딸에게 털어놓았다. 그러자 영상이 놀란 표정을 지으면서 말했다.

"이렇게 공교로울 수가. 아버지, 안 그래도 내일 우리들이 애광 언니를 기차역까지 배웅하기로 했거든요. 걱정 마세요, 이번 일은 저에게 맡기세요."

제27장

사애광은 원래 흑룡강黑龍江성으로 가기로 돼 있었다. 1968년 말, 당 기관지 〈인민일보〉人民日報는 "지식청년들을 농촌으로 보내라."는 모택동의 지시를 전달했다. 도시 학생과 지식인들에게는 날벼락 같은 이른바 '상산하향上山下鄕' 운동'이 드디어 시작된 것이다. 절강성에서는 이를 위해 6만 명이 모여 군민軍民집회를 가졌다. 항주에서도 130명의 중학 졸업생과 1,000여 명에 달하는 지식인들이 흑룡강성 변방 지원을 위해 자원하고 나섰다. 흑룡강성은 얼음과 눈으로 뒤덮인 추운 곳으로 항주와는 까마득히 떨어져 있었다. 그런데 사애광은 본인의 의사와는 관계없이 지원자 명단에 가장 먼저 이름이 올려졌다.

천태산에서 포랑에게 이 소식을 전해들은 득방은 밤낮으로 안절부절못했다. 나중에는 어떻게 해서든 몰래 항주로 갔다 오려고 했다. 그런 것을 포랑이 한사코 말렸다. 가슴을 탕탕 때리면서 큰소리를 치기도 했다.

"득방, 이 삼촌만 믿어. 내가 애광을 운남으로 데리고 가겠어. 애광이 운남에서 자리를 잡으면 내가 소식을 보낼게. 그때 너도 건너오면 우리 가족 모두 커다란 차나무 아래에서 행복하게 살 수 있지 않겠어?"

득방은 즉각 반발했다.

"말도 안 되는 소리. 삼촌이 운남에 가려고 마음만 먹었다면 벌써 열두 번도 더 갔을 거예요. 기초 고모할머니 때문에 못 가고 있는 거잖아요."

포랑이 한숨을 폭 내쉬었다.

"휴우, 그런데 이제는 여기 계속 있어봤자 별 뾰족한 수도 없어. 일자리도 잃었지. 마누라도 얻지 못하지. 차라리 다 팽개치고 가는 게 나을 것 같아."

득방은 순간 면구스러워 얼굴을 붉혔다. 삼촌이 일자리와 마누라감을 잃은 것이 모두 그와 연관돼 있었기 때문이었다. 하지만 포랑은 개의치 않는 듯 조카의 안위를 우선 걱정했다.

"아무 데도 가지 말고 여기서 소식을 기다려. 절대 함부로 나돌아다니면 안 돼. 알겠어? 네가 혹시나 잘못되면 내가 득도한테 혼이 난단 말이야."

포랑은 신신당부하고 산을 내려갔다. 새해가 시작된 후로는 항주에도 몇 번 다녀왔다. 다행히 조반파들은 파벌싸움에 혈안이 돼 아무도 그에게 신경을 쓰지 않았다. 그래서 이번에도 별 문제 없이 집에 도착할 수 있었다.

포랑은 어머니를 보자마자 거두절미하고 본론에 들어갔다.

"어머니, 제가 애광을 운남으로 데리고 가겠습니다. 애광은 흑룡강에 가면 살아서 돌아올 수 없을 거예요."

기초가 의아한 표정을 지었다.

"네가 그 아이를 운남으로 데리고 가면 득방은 어떡하니?"

"시간이 지나서 잠잠해지면 득방도 운남으로 데려갈 거예요. 차나무 아래에서 득방과 애광의 결혼식을 올려줄 거예요. 어때요?"

포랑은 상상만 해도 기분이 좋은지 가슴을 탕탕 쳤다.

기초는 아들의 철없는 소리에 그만 말문이 턱 막혔다. 차나무 아래에서 구성지게 노래를 부르던 소방외의 얼굴이 떠오르면서 갑자기 슬픔이 복받쳤다. 그녀는 아들의 건장한 몸을 와락 껴안으면서 떨리는 목소리로 말했다.

"그럼 너는? 걔네 둘이 결혼하면 너는 어떡하니?"

포랑은 멍해졌다. 어느새 눈에 눈물이 그렁그렁 맺혔다. 일부러 괜찮은 척, 아무렇지 않은 척 했는데, 어머니의 그 말 한마디에 그만 마음의 경계가 와르르 다 무너지고 만 것이다. 급기야 그는 약혼 예물용 타차를 꺼내들고 침대에 엎드린 채 목이 메도록 통곡을 했다. 기초도 슬피 울었다.

항씨네 가족은 갈 사람들은 이제 다 떠나가고 남은 사람은 몇 명 되지도 않았다. 하지만 그녀는 항주를 떠날 수 없었다. 야맹증으로 밤에 아무것도 보지 못하는 큰오빠 가화는 옆에서 돌봐 줄 사람이 절실하게 필요했다. 또 노동개조 농장에 있는 나력에게 가끔 면회를 가는 것도 그녀의 몫이었다. 모자가 서로 부둥켜안고 통곡하는 소리는 기초네 집을 강점한 '노동자계급 마누라'를 놀라게 만들기에 충분했다. 궁금증을 못 이겨 밖으로 나온 그녀는 기초 모자를 보면서 속으로 기쁨을 금치 못했다.

'운남 불량배, 결국 운남으로 쫓겨 가는구나. 이제 이 집은 완전히

내 차지야, 흐흐.'

기차역에서는 북소리와 징소리가 하늘을 진동시켰다. 그야말로 인산인해가 따로 없었다. 그곳 플랫폼에서 포랑과 사애광은 뜻밖의 인물을 발견하고 흠칫 놀랐다. 바로 조쟁쟁이었다. 하지만 일부러 피할 필요는 없었다. 조쟁쟁은 그들과 같은 '하찮은 인물'들에게는 관심조차 없었기 때문이었다. 조쟁쟁의 머릿속에는 온통 출세에 대한 욕구와 오곤뿐이었다.

조쟁쟁은 '변방 지원 대표'로 송별 연설을 하고 있었다. 그녀가 가게 될 곳도 흑룡강성이었다. 그녀의 아버지는 딸의 결정을 탐탁지 않게 생각했다. 하지만 대놓고 반대할 수도 없었다. 결국 뜨뜻미지근하게 승낙하고 말았다.

반면 오곤은 암암리에 조쟁쟁을 부추겼다. 생전 해주지 않던 입맞춤까지 해주면서 그녀를 영원히 잊지 않겠다고, 그녀가 돌아오기만을 기다리겠다고 굳게 맹세도 했다. 또 "이 세상에 마음 맞는 사람이 있으면, 하늘 끝도 이웃처럼 가깝게 느껴진다."는 명언을 남기는 것 역시 잊지 않았다.

조쟁쟁은 오곤의 입맞춤과 맹세에 혼이 쑥 나갔는지 이성적인 판단을 하지 못했다. 오곤이 좋아하는 일이라면 흑룡강성이 아니라 하늘 끝까지라도 갈 수 있을 것 같았다. 더구나 그녀는 믿는 구석이 있었다. 일단 흑룡강성으로 갔다가 얼마쯤 시간이 지난 뒤 아버지의 도움을 받아입대할 계획을 세우고 있었다. 지금처럼 어중간한 모습이 아닌, 당당한여군의 모습으로 다시 돌아오면 오곤도 자신을 괄목상대할 것이라고 생각했던 것이다.

오곤은 최근 들어 눈에 띄게 우울해 했다. 옆에 있는 사람들도 다 느낄 정도였다. 사람들은 그런 그를 이해하지 못했다. 권력의 중심으로 들어왔겠다, 전^前 절강성 당위원회를 타도하는 '영광스러운' 임무의 선봉장도 맡았겠다, 누가 봐도 위세가 하늘을 찌를 정도인데 대체 무엇 때문에 우울하단 말인가. 게다가 그는 절강성 조반파들 중에서도 최고로 꼽히는 문필가였다. 신문이나 방송을 통해 사람들에게 전해지는 거의 모든 글들이 그와 그의 부하들의 손을 거쳐서 나온 것이라고 해도 과언이 아니었다. 그래서 매일 밤을 새워 자료 정리를 하는 것은 이미 그의 일과처럼 굳어져 있었다. 덕분에 아침이면 눈이 퉁퉁 붓고 목이 다 잠겼다.

그의 우울증은 가벼운 것이 아니었다. 기분이 한없이 나락으로 떨어졌다가 다시 투지가 하늘을 찌를 듯 하는 등 정서적 변화가 급격하게 반복되고 있었다. 오곤의 적대 세력은 다 쓰러졌다. 가장 위협이 되는 존재였던 득도도 멀리 쫓겨났다.

오곤은 요즘 마키아벨리의 영문판 《군주론》을 읽기 시작했다. 때때로 책속의 좋은 글귀들을 번역하기도 했다. 그가 무엇 때문에 15세기 르네상스 시대 이탈리아인의 사상에 그토록 심취하게 됐는지 그 자신도 이유를 알지 못했다. 아무튼 그는 20세기 60년대의 모택동 사상을 공부하는 것 못지않게 《군주론》도 탐독했다.

하지만 눈코 뜰 새 없이 바쁜 와중에 때때로 엄습해오는 절망감이 그를 무척 힘들게 만들었다. 백야가 죽었다. 그는 끝까지 백야의 마음을 얻지 못했다. 그녀의 죽음은 그에게 패배감과 굴욕감을 안겨줬다. 뿐만 아니라 그는 딸마저 빼앗겼다. 그는 딸의 얼굴을 한 번도 보지 못했다. 처음부터 딸과의 혈연관계를 인정하지 않은 때문이었다.

사람들은 그의 딸을 '항득도의 딸'로 알고 있었다. 덕분에 득도에게는 '내막을 알고도 보고하지 않은 죄', '동생의 반동적 행동을 비호한 죄' 이외에도 '유부녀와 간통해 사생아를 출산한 풍기문란죄'가 추가됐다. 사람들은 모두 득도를 죽일 놈이라고 욕하고 불쌍하게 '오쟁이를 진' 오곤을 동정했다.

오곤도 조쟁쟁을 배웅하러 기차역으로 나왔다. 오늘 그의 '임무'는 슬픈 척, 가슴 아픈 척 최대한 자연스럽게 연기를 하는 것이었다. 기차역은 사람들로 바글바글했다. 멀리 한 무더기 화물 위에 서서 송별연설을 하고 있는 조쟁쟁이 그의 눈에 들어왔다. 2년 전만 같았어도 그는 조쟁쟁의 그런 모습을 보면서 "예쁘다!", "멋있다!"고 감탄했을지도 몰랐다. 하지만 지금은 아니었다. 조쟁쟁이 무엇을 하든 그 얼굴에 언제나 채차의 모습이 겹쳐서 떠올랐다. 객관적으로 보면 조쟁쟁은 총명하고 채차는 아둔했다. 하지만 오곤이 보기에는 둘 다 똑같이 우매한 여자들일 뿐이었다. 그는 사람들에게 떠받들려 하늘 높은 줄 모르고 우쭐대는 조쟁쟁을 보면서 '저런 꼴은 절대 되지 말아야지.'라고 생각하면서 스스로를 경계했다.

오곤은 아직도 조쟁쟁과 채차 두 여자 사이에서 마음을 정하지 못하고 갈등하고 있었다. 지금의 채차는 예전의 촌뜨기가 아니었다. '괄목상대'라는 말이 무색할 만큼 정치적 지위가 엄청나게 상승했다. 심지어 조쟁쟁과 비교해도 전혀 밀리지 않을 정도였다. 채차는 절강성 초대 '빈하중농 대표'로 대표대회 상무위원을 맡고 있었다. 그 때문에 높은 연단에 앉거나 연설을 하는 일도 잦아졌다. 물론 연설문의 작성이나 발표 훈련에 있어서는 오곤의 도움이 컸다. 그는 소리를 낮춰 부드럽게 읽어야 하는 부분, 소리를 높여 강조해야 하는 부분, 음을 길게 끌어야 하는 부분, 단호하게 잘라서 읽어야 하는 부분 등등 세세한 부분까지 꼼꼼하게 표시해 주었다.

가방끈이 짧은 채차는 거의 다 떠먹여주는 수준임에도 불구하고 잘 따라오지를 못했다. 특히 문장을 끊어 읽을 줄 몰라서 어처구니없는 실수를 저지를 때가 많았다. 오곤은 그런 채차를 볼 때마다 울화가 치밀어 한 대 패주고 싶은 심정을 주체하지 못했다. 곱지 않은 말이 나올 때도 많았다.

하지만 채차는 오곤이 아무리 심한 말을 해도 웃어넘기며 속상해하지 않았다. 그녀는 오곤의 얼굴을 보고 목소리를 듣는 것만으로 그저 행복한 것 같았다. 그것이 욕이든 칭찬이든 상관없는 눈치였다. 오곤은 지나친 '개인숭배'의 부작용이 이토록 심각할 수 있다는 사실을 채차 덕분에 알게 됐다.

대표대회가 열린 그날, 오곤은 손에 땀을 쥔 채 연단에 앉아 있었다. 다행히 채차는 큰 실수 없이 무난히 연설을 마쳤다. "농촌에서도 비판투쟁의 새로운 열풍을 일으켜야 한다."느니, "과감하게 생각하고, 말하고, 투쟁하고, 반란을 해야 한다."느니, "모든 계급의 적, 수정주의 나쁜 무리들과 '네 가지 낡은 것'을 철저하게 제거해야 한다."느니 하는 내용들을 무리 없이 소화했다. 오곤이 빨간색 밑줄을 쳐준 부분을 위엄 있는 목소리로 읽는 것도 잊지 않았다.

회의가 끝나자 확성기에서 〈바다에서 항해하려면 키잡이가 필요하다네〉라는 노래가 흘러나왔다. 채차는 절강성 정계 거물들과 뜨겁게 악수를 나눴다. 옆에서 구경하던 오곤은 채차의 소매에서 두 오리의 실이 뻗어 나오고 그 실의 끝을 자신이 쥐고 있는 것 같은 환각에 잠시 빠졌다.

그날 밤, 채차는 쭈뼛거리면서 오곤을 찾아왔다. 낮에 했던 발표와 관련해 조언을 구하러 왔다는 말에 오곤은 공연히 생트집을 잡아 한바탕 훈계를 했다. 순박한 시골처녀가 지식인의 꼬장꼬장한 의식세계를 어떻게 알겠는가. 그녀는 자신이 크게 잘못을 저지른 줄 알고 황급히 공책을 꺼냈다. 하지만 오곤의 '가르침'을 받아 적으려니 아는 글자가 너무 적어 머리를 쥐어뜯고 발을 굴러야 했다.

얼마 후 훈계를 마친 오곤은 채차의 욕정어린 시선을 발견했다. 그는 화가 머리끝까지 치밀었다.

'이년이 사람을 뭐로 보고. 내가 종마種馬(씨말)냐?'

오곤이 급기야 불호령을 내렸다.

"할일 없이 빈둥거리지 말고 책이나 더 읽어. 사람들 앞에서 그게 뭐냐. 내가 더 창피하다."

오곤은 곧바로 문을 박차고 나가버렸다.

오곤은 조쟁쟁에게 다가가려고 했다. 그러다 문득 낯익은 얼굴을 발견하고 걸음을 멈췄다. 그들은 항씨네 사람들이었다. 지금이 어느 때인데 감히 기차역에서 어슬렁거리는 건가, 간이 배 밖으로 나왔나? 그러나 오곤은 굳이 얼굴을 마주칠 필요가 없다는 생각으로 고개를 저으면서 자리를 뜨려고 했다. 바로 그때 한 여자가 항씨네 가족들에게 접근해 귓속말을 하는 장면이 포착됐다. 오곤은 갑자기 호기심이 발동했다. 그리고는 조쟁쟁에게 가려던 생각을 잠시 내려놓고 항씨네 사람들의 행동을 좀 더 관찰하기로 했다. 득도 없는 상황에서 자기들끼리 무슨 짓을 꾸미는지 궁금했던 것이다.

오곤은 오씨 가문의 불명예스러운 과거를 낱낱이 까발린 삐라 생각만 하면 항씨네 인간들이 이가 갈리도록 미웠다. 그 삐라 때문에 승승

장구하려던 그의 미래에 먹구름이 잔뜩 드리워지고 말았다. 오곤이 항씨네를 향한 분노로 치를 떨고 있을 때였다. 시끌벅적하던 주위가 갑자기 쥐죽은 듯 조용해졌다. 곧이어 플랫폼 쪽에서 대성통곡 소리가 터져나왔다. 하늘을 진동하던 북소리와 징소리가 울음소리에 묻혀 잘 들리지 않았다. 방금 전까지만 해도 흥겹던 잔칫집 분위기는 삽시간에 초상집 분위기로 바뀌었다.

넓고 붉은 비단 띠를 허리에 두르고 춤 출 준비를 하고 있던 영상도 갑자기 터져 나온 울음소리에 깜짝 놀라 황황히 주위를 둘러봤다. 포랑 삼촌과 사애광은 어느새 가버렸는지 보이지 않았다. 인산인해 속에서 그녀는 갑자기 깊은 외로움을 느꼈다. 영상의 입이 순간 크게 벌어지면서 비명소리인지 울음소리인지 모를 소리가 터져 나왔다. 동시에 음악소리도 흘러나왔다. 영상은 다른 무용수들과 함께 붉은 비단 띠를 흔들면서 춤을 추기 시작했다. 몸은 흥겹게 움직이고 있었으나 눈에서는 눈물이 걷잡을 수 없이 흘러내리고 있었다. 사람들의 울음소리도 점점 더 커졌다. 울음소리, 징소리, 북소리와 노랫소리는 경쟁이라도 하듯 한참을 뒤섞이다가 결국은 울음소리의 '패배'로 끝났다. 격앙된 노랫소리, 북소리와 징소리가 울다 지친 사람들의 흐느낌과 훌쩍이는 소리를 삼켜버렸다. 영상은 비단 띠를 흔들면서 기계적으로 춤을 췄다. 그녀의 표정은 넋이 나간 듯 멍했다. 그녀의 귀에는 아무것도 들리지 않았다. 눈에는 아무것도 보이지 않았다…….

십리+里낭당령의 옛날 명칭은 '벽령'壁嶺이었다. "벼랑처럼 험하고 가파르다."고 해서 붙여진 이름이었다. 또 신체가 건장하고 배짱이 큰 남자들만 오를 수 있다고 해서 그저 '낭당령'으로도 불렸다.

항한은 가화를 모시고 오운산에서 낭당령으로 통하는 길목에 서 있었다. 이곳은 예전에는 봄가을에 향객香客들의 발길이 끊이지 않았다. 그래서 두 사람 정도가 나란히 걸을 수 있는 산길이 만들어졌었다. 하지만 근래에는 절을 찾는 사람이 없어지면서 차나무 숲은 여전히 무성했으나 산길은 잡초로 뒤덮이고 말았다.

득방이 굳이 이곳을 사애광과의 밀회 장소로 정한 이유도 이곳이 황량하고 외진 탓에 인적이 없을 것이라고 판단했기 때문이었다. 득방은 큰할아버지와 아버지가 소식을 듣고 이곳으로 왔다는 사실은 꿈에도 모르고 있었다.

아이러니하게도 가화는 득방이 돌아왔다는 소식을 오곤에게서 들었다. 오곤은 득방이 항주로 돌아왔다는 밀고를 받자마자 바로 양패두로 달려갔다. 항씨네 집 응접실에는 사람이 없었다. 오곤은 잠깐 뭔가를 생각해보더니 곧장 뒤뜰에 있는 화목심방으로 향했다.

문은 열려 있었다. 노인은 문 앞에 앉은 채 볕을 쬐고 있었다. 서산에 지는 해처럼 인생의 막바지에서 죽는 날만 기다리고 있는 힘없고 가냘픈 노인이었다. 오곤은 이 노인이 할 수 있는 일이 일광욕을 제외하고 과연 무엇이 더 있을까 하는 생각을 했다.

노인은 발자국소리를 듣고 고개를 들었다. 하지만 입은 열지 않았다. 오곤이 노인이 들고 있는 찻잔과 새끼손가락이 잘려진 손을 보면서 조용히 입을 열었다.

"저 오곤입니다."

노인이 담담하게 대답했다.

"알겠네."

오곤은 언제 어디서나 흔들림 없이 평온한 노인의 말투에 탄복했었다. 그러나 지금은 그럴 계제가 아니었다. 그는 단도직입적으로 노인의 귀 가까이에 입을 댄 채 낮은 목소리로 말했다.

"득방이 돌아왔다는 소식 들으셨어요?"

노인이 말없이 차를 한 모금 마셨다. 이어 가만히 허공을 응시하더니 한참 후에 담담하게 물었다.

"사람들에게 쫓기고 있는가?"

오곤이 주저하다가 대답했다.

"네, 그렇습니다."

"자네 덕분일 테지?"

노인이 오곤을 힐끗 쳐다봤다. 오곤은 노인의 표정을 보고 그가 완전히 실명을 하지는 않았다는 사실을 알 수 있었다. 오곤이 잠시 주저하다가 대답했다.

"그렇습니다. 하지만 아직 늦지 않았어요. 어르신이 빨리 그에게 연락해 무의미한 반항을 포기하라고 전해주셔야 합니다. 그를 쫓고 있는 사람들은 전부 완전무장하고 있어요. 저항하면 총으로 쏴 죽여도 된다는 지시도 받았어요. 어르신, 저도 어르신과 같은 마음입니다, 득방이 잘못되는 것은 바라지 않습니다. 어르신, 빨리 방법을 찾으셔야 합니다."

오곤은 한껏 진지한 척 연기를 했다. 자신의 연기에 스스로 감동할 지경이었다. 이제는 완전히 노인이 돼버린 가화가 흥, 하고 코웃음을 쳤다. 이어 오곤에게 가까이 오라고 손짓을 하더니 그 역시 오곤의 귀에 대고 작은 소리로 말했다.

"잃어버린 양심을 찾으려는 거군?"

오곤이 깜짝 놀란 듯 입을 딱 벌렸다. 가화가 어느새 일어나더니 바람처럼 마당을 가로지르면서 덧붙였다.

"우리 항씨네와 자네 오씨네는 백년 넘게 앙숙으로 지내왔으나 자네는 자네 할아버지에 비할 바가 못 되네. 그는 자네보다 훨씬 명쾌하다네."

말이 끝나기도 전에 가화의 몸은 어느새 대문 밖으로 사라졌다.

길게 뻗은 낭당령 전체를 뒤덮은 차나무 숲은 건장한 소년과 우아한 소녀의 실루엣을 연상케 했다. 득방은 사랑하는 여자를 얼싸안았다. 아아, 얼마나 보고 싶었던가. 그는 서슴없이 여자의 얼굴에 입을 맞추고 그녀의 봉긋한 가슴을 꼭 끌어안았다. 득방과 사애광은 단둘이 밤을 보낸 적이 많았지만 지금껏 육체적 관계를 가진 적이 한 번도 없었다. 흰구름이 떠 있는 푸른 하늘, 산 전체를 가득 메운 푸르고 싱싱한 차나무 숲, 맑은 시냇물소리와 정겨운 새소리……. 서로를 끌어안은 두 젊은이의 맥박이 점점 빨라졌다. 그들은 서로를 간절히 원했다…….

사애광을 데리고 온 포랑은 뜨거운 가마 속 개미처럼 안절부절못했다. 급기야 득방에게 욕설을 퍼부었다.

"득방, 너 어떻게 그럴 수 있어? 너는 이제 내 조카도 아니야. 네가 벌인 일이 얼마나 위험한 짓인지 알기나 해? 너의 득도 형님이 나를 가만두지 않을 거야."

득방은 포랑을 밀어내면서 능글거렸다.

"아유, 착한 삼촌, 잘 알겠으니 잔소리 그만하시고 망이나 좀 봐주세요."

"한 시간이면 돼?"

"뭐라고요? 한 시간? 미쳤어요? 저 천태산에서 힘들게 왔단 말이에요. 한 시간으로는 턱없이 부족해요.”

“그러면 두 시간! 더 이상은 안 돼!”

“두 시간?”

이번에는 득방과 사애광이 입을 모아 소리를 질렀다. 포랑이 놀란 눈으로 둘을 보면서 말했다.

“두 시간으로 부족해? 너희들 욕심이 너무 많은 거 아니야?”

“당연히 부족하죠. 우리들은 예전부터 밤을 새면서 얘기를 나눠도 항상 아쉬움이 남았단 말이에요.”

포랑이 득방의 말에 더 크게 놀란 듯했다. 이어서 고개를 저으며 말했다.

“뭐라고? 여자친구가 곧 중국의 최남단으로 떠나게 되는데 얘기를 나누겠다고? 너희들……, 바보 아니냐?”

두 젊은이는 포랑의 말뜻을 알아차리고 금세 얼굴을 붉혔다. 사애광이 주먹으로 포랑의 등을 때리면서 어리광 부리듯 말했다.

“포랑 삼촌, 나빠요. 나빠요!”

포랑은 사애광과 농담을 주고받을 마음의 여유가 없었다. 서둘러 사애광의 손을 덥석 잡고는 갖고 온 에메랄드 반지를 손가락에 끼워주면서 말했다.

“둘이 결혼해! 원래는 운남 차나무 아래에서 너희 둘을 결혼시키려고 했었는데 오늘 이곳에서 얼른 식을 올려!”

사애광은 오른손 무명지에 끼워진 반지를 한참 동안 바라봤다. 순간 덜덜 손을 떨더니 급기야 바닥에 꿇어앉은 채 울음을 터뜨렸다. 득방은 어찌할 바를 몰라 쩔쩔매다가 옆에 나란히 꿇어앉아서는 사애광의 눈물을 닦아주며 위로했다.

"울지 마. 아니야. 나, 너하고 결혼하려고 온 거 아니야. 걱정 마, 결혼하자고 오라고 한 거 아니야. 내가 그동안 얼마나 많은 책을 읽었는지 말해줄까? 천태산에는 지식청년들이 남기고 간 책이 아주 많았어. 곽말약郭沫若, 전백찬, 범문란范文瀾, 오함吳晗 등의 저서가 있고 숄로호프의 《고요한 돈강》, 발자크의 《인간희극》, 셰익스피어의 4대 비극 등 세계 명작도 있었어······."

득방은 더 말을 잇지 못했다. 처녀의 부드럽고 따뜻한 입술이 그의 입을 막았기 때문이었다.

"아아······, 푸른 하늘 아래 사랑하는 여인과 입을 맞추는 느낌, 얼마나 황홀한가? 애광, 네 눈도 저 하늘처럼 맑고 파랗구나. 네 몸에서 나는 향기는 차나무꽃 향기일까 아니면 들꽃 향기일까? 아아, 젊음은 아름다워. 우리 반드시 끝까지 살아남자. 나는 뒤늦게나마 사랑이 뭔지 깨달았어. 형님이 무엇 때문에 내 행동을 한사코 반대했는지 이제 알 것 같아. 형님은 용감하지 못해서 그랬던 게 아니야. 형님이 겁쟁이였더라면 중노동을 하러 머나면 섬으로 순순히 떠나지 않았을 거야. 내가 듣기로 형님은 나와의 관계를 끊겠다는 한마디만 했으면 처벌을 면할 수 있었을 거라고 했어. 하지만 형님은 그렇게 하지 않았어. 다른 사람들이 나를 '반동분자'라고 했을 때 형님은 끝까지 나를 대신해서 변호했어. 내 행동은 사상이 미처 성숙되지 못한 소년의 치기어린 반항에 불과하다고 말이야. 어쩌면 형님의 말이 맞을지도 몰라. 내가 알량한 지식 좀 안다고 '삐라'를 이용해 함부로 떠들어봤자 사실은 속 빈 강정처럼 사람들에게 아무 영향도 미치지 못한다는 것을 형님은 나보다 더 빨리 알았던 거야. 이것 봐, 나는 창피한 것도 무릅쓰고 너에게 다 털어놓았어. 그러니 나를 무시하지마. 아아······, 네 입술은 정말 달콤하구나.

이대로 시간이 멈췄으면 좋겠어. 너하고 단둘이 이 차나무 숲에 누워서 영원히 입맞춤만 했으면 좋겠어. 차나무 잎이 낙엽처럼 우리 둘을 겹겹이 덮을 때까지 말이야. 아……, 우리는 예전에는 멋모르고 아름다운 시간을 너무 많이 낭비했어. 내가 네 머리카락을 잘랐었지? 나는 진짜 바보인가봐. 책을 읽으면 읽을수록 우둔한 나 자신을 자꾸 반성하게 돼. 그들이 무엇 때문에 나를 지명수배했는지 이유를 모르겠어. 나는 반동적 발언을 한 적이 없거든……. 애광, 왜 그래? 계속 입을 맞춰줘. 계속 입을 맞춰달란 말이야. 나는 네 입맞춤 속에서 비로소 복잡한 생각을 정리할 수 있어. ……가끔 내가 차라리 그들에게 잡혀가면 더 좋을지도 모르겠다는 생각을 해. 아마 2, 3년의 징역형을 받겠지. 못 견뎌낼 건 없잖아. 헌데 나하고 말이 통하는 사람을 만나지 못할 것 같아 그게 걱정이 돼. 누가 진짜 마르크스주의자인지 법정에서 변론을 해보는 것도 괜찮을 것 같아. 이 세상에 나하고 말이 통하는 사람은 정말 없는 걸까? 저기 하늘 좀 봐봐. 네 손가락에 끼워져 있는 반지와 똑같은 에메랄드 색이야. 아름답지? 쟤네 둘은 무슨 할 말이 그리 많으냐고 삼촌이 뭐라고 하실 것 같아. 애광, 내가 너를 얼마나 많이 사랑하는지 알아? 음, 이렇게 말로만 하는 사랑 말고…… 그 있잖아, 입맞춤으로는 부족한 그런 사랑 말이야. 나는 네 땋은 머리를 언제나 품속에 간직하고 있었어. 매일 밤마다 소중하게 꺼내들고 입을 맞추면서 잠들고는 해. ……나도 삼촌이 말한 것 같은 그런 사랑을 한번 해보고 싶어. ……너 표정이 왜 그래? 무슨 일이야? 무슨 소리가 들려? 누가 우리를 부르고 있어! 뭐라고 하는지 잘 안 들려……."

독백을 동반한 득방의 오랜 상념이 깨졌다. 포랑이 목이 터져라 외치는 소리가 들려온 것이다.

"뛰어!"

포랑의 말이 끝나자마자 득방과 사애광은 벌떡 일어나 앉았다.

"빨리 뛰어!"

포랑의 새된 목소리가 다시 들려왔다. 하지만 득방과 사애광은 뛰기는커녕 벌떡 일어난 다음 꼼짝도 하지 않았다. 득방이 앞에 있는 할아버지와 아버지를 발견했기 때문이었다. 득방의 얼굴에 반가운 미소가 떠올랐다. 그런데 할아버지와 아버지는 그들을 향해 죽어라고 손을 휘젓고 있었다. 득방 역시 더 기뻐하면서 품에서 땋은 머리 두 오리를 꺼내 들고 힘껏 흔들었다. 그리고 그 순간, 본능적으로 위험을 감지한 득방이 고개를 획 돌렸다. 시커먼 총구가 그를 겨냥하고 있었다.

"애광, 뛰어!"

득방은 번개처럼 몸을 솟구치면서 사애광의 손을 붙잡고 달리기 시작했다. 차나무 숲이 격렬한 춤을 추듯 우수수 요란한 소리를 내면서 뒤로 물러났다. 놀란 새들이 푸드덕 하늘로 날아올랐다. 뒤에서 누군가가 부르는 소리가 들려오는 것 같았다.

"거기 서! 뛰지 마! 위험해!"

하지만 득방과 사애광의 귀에는 그 소리가 들리지 않았다. 그들의 귀에는 서로의 가빠진 숨소리밖에 들리지 않았다. 그들은 바람처럼, 새처럼, 새끼 노루처럼, 빠르게, 더 빠르게 뛰는 데만 열중했다. 차나무 숲이 다시 한 번 우수수 요란한 소리를 냈다. 동시에 두 사람의 몸이 갑자기 허공으로 솟구쳤다. 이어 마치 뜨거운 물에 막 들어간 두 개의 찻잎처럼 부드럽고 우아한 곡선을 그리면서 사람들의 시야에서 사라졌다…….

뒤따라오던 사람들은 절벽 앞에서 가까스로 걸음을 멈췄다. 두 오리의 땋은 머리가 처량하게 차나무 가지에 걸려 있었다. 모두들 할 말을 잃고 멍하니 서 있었다. 차나무 숲도 놀란 듯 우수수 소리를 멈췄다. 추격자들도 어리둥절한 표정으로 절벽을 내려다봤다. 그러다 각자 흩어져서 절벽 아래로 통하는 길을 찾기 시작했다.

포랑은 뒤늦게 도착한 가화와 항한에게 땋은 머리를 들어보였다. 머리카락에 새파란 찻잎이 붙어 있었다. 방금 전까지 서로 사랑을 속삭이던 젊은이들의 달콤하고 부드러운 온기도 남아 있는 것 같았다.

으아아아아아아아악!

사람의 목소리라고는 믿기지 않는 괴성이 울렸다. 그와 함께 한 사람이 절벽 아래로 몸을 날리려고 했다. 항한이었다!

"포랑! 붙잡아!"

눈이 잘 보이지 않는 노인은 본능적으로 항한의 발을 부여잡으면서 가슴이 찢어지도록 고함을 질렀다. 하지만 노인은 이미 제 정신이 아닌 항한의 상대가 되지 못했다. 항한은 노인에게서 벗어나려고 죽어라 발버둥을 쳤다. 노인은 마른 낙엽처럼 힘없이 이쪽저쪽으로 엎치락뒤치락했다. 그들의 몸싸움에 차나무 가지들이 몸서리치듯 좌우로 휘둘렸다. 노인 가화는 이를 악문 채 항한의 발을 꽉 잡고 놓지 않았다. 항한은 미친 사람처럼 계속 소리를 내질렀다. 비명소리가 얼마나 처절한지 총을 든 청년들마저 고개를 돌린 채 외면할 정도였다. 곧 포랑이 달려와서 항한의 겨드랑이를 잡고 그를 끌어당겼다. 하지만 항한은 어디서 그런 괴력이 나오는지 신기할 정도의 힘으로 발버둥을 치고 고함을 질렀다. 포랑은 도저히 어떻게 할 수 없는 상황에서 꾀를 냈다. 일부러 놀란 목소리로 가화를 부른 것이다.

"외삼촌! 외삼촌, 왜 그래요? 정신 좀 차려 봐요!"

항한은 그제야 발악을 멈췄다. 항한의 발에 채여 차나무 무더기 위로 내팽개쳐졌던 가화가 비틀거리면서 일어났다. 그의 눈은 이제 아무것도 보이지 않았다. 그는 포랑의 부축을 받은 채 천천히 항한에게 다가가 팔을 잡고 일으켜 세웠다. 항씨네 세 남자는 묵묵히 절벽 아래로 통하는 길을 찾아 나섰다.

그해 여름의 어느 날, 나력은 노동개조 농장 차나무 밭에서 항한을 맞이했다. 나력은 원래 키가 무척 컸다. 그러나 지금은 등이 굽고 반백이 된 머리카락도 힘이 없었다. 마치 아프리카 흑인처럼 새까맣게 탄 몸에는 헐렁한 러닝셔츠와 긴 바지를 걸치고 있었다. 그런 차림으로 푸른 하늘, 누런 땅과 파란 차나무 밭을 배경으로 서 있는 모습은 멀리서도 눈에 확 띄었다. 비록 등이 많이 굽었으나 서 있는 자세는 군인 시절 못지않게 반듯했던 것이다. 그는 항한을 보고도 마중을 나오지 않았다. 그저 그 자리에 가만히 서 있었다. 나력과 항한은 전부터 여러 번 만난 적이 있었다.

나력이 먼저 손을 내밀어 항한과 악수를 나눴다. 나력의 손바닥은 오랜 농부처럼 거칠고 울퉁불퉁했다. 그들이 서 있는 차나무 밭의 차나무들은 모두 키가 작고 튼실했다. 나력이 입을 열었다.

"이 다원은 내가 밀식密植법으로 번식시킨 첫 번째 다원이라네. 자네가 보러 오겠다고 하지 않았나?"

항한은 아들을 잃은 충격으로 머리가 온통 하얗게 세었다. 얼굴도 나이보다 훨씬 늙어 보였다. 그가 아무 말 없이 쭈그리고 앉았다. 나력이 말했다.

"날이 덥구먼. 물 좀 마시게."

항한은 여전히 말이 없었다. 나력이 물바가지를 입가로 가져다 대주고서야 물을 조금 마셨다. 나력이 다시 입을 열었다.

"이곳에서는 1년에 건차乾茶 기준으로 3, 400근을 수확할 수 있다네. 일반적인 차나무 밭 생산량의 두 배에 달하지."

항한은 차나무를 힐끗 보고는 혐오스러운 표정을 짓더니 고개를 돌려버렸다. 나력은 모른 체 아무 내색도 하지 않고 새파란 찻잎을 하나 뚝 따서 입에 넣고 씹었다.

"사실 밀식법은 1950년대부터 거론됐던 재배법이라네. 이 밭의 경우 줄과 줄 사이 거리가 30~150cm, 무더기와 무더기 사이 거리가 20cm로 무畝당 약 1만 5,000그루를 심은 거라네. 원래는 민둥산이었는데 10년 전쯤에 내가 개간 임무를 맡았지. 노동교화범 중에 차 농사를 업으로 하신 분이 계셔서 많은 도움을 주셨다네. 그분은 형기가 차서 석방되고 나 혼자 거의 10년 동안 이 차나무들과 씨름하고 있다네."

항한은 여전히 잠자코 있었다. 나력이 덧붙였다.

"자네는 이 차나무의 품종이 궁금하다고 했지? 듣고 싶은가? 아직 아무에게도 털어놓지 않은 얘기라네."

항한이 고개를 끄덕였다. 나력의 말에 처음 반응한 것이었다.

이렇게 해서 나력의 긴 얘기가 시작되었다. 항한은 나력이 말하는 동안 거의 한마디도 끼어들지 않고 묵묵히 귀를 기울여 듣기만 했다.

"1961년, 사람들이 기근으로 굶어죽어 가던 그때였네. 사실 우리 노동개조대에서는 1959년부터 사람들이 굶어죽기 시작했지만 말일세. 당시 상해 태생의 대자본가가 한 명 있었어. 그 사람은 잡혀 들어오기 전까지 처첩을 셋이나 거느리고 호의호식하던 사람이었다네. 그 사람이

배는 고프고 먹을 것이 없으니 밭에서 메뚜기를 잡아먹기 시작하더군. 글쎄, 어떤 날은 40마리도 넘게 잡았다며 좋아하지 뭔가. 그 이후부터 우리 노동개조대에서는 굶어죽는 사람들이 줄을 이었네. 물론 메뚜기를 잡아먹던 그 사람도 나중에는 굶어죽었지."

나력은 마치 남의 얘기 하듯 담담하게 얘기를 풀어냈다. 햇빛은 눈이 부시도록 쨍쨍했다. 그들은 커다란 녹나무에 기대 앉아 있었다. 나력은 얘기를 이어나가는 내내 쉴 새 없이 담배를 피웠다.

"나는 그나마 몸이 튼튼한 축에 속했다네. 하지만 굶주림에 장사 없다고 그런 나도 결국에는 굶어죽었다네. 비유가 아니고 정말로 굶어죽었다네. 사람들이 나를 어떻게 관에 넣고 구덩이로 가져다 버렸는지 나는 전혀 기억이 없다네. 하지만 그날 밤, 나는 갑자기 천지가 흔들리는 것 같은 진동을 느끼고 정신을 차렸다네. 그야말로 죽었다가 다시 살아난 거지. 사방이 칠흑같이 어두웠네. 게다가 앞뒤좌우, 아래위가 꽉 막혀서 손으로 아무리 밀어도 밀려지지 않더군. 이리떼의 날카로운 울음소리가 귓가에 들리고 격렬한 진동이 잠시도 멈추지 않았네. 나는 한참이 지나서야 내가 어디에 와 있는지 그리고 어떤 위험에 처해 있는지 알 수 있었다네."

"이리떼요?"

항한이 드디어 입을 열었다. 그의 목소리는 발음을 제대로 알아듣기 힘들 정도로 심하게 쉬어 있었다.

"그때는 흔히들 사람이 죽으면 대충 상자에 넣어 구덩이에 갖다버렸다네. 워낙 죽어나가는 사람들이 많았으니까. 나중에는 어떻게 알고 왔는지 이리떼들이 출몰해 죽은 사람의 시체를 뜯어먹기 시작했네. 이리떼들은 밤중에 몰려와 관을 부수고 시체를 끌어내 뜯어먹었다네. 가끔

씩은 날이 밝을 때까지 관을 부수지 못하고 이빨자국만 잔뜩 남긴 채 가버리기도 했지."

"……."

"그러니 이리떼들이 내 '생명의 은인'이라고 해도 과언이 아니네. 그 놈들이 아니었다면 내가 죽었다 다시 깨어나는 일도 없었을 테니 말이야. 그놈들은 얼마나 배가 고팠던지 거의 관을 통째로 들어 올릴 기세로 달려들었다네. 앞뒤좌우에서 긁어대는 놈, 관 뚜껑 위에 올라서서 물어뜯는 놈, 어림잡아 열 마리는 넘는 것 같았네. 관이 너무 얇아서 나는 이리의 날카로운 발톱이 금방이라도 관을 뚫고 내 몸을 할퀼 것 같았네. 나는 자꾸 아득하게 흐려지려고 하는 정신을 붙잡고 날이 밝기만을 기다렸다네."

"……."

"드디어 관 틈 사이로 빛이 스며들어오고 온밤 내내 덜컹거리던 진동도 멈췄다네. 나는 이리떼들 덕분에 느슨해진 관 뚜껑을 열고 밖으로 기어 나오다가 깜짝 놀라서 그 자리에 굳어버렸다네. 분명히 구덩이에 집어던져 놓았을 관이 커다란 녹나무 아래로 옮겨져 있었던 거야. 주위에는 이리들이 피투성이가 된 채 쓰러져 있고. 관널과 녹나무 밑동이 이리들의 피로 시뻘겋게 물들여져 있었다네. 그제야 영문을 알 수 있었지. 이리들은 코앞에 있는 사람고기를 아무리 애써도 먹지 못하게 되자 화를 참지 못하고 관과 나무 밑동에 머리를 박고 죽은 것이었네. 나는 안간힘을 써서 밖으로 기어 나왔으나 또 한 번 죽을 고비를 맞았네. 온몸에 힘이 하나도 없어서 꼼짝도 할 수 없었거든. 숨 쉴 힘도 없이 바닥에 쓰러진 내 눈에 몇 그루의 차나무와 이른 아침 미풍에 가볍게 한들거리는 여린 나뭇가지들이 보였다네. 그걸 보면서 내가 누구를 떠올렸는지 아는가?"

"······."

"나는 가화 형님을 떠올렸다네. 1937년 내가 전쟁터로 떠나기 전에 작별인사를 하기 위해 찾아갔을 때 형님은 이런 말씀을 하셨지. '자네 반드시 살아야 하네! 정말 살기 힘들 때는 아무것도 생각하지 말고 산에서 자라는 야생차 생각만 하게. 야생차는 척박하고 물도 없는 곳에서 제대로 먹지도, 마시지도 못하면서도 악착스럽게 살아남아 싹을 틔우고 꽃을 피우고 무성하게 가지를 뻗는다네. 사람은 야생차처럼 살아야 하네.'라고 말이야. 나는 형님이 하신 말씀을 떠올리면서 어떻게든 살아야겠다는 생각을 했네. 하지만 나에게는 팔을 뻗을 힘조차 없었지. 나는 차나무 아래에 누워 가지를 입으로 물었다네. 새로 돋아난 차나무 잎이 나를 살렸네."

나력과 항한은 약속이나 한 듯 일어나서 가까이에 있는 차나무에 시선을 고정했다. 이윽고 항한이 물었다.

"여긴가요?"

"그렇다네. 이 차가 내 목숨을 구했다네. 이듬해 나는 농장 측에 이곳에 차를 심어보겠다고 제안했지. 그리고 내 목숨을 구해준 차나무의 가지로 꺾꽂이를 했다네. 나중에 들었네만 이 같은 재배법을 1개체 육종법이라고 한다더군. 나는 이렇게 번식시킨 차나무에 '불사차'不死茶라는 이름을 지어줬다네."

항한이 주먹을 꽉 쥔 채 주변 나무의 줄기를 쾅쾅 두드렸다. 햇볕이 뜨거웠다. 싱싱한 풀내음이 코끝을 간질였다. 하지만 산비탈을 가득 메운 차나무 숲은 항한의 눈에 시커멓게만 보였다. 나력이 한참 만에 다시 입을 열었다.

"아직 영상이 있지 않은가?"

항한의 입술이 덜덜 떨렸다. 나력이 다시 말했다.

"제대군인을 따라 소흥으로 갔다고 들었네. 차라리 잘 된 거지. 어차피 농촌으로 내려가야 한다면 좋은 사람 곁에 있는 게 낫지 않겠나."

항한은 찻잎을 입에 넣고 천천히 씹었다. 늙은 차나무 같은 나력을 보고 있노라니 가슴이 뭉클해져서 아무 말도 나오지 않았다. 그는 이제 눈물도 말라버렸다.

제28장

1971년 가을, 득도의 일상은 여느 날과 다름이 없었다. 그는 일리야 레핀의 명화名畫 〈볼가강의 배 끄는 인부들〉처럼 가혹한 중노동에 시달리고 있었다. 처음에는 죽을 만큼 힘들었지만 몇 년이 지나자 적응이 돼 그럭저럭 지낼 만했다.

보타산普陀山 선박 해체장의 주변 환경은 그런대로 나쁘지 않았다. 득도는 다 낡아빠진 《화엄경》華嚴經에서 "남방에 포탈라카Potalaka라는 산이 있다. 그곳에 '관자재'觀自在(관세음보살)가 계신다."라는 구절을 읽은 적이 있었다. '포탈라카'는 산스크리트어로 '흰 꽃'을 의미했다. 또 자비의 화신인 관세음보살이 산다는 불교의 성지로 알려져 있었다.

보타산은 당나라 때부터 중국의 4대 불교 명산으로 유명했다. 하지만 1966년 '문화대혁명' 발발 이후 이곳에서 승려와 비구니는 자취를 감췄다. 득도는 타고난 학자답게 휴식시간을 이용해 면적이 12k㎡에 불과한 섬 곳곳을 두루 돌아봤다. 보제사普濟寺, 법우사法雨寺, 혜제사慧濟寺와 같은 유명 사찰은 말할 것도 없고 작은 암자들까지 하나도 놓치지 않았다. 감독관들은 그런 득도에게 별로 신경을 쓰지 않았다. 섬 전체가 커다란 감옥과도 같으니 도망만 가지 않으면 된다는 식이었다. 득도의 입장에서는 이곳에 있는 것이 몸은 고되지만 마음은 오히려 편했다. 세속의 추악하고 복잡한 활극에 더 이상 엮이지 않아도 된다는 것만으로도 새장을 벗어난 새처럼 마음이 홀가분했던 것이다.

득도는 이곳의 풍경과 조화를 이뤘다. 마치 처음부터 이곳에서 태어나 자란 것처럼 바다, 백사장, 다 부서진 절의 문짝, 지는 해와 석양에 비친 고기잡이배와도 은근히 잘 어울렸다. 여름이 되자 하늘은 종종 먹구름으로 새까맣게 덮였다. 세상은 마치 엎어놓은 솥처럼 어두워졌다. 득도와 동료들이 하는 일은 해변에 정박한 파선破船을 해체해 얻은 부품들을 밧줄로 끌어당기는 일이었다. 부품이 무겁다보니 어깨에 멘 밧줄이 살을 파고들었다. 몸은 지면과 평행이 될 만큼 낮추어야 했고 비오듯 흐르는 땀방울은 발아래에서 바쁘게 기어가는 게딱지 위로 뚝뚝 떨어졌다. 육체적 고통이 극에 달하면 정신적인 괴로움이 찾아오는 법이다. 득도는 정 견디기 힘들 때면 고개를 들어 백사장과 들판이 맞닿은 곳을 바라보고는 했다. 지평선이 길게 이어진 그곳 하늘 아래에는 그를 지켜보는 두 개의 점이 있었다. 그것은 항분 고모와 그의 딸 야생이었다. 거의 매일 득도를 만나기 위해 해변으로 나오는 두 여자는 득도의 삶에 큰 위로가 되었다.

아이는 집에서 세는 나이로 벌써 다섯 살이었다. 한창 귀여울 나이였다. 아이는 태어난 이후 줄곧 항분의 손에서 자랐다. 아이 이름을 지을 때였다. 항분은 하느님과 연관된 이름을 지어주고 싶어 했다. '성영' 聖嬰이라는 예쁜 이름도 미리 생각해뒀다고 했다. 구계 할머니와 아이의 출생을 지켜본 이웃들도 마찬가지였다. 제각기 한마디씩 당시 유행하는 이름을 내놓았다. '위동'衛東, '위표'衛彪, '위청'衛青, '홍위'紅衛, '위홍'衛紅, '문혁'文革, '문뢰'聞雷 등 듣기만 해도 황실 시위대를 연상케 하는 별의별 이름이 다 나왔을 정도였다. 그러나 맨 마지막에 득도는 한마디로 딱 잘라 말했다.

"밤에 태어났고 백야가 낳은 아이니 야생이라고 합시다."

다른 사람들은 '야생'이라는 이름이 별로 마음에 들지 않는 눈치였다. 하지만 딱히 반박할 수도 없는지라 잠자코 있었다. 그때 누군가 조심스럽게 물었다.

"그러면 성은?"

득도가 조금 놀란 표정으로 그 사람을 보면서 대답했다.

"제 아이니 당연히 제 성을 따라야죠."

내막을 잘 아는 항씨네 여자들은 한동안 마음을 졸였다. 오곤이 딸을 빼앗으러 올까봐 걱정했던 것이다. 하지만 우려와는 달리 오곤은 한 번도 찾아오지 않았다. 당시 강남대학의 교수와 학생들은 물론이고 일반 시민들까지 모두 득도에게 손가락질을 하면서 오곤을 동정했다. 심지어 오곤을 싫어하는 사람들까지 이번 일에서만큼은 그가 피해자라고 믿고 있었다. 득도가 처벌을 받고 고꾸라지자 쌤통이라고 고소해한 것은 다 이유가 있었다. 명색이 대학의 선생이라는 사람이 어떻게 남의 마누라와 정분이 나서 사생아까지 낳을 수 있다는 말인가? 오곤이 칼을 들고 죽이겠다고 하지 않은 것만도 감지덕지해야 한다는 식이었다.

득도는 공안기관에 의해 '유배형'을 받은 것이 아니었다. '혁명적 군중 조직'이 제멋대로 판결을 내려 그를 섬으로 보내버린 것이었다. 항분은 소식을 듣자마자 군말 없이 퇴직 신청을 했다. 항씨 여자들 중에서 득도와 동행할 수 있는 사람이 그녀뿐이었던 것이다. 사실 남자들이 어려움에 처하면 여자들이 팔을 걷고 나서는 것은 항씨 가문의 전통이었다. 다른 사람들은 이해할 수 없을지 몰라도 항씨 여자들은 당연히 그래야 한다고 생각했다.

득도는 이렇게 해서 이제까지와는 전혀 다른 삶을 시작하게 됐다.

아마도 그는 옛날의 고결한 선비들처럼 바다에 배를 띄우는 삶을 오래전부터 동경해왔는지도 몰랐다. 어쩌면 또 천성적으로 조용한 것을 좋아해 번화한 속세를 벗어나 자연과 하나되는 것을 원했는지도 몰랐다. 아니 어쩌면 지난 몇 년 동안 몸담았던 초연이 자욱한 '전투적 삶'이 처음부터 그의 적성에 맞지 않았는지도 몰랐다. 그것도 아니면 그가 이 섬에 온 지 얼마 되지 않았기 때문에 유배를 와서 쓸쓸히 지내는 삶이 얼마나 힘든지 실감이 나지 않았는지도 몰랐다. 아무튼 이유가 어찌되었건 그는 사람들의 예상과 달리 이곳 생활에 잘 적응해나갔다. 물론 이곳 사람들이 비쩍 마르고 안경을 낀 '대학 선생'을 은근히 동정해 잘 대해준 것도 그에게는 큰 힘이 됐다.

그는 비지땀을 흘리는 중노동임에도 불구하고 일에서만큼은 절대 남들에게 뒤지지 않았다. 밧줄로 배를 끌 때에도 다른 인부들과 곧잘 보조를 맞췄다. 심지어 섬에 온 후로 감기 한 번 앓은 적이 없었다. 겉보기에 큰 변화가 있다면 등이 많이 굽은 것이었다. 서른도 안 된 나이에 허리를 곧게 펴지 못할 지경이었다.

그는 쉬는 시간이면 다른 인부들처럼 커다란 찻잔에 차를 담아 마셨다. 차는 현지인들이 직접 따서 덖은 것이었다. 그것은 득도가 예전에 한 번도 마셔본 적이 없던 차였다. 그는 쉬는 날 산책을 나갔다가 사찰 근처에서 차나무들을 적지 않게 발견했다. 이곳의 차나무는 내륙의 차나무보다 키가 컸다. 그의 기억이 틀리지 않는다면 '보타12경' 중에 '다산풍로'茶山風露라는 명소가 있었다. 득도의 '유배' 오기 전의 경력을 이미 전해들은 바 있는 인부들이 약간의 경외와 경계의 눈으로 그에게 설명을 해줬다.

"이 차는 '불차'佛茶라고 해서 폐옹肺癰(폐 농양)과 혈리血痢 치료에 효능이 있다오."

득도는 처음 듣는 신기한 얘기였다. 차가 백리白痢(이질)에 좋다는 말은 익히 들었으나 이 고장의 차가 폐옹과 혈리 치료에 효능이 있다는 사실은 처음 알았다. 그는 궁금증을 해결하고자 할아버지에게 편지를 보내 가르침을 청했다.

가화가 보낸 답장에는 불차에 관한 설명이 매우 자세히 적혀 있었다. 손자를 향한 사랑이 듬뿍 느껴지는 편지였다. 가화는 벌써 나이가 칠십이 넘었다. 그럼에도 불구하고 시간과 힘겨루기를 하면서 손자가 돌아올 날을 기다리고 있었다. 그의 편지는 특유의 담담한 필치로 적혀 있었다.

보타산은 처음이지? 하지만 이 할아비에게는 낯선 곳이 아니란다. 못 가본 지 꽤 오래된 것 같기는 하구나. 예전에는 산과 사찰 근처에 차나무 숲이 무성하게 펼쳐져 있었는데 아직도 그대로인지 모르겠구나.
보타산의 차나무가 내륙의 차나무보다 키가 큰 이유가 궁금하다고 했지? 나도 예전에 그것이 궁금해 현지 다승茶僧에게 가르침을 청한 적이 있었단다. 그분이 말씀하시기를, 현지에서는 차를 1년에 한 번밖에 채취하지 않는다고 했어. 여름과 가을 두 계절에 걸쳐 정기를 키우고 예기를 모았으니 이듬해 곡우 무렵이면 '하룻밤 바람에 한 치씩' 자라는 게 당연한 일 아니겠느냐.

네가 현지인들의 차 따는 방법을 눈여겨봤는지 모르겠구나. 내가 그 섬에 갔을 당시는 마침 곡우 무렵이었어. 그들의 채취 방법은 용정차를 따는 방법에 비해 다소 거친 편이라고 할 수 있단다. 물론 나름의 이유와 장점이 있을 테지. 그리고 불차는 용정차보다 깨끗하단다. 특히 차를 덖는데 사용하는 솔은 매번 사용하고 나면 깨끗이 닦은 뒤 다시 사용한단다. 그래서인지 완성품의 색깔이 유난히 파랗고 아름답단다.

혹시 건차乾茶의 형태를 살펴봤느냐? 비록 매우 오래전의 일이지만 나는 불차를 처음 봤을 때의 기억이 아직도 생생하단다. 약간 둥글면서 길쭉한 것이 어떻게 보면 올챙이 비슷하기도 한 형태였어. 그래서 '봉미차'鳳尾茶라고도 불린다고 들었어. 수십 년 동안 차와 씨름하면서 살아온 이 할아비도 그런 형태의 건차는 처음 봤단다. 보타산의 불차가 지금도 예전의 형태를 보존하고 있는지 모르겠구나……

득도는 편지를 내려놓고 건차를 가져다 비교해봤다. 하지만 죄다 흔히 볼 수 있는 장초청長炒靑(뒤틀린 막대모양)일뿐 봉황의 꼬리鳳尾를 닮은 형태의 차는 없었다. 건차를 살펴보는 득도를 보고 한 노인이 말했다.

"자네 할아버지의 말씀이 옳네. 예전의 불차가 올챙이 형태였던 이유는 스님들이 덖었기 때문일세. 예전에는 스님들이 차를 심고 가공했다네. 지금은 스님들이 다 쫓겨나고 없으니 '불차'라는 이름도 허명虛名일 뿐이지."

가화는 득도에게 보낸 편지에서 국가대사와 집안일은 일절 언급하지 않았다. 심지어 득방과 사애광이 함께 절벽에서 떨어져 죽었다는 소식도 시간이 한참 흐른 뒤에야 득도에게 전해졌다. 덕분에 불필요한 의

심과 감시에서 벗어날 수 있었다. 항분과 야생은 행동이 자유로웠으나 몇 년 동안 항주에는 발길도 하지 않은 채 득도의 곁을 지켰다. 기초는 이쪽저쪽을 오가면서 '연락원' 역할을 했다. 가화의 시력은 낮에는 희미하게나마 물체를 식별할 수 있을 정도로 호전됐다. 손자의 편지를 읽고 답장을 보내는 것은 이제 그의 유일한 삶의 낙이 되었다. 그는 자신이 구술하고 기초가 대필하는 식으로 손자의 편지를 한 통 받으면 두세 통의 답장을 보내주었다.

입추가 지난 후 한동안 손자에게서 편지가 오지 않았다. 가화는 초조하고 불안한 나날을 보냈다. 다행히 항분이 소식을 전해왔다. 득도가 일을 하다가 오른팔이 부러졌다는 소식이었다. 소식에 따르면 팽팽하게 당겨진 쇠밧줄이 갑자기 부러지면서 밧줄 끄트머리가 득도의 오른팔을 때렸다고 했다. 득도는 그 자리에서 실신했다고 했다.

득도는 다친 팔을 치료하는 동안 자꾸 짜증이 났다. 밤이면 잠을 자지 못하고 낮에도 실의에 빠져 있었다. 득방과 사애광이 죽었다는 소식을 들었을 때 느꼈던, 영혼 깊숙한 곳에서부터 밀려오는 고통이었다. 그는 심지어 바다에 뛰어들 생각까지 했다. 삶이 너무 고통스러웠다. 그는 고통의 탈출구로 자살을 택하는 사람들의 심정이 충분히 이해됐다.

득도는 쪽빛 바다를 보면 이유 없이 가슴이 답답하고 초조했다. 자꾸만 좋지 않은 일이 생길 것 같은 불안감이 엄습해왔다. 백성들의 '운동'을 향한 열정은 점점 시들해지고 있었다. 이제는 1966년 당시와 같은 열광적인 풍경은 보기 힘들어졌다. 하기는 일상적인 근심걱정만으로도 숨 쉬기가 힘들 정도인데 더 큰 것을 바라볼 여력이 남아 있겠는가.

항분의 경건한 신앙심만은 예나 이제나 변함이 없었다. 득도가 팔을 다친 후 그녀는 "득도가 단 며칠 동안이라도 마음 편히 쉴 수 있게 해주시기를" 기도했다. 다행히 섬사람들은 득도를 적대시하거나 질시하지 않았다. 조만간 육지로 돌아갈 사람을 굳이 핍박할 필요가 없다고 생각하는 듯했다. 심지어 득도를 감독, 관리하는 임무를 맡은 감독관조차도 그를 억박지르거나 혼내지 않았다. 하지만 10월 1일 건국 기념일이 지나자 득도는 부득부득 다시 백사장으로 나왔다. 그리고는 오른손에 붕대를 감은 채로 왼손으로 왼쪽 어깨에 밧줄을 멨다. 인부들이 그를 만류했다.

"자네 몫의 일은 우리가 대신 해줄 테니 자네는 허드렛일이나 하게."

하지만 득도는 고집을 꺾지 않았다. 팔이 이 정도면 다 나았으니 괜히 엄살을 부릴 필요가 없다고 생각하는 것이 분명했다.

모든 것은 그대로였다. 인부들은 여전히 거의 포복자세로 무거운 밧줄을 끌었다. 또 작은 게와 새우들은 인부들의 몸에서 떨어지는 땀방울을 맞으면서 팔딱팔딱 뛰었다. 커다란 선박이 조금씩 해체돼 결국에는 다 사라지고 아무것도 남지 않는 것처럼 득도의 운명도 나날이 낡아가는 것처럼 보였다. 하늘은 높고 바람은 거셌다. 마음은 차갑게 식다 못해 무감각해졌다. 사실 광활한 바다를 앞에 두고 보면 사람이라는 것은 얼마나 하찮고 보잘것없는 존재인가. 인간의 운명 역시 한 치 앞도 내다볼 수 없는 것 아닌가.

득도는 고개를 들고 먼 곳을 바라봤다. 늘 그곳에서 자기를 지켜보던 여인과 여자아이가 그가 있는 쪽으로 뛰어오는 모습이 보였다. 멀리서도 '아빠'를 부르는 아이의 목소리가 또렷하게 들려왔다. 고모 항분과 딸 야생이었다. 두 여자의 머리카락이 바람에 흩날렸다. 득도가 지금까지 수없이 봐왔던 익숙한 화면이었다. 득도는 미간에서 비 오듯 떨어지는 땀방울을 손으로 쓱 닦았다. 시야가 한결 분명해졌다. 하지만 다음 순간 그는 마치 총에 맞은 것처럼 휘청거리고는 목석처럼 그 자리에 굳어졌다. 아이의 뒤를 따라오는 남자를 발견했던 것이다. 가슴이 꽉 막혀 숨이 쉬어지지 않았다. 어깨에 메고 있던 밧줄이 맥없이 툭 떨어졌다. 그의 뒤에 있던 인부들이 빠르게 그의 곁을 지나갔다. 항분이 다가와서는 떨리는 목소리로 말했다.

"어떡해? 그가 왔어."

야생도 잔뜩 긴장한 얼굴을 한 채 득도의 귀에 대고 소곤거렸다.

"아빠, 나쁜 사람이 왔어요. 나쁜 사람이 우리를 잡으러 왔어요."

야생은 두려운 듯 득도의 목을 꼭 껴안은 채 놓지 않았다.

항분과 야생을 뒤따라오던 남자도 걸음을 멈췄다. 득도의 눈빛이 남자의 눈빛과 부딪쳤다. 득도는 다시 바다로 시선을 옮겼다. 작은 어선 몇 척이 잔잔한 수면 위에서 미끄러지듯 지나갔다. 하지만 이 남자가 찾아온 이상 또 한 차례의 거칠고 사나운 파도를 피할 수 없게 됐다.

오곤은 절강성에서 '9.13사건(임표가 소련으로 달아나다 추락사한 사건)'의 내막을 제일 먼저 입수한 몇 안 되는 사람들 중의 하나였다. 그는 군인은 아니었지만 '9.13사건'에 연루된 군사집단과 줄곧 좋은 관계를 유지해왔다. 그렇다고 해서 그가 그들과 같은 배를 탄 것은 아니었다. 내막을 잘 아는 사람들은 조상이 도와서 그가 재앙을 면했다고 혀를 끌끌 찼다. 물론 의혹을 제기한 사람도 없지 않았다.

"오곤과 조쟁쟁은 보통 사이가 아닙니다. 조쟁쟁의 아버지는 '9.13사건' 반당소집단反黨小集團의 구성원이죠. 그러니 오곤이 예비 장인의 죄행에 전혀 연루되지 않았다는 건 말도 안 됩니다."

그러자 오곤의 지지자가 즉각 그를 변호하고 나섰다.

"이는 오곤이 '반당소집단'을 배척하고 끝까지 정확한 노선을 견지했다는 반증이 아니겠습니까? 주지하다시피, 조쟁쟁의 아버지와 조쟁쟁은 오곤을 그들의 반혁명 무리에 포섭하기 위해 수년 동안 온갖 방법을 다 동원했습니다. 하지만 우리의 오곤 동지는 죽음도 두려워하지 않는 혁명적 정신과 유연하고 지혜로운 혁명적 전략을 갖고 있는 분입니다. 그는 자발적으로 '범의 소굴'로 들어가서 적들의 심장에 깊숙이 칼을 꽂음으로써 적들을 무너뜨리고 자신의 명예를 훌륭하게 지켜냈습니다. 그리고 몇 년 동안 서로 뜨겁게 사랑을 해온 혁명적 반려자 채차 동지와 드디어 혼례를 치르게 됐지요. 흥겨운 새납소리(태평소)와 폭죽소리가 들리지 않습니까? 모 주석의 혁명노선은 또 한 번 위대한 승리를 거뒀습니다. 혁명적 우정을 혁명적 사랑으로 승화시킨 두 분에게 진심어린 축하의 박수를 보냅시다!"

오곤의 반대파들은 뭐라고 반박할 말이 없었다. 그저 속으로만 이를 갈 뿐이었다. '여우같은 놈, 교활하기 짝이 없어!'

오곤에게 있어 채차와의 결혼은 슬픔과 기쁨이 교차하는 일이었다. 그가 슬퍼하는 이유는 얼굴만 봐도 짜증이 치밀어 오르는 여자와 이제 한 가족이 돼 매일 얼굴을 맞대고 살아야 하기 때문이었다. 다른 한편으로는 찰거머리 같은 조쟁쟁에게서 드디어 벗어났다는 사실이 눈물겹도록 기뻤다. 그는 자칫 잘못 했다가 조쟁쟁과 같은 배를 탈 뻔했다는 생각만 하면 자기도 모르게 식은땀이 쭉 흐르고 온몸에 소름이 돋았다.

오곤은 원래 채차가 아닌 조쟁쟁과 10월 1일 건국 기념일에 결혼식을 올리기로 돼 있었다. 그러나 오곤은 가급적 결혼식을 미루고 싶어 했다. 오곤에게는 불행한 일이지만 조쟁쟁의 아버지는 눈치가 빨랐다. 오곤이 미적거리자 직접 나서서 그에게 압력을 넣었다. 오곤과 결혼하지 않는 한 딸의 상사병이 좋아질 리 없다는 사실을 잘 알고 있었던 것이 분명했다. 더구나 그는 딸이 '광활한 변방'에서 평생 '혁명'만 하다가 죽는 것을 원치 않았다. 말할 것도 없이 그는 딸의 정신이 약간 이상하다는 것도 알고 있었다.

그가 오곤을 사윗감으로 지목한 이유는 두 가지였다. 우선, 딸이 정신 질환을 치유하고 정치적으로 발전하려면 사랑하는 사람과 안정적인 가정을 꾸리는 것이 필요했기 때문이었다. 게다가 그가 보기에 오곤은 자신의 후계자로서의 자질과 재능이 충분했다. 훌륭한 후계자를 물색하는 것은 국가뿐만 아니라 가문의 입장에서도 중대사가 아니던가. 그렇게 해서 그는 어느 날 오후 오곤을 불러 얘기를 나눴다. 노련한 노인답게 거의 반나절 동안 '혁명'에 대해서만 논하다가 대화가 끝나기 전에 스쳐가는 말로 남녀관계 역시 슬쩍 언급했다. 총명한 오곤이 그 뜻을 모를 리 없었다. 한참 주저하던 그는 절묘하게 대답을 피해갔다.

"그건 제가 결정할 일이 아닌 것 같습니다. 쟁쟁의 의견을 들어봐야 할 것 같습니다."

오곤의 대답에 흡족해진 노인은 즉각 딸에게 전보를 쳤다. 멀리 흑룡강성에 있던 조쟁쟁은 황급히 모든 수속을 마치고 항주로 돌아왔다. 그리고는 오곤과 혼인신고를 할 날만 눈이 빠지게 기다렸다. 하지만 오곤은 전혀 급해 보이지 않았다. 조쟁쟁이 기다리다 못해 재촉을 하자 그는 느긋하게 대답했다.

"뭐가 그리 급해? 혼인신고는 결혼식 하루 전에 해도 늦지 않은데."

오곤은 물론 임표의 추락사를 예견하고 그런 말을 한 것은 아니었다. 그저 조쟁쟁과의 혼인신고를 하루라도 더 미루고 싶었을 뿐이었다.

차 탕관으로 스승을 때려죽인 악마 같은 여자를 집에 들인다는 생각만 해도 소름이 끼쳤으니 그럴 만도 했다.

그렇다면 그는 왜 그토록 싫어하는 여자와 반드시 결혼을 해야만 했던가? 총명하고 영리한 그도 이 문제에 대해서만은 대답이 궁해졌다. 그는 자신의 처지를 잘 알고 있었다. 그는 위로 올라가지도 못하고 그렇다고 아래로 내려갈 수도 없는 어중간한 위치에 있었다. 당연히 중도포기라는 것은 있을 수 없었다. 그부터가 원하지 않았을 뿐더러 그를 지지하는 사람들도 그것을 원하지 않았다. 그것은 파멸의 길이기 때문이었다. 그렇다면 이를 악물고 앞으로 나아갈 수밖에 없었다. 앞으로 나아가기 위해서 꼭 해야 할 일이 바로 조쟁쟁과의 결혼이었다. 그렇게 진퇴양난에 빠져 머리가 터질 것 같던 그에게 시국이 구원의 손길을 내밀었다. 마치 그를 도와주기라도 하듯 때맞춰 '9.13사건'이 터진 것이다.

오곤의 예비 장인은 9월 20일에 상해에서 항주로 돌아오기로 돼 있었다. 하지만 그는 돌아오지 않았고 그 후로 종무소식이었다. 항주에서 조쟁쟁의 아버지와 같은 배를 탔던 사람들도 하나둘씩 '행방불명'이 됐다. 정치적 후각이 예민한 오곤은 심상치 않은 분위기를 눈치채고 즉각 부하들을 풀어 소식을 탐문하게 했다. 극비리에 입수한 소식은 그를 큰 충격에 빠뜨렸다. 그의 영혼 깊숙이 조금이나마 남아 있던 '신앙'과도 같은 믿음이 한순간 와르르 무너졌다. 더 이상 지체할 시간이 없었다. 무사히 빠져나가기 위해서는 뭐라도 해야 했다.

결혼 예정일인 10월 1일, 조쟁쟁이 머리를 풀어헤친 채 오곤의 집으로 찾아왔다. 그녀는 당일 신문에 대문짝만 하게 실린 '중국 제2인자'의 사진을 가리키면서 히스테리를 부렸다.

"이것 봐요. 아직 살아 있잖아요. 그가 죽었다고 누가 그래요? 엉?

정치적 유언비어를 퍼뜨리는 사람이 누구냐 말이에요. 이건 누군가가 당장黨章(공산당 헌법에 해당)에 이름을 올린 모 주석의 후계자를 음해하는 것이 분명해요."

조쟁쟁은 안색이 창백하고 눈빛도 흐리멍덩했다. 오곤이 파혼을 선언한 이후로 그녀의 정신상태는 점점 더 나빠졌다. 베개 두 개를 나란히 붙여놓은 채 히죽히죽 웃는가 하면 이불을 안고 와서 같이 자자고 조르기도 했다. 또 오곤 앞에서 췄던 '붉은 댕기춤'을 신나게 춰 보이기도 했다. 오곤은 고립무원의 처지에 빠졌다. 그를 이해해주는 사람은 없었다. 내막을 잘 모르는 사람들은 오곤이 곧 예비 장인의 전철을 밟을 것이라고 수군거렸다.

살얼음판 같은 나날 속에서 오곤은 마지막 지푸라기라도 잡는 심정으로 채차를 떠올렸다. 채차는 원망 한마디 없이 묵묵히 그를 기다려준 유일한 여자였다. 게다가 정치적 이력도 나무랄 데 없이 깨끗했다. 그때 그녀와 오곤은 부적절한 관계를 끝낸 지 오래였다. 하지만 오곤을 향한 그녀의 사랑은 변함이 없었다. 어쩌면 더 뜨거워졌는지도 몰랐다. 그녀는 자신의 삶을 오곤을 만나기 전과 만난 후로 나눌 수 있었다. 오곤이 없었다면 그녀의 오늘도 없었을 터였다. 오곤은 그녀의 오늘이자 내일이자 삶의 전부였다. 오곤을 향한 그녀의 사랑은 맹목적인 숭배로 변질되었고, 그에 대한 사랑은 그녀를 '지혜롭게' 만들었다. 그녀는 모 주석에게 바치는 노래를 제멋대로 바꾸어 혼자 있을 때면 조용히 불렀다. 이를테면 '모 주석'을 '오곤', '우리'를 '나', '경애하다'를 '사랑하다'로 바꾸는 식이었다. 그렇게 해서 새롭게 만들어진 노래 가사는 기가 막혔다.

"사랑하는 오곤, 내 마음속의 붉은 태양. 사랑하는 오곤, 내 마음속의 붉은 태양. 당신에게 해주고 싶은 말이 수없이 많아요. 당신에게 불러주고 싶은 노래 수없이 많아요……."

아무리 밤낮으로 오곤을 향한 사랑노래를 부른다지만 채차의 겉모습은 조쟁쟁보다 별로 나을 게 없었다. 그런 그녀에게 어느 날 오곤이 찾아왔다. 오곤은 너무 심각한 상태의 채차를 보고는 현기증이 나서 주저앉을 듯 심하게 비틀거렸다. 그러자 채차가 쏜살같이 달려와서는 그를 부축했다. 이어 눈물범벅이 된 얼굴로 비통하게 부르짖었다.

"소오, 걱정하지 말아요. 제가 도와줄게요. 당신이 이 고비를 넘길 수 있도록 제가 도와드리겠어요."

오곤은 그제야 정신을 차리고 고개를 들었다. 그리고는 구역질이 올라오는 것을 억지로 참고 야차 같은 여자의 얼굴을 한참 동안 바라봤다. 이어 결심한 듯 발을 구르고는 고개를 돌렸다.

"나와 결혼해 주오!"

오곤은 이빨 사이로 내뱉듯 한마디를 던지고는 채차의 대답은 기다리지도 않고 자리를 떴다.

이것으로 한시름 놓나 싶었다. 그런데 조쟁쟁이 또 훼방을 놓았다. 그녀는 어디서 무슨 소리를 들었는지 오곤을 점점 더 못 살게 굴었다. 어느 날 오곤은 밤늦게 집에 들어와 침대 휘장을 젖히다가 깜짝 놀라 주저앉을 뻔했다. 조쟁쟁이 그의 침대에 누워 숨소리를 죽인 채 천장을 멀거니 쳐다보고 있었던 것이다. 오곤을 본 조쟁쟁은 두 눈을 동그랗게 뜬 채 반색했다.

"오셨군요. 오실 줄 알았어요. 첫날밤에 이게 뭔가요. 너무 오래 기다렸잖아요."

오곤은 채차와 결혼 약속을 한 후 '조쟁쟁과의 관계 청산에 동의한다.'는 상부의 결정만 기다리는 중이었다.

'이 미친 여자가 죽으려면 혼자 곱게 죽을 것이지 왜 나까지 역사의 심판대로 끌고 가려고 하는 거야?'

갑자기 속에서 불덩이 같은 것이 훅 치밀어 오른 오곤은 버럭 소리를 질렀다.

"묶어! 고탕古蕩으로 보내버려!"

항주에서 '고탕'이라고 하면 제7인민병원을 뜻하는 말이었다. 그곳에는 정신병원이 있었다. 오곤의 부하들은 게거품을 물고 발악하는 조쟁쟁을 꽁꽁 묶어 정신병원으로 이송했다. 조쟁쟁은 무남독녀였다. 남편 걱정에 매일 눈물로 나날을 보내던 조쟁쟁의 어머니는 귀한 딸이 배은망덕한 예비 '사위'에 의해 정신병원으로 끌려갔다는 말을 듣자마자 부리나케 오곤을 찾아왔다. 오곤은 너 죽고 나 죽자는 식으로 악을 써대는 여자를 공손하게 집안으로 모신 다음 목소리를 한껏 낮춰 말했다.

"이걸 먼저 보십시오."

오곤이 꺼내든 것은 한 무더기의 편지였다. 조쟁쟁의 어머니는 편지를 읽고 기절할 듯이 놀랐다. 죄다 조쟁쟁이 차 탕관으로 사람을 때려죽인 일을 고발하는 내용이었기 때문이었다. 오곤은 부드러운 말로 여자를 달랬다.

"사람들이 예전에 이 일을 알면서도 쉬쉬했던 이유는 아버님이 계셨기 때문입니다. 이제 큰 나무가 넘어지고 없으니 사건이 다시 공론화된 것이지요. 저 역시 제 앞가림도 하기 힘든 처지라 도와드릴 수가 없습니다. 사람을 죽였으면 벌을 받는 것은 당연한 일이지요. 아마 최소 10년, 20년은 징역형을 받게 될 것입니다. 쟁쟁이 감옥에서 몇 십 년을 썩게 되면 우리는 언제 결혼을 합니까? 그래서 제가 고민한 끝에 쟁쟁을 정신병원에 입원시킨 겁니다. 정신병자는 사람을 죽여도 처벌을 받지 않거든요. 그리고 막말로 제가 멀쩡한 사람을 정신병자 취급한 것도 아니지 않습니까? 쟁쟁이 정신이상 증세를 보인 지는 한참 됐습니다. 다른 사람들도 다 알고 있는데 설마 어머님만 모르시는 건 아니겠죠?"

조쟁쟁의 어머니는 오곤의 말에 수긍하지 않을 수 없었다. 아무리 생각해도 딸을 보호하려면 오곤이 시키는 대로 하지 않으면 안 될 것 같았다. 물론 그녀도 오곤이 이 기회를 이용해 구렁이 담 넘어가듯 발을 뺐다는 사실을 알고 있었다. 그렇다고 오곤에게 심한 말을 할 수는 없었다. 괜히 건드렸다가 오곤이 고발 편지들을 공개하기라도 하는 날이면 조쟁쟁은 끝장이었다.

오곤과 채차의 결혼식은 하객이 너무 적어 쓸쓸함을 넘어 적막했다. 나름 '큰 인물'인 채차는 안면이 있는 정계 요인들을 초청했으나 한 사람도 오지 않았다. 하객의 주류는 시골에서 올라온 무지렁이들이었다. 그들은 누런 뻐드렁니를 드러내고 오곤이 알아들을 수 없는 사투리로 저속한 농담을 지껄이면서 신랑신부에게 억지로 술을 권했다. 오곤은 술상을 뒤엎고 싶은 충동을 가까스로 참았다. 술기운에 머리가 깨질 듯 아팠다. 극심한 절망감이 밀려왔다. 지푸라기라도 잡는 심정으로 선택한 이 결혼이 과연 도움이 될까 싶었다. 이 결혼을 통해 바뀌는 것이 아무것도 없다면 쓸데없이 고생만 한 것이었다. 이 방법으로도 감옥에 들어가거나 '타도'당하는 것을 피할 수 없다면 그때는 어떻게 해야 하는가?

아무리 미련한 채차라도 정계 요인들의 불참에 불안해하는 오곤의 마음을 모를 리 없었다. 그녀는 어린 아이 달래듯 부드럽게 오곤을 달랬다.

"그분들은 바빠서 못 왔을 거예요. 요즘 회의가 정말 많거든요. 정

말이에요. 안 그러면 한 두 분은 참석했을 거예요."

첫날밤, 오곤은 두 손을 다소곳이 모은 채 수줍은 미소를 짓고 있는 채차를 보면서 처음으로 측은지심을 느꼈다.

'이 여자는 내일이라도 당장 감방에 들어갈지도 모르는 남자가 뭐가 좋다고 간이고 쓸개고 다 내주려고 하는 걸까? 순박한 건가 아니면 미련한 건가?'

오곤이 그렇게 생각하고 있을 때 고주망태가 된 소촬착이 쳐들어왔다. 그는 술잔을 들고 혀 꼬부라진 소리로 횡설수설했다.

"손녀사위, 손녀사위……, 자랑은 아니네만 채차는 어릴 때부터 내가 똥오줌을 받아내면서 키운 아이라네. 자네가 오늘 내 손녀사위가 됐으니 내가 이 말은 꼭 해야겠네. 임표 그놈이 비행기가 추락해서 뒈졌다면서? 그런데 우리 득도는 왜 아직도 돌아오지 않는 건가? 자네가 득도를 그렇게 괴롭히는 이유가 뭔가? 손녀사위, 항씨네는 우리 가문의 은인이라네. 득도를 그만 괴롭히고 빨리 돌려보내게."

소촬착은 바닥에 엎드려 땅을 치면서 대성통곡을 했다. 그가 주사를 부리는 바람에 결혼식은 초상집 분위기가 됐다. 오곤은 화가 나서 손발을 덜덜 떨었다. 채차가 새파래진 얼굴로 불호령을 내렸다.

"이 미친 노친네를 당장 끌어내!"

시골에서 올라온 하객들은 처음 보는 채차의 위엄 있는 모습에 단단히 겁을 먹었다. 그들은 '미친 노친네'를 밖으로 질질 끌고나온 뒤 온다간다 말 한마디 없이 뿔뿔이 흩어져버렸다. 오곤과 채차의 결혼식은 그렇게 끝이 났다.

오곤은 어스레한 등불 아래에서 풀이 죽은 채 침대에 앉아 있었다. 채차는 그런 오곤을 보자 가슴이 미어지는 것 같았다. 급기야 오곤의 무릎을 부여잡고 털썩 꿇어앉았다.

"소오, 제발 다시 힘을 내요. 제가 죽을 때까지 당신 곁에 있겠어요……."

채차는 마땅히 위로할 말을 찾지 못해 급한 김에 예전에 봤던 사극 대사를 읊조렸다.

"우리가 비록 같은 날 같은 시에 태어나지는 못했어도 저는 당신과 같은 날 같은 시에 죽을 것을 맹세해요……."

오곤은 한숨을 푹 내쉬었다.

'누가 촌사람 아니랄까봐 어떻게 사랑고백에서마저 짠지 냄새가 풀 풀 날까?'

오곤은 아무 말도 하지 않고 침대 안쪽으로 들어가 누웠다. 채차는 숨소리조차 죽인 채 조심조심 오곤의 신발을 벗겨주고 얇은 이불을 덮어줬다. 그리고 불을 끈 뒤 오곤의 옆에 누웠다. 그제야 드디어 '오곤의 부인'이 됐다는 게 실감이 났다. 이날을 위해 지난 몇 년 동안 얼마나 마음을 졸였던가. 채차는 소리 없이 한참을 흐느끼다가 겨우 잠이 들었다.

날이 밝았다. 채차는 옆자리를 만져보다 침대에서 벌떡 일어났다. 오곤이 보이지 않았던 것이다!

두 적수는 백사장에 앉아 대화를 나누었다. 분명히 말하자면 대화가 아니라 거의 오곤의 '독백'이었다. 처음에는 둘 다 입을 꾹 다문 채 침묵만 지켰다. 한참 후 오곤이 담배를 꺼내 득도에게 권했다. 득도는 담배를 받지 않았다. 오곤도 더 이상 권하지 않고 담배를 물고 불을 붙인 다음 입을 열었다.

"자네가 담배를 별로 좋아하지 않는다는 걸 깜빡했군. 내 기억이 틀리지 않는다면 자네도 한때는 담배를 줄기차게 피우지 않았는가? 그때 창문 너머로 자네가 밤늦게까지 줄담배를 피우는 모습을 본 것 같네."

벌써 3년이란 세월이 흘렀다. 그동안 둘은 많이 변했다. 바위에 기대앉은 득도는 검은색 작업복에 넓은 허리띠를 하고 있었다. 손에 감은 붕대는 작업복 색깔만큼 시커멓고 더러웠다. 또 예전보다 살도 빠지고 등이 굽었다. 숱 많은 머리카락은 부스스하고 푸석푸석했다. 오랫동안 해풍에 시달린 피부는 흑인처럼 새까맸다. 그를 잘 아는 사람들도 첫눈에 알아보기 힘들 정도였다. 그의 목과 발목에는 진흙과 모래가 붙어 있었다. 온몸에 힘을 빼고 바위에 기대앉은 모습이 숨이 겨우 붙어 있는 걸인을 방불케 했다. 반면에 오곤은 살이 쪘는지 부었는지는 몰라도 몸집이 전에 비해 더 커졌다. 얼굴도 더 허여멀쑥했다. 다만 수염을 깎지 않아서 예전처럼 깔끔하지는 않았다. 둘 다 눈빛도 많이 변했다. 득도의 눈빛에서는 아무것도 읽어낼 수 없었다. 얼음처럼 차가워 보이기도 하고 멍해 보이기도 했다. 오곤은 눈에 핏발이 가득 서 있었다. 눈 밑에는 그늘도 진하게 자리 잡은 것이 어지간히 피곤한 모양이었다. 그의 몸에서는 아직도 술냄새가 풍겼다.

오곤이 담배 연기를 깊이 들이마시면서 말했다.

"자네 상황에 대해서는 잘 알고 있네. 절강성 정부에서도 자네 사건을 매우 중시하고 있다네. 혹자는 자네가 불평 한마디 없이 힘든 일을 하고 여가시간이면 다서茶書, 불서佛書와 영어책을 읽는다는 말을 듣고 사람들을 속이려는 연극이라고 비난하더군. 하지만 나는 이것이 자네의 진솔한 삶이라는 것을 알고 있네. 득도 자네이기에 이렇게 살 수 있는 거지. 게다가 자네 옆에는 딸과 고모가 있지 않은가."

오곤의 말이 끝나기 무섭게 야생이 어른들이 하는 얘기를 알아듣기라도 한 듯 깡충깡충 뛰어왔다. 아이는 아빠 옆에 찰싹 붙어 애교 섞인 목소리로 아빠를 불렀다. 그리고는 줄담배를 피우고 있는 건너편 남자를 곁눈질로 쳐다봤다. 다섯 살 난 아이는 백야를 닮아 곱슬머리였다. 하지만 이목구비는 오곤을 쏙 빼닮았다. 오곤은 천사처럼 예쁜 아이를 보면서 가슴이 조여 왔다.

'내 딸이야, 틀림없어!'

오곤은 아이가 자신의 친딸이라는 것을 첫눈에 알아봤다. 영혼이 무너지는 느낌이 그럴까. 그는 숙취로 인한 두통과 아이를 보면서 느낀 통증에 이어 창자가 끊어지는 것 같은 고통과 슬픔이 밀려왔다.

오곤이 술기운을 빌어 덜덜 떨리는 손을 내밀어 딸을 안으려고 했다. 하지만 영민한 아이는 잽싸게 그 손길을 피해버렸다. 오곤이 미간을 찌푸리면서 득도에게 물었다.

"애가 왜 이렇게 탔는가?"

항분이 아이를 데리고 갔다. 아이는 아빠에게 작별인사를 하고 오곤을 힐끔 쳐다보더니 손가락으로 그를 가리키면서 종알거렸다.

"나쁜 사람!"

뜀박질하듯 달려가는 아이의 조그마한 발자국이 백사장에 비뚤비뚤 이어졌다. 오곤이 너털웃음을 터뜨렸다. 가슴을 송곳으로 찌르는 것 같은 아픔이 느껴졌다. 그의 귀에 득도의 목소리가 들려왔다.

"내 딸이 얼마나 탔는지 보러 온 건 아닐 테고……, 용건이 뭔가?"

득도는 임표의 사망소식을 이날 처음 들었다. 오곤은 '9.13사건'에 대해 자신이 알고 있는 부분을 자세히 설명한 후 오후 햇살을 받아 눈이 부시게 반짝이는 바다를 보면서 덧붙였다.

"곧 문건이 발표되면 전 국민은 예전에 부주석의 영원한 건강을 축원할 때처럼 두 손을 쳐들고 그를 타도할 거야. 예전에 유소기를 타도했을 때처럼……."

오곤은 득도가 소식을 듣고 틀림없이 큰 충격을 받을 것이라고 생각했다. 하지만 득도의 얼굴에는 아무런 표정 변화도 없었다.

득도의 눈에 오곤은 명실상부한 '위선자'이자 '소인배'였다. 오곤도 자신이 득도에게 어떤 모습으로 비치는지 정확하게 알고 있었다. 지금 두 사람의 서로를 향한 감정은 천양지차였다. 오곤은 어깨에 밧줄을 메고 백사장 바닥에 달라붙다시피 해서 걸음을 옮기는 득도를 멀리서 봤을 때부터 눈시울이 뜨거워졌었다. 그의 예감은 정확히 들어맞았다. 그와 득도 두 사람은 그렇게 쉽게 끝날 수 있는 관계가 아니었다.

오곤이 중얼중얼 혼잣말을 하기 시작했다. 아직 술이 덜 깼으나 횡설수설할 정도는 아니었다. 그는 술병을 손에 들고 한 모금씩 마시며 예전에 득도와 마주앉아 얘기를 나눌 때처럼 장광설을 늘어놓기 시작했다.

"동서고금을 막론하고 중대한 역사적 사건일수록 그 원인이 매우 복잡하다네. 그래서 원인을 정확하게 파악하는 데 시간이 필요하지. 우리 세대 사람들이 겪은 '중대한 역사적 사건'을 꼽으라면 아마도 이번 '운동'이 일순위가 되겠지. 자네는 이번 '운동'이 얼마나 더 오래 갈 것 같은가? 3년? 5년? 10년? 아니면 20년? 그걸 누가 알겠나? 역사적 사건의 시작과 끝을 결정하는 것은 역사적 인물들인 것을. 나는 진회라는 역사적 인물에 대해 연구하면서 느낀 점이 많네. 자네도 알다시피 진회는 '천고의 간신奸臣'으로 평가받는 인물인데 과연 그는 실제로 '간신'이었을까? 세상만사는 이분법적 사고로 쉽게 평가할 수 있는 게 아니네. 나는 진회가 시대의 흐름과 국가의 이익을 조금도 생각하지 않았다고는 생각지 않네. 그가 했던 결정은 어쩌면 그의 위치에서 그가 사직강산社稷江山을 위해 할 수 있었던 최선의 선택이었을 수 있어. 이것은 단순한 문제가 아니네. 나랏일은 국민의 뜻에 따른다고 만사형통이 아니거든. 하지만 결과만 보면, 진회는 죽은 뒤로 지금까지 '간신' 소리를 면치 못하고 있네. 나중에 역사학을 연구할 기회가 또 주어진다면 나는 〈죽음은 역사의 발전과정에 결정적 역할을 한다〉는 제목의 글을 쓸 것이네. 이번 사건만 봐도 그렇지. 임표가 죽고 나서야 우리는 이번 '운동'의 진상을 한층 더 분명하게 알게 된 것 아닌가? 물론 우리에게는 시공간을 앞질러 형세를 예측하는 능력이 없어. 달리 말하면 우리가 지금 최선의 선택이라고 생각한 것이 세월이 지나 '틀린 것'으로 입증된다 하더라도 그것은 우리 잘못이 아니란 말이네……."

오곤이 장황한 말을 맺었다. 이어 마치 가르침을 구하는 학생처럼 득도를 간절한 눈빛으로 바라봤다. 득도는 자리에서 일어나 바닷가로 향했다. 오곤의 눈빛이 아무리 간절하고 진지하다고 해도 그는 오곤에 대한 경계심을 늦출 수 없었다. 오곤에 대한 인간적인 신뢰는 털끝만큼도 남아 있지 않았다. 그는 오곤이 궁지에 몰렸다는 사실을 짐작할 수 있었다. 아마도 '임표 사건'에 크게 연루됐을 것이다. 그렇다 하더라도 오곤이 이 먼 곳까지 찾아온 이유가 무엇일까? 득도는 거기까지 생각이 미치자 갑자기 긴장이 되면서 온몸이 굳어졌다. 저자가 설마 야생을 데리러 온 것은 아니겠지?

오곤이 술병을 든 채 득도의 뒤를 강아지처럼 졸졸 따라가면서 주절거렸다.

"나는 모든 것을 다 꿰뚫어보았네. '성악설'이 진리야. 사람의 타고

난 본성은 악해. 임표만 봐도 중국의 '제2인자' 자리에 올라갔으면서도 만족을 모르고 기어이 사달을 낸 것 아닌가. 정상에 있는 사람들 사이에서도 피 튀기는 권력투쟁이 존재하다니 참……. 지금에 와서야 깨달았지만 세상에서 제일 더러운 것이 정치야. 나 오곤은 정계 거물들에게 놀아났어. 나는 이제 어떻게 될까? 어쩌면 이번에는 내가 자네를 대신해 밧줄을 등에 지고 배를 끌지도 모르지."

인부들이 노래를 부르면서 그들의 옆을 천천히 지나갔다. 바닷가의 날씨는 변덕스러웠다. 방금 전까지만 해도 구름 한 점 없이 쨍쨍하던 날씨가 바다 끝 하늘 한 귀퉁이에서 새까만 구름이 솟아오르는가 싶더니 곧이어 하늘 전체가 먹구름으로 뒤덮였다. 갈매기들이 울면서 바다 위를 어지럽게 날아다녔다. 마치 세상의 종말이 온 것처럼 사방이 완전히 어두워졌다. 파도가 미친 듯 날뛰기 시작하자 바다 위의 범선들은 폭풍우가 닥치기 전에 돌아오기 위해 파도와 사투를 벌였다. 바다는 시커먼 괴물처럼 입을 딱 벌리고 범선들을 집어삼켰다 토해내기를 반복하면서 한시도 긴장을 늦추지 못하게 했다.

그러나 인부들은 폭풍우 따위에는 하등 관심도 없다는 듯 여전히 백사장에 거의 붙다시피 허리를 숙인 채 천천히 밧줄을 끌고 있었다. 그들의 노랫소리가 포효하는 파도소리에 섞여 두 사람의 귀를 때렸다.

만경창파에 큰 배 뜨네~어기여차
만 리 수면이 넓기도 하네~어기여차
폭풍우가 닥쳐온다~어기여차
목숨 걸고 당겨보세~어기여차

굵다란 빗줄기가 투두둑 쏟아져 내렸다. 백사장이 움푹움푹 패었다. 걸인처럼 남루한 득도도, 쫙 빼입고 온 오곤도 비를 피할 수가 없었다. 오곤은 비를 피할 수 있는 곳을 찾아 본능적으로 뒤돌아 몇 걸음 뛰어갔다. 득도는 꼼짝 않고 그 자리에 서서 바다를 바라보고 있었다. 오곤은 잠깐 주저하다가 다시 득도 쪽으로 걸어왔다. 장대같이 쏟아지는 큰비에 두 사람은 잠깐 사이에 완전히 물병아리가 돼버렸다. 오곤이 술병을 흔들면서 한껏 흥분된 목소리로 득도를 향해 고함을 질렀다.

"그런 눈으로 나를 보지 말게! 자네가 나를 어떻게 생각하는지는 다 알고 있으니까. 그래, 백야가 죽고 나서 나는 완전히 타락했네. 심지어 내 딸을 자네의 혈육이라고 모함하는 지경까지 이르렀지. 명예와 권력을 얻기 위해 나 스스로 기꺼이 '가짜 오쟁이'를 졌네. 하지만 자네가 뭐라 하든 나는 괜찮아. 백야의 아이가 내 딸이라는 사실은 변하지 않을 테니 말이야. 그 아이는 내 딸이야, 내 딸이란 말이야!"

득도가 오곤의 멱살을 와락 움켜쥐었다. 그는 다른 건 다 참아도 누가 자신의 사랑하는 딸을 모독하는 것은 참지 못했다. 오곤의 눈빛에 악의적인 쾌감이 스치고 지나갔다.

"자네만 죽지 못해 살고 있다고 착각하지 마. 나도 매일 밤마다 여기가 아파서 잠을 못 이룬다고. 차라리 죽어버렸으면 좋겠어."

득도는 내밀었던 손을 천천히 거둬들였다. 화낼 가치조차 없는 인간을 진지하게 대하고 있는 스스로가 우스웠던 것이다. 이따위 인간과 길게 상대해봤자 자신의 격을 떨어뜨리는 것밖에 더 되겠는가. 그가 몸을 돌리자 오곤이 술병을 들고 따라왔다.

"아무 말이라도 좀 해보게. 멀리서 온 사람을 말 한마디 안 하고 돌려보낼 셈인가? 내 맹세하지. 이번 고비만 무사히 넘기면 제일 먼저 자네를 이 귀신같은 곳에서 빼내주겠다고. 정말이야. 약속할게. 이것 좀 보게. 내가 자네를 위해 뭘 가져왔는지 보라니까."

오곤이 호주머니에서 낡은 신문 몇 장을 꺼냈다. 사정없이 쏟아지는 빗줄기에 신문지는 이내 푹 젖었다.

"내가 이번에 고향에 갔다가 자네 생각이 나서 챙겨왔네. 여길 보면 '차 무역왕' 당계산唐季珊 관련 기사가 실려 있거든. 완영옥阮玲玉 사진도 있네. 그녀는 당계산의 애인으로 '차 황후'茶葉皇后로 불렸었지. 글쎄, 오승 할아버지가 이 귀한 자료들을 고향에 가져다 놨더군. 항주에 뒀더라면 아마 벌써 재로 변해 사라졌을 테지. 제기랄!"

오곤이 한참을 낄낄거리더니 갑자기 정색을 하고 말했다.

"나중에 자네에게 틀림없이 도움이 될 것 같아서 일부러 가져온 거네. 자네는 차 박물관을 세우고 싶다고 하지 않았나? 자네 소원이 언젠가는 반드시 이뤄질 거라고 믿네. 내가 이래봬도 예지력이 좀 있다니까. 내 말이 믿어지지 않는가? 왜 내 말을 믿지 않는 건가?"

빗소리는 마치 북을 치는 것처럼 요란했다. 득도는 아무 말 없이 비에 푹 젖은 신문을 받아 호주머니에 넣었다. 오곤이 득도에게서 시선을 떼지 않고 쉴 새 없이 주절거렸다.

"내가 만약 곤경에 처한다고 해도 자네만은 나를 잊지 말아줬으면 좋겠네. 내 주위에는 사람이 즐비하지만 나를 기억해 줄 사람은 자네밖에 없는 것 같아."

오곤이 급기야 울음을 터뜨렸다. 그는 어젯밤부터 오늘 오후까지 쉬지 않고 술을 마셔댔다. 가슴이 멀쩡하다면 그것이 더 이상할 일이었다. 그런 그에게 폭우는 때맞춰 내린 '단비'라고 해도 좋았다.

득도는 말없이 인부들 쪽으로 걸어갔다. 오곤은 눈물과 빗물로 범

벽이 된 채 주절거리면서 득도의 뒤를 쫓아갔다. 하지만 그는 그들의 대열에 끼어들 수 없었다. 밧줄을 어깨에 멘 득도는 구부정하던 등이 펴지고 몸에 생기가 도는 것을 느꼈다. 득도와 인부들은 이제 거의 포복자세로 밧줄을 끌었다. 굵은 빗방울이 채찍처럼 등을 후려쳤다. 득도의 입에서 신음소리와도 같은 노동요가 흘러나왔다.

오곤이 놀라서 얼빠진 표정으로 득도를 향해 소리쳤다.

"자네, 자네가 나한테 이러면 안 되지. 내 딸이 자네 손에 있지 않은가. 그 아이는 내 딸이야, 내 딸. 제발 뭐라고 말 좀 해봐! 거기 서! 서란 말이야, 서!"

오곤이 가슴을 치면서 신경질적으로 소리를 질렀다. 득도가 무엇때문에 한마디도 하지 않는지 그 이유를 도무지 알 수가 없었다. 인부들의 대열은 서서히 그의 눈앞에서 멀어져갔다. 그들의 읊조리는 듯한 노랫소리가 메아리처럼 그의 귀를 파고들었다.

만경창파에 큰 배 뜨네~어기여차

만 리 수면이 넓기도 하네~어기여차

폭풍우가 닥쳐온다~어기여차

목숨 걸고 당겨보세~어기여차

제29장

봄이 왔다!

날씨가 많이 풀리긴 했지만 가끔 추운 날도 있었다. 그럴 때면 태양은 두껍게 내려앉은 구름 사이로 얼굴을 잠깐 내밀었다가 이내 다시 숨어버리고는 했다. 그래도 항주 서쪽 교외의 아름다운 산에서는 차나무가 새싹을 틔우기 시작했다.

노인부터 아이들까지 다양한 연령층으로 구성된 사람들 무리가 차나무로 뒤덮인 산길을 천천히 오르고 있었다. 언뜻 봐도 한 가족으로 보였다. 양 옆의 부축을 받으면서 맨 앞에서 걷고 있는 사람은 키가 훤칠한 노인이었다. 산길은 울퉁불퉁하고 기복이 심했다. 일행의 모습은 차나무 숲에 가려져 보이지 않다가 다시 보이기를 반복했다. 그 모습이 마치 잔잔한 물결 위를 떠가는 한 척의 작은 배를 연상케 했다.

가화는 일흔여섯 번째 봄날을 맞았다. 그리고 오늘은 그가 일흔여섯 번째로 맞는 청명이었다. 항씨 가문에 새로운 봄날이 찾아왔다고 단정 짓기는 아직 일렀다. 그래도 이들 가족은 1976년 청명절의 이른 아침에 기적적으로 한자리에 모일 수 있었다.

물론 한 명도 빠짐없이 다 모인 것은 아니었다. 운남에서 오고 있는 포랑은 아직 도착하지 못했다. 대열의 맨 뒤에 선 득도가 기초에게 말을 걸었다.

"고모할머니, 포랑 삼촌은 언제 오신다는 얘기 없으셨어요?"

기초가 고개를 저었다.

"얘기를 나눌 시간도 없었어. 그 녀석은 나만 보면 뭐가 그리 불만인지 몰라. 불효막심한 녀석 같으니라고. 그냥 내버려둬!"

득도가 실눈을 한 채 하늘을 올려다보면서 말했다.

"항주는 요즘 거리와 골목마다 표어 천지인데 운남 쪽은 어떤지 모르겠어요. 약간 걱정이 되기는 해요."

며칠 전에 소흥에서 항주로 돌아온 영상이 말했다.

"주 총리를 애도하는 분위기는 전국 어디든 똑같겠죠."

득방과 사애광이 불상사를 당한 후 포랑은 잡혀가서 한동안 격리 심사를 받았다. 하지만 별달리 꼬투리 잡힐 일이 없어 바로 풀려났다. 그는 구치소에서 나오자마자 평소 바라던 대로 운남으로 갔다. 소방외의 딸들이 그에게 시집을 오겠다고 줄을 서서 기다리고 있는데 사내대장부가 모른 척하고 있어서야 되겠는가.

운남에 갔던 포랑은 이번에 조상묘를 이장한다는 기별을 받고 항주로 돌아오는 것이었다. 포랑의 어머니 기초는 말은 통명스럽게 하면서도 기차역까지 아들 마중을 나갔었다. 그런데 한밤중에 항주에 도착한 포랑은 뜻하지 않게 기차역에서 발이 묶였다. 웬 미친 여자가 그를 붙잡고 못 가게 한 것이었다. 봉두난발에 남루한 행색의 미치광이는 플랫폼에서 "북풍이 불고 눈꽃이 날리네."라는 내용의 노래를 흥얼거리면서 춤을 추고 있었다. 모여든 구경꾼들이 웃고 떠들면서 여자에게 시시껄렁한 농을 건넸다.

"어이, 미친 여자야, 자네가 사랑하는 대춘^{大春}은 어디 있어? 대춘은 어디 갔나?"

미친 여자는 농을 던진 사내를 손가락질하면서 목소리를 가다듬은 채 질책을 했다.

"당신 정체가 뭐야? 감히 조 부장에게 그게 무슨 태도야? 무산계급 독재정권의 철권^{鐵拳} 맛을 보고 싶어?"

구경꾼들을 휙 둘러보던 여자의 시선이 포랑의 얼굴에 꽂혔다. 포랑은 부르르 몸을 떨었다. 그리고는 고개를 잔뜩 숙인 채 어머니에게 물었다.

"어머니, 저 여자 조쟁쟁 맞죠?"

기초가 쓴웃음을 지었다.

"이런 날이 올 줄 알았어!"

조쟁쟁이 실성을 했다는 소문은 기초도 오래 전에 들었었다. 처음에는 그렇게 나쁜 짓을 하고 다니더니 천벌을 받았다고 쾌재를 불렀었다. 하지만 조쟁쟁의 비참한 모습을 직접 눈앞에서 목격하니 마음이 편치만은 않았다.

"이제 와서 뭘 어쩌겠니? 가자."

기초는 고개를 돌리고 포랑을 잡아끌었다. 하지만 조쟁쟁이 더 빨랐다. 그녀는 반갑게 소리를 지르면서 포랑을 향해 뛰어왔다.

"대춘, 드디어 돌아오셨군요! 황세인^{黃世仁}, 게 섰거라. 팔로군^{八路軍}이 돌아왔다. 대춘, 당신을 얼마나 기다렸는지 몰라요……."

포랑은 기겁을 하면서 뒤돌아 도망을 쳤다. 구경꾼들이 낄낄거리면서 길을 틔워주었다. 기차역에서는 미친 여자가 덩치 큰 사내를 쫓아가는 진풍경이 펼쳐졌다. 포랑은 근처에 멈춰 서 있던 기차에 뛰어올라 차장에게 푸념을 했다.

"저 여자를 왜 내버려두는 거요? 미친 여자가 혼자서 저러고 있으면 얼마나 위험합니까?"

그러자 차장이 말도 말라는 듯 고개를 저었다.

"저 미친 여자 말인가요? 예전에 조반파의 우두머리였다고 하더군요. 정신병원을 수없이 들락거리다가 이제는 가족들도 지쳐서 손을 놨다는군요. 가족들도 포기한 정신병자를 우리가 뭘 어떻게 도와주겠어요?"

기초와 포랑은 살금살금 기차에서 내려 역 바깥에 있는 광장으로 나왔다. 포랑이 문득 걸음을 멈추고 무슨 말을 할 듯 말 듯 머뭇거렸다. 아들의 마음을 꿰뚫어본 기초가 먼저 입을 열었다.

"너, 혹시 조쟁쟁을 돌봐주고 싶다는 말을 하려는 건 아니지?"

포랑이 황급히 말했다.

"어머니, 저 여자를 감옥에 보내든, 병원에 보내든, 아니면 비판투쟁을 받게 하는 것이 차라리 낫지 한밤중에 여기에 내버려두면 얼마나 위험해요?"

"총살을 당해도 싸!"

기초는 불쌍하게 죽은 득방과 사애광을 떠올리고는 모진 말을 내뱉었다. 포랑이 잠깐 생각하더니 말했다.

"아무리 생각해도 저대로 내버려두는 건 아닌 것 같아요. 어머니, 어머니만 허락하시면 제가 쟁쟁을 안전한 곳으로 데려다주고 오겠어요."

"내가 허락 안 하면?"

포랑은 다시 한 번 생각하더니 더욱 단호하게 말했다.

"그래도 제 생각대로 할 겁니다."

기초가 무슨 말을 더 하겠는가? 한참을 씩씩거리던 그녀는 결국 아들에게 '최후통첩'을 내렸다.

"마음대로 해!"

기초는 아들을 거들떠보지도 않고 앞으로 향했다. 엄포를 놓았으니 아들이 고분고분 뒤따라오겠지 생각했다. 그러나 한참 후에 뒤가 조용해서 돌아보니 아들은 벌써 사라지고 없었다. 모자는 이렇게 만난 지 얼마 되지도 않아 서로 기분이 상한 채 헤어졌다.

올해 열 살이 된 야생은 깡충깡충 뛰어가다가 어른들의 대화를 엿들었는지 알은체를 했다.

"저도 주 총리를 봤어요. 분이 고모할머니, 제 말이 맞죠? 우리 다 같이 주 총리를 뵈었잖아요? 어휴, 미남이셨어요."

어린 야생은 진심으로 감탄한 모양이었다.

"아유, 그걸 다 기억하고 있어?"

기초가 말했다.

"우리 야생은 기억력이 대단하구나. 그때가 1972년이었으니 너는 겨우 여섯 살이었는데…… 큰오빠가 섬에서 막 돌아온 너희들을 위해 '루외루'樓外樓에 식사자리를 마련했지. 마침 그날 주 총리도 리처드 닉슨 미국 대통령과 함께 루외루에서 식사를 하셨어. 주 총리는 그날 용정하인龍井蝦仁(녹차와 새우볶음)도 드셨어. 그때까지만 해도 병환에 걸리지 않고 건강하셨는데."

그때 항요가 방월에게 물었다.

"아버지, 아버지도 주 총리를 보셨어요?"

항요는 이미 변성기가 시작돼 목소리가 굵어지고 있었다. 가끔은 이상한 목소리도 섞여 나왔다. 그래서 야생은 항요가 입을 열기만 하면 웃음을 참지 못했다.

방월이 길 위로 뻗어 나온 차나무 가지를 꺾으며 말했다.

"주 총리는 못 봤어. 하지만 헨리 키신저 미국 국무장관을 만난 적은 있지. 그날 해방로解放路에 있는 백화점에 물건 사러 갔다가 우연히 마주쳤어. 키신저가 그날 뭘 샀는지 한번 맞춰봐."

그러자 영상이 고민할 필요도 없다는 듯이 단호하게 대답했다.

"차를 샀겠죠!"

방월이 깜짝 놀랐다. 그는 신기하다는 듯 영상을 보면서 물었다.

"어떻게 알았어? 그날 그는 정말로 차를 샀단다. 캔 포장으로 된 특급 용정차를 사는 걸 내가 직접 봤어."

영상은 사실 정신이 딴 데 팔려 있었다. 그녀는 이번에 '특별임무'를 부여받고 항주로 온 때문이었다. 그래서 성묘가 끝나면 바로 돌아가야 했다.

항한과 망우 그리고 이 둘의 부축을 받고 있는 가화는 말 한마디 없이 그저 묵묵히 걷기만 했다. 세월은 세 사람의 몸에 의미 있는 흔적을 남겼다. 희한하게도 항한과 망우의 외관이 항씨 가문의 최고 연장자인 가화를 점점 닮아가는 것이었다. 셋은 차나무 숲을 헤치면서 조심조심 걸음을 옮겼다. 그러면서도 서로 의미 있는 눈빛을 주고받는 것은 잊지 않았다. 선산이 어느새 눈앞에 보였다.

조상의 산소는 언제부턴가 항씨 가족사家族史의 상징이 돼버렸다. 물론 나중에 죽은 사람들은 이런저런 이유로 선산에 묻히지 않았다.

무덤들은 가지치기를 하지 않아 제멋대로 자란 차나무들 때문에 거의 보이지 않을 정도가 돼 있었다. 하지만 사람들은 어찌됐건 남의 조상 묘인지라 의식적으로 무덤들을 피해 다녔다. 얼마 전 항주시에서는 새로운 지시를 내렸다. 이 일대를 다원茶園으로 만들기 위해 원래 있던 봉분들을 일괄적으로 이전시킬 테니 알아서 대비하라는 지시였다. 그래서 초여름이 되면 항씨네 조상 무덤들은 전부 남산南山능원으로 옮길 예정이었다. 그러니 이번 청명은 항씨 가족들이 계룡산에서 모시는 마지막 성묘인 셈이었다. 오래간만에 온 가족이 다 모인 것도 이런 이유 때문이었다.

계룡산 안쪽 다원에도 묘지들이 있었다. 소만수蘇曼殊, 도성장陶成章, 서석린徐錫麟, 진백평陳伯平, 마종한馬宗漢 등 한때 명성이 자자했던 유명인물들이 차나무를 벗한 채 이곳에서 영면을 취하고 있었다. 이들은 원래 각각 다른 곳에 묻혔다가 이런저런 이유로 나중에 이곳으로 이장됐다. 한시대를 풍미했던 인물들이 나란히 차나무 밭에서 안식을 취하게 된 셈이었다. 비록 찾아오는 사람도 없고 심지어 관심 가지는 사람도 없지만 가화는 그래도 이곳이 그들의 최고 안식처라고 믿어 의심치 않았다. 한때 가화는 항씨 가족들의 유골을 이들의 옆에 묻을까 하고도 생각했었다. 하지만 이내 생각을 바꿔 남산능원에 요코를 비롯해 가평, 득방과 사애광, 백야의 묘지를 마련했다. 그리고 나중에 그 자신도 죽으면 그곳에서 안식을 취할 생각이었다. 그는 신神을 믿지 않는 사람이었다. 하지만 죽음을 처리하는 의례는 매우 중시했다. 그는 사후세계의 존재를 믿지 않았다. 하지만 가끔 사후세계가 어떤 곳이고, 자신이 그곳에서 어떻게 안식을 취할 것인지에 대해 상상하고는 했다.

　가화는 눈이 잘 보이지 않았다. 하지만 이곳의 모든 것은 똑똑히 잘 보였다. 그는 새끼손가락이 잘린 손으로 차나무들을 일일이 가리켰다. 이어 어디에 자신의 부친 항천취가 묻혀 있고, 저것은 어머니 소차의 무덤이라는 등을 일일이 가르쳐주었다. 또 큰어머니 심록애와 여동생 가초가 있는 곳도 기억을 더듬어 찾아냈다. 이어 마지막으로 초풍의 유골이 묻혀 있는 곳도 정확하게 짚었다. 항한이 개발한 차나무 품종 ‘영상’이 그곳에서 무성하게 자라고 있었다.

　가화의 설명이 끝나자 가족 중 누군가가 불쑥 물었다.

　“그분들이 여기에 다 모셔져 있어요?”

　가화의 낯빛이 하얘지고 입술이 푸들푸들 떨렸다. 그는 질문한 가족의 얼굴을 잠시 바라보더니 대답 없이 냇물 건너편 비탈로 향했다. 차나무 가지와 잎들이 그의 마른 몸을 스치면서 부스럭부스럭 소리를 냈다. 망우가 재빨리 다가가 가화를 부축했다. 가화는 건너편 차나무 밭 변두리에 이르러 걸음을 멈추고 주위를 둘러봤다. 유난히 크고 무성한 차나무가 눈에 띄었다. 그는 그 차나무 아래로 다가가 한참을 가만히 서 있었다. 옛날 기억들이 새록새록 떠올랐다. 큰어머니 심록애와 함께 묻은 커다란 물독과 여동생 가초와 함께 매장된 커다란 물고기도 떠올랐다. 그는 힘껏 머리를 흔들었다. 될 수만 있다면 가슴 아픈 지난 일들은 전부 무덤 속에 파묻어버리거나 영원히 가슴 속에서 훌훌 털어내 버리고 싶었다. 입안에서 쓴물이 느껴졌다. 눈앞이 아지랑이가 피어오르는 것처럼 뿌옇게 변했다. 귀에서 쟁쟁 금속 부딪치는 소리가 들려왔다. 4월의 봄바람은 부드러웠다. 하지만 그는 몸을 가누기가 힘이 들었다. 순간 그는 손 가는대로 새파란 찻잎을 한 줌 훑어 입에 넣고 씹었다.

항씨 가족들 중 한간 가교嘉喬가 비참한 최후를 맞이했다는 사실을 아는 사람은 그리 많지 않았다. 기초 역시 그녀의 이복 오빠에 대한 소식을 소문으로만 들어 알고 있을 뿐이었다. 그녀는 가교의 죽음에 대해 큰오빠 가화에게 물어본 적이 단 한 번도 없었다. 하지만 큰오빠 가화가 매번 성묘를 마치고 산을 내려올 때마다 산자락에 있는 차나무 밭에 이르러서는 일부러 걸음을 늦추고 천천히 걷는 이유를 짐작할 수 있을 것 같았다.

'가족의 비밀'을 알고 있는 사람은 이제 가화 한 사람밖에 남지 않았다. 그 비밀을 공유하고 있던, 항씨 가문의 오랜 앙숙 오승도 이미 오래전에 죽었다. 오승은 중국이 항일전쟁에서 승리한 후 첫 번째 봄날 가화를 찾아왔다. 그런 다음 침침해서 잘 보이지 않는 눈을 비비면서 유골함 하나를 가화에게 내밀었다. 가화와 오승은 계룡산 산자락에 있는 차나무 밭 변두리에 함께 그 유골함을 묻었다. 오승은 가화를 원망하지 않았다. 게다가 왜 유골함을 계룡산 항씨네 선산에 묻지 않느냐고 따지지도 않았다. 항씨 가족들은 오래전부터 '그 사람'의 존재를 깡그리 잊어버렸다. 젊은이들은 심지어 '그 사람'이 한간이었을 뿐 아니라 항씨네 원수였음에도 친혈육이라는 사실을 아예 모르고 있었다. 가화는 '그 사람'을 가문의 선산에 들이는 것을 거부했다. 그렇다고 황량한 벌판에 버리지도 않았다. 이 일은 가화의 마음속에 평생의 응어리로 남았다.

야생은 다들 무덤 앞에 앉아 있는데 혼자만 멀리 떨어져 있는 망우에게서 눈을 떼지 못했다. 아이는 어제 처음 만난 망우 할아버지에게 강렬한 호기심과 일말의 두려움을 동시에 느꼈다. 급기야 잔뜩 긴장한 표정으로 항요에게 소곤거렸다.

"요요, 망우 할아버지하고 같이 살아보니 어때요? 좋아요?"

항요는 고개를 끄덕였다. 그는 '새끼 반혁명분자 사건' 이래 항주는 처음이었다. 당시 그 사건은 흐지부지 처리됐다. 하지만 소년은 그 일로 인해 이제 열여섯 살이 되도록 매사에 조심성을 잃지 않게 됐다. 말수도 적어졌다. 그러나 유독 야생과 같이 있을 때면 달랐다. 조잘조잘 대화가 끊이지 않을 정도로 말을 많이 했다. 그는 야생에게 가지가 세 개인 구엽초九葉草, 화중華中 지역에서만 자란다는 오미자, 신이辛夷, 하수오何首烏 등의 약재에 대해 자세히 설명해줬다. 또 남천죽南天竹의 열매는 가을이 돼야 붉어지고, 호이초虎耳草는 가려움증과 귀 통증에 효능이 있다는 얘기도 들려줬다.

"칠엽일지화七葉一枝花는 높은 산에서만 자라는 진귀한 약재야. 높은 산을 힘겹게 오른 사람만이 볼 수 있지. 독화란獨花蘭은 더욱 구하기 힘들어. 서천목산과 영파寧波에서만 자라거든. 너 서천목산에 가본 적 있어? 그곳에는 커다란 나무가 유명해. 여러 그루의 나무가 무더기를 이룬 채 아름드리로 자라는데 얼마나 아름다운지 몰라. 할아버지가 그러시는데 그 나무들은 5세동당五世同堂(다섯 세대가 함께 사는 것을 의미)을 이룬 야생 은행나무 가족이래. 높은 곳으로 올라갈수록 점점 더 큰 나무들을 볼 수 있어. 나무가 너무 커지면 나무처럼 보이지 않아. 마치 하늘을 향해 기지개를 켜는 거인 같아 보여……."

야생은 처음 듣는 신기한 얘기에 넋을 잃은 채 숨도 제대로 쉬지 못했다. 항렬을 따지자면 항요는 아이의 당숙堂叔이었다. 하지만 아이는 항요를 '삼촌'이라 부르지 않고 이름을 따박따박 불렀다. 어른들이 주의를 주자 아이가 어리광부리듯 말했다.

"이렇게 어린 삼촌이 어디 있어요?"

야생이 가화와 함께 서 있는 망우를 응시하면서 항요에게 물었다.

"저렇게 온몸이 하얀 사람을 어두울 때 보면 무섭지 않아요?"

항요가 고개를 저었다.

"망우 삼촌은 세상에서 제일 좋은 사람이야. 우리는 매일 밤마다 서로 발을 맞대고 잔단다."

항요는 자신이 망우 삼촌을 처음 만났을 때 받았던 강렬한 인상을 아직 어린 야생은 이해할 수 없을 거라고 생각했다. 그날 땅거미가 어둑어둑 내려앉을 무렵 그는 처음으로 망우 삼촌을 만났다. 무명옷 자락을 펄럭이면서 산을 내려오는 모습은 말 그대로 신선처럼 우아하고 늠름했다. 하지만 가까이 다가온 망우 삼촌은 피부가 눈처럼 하얗고 얼굴 생김새도 남들과는 많이 달랐다. 눈썹과 속눈썹이 모두 하얗고 길었을 뿐 아니라 피부는 투명할 정도의 분홍색이었다. 항요는 그때까지 온몸이 눈처럼 하얀 사람이 있다는 말을 들어본 적이 없었다. 그래서 두려움에 본능적으로 할아버지를 꼭 껴안았다. 하지만 할아버지는 항요를 망우 삼촌 앞으로 내세우며 인사를 하게 했다.

"삼촌에게 인사드려야지."

그날 이후 항요는 망우 삼촌과 8년이라는 세월을 보냈다. 그리고 지금 망우 삼촌과는 친아버지보다 더 편하고 친한 사이가 됐다.

"저는 세상에서 아빠가 제일 좋아요. 두 번째로 좋아하는 사람은 분이 고모할머니고요. 세 번째로 좋아하는 사람은 제 자신이에요."

야생이 뜬금없이 종알거렸다. 조용히 앉아 있던 어른들이 일제히 웃음을 터뜨렸다. 항요가 말했다.

"그러면 너도 틀림없이 망우 삼촌을 좋아하게 될 거야."

"왜죠?"

"우리 아버지가 그러시는데, 망우 삼촌과 네 아빠는 성격이 똑같대.

둘 다 가화할아버지를 닮았대."

"그래요? 그러면 저는 누구를 닮았어요? 요요는 또 누구를 닮았어요? 빨리 대답해 주세요."

야생은 항요의 다리를 흔들면서 대답을 재촉했다. 항요는 선뜻 대답하지 못하고 머뭇거렸다.

"생각을 좀 해봐야 될 것 같은데……. 생각 좀 해보자."

그때 득도가 딸을 끌어당기면서 말했다.

"어린 아이가 말이 너무 많으면 좋지 않아."

그러나 영상은 득도와는 달리 야생의 머리를 쓰다듬으면서 칭찬했다.

"너는 참 호기심이 많구나. 질문도 잘하고. 나중에 기자가 되면 좋겠다."

득도가 말했다.

"우리 항씨네 사람들은 각자 뚜렷한 개성을 갖고 있는데 대체로 두 부류로 나뉘어져. 한 부류는 정신적인 면을 중요시하는, 섬세하고 감상적인 성격의 소유자로 예술의 혼을 불사르는 사람들이야. 다른 한 부류는 강하고 굳세면서 용감하고 낭만적일 뿐 아니라 맹목적인 성격으로 자신의 뜻을 펼치기 위해 온몸을 불태우는 사람들이지."

영상이 덧붙였다.

"가화 할아버지와 가평 할아버지, 큰오빠와 둘째 오빠처럼요."

득도 앞에서 득방을 언급할 수 있는 사람은 온 가족을 통틀어 영상뿐이라고 해도 좋았다. 그녀는 그동안 많이 변했다. 득도가 예전에는 몰랐던 모습이 많이 나타났다. 예전의 조금 맹하고 온순해보이던 인상은 온데간데없이 사라지고 눈빛에 초롱초롱 생기가 돌았다. 특히 오늘은 무엇 때문인지는 모르지만 그녀의 눈빛 속에 주체할 수 없는 간절함과 격정이 담겨져 있었다. 영상은 열여섯 살 되던 해에 학교를 자퇴한 후 이평수를 따라 평수로 갔다. 그곳에서 노동현장에 있다가 몇 년 뒤에는 시골 초등학교에서 교사가 됐다. 영상과 이평수는 아직 결혼식을 올리지 않았고 영상은 6년이 지난 지금도 새로운 운명을 꿈꾸고 있었다. 그녀의 둘째오빠 득방이 예전에 그랬던 것처럼 말이다.

"아빠, 아빠, 빨리 대답해줘요. 저는 대체 누구를 닮았어요?"

야생이 득도를 흔들면서 대답을 졸랐다. 아이답지 않게 눈빛이 형형한데 여느 항씨네 여자들보다 활발하고 활동적이었다. 곱슬머리에 서양풍으로 차려입어 세련된 분위기를 풍겼다. 항분이 너무 오냐오냐 키운 바람에 약간 버릇없는 부분이 없지 않아 있었다.

득도는 남들과 잘 어울리지 못하는 항요 쪽으로 시선을 돌렸다. 항요는 동천목산 안길^{安吉}현에서 소학교를 나왔다. 안길현은 대나무 산지로 유명한 고장이었다. 그 옆에는 태호^{太湖}와 동초계^{東苕溪}(하천 이름)가 있었다. 망우와 항요의 집은 안길현 경내에서 꽤 멀리 떨어진 동천목산 심산 속에 있었다. 망우는 사람들에게 '신비스럽고 자유를 즐기는 비주류 인물'이라는 인상을 줬다. 게다가 결혼도 안 한 산림지기가 매일 아이를 데리고 등하교하는 모습은 사람들의 동정심을 자아내기에 충분했다. 망우와 항요는 매일 아침 5리 길을 걸어 등교했다. 망우는 그때마다 긴 막대기를 들고 길가의 풀을 두드려 뱀들이 놀라 도망가도록 했다. 그 때문에 학교에 다다를 즈음이면 그들의 짚신과 바짓가랑이는 늘 아침이슬에 푹 젖어 있었다. 산사람들은 항요를 망우의 입양아로 알고 있었다. 그래서인지 그를 안쓰럽게 여기고 친절하게 대해줬다.

항요의 몸에서는 숲 냄새가 났다. 어딘지 산사람 티가 나는 것 같기도 했다. 시골뜨기 느낌과는 다른 것이었다. 사실 그는 깔끔하고 시원스럽게 생긴 용모에 일을 할 때면 흙을 한 줌 집어 들고 주무르는 동작이 날렵하고 민첩하기까지 했다.

방월이 웃으면서 아들 자랑을 했다.

"우리 요요는 도예에 재능이 있답니다. 조만간 저를 추월할 것 같아요."

항요는 망우 삼촌에게 도자기 굽는 기술을 배웠다. 망우는 사발이나 접시 따위의 간단한 도자기 그릇을 구워 현지 주민들과 물물교환을 했다. 산사람들에게 그냥 선물로 줄 때도 많았다. 망우는 책임감이 강한 산림지기였다. 직접 돼지를 기르고 벌을 치고 밭을 가꾸었다. 항요는 망우에게 처음 왔을 때 지붕 위에 열린 호박과 마당 한쪽의 나무선반에서 자라는 표고버섯을 보면서 신기해 했다. 망우는 또 돌 틈에 대나무 홈통을 연결해 산에서 흘러내려오는 샘물이 물독으로 흘러들도록 만들기도 했다. 식구가 한 명 늘어나자 망우는 더 바빠졌다. 하지만 도자기가 구워지기를 기다리는 동안만큼은 만사를 제쳐놓고 조용히 앉아 있었다. 새하얀 속눈썹을 차분히 내리깐 채 일렁이는 불꽃을 바라보는 얼굴표정은 서늘하면서도 안온했다.

망우는 이미 오래전부터 자신의 운명을 통찰했다. 절제節制의 필요성도 깨달은 사람이었다. 뿐만 아니라 매사에 어떻게 절제해야 하는지 스스로 터득한 사람이었다. 함께 사는 항요가 삼촌의 좋은 성품을 고스란히 배운 것은 당연한 일이었다. 그래서인지 항요는 아버지의 칭찬에도 우쭐해하지 않고 차분한 얼굴로 차나무 숲만 응시할 뿐이었다.

방월이 아들에게 말했다.

"네가 저번에 해독하기 어렵다고 하던 그 고문古文을 득도 형님에게 물어보지 그러냐?"

방월이 고개를 돌려 득도에게 설명을 했다.

"요요가 요즘 자사호 공예를 배우고 있단다. 어제 혼자서는 도무지 해석할 수 없다면서 《호감》虎鑒에 수록된 고문 한 단락을 가져왔더구나. 나야 몇 년 동안 똥통 청소만 하다 보니 옛날에 알았던 것들도 깡그리 다 잊어버렸지. 그래서 득도 너에게 가르침을 부탁하라고 한 거야."

방월이 고개를 돌려 아들에게 물었다.

"요요, 어제 베낀 걸 가져왔어?"

항요는 손바닥으로 호주머니를 누르면서 득도를 바라봤다. 득도가 항요의 머리를 가볍게 툭툭 치면서 말했다.

"줘봐, 해독할 수 있을지는 모르겠다."

항요가 주머니에서 종이를 꺼내 조심스럽게 득도에게 건넸다.

2년 전 망우는 인근의 현縣인 장흥長興 출장을 다녀오면서 자사호 한 점과 책 한 권을 항요에게 가져다줬었다. 그때 그는 이렇게 말했다.

"자사호는 장흥 거리에서 산 거야. 자사호는 차를 담근 후 하룻밤이 지나도 원래의 차 맛이 변하지 않는단다. 또 향을 모으는 성질이 있어서 자주 차를 우리는 자사호에는 뜨거운 물만 넣어도 그윽한 차향을 느낄 수 있단다. 그리고 시간이 지날수록 광택이 더해져 외관이 아름다워진단다. 날씨가 추울 때는 손을 따뜻하게 해주고, 날씨가 더울 때에도 손이 데지 않는단다. 또 약한 불에 오래 천천히 끓여도 아무 문제없고 가격 역시 저렴하지."

항요는 삼촌이 사다준 자사호를 자나 깨나 손에서 놓지 않았다. 그야말로 보물처럼 애지중지했다. 한마디로 자사호에 첫눈에 반했다고 해도 좋았다. 그것은 어쩌면 산에 사는 사람들이 흙으로 만든 물건에 각별한 애착을 느끼고, 물가에 사는 사람들이 물에 대해 특별한 감정을 느끼는 것과 같은 이치일지도 몰랐다.

망우가 항요에게 가져다준 책의 제목은 《호감》이었다. 책은 예전에 조반파들이 대갓집 재산을 압수수색할 때 망우의 지인이 기회를 틈타 슬쩍 빼돌린 것이었다. 지인은 나중에 그 책을 망우에게 선물했다. 그렇지만 책 속에는 항요가 모르는 글자가 너무 많았다. 그래도 아버지의 가르침을 받아 품호品壺의 여섯 가지 기준인 '신운神韻, 형태形態, 색택色澤, 의취意趣, 문심文心, 적용適用'의 뜻은 대충 이해할 수 있었다. 그러나 나머지 문장의 내용은 도무지 해석할 수가 없었다. 항요는 어쩔 수 없이 망우 삼촌에게 가르침을 청했다. 하지만 망우 삼촌은 도리질을 했다.

"삼촌은 나무에 대해 설명하라면 잘할 수 있지만 주전자에 대해서는 문외한이야. 네 할아버지에게 부탁해보렴."

그해 9월, 항요는 소학교를 졸업한 후 중학으로 진학하지 않았다. 대신 망우 삼촌의 뜻에 따라 장흥에 있는 제호制壺 명가에 들어가 기술을 배우기 시작했다.

'중국 도자기의 고장'으로 불리는 의흥宜興은 장흥과 가까운 곳에 자리하고 있었다. 이 의흥의 자사호가 유명해진 이유는 이곳에서만 나는 붉은 흙인 '자사니토'紫砂泥土 덕분이었다. 의흥은 비록 도자기로 유명하기는 하나 사실 자사호를 만든 역사는 그리 길지 않았다. 그전까지는 주로 크고 투박한 항아리를 많이 만들었다.

항요는 운이 좋은 사람이었다. 장흥에서 제호 기술을 배우면서 인근 현인 의흥에 있는 자사호 장인들을 심심찮게 만날 수 있었기 때문이었다. 고경주顧景舟, 장용蔣蓉 등 중국 최고의 자사호 대가들이 바로 그들이었다. 당시 그들은 '문화대혁명'의 광풍에 밀려 초야에 묻혀 지내고 있었다. 당연히 그들은 예술가답게 도예에 흥미가 있는 사람들이 찾아와서 가르침을 청하면 흔쾌히 응해줬다. 덕분에 어린 항요도 이들 대가들로부터 많은 가르침을 받을 수 있었다.

어른들이 항요에게 도자기 공예를 가르친 이유는 단순했다. 나중에 그가 이 기술로 밥벌이를 하고 가족을 부양할 수 있었으면 하는 바람에서였다. 하지만 이유가 어찌됐건 항요는 마치 운명처럼 도자기 예술에 눈을 뜨게 됐다. 자사니토를 손에 잔뜩 묻힌 채 예술인으로서의 새로운 삶을 시작하게 된 것이다.

항요는 어제 할아버지를 만나자마자 바로 필사해온 고문을 보여드리고 가르침을 청했다. 하지만 할아버지는 직접 설명해주시지 않고 에둘러 말씀하셨다.

"네 큰형님에게 보여주렴. 그 아이는 지금 자료실에 근무하고 있단다. 읽은 책도 이 할아비보다 더 많아."

그래서 항요는 오늘 종이를 선산까지 가져왔던 것이다. 하지만 제사를 지내는 자리에서 사적인 부탁을 드리기가 쑥스러워 차마 입을 떼지도 못하고 있었다. 다행히 큰형님은 흔쾌히 그의 부탁을 들어줬다.

항요가 필사해온 고문은 언뜻 봐도 난해한 문장이었다. 하지만 득도는 묵묵히 생각에 잠기는가 싶더니 이내 자신감 넘치는 표정을 지었다. 눈치 빠른 영상이 재빨리 종이와 펜을 내밀었다. 득도는 단숨에 줄줄 글을 써내려가기 시작했다.

진흙 색깔의 변환에 대해 말하자면 어떤 것은 흐린 듯 어둡고, 어떤 것은 밝고 아름답다. 어떤 것은 포도 같은 자주색이고, 어떤 것은 귤처럼 노랗다. 어떤 것은 오동나무의 어린 가지처럼 파랗고, 어떤 것은 보석처럼 푸르다. 어떤 것은 이슬을 머금은 채 태양을 따라 움직이는 해바라기처럼 은은한 향기를 흩날리고, 어떤 것은 모래 위에 금가루를 뿌린 것 같거나 맛있는 배를 보고 침을 흘리는 것 같다. 어떤 것은 환골탈태한 것처럼 검푸르고 은은한 광채를 내뿜는다. 고귀하고 괴이한 요변窯變을 어찌 색으로 이름을 정하겠는가? 철인 듯하고, 돌인 듯하니, 옥인가? 아니면 금인가? 완전한 조화가 한 몸에 집중되니 완벽한 미적 균형을 이룬다. 멀리서 바라보면 묵직하기가 사당에 진열된 제기나 악기 같기도 하고 가까이에서 음미해 보면 찬란하기가 귀한 옥처럼 정기를 드러낸다. 얼마나 미묘하고 빼어난지 세상 일체의 보배가 그와 필적할 수 없다.

영상과 항요는 두 눈이 휘둥그레져 할 말을 잃었다. 도무지 알 수 없는 난해한 문장을 단번에 해석해 내다니 입이 딱 벌어질 지경이었다. 영상이 진심으로 감탄을 터트렸다.

"'완전한 조화가 한 몸에 집중되니 완벽한 미적 균형을 이룬다', 오빠, 오빠가 아니면 누가 이렇게 단숨에 멋진 글귀를 생각해 내겠어요?"

득도가 손사래를 쳤다.

"그게 아니라, 이 글은 내가 예전에 해석했던 거야. 차와 다구 관련 문헌에도 수록돼 있는 글이지. 내 기억이 틀리지 않는다면 오매정吳梅鼎의 〈양선명호부〉陽羨茗壺賦에 이 글이 있어. 내 말이 맞지, 요요?"

"네, 맞, 맞아요."

말로만 듣던 큰형님의 박학다식함을 직접 목격한 항요는 너무 놀라 말까지 더듬으면서 연신 맞장구를 쳤다. 물론 아직 경력이 부족한 그는 영상이 손뼉을 치면서 찬탄한 "완전한 조화가 한 몸에 집중되니 완벽한 미적 균형을 이룬다."라는 글의 깊은 뜻을 완전히 이해하지는 못했다. 나중에 제호 기술을 몇 년 더 배운 뒤에야 완벽하게 이해할 수 있었다. 그는 마음이 급해진 나머지 다호茶壺에 관해 자신이 알고 있는 지식을 두서없이 큰형님에게 털어놓기 시작했다.

"제가 본《호감》이라는 책에는 실물 사진도 많았어요. 공춘供春, 진명원陳明遠, 시대빈時大彬 등 대가들의 작품과 만생호曼生壺 사진도 있었어요. 저는 제일 처음 다호 몸체에 글자를 새긴 사람의 이름도 알아요. 그분의 속명俗名은 '진삼태자'陳三呆子예요."

항요가 눈빛을 반짝이면서 득도에게 물었다.

"형님, 우리 집에도 만생호가 있죠? 아버지가 말씀하시길 만생호는 우리 항씨 가문의 소중한 가보家寶라고 하시던데 저는 언제쯤 만생호를 볼 수 있을까요?"

득도는 자신의 무릎을 한쪽씩 잡고 진지한 표정으로 올려다보는 항요와 야생을 보면서 만감이 교차했다. 혈연관계란 것이 꼭 그 핏줄로 태어나야 생기는 것이 아니고 후천적으로도 이루어질 수 있다는 생각이 들었다. 이 두 아이만 봐도 그렇지 않은가? 항씨네와는 피 한 방울 섞이지 않았음에도 불구하고 일거수일투족, 표정, 심지어 외모까지 점점 항씨네 사람들을 닮아가고 있지 않은가?

득도는 항요에게 주려고 번역문을 적은 종이를 반으로 접었다. 그러다 갑자기 심각한 표정을 지었다. 그가 종이를 손에 꽉 움켜쥔 채 근엄한 말투로 영상에게 물었다.

"이건 어디서 난 거냐?"

"어디서 나긴요? 항주에서 났죠."

영상이 잠깐 움찔하더니 곧 아무렇지 않은 척 대답했다. 득도는 종잇장 뒷면에 있는〈총리 유언〉의 출처에 대해 묻고 있는 것이었다.

득도는 항요에게 야생을 데리고 차나무 밭에 가서 놀라고 했다. 이어 다시 근엄한 표정을 지으면서 영상을 추궁했다.

"일부러 나에게 이걸 보여준 거지? 다시 한 번 묻겠다. 이건 어디에서 난 거냐?"

영상은 큰오빠의 화내는 모습이 처음인지라 떨리는 목소리로 사실을 털어놓았다.

"제가 소흥에 있을 때 동도강이 저에게 보내준 삐라예요."

영상이 득도의 눈치를 살피면서 살짝 들뜬 목소리로 조심스럽게 물었다.

"오빠, 오빠는 '주 총리 유서'의 진위를 판단할 수 있어요?"

득도가 일어나더니 앞에 있는 대나무 숲을 향해 천천히 걸어갔다. 영상은 득도가 무슨 생각을 하는지 몰라 말없이 그의 뒤를 졸졸 따라갔다. 영상과 득도는 지난 몇 년 동안 거의 만나지 못했다. 그래서 영상은 유배생활을 마치고 돌아온 큰오빠가 어떻게 변했는지 종잡을 수가 없었다.

득도가 길게 한숨을 내쉬더니 근엄한 말투로 대답했다.

"굳이 듣고 싶다면 말해주마. 내가 보기에 이 유언장은 십중팔구 다른 사람이 위조한 거야."

영상이 펄쩍 뛰면서 이의를 제기했다.

"말도 안 돼요. 유언장의 문체와 필체가 주 총리의 평소 풍격과 모순되지 않고 일관성이 있잖아요."

득도가 걸음을 멈추고 고개를 돌렸다.

"주 총리의 평소 풍격이 어떤데? 안다면 설명해 봐."

영상은 말문이 막혔다. 하지만 그녀는 더 이상 예전의 가녀리고 소심하면서 신경질적인 소녀가 아니었다. 그녀는 잠깐 생각하더니 득도에게 되물었다.

"오빠가 알고 있는 주 총리는 어떤 분인데요?"

이번에는 득도가 말문이 막혔다. 그는 눈을 가늘게 뜨고 한참 동안 앞을 응시하더니 새로 움이 트는 차나무를 가리키면서 대답했다.

"나도 잘 모르겠어. 하지만 그분의 성품을 차나무에 비유하면 조금 비슷하지 않을까?"

득도는 자신의 솔직한 생각을 영상에게 숨겼다. 그가 생각하는 주 총리는 지략이 뛰어난 정치가이자 철저한 유물론자였다. 슬하에 자녀가 없고 타계할 때까지 개인자산이라고는 한 푼도 없었던 사람이었다. 게다가 그는 자신이 죽고 나면 화장한 후 유골을 바다에 뿌려달라고 한 사람이었다. 그런 사람이 굳이 유언장을 작성할 이유가 있겠는가?

득도는 '주 총리 유언장'이 진짜이기를 기대하면서 잔뜩 들떠 있는 여동생에게 차마 찬물을 끼얹을 수가 없었다. 그렇다고 여동생이 있지도 않은 '유언장' 풍파에 휩쓸리는 것을 가만히 두고 볼 수도 없었다.

"진짜가 아니면 누군가가 정치적 목적으로 유포한 유언비어겠죠. 괜찮아요. 별일 없을 거예요. 지금 군부대, 공장, 농촌 어디라 할 것 없이 온갖 유언비어가 쏟아져 나오고 있어요. 저도 그들 중의 한 명일 뿐인데요 뭐."

영상이 태연자약하게 대답했다. 득도가 다시 말을 이었다.

"인류 역사를 보면 획기적인 역사적 전환점이 나타날 때면 항상 여론이 먼저 앞서간단다. 프랑스의 계몽사상과 중국의 '5.4운동'이 대표적인 사례야. '시대가 영웅을 만든다'는 속담이 있지 않느냐. 하지만 우리가 기억해야 할 것은 시대가 '영웅'뿐만 아니라 '여론'도 만든다는 점이야. 역으로 여론 역시 시대에 영향을 끼치면서 상호작용을 통해 새로운 역사를 만들어 내는 것이고."

득도와 영상은 항씨네 선산에서 꽤 멀리 떨어진 곳까지 걸어왔다. 그때 득도가 갑자기 걸음을 멈추고 한 곳을 가리켰다.

"여기가 야생이 태어난 곳이야."

득도의 말투는 담담했다. 그래서 영상은 큰오빠가 이곳을 여러 번 찾아왔었을 뿐 아니라 오래전의 고통스러웠던 기억이 은은한 아픔으로만 남아 있는 줄 알았다. 하지만 큰오빠의 이어진 고백은 영상의 마음을 후벼 파듯 아프게 찔렀다.

"백야가 간 뒤로 여기는 처음이야. 오늘 네가 없었더라면 나 혼자 이곳을 찾을 용기를 내지 못했을 거야."

득도가 고개를 푹 숙였다. 이를 악무는 바람에 뺨이 불룩해졌다. 그가 묵념하듯 잠깐 서 있는가 싶더니 갑자기 몸을 홱 돌렸다. 이어 오던 길로 빠르게 되돌아가기 시작했다.

"여러 해가 지났어. 하지만 백야가 내 유일한 지기知己라는 생각은 변함이 없어. 내가 '역사의 순난자殉難者'에 대해 말할 때 내 말을 제대로 이해한 사람은 그녀 한 사람뿐이었어. 우리가 양진 선생 얘기를 꺼내지 않은 지도 벌써 몇 년이 지났구나. 그분이 지금까지 살아계셨다면……, 네 둘째 오빠와 애광이 지금까지 살아 있었다면……."

득도의 목소리가 떨리기 시작했다.

"네가 네 둘째 오빠처럼 살고 싶어 한다는 걸 알고 있어. 네가 이제는 예전의 차를 우리던 어린 소녀가 아니라는 것도 알고 있어……."

득도는 영영 사라져 간 모든 것들을 애도하듯 잠깐 침묵을 지켰다. 이어 다시 입을 열었다.

"하지만 영상, 이것만은 명심하자. 우리 항씨네 사람들은 천성적으로 술보다 차가 어울리는 사람들이야. 또 건설, 보완과 조율에 적합한 사람들이지. 하지만 지금 우리가 살고 있는 시대는 '파괴의 시대'야. 이미 파괴된 것들 중에 내 이름도 포함돼 있단다. 나 역시 나 스스로의 '박해자'야……."

영상은 오빠의 말을 다 알아듣지는 못했다. 그러나 왠지 모르게 가슴이 울컥해지는 것을 느꼈다. 그녀는 몇 번이나 오빠의 말을 자르려고 했다. 그러나 번번이 실패했다. 멀리서 가족들이 그들을 향해 손짓하는 것이 보였다. 득도가 걸음을 재촉하면서 말했다.

"이 모든 것이 어떻게 발생했는지, 무엇 때문에 발생했는지, 그리고 언제면 끝이 나는지 밝혀낼 수 있는 사람은 너희들이야. 나는 너희들을 믿는다. 너희들은 젊고 자유로우니까. 너희들의 사명은 열심히 공부해 더 많은 것을 인식하고 더 많은 것을 축적하는 거야. 그리고 더 중요한 한 가지는 스스로를 지켜 역사의 증인이 되는 거야. 나는 네가 다인茶人 가문인 우리 항씨네의 전통을 계승했으면 좋겠어."

큰오빠의 진심어린 말에 영상이 뜨거운 눈물을 글썽거렸다. 그제야 그녀는 사태의 심각성을 어렴풋이 짐작할 수 있었다. 그녀는 큰오빠의 손을 잡고 그동안 말하지 않았던 비밀을 털어놓았다.

"사실 어젯밤 동도강과 손화정을 만났어요. 그리고 그들이 준 '총리 유서' 삐라와 소형 등사기를 집으로 가져왔어요. 손화정은 감시를 받고 있는 처지이고, 동도강은 개인의 자유가 없는 군인이라 마땅히 보관할 데가 없다고 해서 제가 가져왔어요……."

"그 물건들을 어디에 숨겼어?"

영상이 얼굴을 붉히면서 대답했다.

"가산假山 지하실에요. 둘째 오빠가 전단을 인쇄하던 곳이에요. 알탄 광주리 뒤에 숨겼어요. 오늘 오후에 거리에 나갈 때 갖고 나가려고 했는데……."

"뒤처리는 나에게 맡기고 너는 이 일에서 손 떼!"

"안 돼요! 같이 해요!"

득도가 걸음을 멈췄다. 가족들 앞에서 이런 얘기를 할 수는 없었다. 그는 가화를 닮아 얇고 넓적한 손바닥으로 영상의 어깨를 지그시 누르면서 못 박듯 말했다.

"별로 어려운 일 아니야. 오빠 혼자서도 충분해. 그런데 너는 집으로 돌아가면 안 돼. 성묘가 끝나면 망우 삼촌을 따라가. 걱정 마, 다 괜찮아질 거야. 망우 삼촌은 방월 삼촌과 요요를 무사히 지켜주신 분이야. 그러니 너도 안심하고 그분을 따라가면 돼. 됐다, 이 얘기는 여기까지만 하자."

영상이 그래도 뭐라고 입을 열려고 하자 득도가 그들을 바라보고 있는 항씨네 노인들을 가리켰다.

"영상아, 백발이 된 아버지와 할아버지, 그리고 무덤 위의 늙은 차나무와 어린 차나무를 보렴……."

득도의 목소리가 떨렸다. 눈에서는 약간의 눈물도 어리고 있었다. 영상은 큰오빠의 눈물을 처음 보았다. 머나먼 섬으로 '유배'를 떠날 때에도 의연히 미소를 지었던 큰오빠가 눈물을 흘리고 있었다…….

득도와 영상은 종종걸음으로 가족들에게 다가갔다. 야생이 멀리서 그들을 불렀다. 무덤 앞에는 향촉香燭과 청명단자清明團子가 갖춰져 있었다. 그동안 실내에서만 지내던 제사를 거의 10년 만에 야외에서 치르려는 순간이었다. 항씨네 제사 의례는 여느 집과 달랐다. 막 올린 찻잔에서 김이 모락모락 피어오르고 향긋한 차향이 감도는 가운데 항씨 가문의 어른들이 일제히 무릎을 꿇었다. 제사에 처음 참가하는 항요와 야생도 어른들을 따라 무릎을 꿇었다.

제30장

그렇게 긴긴 밤이 지나고 다시 새날이 밝았다.

여전히 황혼처럼 어두운 낮이었다. 하지만 그것은 봄의 기운이 깃든 어둠이었다. 어쩌면 앞으로 더 어두운 밤들이 찾아올지도 모른다. 하지만 그때도 역시 무수히 많은 하얀 꽃들이 그 어둠과 맞서 싸울 것이다. 또 무수히 많은 빛줄기들이 어둠 속에서 빛을 발할 터였다. 물론 노인의 불안한 탄식, 여인의 흐느끼는 소리와 검을 빼든 젊은이의 외침소리도 어둠 속에 섞여 있을지 모른다.

연로한 가화는 지팡이를 짚고 길거리를 걷고 있었다. 언뜻 보기에는 목적지 없이 그냥 발길 닿는 대로 걸어가는 것처럼 보였다. 거리에는 사람들이 물샐틈없이 빼곡하게 모여 있었다. 날씨는 아직 조금 쌀쌀했다. 우중충한 구름 사이로 가끔씩 황금빛 햇살이 흘러나왔다. 많은 사람들이 각기 표어를 들고 구호를 외치면서 시내 중심을 향해 움직이고 있었다. 가화는 그들의 표정을 보면서 반세기 이전에 가평과 함께 참가했던 '운동'을 머리에 떠올렸다. 그들 중에는 삐라를 뿌리는 사람도 있었다. 그중 한 장이 아름다운 나비처럼 너울너울 날아와 가화의 발 앞에 떨어졌다. 그는 시력이 많이 나빠졌지만 삐라의 제목은 읽을 수 있었다. '유언'이었다.

그는 조심스레 삐라를 접어 호주머니에 넣었다. 집에 돌아가서 확대경으로 읽어볼 생각이었다. 그때 한무리의 사람들이 그가 있는 방향으로 몰려왔다. 그는 걸음을 멈춘 채 꼼짝도 하지 않았다. 사람들은 그의 곁을 무심히 스쳐 지나갔다.

선산에 성묘를 갔던 자손들은 대부분 아직 그의 옆에 있었다. 그러다 손자 득도가 딸 야생을 데리고 먼저 집으로 돌아갔다. 득도와 야생이 떠난 후에는 망우가 영상과 함께 떠났다. 득도는 떠나기 직전에 망우의 귓가에 한참 동안 뭔가를 소곤거렸다. 나머지 사람들에게 단단히 분부하는 것도 잊지 않았다.

"다들 할아버지를 모시고 기초 고모할머니 집으로 가세요. 거기서 포랑 삼촌이 오기를 기다리세요."

가화는 묵묵히 듣고만 있을 뿐 아무런 대꾸도 하지 않았다. 또 한 번 중대한 일이 닥쳐올 것을 본능적으로 예감하고 있는 것이 분명했다.

거대한 용처럼 길게 이어진 표어가 방패처럼 거리를 가로막고 있었다. 자동차는 그곳을 조심스럽게 에돌아갔다. 자동차의 앞부분은 때로는 '추모'라고 적혀 있는 표어에 막혔다. 때로는 '뛰어난 공헌'이라는 글자에도 막혔다. 표어가 너무 길어서 표어를 든 사람들은 세 줄로 길게 옆으로 늘어서 있었다. 눈썰미가 좋은 영상이 갑자기 두 번째 줄을 가리키면서 말했다.

"저기 보세요. 포랑 삼촌이에요."

포랑도 가족들을 발견하고 의기양양하게 손으로 가슴을 두드리면서 엄지손가락을 치켜들었다. 마치 모든 것을 자기한테 맡기라고 말하는 것 같았다. 그도 다른 사람들처럼 머리에 흰 천을 매고 있었다. 흰 천에 어떤 글자가 적혀 있는지는 별 관심이 없는 것처럼 보였다. 그는 조쟁쟁을 안전한 곳으로 데려다놓고 다시 이리로 온 것이었다. 그가 가족들을 향해 있는 힘껏 손을 흔들었다. 다들 어서 와서 참여하라는 뜻이었다.

그때 죄수 호송차 한 대가 기세등등하게 가화의 옆을 지나갔다. 노인은 바짝 긴장했다. 거침없이 달려가던 호송차가 속도를 조금 늦췄다. 앞에 점점 더 많은 사람들이 몰려들었기 때문이었다. 항씨네 식구들도 다들 앞으로 몰려갔다. 그러나 항분만은 아버지의 손을 잡고 커다란 나무 아래에 서 있었다. 항한이 걱정스러운 표정으로 되돌아봤다. 그러자 가화가 손사래를 쳤다. '나는 괜찮으니 어서 가서 활동에 참여하라.'는 뜻이었다.

호송차는 시위 대열에 가로막혀 멈춰 섰다. 차안에는 안경을 낀 남자가 있었다. 남자는 창문에 얼굴을 바짝 붙이고 바깥을 내다봤다. 특히 한 손으로 가슴을 부여잡고 서 있는 노인을 유심히 바라봤다. 중년 여성이 노인을 부축하고 있었다. 노인과 중년 여성은 때로는 인파에 묻혔다가 때로는 모습을 드러냈다. 노인은 가끔 고개를 들고 그만이 갖고 있는 특유의 표정으로 허공을 바라보면서 숨을 몰아쉬었다. 노인의 표정에는 간절함이 가득했다. 수갑을 찬 남성은 그런 노인을 보면서 위안인지 고통인지 모를 표정을 지었다.

득도는 주도면밀하게 대비하노라고 했으나 역시 한발 늦었다. 그가 야생을 데리고 양패두에 있는 항씨네 집에 도착했을 때는 채차가 인솔한 수색팀이 지하실에서 삐라와 등사기를 찾아낸 뒤였다. 채차는 '증거'를 찾아내자마자 골목어귀 공중전화 부스에서 오곤에게 전화를 걸었다.

"당장 와요."

채차의 전화를 받은 오곤은 놀라서 펄쩍 뛰었다.

"당신은 농업 담당이오. 공안公安의 일에 왜 손을 대는 거요?"

"다 당신을 위한 것 아니겠어요?"

채차가 바깥 동정을 살피면서 목소리를 낮췄다.

"항씨네 집에서 증거물이 나왔어요. 대놓고 당신에게 기회를 주는 건데 차려주는 밥상도 못 챙겨 먹어요?"

가뜩이나 울적해 혼자서 술을 마시고 있던 오곤은 당장 달려가서 채차의 따귀를 후려갈기고 싶었다. 그는 채차가 무엇 때문에 항씨네 사람들을 그토록 증오하는지 이해가 되지 않았다. 아무리 생각해봐도 그녀의 증오심은 이유가 없었다. 채차는 4, 5년 사이에 직위가 이미 오곤을 뛰어넘었다. 지금의 추세로 보면 다음 대표대회에서는 중앙위원으로 선출될 가능성도 충분했다. 하지만 초기 조반파인 오곤은 그렇게 운이 좋지 못했다. 그는 '임표 사건' 이후 재기하지 못했다. 채차는 그것을 항씨네 사람들의 탓으로 돌렸다. 오곤이 항씨네 사람들 때문에 망했다고 단정 지었다. 득도를 섬에서 빼내오는 일에 지나치게 관여하다 결국 본인이 상부의 신임을 잃었다는 것이었다.

하지만 오곤은 진실을 알고 있었다. 세상이 채차가 말한 것처럼 돌아가지 않는다는 것을 잘 알고 있었다. 정치투쟁은 이미 본연의 순수한 목적을 잃은 지 오래였다. 급기야 추잡한 무리들의 물고 뜯는 아귀다툼으로 변해 있었다. 그는 그깟 중앙위원이 되기 위해 추잡한 무리들과 어울리고 싶지 않았다. 아니 더 나아가 모 주석의 최고의 신임을 받고 있는 '아낙네'와 그 무리들을 마음속 깊이 경멸하고 있었다. 그는 '문화대혁명' 초기에 그 '아낙네'의 출신 성분 자료를 본 적이 있었다. 그녀는 지주의 딸로 태어나 상해에서 3류 연예인으로 활동한 경력이 있었다. 그는 사설만 전문적으로 집필하는 '글쟁이'에게도 반감이 없지 않아 있었다. 술이 거나하게 취하면 혼자서 교만한 생각도 했다.

〈화산이 하나둘 폭발하니, 왕관이 하나둘씩 바닥에 나뒹군다〉? 이깟 사설도 글이라고 썼나? 내가 발로 써도 이것보다는 낫겠다.'

오곤이 경멸하는 추잡한 무리들 속에서 유일하게 인정한 사람이 있다면 바로 안경을 쓴 '군사'軍師였다.

말할 것도 없이 오곤이 제일 경멸하는 사람은 채차였다. 하지만 이제 채차와 맞서기가 버거울 지경이 되었다는 사실을 인정하지 않을 수 없었다. 채차는 여전히 낡아빠진 문장을 읽으면서 문맹에서 벗어나기 위해 열을 올리고 있었다. 그럴수록 그녀의 외모는 추해졌다. 하지만 그녀의 직위는 점점 더 높아갔다. 지금도 그녀는 명령조로 그에게 묻고 있었다.

"지금 올 거예요? 말 거예요?"

"안 가!"

오곤은 전화기를 내동댕이쳤다. 직감적으로 사태가 심각하다는 생각이 들었다. 누구를 막론하고 일단 '총리 유언' 사건에 걸려든 사람은 십중팔구 머리가 날아가게 된다. 순간 '야생'이라는 두 글자가 뇌리에 떠올랐다. 갑자기 마음이 급해졌다. 그는 재빨리 사태를 분석해보고 항씨네와 연락을 취해야겠다는 생각을 했다. 서둘러 나가려는데 언제 도착했는지 채차가 그의 앞에 나타났다. 그녀는 그를 밀면서 새된 소리로 고함을 질렀다.

"오곤, 또 술 마셨어요? 당신이 취했든 안 취했든 상관없어요. 지금 당장 같이 가요. 지금 안 나가면 영원히 재기하지 못해요!"

오곤은 화가 머리끝까지 치솟았다. 있는 힘껏 채차를 밀치면서 맞받아 소리를 질렀다.

"개소리 하지 마. 네년이 뭔데 지금 나한테 이래라 저래라야?"

채차는 어이가 없어서 화도 내지 못했다. 그녀는 잠깐 숨을 돌리더니 말투를 바꿔 부드럽게 말했다.

"오곤, 그러지 말고 나하고 같이 가요. 이번이 당신이 재기할 수 있는 마지막 기회예요. 당신이 얼마나 오랫동안 주석단에 앉지 못했는지 생각해 봐요."

얼마나 저속하고 적나라한 표현인가. 또한 이보다 더 정확하고 생생하고 직접적인 표현이 또 있을까? 채차의 말마따나 그는 아주 오랫동안 주석단에 앉지 못했다. 그의 손짓 하나하나에 군중들이 환호하고 천지가 진동하던 그 꿈같은 시절이 과연 다시 재현될 수 있을까?

얼마나 많은 평범한 사람들, 심지어 아둔한 사람들이 이 치명적인 유혹을 떨쳐버리지 못했던가. 지금 앞에 서 있는 계집 역시 일찍이 말한마디 제대로 못하던 아둔한 여자였다. 그런데 지금은 얼마나 자연스럽게 권력의 달콤함에 대해 말하고 있는가.

"하지만 당신이 지금 어떤 위험을 무릅쓰고 있는지 알아? 물은 배를 띄울 수도 있지만 배를 뒤집을 수도 있는 법이야. 우리가 정말로 끝까지 꽃길만 갈 수 있을 것 같아? 당신은 우리도 언젠가 역사의 심판대에 오르게 된다는 것은 생각해본 적이 없어?"

"뭐라고요? 방금 뭐라고 했어요? 우리가 역사의 심판대에 오른다고
요?"

오곤의 말에 채차가 세차게 머리를 저었다.

"그런 생각은 해본 적 없어요. 한 번도 없었어요. 그리고 생각해봤
자 소용도 없잖아요. 어차피 돌이킬 수 없는걸요. 당신이 지금 나하고
같이 가지 않으면 우린 둘 다 끝장이에요. 생각해 봐요. 이 몇 년간 내가
막아주지 않았다면 당신이 지금 이 자리에 있을 수 있었겠어요? 당신
은 정말로 항득도를 대신해 그 짐을 짊어질 생각인가요?"

오곤은 순간적으로 멍해졌다. 갑자기 자신의 총명함이 채차의 어리
석음을 당해내지 못한다는 사실을 깨달은 것이다. 오곤의 마음이 바뀐
것을 눈치챈 채차가 목소리에 힘을 주면서 말했다.

"당신이 나에게 말해줬잖아요, 왕후장상의 씨가 따로 있는 게 아니
라고요. 당신이 나한테 말해준 거잖아요."

채차가 오곤에게 다가가 그의 가슴에 기대면서 말했다.

"두려워하지 말아요, 내가 있잖아요. 나는 당신의 뜻에 따라 아이도
낳지 않았어요. 우리는 비록 한날한시에 태어나지는 못했어도 한날한
시에 죽을 거라고 제가 말했잖아요. 저는 더 이상 세상에 연연할 것도
없으니 당신과 끝까지 함께 갈 거예요."

오곤은 뒤늦게 찾아온 가슴을 후비는 듯한 아픔에 무릎을 꿇었다.
그 아픔은 양심의 가책이라는 것을 그는 잘 알고 있었다. 또 이런 아픔
은 그가 또다시 죄를 저지르려고 할 때 양심이 보내는 경고이기도 했다.
하지만 그런 경고는 단 한 번도 효력을 발휘한 적이 없었다. 그런 이유로
그는 자신의 산산조각 난 양심을 증오했다. 그는 몸부림치듯 자신의 가
슴을 후려쳤다. 마치 마음 깊숙한 곳에서 찾아온 아픔을 박살내 버리려

는 듯했다. 그는 휘청거리며 외투를 걸쳤다. 그리고 혼잣말하듯 중얼거렸다.

"그는 화려한 궁전에도 충분히 입궁할 수 있는 사람인데 무엇 때문에 한사코 초라한 오두막집으로 들어가려고 하는 걸까?"

아직 어린 야생은 앞으로 그녀의 가족에게 무슨 일이 일어날 것인지 꿈에도 모르고 있었다. 즐겁게 성묘를 하고 돌아오는데 내채 할머니가 골목어귀에서 그녀를 향해 손을 흔들더니 귓가에 대고 말했다.

"얘야, 아빠에게 빨리 도망가라고 해."

말이 채 끝나기도 전에 득도가 이미 그들의 곁으로 다가왔다. 득도는 내채의 표정을 보고 금세 무슨 영문인지 알아차렸다. 그는 각오를 한 듯 길게 한숨을 내쉬었다. 방금 그는 기초 고모할머니와 항분 고모에게 할아버지를 모셔가 달라고 당부했었다. 만약의 경우 집에 무슨 일이 일어나더라도 노인들에게 충격을 주지 않기 위해서였다. 그는 내채에게 야생을 좀 봐달라고 부탁하고는 무릎을 굽히고 야생과 눈높이를 맞추고는 말했다.

"아빠가 어디 좀 다녀올게. 시간이 좀 걸릴 거야. 무서워하지 마. 다른 가족들이 있잖니. 다들 곧 오실 거야."

그때 긴 외투를 걸친 남자가 다가왔다. 그는 손에 두툼한 책을 들고 있었다. 야생은 어디선가 봤던 것 같은 남자를 보고 의아한 표정을 지었다. 그 남자가 무슨 일로 아빠를 찾아왔는지는 몰라도 그리 좋은 일은 아닌 것 같았다.

남자는 득도와 얘기를 나누는 내내 야생에게서 눈을 떼지 않았다. 야생은 남자의 표정과 눈빛이 무척 부담스러웠다. 남자의 목소리가 들려왔다.

"내가 찾아와서 놀랐나?"

득도가 대답했다.

"예상 못한 바는 아니네. 이럴 때 자네가 잠자코 있을 리 만무하지. 다만 직접 행차할 줄은 몰랐어. 언제부터 포졸 일도 겸하게 됐나?"

남자가 멋쩍게 웃으며 말했다. 야생은 아빠에게 하는 남자의 말을 똑똑히 기억했다.

"조금 전에 자네의 화목심방에 갔다가 오는 길이네. 예전의 다구 그림이 아직도 벽에 걸려 있더군. 그리고 전차博茶 한 덩이가 벽에 걸려 있고 전차의 오른쪽 아래에 '백야'라는 글자가 있는 것도 똑똑히 봤네. 그리고 이《자본론》, 내 기억이 틀리지 않는다면 이《자본론》은 양진 선생의 유품이 분명해. 지난번에는 대충 보고 영어단어인 줄 알았는데 방금 찬찬히 살펴보니 병음 자모더군. '비바람 몰아쳐 칠흑 같아도, 닭울음소리 그치지 않네.'라는."

남자가 허리를 굽혀 야생에게《자본론》책을 건네면서 아이의 볼을 쓰다듬었다.

"이 책은 아무런 잘못이 없어. 네가 가지렴."

득도는 문득 지금 상황과 아무 상관이 없는 옛날 기억이 떠올랐다. 눈보라가 휘몰아치던 그날, 기초 고모할머니와 양진 선생은 병실 창문을 사이에 두고 서로 마주보면서 손가락으로 하늘을 가리켜 보였었다. 그들의 말없는 대화는 지금까지 득도의 뇌리에 생생하게 새겨져 있었다. 오랜 시간이 지나고, 그는 그날의 손동작이 무슨 뜻이었느냐고 고모할머니에게 몇 번이고 물어보고 싶었다. 그러나 그때마다 목구멍까지 올라온 말을 도로 삼켰었다. 물어도 되는 말이 있고 영원히 물어서는 안 되는 말도 있다는 것을 잘 알았기 때문이었다. 지금 돌이켜 보니 그래도 한번 물어볼걸 하는 아쉬움이 들었다.

야생은 아빠의 눈치를 보다가 아빠가 고개를 끄덕이자 《자본론》을 받아 품에 꼭 껴안았다. 오곤이 말했다.

"물건이 자네 집에서 나왔다고 해서 자네가 원흉이라는 법은 없네. 이 일이 자네와 무관하다면 상소하게."

"뭘 상소하라는 말인가?"

오곤이 굳어진 표정으로 슬쩍 암시를 줬다.

"나는 자네가 유언비어를 퍼뜨린 장본인이라고는 생각하지 않네."

"요즘 세상에 이 일과 관련이 없는 사람이 어디 있겠나?"

오곤은 잠시 멍해졌다. 그때 야생이 아빠의 다리를 꼭 안고 두려운 눈길로 오곤을 바라봤다. 득도가 그런 딸의 머리를 쓰다듬으면서 거의 탄식에 가까운 어투로 말했다.

"자네는 너무 멀리 갔어……."

오곤은 득도의 책망 속에 담긴 괴로운 마음을 이해할 수 있었다. 급기야 눈시울을 붉히면서 고함을 질렀다.

"너무 멀리 간 사람은 자네야!"

오곤은 그렇게라도 고함을 지르지 않으면 스스로를 억제하지 못하고 미쳐버릴 것 같았다. 득도가 마지막으로 한마디를 던졌다.

"자네가 지금까지 내 예상을 벗어난 것처럼 나도 영원히 자네의 예상을 벗어날 거네."

득도는 구부정한 어깨를 쭉 폈다. 금세 키가 훌쩍 커진 것 같았다. 그리고 담담하게 웃었다. 비록 담담한 웃음이지만 그는 아주 오랫동안 이런 웃음을 지어보지 못했다.

죄수 호송차는 기어이 인파를 뚫고 나갔다. 거대한 표어들이 양쪽으로 갈라졌다. 사람들은 구호를 외치고 주먹을 휘두르면서 호송차를 뒤따랐다. 마치 산과 들에 순식간에 찻잎이 빼곡하게 자라나는 것 같은 광경이었다. 포랑과 영상을 비롯한 항씨네 가족들은 산지사방에 흩어져 있다가 겨우 한자리에 모였으나 거대한 인파에 밀려 또다시 흩어지고 말았다. 그들은 서로를 부르고 부축하면서 표어를 든 사람들을 따라 앞으로 이동했다…….

76세 노인은 머리를 들어 하늘을 바라봤다. 한 줄기 햇살이 그의 얼굴에 부서져 내렸다. 찻잎이 가장 좋아하는 온화한 빛줄기였다. 순간 4월의 공기 중에서만 맡을 수 있는 특유의 차 향기가 풍겨왔다. 노인은 인파에 떠밀려 자기도 모르게 앞으로 나아가면서 마치 이 계절의 다산茶山을 보고 있는 느낌이 들었다…….

……하늘은 푸르렀다. 눈앞의 모든 것도 비취색으로 물들었다. 한 줄기 또 한 줄기의 녹색 폭포가 절벽과 언덕 사이로 쏟아져 내리고 있었다. 산봉우리를 뒤덮은 녹색 융단은 물로 금방 씻은 것처럼 청량했다. 새싹들은 다투어 허공을 향해 움트고 새들은 자유롭게 창공을 날았다. 계곡물 속에서는 수초들이 너울너울 춤을 추고 차나무 밭에서는 나비들이 나풀나풀 춤을 추고 있었다. 꿀벌들은 나른한 소리로 붕붕거리고 갓 자라난 등나무 줄기는 늙은 고목을 휘감으면서 위로 뻗어 올랐다. 처녀들의 청아한 노랫소리가 들려왔다.

맑디맑은 냇물
굽이쳐 흐르고,

양안의 경치는

아름답기도 하여라.

오라버니는 부지런히

모내기를 하고,

누이는 이 산 저 산

차 따기에 바쁘다네.

가화는 두 눈을 지그시 감으면서 생각했다.

'오늘은 차 따기 딱 좋은 날이군.'

에필로그

차나무는 세 계절 동안 싹을 틔우고 한 철에 꽃을 피워 열매를 맺은 뒤 휴면^{休眠}에 들어간다. 그렇게 해서 또 한 해가 지나간다. 차나무는 이런 방식으로 오랜 세월 동안 끈질기게 생명을 유지한다. 손가락을 꼽아보면 항주 교외 산비탈의 차나무들은 푸르름을 이미 20여 차례나 반복했다. 참으로 인생은 덧없이 흘러가고 장강^{長江}의 강물은 끝없이 흘렀다.

또다시 황금의 시월이 찾아왔다. 20세기의 마지막 시월이었다. 강남 항주의 시월의 경치는 전혀 봄에 뒤지지 않았다. 항씨 가문의 계승자인 득도는 딸 야생, 사위 항요와 함께 휠체어를 밀면서 천천히 용정산로^{龍井山路}를 걷고 있었다. 휠체어에 앉아 있는 사람은 '세기의 노인' 가화였다. 산언덕은 가을빛이 완연했다. 각양각색의 찻잎들이 저마다 아름다운 자태를 뽐내고 있었다.

가화는 조상의 무덤을 이장한 이후 30년이 넘도록 계룡산에 가보지 못했다. 자신이 이렇게 오래 살 줄은 꿈에도 상상하지 못했다. 그의 머리는 거의 한 세기를 산 노인답지 않게 여전히 명석했다. 지난 추억들이 아스라이 뇌리에 떠오를 때면 마치 어제 있었던 일처럼 생생한 느낌이 들 정도였다. 그러나 그의 눈은 거의 실명에 가까운 상태였다.

가을 하늘은 높고 공기는 맑았다. 아침 안개가 서서히 걷히고 거대한 다원이 모습을 드러냈다. 다원은 마치 신비한 세계에 감춰진 녹색 호수처럼 고요했다. 찻잎 하나 흔들리지 않는 절대적인 고요였다. 가을바람도 숨죽인 채 항씨네 네 사람을 맞이하는 듯했다. 늘씬한 몸매를 자랑하면서 다원 중앙에 우뚝 서 있는 황금색 은행나무는 고아한 미인 같았다. 아침 햇살을 흠뻑 머금은 개울가의 갈대꽃은 종잇장처럼 투명했다. 관목숲 속에서부터 뻗어 나온 아스팔트길은 한쪽은 속세, 한쪽은 무릉도원으로 양쪽을 나누어 놓는 느낌이었다. 다원 상공에는 알록달록한 풍선들이 떠 있었다. 채색 풍선에 달려 있는 리본에는 '평화, 발전, 21세기', '평화관의 개관을 열렬히 경축함' 등이 문구들이 적혀 있었다.

가화는 집에서 나오면서부터 한마디도 하지 않았다. 그저 눈을 내리깐 채 두 팔로 무릎을 꼭 감싸 안고 있었다. 커다란 손으로 조상 대대로 내려오는 가보를 꼭 감싸쥐고 있었다. 다호茶壺는 수십 년 동안 땅속에 묻혀 있던 물건답지 않게 흠집 하나 없이 예전 그대로였다. 다호는 땅에 속하는 물건이고, 땅이 다호를 보호해준 덕분이리라.

제호 예술가인 항요는 국제차문화제가 열리는 기회를 이용해 중국 차박물관에서 개인 전시회를 열었다. 가화 일행은 항씨 가문을 대표해 차박물관에 만생호를 전시하러 가는 길이었다. "안으로 청명淸明하고 밖으로 직방直方하니, 너와 더불어 공존하리라."라는 글이 쓰여 있는 그 만생호였다. 그들은 조상 대대로 전해 내려오는 이 보배를 항요의 전시장에 전시했다가 전시회가 끝나면 차박물관에 기증하기로 어려운 결정을 내렸다. 그것은 조상이 후세에게 주는 은총이라고 해도 좋았다. 만생호는 이로써 항씨 가문의 선인들이 잠든 곳에 영원히 소장될 터였다.

중국차박물관은 1987년 오각농 선생의 90세 생신 경축모임에서 중국 차 업계의 저명한 인사들이 연명으로 개관을 의결해 세운 것이었다. 박물관 부지로는 중국의 여러 차 산지들을 두루 돌아본 결과 최종적으로 항주가 선정됐다.

강남대학 문화사 교수인 득도도 박물관의 구체적인 위치를 정하는 항주시 정부 고문위원으로 추천받았으나 수업이 바쁘다 보니 부지 선정 활동에 몇 번 참가하지 못했다. 그는 아버지의 사업을 이어받은 다도 전문가 영상의 전화를 받고 나서야 차박물관이 항씨네 예전 선산에 곧 건립될 예정이라는 사실을 알았다.

"참으로 의미 있고 신기하지 않아요?"

영상이 말했다. 득도는 영상이 벅차오르는 감격을 억지로 참고 있다는 것을 알 수 있었다. 1978년, 항씨네 가족들이 한꺼번에 셋이나 집으로 돌아왔다. 사형수 감방에 갇혔던 득도, 노동개조 농장에 있던 나력, 도망자 생활을 하고 있던 영상이었다. 셋 중 득도는 '영웅'이 돼 대학에서 융숭한 대접을 받았다. 또 나력 역시 깨끗이 누명을 벗었다. 기초는 나력을 마중하러 나갔다. 부부는 예전에 빼앗겼던 집을 되찾아 함께 만년을 보내게 됐다. 영상은 농업대학 차학과에 입학했고 졸업 후에는 이평수와 결혼했다. 연구생 공부를 마치고는 자의 반 타의 반으로 차 전문가의 자격으로 정계에 입문했다.

득도는 차박물관 부지 선정 소식을 전해 듣고 적이 놀랐다. 하지만 놀란 마음을 여동생에게 들키지 않기 위해 짐짓 여유로운 말투로 말했다.

"문화민속학 측면에서 보면 풍수란 자연계의 산수와 지형에 대한 인간의 평가에 불과할 뿐이야. 따라서 우리 가문이 그곳을 선산으로 정한 것과 항주시 정부가 그곳을 차박물관 부지로 선정한 것이 우연의 일치 같지만 그리 신기한 일은 아니야."

"그럼 오빠는 이번 부지 선정에 대해 어떤 견해를 갖고 있어요?"

"나야 당연히 찬성표를 던지지. 아마 할아버지 생각도 같으실 거야."

'세기의 노인' 가화는 항씨 가족의 끈끈한 유대에 있어 중심 역할을 하고 있었다. 따라서 그에게 인정받는다는 것은 매우 큰 의미였다.

득도는 영상은 어떻게 생각하는지 물었다. 그러자 영상이 웃으면서 대답했다.

"제가 '어둠 속의 올빼미'처럼 목표물을 잘 발견한다는 것은 오빠도 잘 아시잖아요. 저는 지금 기업의 인수합병, 파산, 시장경쟁과 국제적 통합 등의 과제에 대해 연구하고 있어요. 언젠가 제가 직접 기업을 경영하게 된다면 저는 임직원을 3분의 1만 남기고 다 잘라버릴 거예요. 한마디로 저는 '만인의 질타를 받는 사람'이 되고 오빠는 '만인의 사랑을 받는 사람'이 되는 거죠. 또 다른 예로 차를 바라보는 저와 오빠의 시각도 완전히 다르잖아요. 오빠는 외형이 아름답고 방문객들의 찬탄을 받는 차박물관에 관심을 갖고 있지만 저는 1980년대 중반 이후부터 날로 어려워지고 있는 차 무역 현황에 관심을 갖고 있어요. 요약하면 저는 파괴하고 오빠는 세우고, 저는 비판하고 오빠는 찬미하고, 저는 부수고 오빠는 건설하는 거죠……."

"……그래서 우리는 동전의 양면에 불과하다는 거야."

득도는 영상의 말이 길어지려고 하자 재빨리 말허리를 잘랐다. 중국 차 무역은 1980년대 중후반부터 쇠퇴기에 들어섰다. 득도와 영상이 차와 관련해 입씨름을 하기 시작한 것도 이때부터였다. 중국은 비록 '차의 본고장'이라고는 하나 차 무역의 발전은 매우 더뎠다. 1886년의 차 수출규모가 14만 3,000톤이었는데 그 뒤로 100년이 지난 후인 1984년에야 겨우 이 수치를 넘어선 것이다. 이에 반해 인도는 일찌감치 중국을 추월했다. 뿐만 아니라 다양한 브랜드를 개발했다. 중국은 수출이 부진하면서 기업들도 줄줄이 도산했다. 가격이 들쑥날쑥한 것은 말할 나위가 없었다. 게다가 다산茶山은 황폐해지고 저질 제품이 범람했다. 엄격한 단속이 시급한 상황이었다. 그러니 "공덕을 치하하고 선인들을 기리는 일은 나중에 해도 늦지 않다."는 영상의 주장에도 일리가 없는 것은 아니었다.

득도가 마음을 가라앉힌 채 차근차근 설명했다.

"공덕을 치하하는 것 역시 생산력을 늘리는 수단 중의 하나가 아니겠어? 우리는 '실사구시'實事求是를 견지하고 '교조주의'敎條主義를 배척해야 해. 인류 역사를 보면 대대적인 호소와 꾸준한 노력이 결실을 맺은 사례를 심심찮게 볼 수 있지. 20세기 초에 중국차는 큰 위기를 맞았어. 위기의 상황에서 오각농 선생은 '중국의 차 산업은 잠자는 사자와 같다. 언젠가 깨어나면 절대 남들에게 뒤처지지 않을 것이다. 그러니 다들 함께 노력하자.'라고 호소하셨지. 격려와 비판은 똑같이 중요한 거야. 지금처럼 수출이 부진한 때에는 가급적 긍정적인 선전을 많이 해 국내시장을 활성화시키는 것도 효과적인 자구책이 될 수 있다고 생각한다. 어찌됐건 중국은 100여 개의 국가와 차 무역을 하고 있고 중국의 차 생산량도 엄연히 세계 3위를 차지하고 있지 않느냐."

영상이 박장대소하면서 말했다.

"오빠 역사학자 맞아요? 지난 몇 년 동안 왜 저서를 몇 권밖에 출간하지 못했는지 알 것 같아요."

영상의 말에 득도도 너털웃음을 터뜨리면서 말했다.

"영상, 네가 제일 좋아하는 이론이 절동浙東대학에서 제안한 '경세치용經世致用론'이라면서? 세계적으로 유명한 역사가인 황종희黃宗羲(명말 청초의 사상가)도 농업과 상업을 '본업'이라고 했잖아. 역사가들이 모두 오각농 선생처럼 이론과 실천을 결부시킬 줄 안다면 얼마나 좋겠어?"

3년 후인 1990년 10월, 차박물관이 시범운영을 시작했다. 제1회 국제차문화세미나도 항주에서 막을 올렸다. 항씨네 가족들은 차박물관 개관과 국제차문화세미나 개최를 위해 열성을 쏟아 부었다. 득도는 화목심방에 소중하게 보관해온 귀중한 문물과 자료들을 전부 가져왔다. 그럼에도 불구하고 박물관의 젊은 자료관리원들은 만족하지 못하는 눈치였다. 급기야 의논 끝에 이미 90세가 넘은 가화를 찾아왔다. 젊은 여자 관리원이 달콤한 목소리로 가화 노인을 구슬렸다.

"할아버지, 할아버지는 차 업계의 연장자시잖아요. 한 번만 더 옛날 기억을 떠올려 1900년 당시의 찻집에 대해 설명해 주세요"

가화가 잠깐 생각하더니 대답했다.

"1900년? 그때 나는 어머니 배 속에 있었네."

관리원은 웃음을 터뜨리면서 슬그머니 만년필 뚜껑을 닫았다. 할아버지는 정신이 맑지 못한 것이 틀림없었다. 표정이 멍하고 눈빛도 초점을 잃고 흐릿했다. 관리원은 가화에게 사진 한 장을 건넸다. 그러자 가화는 주섬주섬 확대경을 꺼내 사진을 한참 들여다보다가 또 코앞에 가져다 냄새를 맡았다. 관리원이 질문이라도 던질라치면 가회는 반나절이나 깊은 생각에 잠겼다가 겨우 하는 대답이 "맞네!"가 아니면 "그렇지 않네!"였다. 젊은 사람들은 성미가 급하기 마련이다. 어쩌면 기왕 하는 김에 멋들어지게 잘하고 싶은 마음이 앞섰을 것이다. 아무튼 그들은 90세 노인에게는 더 이상 쓸모 있는 자료를 건져낼 수 없겠다는 쪽으로 의견을 모으고 찰칵찰칵 사진을 찍기 시작했다. 물론 이 사진들도 나중에는 모두 무용지물이 됐다. 가화는 당대의 다성茶聖도, 차 업계의 권위자도 아니었다. 망우차장 역시 왕유태汪裕泰나 옹륭성翁隆盛만큼 유명하지도 못했다. 가화 노인은 이렇게 본인의 바람대로 자연스럽게 차 역사의 뒷면으로 사라졌다.

몇 년 동안 항주로 돌아올 기회가 없었던 포랑은 차박물관에 운남풍의 대나무 다락집을 짓는다는 소식을 영상에게서 듣고 항저우로 돌아왔다. 영상은 대나무 다락집을 짓는 데 크게 기여했다면서 포랑을 한껏 추켜세웠다. 이렇게 해서 대나무 다락집은 박물관 내의 비탈길에 세워졌다. 신기하게도 건축공사가 채 끝나기도 전에 많은 사람들이 기념촬영을 하기 위해 몰려왔다. 포랑은 한껏 의기양양해졌다. 내친김에 곡주도 두어 잔 들이켰다. 그러자 술기운에 얼굴이 달아올랐다. 그러나 그렇다고 다락집에서 떨어질 정도는 아니었다. 그는 대나무 장대를 타고 앉아 주변을 둘러봤다. 멀리 청산녹수가 펼쳐지고 온 산 가득 차나무가 무성하게 자라고 있었다. 그리고 눈앞에는 붉은 기와와 흰 담벼락, 그리고 잘 다듬은 대나무울타리와 늘씬하게 자란 파초들이 있었다. 기분이 좋아진 그는 흥에 겨워 노래를 부르기 시작했다.

저기 말 모는 오라버니,

왜 아직도 안 오는가요?

어서 말을 몰고 이리 오세요,

처녀가 딴 햇차를 어서 말 등에 싣고 가세요,

내 마음속 노래도 함께 싣고 가세요.

처녀 마음속에 간직한 아름다운 말들,

가시는 길에 천천히 음미해주세요,

오라버니……

'오라버니'를 부르는 절절한 노랫소리는 메아리처럼 허공을 맴돌았다. 다들 그의 노래를 듣고 웃었다. 하지만 포랑은 대나무 장대에 앉아 울음을 터뜨렸다. 득방과 사애광이 물속으로 가라앉는 나뭇잎처럼 절벽 아래로 떨어지던 모습을 떠올렸던 것이다…….

포랑의 노랫소리는 차박물관 건너편의 절강호텔에서 열린 차문화 세미나에 아무런 영향도 끼치지 않았다. 일찍이 정변과 음모의 발원지였던 이곳에서는 중일 다도쇼가 한창 펼쳐지고 있었다.

중국측 대표로 나온 차 박사博士 중에는 항씨 가문의 항야생도 있었다. 그녀는 화가지華家池농업대학 차학과의 젊은 여교사 신분으로 세미나에 참석했다. 항분 고모할머니는 차 우리는 기술을 야생에게 모조리 전수해줬다. 야생 역시 다도를 연마하는 데 시간을 쏟아부었다.

일본측 대표로 나온 다도 전문가 중에는 60세가 다 된 곱슬머리 여사가 있었다. 그녀의 얼굴에서는 젊었을 때의 단정하고 아름다웠던 모습이 엿보였다. 그녀의 다도 시범은 특이한 부분이 있었다. 화려한 기모노 차림을 한 채 현대 피아노 반주에 맞춰 시범을 보이는 것이 무척이

나 화려했다. 다양한 다구 역시 사람들의 눈길을 끌었다. 그녀의 동작은 차라리 춤에 가까웠다. '절제된 미'를 추구하는, 다소 무미건조해 보이는 일본 전통 다도와는 거리가 멀어보였다. 단상 아래에서 그 광경을 구경하던 몇몇 일본인들이 손으로 입을 가리고 키득거렸다. 그만큼 그녀의 다도 시범은 파격적이고 이색적이었다. 득도는 그녀의 이름이 '고보리 고코우'^{小堀小合}라는 것을 기억했다. 하지만 시범이 끝난 후 그녀를 다시 만나지는 못했다. 나중에는 서서히 그녀를 잊었다.

1992년 제2회 국제차문화세미나가 중국 상덕^{常德}에서 열렸다. 그리고 1994년 8월, 1996년 및 1998년에 각각 곤명, 한국 서울 및 중국 항주에서 제3, 4, 5회 세미나가 열렸다.

득도는 여름 내내 바쁘게 보냈다. 세미나 주최 측은 베테랑 차문화 전문가인 득도를 고문으로 초빙했다. 말이 '베테랑'이지 그는 사실 차업계에서 그다지 유명하지 않았다. 이에 반해 항한 부녀는 중국 국내외 차업계에서 명성이 자자했다. 중국국제차문화연구회 회장이 '사람 찾는 광고'와도 같은 편지 한 통을 받고 득도가 아닌 영상을 찾아간 것도 그런 이유 때문이었다.

편지는 일본의 고보리 고코우 여사가 보내온 것이었다. 그녀는 일본 다도 유파 중 하나인 백합^{百合}유파의 창시자로 일찍이 패션디자이너였다가 나중에 가산을 전부 투자해 다도에 종사했다. 그리고 10년 후 백합유파를 세우고 중국 차업계와 활발한 교류를 이어갔다. 1998년 10월에 열리는 국제차문화세미나에 그녀의 다도 쇼도 예정돼 있었다. 그런 그녀가 뜬금없이 서한을 보내온 것이다. 그녀는 편지에서 "회의에 앞서 항주에 가고 싶다. 항주에서 사망한 제 부친에 관한 정보를 회장께서 알아봐주시기 바란다."고 썼다.

고보리 여사는 중국차박물관 국제평화관을 세우는 데 많은 도움을 준 사람이었다. 국제평화관은 전 세계 다인들이 차 생산대국인 중국에서 활동할 때 주요 장소로 제공될 전망이었다. 이는 날로 활성화되는 차문화 활동에 기록될 만한 획기적인 사건이라고 해도 과언이 아니었다. 이런 이유로 회장은 고보리 여사의 부탁을 소홀히 다룰 수 없었다. 고보리 여사의 부친은 항일전쟁 당시 중국을 침략한 일본군인 중 한 사람으로 항주에서 죽었다고 했다. 고보리 여사는 아버지의 죄를 대신 사죄하기 위해 평화의 상징인 다도를 선택하고 중일친선을 위한 사업에 일생을 바치고 있다고 했다.

회장은 일본 혈통을 가진 항한 부녀를 찾았다. 회장은 일찍이 항주의 정협 주석을 역임한 인물로 다도학자 항한과 비교적 친숙한 사이였다. 또 항한을 통해 영상도 알게 됐다. 부녀 두 사람 중 연로한 부친은 여전히 찻잎재배학 연구에 종사하고 있었다. 또 딸의 본업은 차의 종합 개발 이용 연구였다. 회장은 곧바로 서한을 그들 부녀에게 전달했다.

영상은 편지를 오빠 득도에게 가져갔다. 그녀는 직감적으로 고보리 여사와 항씨 가문 사이에 불가분의 관계가 있을 것 같다는 느낌을 받았다. 득도는 편지를 대충 읽어보고 곧바로 어찌된 영문인지 알았다. 그는 영상을 데리고 할아버지를 찾아갔다. 영상이 할아버지에게 편지를 읽어드렸다. 절반쯤 읽자 가화가 손녀에게 편지 읽는 것을 멈추게 했다. 이어 일어나서 책상 서랍과 옷궤를 뒤적이더니 오래된 사진 한 장을 찾아냈다. 사진 속의 벚꽃나무 아래에 서 있는 소녀와 지금의 60세 노인은 비록 많이 달랐으나 득도는 단번에 그녀를 알아봤다.

그날 저녁 득도는 할아버지와 오랫동안 얘기를 나누었다. 할아버지가 말했다.

"고보리는 호수에 몸을 던지기 전에 유품을 남겨주었단다. 만생호와 회중시계였는데 회중시계에는 '강해호협 조기객'이라는 글자가 새겨져 있었지. 분이가 나에게 보여줬단다."

"그럼 분이 고모가 줄곧 그 시계를 갖고 계셨다는 말씀인가요?"

득도가 조심스레 물었다.

"물론이지."

가화가 눈을 지그시 감고 대답했다. 득도는 의아한 표정을 지었다.

"하지만 이렇게 오랜 시간이 지나도록 저는 왜 만생호를 한 번도 보지 못했을까요?"

미술대학 대학원에서 도자기 공예를 전공하고 있는 항요가 갑자기 무언가 생각난 듯 말했다.

"분이 고모가 다호를 땅에 묻는 것을 제 아버지가 보셨대요. 다호 안에 시계도 있었다고 하셨어요."

방월은 지금 중국인 도자기 전문가 신분으로 미국에 가 있었다. 미국에서 중국 고대 도자기 문물들을 순회 전시하고 있었다. 그러니 당장 돌아올 수가 없는 상황이었다. 항요가 다시 기억을 떠올렸다.

"아버지 말씀에 의하면, 그날 다호를 묻을 때 기초 고모할머니와 포랑 삼촌도 그 자리에 함께 있었대요."

이때 기초와 포랑도 항주에 없었다. 기초의 가족은 참으로 조용할 날이 없는 사람들이었다. 우선 포랑이 운남으로 돌아갔다. 또 기초는 동북에 있는 나력의 고향집으로 그와 함께 돌아갔다. 기초 부부는 이미 나이가 고희를 넘고 있었다. 사실 그들처럼 평생 동안 온갖 풍상고초를 겪어온 사람들은 대부분 반평생도 못 살고 저 세상으로 가는 경우가 적지 않았다. 하지만 그들은 예외였다. 마치 잃어버린 청춘을 보상받으려고 작심이라도 한 듯 젊은이들 못지않게 활기찬 노후를 보내고 있었다. 그들은 나력의 누명이 벗겨지자마자 국내여행을 시작했다. 1년에 한 곳씩 여행하면서 그때마다 가진 돈을 모두 여행비로 써버리고는 했다. 다행히 가화에게는 그들의 전화번호가 있었다. 가화가 득도에게 전화를 걸도록 했다. 마침 기초가 전화를 받았다. 기초는 득도의 말을 듣더니 귀찮은 티를 내면서 말했다.

"왜 더운 밥 먹고 식은 걱정을 해? 만생호는 조상 대대로 전해 내려온 보물이야. 그것이 얼마나 귀중한 물건인지 모르는 사람이 없어. 그렇지만 그동안 땅속에 묻어둔 채 아무도 한 번도 언급하지 않은 게 무엇 때문이겠니? 그리고 분이가 왜 그동안 시집을 안 갔는지도 좀 생각해 봐. 그 아이는 매일 자기의 하느님을 부르면서 조용하게 여생을 보내면 족한 거야. 그런데 어디에서 튀어나왔는지 모르지만 나는 그 일본 여자가 분이의 조용한 삶을 방해하는 것을 원하지 않아. 아무리 고보리의 딸이라고 해도 우리가 발 벗고 나서서 도와줄 필요까지는 없잖아. 그 여자의 아버지가 어떤 물건이었는지 벌써 잊었어? 그가 우리 항씨 가문에 피해를 좀 적게 줬냐? 너희는 잊었는지 몰라도 나와 큰오빠는 피맺힌 원한을 잊을 수 없어."

기초는 제풀에 흥분한 듯 울먹이면서 몇 마디를 덧붙였다.

"너희들, 할아버지의 잘린 새끼손가락을 봤지? 그걸 보고도 그런 말이 나와?"

기초의 울음 섞인 말에 고보리 여사를 돕기로 마음먹었던 득도마저 흔들렸다. 물론 득도보다 어린 영상, 항요와 야생은 기초 할머니가 무슨 말을 하는지 알아듣지 못했다. 하지만 자사호 공예를 전공한 항요는 예전부터 명성이 드높은 만생호에 깊은 흥미를 가지고 있던 터였다. 어떻게든 만생호를 실제로 보고 싶다는 욕심을 버리지 못했다.

항요는 자신이 항씨 가문과 혈연관계가 없다는 사실을 일찍부터 알고 있었다. 그의 친할머니는 미국에서 살다가 세상을 떠난 뒤 많은 유산을 남겨줬다. 미국에는 망우, 방월과 가까운 사이인 에이트라는 조종사도 있었다. 항요의 아버지 방월은 이번에 에이트의 초청을 받고 미국으로 간 것이었다. 망우 역시 방월과 함께 미국에 갈 기회가 있었다. 에이트가 그에게도 초대장을 보냈던 것이다. 하지만 망우는 일언지하에 초청을 거절했다. 항요는 속으로 생각했다.

'망우 삼촌은 내 첫 자사호 전시회를 위해 미국으로 가시지 않은 거야. 망우 삼촌은 지금 나를 돕는 데 모든 정력을 쏟아 붓고 있어. 그러니 어떻게 해서든 노인들의 기대를 저버려서는 안 돼. 아아, 전설 속의 그 만생호를 다만 며칠이라도 내 전시장에 진열할 수 있다면 얼마나 좋을까? 그렇게 되면 나도 당당한 항씨 가문의 일원이라고, 내 이름은 항요라고 모든 사람들 앞에서 당당하게 보여줄 수 있을 텐데!'

그날 저녁 항요는 자신의 생각을 갓 결혼한 아내 야생에게 말했다. 그리고 이튿날 그들은 용정산으로 향했다. 그곳에서 그들은 이미 예전에 볼품없이 파손된 절 마당을 한참 동안 서성였다. 그곳에는 800여 년의 수령을 자랑하는 송매宋梅 두 그루와 맑은 샘물이 있었다. 샘물 주변에 차나무도 여러 그루 자라고 있었다. 하지만 만생호가 대체 어느 차나무 아래에 묻혔는지는 알 수가 없었다.

야생은 고개를 저으며 항요에게 말했다.

"못해요. 저는 차마 입이 떨어지지 않아요. 분이 고모할머니가 어떻게 저를 키워주셨는데 제가 그런 부탁을 드릴 수 있겠어요? 할머니의 상처에 소금을 뿌릴 수는 없어요."

항분은 용정산에 있던 자신의 옛 거처로 돌아가 살고 있었다. 그리고 일요일마다 시내에 있는 예배당에 다녔다. 그녀의 생활은 한 점 흐트러짐 없이 예전 그대로였다.

야생은 언덕에 있는 사봉차獅峰茶를 보면서 실눈을 떴다.

"그 사람은 문화대혁명이 끝날 무렵 자결했어요. 그 여자도 같이 죽었죠. 당시 시내에 소문이 자자했어요. 하지만 우리 가족은 어느 누구도 이 일을 입 밖에 내지 않았어요. 기억하고 있죠? 당신도 일절 입 밖에 내지 않았잖아요."

"그때 당신이 몇 살이었는데 그 일을 아직도 기억하오?"

항요는 야생이 말하는 '그 사람'이 누군지 잘 알고 있었다.

"그리고 그 사람은 당신을 한 번도 키워주지 않았으니 당신과 아무 상관이 없는 사람이라고 생각해도 무방하오. 당신이 고모할머니 슬하에서 자랄 수 있었던 건 당신과 할머니 둘 모두에게 축복이었소."

야생의 눈가가 촉촉해졌다.

"아니에요. 저는 모든 걸 기억하고 있어요. 그때 저는 그렇게 어린 나이가 아니었어요. 그날 그 사람이 할아버지를 찾아왔었어요. 술을 너무 마셔서 몸을 가누기도 힘들어 했죠."

그해 가을밤, 다들 거리로 나가서 광란의 축제를 벌이고 있을 때였다. 오곤은 마지막으로 양패두에 찾아왔다. 물론 그는 그전에도 기회가 있을 때마다 딸을 보러 찾아오고는 했었다. 다만 그때마다 조용히 숨어서 딸을 보고 갔기에 야생과 항씨네 사람들에게 들키지 않았다. 하지만 이번에는 거리낌 없이 모습을 드러냈다.

오곤은 대문 앞에서 가화와 야생과 마주쳤다. 야생은 할아버지를 모시고 청하방 사거리의 시위 행렬 구경을 가려던 참이었다. 가화도 오곤의 등장에 적이 놀란 눈치였다. 오곤이 입을 열었다.

"한 가지만 부탁드립시다. 득도가 오면 이 자료를 전해주십시오. 오늘 물건들을 정리하다가 발견한 겁니다. 예전에 득도를 보러 섬으로 가기 전에 특별히 그를 위해 수집했던 것들입니다. 그때는 미처 득도에게 주지 못했어요. 지금 와서 버리려니 아깝다는 생각이 드는군요. 득도한테 꼭 쓸모가 있을 겁니다."

오곤의 목소리는 기어들어가는 것처럼 낮았다. 마치 임종을 앞둔 사람이 사력을 다해 유언을 남기는 것 같았다.

가화는 주저하다가 야생의 등을 떠밀었다. 자료를 받아오라는 뜻이었다. 야생은 주춤주춤 다가가서 커다란 봉투를 받아 쥐었다. 그때 오곤이 갑자기 야생을 와락 껴안으면서 중얼거렸다.

"딸아, 내 딸아. 너는 내 딸이야, 내 딸……."

오곤은 야생의 뺨에 정신없이 입을 맞췄다. 야생은 비명을 지르면서 증조할아버지를 불렀다. 화가 머리끝까지 치민 가화가 고함을 지르면서 덮쳐들더니 오곤을 밀쳐냈다.

"뭐 하는 짓이야? 너희들은 이미 끝장났어, 끝장났다고."

오곤은 가화의 고함소리에 별다른 반응을 보이지 않았다. 하지만 곧 정신을 차린 듯 야생을 놓아주고는 잠자코 서 있었다. 가화는 야생을 데리고 대문 안으로 들어갔다. 그리고 거칠게 문빗장을 질렀다. 시간이 얼마나 흘렀을까, 대문이 다시 열리고 가화가 혼자 나왔다.

"자네, 아직도 안 갔는가?"

"예, 여기 있습니다."

오곤이 대답했다.

"나는 눈이 잘 보이지 않네. 자네 조금 전에 뭐라고 했나? 득도가 돌아올 거라고 했나?"

"어르신 말씀이 맞았습니다. 저희들은 이제 끝장났습니다. 어르신들의 세상이 왔지요."

오곤이 허탈하게 웃으면서 동문서답을 했다. 갑자기 온몸의 힘이 풀리는 모양이었다. 이제 그 어떤 말도 소용이 없다는 것을 절실하게 느끼는 것 같았다.

"자네, 떠날 셈인가?"

가화가 뭔가를 눈치챈 듯 물었다.

"이제 두 번 다시 찾아오는 일은 없을 겁니다."

가화는 한참이나 침묵을 지켰다. 오곤의 말이 무엇을 뜻하는지 가늠해보는 것 같았다.

"손에 들고 있는 것은 무엇인가?"

"차입니다."

"나는 또 술인 줄 알았네."

오곤이 쓴웃음을 지었다.

가화는 여러 해 전 밤에 찾아왔던 젊은이를 불현듯 머릿속에 떠올렸다. 요코가 술을 뜨러 가던 총총한 발걸음소리가 들리는 것 같았다.

북소리, 징소리와 구호소리가 다시 한 번 떠들썩하게 울려 퍼졌다. 그러다 가을밤은 천천히 정적을 되찾았다. 가을벌레 몇 마리가 담모퉁이에서 슬피 울었다.

가화가 물었다.

"나한테 할 말이 있는가?"

오곤이 잠시 생각하다가 고개를 들었다.

"없습니다."

말을 마친 오곤이 어둠 속으로 사라졌다.

어둠 속에 우두커니 남겨진 항씨 노인은 손에 찻잔을 들고 있었다. 야생은 대문 뒤에 숨어서 그들의 대화를 모두 들었다.

만생호는 노인의 품에 조용히 누워 있었다. 회중시계는 항분이 직접 고보리 여사에게 가지고 갔다. 아마 지금쯤 그들은 서호에 배를 띄워놓고 긴 얘기를 나누고 있으리라. 만생호는 망우가 직접 파냈다. 망우와 항분 사이에 어떤 대화가 오고갔는지 다른 사람들은 알 수 없었다. 다만 별로 큰 이견 없이 항분이 망우를 데리고 만생호를 묻은 곳으로 갔다는 것만 알고 있었다. 망우는 만생호를 파낸 후 항분과 함께 고보리 여사를 찾아갔다. 그는 자신이 함께 가지 않으면 두 여자들 사이에 대화가 이뤄질 수 없다는 사실을 알고 있었다.

산림지기 임망우도 이미 50세가 넘어 있었다. 그는 한 잔의 차와 같은 사람이었다. 누군가에게 시시각각 기억되는 그런 존재는 아니지만 산속에 살면서 산 아래의 사람들이 도움을 청할 때마다 군말 없이 내려와서 도와주고 다시 산으로 돌아가는 그런 존재였다.

그는 가화를 제일 잘 아는 사람이기도 했다. 득도가 전화를 걸어 할아버지가 부르신다고 말했을 때 그는 아무것도 묻지 않고 이튿날 아침에 가화의 앞에 나타났다.

두 눈이 거의 보이지 않는 가화가 공기의 냄새를 맡고 말했다.

"망우야, 왔느냐?"

망우의 몸에서 나는 산내음을 구별한 것이 분명했다.

"망우야, 차박물관 국제평화관이 곧 개관한다는구나. 올 시월에

1,000명이 넘는 다인들이 모인다고……."

항씨 가족은 차박물관에 관련된 일들은 소상하게 알고 있었다. 득도의 경우 차박물관의 특별 초청 연구원이기도 했다.

망우가 말했다.

"큰외삼촌, 제가 무엇을 하면 되겠습니까?"

가화가 잠시 생각하다가 말했다.

"분이를 찾아가거라."

가화는 항분을 설득할 수 있는 사람은 망우뿐이라는 사실을 잘 알고 있었다. 또 망우만이 그럴 자격이 있다는 것도 모르지 않았다.

휠체어가 차박물관 입구에 도착하자 가화는 멈추라고 손짓을 했다. 이어 고개를 들어 붉은색, 푸른색과 흰색이 운무처럼 어우러져 선경仙境을 방불케 하는 곳을 바라봤다. 그리고는 손가락으로 그곳을 가리키면서 물었다.

"저기가 차박물관이냐?"

득도와 야생이 고개를 끄덕였다.

"네, 맞아요."

가화도 고개를 끄덕이면서 말했다.

"내가 스무 살 때 봤던 것과 똑같구나."

야생이 놀라며 나지막한 소리로 물었다.

"증조할아버지, 할아버지는 80년 전에 벌써 차박물관을 보셨나요?"

가화가 고개를 끄덕였다. 그리고 마디 하나가 잘린 새끼손가락을 들어 앞쪽을 가리키면서 느리지만 또렷하게 대답했다.

"그날 너희들의 조曾 고조할아버지가 나를 산속에서 데리고 나왔느니라. 이쯤 왔을 때 나는 저렇게 붉고 희고 푸른 것을 봤어. 지금 본 것과 똑같았지……."

야생은 잔뜩 긴장된 얼굴로 아버지 득도를 바라봤다. 아버지는 딸처럼 긴장한 표정은 아니었다. 야생이 그제야 안도의 숨을 내쉬면서 다시 물었다.

"그러면 다른 사람들도 봤나요?"

가화는 고개를 저었다. 증손녀의 물음에 더 이상 대답하기가 어려운 모양이었다. 그는 그저 손으로 앞을 가리키고 나서 만생호를 다시 꼭 끌어안았다.

미풍이 차산茶山을 어루만졌다. 차나무 가지들이 깨어나서 춤을 추기 시작했다. 새들도 정겨운 노래를 부르기 시작했다. 거대한 다원은 마치 녹색의 파도 같았다. 그 파도는 항씨네 가족들을 그들이 소망하는 곳으로 천천히 떠밀면서 나아가고 있었다.

그것은 정적 속에서 홀로 들리는 고요한 화음이었다.

1998년 11월 28일 20시 12분 ✍

〈끝〉

더봄 중국문학 09

다인 ⑥

제1판 1쇄 인쇄   2022년 5월 2일
제1판 1쇄 발행   2022년 5월 6일

지은이   왕쉬펑
옮긴이   홍순도
펴낸이   김덕문

책임편집   손미정
디자인   블랙페퍼디자인
마케팅   이종률
제작   백상종

펴낸곳   **더봄**
등록번호   등록일 2015년 4월 20일
　　　　　서울시 노원구 화정로51길 78, 507동 1208호
대표전화   02-975-8007 ‖ 팩스 02-975-8006
전자우편   thebom21@naver.com
블로그   blog.naver.com/thebom21

한국어 출판권 ⓒ 더봄, 2022

ISBN 979-11-88522-21-7 04820
ISBN 979-11-88522-15-6 (전6권)